Über dieses Buch

Von ›Vision‹, noch unter dem Pseudonym Paul Thomas im Lübecker ›Frühlingssturm‹ erschienen, bis zum ›Tod in Venedig‹ versammelt dieser erste Band die zwischen 1893 und 1912 veröffentlichten Erzählungen Thomas Manns.

Die *FAZ* schrieb: »Die Scheu, die man hat, Thomas Mann einen Dichter zu nennen (weil er zu gescheit ist), verliert man am ehesten beim Lesen seiner Novellen. Da hängt man an seinem Munde nicht anders wie beim urtümlichen Geschichtenerfinder des Orients.«

Dabei waren auch für einen so formbewußten Autor wie Thomas Mann die literarischen Gattungen nicht streng gesondert; wiederholt konzipierte er große Romane als kleine Novellen. Diese Bände (Taschenbuch Nr. 1591 u. 1592) enthalten daher neben Novellen und Erzählungen auch Skizzen und andere Prosaformen.

Der Autor

Thomas Mann wurde 1875 in Lübeck geboren und wohnte seit 1893 in München. 1933 verließ er Deutschland und lebte zuerst in der Schweiz am Zürichsee, dann in den Vereinigten Staaten, wo er 1939 eine Professur an der Universität Princeton annahm. Später hatte er seinen Wohnsitz in Kalifornien, danach wieder in der Schweiz. Er starb in Kilchberg bei Zürich am 12. August 1955.

Im Fischer Taschenbuch Verlag liegen als Einzelausgaben vor: »Königliche Hoheit« (2), »Der Tod in Venedig und andere Erzählungen« (54), »Herr und Hund« (85), »Lotte in Weimar« (300), »Bekenntnisse des Hochstaplers Felix Krull« (639), »Buddenbrooks« (661), »Der Zauberberg« (800), »Joseph und seine Brüder« (1183/4/5), »Doktor Faustus« (1230), »Tonio Kröger/Mario und der Zauberer« (1381), »Der Erwählte« (1532); ferner: »Thomas Mann. Eine Chronik seines Lebens«, hrsg. von Hans Bürgin und Hans-Otto Mayer (1470), »Thomas Mann. Briefwechsel mit seinem Verleger Gottfried Bermann Fischer« (1566/1/2), »Thomas Mann/Heinrich Mann. Briefwechsel 1900–1949« (1610), ›Essays. 3 Bände‹, Band 1: ›Literatur‹, hrsg. von Michael Mann (1906), Band 2: ›Politik‹, hrsg. von Hermann Kurzke (1907) und Band 3: ›Musik und Philosophie‹, hrsg. von Hermann Kurzke (1908), ›Briefe‹, 3 Bände (2136–2138).

Thomas Mann

Die Erzählungen

Erster Band

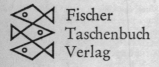

Fischer
Taschenbuch
Verlag

Fischer Taschenbuch Verlag
 1.–30. Tausend: Mai 1975
31.–40. Tausend: November 1975
41.–55. Tausend: Juni 1976
56.–65. Tausend: Dezember 1977
66.–75. Tausend: Januar 1979

Umschlagentwurf: Christoph Laeis
unter Verwendung eines Szenenfotos aus dem Film ›Wälsungenblut‹
(Deutsches Institut für Filmkunde)

Fischer Taschenbuch Verlag GmbH, Frankfurt am Main
Lizenzausgabe mit freundlicher Genehmigung
des S. Fischer Verlages, Frankfurt am Main
© 1966, 1967 by Katia Mann
Gesamtherstellung: Hanseatische Druckanstalt GmbH, Hamburg
Printed in Germany
680-ISBN-3-596-21591-9

Vision

Wie ich mir mechanisch eine neue Zigarette drehe und die braunen Stäubchen mit feinem Prickeln auf das weißgelbe Löschpapier der Schreibmappe niedertaumeln, will es mir unwahrscheinlich werden, daß ich noch wache. Und wie die feuchtwarme Abendluft, die durch das offene Fenster neben mir hereingeht, die Rauchwölkchen so seltsam formt und aus dem Bereich der grünbeschirmten Lampe ins Mattschwarze trägt, steht es mir fest, daß ich schon träume.

Da wird's natürlich schon ganz arg; denn diese Meinung wirft der Phantasie die Zügel auf den Rücken. Hinter mir knackt heimlich neckend die Stuhllehne, daß es mir jäh wie hastiger Schauder durch alle Nerven fährt. Das stört mich ärgerlich in meinem tiefsinnigen Studium der bizarren Rauchschriftzeichen, die um mich irren, und über die einen Leitfaden zu verfassen ich bereits fest entschlossen war.

Aber nun ist die Ruhe zum Teufel. Tolle Bewegung in allen Sinnen. Fiebrisch, nervös, wahnsinnig. Jeder Laut keift. Und mit all dem verwirrt steigt Vergessenes auf. Einst dem Sehsinn Eingeprägtes, das sich seltsam erneut; mit dem Fühlen dazu von damals.

Wie interessiert ich es bemerke, daß mein Blick sich gierig erweitert, als er die Stelle im Dunkel umfaßt! Jene Stelle, aus der sich lichte Plastik stets deutlicher hervorhebt. Wie er es einsaugt; eigentlich nur wähnt, aber doch selig. Und er empfängt immer mehr. Das heißt gibt sich immer mehr; macht sich immer mehr; zaubert sich immer mehr ... immer ... mehr.

Nun ist es da, ganz deutlich, ganz wie damals, das Bild, das Kunstwerk des Zufalls. Aufgetaucht aus Vergessenem, wiedergeschaffen, geformt, gemalt von der Phantasie, der fabelhaft talentvollen Künstlerin.

Nicht groß: klein. Auch kein Ganzes eigentlich, aber doch vollendet wie damals. Doch unendlich im Dunkel verschwimmend, nach allen Seiten. Ein All. Eine Welt. — Licht zittert darin und tiefe Stimmung. Aber kein Laut. Nichts dringt hinein von dem lachenden Lärm ringsum. Wohl nicht jetzt ringsum, aber damals.

Ganz unten blendet Damast; quer zacken und runden und winden gewirkte Blätter und Blüten. Darauf durchsichtig hingeplattet und dann schlank ragend ein Kristallkelch, halb voll blassem Gold. Davor träumend hingestreckt eine Hand. Die Finger liegen lose um den Fuß des Kelches. Um den einen geschmiegt ein duffsilberner Reif. Blutend darauf ein Rubin.

Schon wo es nach dem zarten Gelenk im Formencrescendo Arm

werden will, verschwimmt es im Ganzen. Ein süßes Rätsel. Träumerisch und regungslos ruht die Mädchenhand. Nur da, wo sich über ihr mattes Weiß weich eine hellblaue Ader schlängelt, pulsiert Leben, pocht Leidenschaft langsam und heftig. Und wie es meinen Blick fühlt, wird es rascher und rascher, wilder und wilder, bis es zum flehenden Zucken wird: Laß ab . . .

Aber schwer und mit grausamer Wollust lastet mein Blick, wie damals. Lastet auf der Hand, in der bebend der Kampf mit der Liebe, der Sieg der Liebe pulsiert . . . wie damals . . . wie damals . . .

Langsam löst sich vom Grunde des Kelches eine Perle und schwebt aufwärts. Wie sie in den Lichtbereich des Rubins kommt, flammt sie blutrot auf und erlischt jäh an der Oberfläche. Da will wie gestört alles schwinden, wie sehr der Blick sich müht, zeichnend die weichen Konturen aufzufrischen.

Nun ist es dahin; im Dunkel zerronnen. Ich atme tief — tief auf, denn ich bemerke, daß ich das vergessen hatte darüber. Wie damals auch . . .

Wie ich mich müde zurücklehne, zuckt Schmerz auf. Aber ich weiß es nun so sicher wie damals: Du liebtest mich doch . . . Und das ist es, warum ich nun weinen kann.

Gefallen

Wir vier waren wieder ganz unter uns.

Der kleine Meysenberg machte diesmal den Wirt. In seinem Atelier soupierte es sich ganz charmant.

Das war ein seltsamer Raum, hergerichtet in einem einzigen Stile: bizarre Künstlerlaune. Etrurische und japanesische Vasen, spanische Fächer und Dolche, chinesische Schirme und italienische Mandolinen, afrikanische Muschelhörner und kleine antike Statuen, bunte Rokoko-Nippes und wächserne Madonnen, alte Kupferstiche und Arbeiten aus Meysenbergs eigenem Pinsel, — das alles war im ganzen Raum auf Tischen, Etageren, Konsolen und an den Wänden, welche überdies gleich dem Fußboden mit dicken orientalischen Teppichen und verblichenen gestickten Seidenstoffen bedeckt waren, in schreienden Zusammenstellungen arrangiert, welche gleichsam auf sich selbst mit Fingern wiesen.

Wir vier, das heißt der kleine, braunlockige, bewegliche Meysenberg, Laube, der blutjunge, blonde, idealistische Nationalökonom, welcher, wo er ging und stand, über die gewaltige Berechtigung der Frauenemanzipation dozierte, Dr. med. Selten und ich, — wir vier also hatten uns in der Mitte des Ateliers auf den allerverschiedensten Sitzvorrichtungen um den schweren Mahagonitisch gruppiert und sprachen seit geraumer Zeit dem vortrefflichen Menü zu, das der geniale Gastgeber für uns komponiert hatte. Mehr noch vielleicht den Weinen. Meysenberg ließ wieder mal was draufgehn.

Der Doktor saß in einem großen, altertümlich geschnitzten Kirchenstuhl, über den er sich beständig in seiner scharfen Weise lustig machte. Er war der Ironiker unter uns. Welterfahrung und -verachtung in jeder seiner wegwerfenden Gesten. Er war der älteste unter uns vieren. Wohl schon um die Dreißig herum. Auch hatte er am meisten ›gelebt‹. »Wüscht!« sagte Meysenberg, »aber er ist amüsant.«

Man konnte dem Doktor das »Wüscht« in der Tat ein wenig ansehen. Seine Augen hatten einen gewissen verschwommenen Glanz, und das schwarze, kurzgeschnittene Kopfhaar wies am Wirbel bereits eine kleine Lichtung auf. Das Gesicht, welches in einen spitz zugeschnittenen Bart verlief, zeigte, von der Nase zu den Mundwinkeln hinablaufend, ein paar spöttische Züge, welche ihm manchmal sogar einen bitteren Nachdruck verleihen konnten. —

Beim Roquefort waren wir schon wieder mitten in den »tiefen Gesprächen«. Selten nannte es so, mit dem wegwerfenden Hohne eines Mannes, welcher es sich, wie er sagte, längst zur einzigen

Philosophie gemacht hat, dies von der betreffenden Regie da oben wenig umsichtig inszenierte Erdenleben völlig frag- und skrupellos zu genießen, um dann die Achseln zu zucken und zu fragen: »Besser nicht?«

Aber Laube, auf geschickten Umwegen richtig in sein Fahrwasser gekommen, war schon wieder ganz außer sich und gestikulierte von seinem tiefen Polsterstuhl aus verzweifelt in der Luft herum.

»Das ist es ja! Das ist es ja! Die schmachvolle soziale Stellung des Weibes« (er sagte nie »Frau«, sondern immer »Weib«, weil sich das naturwissenschaftlicher machte) »wurzelt in den Vorurteilen, den blöden Vorurteilen der Gesellschaft!«

»Prosit!« sprach Selten sehr sanft und mitleidig und goß ein Glas Rotwein hinunter.

Das nahm dem guten Jungen die letzte Ruhe.

»Ach du! ach du!« fuhr er in die Höhe, »du alter Zyniker! Mit dir ist ja nicht zu reden! Aber ihr«, wandte er sich herausfordernd an Meysenberg und mich, »ihr müßt mir recht geben! Ja oder nein?!«

Meysenberg schälte sich eine Orange.

»Halb und halb ganz gewiß!« sagte er mit Zuversicht.

»Nur weiter«, ermunterte ich den Redner. Er mußte sich wieder erst einmal auslassen, eher gab er doch keinen Frieden.

»In den blöden Vorurteilen und der bornierten Ungerechtigkeit der Gesellschaft, sage ich! All die Kleinigkeiten — ach Gott, das ist ja lächerlich. Daß sie da nun Mädchengymnasien einrichten und Weiber als Telegraphistinnen oder so was anstellen, — was hat das zu sagen. Aber im großen, im großen! Welche Anschauungen! Etwa was das Erotische, das Sexuelle anbelangt, welche beschränkte Grausamkeit!«

»So«, sagte der Doktor ganz erleichtert und legte seine Serviette weg, »nun wird's wenigstens amüsant.«

Laube würdigte ihn keines Blickes.

»Seht«, fuhr er eindringlich fort und winkte mit einem großen Dessertbonbon, den er hernach mit wichtiger Gebärde in den Mund schob, »seht, wenn zwei sich lieben und er führt das Mädchen ab, so bleibt *er* ein Ehrenmann nach wie vor, hat sogar ganz schneidig gehandelt, — verfluchter Kerl das! Aber das Weib ist die Verlorene, von der Gesellschaft Ausgestoßene, Verfemte, die Gefallene. Ja, die Ge—fal—le—ne! Wo bleibt der moralische Halt solcher Anschauung?! Ist der Mann nicht geradesogut gefallen? Ja, hat er nicht ehrlo—ser gehandelt als das Weib?! . . . Na, nun redet! Nun sagt was!«

Meysenberg sah nachdenklich dem Rauch seiner Zigarette nach.

»Eigentlich hast du recht«, sagte er gutmütig.

Laube triumphierte über das ganze Gesicht.

»Hab' ich? hab' ich?« wiederholte er nur immer. »Wo ist die sittliche Berechtigung zu solchem Urteil?«

Ich sah Doktor Selten an. Er war ganz still geworden. Während er mit beiden Händen ein Brotkügelchen drehte, blickte er mit jenem bitteren Gesichtsausdruck schweigend vor sich nieder.

»Wollen aufstehen«, sagte er dann ruhig. »Ich will euch eine Geschichte erzählen.« —

Wir hatten den Speisetisch beiseite gerückt und es uns ganz hinten in dem mit Teppichen und kleinen Polstersesseln traulich hergerichteten Plauderwinkel bequem gemacht. Eine von der Decke niederhängende Ampel erfüllte den Raum mit einem bläulichen Dämmerlicht. Schon lagerte sich eine leise wogende Schicht Zigarettenrauch unter dem Plafond.

»Na, leg los«, sagte Meysenberg, indem er vier Gläschen mit seinem französischen Benediktiner füllte.

»Ja, ich will euch die Geschichte gern einmal erzählen, weil wir doch so darauf gekommen sind«, sagte der Doktor, »gleich fix und fertig in Novellenform. Ihr wißt ja, daß ich mich einmal mit dergleichen beschäftigt habe.«

Ich konnte sein Gesicht nicht recht sehen. Er saß, ein Bein über das andere geschlagen, die Hände in den Seitentaschen seines Jacketts, zurückgelehnt in seinem Sessel und blickte ruhig zu der blauen Ampel hinauf.

»Der Held meiner Geschichte«, begann er nach einer Weile, »hatte in seinem kleinen norddeutschen Heimatort das Gymnasium absolviert. Mit neunzehn oder zwanzig Jahren bezog er die Universität P., eine übermittelgroße Stadt Süddeutschlands.

Er war der vollendete ›gute Kerl‹. Kein Mensch konnte ihm böse sein. Lustig und gutmütig-verträglich war er gleich der Liebling aller seiner Kameraden. Er war ein hübscher, schlanker Junge mit weichen Gesichtszügen, munteren braunen Augen und zärtlich geschwungenen Lippen, über welchen der erste Bart zu sprossen begann. Wenn er, den hellen runden Hut auf den schwarzen Locken zurückgesetzt, die Hände in den Hosentaschen, durch die Straßen flanierte, neugierig um sich schauend, warfen ihm die Mädchen verliebte Blicke zu.

Dabei war er unschuldig, — rein am Leibe wie an der Seele. Er konnte mit Tilly von sich sagen, er habe noch keine Schlacht verloren und kein Weib berührt. Das erste, weil er noch keine Gelegenheit dazu gehabt, und das zweite, weil er ebenfalls noch keine Gelegenheit dazu gehabt hatte.

Kaum war er vierzehn Tage in P., als er sich natürlich verliebte. Nicht in eine Kellnerin, wie es das gewöhnliche ist, sondern in eine junge Schauspielerin, ein Fräulein Weltner, naive Liebhaberin am Goethe-Theater.

Man sieht zwar, wie der Dichter so treffend bemerkt, mit dem Trunk der Jugend im Leib — Helenen in jedem Weib; aber das Mädchen war wirklich hübsch. Kindlich zarte Gestalt, mattblondes Haar, fromme, lustige grau-blaue Augen, feines Näschen, unschuldig-süßer Mund und weiches, rundes Kinn.

Er verliebte sich zuerst in ihr Gesicht, dann in ihre Hände, dann in ihre Arme, welche er gelegentlich einer antiken Rolle entblößt sah, — und eines Tages liebte er sie ganz und gar. Auch ihre Seele, welche er noch gar nicht kannte.

Seine Liebe kostete ihn ein Heidengeld. Mindestens jeden zweiten Abend hatte er einen Parkettplatz im Goethe-Theater. Alle Augenblicke mußte er der Mama um Geld schreiben, wofür er die abenteuerlichsten Erklärungen ausheckte. Aber er log ja um ihretwillen. Das entschuldigte alles.

Als er wußte, daß er sie liebte, war das erste, daß er Gedichte machte. Die bekannte, deutsche ›stille Lyrik‹.

Damit saß er oft bis spät in die Nacht unter seinen Büchern. Nur die kleine Weckuhr auf seiner Kommode klapperte einförmig, und draußen verhallten hin und wieder einsame Schritte. — Ganz oben in der Brust, wo der Hals beginnt, saß ihm ein weicher, lauer, flüssiger Schmerz, welcher oft in die schweren Augen hinaufquellen wollte. Aber weil er sich schämte, wirklich zu weinen, so weinte er es nur in Worten auf das geduldige Papier hinunter.

Da sagte er es sich in weichen Versen, wehmütigen Klangfalls, wie sie so süß und lieblich sei und er so krank und müde, und wie eine große Unrast in seiner Seele sei, welche ins Vage trieb, weit — weit, wo unter lauter Rosen und Veilchen ein süßes Glück schlummerte, aber er war gefesselt . . .

Gewiß, es war lächerlich. Ein jeder würde lachen. Die Worte waren ja auch so dumm, so nichtssagend hilflos. Aber er liebte sie! Er liebte sie!

Gleich natürlich, nach dem Selbstgeständnis, schämte er sich. Es war ja eine so armselige, kniende Liebe, daß er nur still ihr Füßchen hätte küssen mögen, weil sie gar so lieblich, oder ihre weiße Hand, dann wollte er ja gerne sterben. An den Mund wagte er gar nicht zu denken. —

Als er einmal nachts erwachte, stellte er sich vor, wie sie nun wohl daläge, das liebe Haupt in den weißen Kissen, den süßen Mund ein wenig geöffnet, und die Hände, diese unbeschreiblichen Hände mit dem zartblauen Geäder auf der Decke gefaltet. Dann warf er sich plötzlich herum, drückte das Gesicht ins Kopfkissen und weinte lange in der Dunkelheit.

Damit war der Höhepunkt erreicht. Er war nun so weit, daß er keine Gedichte mehr machen und nicht mehr essen konnte. Er mied seine Bekannten, ging kaum noch aus und hatte tiefe, dunkle Ränder unter den Augen. Dabei arbeitete er gar nicht mehr und mochte auch nichts lesen. Er wollte nur immer so vor ihrem Bilde, das er sich längst gekauft, müde weiterdämmern, in Tränen und Liebe. —

Eines Abends saß er mit seinem Freunde Rölling, mit dem er schon früher auf der Schule vertraut gewesen war und der Mediziner war wie er, aber schon in höheren Semestern, bei einem beschaulichen Glase Bier in irgendeinem Kneipenwinkel.

Da stellte Rölling plötzlich resolut seinen Maßkrug auf den Tisch.

›So, Kleiner; nun sag mal, was dir eigentlich ist.‹

›Mir?‹

Aber dann gab er es doch auf und sprach sich aus, über sie und sich. —

Rölling wackelte mißlich mit dem Kopfe.

›Schlimm, Kleiner. Nichts zu machen. Bist nicht der erste. Völlig unnahbar. Lebte bislang bei ihrer Mutter. Die ist zwar seit einiger Zeit tot, aber trotzdem — durchaus nichts zu machen. Gräßlich anständiges Mädel.‹

›Ja glaubtest du denn, ich . . .‹

›Na, ich glaubte, du hofftest . . .‹

›Ach Rölling! . . .‹

›. . . Ah — a so. Pardon, nun komm' ich erst ins klare. So sentimentalisch hatte ich mir das ja gar nicht gedacht. — Also dann schick ihr ein Bukett, schreib ihr dazu keusch und ehrfurchtsvoll, flehe um schriftliche Erlaubnis ihrerseits, ihr deine Aufwartung machen zu dürfen, zum mündlichen Ausdruck deiner Bewunderung.‹

Er wurde ganz blaß und zitterte am ganzen Leibe.

›Aber . . . aber das geht ja nicht!‹

›Warum nicht? Jeder Dienstmann geht für vierzig Pfennig.‹

Er zitterte noch mehr.

›Herrgott, — wenn das möglich wäre!‹

›Wo wohnt sie noch gleich?‹

›Ich — weiß nicht.‹

›*Das* weißt du noch nicht mal?! Kellner! Das Adreßbuch.‹

Rölling hatte es schnell gefunden.

›Gelt? Solange lebte sie in einer höheren Welt, nun wohnt sie auf einmal Heustraße 6a, dritte Etage; siehst du, hier steht's: Irma Weltner, Mitglied des Goethe-Theaters . . . Du, das ist übrigens eine scheußlich billige Gegend. So wird die Tugend belohnt.‹

›Bitte, Rölling . . .!‹

›Na ja, schon gut. Also das machst du. Vielleicht darfst du ihr mal die Hand küssen, — Gemütsmensch! Die drei Meter für den Parkettplatz wendest du diesmal an das Bukett. —‹

›Ach Gott, was kümmert mich das lumpige Geld!‹

›Es ist doch schön, von Sinnen zu sein!‹ deklamierte Rölling. —
Am folgenden Vormittag schon ging ein rührend naiver Brief
nebst einem wunderschönen Bukett nach der Heustraße ab. —
Wenn er eine Antwort von ihr erhielte, — irgendeine Antwort!
Wie wollte er aufjubelnd die Zeilen küssen! —
Nach acht Tagen war die Klappe des Briefkastens an der Haus-
tür abgebrochen von dem vielen Öffnen und Schließen. Die Wir-
tin schimpfte.
Die Ränder unter seinen Augen waren noch tiefer geworden; er
sah wirklich recht elend aus. Wenn er sich im Spiegel sah, er-
schrak er ordentlich; und dann weinte er vor Selbstmitleid.
›Du, Kleiner‹, sagte Rölling eines Tages sehr entschieden, ›das
geht nicht so weiter. Du gerätst ja immer mehr in Dekadenz. Da
muß etwas geschehn. Morgen gehst du einfach zu ihr.‹
Er machte seine kränkelnden Augen ganz groß.
›Einfach . . . zu ihr . . .‹
›Ja.‹
›Ach das geht ja nicht; sie hat es mir ja nicht erlaubt.‹
›Das war ja überhaupt dumm mit dem Geschreibsel. Das hätten
wir uns auch gleich denken können, daß sie dir nicht unbekann-
terweise gleich schriftliche Avancen machen würde. Du mußt
ein—fach zu ihr gehn. Du bist ja doch schon glückstrunken, wenn
sie einmal guten Tag zu dir gesagt hat. Ein Scheusal bist du ja
auch nicht gerade. Sie wird dich schon nicht ohne weiteres hin-
auswerfen. — Morgen gehst du.‹
Ihm war ganz schwindlig.
›Ich werde nicht können‹, sagte er leise.
›Dann ist dir nicht zu helfen!‹ Rölling wurde ärgerlich. ›Dann
mußt du halt sehen, wie du's allein überwindest!‹ —
Nun kamen, wie draußen mit dem Mai der Winter ein letztes
Ringen versuchte, Tage schweren Kampfes.
Aber als er dann eines Morgens aus tiefem Schlaf erwachte,
nachdem er sie im Traum gesehen, und sein Fenster öffnete, da
war es Frühling.
Der Himmel war licht — ganz lichtblau, wie in einem milden
Lächeln, und die Luft hatte ein so süßes Gewürz.
Er fühlte, roch, schmeckte, sah und hörte den Frühling. Alle
Sinne waren ganz Frühling. Und es war ihm, wie wenn der
breite Sonnenstreif, der drüben über dem Hause lag, in zitternden Schwingungen bis in sein Herz flösse, klärend und
stärkend.
Und dann küßte er stumm ihr Bild und zog ein reines Hemd an
und seinen guten Anzug und rasierte sich die Stoppeln am Kinn
und ging in die Heustraße. —
Es war eine seltsame Ruhe über ihn gekommen, vor der er fast
erschrak. Aber sie blieb doch. Eine traumhafte Ruhe, als ob er es

gar nicht selbst wäre, der da die Treppen hinaufging und nun vor der Tür stand und die Karte las: Irma Weltner. —

Da auf einmal durchfuhr es ihn, daß es ein Wahnsinn sei, und was er denn wollte, und daß er schnell umkehren müsse, bevor ihn jemand sähe.

Aber es war nur, wie wenn durch dieses letzte Aufstöhnen seiner Scheu der irre Zustand von vorhin endgültig abgeschüttelt sei, dann zog eine große, sichere, heitere Zuversicht in sein Gemüt, und während er bislang wie unter einem Druck gestanden, unter einer lastenden Notwendigkeit, wie in der Hypnose, handelte er nun mit freiem, zielsicherem, jauchzendem Willen.

Es war ja Frühling! —

Die Glocke klapperte blechern durch die Etage. Ein Mädchen kam und öffnete.

›Das gnädige Fräulein zu Hause?‹ fragte er munter.

›Zu Hause — ja — aber wen darf ich . . .‹

›Hier.‹

Er gab ihr seine Karte, und während sie dieselbe forttrug, ging er mit einem übermütigen Lachen im Herzen einfach gleich hinterher. Als das Mädchen ihrer jungen Herrin die Karte überreichte, stand er auch schon im Zimmer, aufrecht, den Hut in der Hand.

Es war ein mäßig großer Raum mit einfachem, dunklem Ameublement.

Die junge Dame hatte sich von ihrem Platz am Fenster erhoben; ein Buch auf dem Tischchen neben ihr schien eben beiseite gelegt. Er hatte sie niemals so reizend gesehen, in keiner Rolle, wie in der Wirklichkeit. Das graue Kleid mit dunklerem Brusteinsatz, das ihre feine Gestalt umschloß, war von schlichter Eleganz. In dem blonden Gekraus über ihrer Stirn zitterte die Maisonne.

Sein Blut quirlte und rauschte vor Entzücken, und als sie nun einen erstaunten Blick auf seine Karte warf und dann einen erstaunteren auf ihn selbst, da brach, indem er zwei schnelle Schritte auf sie zu tat, seine warme Sehnsucht in ein paar bangen, heftigen Worten hervor:

›Ach nein . . . böse dürfen Sie nicht sein!!‹

›Was ist denn das für ein Überfall?‹ fragte sie belustigt.

›Aber ich mußte Ihnen doch, wenn Sie mir's auch nicht erlaubt haben, ich mußte Ihnen doch einmal mündlich sagen, *wie* ich Sie bewundere, gnädiges Fräulein —‹ Sie deutete freundlich auf einen Sessel, und indem sie sich setzten, fuhr er etwas stockend fort:

›Sehen Sie, — ich bin nun schon mal so einer, der immer gleich alles sagen muß und nicht nur so immer alles . . . alles mit sich herumtragen kann, und da bat ich denn . . . warum haben Sie mir eigentlich gar nicht geantwortet, gnädiges Fräulein?‹ unterbrach er sich treuherzig.

›Ja — ich kann Ihnen nicht sagen‹, erwiderte sie lächelnd, ›wie aufrichtig mich Ihre anerkennenden Worte und der schöne Strauß erfreut haben, aber . . . das ging doch nicht, daß ich da gleich so . . . ich konnte ja nicht wissen . . .‹

›Nein, nein, das kann ich mir nun auch ganz gut denken, aber nicht wahr, jetzt sind Sie mir auch nicht böse, daß ich so ohne Erlaubnis . . .‹

›Ach nein, wie kann ich wohl!‹

›Sie sind erst seit ganz kurzer Zeit in P.?‹ fügte sie schnell hinzu, feinfühlig eine verlegene Pause verhütend.

›Doch schon etwa sechs bis sieben Wochen, gnädiges Fräulein.‹

›So lange? Ich dachte, Sie hätten mich vor anderthalb Wochen zuerst spielen sehen, als ich Ihre freundlichen Zeilen erhielt?‹

›Ich bitte Sie, gnädiges Fräulein!! Ich hab’ Sie ja während der ganzen Zeit beinah jeden Abend gesehen! In allen Ihren Rollen!‹

›Ja, warum sind Sie denn da nicht schon früher gekommen?‹ fragte sie harmlos erstaunt.

›Hätte ich schon früher kommen sollen —?‹ erwiderte er ganz kokett. Er fühlte sich so namenlos glücklich ihr gegenüber im Sessel, mit ihr in zutraulichem Gespräch, und so unfaßlich war ihm die Situation, daß er fast fürchtete, es möchte wieder wie sonst ein trauriges Erwachen dem süßen Traume folgen. So munter-behaglich war ihm zu Sinn, daß er fast ganz gemütlich ein Bein über das andere geschlagen hätte, und dann wieder so überschwenglich selig, daß er ihr am liebsten gleich aufjauchzend zu Füßen gesunken wäre . . . Das ist ja alles dumme Mimerei! ich habe dich ja so lieb . . . so lieb!! . . .

Sie wurde ein bißchen rot, lachte aber herzlich erheitert über seine lustige Replik.

›Pardon, — Sie mißverstehen mich. Ich sagte das allerdings etwas ungeschickt, aber Sie müssen nicht so schwer von Begriffen sein . . .‹

›Ich werde mich bemühen, gnädiges Fräulein, von jetzt an — noch leichter von Begriffen zu sein . . .‹

Er war vollkommen außer Rand und Band. Das erzählte er sich nach dieser Erwiderung gleich noch einmal. Da saß sie! Da saß sie! Und er bei ihr! Er raffte immer wieder all sein Bewußtsein zusammen, um sich zu zeigen, daß er es wirklich selbst war, und seine ungläubig-seligen Blicke glitten immer wieder über ihr Antlitz und ihre Gestalt . . . Ja, das war ihr mattblondes Haar, ihr süßer Mund, ihr weiches Kinn mit dieser leisen Neigung zur Doppelung, das war ihre helle Kinderstimme, ihre liebliche Sprache, welche jetzt außerhalb des Theaters den süddeutschen Dialekt ein wenig hervortreten ließ; das waren, wie sie nun noch einmal, ohne auf seine letzte Antwort weiter einzugehen, seine Karte vom Tische nahm, um von seinem Namen noch einmal des genaueren Kenntnis zu nehmen, — das waren ihre geliebten

Hände, die er so oft im Traume geküßt, diese unbeschreiblichen Hände, und ihre Augen, die sich nun wieder auf ihn richteten — mit einem Ausdruck, dessen interessierte Freundlichkeit sich noch stetig steigerte! Und ihre Sprache galt wieder ihm, wie sie nun mit Fragen und Antworten das Plaudern fortsetzte, das sich, hin und wieder stockend, dann wieder mit Leichtigkeit von ihrer beider Herkunft über ihre Beschäftigungen und über Irma Weltners Rollen fortspann, deren ›Auffassung‹ ihrerseits er natürlich unumschränkt belobte und bewunderte, obgleich eigentlich, wie sie selbst lachend abwehrte, blitzwenig daran ›aufzufassen‹ war.

Es klang in ihrem lustigen Lachen immer eine kleine Theater-Note mit, wie wenn etwa der dicke Papa soeben einen Moser'schen Witz ins Parkett dirigiert hätte; aber es entzückte ihn, wenn er dazu ganz naiv unverhüllter Innigkeit ihr Gesicht betrachtete, dermaßen, daß er mehrmals die Versuchung niederkämpfen mußte, ihr schnell zu Füßen zu sinken und ihr seine große, große Liebe ehrlich zu gestehen. —

Eine volle Stunde mochte vergangen sein, als er endlich ganz bestürzt auf seine Uhr blickte und sich eilig erhob.

›Aber wie lange halte ich Sie denn auf, Fräulein Weltner! Sie hätten mich längst fortschicken sollen! Sie sollten das doch allmählich wissen, daß einem die Zeit in Ihrer Nähe . . .‹

Er machte es unwissentlich ganz geschickt. Er war schon fast ganz von der lauten Bewunderung des Mädchens als Künstlerin abgekommen; seine treuherzig vorgebrachten Komplimente wurden instinktiv immer mehr rein persönlicher Natur.

›Aber wie spät ist es denn? Warum wollen Sie denn schon gehen?‹ fragte sie mit einer betrübten Verwunderung, welche, wenn sie gespielt war, jedenfalls realistischer und überzeugender wirkte als jemals auf der Bühne.

›Lieber Gott, ich habe Sie lange genug gelangweilt. Eine ganze Stunde!‹

›Ach nein! Ist mir die Zeit schnell vergangen!‹ rief sie jetzt mit zweifellos aufrichtiger Verwunderung. ›Schon eine Stunde!? Da muß ich mich allerdings beeilen, noch etwas von meiner neuen Rolle in den Kopf zu bekommen — für heute abend —, sind Sie im Theater heute abend? — auf der Probe konnte ich noch gar nichts. Der Regisseur hätte mich beinahe geprügelt!‹

›Wann darf ich ihn umbringen?‹ fragte er feierlich.

›Lieber heut' als morgen!‹ lachte sie, indem sie ihm zum Abschied die Hand reichte.

Da beugte er sich mit aufwallender Leidenschaft nieder auf ihre Hand und preßte seine Lippen darauf in einem langen, unersättlichen Kusse, von dem er sich, wie es auch zur Besonnenheit in ihm mahnte, nicht trennen konnte, nicht trennen von dem süßen Duft dieser Hand, von diesem seligen Gefühlstaumel.

Sie zog ihre Hand etwas hastig zurück, und als er sie wieder anblickte, glaubte er auf ihrem Gesicht einen gewissen Ausdruck der Verwirrung zu bemerken, über den er wahrscheinlich sich hätte von Herzen freuen können, den er aber als Ärger über sein unschickliches Betragen deutete, und über den er sich einen Moment schamvoll grämte.

›Meinen herzlichsten Dank, Fräulein Weltner‹, sagte er schnell und in förmlicherer Weise als bisher, ›für die große Freundlichkeit, die Sie mir erwiesen haben —‹

›Ich bitte Sie; ich bin sehr erfreut, Sie kennengelernt zu haben.‹

›Und nicht wahr?‹ bat er nun wieder in seinem früheren treuherzigen Ton, ›eine Bitte werden Sie mir auch nicht abschlagen, gnädiges Fräulein, nämlich — daß ... ich einmal wiederkommen darf!‹

›Natürlich! ... das heißt ... gewiß, — warum nicht!‹ Sie ward ein wenig verlegen. Seine Bitte schien nach dem seltsamen Handkusse etwas unzeitgemäß.

›Ich würde mich sehr freuen, wieder einmal mit Ihnen plaudern zu können‹, fügte sie dann jedoch mit ruhiger Freundschaftlichkeit hinzu und reichte ihm noch einmal die Hand.

›Tausend Dank!‹

Noch eine kurze Verbeugung, dann war er draußen. Auf einmal wieder, als er sie nicht mehr sah, wie im Traum.

Aber dann fühlte er aufs neue die Wärme ihrer Hand in der seinen und auf seinen Lippen, dann wußte er wieder, daß es wirklich Wirklichkeit war und daß seine ›verwegenen‹, seligen Träume wahr geworden. Und er taumelte wie betrunken die Treppe hinunter, seitwärts auf das Geländer gebeugt, welches sie so oft berührt haben mußte, und welches er küßte, mit jubelnden Küssen, — von oben bis unten. —

Unten, vor dem von der Straßenfront ein wenig zurückweichenden Hause, war ein kleiner hof- oder gartenartiger Vorplatz, an dessen linker Seite ein Fliederbusch die ersten Blüten trieb. Da blieb er stehen und barg sein glühendes Gesicht in dem kühlen Gesträuch und trank lange, während sein Herz pochte, den jungen, zarten Duft.

Oh — o wie er sie liebte! —

Rölling und ein paar andere junge Leute waren schon eine Weile mit Essen fertig, als er das Restaurant betrat und sich erhitzt und mit einem flüchtigen Gruße zu ihnen setzte. Einige Minuten saß er ganz still und sah sie nur nach der Reihe mit einem überlegenen Lächeln an, als machte er sich im geheimen über sie lustig, die so dasaßen und Zigaretten rauchten und gar nichts wußten.

›Kinder!!‹ schrie er dann auf einmal, indem er sich über den Tisch beugte, ›wißt ihr was Neues? Ich bin glücklich!!‹

›Aha?!‹ sagte Rölling und sah ihm sehr ausdrucksvoll ins Gesicht. Dann reichte er ihm mit einer feierlichen Bewegung über dem Tische die Hand.

›Meinen tiefgefühltesten Glückwunsch, Kleiner.‹

›Wozu denn?‹

›Was ist denn los?‹

›Ja so, das wißt ihr noch gar nicht. Also es ist sein Geburtstag heute. Er feiert Geburtstag. Schaut ihn mal an; — ist er nicht ganz wie neugeboren?!‹

›Nanu!‹

›Donnerwetter!‹

›Gratuliere!‹

›Du, also da müßtest du eigentlich . . .‹

›Natürlich! — Kell—ner!‹ —

Man mußte ihm zugestehen, er wisse seinen Geburtstag zu feiern. —

Dann, nach mühevoll mit sehnender Ungeduld heruntergewarteten acht Tagen, wiederholte er seinen Besuch. Sie hatte es ihm ja erlaubt. All die exaltierten états d'âme, die das erste Mal die Liebesscheu in ihm wachgerufen, kamen da schon in Wegfall.

Nun, und dann sah und sprach er sie halt öfter. Sie erlaubte es ihm ja immer wieder aufs neue.

Sie plauderten ungezwungen miteinander, und ihr Verkehr wäre fast freundschaftlich zu nennen gewesen, hätte sich nicht hin und wieder plötzlich eine gewisse Verlegenheit und Befangenheit, etwas wie eine vage Ängstlichkeit bemerkbar gemacht, die sich gewöhnlich bei beiden gleichzeitig zeigte. Es konnte in solchen Momenten das Gespräch plötzlich stocken und in einem sekundenlangen, stummen Blick sich verlieren, der dann, gleich dem ersten Handkuß, den Anlaß dazu gab, den Verkehr in augenblicklich steiferer Form fortzusetzen.

Einige Male durfte er sie nach der Vorstellung nach Hause begleiten. Welche Fülle von Glück bargen für ihn diese Frühlingsabende, wenn er an ihrer Seite durch die Straßen wanderte! Vor ihrer Haustür dankte sie ihm dann herzlich für sein Bemühen, er küßte ihr die Hand und ging mit einer jubelnden Dankbarkeit im Herzen seines Weges.

An einem dieser Abende war es, als er sich nach dem Abschiede, schon einige Schritte von ihr entfernt, noch einmal umwandte. Da sah er, daß sie noch in der Tür stand und scheinbar am Boden etwas suchte. — Doch wollte es ihm dünken, als habe sie erst bei seiner schnellen Wendung plötzlich die Haltung des Suchens angenommen. —

›Gestern Abend habe ich euch gesehen!‹ sagte Rölling einmal.

›Kleiner, nimm den Ausdruck meiner Hochachtung. So weit hat's wahrhaftig noch keiner mit ihr gebracht. Du bist ein Hauptkerl.

Aber ein Schaf bist du doch. Viel mehr Avancen kann sie dir doch eigentlich gar nicht machen. Dieser notorische Tugendbold! Sie muß ja vollkommen in dich verliebt sein! Daß du da nun nicht mal frisch drauflosgehst!‹
Er sah ihn einen Augenblick verständnislos an. Dann begriff er und sagte: ›Ach schweig!‹ —
Aber er zitterte.

Dann reifte der Frühling. Schon gegen Ende dieses Mai reihte sich eine Anzahl heißer Tage, in denen kein Tropfen Regen fiel. Mit einem fahlen, dunstigen Blau starrte der Himmel auf die dürstende Erde hernieder, und die starre, grausame Hitze des Tages machte gegen Abend einer dumpfen, lastenden Schwüle Platz, die ein matter Luftzug nur desto fühlbarer machte.
An einem dieser Spätnachmittage strich unser braver Junge einsam in den hügeligen Anlagen vor der Stadt umher.
Es hatte ihn daheim nicht gelitten. Er war wieder krank; wieder trieb ihn diese durstige Sehnsucht, die er doch längst gestillt glaubte durch all das Glück. Aber nun mußte er wieder stöhnen. Nach ihr. — Was wollte er noch! —
Von Rölling kam es, diesem Mephisto. Nur gutmütiger und weniger geistvoll.

> Um dann die hohe Intuition —
> Ich darf nicht sagen, wie — zu schließen . . .

Er schüttelte mit einem Ächzen den Kopf und starrte weit hinaus in die Dämmerung.
Von Rölling kam es! — Oder der hatte es doch, als er ihn wieder bleich werden sah, zuerst in brutalen Worten genannt und nackt vor ihn hingestellt, was sonst noch von den Nebeln weicher, vager Melancholie umhüllt gewesen! —
Und er wanderte immer weiter, in diesem müden und doch strebenden Schritt, in der Schwüle.
Und er konnte den Jasminbusch nicht finden, dessen Duft er schon immerfort empfand. Es konnte ja noch gar kein Jasmin blühen, aber er hatte doch immer diesen süßen, betäubenden Geruch, überall, solange er draußen war. —
An einer Biegung des Weges, gelehnt an einen wallartigen Abhang, auf dem verstreute Bäume standen, war eine Bank. Da setzte er sich und sah geradeaus.
An der anderen Seite des Weges senkte sich bald der dürre Grasboden zum Fluß hinab, der träge vorüberglitt. Jenseits die Chaussee, schnurgerade, zwischen zwei Reihen Pappeln. Dort, mühselig dem fahl-violetten Horizont entlang, schleppte sich einsam ein bäuerischer Wagen.

Er saß und starrte und wagte keine Bewegung, weil sonst auch nichts sich regte.

Und immer und immer dieser schwüle Jasmin!

Und auf der ganzen Welt diese dumpfe Last, diese lauwarme, brütende Stille, so durstig und lechzend. Er fühlte es, daß irgendeine Befreiung kommen mußte, irgendwoher eine Erlösung, eine stürmisch erquickende Befriedigung all dieses Durstes in ihm und der Natur . . .

Und dann sah er wieder das Mädchen vor sich, in dem hellen antiken Kostüm, und ihren schmalen, weißen Arm, der weich und kühl sein mußte —

Da stand er auf mit einem halben, vagen Entschluß und ging schneller und schneller den Weg zur Stadt.

Als er stehenblieb mit einem unklaren Bewußtsein, am Ziele zu sein, schlug plötzlich ein großer Schreck in ihm empor.

Es war völlig Abend geworden. Alles war still und dunkel um ihn. Nur hin und wieder zeigte sich noch ein Mensch um diese Zeit in der noch vorstadtartigen Gegend. Unter vielen leis verschleierten Sternen stand der Mond am Himmel, beinahe voll. Ganz fern das phlegmatische Licht einer Gaslaterne.

Und er stand vor ihrem Hause. —

Nein, er hatte nicht hingehen wollen! aber es hatte in ihm gewollt, ohne daß er es wußte.

Und nun, wie er da stand und regungslos zum Monde emporsah, war es doch wohl richtig so, und sein Platz.

— Es war irgendwoher noch mehr Lichtschein da. —

Es kam von oben, aus dem dritten Stockwerk, aus ihrem Zimmer, wo ein Fenster offenstand. Sie war also nicht im Theater beschäftigt; sie war daheim und noch nicht zur Ruhe gegangen. —

Er weinte. Er lehnte am Zaun und weinte. Es war alles so traurig. Die Welt war so stumm und durstig, und der Mond war so blaß. —

Er weinte lange, weil er das eine Weile als die erdürstete Lösung und Erquickung und Befreiung empfand. Aber dann waren seine Augen trockener und heißer als zuvor.

Und diese dürre Beklommenheit preßte wieder seinen ganzen Leib, daß er stöhnen mußte, stöhnen nach — nach . . .

— Nachgeben — nachgeben. —

Nein! Nicht nachgeben, sondern selbst —!!

Er reckte sich. Seine Muskeln schwollen.

Aber dann spülte wieder ein stilles, laues Weh seine Kraft hinweg.

Doch lieber nur müde nachgeben.

Er drückte schwach auf den Haustürgriff und ging langsam und schleppend die Treppen hinauf.

Das Dienstmädchen sah ihn doch etwas erstaunt an, zu dieser Stunde; aber das gnädige Fräulein sei daheim.

Sie meldete ihn nicht mehr; er öffnete gleich selbst nach kurzem Klopfen die Tür zu Irma's Wohnzimmer.

Er war sich keines Handelns bewußt. Er ging nicht zu der Tür, sondern er ließ sich gehen. Es war ihm, als habe er irgendeinen Halt aus Schwäche fahrenlassen, und als wiese ihn nun eine stille Notwendigkeit mit ernster, fast trauriger Gebärde dahin. Er fühlte, daß irgendein selbständig überlegter Wille gegen diesen still-mächtigen Befehl sein Inneres nur in wehevollen Widerstreit versetzt hätte. Nachgeben — nachgeben; es würde das Richtige geschehn, das Notwendige. —

Auf sein Klopfen vernahm er ein leises Hüsteln, wie um die Kehle zum Sprechen herzurichten; dann klang ihr ›Herein‹ müde und fragend.

Als er eintrat, saß sie an der Rückwand des Zimmers in der Sofaecke hinter dem runden Tisch im Halbdunkel; die Lampe brannte verhüllt am offenen Fenster auf der kleinen Servante. Sie blickte ihn nicht an, sondern, indem sie zu glauben schien, es sei das Mädchen, verharrte sie in ihrer müden Stellung, die eine Wange an das Rückenpolster geschmiegt.

›Guten Abend, Fräulein Weltner‹, sagte er leise.

Da hob sie zusammenfahrend den Kopf und sah ihn einen Augenblick mit tiefer Erschrockenheit an.

Sie war bleich und ihre Augen waren gerötet. Ein still hingebender Ausdruck des Leides lag um ihren Mund, und eine namenlos sanfte Müdigkeit klagte in ihrem zu ihm emporgerichteten Blick und in dem Klang ihrer Stimme, als sie dann fragte:

›So spät noch?‹

Da quoll es ihm in die Höhe, was er noch niemals empfunden, weil er noch niemals sich selbst vergessen hatte, ein warmes, inniges Weh, auf diesem süßen, süßen Antlitz, und in diesen geliebten Augen, welche als liebliches, heiteres Glück über seinem Leben geschwebt, den Schmerz zu sehen; ja, während er bisher nur immer Mitleid mit sich selbst empfunden hatte — ein tiefes, unendlich hingebendes Mitleid mit ihr.

Und dann blieb er so stehen wie er stand und fragte nur scheu und leise, aber sein Gefühl sprach in innigen Lauten mit:

›Warum haben Sie geweint, Fräulein Irma?‹

Sie blickte stumm in ihren Schoß nieder, auf das weiße Tüchlein, das sie dort in der Hand zusammenpreßte.

Da trat er auf sie zu, und indem er sich neben ihr niedersetzte, nahm er ihre beiden schmalen, mattweißen Hände, welche kalt und feucht waren, und küßte zärtlich eine jede, und während ihm tief aus der Brust heiße Tränen in die Augen stiegen, wiederholte er mit bebender Stimme:

›Sie haben . . . ja geweint?‹

Aber sie ließ den Kopf noch tiefer auf die Brust sinken, daß der leise Duft ihres Haares ihm entgegenhauchte, und während ihre Brust mit einem schweren, angstvollen, lautlosen Leiden rang, und ihre zarten Finger in den seinen zuckten, sah er, wie aus ihren langen, seidenen Wimpern zwei Tränen sich lösten, langsam und schwer.

Da preßte er ihre beiden Hände angstvoll an seine Brust und klagte laut auf vor verzweifeltem Wehgefühl, mit gewürgter Kehle:

›Ich kann das ja nicht . . . ansehn, daß du weinst! ich halt' das ja nicht aus!!‹

Und sie hob ihr blasses Köpfchen zu ihm empor, daß sie sich in die Augen sehen konnten, tief, tief, bis in die Seele, und einander in diesem Blick sagen, daß sie sich lieb hatten. Und dann durchbrach ein jubelnd-erlösender, verzweifelt-seliger Liebesschrei die letzte Scheu, und während sich ihre jungen Leiber in aufbäumender Krampfspannung umschlangen, preßten sich ihre bebenden Lippen aufeinander, und in den ersten, langen Kuß, um welchen die Welt versank, flutete durch das offene Fenster der Duft des Flieders hinein, der nun schwül und begehrlich geworden war.

Und er hob ihre zarte, fast überschlanke Gestalt vom Sitz empor, und sie stammelten einander in die offenen Lippen, wie sehr sie sich liebten.

Und dann machte es ihn seltsam erschauern, wie sie, die für seine Liebesscheu hohe Gottheit gewesen, vor der er sich stets schwach und ungeschickt und klein gefühlt, unter seinen Küssen zu wanken begann . . .

Einmal in der Nacht erwachte er.

Das Mondlicht spielte in ihrem Haar, und ihre Hand ruhte auf seiner Brust.

Da sah er empor zu Gott und küßte ihre schlummernden Augen und war ein besserer Kerl als jemals.

Ein stürmischer Gewitterregen war über Nacht niedergegangen. Die Natur war aus ihrem dumpfen Fieber erlöst. Die ganze Welt atmete einen erfrischten Duft.

In der kühlen Morgensonne zogen die Ulanen durch die Stadt, und die Leute standen vor den Türen und rochen in die gute Luft und freuten sich.

Und wie er, seiner Wohnung zu, durch den verjüngten Frühling wanderte, eine träumerisch-selige Schlaffheit in den Gliedern, hätte er nur immer in den lichtblauen Himmel hineinjauchzen mögen — o du Süße — Süße — Süße —!!! —

Dann, daheim an seinem Arbeitstisch, vor ihrem Bilde hielt er

Einkehr und veranstaltete eine gewissenhafte Prüfung seines Inneren, was er getan, und ob er nicht etwa bei allem Glück ein Lump sei. Das hätte ihn sehr geschmerzt.

Aber es war gut und schön.

Ihm war so glockenfeierlich im Gemüt, wie etwa bei seiner Konfirmation, und wie er hinausblickte in den zwitschernden Frühling und in den milde lächelnden Himmel, war es ihm wieder wie in der Nacht, als sähe er dem lieben Gott mit ernster, schweigender Dankbarkeit ins Angesicht, und seine Hände falteten sich, und mit inbrünstiger Zärtlichkeit flüsterte er ihren Namen als andächtiges Morgengebet in den Frühling hinaus. —

Rölling — nein, der sollte es nicht wissen. Es war ja ein ganz lieber Junge, aber er würde doch nur wieder seine Redensarten dazu machen und die Sache so — komisch behandeln. Aber wenn er einmal nach Hause käme, — ja, dann wollte er es abends einmal, wenn die Lampe summte, seiner Mama erzählen, — all — all sein Glück . . .

Und er versank wieder darin.

Rölling wußte natürlich nach acht Tagen Bescheid.

›Kleiner!‹ sagte er, ›denkst du, ich bin blödsinnig? Ich weiß alles. Du könntest mir die Sache gern mal ein bißchen detailliert erzählen.‹

›Ich weiß nicht, was du sprichst. Wenn ich aber auch wüßte, was du sprichst, würde ich nicht von dem sprechen, was du weißt‹, entgegnete er ernsthaft, indem er den Frager mit lehrhafter Miene und gestikulierendem Zeigefinger durch die geistvolle Verwickelung seines Satzes wies.

›Nun sehe einer! Ordentlich witzig wird der Kleine! Der reine Saphir! — Na, sei recht glücklich, mein Junge.‹

›Das bin ich, Rölling!‹ sagte er ernst und fest und drückte mit Innigkeit des Freundes Hand.

Aber dem wurde es schon wieder zu sentimental.

›Du‹, fragte er, ›wird Irmachen nun nicht bald junge Frauen spielen? Kapotthütchen müssen ihr reizend stehen! — Übrigens — kann ich nicht Hausfreund werden?‹

›Rölling, du bist unausstehlich!‹ —

— Vielleicht plauderte Rölling. Vielleicht auch konnte die Angelegenheit unseres Helden, der dadurch seinen Bekannten und seinen bisherigen Gewohnheiten völlig entfremdet wurde, überhaupt nicht lange unbekannt bleiben. Man erzählte sich sehr bald in der Stadt, ›die Weltner vom Goethe-Theater‹ habe ein ›Verhältnis‹ mit einem blutjungen Studenten, und die Leute versicherten nun, an die Anständigkeit der ›Person‹ ja auch niemals recht geglaubt zu haben. —

Ja, er war allem entfremdet. Um ihn her war die Welt versunken,

und unter lauter rosa Wölkchen und Rokoko-Amoretten, welche geigten, schwebte er durch die Wochen — selig, selig, selig! Wenn er nur immer, während unmerklich die Stunden schwanden, zu ihren Füßen liegen konnte und hintübergeworfenen Kopfes ihr den Atem vom Munde trinken, — im übrigen war das ganze Leben aus, aus und vorbei. Jetzt gab es nur noch dies eine — eine, für das in den Büchern das schäbige Wort ›Liebe‹ stand. —
Die erwähnte Position zu ihren Füßen war übrigens charakteristisch für das Verhältnis der beiden jungen Leute. Es zeigte sich darin sehr bald das ganze äußere gesellschaftliche Übergewicht der Frau von zwanzig Jahren über den Mann gleichen Alters. Er war immer derjenige, welcher in dem instinktiven Verlangen, ihr zu gefallen, sich in Worten und Bewegungen zusammennehmen mußte, um ihr richtig zu begegnen. Abgesehen von der völlig freien Hingabe der eigentlichen Liebesszenen war *er* es, der während ihres einfach gesellschaftlichen Verkehrs sich nicht ganz ungezwungen geben konnte und der völligen Ungeniertheit entbehrte. Er ließ sich, teils gewiß auch aus hingebender Liebe, mehr noch aber wohl, weil er der gesellschaftlich Kleinere, Schwächere war, wie ein Kind von ihr ausschelten, um dann de- und wehmütig um Verzeihung zu bitten, bis er wieder den Kopf in ihren Schoß schmiegen durfte und sie ihm liebkosend das Haar streichelte, — mit einer mütterlichen, fast mitleidigen Zärtlichkeit. Ja er blickte, zu ihren Füßen liegend, zu ihr empor, er kam und ging, wann sie es wünschte, er gehorchte jeder ihrer Launen, und sie *hatte* Launen.
›Kleiner‹, sagte Rölling, ›ich glaube, du stehst unter dem Pantoffel. Mir scheint, du bist zu zahm für die wilde Ehe!‹
›Rölling, du bist ein Esel. Das weißt du nicht. Das kennst du nicht. Ich liebe sie. Das ist das Ganze. Ich liebe sie nicht bloß — *so* . . . so, sondern ich — liebe sie eben, ich . . . ach, das läßt sich ja gar nicht sagen . . .!!‹
›Du bist halt ein fabelhaft guter Kerl‹, sagte Rölling.
›Ach was, Unsinn!‹ —
Ach was, Unsinn! Diese dummen Redensarten von ›Pantoffel‹ und ›zu zahm‹ konnte auch wieder nur Rölling machen. Der verstand auch wirklich gar nichts davon. — Was war er selbst denn? Was war er denn bloß?! Das Verhältnis war ja so einfach und richtig. Er konnte ja doch immer nur ihre Hände in die seinen nehmen und ihr immer aufs neue sagen: Ach, daß du mich lieb hast, daß du mich ein klein bißchen lieb hast — *wie* dank' ich dir dafür!

Einmal, an einem schönen, weichen Abend, als er einsam durch die Straßen wanderte, machte er wieder einmal ein Gedicht, das ihn sehr rührte. Es lautete etwa so:

Wenn rings der Abendschein verglomm,
Der Tag sich still verlor,
Dann falte deine Hände fromm
Und schau zu Gott empor.

Ist's nicht, als ruh' auf unserm Glück
Sein Auge wehmutsvoll,
Als sagte uns sein stiller Blick,
Daß es einst sterben soll?

Daß einst, wenn dieser Lenz entschwand,
Ein öder Winter wird,
Daß an des Lebens harter Hand
Eins von dem andern irrt? —

Nein, lehn dein Haupt, dein süßes Haupt
So angstvoll nicht an meins,
Noch lacht der Frühling unentlaubt
Voll lichten Sonnenscheins!

Nein, weine nicht! Fern schläft das Leid, —
O komm, o komm an mein Herz!
Noch blickt mit jubelnder Dankbarkeit
Die Liebe himmelwärts!

Aber dies Gedicht rührte ihn nicht etwa, weil er sich wirklich und
ernsthaft die Eventualität eines Endes vor Augen gestellt hätte.
Das wäre ja ein ganz wahnsinniger Gedanke gewesen. Recht von
Herzen kamen ihm eigentlich nur die letzten Verse, wo die wehmütige Monotonie des Klangfalls in der freudigen Erregung des
gegenwärtigen Glücks von raschen, freien Rhythmen durchbro-
chen ward. Das übrige war nur so eine musikalische Stimmung,
von der er sich vage Tränen in die Augen streicheln ließ. —
— Dann schrieb er wieder Briefe an seine Familie daheim, welche
sicher kein Mensch verstand. Es stand eigentlich gar nichts darin;
dagegen waren sie auf das erregteste interpunktiert und strotz-
ten besonders von einer Fülle anscheinend gänzlich unmotivier-
ter Ausrufungszeichen. Aber irgendwie mußte er doch all sein
Glück mitteilen und von sich geben, und da er, wenn er's über-
legte, in dieser Sache doch nicht ganz offen sein konnte, so hielt
er sich eben an die vieldeutigen Ausrufungszeichen. Er konnte oft
still selig in sich hineinlachen, wenn er bedachte, daß selbst sein
gelehrter Papa unmöglich diese Hieroglyphen würde entziffern
können, die doch nichts weiter bedeuteten als etwa: Ich bin maß—
los glücklich! —

So ging, bis Mitte Juli, in diesem lieben, dummen, süßen, spru-
delnden Glück die Zeit dahin, und die Geschichte würde langweilig, wenn nicht dann einmal ein lustiger, ein amüsanter Morgen gekommen wäre.

Der Morgen war in der Tat wunderhübsch. Es war noch ziemlich
früh, etwa neun Uhr. Die Sonne streichelte nur behaglich die
Haut. Auch roch die Luft wieder so gut, — gerade so, fiel ihm
auf, wie damals an jenem Morgen nach der ersten wundersamen
Nacht.

Er war sehr vergnügt und hieb munter mit seinem Stock auf das
schneeweiße Trottoir ein. Er wollte zu ihr.

Sie erwartete ihn gar nicht, das war gerade so lieb. Er hatte vor-
gehabt, diesen Morgen ins Kolleg zu gehen, aber daraus war natürlich nichts geworden — heute. Das fehlte auch noch! bei diesem
Wetter im Hörsaal sitzen! Wenn es regnete — allenfalls. Aber
unter diesen Umständen, unter diesem Himmel mit seinem hellen, weichen Lachen . . . zu ihr! zu ihr! Sein Entschluß hatte ihn
in die rosigste Laune versetzt. Er pfiff die kräftigen Rhythmen
des Trinkliedes aus der ›Cavalleria rusticana‹ vor sich hin, während er die Heustraße hinunterging.

Vor ihrem Hause blieb er stehen und schlürfte eine Weile den
Fliederduft. Mit dem Strauch hatte er allmählich eine innige
Freundschaft geschlossen. Immer, wenn er kam, machte er vor
ihm halt und hielt ein kleines, stummes, überaus gemütvolles
Zwiegespräch mit ihm. Dann erzählte ihm der Flieder in leisen,
zarten Verheißungen von all dem Süßen, das ihn wieder einmal
erwartete, und er betrachtete ihn, wie man gern angesichts eines
großen Glückes oder Schmerzes, an dessen Mitteilung an irgendeinen Menschen man verzweifelt, sich mit seinem Übermaß von
Empfindungen an die große, stille Natur wendet, die wirklich
manchmal dreinschaut, als verstände sie etwas davon, — er
betrachtete ihn längst als etwas durchaus zur Sache Gehöriges,
Mitfühlendes, Vertrautes, und sah in ihm kraft seiner permanen-
ten lyrischen Entrücktheit weit mehr als eine bloße szenische Bei-
gabe in seinem Roman. —

Als er sich von dem lieben, weichen Duft genug hatte erzählen
und verheißen lassen, ging er hinauf, und nachdem er seinen
Stock auf dem Korridor abgestellt hatte, trat er ohne zu klopfen,
beide Hände in übermütiger Fröhlichkeit in den Hosentaschen
seines hellen Sommeranzuges und den runden Hut zurückge-
schoben auf dem Kopf, weil er wußte, daß sie ihn damit am liebsten leiden mochte, ins Wohnzimmer.

›Morgen, Irma!! na, du bist wohl . . .‹ — ›überrascht‹ wollte er
sagen, aber er war selbst überrascht. Bei seinem Eintritt sah er,
daß sie sich mit einem Ruck vom Tische erhob, als wolle sie eilig
etwas holen, wußte aber nicht recht was. Sie fuhr nur ratlos mit

einer Serviette über den Mund, indem sie dastand und ihn merkwürdig groß ansah. Auf dem Tisch stand Kaffee und Gebäck. An der einen Seite saß ein alter, würdiger Herr mit schneeweißem Zwickelbart und durchaus gentil gekleidet, welcher kaute und ihn sehr erstaunt ansah.

Er nahm schnell seinen Hut ab und drehte ihn verlegen in den Händen.

›O pardon‹, sagte er, ›ich wußte nicht, daß du Besuch hast.‹

Bei dem ›Du‹ hörte der alte Herr auf zu kauen und sah nunmehr dem jungen Mädchen ins Gesicht.

Der gute Junge erschrak ordentlich, wie sie bleich war und noch immer so dastand. Aber der alte Herr sah ja noch viel schlimmer aus! wie eine Leiche! und die Haare, die er hatte, schien er sich auch nicht gekämmt zu haben. Wer das nur sein mochte?! Er zerbrach sich hastig den Kopf darüber. Ein Verwandter von ihr? Aber sie hatte ihm ja gar nichts gesagt —? Na, jedenfalls kam er ungelegen. Wie jammerschade! Er hatte sich so gefreut! Nun konnte er nur wieder gehen! Es war abscheulich! — Daß auch niemand was sagte! — Und wie sollte er sich gegen sie benehmen?

›Wieso‹, sagte plötzlich der alte Herr und sah sich mit seinen kleinen, tiefliegenden, blanken, grauen Augen um, als erwartete er auch noch eine Antwort auf diese rätselhafte Frage. Er war ja wohl etwas wirr im Kopf. Das Gesicht, das er machte, war dumm genug. Die Unterlippe hing ihm ganz schlaff und blöde hinunter.

Es fiel nun unserem Helden plötzlich ein, sich vorzustellen. Er tat es mit viel Anstand.

›Mein Name ist ***. Ich wollte nur — ich wollte meine Aufwartung machen . . .‹

›Was geht denn mich das an?!‹ polterte auf einmal der würdige alte Herr. ›Was wollen Sie überhaupt?!‹

›Entschuldigen Sie, ich . . .‹

›Ach was! machen Sie, daß Sie weiter kommen. Sie sind hier total überflüssig. Was, Mausi?‹ Dabei blinzelte er liebenswürdig zu Irma hinauf.

Nun war aber unser Held zwar nicht gerade ein Held, aber der Ton des alten Herrn war so durchaus beleidigend gewesen — ganz abgesehen davon, daß ihn die ganze Enttäuschung überhaupt seiner guten Laune gänzlich beraubt hatte —, daß er sein Auftreten sofort veränderte.

›Erlauben Sie, mein Herr‹, sagte er ruhig und bestimmt, ›ich begreife wirklich nicht, was Sie berechtigt, in dieser Weise mit mir zu sprechen, besonders da ich auf den Aufenthalt in diesem Zimmer mindestens ebensoviel Recht zu haben glaube wie Sie.‹

Es war zuviel für den alten Herrn. So was war er nicht gewohnt. Die Unterlippe wackelte in großer Gemütsbewegung hin und her, und er schlug sich dreimal mit der Serviette aufs Knie, während er unter voller Zuhilfenahme seiner bescheidenen stimmlichen Mittel die Worte hervorstieß:

›Sie dummer Junge Sie! Sie dummer, dummer Junge Sie!‹

Hatte der also Angeredete bei seiner letzten Entgegnung noch seinen Zorn zur Ruhe gemäßigt und sich die Eventualität vor Augen gehalten, der alte Herr könne ein Verwandter Irma's sein, so war es jetzt mit seiner Geduld vorbei. Das Bewußtsein seiner Stellung dem jungen Mädchen gegenüber richtete sich stolz in ihm empor. Wer der andere war, galt ihm jetzt gleich. Er war aufs gröbste beleidigt und empfand etwas wie den guten Gebrauch seines ›Hausrechtes‹, als er eine kurze Wendung nach der Tür machte und mit wütender Schärfe den würdigen alten Herrn zum sofortigen Verlassen der Wohnung aufforderte.

Der alte Herr war einen Moment sprachlos. Dann lallte er zwischen Lachen und Weinen und indem seine Augen irr im Zimmer umhergingen:

›Nö so ... was ... aber ... nö *so* was ...! Herrgott, — was sagst ... *du* denn eigentlich dazu?!‹ Dabei sah er hilfeflehend zu Irma in die Höhe, welche sich abgewandt hatte und keinen Laut von sich gab.

Als der unglückliche Greis erkannte, daß von ihr keine Unterstützung zu hoffen sei, und da ihm überdies die drohende Ungeduld, mit der sein Gegner die Bewegung nach der Tür wiederholte, nicht entging, gab er sein Spiel verloren.

›Ich werde gehen‹, sprach er mit einer edlen Resignation, ›ich werde sofort gehen. Aber wir werden uns sprechen, Sie *Bube* Sie!‹

›Gewiß werden wir uns sprechen!‹ schrie unser Held, ›ganz gewiß! oder glauben Sie — Herr, Sie hätten mir Ihre Beschimpfungen so umsonst an den Kopf geworfen! Vorläufig — hinaus!‹

Zitternd und ächzend rang sich der alte Herr vom Stuhl in die Höhe. Die weiten Hosen schlotterten ihm um die dürren Beine. Er hielt sich die Lenden und wäre beinahe auf seinen Sitz zurückgesunken. Dies stimmte ihn sentimental.

›Ich armer alter Mann!‹ wimmerte er, während er zur Türe wankte, ›ich armer, armer alter Mann! Diese bübische Roheit! ... Oh — ä! —‹ und ein edler Zorn regte sich wieder in ihm — ›aber wir werden ... wir werden uns sprechen! Das werden wir! Das werden wir!‹

›Werden wir auch!‹ versicherte jetzt schon mehr belustigt auf dem Korridor sein grausamer Peiniger, während der alte Herr mit zitternden Händen seinen Zylinder aufsetzte, einen dicken Überzieher auf den Arm packte und damit unsicheren Schrittes die Treppe gewann. ›Werden wir auch —‹ wiederholte der gute Junge ganz sanft, da ihm das klägliche Aussehn des alten Herrn allmählich Mitleid einflößte. ›Ich stehe jederzeit zu Ihrer Verfügung‹, fuhr er höflich fort, ›aber nach Ihrem Auftreten gegen mich können Sie sich unmöglich über das meine wundern.‹ Er machte eine korrekte Verbeugung und überließ dann den alten Herrn, den er unten noch nach einem Wagen jammern hörte, seinem Schicksal. —

Jetzt erst fiel ihm wieder ein, wer das bloß gewesen sein könne, der verrückte alte Herr. Am Ende wirklich ein Verwandter von ihr?! Der Onkel, oder der Großvater, oder so was? Herrgott, dann war er vielleicht doch zu heftig mit ihm umgesprungen. Der alte Herr war vielleicht überhaupt, von Natur so — so geradezu! — Aber sie hätte sich doch was merken lassen, wenn es so war! Sie hatte sich ja um die ganze Sache anscheinend gar nicht gekümmert. Erst jetzt fiel ihm das auf. Vorhin war seine ganze Aufmerksamkeit durch den unverschämten alten Herrn gefesselt worden. — Wer mochte er nur sein! Ihm wurde wirklich ganz ungemütlich, und er zögerte einen Augenblick, wieder zu ihr einzutreten bei dem Gedanken, er könne sich ungebildet benommen haben.

Als er darauf die Zimmertür wieder hinter sich geschlossen hatte, saß Irma seitwärts in der Sofaecke, hatte einen Zipfel ihres Batisttüchleins zwischen den Zähnen und blickte starr geradeaus, ohne eine Wendung ihm entgegen.

Er stand einen Augenblick ganz ratlos da; dann faltete er vor sich die Hände und rief fast weinend vor Hilflosigkeit:

›Aber so sag mir doch nur, wer das bloß war, Herrgott!!‹

Keine Bewegung. Kein Wort.

Es wurde ihm heiß und kalt. Ein vages Grauen stieg in ihm auf. Aber dann hielt er sich eindringlich vor, daß das Ganze ja einfach lächerlich sei, setzte sich neben sie und nahm väterlich ihre Hand.

›Geh, Irmachen, nun sei mal vernünftig. Du kannst mir doch nicht böse sein? Er fing doch an — der alte Herr. — Wer war's nun eigentlich?‹

Totenstille.

Er stand auf und ging ratlos ein paar Schritte von ihr weg.

Die Tür neben dem Sofa zu ihrem Schlafzimmer stand halb offen. Auf einmal ging er hinein. Auf dem Nachttisch am Kopfende des offenen Bettes hatte er etwas Auffallendes gesehen. Als er wieder eintrat, hatte er ein paar blaue Zettel in der Hand, Banknoten.

Er war froh, momentan etwas anderes zu sagen zu haben. Er legte die Scheine vor ihr auf den Tisch mit den Worten:

›Schließ das lieber weg; es lag drüben.‹

Aber plötzlich ward er wachsbleich, seine Augen vergrößerten sich und seine Lippen taten sich zitternd auseinander.

Sie hatte, als er mit den Banknoten eintrat, die Augen zu ihm aufgeschlagen, und er hatte ihre Augen *gesehen.*

Etwas Abscheuliches langte mit knochigen, grauen Fingern in ihm empor und ergriff ihn inwendig im Halse.

Und nun war es allerdings traurig zu sehen, wie der arme Junge die Hände von sich streckte und mit dem kläglichen Ton eines Kindes, dessen Spielzeug zerschlagen am Boden liegt, nur immer hervorstieß:

›Ach nein! . . . Ach — ach nein!‹

Dann in jagender Angst auf sie zu, mit irren Griffen nach ihren Händen, wie um sie zu sich zu retten und sich zu ihr, mit einem verzweifelten Flehen in der Stimme:

›Bitte nicht . . .! Bitte — bitte nicht!! Du weißt ja nicht — wie . . . wie ich . . . nein!! Sag doch nein!!!‹

Dann wieder, zurück von ihr, stürzte er laut aufjammernd am Fenster in die Knie, hart mit dem Kopf gegen die Wand.

Das Mädchen rückte sich mit einer verstockten Bewegung fester in die Sofaecke.

›Ich bin schließlich beim Theater. Ich weiß nicht, was du für Geschichten machst. Das tun ja doch alle. Ich hab' die Heilige satt. Ich hab' gesehen, wohin das führt. Das geht nicht. Das geht bei uns nicht. Das müssen wir den *reichen* Leuten überlassen. Wir müssen schauen, was wir mit uns anfangen können. Da sind die Toiletten und . . . und alles.‹ Schließlich herausplatzend: ›Es wußten ja doch alle, daß ich sowieso . . .!‹

Da stürzte er sich auf sie und bedeckte sie mit wahnsinnigen, grausamen, geißelnden Küssen, und es klang, wie wenn in seinem stammelnden ›O du . . . du . . .!!‹ seine ganze Liebe verzweiflungsvoll gegen furchtbare, widerstrebende Gefühle rang. —

Vielleicht, daß er es schon aus diesen Küssen lernte, daß für ihn fortan die Liebe im Haß sei und die Wollust in wilder Rache; vielleicht, daß da später noch eins zum anderen kam. Er weiß es selber nicht. —

Und dann stand er unten, vor dem Hause, unter dem weichen, lächelnden Himmel, vor dem Fliederstrauch.

Regungslos stand er lange, starr, die Arme am Leibe herunter. Aber auf einmal merkte er es, wie wieder ihm der süße Liebesatem des Flieders entgegenquoll, so zärtlich, so rein und lieblich.

Und da schüttelte er mit einer jähen Bewegung aus Jammer und Wut die Faust zu dem lächelnden Himmel hinauf und griff grausam in den lügnerischen Duft hinein, mitten hinein, daß das Gesträuch knickte und brach und die zarten Blüten zerstoben. —

Dann saß er daheim an seinem Tisch, still und schwach.

Draußen herrschte in lichter Majestät der liebliche Sommertag.

Und er starrte auf ihr Bild, wie sie noch immer dastand, wie früher, so süß und rein . . .

Über ihm unter rollenden Klavierpassagen klagte ein Cello so seltsam, und wie die tiefen, weichen Töne sich quellend und hebend um seine Seele legten, stiegen wie ein altes, stilles, längstvergessenes Leid ein paar lose, sanft-wehmütige Rhythmen in ihm auf . . .

> . . . Daß einst, wenn dieser Lenz entschwand,
>   Ein öder Winter wird,
>   Daß an des Lebens harter Hand
>   Eins von dem andern irrt . . .

Und das ist noch der versöhnlichste Schluß, den ich machen kann, daß der dumme Bengel da weinen konnte.« —

Es war einen Augenblick ganz still in unserer Ecke. Auch die beiden Freunde neben mir schienen von der wehmütigen Stimmung, die des Doktors Erzählung in mir erweckt hatte, nicht frei zu sein.
»Aus?« fragte schließlich der kleine Meysenberg.
»Gott sei Dank!« sagte Selten mit einer, wie mir schien, etwas gemachten Härte und stand auf, um sich einer Vase mit frischem Flieder zu nähern, die ganz hinten im letzten Winkel auf einer kleinen geschnitzten Etagere stand.
Jetzt hatte ich es auf einmal heraus, woher der merkwürdig starke Eindruck kam, den seine Geschichte auf mich gemacht hatte: von diesem Flieder, dessen Duft in ihr eine so bedeutsame Rolle spielte, und der über der Erzählung gelegen hatte. Dieser Duft war es zweifellos, welcher für den Doktor den Beweggrund für die Mitteilung des Begebnisses ausgemacht hatte, und der für mich von geradezu suggestiver Wirkung gewesen war.
»Rührend«, sagte Meysenberg und zündete sich mit einem tiefen Seufzer eine Zigarette an. »Eine ganz rührende Geschichte. Und doch so riesig einfach!«
»Ja«, stimmte ich bei, »und gerade diese Einfachheit spricht für ihre Wahrheit.«
Der Doktor lachte kurz auf, während er sein Gesicht noch mehr dem Flieder näherte.
Der junge blonde Idealist hatte noch gar nichts gesagt. Er hielt den Schaukelstuhl, in dem er saß, in fortwährender Bewegung und aß noch immer Dessertbonbons.
»Laube scheint furchtbar ergriffen zu sein«, bemerkte Meysenberg.
»Gewiß ist die Geschichte rührend!« antwortete der Angeredete eifrig, indem er mit Schaukeln innehielt und sich aufrichtete.
»Aber Selten wollte mich doch widerlegen. Davon hab' ich nichts

gemerkt, daß ihm das geglückt ist. Wo bleibt, auch angesichts dieser Geschichte, die moralische Berechtigung, über das Weib . . .«

»Ach, hör auf mit deinen abgestandenen Redensarten!« unterbrach ihn der Doktor brüsk und mit einer unerklärlichen Erregung in der Stimme. »Wenn du mich noch nicht verstanden hast, kannst du mir leid tun. Wenn eine Frau heute aus Liebe fällt, so fällt sie morgen um Geld. Das hab' ich dir erzählen wollen. Weiter gar nichts. Das enthält vielleicht die moralische Berechtigung, nach der du so zeterst.«

»Ja sag mal«, fragte auf einmal Meysenberg, »wenn sie wahr ist, — woher weißt du denn eigentlich die ganze Geschichte so genau bis in alle Details, und warum regst du dich überhaupt so darüber auf?!«

Der Doktor schwieg einen Augenblick. Dann griff plötzlich seine rechte Hand mit einer kurzen, eckigen, fast krampfhaften Bewegung mitten in den Fliederstrauß hinein, dessen Duft er eben noch tief und langsam eingeatmet hatte.

»Na Gott«, sagte er, »weil ich das selber war, der ›gute Kerl‹, — sonst wär' mir's doch ganz egal —!« —

Wirklich —, wie er das so sagte und dazu mit dieser verbitterten, traurigen Brutalität in den Flieder griff, . . . gerade wie damals, — wirklich, von dem »guten Kerl« war nichts mehr an ihm zu bemerken.

Der Wille zum Glück

Der alte Hofmann hatte sein Geld als Plantagenbesitzer in Südamerika verdient. Er hatte dort eine Eingeborene aus gutem Hause geheiratet und war bald darauf mit ihr nach Norddeutschland, seiner Heimat, gezogen. Sie lebten in meiner Vaterstadt, wo auch seine übrige Familie zu Hause war. Paolo wurde hier geboren.

Die Eltern habe ich übrigens nicht näher gekannt. Jedenfalls war Paolo das Ebenbild seiner Mutter. Als ich ihn zum ersten Male sah, das heißt, als unsere Väter uns zum ersten Male zur Schule brachten, war er ein mageres Bürschchen mit gelblicher Gesichtsfarbe. Ich sehe ihn noch. Er trug sein schwarzes Haar damals in langen Locken, die wirr auf den Kragen seines Matrosenanzuges niederfielen und sein schmales Gesichtchen umrahmten.

Da wir es beide zu Hause sehr gut gehabt hatten, so waren wir mit der neuen Umgebung, der kahlen Schulstube und besonders mit dem rotbärtigen, schäbigen Menschen, der uns durchaus das Abc lehren wollte, nichts weniger als einverstanden. Ich hielt meinen Vater, als er sich entfernen wollte, weinend am Rocke fest, während Paolo sich gänzlich passiv verhielt. Er lehnte regungslos an der Wand, kniff die schmalen Lippen zusammen und blickte aus großen, tränenerfüllten Augen auf die übrige hoffnungsvolle Jugend, die sich gegenseitig in die Seiten stieß und gefühllos grinste.

In dieser Weise von Larven umgeben, fühlten wir uns von vornherein zueinander hingezogen und waren froh, als der rotbärtige Pädagoge uns nebeneinander sitzen ließ. Wir hielten uns fortan zusammen, legten gemeinschaftlich den Grund zu unserer Bildung und trieben täglich Tauschhandel mit unserem Butterbrot.

Er war übrigens schon damals kränklich, wie ich mich erinnere. Er mußte dann und wann längere Zeit die Schule versäumen, und wenn er wiederkam, zeigten seine Schläfen und Wangen noch deutlicher als gewöhnlich das blaßblaue Geäder, das man gerade bei zarten brünetten Menschen häufig bemerken kann. Er hat das immer behalten. Es war das erste, was mir hier bei unserem Wiedersehen in München auffiel und auch nachher in Rom.

Unsere Kameradschaft dauerte während all der Schuljahre ungefähr aus demselben Grunde fort, aus welchem sie entstanden. Es war das ›Pathos der Distanz‹ dem größten Teile unserer Mitschüler gegenüber, das jeder kennt, der mit fünfzehn Jahren heimlich Heine liest und in Tertia das Urteil über Welt und Menschen entschlossen fällt.

Wir hatten — ich glaube, wir waren sechzehn Jahre alt — auch zusammen Tanzstunde und erlebten infolgedessen gemeinsam unsere erste Liebe.

Das kleine Mädchen, das es ihm angetan, ein blondes, fröhliches Geschöpf, verehrte er mit einer schwermütigen Glut, die für sein Alter bemerkenswert war und mir manchmal direkt unheimlich erschien.

Ich erinnere mich besonders *einer* Tanzgesellschaft. Das Mädchen brachte einem anderen kurz nacheinander zwei Kotillonorden und ihm keinen. Ich beobachtete ihn mit Angst. Er stand neben mir an die Wand gelehnt, starrte regungslos auf seine Lackschuhe und sank plötzlich ohnmächtig zusammen. Man brachte ihn nach Hause, und er lag acht Tage krank. Es erwies sich damals — ich glaube, bei dieser Gelegenheit —, daß sein Herz nicht das gesündeste sei.

Schon vor dieser Zeit hatte er begonnen zu zeichnen, wobei er starkes Talent entwickelte. Ich bewahre ein Blatt, das die mit Kohlestift hingeworfenen Züge jenes Mädchens recht ähnlich zur Schau trägt, nebst der Unterschrift: ›Du bist wie eine Blume! — Paolo Hofmann fecit.‹

Ich weiß nicht genau, wann es war, aber wir waren schon in den höheren Klassen, als seine Eltern die Stadt verließen, um sich in Karlsruhe niederzulassen, wo der alte Hofmann Verbindungen hatte. Paolo sollte die Schule nicht wechseln und ward zu einem alten Professor in Pension gegeben.

Indessen blieb die Lage auch so nicht lange. Vielleicht war das Folgende nicht gerade die Veranlassung dazu, daß Paolo eines Tages den Eltern nach Karlsruhe nachfolgte, aber jedenfalls trug es dazu bei.

In einer Religionsstunde nämlich schritt plötzlich der betreffende Oberlehrer mit einem lähmenden Blick auf ihn zu und zog unter dem Alten Testament, das vor Paolo lag, ein Blatt hervor, auf welchem eine bis auf den linken Fuß vollendete, sehr weibliche Gestalt sich ohne jedes Schamgefühl den Blicken darbot.

Also Paolo ging nach Karlsruhe, und dann und wann wechselten wir Postkarten, ein Verkehr, der nach und nach gänzlich einschlief.

Nach unserer Trennung waren ungefähr fünf Jahre vergangen, als ich ihn in München wiedertraf. Ich ging an einem schönen Frühlingsvormittag die Amalienstraße hinunter und sah jemanden die Freitreppe der Akademie herabsteigen, der von weitem beinahe den Eindruck eines italienischen Modells machte. Als ich näher kam, war er es wahrhaftig.

Mittelgroß, schmal, den Hut auf dem dichten schwarzen Haar zurückgesetzt, mit gelblichem, von blauen Äderchen durchzogenem Teint, elegant, aber nachlässig gekleidet — an der Weste waren zum Beispiel ein paar Knöpfe nicht geschlossen —, den kurzen Schnurrbart leicht aufgewirbelt, so kam er mit seinem wiegenden, indolenten Schritt auf mich zu.

Wir erkannten uns ungefähr gleichzeitig, und die Begrüßung war sehr herzlich. Er schien mir, während wir uns vorm Café Minerva wechselseitig über den Verlauf der letzten Jahre ausfragten, in gehobener, beinahe exaltierter Stimmung zu sein. Seine Augen leuchteten, und seine Bewegungen waren groß und weit. Dabei sah er schlecht aus, wirklich krank. Ich habe jetzt freilich leicht reden; aber es fiel mir tatsächlich auf, und ich sagte es ihm sogar geradezu.

»So, noch immer?« fragte er. »Ja, ich glaube es wohl. Ich bin viel krank gewesen. Noch im letzten Jahre lange sogar schwerkrank. Es sitzt hier.«

Er deutete mit der linken Hand auf seine Brust.

»Das Herz. Es ist von jeher dasselbe gewesen. — In letzter Zeit fühle ich mich aber sehr gut, ganz ausgezeichnet. Ich kann sagen, daß ich ganz gesund bin. Übrigens mit meinen dreiundzwanzig Jahren — es wäre ja auch traurig . . .«

Seine Laune war wirklich gut. Er erzählte heiter und lebendig von seinem Leben seit unserer Trennung. Er hatte bald nach derselben bei seinen Eltern es durchgesetzt, Maler werden zu dürfen, war seit etwa dreiviertel Jahren mit der Akademie fertig — soeben war er nur zufällig dort gewesen —, hatte einige Zeit auf Reisen, besonders in Paris gelebt und sich nun seit ungefähr fünf Monaten hier in München niedergelassen . . . »Wahrscheinlich für lange Zeit — wer weiß? Vielleicht für immer . . .«

»So?« fragte ich.

»Nun ja? Das heißt — warum nicht? Die Stadt gefällt mir, gefällt mir ausnehmend! Der ganze Ton — wie? Die Menschen! Und — was nicht unwichtig ist — die soziale Stellung als Maler, auch als ganz unbekannter, ist ja exquisit, ist ja nirgends besser . . .«

»Hast du angenehme Bekanntschaften gemacht?«

»Ja. — Wenige, aber sehr gute. Ich muß dir zum Beispiel eine Familie empfehlen . . . Ich lernte sie im Fasching kennen . . . Der Fasching ist reizend hier —! *Stein* heißen sie. *Baron* Stein sogar.«

»Was ist denn das für ein Adel?«

»Was man Geldadel nennt. Der Baron war Börsenmann, hat früher in Wien eine kolossale Rolle gespielt, verkehrte mit sämtlichen Fürstlichkeiten und so weiter . . . Dann geriet er plötzlich in Décadence, zog sich mit ungefähr einer Million — sagt man — aus der Affaire und lebt nun hier, prunklos, aber vornehm.«

»Ist er Jude?«

»Er, glaube ich, nicht. Seine Frau vermutlich. Ich kann übrigens nicht anders sagen, als daß es äußerst angenehme und feine Leute sind.«

34

»Sind da — Kinder?«

»Nein. — Das heißt — eine neunzehnjährige Tochter. Die Eltern sind sehr liebenswürdig . . .«

Er schien einen Augenblick verlegen und fügte dann hinzu:

»Ich mache dir ernstlich den Vorschlag, dich von mir dort einführen zu lassen. Es wäre mir ein Vergnügen. Bist du nicht einverstanden?«

»Aber gewiß. Ich werde dir dankbar sein. Schon um die Bekanntschaft dieser neunzehnjährigen Tochter zu machen —«

Er blickte mich von der Seite an und sagte dann:

»Nun schön. Schieben wir es dann nicht lange hinaus. Wenn es dir paßt, komme ich morgen um ein Uhr herum oder halb zwei und hole dich ab. Sie wohnen Theresienstraße 25, erster Stock. Ich freue mich darauf, ihnen einen Schulfreund von mir zuzuführen. Die Sache ist abgemacht.«

In der Tat klingelten wir am nächsten Tage um die Mittagszeit in der ersten Etage eines eleganten Hauses in der Theresienstraße. Neben der Glocke war in breiten, schwarzen Lettern der Name »Freiherr von Stein« zu lesen.

Paolo war auf dem ganzen Wege erregt und beinahe ausgelassen lustig gewesen; jetzt aber, während wir auf das Öffnen der Tür warteten, nahm ich eine seltsame Veränderung an ihm wahr. Alles an ihm war, während er neben mir stand, bis auf ein nervöses Zucken der Augenlider, vollkommen ruhig, — von einer gewaltsamen, gespannten Ruhe. Er hatte den Kopf ein wenig vorgestreckt. Seine Stirnhaut war gestrammt. Er machte beinahe den Eindruck eines Tieres, das krampfhaft die Ohren spitzt und mit Anspannung aller Muskeln horcht.

Der Diener, der unsere Karten davontrug, kehrte zurück mit der Aufforderung, einen Augenblick Platz zu nehmen, da Frau Baronin sofort erscheinen werde, und öffnete uns die Tür zu einem mäßig großen, dunkel möblierten Zimmer.

Bei unserem Eintritt erhob sich im Erker, von dem aus man auf die Straße hinausblickte, eine junge Dame in heller Frühlingstoilette und blieb einen Augenblick mit forschender Miene stehen. ›Die neunzehnjährige Tochter‹, dachte ich, indem ich unwillkürlich einen Seitenblick auf meinen Begleiter warf, und: »Baronesse Ada!« flüsterte er mir zu.

Sie war von eleganter Gestalt, aber für ihr Alter reifen Formen und machte mit ihren sehr weichen und fast trägen Bewegungen kaum den Eindruck eines so jungen Mädchens. Ihr Haar, das sie über die Schläfen und in zwei Locken in die Stirn frisiert trug, war glänzend schwarz und bildete einen wirksamen Kontrast zu der matten Weiße ihres Teints. Das Gesicht ließ zwar mit seinen vollen und feuchten Lippen, der fleischigen Nase und den mandelförmigen, schwarzen Augen, über denen sich dunkle und weiche

35

Brauen wölbten, nicht den geringsten Zweifel aufkommen über ihre wenigstens zum Teil semitische Abstammung, war aber von ganz ungewöhnlicher Schönheit.

»Ah — Besuch?« fragte sie, indem sie uns ein paar Schritte entgegenkam. Ihre Stimme war leicht verschleiert. Sie führte eine Hand zur Stirn, wie um besser sehen zu können, während sie sich mit der anderen auf den Flügel stützte, der an der Wand stand.

»Und sogar sehr willkommener Besuch —?« fügte sie mit derselben Betonung hinzu, als ob sie meinen Freund erst jetzt erkannte; dann warf sie einen fragenden Blick auf mich.

Paolo schritt auf sie zu und beugte sich mit der fast schläfrigen Langsamkeit, mit der man sich einem auserlesenen Genuß hingibt, wortlos auf die Hand nieder, die sie ihm entgegenstreckte.

»Baronesse«, sagte er dann, »ich erlaube mir, Ihnen einen Freund von mir vorzustellen, einen Schulkameraden, mit dem ich das Abc erlernte . . .«

Sie reichte auch mir die Hand, eine weiche, scheinbar knochenlose Hand ohne Schmuck.

»Ich bin erfreut —«, sagte sie, während ihr dunkler Blick, dem ein leises Zittern eigen war, auf mir ruhte. »Und auch meine Eltern werden sich freuen . . . Man hat sie hoffentlich benachrichtigt.«

Sie nahm auf der Ottomane Platz, während wir beide ihr auf Stühlen gegenübersaßen. Ihre weißen, kraftlosen Hände ruhten beim Plaudern im Schoß. Die bauschigen Ärmel reichten nur wenig über den Ellbogen hinüber. Der weiche Ansatz des Handgelenks fiel mir auf.

Nach ein paar Minuten öffnete sich die Tür zum anliegenden Zimmer, und die Eltern traten ein. Der Baron war ein eleganter, untersetzter Herr mit Glatze und grauem Spitzbart; er hatte eine unnachahmliche Art, sein dickes goldenes Armband in die Manschette zurückzuwerfen. Es ließ sich nicht mit Bestimmtheit erkennen, ob seiner Erhebung zum Freiherrn einst ein paar Silben seines Namens zum Opfer gefallen waren; dagegen war seine Gattin einfach eine häßliche kleine Jüdin in einem geschmacklosen grauen Kleid. An ihren Ohren funkelten große Brillanten.

Ich wurde vorgestellt und in durchaus liebenswürdiger Weise begrüßt, während man meinem Begleiter wie einem guten Hausfreunde die Hand schüttelte.

Nachdem über mein Woher und Wieso einige Fragen und Antworten gefallen waren, begann man von einer Ausstellung zu sprechen, in der Paolo ein Bild hatte, einen weiblichen Akt.

»Eine wirklich feine Arbeit!« sagte der Baron. »Ich habe neulich eine halbe Stunde davor gestanden. Der Fleischton auf dem roten Teppich ist eminent wirkungsvoll. Ja, ja, der Herr Hofmann!« Dabei klopfte er Paolo gönnerisch auf die Schulter. »Aber nicht überarbeiten, junger Freund! Um Gottes willen nicht! Sie haben es dringend nötig, sich zu schonen. Wie steht es denn mit der Gesundheit? —«

Paolo hatte, während ich den Herrschaften über meine Person die nötigen Aufschlüsse erteilte, ein paar gedämpfte Worte mit der Baronesse gewechselt, der er dicht gegenübersaß. Die seltsam gespannte Ruhe, die ich vorhin an ihm beobachtet hatte, war keineswegs von ihm gewichen. Er machte, ohne daß ich genau zu sagen vermöchte, woran es lag, den Eindruck eines sprungbereiten Panthers. Die dunklen Augen in dem gelblichen, schmalen Gesicht hatten einen so krankhaften Glanz, daß es mich nahezu unheimlich berührte, als er auf die Frage des Barons im zuversichtlichsten Tone antwortete:

»Oh, ausgezeichnet! Verbindlichen Dank! Es geht mir sehr gut!«

— Als wir uns nach Verlauf von etwa einer Viertelstunde erhoben, erinnerte die Baronin meinen Freund daran, daß in zwei Tagen wieder Donnerstag sei, er möge ihren Five o'clock tea nicht vergessen. Sie bat bei dieser Gelegenheit auch mich, diesen Wochentag freundlichst im Gedächtnis zu behalten . . .

Auf der Straße zündete Paolo sich eine Zigarette an.

»Nun?« fragte er. »Was sagst du?«

»Oh, das sind sehr angenehme Leute!« beeilte ich mich zu antworten. »Die neunzehnjährige Tochter hat mir sogar imponiert!«

»Imponiert?« Er lachte kurz auf und wandte den Kopf nach der anderen Seite.

»Ja, du lachst!« sagte ich. »Und da oben dünkte es mich zuweilen, als trübe — geheime Sehnsucht deinen Blick. Aber ich bin im Irrtum?«

Er schwieg einen Augenblick. Dann schüttelte er langsam den Kopf.

»Wenn ich nur wüßte, woher du . . .«

»Aber sei so gut! — Die *Frage* ist für mich nur noch, ob auch Baronesse Ada . . .«

Er sah wieder einen Augenblick stumm vor sich nieder. Dann sagte er leise und zuversichtlich:

»Ich glaube, daß ich glücklich sein werde.«

Ich trennte mich von ihm, indem ich ihm herzlich die Hand schüttelte, obgleich ich innerlich ein Bedenken nicht unterdrücken konnte.

Es vergingen nur ein paar Wochen, in denen ich hin und wieder gemeinsam mit Paolo den Nachmittagstee in dem freiherrlichen Salon einnahm. Es pflegte dort ein kleiner, aber recht angenehmer Kreis versammelt zu sein: eine junge Hofschauspielerin, ein Arzt, ein Offizier — ich entsinne mich nicht jedes einzelnen.

An Paolo's Benehmen beobachtete ich nichts Neues. Er befand sich gewöhnlich trotz seines besorgniserregenden Aussehens in gehobener, freudiger Stimmung und zeigte in der Nähe der Baronesse jedesmal wieder jene unheimliche Ruhe, die ich das erste Mal an ihm wahrgenommen hatte.

Da begegnete mir eines Tages — und ich hatte Paolo zufällig zwei Tage lang nicht gesehen — in der Ludwigstraße der Baron von Stein. Er war zu Pferde, hielt an und reichte mir vom Sattel aus die Hand.

»Erfreut, Sie zu sehen! Hoffentlich lassen Sie sich morgen nachmittag bei uns blicken?«

»Wenn Sie gestatten, zweifellos, Herr Baron. Auch wenn es irgendwie zweifelhaft wäre, daß mein Freund Hofmann wie jeden Donnerstag kommen wird, mich abzuholen . . .«

»Hofmann? Aber wissen Sie denn nicht — er ist ja abgereist! Ich dachte doch, *Sie* hätte er darüber unterrichtet.«

»Aber mit keiner Silbe!«

»Und so vollkommen à bâton rompu . . . Das nennt man Künstlerlaunen . . . Also morgen nachmittag! —«

Damit setzte er sein Tier in Bewegung und ließ mich höchst verdutzt zurück.

Ich eilte in Paolo's Wohnung. — Ja, leider; Herr Hofmann sei abgereist. Eine Adresse habe er nicht hinterlassen.

Es war klar, daß der Baron von mehr als einer ›Künstlerlaune‹ wußte. Seine Tochter selbst hat mir das, was ich ohnehin mit Bestimmtheit vermutete, bestätigt.

Das geschah auf einem Spaziergang ins Isartal, den man arrangiert hatte, und zu dem auch ich aufgefordert worden war. Man war erst nachmittags ausgezogen, und auf dem Heimwege zu später Abendstunde fügte es sich, daß die Baronesse und ich als letztes Paar der Gesellschaft nachfolgten.

Ich hatte an ihr seit Paolo's Verschwinden keinerlei Veränderung wahrgenommen. Sie hatte ihre Ruhe vollständig bewahrt und meines Freundes bis dahin mit keinem Worte Erwähnung getan, während ihre Eltern sich über seine plötzliche Abreise in Ausdrücken des Bedauerns ergingen.

Nun schritten wir nebeneinander durch diesen anmutigsten Teil der Umgebung Münchens; das Mondlicht flimmerte zwischen dem Laubwerk, und wir lauschten eine Weile schweigend dem Geplauder der übrigen Gesellschaft, das ebenso einförmig war wie das Brausen der Wasser, die neben uns dahinschäumten.

Da begann sie plötzlich von Paolo zu sprechen, und zwar in einem sehr ruhigen und sehr sicheren Ton.

»Sie sind seit früher Jugend sein Freund?« fragte sie mich.

»Ja, Baronesse.«

»Sie teilen seine Geheimnisse?«

»Ich glaube, daß sein schwerstes mir bekannt ist, auch ohne daß er es mir mitgeteilt.«

»Und ich darf Ihnen vertrauen?«

»Ich hoffe, daß Sie nicht daran zweifeln, gnädiges Fräulein.«

»Nun gut«, sagte sie, indem sie den Kopf mit einer entschlossenen Bewegung erhob. »Er hat um meine Hand angehalten, und meine Eltern haben sie ihm verweigert. Er sei krank, sagten sie mir, sehr krank — aber gleichviel: Ich *liebe* ihn. Ich darf so zu Ihnen sprechen, nicht wahr? Ich . . .«

Sie verwirrte sich einen Augenblick und fuhr dann mit derselben Entschlossenheit fort:

»Ich weiß nicht, wo er sich aufhält; aber ich gebe Ihnen die Erlaubnis, ihm meine Worte, die er aus meinem eigenen Munde schon vernommen hat, zu wiederholen, sobald Sie ihn wiedersehen, sie ihm zu schreiben, sobald Sie seine Adresse ausfindig gemacht haben: Ich werde niemals einem anderen Manne die Hand reichen als ihm. Ah — wir werden sehen!«

In diesem letzten Ausruf lag neben Trotz und Entschlossenheit ein so hilfloser Schmerz, daß ich mich nicht enthalten konnte, ihre Hand zu ergreifen und sie stumm zu drücken.

Ich habe mich damals an Hofmanns Eltern brieflich mit der Bitte gewandt, mich über den Aufenthaltsort ihres Sohnes zu benachrichtigen. Ich erhielt eine Adresse in Südtirol, und mein Brief, der dorthin abging, gelangte an mich zurück mit der Bemerkung, der Adressat habe, ohne ein Reiseziel anzugeben, den Ort schon wieder verlassen.

Er wollte von keiner Seite behelligt sein, er war allem entflohen, um irgendwo in aller Einsamkeit zu sterben. Gewiß, zu sterben. Denn nach alledem war es mir zur traurigen Wahrscheinlichkeit geworden, daß ich ihn nicht wiedersehen würde.

War es nicht klar, daß dieser hoffnungslos kranke Mensch jenes junge Mädchen mit der lautlosen, vulkanischen, glühend sinnlichen Leidenschaft liebte, die den gleichartigen ersten Regungen seiner früheren Jugend entsprach? Der egoistische Instinkt des Kranken hatte die Begier nach Vereinigung mit blühender Gesundheit in ihm entfacht; mußte diese Glut, da sie ungestillt blieb, seine letzte Lebenskraft nicht schnell verzehren?

Und es vergingen fünf Jahre, ohne daß ich ein Lebenszeichen von ihm erhielt, — aber auch ohne daß die Nachricht von seinem Tode mich erreichte!

Im vergangenen Jahre nun hielt ich mich in Italien auf, in Rom und Umgebung. Ich hatte die heißen Monate im Gebirge verlebt, war Ende September in die Stadt zurückgekehrt, und an einem warmen Abend saß ich bei einer Tasse Tee im Café Aranjo. Ich blätterte in meiner Zeitung und blickte gedankenlos in das lebendige Treiben, das in dem weiten, lichterfüllten Raume herrschte. Die Gäste kamen und gingen, die Kellner eilten hin und her, und dann und wann tönten durch die weit offenen Türen die langgezogenen Rufe der Zeitungsjungen in den Saal hinein.

Und plötzlich sehe ich, wie ein Herr von meinem Alter sich langsam zwischen den Tischen hindurch und einem Ausgang zu bewegt... Dieser Gang —? Aber da wendet er auch schon den Kopf nach mir, hebt die Augenbrauen, kommt mir mit einem freudig erstaunten »Ah!?« entgegen.

»Du hier?« Wir riefen es wie aus einem Munde, und er fügte hinzu:

»Also wir sind beide noch am Leben!«

Seine Augen schweiften ein wenig ab dabei. — Er hatte sich in diesen fünf Jahren kaum verändert; nur daß sein Gesicht vielleicht noch schmaler geworden war, seine Augen noch tiefer in ihren Höhlen lagen. Dann und wann atmete er tief auf.

»Du bist schon lange in Rom?« fragte er.

»In der Stadt noch nicht lange; ich war ein paar Monate auf dem Lande. Und du?«

»Ich war bis vor einer Woche am Meer. Du weißt, ich habe es den Bergen immer vorgezogen... Ja, ich habe, seit wir uns nicht sahen, ein gutes Stück Erde kennengelernt.«

Und er begann, während er neben mir ein Glas Sorbetto schlürfte, zu erzählen, wie er diese Jahre verbracht hatte: auf Reisen, immer auf Reisen. Er hatte in den Tiroler Bergen gestreift, hatte ganz Italien langsam durchmessen, war von Sizilien nach Afrika gegangen und sprach von Algier, Tunis, Ägypten.

»Schließlich bin ich einige Zeit in Deutschland gewesen«, sagte er, »in Karlsruhe; meine Eltern wünschten dringend, mich zu sehen, und haben mich nur ungern wieder ziehen lassen. Jetzt bin ich seit einem Vierteljahre wieder in Italien. Ich fühle mich im Süden zu Hause, weißt du. Rom gefällt mir über alle Maßen!...«

Ich hatte ihn noch mit keinem Worte nach seinem Befinden gefragt. Jetzt sagte ich:

»Aus alledem darf ich schließen, daß deine Gesundheit sich bedeutend gekräftigt hat?«

Er sah mich einen Augenblick fragend an; dann erwiderte er:

»Du meinst, weil ich so munter umherwandere? Ach, ich will dir sagen: Das ist ein sehr natürliches Bedürfnis. Was willst du? Trinken, Rauchen und Lieben hat man mir verboten, — irgendein Narkotikum habe ich nötig, verstehst du?«

Da ich schwieg, fügte er hinzu:

»Seit fünf Jahren — *sehr* nötig.« —

Wir waren bei dem Punkte angelangt, den wir bis dahin vermieden hatten, und die Pause, die eintrat, redete von unserer beiderseitigen Ratlosigkeit. — Er saß gegen das Sammetpolster zurückgelehnt und blickte zum Kronleuchter empor. Dann sagte er plötzlich:

»Vor allem, — nicht wahr, du verzeihst mir, daß ich so lange nichts habe von mir hören lassen... Du verstehst das?«

»Gewiß!«

»Du bist über meine Münchener Erlebnisse orientiert?« fuhr er in beinahe hartem Tone fort.

»So vollkommen wie möglich. Und weißt du, daß ich mich die ganze Zeit mit einem Auftrag für dich getragen habe? Einem Auftrag von einer Dame?«

Seine müden Augen flammten kurz auf. Dann sagte er in demselben trockenen und scharfen Tone von vorher:

»Laß hören, ob es etwas Neues ist.«

»Neues kaum; nur eine Bekräftigung dessen, was du von ihr selbst schon gehört hast . . .«

Und ich wiederholte ihm, inmitten der schwatzenden und gestikulierenden Menge, die Worte, die an jenem Abend die Baronesse zu mir gesprochen hatte.

Er lauschte, indem er sich langsam über die Stirne strich; dann sagte er ohne irgendein Zeichen von Bewegung:

»Ich danke dir.«

Sein Ton fing an, mich irrezumachen.

»Aber über diese Worte sind Jahre hingegangen«, sagte ich, »fünf lange Jahre, die sie und du, ihr beide durchlebt habt . . . Tausend neue Eindrücke, Gefühle, Gedanken, Wünsche . . .«

Ich brach ab, denn er richtete sich auf und sagte mit einer Stimme, in der wieder die Leidenschaft bebte, die ich einen Moment für erloschen gehalten hatte:

»Ich — *halte* diese Worte!«

Und in diesem Augenblick erkannte ich auf seinem Gesicht und in seiner ganzen Haltung den Ausdruck wieder, den ich damals, als ich die Baronesse zum ersten Male sehen sollte, an ihm beobachtete: diese gewaltsame, krampfhaft angespannte Ruhe, die das Raubtier vor dem Sprunge zeigt.

Ich lenkte ab, und wir sprachen wieder von seinen Reisen, von den Studien, die er unterwegs gemacht. Es schienen nicht viele zu sein; er ließ sich ziemlich gleichgültig darüber aus.

Kurz nach Mitternacht erhob er sich.

»Ich möchte schlafen gehen oder doch allein sein . . . Du findest mich morgen vormittag in der Galleria Doria. Ich kopiere mir Saraceni; ich habe mich in den musizierenden Engel verliebt. Sei so gut und komme hin. Ich bin sehr froh, daß du hier bist. Gute Nacht.«

Und er ging hinaus, — langsam, ruhig, mit schlaffen, trägen Bewegungen.

Während des ganzen nächsten Monats habe ich mit ihm die Stadt durchwandert; Rom, dies überschwenglich reiche Museum aller Kunst, diese moderne Großstadt im Süden, diese Stadt, die voll ist von lautem, raschem, heißem, sinnreichem Leben, und in die doch der warme Wind die schwüle Trägheit des Orients hinüberträgt.

Paolos Benehmen blieb immer das gleiche. Er war meistens ernst und still und konnte zuweilen in eine schlaffe Müdigkeit versinken, um dann, während seine Augen aufblitzten, sich plötzlich zusammenzuraffen und ein ruhendes Gespräch mit Eifer fortzusetzen.

Ich muß eines Tages Erwähnung tun, an dem er einige Worte fallenließ, die erst jetzt die richtige Bedeutung für mich bekommen haben.

Es war an einem Sonntag. Wir hatten den wundervollen Spätsommermorgen für einen Spaziergang auf der Via Appia benutzt und rasteten nun, nachdem wir die antike Straße weit hinaus verfolgt hatten, auf jenem kleinen, zypressenumstandenen Hügel, von dem aus man einen entzückenden Blick auf die sonnige Campagna mit dem großen Aquädukt und auf die Albanerberge genießt, die ein weicher Dunst umhüllt.

Paolo ruhte halb liegend, das Kinn in die Hand gestützt, neben mir auf dem warmen Grasboden und blickte mit müden, verschleierten Augen in die Ferne. Dann war es wieder einmal jenes plötzliche Aufraffen aus völliger Apathie, mit der er sich an mich wandte:

»Diese Luftstimmung! — Die Luftstimmung ist das Ganze!«

Ich erwiderte etwas Beistimmendes, und es war wieder still. Und da plötzlich, ohne jeden Übergang, sagte er, indem er mir mit einer gewissen Eindringlichkeit das Gesicht zuwandte:

»Sag mal, ist es dir eigentlich nicht aufgefallen, daß ich immer noch am Leben bin?«

Ich schwieg betroffen, und er blickte wieder mit einem nachdenklichen Ausdruck in die Ferne.

»Mir — ja«, fuhr er langsam fort. »Ich wundere mich im Grunde jeden Tag darüber. Weißt du eigentlich, wie es um mich steht? — Der französische Doktor in Algier sagte zu mir: ›Der Teufel begreife, wie Sie noch immer umherreisen mögen! Ich rate Ihnen, fahren Sie nach Hause und legen Sie sich ins Bett!‹ Er war immer so geradezu, weil wir jeden Abend zusammen Domino spielten.

Ich lebe doch noch immer. Ich bin beinahe täglich am Ende. Ich liege abends im Dunkeln, — auf der rechten Seite, wohlgemerkt! — Das Herz klopft mir bis in den Hals, es schwindelt mir, daß mir der Angstschweiß ausbricht, und dann plötzlich ist es, als ob der Tod mich anrührte. Es ist für einen Augenblick, als stehe alles still in mir, der Herzschlag setzt aus, die Atmung versagt. Ich fahre auf, ich mache Licht, ich atme tief auf, blicke um mich, verschlinge die Gegenstände mit meinen Blicken. Dann trinke ich einen Schluck Wasser und lege mich wieder zurück; immer auf die rechte Seite! Allmählich schlafe ich ein.

Ich schlafe sehr tief und sehr lange, denn ich bin eigentlich immer todmüde. Glaubst du, daß ich, wenn ich wollte, mich hier einfach hinlegen könnte und sterben?

Ich glaube, daß ich in diesen Jahren tausendmal schon den Tod von Angesicht zu Angesicht gesehen habe. Ich bin nicht gestorben. — Mich hält etwas. — Ich fahre auf, ich denke an etwas, ich klammere mich an einen Satz, den ich mir zwanzigmal wiederhole, während meine Augen gierig alles Licht und Leben um mich her einsaugen . . . Verstehst du mich?«

Er lag regungslos und schien kaum eine Antwort zu erwarten. Ich weiß nicht mehr, was ich ihm erwiderte; aber ich werde niemals den Eindruck vergessen, den seine Worte auf mich machten.

Und nun jener Tag — oh, mir ist, als hätte ich ihn gestern erlebt!

Es war einer der ersten Herbsttage, jener grauen, unheimlich warmen Tage, an denen der feuchte, beklemmende Wind aus Afrika durch die Straßen geht und abends der ganze Himmel unaufhörlich im Wetterleuchten zuckt.

Am Morgen trat ich bei Paolo ein, um ihn zu einem Ausgange abzuholen. Sein großer Koffer stand inmitten des Zimmers, Schrank und Kommode waren weit offen; seine Aquarellskizzen aus dem Orient und der Gipsabguß des vatikanischen Junokopfes waren noch an ihren Plätzen.

Er selbst stand hochaufgerichtet am Fenster und ließ nicht ab, unbeweglich hinauszublicken, als ich mit einem erstaunten Ausruf stehen blieb. Dann wandte er sich kurz, streckte mir einen Brief hin und sagte nichts als:

»Lies.«

Ich sah ihn an. Auf diesem schmalen, gelblichen Krankengesicht mit den schwarzen, fiebernden Augen lag ein Ausdruck, wie ihn sonst nur der Tod hervorzubringen vermag, ein ungeheurer Ernst, der mich die Augen auf den Brief niederschlagen ließ, den ich entgegengenommen hatte. Und ich las:

»Hochgeehrter Herr Hofmann!

Der Liebenswürdigkeit Ihrer werten Eltern, an die ich mich wandte, verdanke ich die Kenntnis Ihrer Adresse und hoffe nun, daß Sie diese Zeilen freundlich aufnehmen werden.

Gestatten Sie mir, hochgeehrter Herr Hofmann, die Versicherung, daß ich während dieser fünf Jahre stets mit dem Gefühl aufrichtiger Freundschaft Ihrer gedacht habe. Müßte ich annehmen, daß Ihre plötzliche Abreise an jenem für Sie *und* mich so schmerzlichen Tage *Zorn* gegen mich und die Meinen bekunden sollte, so wäre meine Betrübnis darüber noch größer als das Erschrecken und tiefe Erstaunen, das ich empfand, als Sie bei mir um die Hand meiner Tochter anhielten.

Ich habe damals zu Ihnen gesprochen als ein Mann zum andern, habe Ihnen offen und ehrlich, auf die Gefahr hin, brutal zu erscheinen, den Grund mitgeteilt, warum ich einem Manne, den ich — ich kann es nicht genug betonen — in jeder Beziehung so überaus hochschätze, die Hand meiner Tochter versagen mußte, und ich habe als Vater zu Ihnen gesprochen, der das *dauernde* Glück seines einzigen Kindes im Auge hat und der das Aufkeimen von Wünschen der bewußten Art auf beiden Seiten gewissenhaft vereitelt hätte, wenn ihm jemals der Gedanke an ihre Möglichkeit gekommen wäre!

In den gleichen Eigenschaften, mein verehrter Herr Hofmann, spreche ich auch heute zu Ihnen: als Freund und als Vater. — Fünf Jahre sind seit Ihrer Abreise verflossen, und hatte ich bis dahin noch nicht Muße genug zu der Erkenntnis gehabt, wie tief die Neigung, die Sie meiner Tochter einzuflößen vermochten, in ihr Wurzel gefaßt hat, so ist kürzlich ein Ereignis eingetreten, das mir völlig darüber die Augen öffnen mußte. Warum sollte ich es Ihnen verschweigen, daß meine Tochter im Gedanken an Sie die Hand eines ausgezeichneten Mannes ausgeschlagen hat, dessen Werbung ich als Vater nur dringend befürworten konnte?

An den Gefühlen und Wünschen meiner Tochter sind die Jahre machtlos vorübergegangen, und sollte — dies ist eine offene und bescheidene Frage! — bei Ihnen, hochgeehrter Herr Hofmann, das gleiche der Fall sein, so erkläre ich Ihnen hiermit, daß wir Eltern dem Glücke unsres Kindes fernerhin nicht im Wege stehen wollen.

Ich sehe Ihrer Antwort entgegen, für die ich Ihnen, wie sie auch lauten möge, überaus dankbar sein werde, und habe diesen Zeilen nichts hinzuzufügen als den Ausdruck meiner vollsten Hochachtung.

Ergebenst *Oskar Freiherr von Stein.*«

— Ich blickte auf. Er hatte die Hände auf den Rücken gelegt und sich wieder dem Fenster zugewandt. Ich fragte nichts als:

»Du reist?«

Und ohne mich anzusehen, erwiderte er:

»Bis morgen früh müssen meine Sachen bereit sein.«

Der Tag verging mit Besorgungen und Kofferpacken, wobei ich ihm behilflich war, und abends machten wir auf meinen Vorschlag einen letzten Spaziergang durch die Straßen der Stadt.

Es war noch jetzt fast unerträglich schwül, und der Himmel zuckte jede Sekunde in jähem Phosphorlichte auf. — Paolo schien ruhig und ermüdet; aber er atmete tief und schwer.

Schweigend oder in gleichgültigen Gesprächen waren wir wohl eine Stunde umhergewandert, als wir vor der Fontana Trevi stehenblieben, jenem berühmten Brunnen, der das dahineilende Gespann des Meergottes zeigt.

Wir betrachteten wieder einmal lange und mit Bewunderung diese prächtig schwungvolle Gruppe, die, unaufhörlich von grellblauem Leuchten umspielt, einen nahezu zauberhaften Eindruck machte. Mein Begleiter sagte:

»Gewiß, Bernini entzückt mich auch noch in den Werken seiner Schüler. Ich begreife seine Feinde nicht. — Freilich, wenn das Jüngste Gericht mehr gehauen als gemalt ist, so sind Bernini's Werke sämtlich mehr gemalt als gehauen. Aber gibt es einen größeren Dekorateur?«

»Weißt du eigentlich«, fragte ich, »was für eine Bewandtnis es mit dem Brunnen hat? Wer beim Abschied von Rom daraus trinkt, der kehrt zurück. Hier hast du mein Reiseglas —« und ich füllte es an einem der Wasserstrahlen —, »du sollst dein Rom wiedersehen!«

Er nahm das Glas und führte es an die Lippen. In diesem Augenblick flammte der ganze Himmel in einem blendenden, lang anhaltenden Feuerscheine auf, und klirrend sprang das dünne Gefäßel am Rande des Bassins in Scherben.

Paolo trocknete mit dem Taschentuch das Wasser an seinem Anzug.

»Ich bin nervös und ungeschickt«, sagte er. »Gehen wir weiter. Hoffentlich war das Glas nichts wert.«

Am nächsten Morgen hatte sich das Wetter aufgeklärt. Ein lichtblauer Sommerhimmel lachte über uns, als wir zum Bahnhof fuhren.

Der Abschied war kurz. Paolo schüttelte schweigend meine Hand, als ich ihm Glück wünschte, viel Glück.

Ich sah ihm lange nach, wie er hochaufgerichtet an dem breiten Aussichtsfenster stand. Tiefer Ernst lag in seinen Augen — und Triumph.

Was habe ich noch zu sagen? — Er ist tot; gestorben am Morgen nach der Hochzeitsnacht, — beinahe in der Hochzeitsnacht.

Es mußte so sein. War es nicht der Wille, der Wille zum Glück allein, mit dem er so lange den Tod bezwungen hatte? Er mußte sterben, ohne Kampf und Widerstand sterben, als seinem Willen zum Glück Genüge geschehen war; er hatte keinen Vorwand mehr, zu leben.

Ich habe mich gefragt, ob er schlecht gehandelt, bewußt schlecht an der, welcher er sich verband. Aber ich habe sie gesehen bei seinem Begräbnis, als sie zu Häupten seines Sarges stand; und ich habe auch in ihrem Antlitz den Ausdruck erkannt, den ich auf seinem gefunden: den feierlichen und starken Ernst des Triumphes.

Enttäuschung

Ich gestehe, daß mich die Reden dieses sonderbaren Herrn
ganz und gar verwirrten, und ich fürchte, daß ich auch jetzt
noch nicht imstande sein werde, sie auf seine Weise zu wiederholen, daß sie andere in ähnlicher Weise berührten wie an jenem
Abend mich selbst. Vielleicht beruhte ihre Wirkung nur auf der
befremdlichen Offenheit, mit der ein ganz Unbekannter sie mir
äußerte ...

Der Herbstvormittag, an dem mir jener Unbekannte auf der
Piazza San Marco zum ersten Male auffiel, liegt nun etwa zwei
Monate zurück. Auf dem weiten Platze bewegten sich nur wenige
Menschen umher, aber vor dem bunten Wunderbau, dessen
üppige und märchenhafte Umrisse und goldene Zierate sich in
entzückender Klarheit von einem zarten, lichtblauen Himmel abhoben, flatterten in leichtem Seewind die Fahnen; grade vor dem
Hauptportal hatte sich um ein junges Mädchen, das Mais streute,
ein ungeheures Rudel von Tauben versammelt, während immer
mehr noch von allen Seiten herbeischossen ... Ein Anblick von
unvergleichlicher und festlicher Schönheit.

Da begegnete ich ihm, und ich habe ihn, während ich schreibe, mit
außerordentlicher Deutlichkeit vor Augen. Er war kaum mittelgroß und ging schnell und gebückt, während er seinen Stock mit
beiden Händen auf dem Rücken hielt. Er trug einen schwarzen,
steifen Hut, hellen Sommerüberzieher und dunkelgestreifte Beinkleider. Aus irgendeinem Grunde hielt ich ihn für einen Engländer. Er konnte dreißig Jahre alt sein, vielleicht auch fünfzig. Sein
Gesicht, mit etwas dicker Nase und müde blickenden, grauen
Augen, war glattrasiert, und um seinen Mund spielte beständig
ein unerklärliches und ein wenig blödes Lächeln. Nur von Zeit zu
Zeit blickte er, indem er die Augenbrauen hob, forschend um sich
her, sah dann wieder vor sich zu Boden, sprach ein paar Worte
mit sich selbst, schüttelte den Kopf und lächelte. So ging er beharrlich den Platz auf und nieder.

Von nun an beobachtete ich ihn täglich, denn er schien sich mit
nichts anderem zu beschäftigen, als bei gutem wie bei schlechtem
Wetter, vormittags wie nachmittags, dreißig- und fünfzigmal die
Piazza auf und ab zu schreiten, immer allein und immer mit dem
gleichen seltsamen Gebaren.

An dem Abend, den ich im Sinne habe, hatte eine Militärkapelle
konzertiert. Ich saß an einem der kleinen Tische, die das Café
Florian weit auf den Platz hinausstellt, und als nach Schluß des
Konzertes die Menge, die bis dahin in dichten Strömen hin und
wider gewogt war, sich zu zerstreuen begann, nahm der Unbe-

kannte, auf abwesende Art lächelnd wie stets, an einem neben mir frei gewordenen Tische Platz.

Die Zeit verging, rings umher ward es stiller und stiller, und schon standen weit und breit alle Tische leer. Kaum daß hier und da noch ein Mensch vorüberschlenderte; ein majestätischer Friede lagerte über dem Platz, der Himmel hatte sich mit Sternen bedeckt, und über der prachtvoll theatralischen Fassade von San Marco stand der halbe Mond.

Ich las, indem ich meinem Nachbar den Rücken zuwandte, in meiner Zeitung und war eben im Begriff, ihn allein zu lassen, als ich mich genötigt sah, mich halb nach ihm umzuwenden; denn während ich bislang nicht einmal das Geräusch einer Bewegung von ihm vernommen hatte, begann er plötzlich zu sprechen.

»Sie sind zum erstenmal in Venedig, mein Herr?« fragte er in schlechtem Französisch; und als ich mich bemühte, ihm in englischer Sprache zu antworten, fuhr er in dialektfreiem Deutsch zu sprechen fort mit einer leisen und heiseren Stimme, die er oft durch ein Hüsteln aufzufrischen suchte.

»Sie sehen das alles zum ersten Male? Es erreicht Ihre Erwartungen? — Übertrifft es sie vielleicht sogar? — Ah! Sie haben es sich nicht schöner gedacht? — Das ist wahr? — Sie sagen das nicht nur, um glücklich und beneidenswert zu erscheinen? — Ah!« — Er lehnte sich zurück und betrachtete mich mit schnellem Blinzeln und einem ganz unerklärlichen Gesichtsausdruck.

Die Pause, die eintrat, währte lange, und ohne zu wissen, wie dieses seltsame Gespräch fortzusetzen sei, war ich aufs neue im Begriff, mich zu erheben, als er sich hastig vorbeugte.

»Wissen Sie, mein Herr, was das ist: Enttäuschung?« fragte er leise und eindringlich, indem er sich mit beiden Händen auf seinen Stock lehnte. — »Nicht im kleinen und einzelnen ein Mißlingen, ein Fehlschlagen, sondern die große, die allgemeine Enttäuschung, die Enttäuschung, die alles, das ganze Leben einem bereitet? Sicherlich, Sie kennen sie nicht. Ich aber bin von Jugend auf mit ihr umhergegangen, und sie hat mich einsam, unglücklich und ein wenig wunderlich gemacht, ich leugne es nicht.

Wie könnten Sie mich bereits verstehen, mein Herr? Vielleicht aber werden Sie es, wenn ich Sie bitten darf, mir zwei Minuten lang zuzuhören. Denn wenn es gesagt werden kann, so ist es schnell gesagt . . .

Lassen Sie mich erwähnen, daß ich in einer ganz kleinen Stadt aufgewachsen bin in einem Pastorhause, in dessen überreinlichen Räumen ein altmodisch pathetischer Gelehrtenoptimismus herrschte, und in dem man eine eigentümliche Atmosphäre von Kanzelrhetorik einatmete, — von diesen großen Wörtern für Gut und Böse, Schön und Häßlich, die ich so bitterlich hasse, weil sie vielleicht, sie allein, an meinem Leiden die Schuld tragen.

Das Leben bestand für mich schlechterdings aus großen Wörtern, denn ich kannte nichts davon als die ungeheuren und wesenlosen Ahnungen, die diese Wörter in mir hervorriefen. Ich erwartete von den Menschen das göttlich Gute und das haarsträubend Teuflische; ich erwartete vom Leben das entzückend Schöne und das Gräßliche, und eine Begierde nach alledem erfüllte mich, eine tiefe, angstvolle Sehnsucht nach der weiten Wirklichkeit, nach dem Erlebnis, gleichviel welcher Art, nach dem berauschend herrlichen Glück und dem unsäglich, unahnbar furchtbaren Leiden.

Ich erinnere mich, mein Herr, mit einer traurigen Deutlichkeit der ersten Enttäuschung meines Lebens, und ich bitte Sie, zu bemerken, daß sie keineswegs in dem Fehlschlagen einer schönen Hoffnung bestand, sondern in dem Eintritt eines Unglücks. Ich war beinahe noch ein Kind, als ein nächtlicher Brand in meinem väterlichen Hause entstand. Das Feuer hatte heimlich und tückisch um sich gegriffen, bis an meine Kammertür brannte das ganze kleine Stockwerk, und auch die Treppe war nicht weit entfernt, in Flammen aufzugehen. Ich war der erste, der es bemerkte, und ich weiß, daß ich durch das Haus stürzte, indem ich einmal über das andere den Ruf hervorstieß: ›Nun brennt es! Nun brennt es!‹ Ich entsinne mich dieses Wortes mit großer Genauigkeit, und ich weiß auch, welches Gefühl ihm zugrunde lag, obgleich es mir damals kaum zum Bewußtsein gekommen sein mag. Dies ist, so empfand ich, eine Feuersbrunst; nun erlebe ich sie! Schlimmer ist es nicht? Das ist das Ganze? . . .

Gott weiß, daß es keine Kleinigkeit war. Das ganze Haus brannte nieder, wir alle retteten uns mit Mühe aus äußerster Gefahr, und ich selbst trug ganz beträchtliche Verletzungen davon. Auch wäre es unrichtig, zu sagen, daß meine Phantasie den Ereignissen vorgegriffen und mir einen Brand des Elternhauses entsetzlicher ausgemalt hätte. Aber ein vages Ahnen, eine gestaltlose Vorstellung von etwas noch weit Gräßlicherem hatte in mir gelebt, und im Vergleich damit erschien die Wirklichkeit mir matt. Die Feuersbrunst war mein erstes großes Erlebnis: eine furchtbare Hoffnung wurde damit enttäuscht.

Fürchten Sie nicht, daß ich fortfahren werde, Ihnen meine Enttäuschungen im einzelnen zu berichten. Ich begnüge mich damit, zu sagen, daß ich mit unglückseligem Eifer meine großartigen Erwartungen vom Leben durch tausend Bücher nährte: durch die Werke der Dichter. Ach, ich habe gelernt, sie zu hassen, diese Dichter, die ihre großen Wörter an alle Wände schreiben und sie mit einer in den Vesuv getauchten Zeder am liebsten an die Himmelsdecke malen möchten, — während doch ich nicht umhinkann, jedes große Wort als eine Lüge oder als einen Hohn zu empfinden!

Verzückte Poeten haben mir vorgesungen, die Sprache sei arm, ach, sie sei arm, — o nein, mein Herr! Die Sprache, dünkt mich, ist reich, ist überschwenglich reich im Vergleich mit der Dürftigkeit und Begrenztheit des Lebens. Der Schmerz hat seine Grenzen: der körperliche in der Ohnmacht, der seelische im Stumpfsinn, — es ist mit dem Glück nicht anders! Das menschliche Mitteilungsbedürfnis aber hat sich Laute erfunden, die über diese Grenzen hinweglügen.

Liegt es an mir? Läuft nur mir die Wirkung gewisser Wörter auf eine Weise das Rückenmark hinunter, daß sie mir Ahnungen von Erlebnissen erwecken, die es gar nicht gibt?

Ich bin in das berühmte Leben hinausgetreten, voll von dieser Begierde nach einem, einem Erlebnis, das meinen großen Ahnungen entspräche. Gott helfe mir, es ist mir nicht zuteil geworden! Ich bin umhergeschweift, um die gepriesensten Gegenden der Erde zu besuchen, um vor die Kunstwerke hinzutreten, um die die Menschheit mit den größten Wörtern tanzt; ich habe davorgestanden und mir gesagt: Es ist schön. Und doch: Schöner ist es nicht? Das ist das Ganze?

Ich habe keinen Sinn für Tatsächlichkeiten; das sagt vielleicht alles. Irgendwo in der Welt stand ich einmal im Gebirge an einer tiefen, schmalen Schlucht. Die Felsenwände waren nackt und senkrecht, und drunten brauste das Wasser über die Blöcke vorbei. Ich blickte hinab und dachte: Wie, wenn ich stürzte? Aber ich hatte Erfahrung genug, mir zu antworten: Wenn es geschähe, so würde ich im Falle zu mir sprechen: Nun stürzt du hinab, nun ist es Tatsache! Was ist das nun eigentlich? —

Wollen Sie mir glauben, daß ich genug erlebt habe, um ein wenig mitreden zu können? Vor Jahren liebte ich ein Mädchen, ein zartes und holdes Geschöpf, das ich an meiner Hand und unter meinem Schutze gern dahingeführt hätte; sie aber liebte mich nicht, das war kein Wunder, und ein anderer durfte sie schützen... Gibt es ein Erlebnis, das leidvoller wäre? Gibt es etwas Peinigenderes als diese herbe Drangsal, die mit Wollust grausam vermengt ist? Ich habe manche Nacht mit offenen Augen gelegen, und trauriger, quälender als alles übrige war stets der Gedanke: Dies ist der große Schmerz! Nun erlebe ich ihn! — Was ist das nun eigentlich? —

Ist es nötig, daß ich Ihnen auch von meinem Glück spreche? Denn auch das Glück habe ich erlebt, auch das Glück hat mich enttäuscht... Es ist nicht nötig; denn dies alles sind plumpe Beispiele, die Ihnen nicht klarmachen werden, daß es das Leben im ganzen und allgemeinen ist, das Leben in seinem mittelmäßigen, uninteressanten und matten Verlaufe, das mich enttäuscht hat, enttäuscht, enttäuscht.

›Was ist‹, schreibt der junge Werther einmal, ›der Mensch, der gepriesene Halbgott? Ermangeln ihm nicht eben da die Kräfte, wo er sie am nötigsten braucht? Und wenn er in Freude sich aufschwingt oder in Leiden versinkt, wird er nicht in beiden eben da aufgehalten, eben da zu dem stumpfen, kalten Bewußtsein wieder zurückgebracht, da er sich in der Fülle des Unendlichen zu verlieren sehnte?‹

Ich gedenke oft des Tages, an dem ich das Meer zum ersten Male erblickte. Das Meer ist groß, das Meer ist weit, mein Blick schweifte vom Strande hinaus und hoffte, befreit zu sein: dort hinten aber war der Horizont. Warum habe ich einen Horizont? Ich habe vom Leben das Unendliche erwartet.

Vielleicht ist er enger, mein Horizont, als der anderer Menschen? Ich habe gesagt, mir fehle der Sinn für Tatsächlichkeiten, — habe ich vielleicht zuviel Sinn dafür? Kann ich zu bald nicht mehr? Bin ich zu schnell fertig? Kenne ich Glück und Schmerz nur in den niedrigsten Graden, nur in verdünntem Zustande?

Ich glaube es nicht; und ich glaube den Menschen nicht, ich glaube den wenigsten, die angesichts des Lebens in die großen Wörter der Dichter einstimmen, — es ist Feigheit und Lüge! Haben Sie übrigens bemerkt, mein Herr, daß es Menschen gibt, die so eitel sind und so gierig nach der Hochachtung und dem heimlichen Neide der anderen, daß sie vorgeben, nur die großen Wörter des Glücks erlebt zu haben, nicht aber die des Leidens?

Es ist dunkel, und Sie hören mir kaum noch zu; darum will ich es mir heute noch einmal gestehen, daß auch ich, ich selbst es einst versucht habe, mit diesen Menschen zu lügen, um mich vor mir und den anderen als glücklich hinzustellen. Aber es ist manches Jahr her, daß diese Eitelkeit zusammenbrach, und ich bin einsam, unglücklich und ein wenig wunderlich geworden, ich leugne es nicht.

Es ist meine Lieblingsbeschäftigung, bei Nacht den Sternenhimmel zu betrachten; denn ist das nicht die beste Art, von der Erde und vom Leben abzusehen? Und vielleicht ist es verzeihlich, daß ich es mir dabei angelegen sein lasse, mir meine Ahnungen wenigstens zu wahren? Von einem befreiten Leben zu träumen, in dem die Wirklichkeit in meinen großen Ahnungen ohne den quälenden Rest der Enttäuschung aufgeht? Von einem Leben, in dem es keinen Horizont mehr gibt? . . .

Ich träume davon, und ich erwarte den Tod. Ach, ich kenne ihn bereits so genau, den Tod, diese letzte Enttäuschung! Das ist der Tod? werde ich im letzten Augenblicke zu mir sprechen; nun erlebe ich ihn! — *Was ist das nun eigentlich?* —

Aber es ist kalt geworden auf dem Platze, mein Herr; ich bin imstande, das zu empfinden, hehe! Ich empfehle mich Ihnen aufs allerbeste. Adieu . . .«

Der Tod

Nun ist der Herbst da, und der Sommer wird nicht zurückkehren;
niemals werde ich ihn wiedersehen . . .
Das Meer ist grau und still, und ein feiner, trauriger Regen geht
hernieder. Als ich das heute morgen sah, habe ich vom Sommer
Abschied genommen und den Herbst begrüßt, meinen vierzigsten
Herbst, der nun wirklich unerbittlich heraufgezogen ist. Und unerbittlich wird er jenen Tag bringen, dessen Datum ich manchmal
leise vor mich hin spreche, mit einem Gefühl von Andacht und
stillem Grauen . . .

Den 12. September
Ich bin mit der kleinen Asuncion ein wenig spazierengegangen.
Sie ist eine gute Begleiterin, die schweigt und manchmal nur groß
und liebevoll die Augen zu mir emporschlägt.
Wir sind den Strandweg nach Kronshafen gegangen, aber wir
sind rechtzeitig wieder umgekehrt, bevor wir noch mehr als einen
oder zwei Menschen getroffen hatten.
Während wir zurückschritten, freute ich mich über den Anblick
meines Hauses. Wie gut ich es gewählt habe! Schlicht und
grau blickt es von dem Hügel, dessen Gras nun welk und feucht
und dessen Weg aufgeweicht ist, über das graue Meer hinaus.
Auf der Rückseite führt die Chaussee vorbei, und dahinter sind
Felder. Aber darauf achte ich nicht; ich achte nur auf das Meer.

Den 15. September
Dieses einsame Haus auf dem Hügel am Meere unter dem grauen
Himmel ist wie ein düsteres, geheimnisvolles Märchen; und so
will ich es haben in meinem letzten Herbst. Heute nachmittag
aber, als ich am Fenster meines Arbeitszimmers saß, war ein
Wagen da, der Vorräte brachte, der alte Franz half beim Aus-
packen, und es gab Geräusch und verschiedene Stimmen. Ich
kann nicht sagen, wie mich das störte. Ich zitterte vor Mißbilli-
gung: Ich habe befohlen, daß dergleichen nur frühmorgens geschehen soll, wenn ich schlafe. Der alte Franz sagte nur: »Zu
Befehl, Herr Graf.« Aber er sah mich mit seinen entzündeten
Augen ängstlich und zweifelnd an.
Wie könnte er mich verstehen? Er weiß es ja nicht. Ich will nicht,
daß Alltäglichkeit und Langeweile an meine letzten Tage rühre.
Ich ängstige mich davor, daß der Tod etwas Bürgerliches und Gewöhnliches an sich haben könnte. Es soll um mich her fremdartig
und seltsam sein an jenem großen, ernsten, rätselhaften Tage —
am zwölften Oktober . . .

Während der letzten Tage bin ich nicht ausgegangen, sondern
habe die meiste Zeit auf der Chaiselongue zugebracht. Ich konnte
auch nicht viel lesen, weil dabei alle Nerven mich quälten. Ich
habe einfach stillgelegen und in den unermüdlichen, langsamen
Regen hinausgeblickt.
Asuncion kam oft, und einmal brachte sie mir Blumen, ein paar
dürre und nasse Pflanzen, die sie am Strande gefunden; als ich
das Kind zum Danke küßte, weinte es, weil ich »krank« sei. Wie
unsäglich schmerzlich mich ihre zärtliche und wehmütige Liebe
berührte!

Den 21. September
Ich habe lange in meinem Arbeitszimmer am Fenster gesessen,
und Asuncion saß auf meinen Knien. Wir haben auf das graue
und weite Meer hinausgeblickt, und hinter uns in dem großen
Gemach mit der hohen, weißen Tür und den steiflehnigen Möbeln
herrschte tiefe Stille. Und während ich langsam das weiche Haar
des Kindes streichelte, das schwarz und schlicht auf ihre zarten
Schultern hinabfließt, habe ich zurückgedacht in meinem wirren,
bunten Leben; ich habe an meine Jugend gedacht, die still war
und behütet, an meine Wanderungen durch die ganze Welt und
an die kurze, lichte Zeit meines Glückes.
Erinnerst du dich des anmutigen und flammend zärtlichen Geschöpfes unter dem Sammethimmel von Lissabon? Es sind zwölf
Jahre, daß sie dir das Kind schenkte und starb, während ihr
schmaler Arm um deinen Hals lag.
Sie hat die dunklen Augen ihrer Mutter, die kleine Asuncion;
nur müder sind sie und nachdenklicher. Vor allem aber hat sie
ihren Mund, diesen unendlich weichen und doch ein wenig herb
geschnittenen Mund, der am schönsten ist, wenn er schweigt und
nur ganz leise lächelt.
Meine kleine Asuncion! wenn du wüßtest, daß ich dich werde
verlassen müssen. Weintest du, weil ich »krank« sei? Ach, was
hat *das* damit zu tun! Was hat *das* mit dem zwölften Oktober zu
tun! . . .

Den 23. September
Tage, an denen ich zurückdenken kann und in Erinnerungen mich
verliere, sind selten. Wie viele Jahre sind es, daß ich nur vorwärts zu denken vermag, nur zu warten auf diesen großen und
schauerlichen Tag, auf den zwölften Oktober meines vierzigsten
Lebensjahres!
Wie es sein wird, wie es nur sein wird! Ich fürchte mich nicht,
aber mich dünkt, daß er qualvoll langsam herankommt, dieser
zwölfte Oktober.

Den 27. September
Der alte Doktor Gudehus kam von Kronshafen, er kam zu Wagen

den Chausseeweg gefahren und nahm das zweite Frühstück mit Asuncion und mir.

»Es ist nötig«, sagte er und aß ein halbes Huhn, »daß Sie sich Bewegung machen, Herr Graf, viel Bewegung in frischer Luft. Nicht lesen! Nicht denken! Nicht grübeln! Ich halte Sie nämlich für einen Philosophen, he, he!«

Nun, ich habe die Achseln gezuckt und ihm herzlich für seine Bemühungen gedankt. Auch für die kleine Asuncion gab er Ratschläge und betrachtete sie mit seinem gezwungenen und verlegenen Lächeln. Er hat meine Brom-Dosis erhöhen müssen; vielleicht, daß ich nun ein wenig mehr schlafen kann.

Den 30. September

Der letzte September! Nun ist es nicht lange mehr, nun ist es nicht lange mehr. Es ist drei Uhr nachmittags, und ich habe mir ausgerechnet, wie viele Minuten noch fehlen bis zum Beginn des zwölften Oktobers. Es sind 8460.

Ich habe nicht schlafen können heute nacht, denn es ist Wind aufgekommen, und das Meer und der Regen rauscht. Ich habe gelegen und die Zeit vorbeischwinden lassen. Denken und grübeln? Ach nein! Doktor Gudehus hält mich für einen Philosophen, aber mein Kopf ist sehr schwach, und ich kann nur denken: Der Tod, der Tod!

Den 2. Oktober

Ich bin tief ergriffen, und in meine Bewegung mischt sich ein Gefühl von Triumph. Manchmal, wenn ich daran dachte und man mich zweifelnd und ängstlich ansah, habe ich gesehen, daß man mich für wahnsinnig hielt, und ich habe mich selbst mit Argwohn geprüft. Ach nein! Ich bin nicht wahnsinnig.

Ich las heute die Geschichte jenes Kaisers Friedrich, dem man prophezeite, er werde »sub flore« sterben. Nun, er mied die Städte Florenz und Florentinum, aber kam er dennoch nach Florentinum: und er starb. — Warum starb er?

Eine Prophezeiung ist an sich unbeträchtlich; es kommt darauf an, ob sie Macht über dich gewinnt. Tut sie aber das, so ist sie schon bewiesen, und sie wird in Erfüllung gehen. — Wie? Und ist eine Prophezeiung, die in mir selbst aufsteht und stark wird, nicht wertvoller als eine, die von außen käme? Und ist die unerschütterliche Kenntnis des Zeitpunktes, an dem man sterben wird, zweifelhafter als die des Ortes?

Oh, es ist eine stete Verbindung zwischen dem Menschen und dem Tode! Du kannst mit deinem Willen und deiner Überzeugung an seiner Sphäre saugen, du kannst ihn herbeiziehen, daß er zu dir tritt, zu der Stunde, an die du glaubst . . .

Den 3. Oktober

Oftmals, wenn meine Gedanken sich wie graue Gewässer vor mir ausbreiten, die mir unendlich scheinen, weil sie umnebelt sind, sehe ich etwas wie den Zusammenhang der Dinge und glaube die Nichtigkeit der Begriffe zu erkennen.

Was ist Selbstmord? Der freiwillige Tod? Aber niemand stirbt unfreiwillig. Das Aufgeben des Lebens und die Hingabe an den Tod geschieht ohne Unterschied aus Schwäche, und diese Schwäche ist stets die Folge einer Krankheit des Körpers oder der Seele, oder beider. Man stirbt nicht, bevor man einverstanden damit ist ...

Bin ich einverstanden? Ich muß es wohl sein, denn ich glaube, daß ich wahnsinnig werden könnte, wenn ich am zwölften Oktober *nicht* stürbe ...

Den 5. Oktober

Ich denke unaufhörlich daran, und es beschäftigt mich ganz und gar. — Ich sinne darüber, wann und woher mein Wissen mir gekommen ist, ich vermag es nicht zu sagen! Ich wußte mit neunzehn oder zwanzig Jahren, daß ich mit vierzig sterben müßte, und irgendeines Tages, als ich mich eindringlich fragte, an welchem Tage es geschehen werde, da wußte ich auch den Tag!

Und nun ist er so nahe herangekommen, so nahe, daß ich den kalten Atem des Todes zu verspüren meine.

Den 7. Oktober

Der Wind hat sich verstärkt, die See braust, und der Regen trommelt auf dem Dache. Ich habe in der Nacht nicht geschlafen, sondern bin in meinem Wettermantel hinunter an den Strand gegangen und habe mich dort auf einen Stein gesetzt.

Hinter mir war in Dunkelheit und Regen der Hügel mit dem grauen Haus, in dem die kleine Asuncion schlief, meine kleine Asuncion! Und vor mir wälzte das Meer seinen trüben Schaum bis vor meine Füße.

Ich habe die ganze Nacht hinausgeblickt, und mich dünkte, so müsse der Tod sein oder das Nach-dem-Tode: dort drüben und draußen ein unendliches, dumpf brausendes Dunkel. Wird dort ein Gedanke, eine Ahnung von mir fortleben und -weben und ewig auf das unbegreifliche Brausen horchen?

Den 8. Oktober

Ich will dem Tode danken, wenn er kommt, denn nun wird es zu bald erfüllt sein, als daß ich noch warten könnte. Drei kurze Herbsttage noch, und es wird geschehen. Wie gespannt ich bin auf den letzten Augenblick, den allerletzten! Sollte es nicht ein Augenblick des Entzückens und unsäglicher Süßigkeit sein? Ein Augenblick höchster Wollust?

Drei kurze Herbsttage noch, und der Tod wird hier zu mir ins Zimmer treten — wie er sich nur benehmen wird! Wird er mich behandeln wie einen Wurm? Wird er mich an der Kehle packen und mich würgen? Oder wird er mit seiner Hand in mein Gehirn greifen? — Aber ich denke ihn mir groß und schön und von einer wilden Majestät!

Den 9. Oktober

Ich sagte zu Asuncion, als sie auf meinen Knien saß: »Wie, wenn ich bald von dir ginge, auf irgendeine Weise? Würdest du sehr traurig sein?« Da schmiegte sie ihr Köpfchen an meine Brust und weinte bitterlich. — Mein Hals ist zugeschnürt vor Schmerz.
Übrigens habe ich Fieber. Mein Kopf ist heiß, und ich zittere vor Kälte.

Den 10. Oktober

Er war bei mir, diese Nacht war er bei mir! Ich habe ihn nicht gesehen und nicht gehört, und dennoch habe ich mit ihm gesprochen. Es ist lächerlich, aber er benahm sich wie ein Zahnarzt! — »Es ist am besten, wenn wir es gleich abmachen«, sagte er. Aber ich wollte nicht und wehrte mich. Mit kurzen Worten habe ich ihn fortgeschickt.
»Es ist am besten, wenn wir es gleich abmachen!« Wie das klang! Es ging mir durch Mark und Bein. So nüchtern, so langweilig, so bürgerlich! Nie habe ich ein kälteres und hohnvolleres Gefühl von Enttäuschung gekannt.

Den 11. Oktober (11 Uhr abends)

Verstehe ich es? Oh! glaubt mir, daß ich es verstehe!
Vor anderthalb Stunden, als ich in meinem Zimmer saß, kam der alte Franz zu mir herein; er zitterte und schluchzte. »Das Fräulein!« rief er, »das Kind! Ach, kommen Sie schnell!« — Und ich kam schnell.
Ich habe nicht geweint, und nur ein kalter Schauer schüttelte mich. Sie lag in ihrem Bettchen, und ihr schwarzes Haar rahmte ihr blasses, schmerzliches Gesichtchen ein. Ich bin bei ihr niedergekniet und habe nichts getan und nichts gedacht. — Doktor Gudehus kam.
»Das ist ein Herzschlag«, sagte er und nickte wie einer, der nicht überrascht ist. Dieser Stümper und Narr tat, als habe er es gewußt!
Ich aber — habe ich es verstanden? Oh, als ich allein war mit ihr — draußen rauschten Regen und Meer, und der Wind heulte im Ofenrohr —, da habe ich auf den Tisch geschlagen, so klar wurde es mir in einem Augenblick! Zwanzig Jahre lang habe ich den Tod auf den Tag herbeigezogen, der in einer Stunde begin-

nen wird, und in mir, tief unten, ist etwas gewesen, das heimlich gewußt hat, ich könne dies Kind nicht verlassen. Ich hätte nicht sterben können nach Mitternacht, und es mußte doch sein! Ich hätte ihn wieder fortgeschickt, wenn er gekommen wäre: Aber er ist zuerst zu dem Kinde gegangen, weil er meinem Wissen und Glauben gehorchen mußte. — Habe ich selbst den Tod an dein Bettchen gezogen, habe ich dich getötet, meine kleine Asuncion? Ach, das sind grobe, armselige Worte für feine und geheimnisvolle Dinge!

Lebe wohl, lebe wohl! Vielleicht, daß ich dort draußen einen Gedanken, eine Ahnung von dir wiederfinde. Denn sieh: der Zeiger rückt, und die Lampe, die dein süßes Gesichtchen erhellt, wird bald verlöschen. Ich halte deine kleine, kalte Hand und warte. Gleich wird er zu mir treten, und ich werde nur nicken und die Augen schließen, wenn ich ihn sagen höre: »Es ist am besten, wenn wir es gleich abmachen« . . .

Der kleine Herr Friedemann

Die Amme hatte die Schuld. — Was half es, daß, als der erste Verdacht entstand, Frau Konsul Friedemann ihr ernstlich zuredete, solches Laster zu unterdrücken? Was half es, daß sie ihr außer dem nahrhaften Bier ein Glas Rotwein täglich verabreichte? Es stellte sich plötzlich heraus, daß dieses Mädchen sich herbeiließ, auch noch den Spiritus zu trinken, der für den Kochapparat verwendet werden sollte, und ehe Ersatz für sie eingetroffen war, ehe man sie hatte fortschicken können, war das Unglück geschehen. Als die Mutter und ihre drei halbwüchsigen Töchter eines Tages von einem Ausgange zurückkehrten, lag der kleine, etwa einen Monat alte Johannes, vom Wickeltische gestürzt, mit einem entsetzlich leisen Wimmern am Boden, während die Amme stumpfsinnig daneben stand.

Der Arzt, der mit einer behutsamen Festigkeit die Glieder des gekrümmten und zuckenden kleinen Wesens prüfte, machte ein sehr, sehr ernstes Gesicht, die drei Töchter standen schluchzend in einem Winkel, und Frau Friedemann in ihrer Herzensangst betete laut.

Die arme Frau hatte es noch vor der Geburt des Kindes erleben müssen, daß ihr Gatte, der niederländische Konsul, von einer ebenso plötzlichen wie heftigen Krankheit dahingerafft wurde, und sie war noch zu gebrochen, um überhaupt der Hoffnung fähig zu sein, der kleine Johannes möchte ihr erhalten bleiben. Allein nach zwei Tagen erklärte ihr der Arzt mit einem ermutigenden Händedruck, eine unmittelbare Gefahr sei schlechterdings nicht mehr vorhanden, die leichte Gehirnaffektion, vor allem, sei gänzlich behoben, was man schon an dem Blicke sehen könne, der durchaus nicht mehr den stieren Ausdruck zeige wie anfangs ... Freilich müsse man abwarten, wie im übrigen sich die Sache entwickeln werde — und das Beste hoffen, wie gesagt, das Beste hoffen ...

Das graue Giebelhaus, in dem Johannes Friedemann aufwuchs, lag am nördlichen Tore der alten, kaum mittelgroßen Handelsstadt. Durch die Haustür betrat man eine geräumige, mit Steinfliesen versehene Diele, von der eine Treppe mit weißgemaltem Holzgeländer in die Etagen hinaufführte. Die Tapeten des Wohnzimmers im ersten Stock zeigten verblichene Landschaften, und um den schweren Mahagonitisch mit der dunkelroten Plüschdecke standen steiflehnige Möbel.

Hier saß er oft in seiner Kindheit am Fenster, vor dem stets
schöne Blumen prangten, auf einem kleinen Schemel zu den
Füßen seiner Mutter und lauschte etwa, während er ihren glatten,
grauen Scheitel und ihr gutes, sanftmütiges Gesicht betrachtete
und den leisen Duft atmete, der immer von ihr ausging, auf eine
wundervolle Geschichte. Oder er ließ sich vielleicht das Bild des
Vaters zeigen, eines freundlichen Herrn mit grauem Backenbart.
Er befand sich im Himmel, sagte die Mutter, und erwartete dort
sie alle.

Hinter dem Hause war ein kleiner Garten, in dem man während
des Sommers einen guten Teil des Tages zuzubringen pflegte,
trotz des süßlichen Dunstes, der von einer nahen Zuckerbrennerei
fast immer herüberwehte. Ein alter, knorriger Walnußbaum
stand dort, und in seinem Schatten saß der kleine Johannes oft
auf einem niedrigen Holzsessel und knackte Nüsse, während Frau
Friedemann und die drei nun schon erwachsenen Schwestern in
einem Zelt aus grauem Segeltuch beisammen waren. Der Blick der
Mutter aber hob sich oft von ihrer Handarbeit, um mit wehmütiger Freundlichkeit zu dem Kinde hinüberzugleiten.

Er war nicht schön, der kleine Johannes, und wie er so mit seiner
spitzen und hohen Brust, seinem weit ausladenden Rücken und
seinen viel zu langen, mageren Armen auf dem Schemel hockte
und mit einem behenden Eifer seine Nüsse knackte, bot er einen
höchst seltsamen Anblick. Seine Hände und Füße aber waren
zartgeformt und schmal, und er hatte große, rehbraune Augen,
einen weichgeschnittenen Mund und feines, lichtbraunes Haar.
Obgleich sein Gesicht so jämmerlich zwischen den Schultern saß,
war es doch beinahe schön zu nennen.

3

Als er sieben Jahre alt war, ward er zur Schule geschickt, und nun
vergingen die Jahre einförmig und schnell. Täglich wanderte er,
mit der komisch wichtigen Gangart, die Verwachsenen manchmal
eigen ist, zwischen den Giebelhäusern und Läden hindurch nach
dem alten Schulhaus mit den gotischen Gewölben; und wenn er
daheim seine Arbeit getan hatte, las er vielleicht in seinen Büchern mit den schönen, bunten Titelbildern oder beschäftigte sich
im Garten, während die Schwestern der kränkelnden Mutter den
Hausstand führten. Auch besuchten sie Gesellschaften, denn Frie-
demanns gehörten zu den ersten Kreisen der Stadt; aber geheiratet hatten sie leider noch nicht, denn ihr Vermögen war nicht
eben groß, und sie waren ziemlich häßlich.

Johannes erhielt wohl ebenfalls von seinen Altersgenossen hie
und da eine Einladung, aber er hatte nicht viel Freude an dem
Verkehr mit ihnen. Er vermochte an ihren Spielen nicht teilzu-

nehmen, und da sie ihm gegenüber eine befangene Zurückhaltung immer bewahrten, so konnte es zu einer Kameradschaft nicht kommen.

Es kam die Zeit, wo er sie auf dem Schulhofe oft von gewissen Erlebnissen sprechen hörte; aufmerksam und mit großen Augen lauschte er, wie sie von ihren Schwärmereien für dies oder jenes kleine Mädchen redeten, und schwieg dazu. Diese Dinge, sagte er sich, von denen die anderen ersichtlich ganz erfüllt waren, gehörten zu denen, für die er sich nicht eignete, wie Turnen und Ballwerfen. Das machte manchmal ein wenig traurig; am Ende aber war er von jeher daran gewöhnt, für sich zu stehen und die Interessen der anderen nicht zu teilen.

Dennoch geschah es, daß er — sechzehn Jahre zählte er damals — zu einem gleichalterigen Mädchen eine plötzliche Neigung faßte. Sie war die Schwester eines seiner Klassengenossen, ein blondes, ausgelassen fröhliches Geschöpf, und bei ihrem Bruder lernte er sie kennen. Er empfand eine seltsame Beklommenheit in ihrer Nähe, und die befangene und künstlich freundliche Art, mit der auch sie ihn behandelte, erfüllte ihn mit tiefer Traurigkeit.

Als er eines Sommernachmittags einsam vor der Stadt auf dem Walle spazierenging, vernahm er hinter einem Jasminstrauch ein Flüstern und lauschte vorsichtig zwischen den Zweigen hindurch. Auf der Bank, die dort stand, saß jenes Mädchen neben einem langen, rotköpfigen Jungen, den er sehr wohl kannte; er hatte den Arm um sie gelegt und drückte einen Kuß auf ihre Lippen, den sie kichernd erwiderte. Als Johannes Friedemann dies gesehen hatte, machte er kehrt und ging leise von dannen.

Sein Kopf saß tiefer als je zwischen den Schultern, seine Hände zitterten, und ein scharfer, drängender Schmerz stieg ihm aus der Brust in den Hals hinauf. Aber er würgte ihn hinunter und richtete sich entschlossen auf, so gut er das vermochte. ›Gut‹, sagte er zu sich, ›das ist zu Ende. Ich will mich niemals wieder um dies alles bekümmern. Den anderen gewährt es Glück und Freude, mir aber vermag es immer nur Gram und Leid zu bringen. Ich bin fertig damit. Es ist für mich abgetan. Nie wieder. —‹

Der Entschluß tat ihm wohl. Er verzichtete, verzichtete auf immer. Er ging nach Hause und nahm ein Buch zur Hand oder spielte Violine, was er trotz seiner verwachsenen Brust erlernt hatte.

4

Mit siebenzehn Jahren verließ er die Schule, um Kaufmann zu werden, wie in seinen Kreisen alle Welt es war, und trat in das große Holzgeschäft des Herrn Schlievogt, unten am Fluß, als Lehrling ein. Man behandelte ihn mit Nachsicht, er seinerseits war freundlich und entgegenkommend, und friedlich und geregelt verging die Zeit. In seinem einundzwanzigsten Lebensjahre aber starb nach langem Leiden seine Mutter.

Das war ein großer Schmerz für Johannes Friedemann, den er sich lange bewahrte. Er genoß ihn, diesen Schmerz, er gab sich ihm hin, wie man sich einem großen Glücke hingibt, er pflegte ihn mit tausend Kindheitserinnerungen und beutete ihn aus als sein erstes starkes Erlebnis.

Ist nicht das Leben an sich etwas Gutes, gleichviel, ob es sich nun so für uns gestaltet, daß man es ›glücklich‹ nennt? Johannes Friedemann fühlte das, und er liebte das Leben. Niemand versteht, mit welcher innigen Sorgfalt er, der auf das größte Glück, das es uns zu bieten vermag, Verzicht geleistet hatte, die Freuden, die ihm zugänglich waren, zu genießen wußte. Ein Spaziergang zur Frühlingszeit draußen in den Anlagen vor der Stadt, der Duft einer Blume, der Gesang eines Vogels — konnte man für solche Dinge nicht dankbar sein?

Und daß zur Genußfähigkeit Bildung gehört, ja, daß Bildung immer nur gleich Genußfähigkeit ist, — auch das verstand er: und er bildete sich. Er liebte die Musik und besuchte alle Konzerte, die etwa in der Stadt veranstaltet wurden. Er selbst spielte allmählich, obgleich er sich ungemein merkwürdig dabei ausnahm, die Geige nicht übel und freute sich an jedem schönen und weichen Ton, der ihm gelang. Auch hatte er sich durch viele Lektüre mit der Zeit einen literarischen Geschmack angeeignet, den er wohl in der Stadt mit niemandem teilte. Er war unterrichtet über die neueren Erscheinungen des In- und Auslandes, er wußte den rhythmischen Reiz eines Gedichtes auszukosten, die intime Stimmung einer fein geschriebenen Novelle auf sich wirken zu lassen . . . oh! man konnte beinahe sagen, daß er ein Epikureer war.

Er lernte begreifen, daß alles genießenswert und daß es beinahe töricht ist, zwischen glücklichen und unglücklichen Erlebnissen zu unterscheiden. Er nahm alle seine Empfindungen und Stimmungen bereitwilligst auf und pflegte sie, die trüben so gut wie die heiteren: auch die unerfüllten Wünsche, — die *Sehnsucht*. Er liebte sie um ihrer selbst willen und sagte sich, daß mit der Erfüllung das Beste vorbei sein würde. Ist das süße, schmerzliche, vage Sehnen und Hoffen stiller Frühlingsabende nicht genußreicher als alle Erfüllungen, die der Sommer zu bringen vermöchte? — Ja, er war ein Epikureer, der kleine Herr Friedemann!

Das wußten die Leute wohl nicht, die ihn auf der Straße mit jener mitleidig freundlichen Art begrüßten, an die er von jeher gewöhnt war. Sie wußten nicht, daß dieser unglückliche Krüppel, der da mit seiner putzigen Wichtigkeit in hellem Überzieher und blankem Zylinder — er war seltsamerweise ein wenig eitel —

durch die Straßen marschierte, das Leben zärtlich liebte, das ihm sanft dahinfloß, ohne große Affekte, aber erfüllt von einem stillen und zarten Glück, das er sich zu schaffen wußte.

5

Die Hauptneigung aber des Herrn Friedemann, seine eigentliche Leidenschaft, war das Theater. Er besaß ein ungemein starkes dramatisches Empfinden, und bei einer wuchtigen Bühnenwirkung, der Katastrophe eines Trauerspiels, konnte sein ganzer kleiner Körper ins Zittern geraten. Er hatte auf dem ersten Range des Stadttheaters seinen bestimmten Platz, den er mit Regelmäßigkeit besuchte, und hin und wieder begleiteten ihn seine drei Schwestern dorthin. Sie führten seit dem Tode der Mutter sich und ihrem Bruder allein die Wirtschaft in dem alten Hause, in dessen Besitz sie sich mit ihm teilten.
Verheiratet waren sie leider noch immer nicht; aber sie waren längst in einem Alter, in dem man sich bescheidet, denn Friederike, die älteste, hatte siebzehn Jahre vor Herrn Friedemann voraus. Sie und ihre Schwester Henriette waren ein wenig zu lang und dünn, während Pfiffi, die jüngste, allzu klein und beleibt erschien. Letztere übrigens hatte eine drollige Art, sich bei jedem Worte zu schütteln und Feuchtigkeit dabei in die Mundwinkel zu bekommen.
Der kleine Herr Friedemann kümmerte sich nicht viel um die drei Mädchen: sie aber hielten treu zusammen und waren stets einer Meinung. Besonders wenn eine Verlobung in ihrer Bekanntschaft sich ereignete, betonten sie einstimmig, daß dies ja *sehr* erfreulich sei.
Ihr Bruder fuhr fort, bei ihnen zu wohnen, auch als er die Holzhandlung des Herrn Schlievogt verließ und sich selbständig machte, indem er irgendein kleines Geschäft übernahm, eine Agentur oder dergleichen, was nicht allzuviel Arbeit in Anspruch nahm. Er hatte ein paar Parterreräumlichkeiten des Hauses inne, damit er nur zu den Mahlzeiten die Treppe hinaufzusteigen brauchte, denn hin und wieder litt er ein wenig an Asthma. —
An seinem dreißigsten Geburtstage, einem hellen und warmen Junitage, saß er nach dem Mittagessen in dem grauen Gartenzelt mit einer neuen Nackenrolle, die Henriette ihm gearbeitet hatte, einer guten Zigarre im Munde und einem guten Buche in der Hand. Dann und wann hielt er das letztere beiseite, horchte auf das vergnügte Zwitschern von Sperlingen, die in dem alten Nußbaum saßen, und blickte auf den sauberen Kiesweg, der zum Hause führte, und auf den Rasenplatz mit den bunten Beeten.
Der kleine Herr Friedemann trug keinen Bart, und sein Gesicht hatte sich fast gar nicht verändert; nur daß die Züge ein wenig

schärfer geworden waren. Sein feines, lichtbraunes Haar trug er seitwärts glatt gescheitelt.

Als er einmal das Buch ganz auf die Knie herabsinken ließ und hinauf in den blauen, sonnigen Himmel blinzelte, sagte er zu sich: ›Das wären nun dreißig Jahre. Nun kommen vielleicht noch zehn oder auch noch zwanzig, Gott weiß es. Sie werden still und geräuschlos daherkommen und vorüberziehen wie die verflossenen, und ich erwarte sie mit Seelenfrieden.‹

6

Im Juli desselben Jahres ereignete sich jener Wechsel in der Bezirkskommandantur, der alle Welt in Erregung versetzte. Der beleibte, joviale Herr, der lange Jahre hindurch diesen Posten innegehabt hatte, war in den gesellschaftlichen Kreisen sehr beliebt gewesen, und man sah ihn ungern scheiden. Gott weiß, infolge welches Umstandes nun ausgemacht Herr von Rinnlingen aus der Hauptstadt hierher gelangte.

Der Tausch schien übrigens nicht übel zu sein, denn der neue Oberstleutnant, der verheiratet, aber kinderlos war, mietete in der südlichen Vorstadt eine sehr geräumige Villa, woraus man schloß, daß er ein Haus zu machen gedachte. Jedenfalls wurde das Gerücht, er sei ganz außerordentlich vermögend, auch dadurch bestätigt, daß er vier Dienstboten, fünf Reit- und Wagenpferde, einen Landauer und einen leichten Jagdwagen mit sich brachte.

Die Herrschaften begannen bald nach ihrer Ankunft bei den angesehenen Familien Besuche zu machen, und ihr Name war in aller Munde; das Hauptinteresse aber nahm schlechterdings nicht Herr von Rinnlingen selbst in Anspruch, sondern seine Gattin. Die Herren waren verblüfft und hatten vorderhand noch kein Urteil; die Damen aber waren geradeheraus nicht einverstanden mit dem Sein und Wesen Gerda's von Rinnlingen.

»Daß man die hauptstädtische Luft verspürt«, äußerte sich Frau Rechtsanwalt Hagenström gesprächsweise gegen Henriette Friedemann, »nun, das ist natürlich. Sie raucht, sie reitet, — einverstanden! Aber ihr Benehmen ist nicht nur frei, es ist burschikos, und auch das ist noch nicht das rechte Wort . . . Sehen Sie, sie ist durchaus nicht häßlich, man könnte sie sogar hübsch finden: und dennoch entbehrt sie jedes weiblichen Reizes, und ihrem Blick, ihrem Lachen, ihren Bewegungen fehlt alles, was Männer lieben. Sie ist nicht kokett, und ich bin, Gott weiß es, die letzte, die das nicht lobenswert fände; aber darf eine so junge Frau — sie ist vierundzwanzig Jahre alt — die natürliche anmutige Anziehungskraft . . . vollkommen vermissen lassen? Liebste, ich bin nicht zungenfertig, aber ich weiß, was ich meine. Unsere Herren sind jetzt noch wie vor den Kopf geschlagen: Sie werden sehen, daß sie sich nach ein paar Wochen gänzlich degoutiert von ihr abwenden.«

»Nun«, sagte Fräulein Friedemann, »sie ist ja vortrefflich versorgt.«

»Ja, ihr Mann!« rief Frau Hagenström. »Wie behandelt sie ihn? Sie sollten es sehen! Sie werden es sehen! Ich bin die erste, die darauf besteht, daß eine verheiratete Frau gegen das andere Geschlecht bis zu einem gewissen Grade abweisend zu sein hat. Wie aber benimmt sie sich gegen ihren eigenen Mann? Sie hat eine Art, ihn eiskalt anzusehen und mit einer mitleidigen Betonung ›Lieber Freund‹ zu ihm zu sagen, die mich empört! Denn man muß *ihn* dabei sehen — korrekt, stramm, ritterlich, ein prächtig konservierter Vierziger, ein glänzender Offizier! Vier Jahre sind sie verheiratet . . . Liebste . . .«

7

Der Ort, an dem es dem kleinen Herrn Friedemann zum ersten Male vergönnt war, Frau von Rinnlingen zu erblicken, war die Hauptstraße, an der fast ausschließlich Geschäftshäuser lagen, und diese Begegnung ereignete sich um die Mittagszeit, als er soeben von der Börse kam, wo er ein Wörtchen mitgeredet hatte.

Er spazierte, winzig und wichtig, neben dem Großkaufmann Stephens, einem ungewöhnlich großen und vierschrötigen Herrn mit rundgeschnittenem Backenbart und furchtbar dicken Augenbrauen. Beide trugen Zylinder und hatten wegen der großen Wärme die Überzieher geöffnet. Sie sprachen über Politik, wobei sie taktmäßig ihre Spazierstöcke auf das Trottoir stießen; als sie aber etwa bis zur Mitte der Straße gekommen waren, sagte plötzlich der Großkaufmann Stephens:

»Der Teufel hole mich, wenn dort nicht die Rinnlingen dahergefahren kommt.«

»Nun, das trifft sich gut«, sagte Herr Friedemann mit seiner hohen und etwas scharfen Stimme und blickte erwartungsvoll geradeaus. »Ich habe sie nämlich noch immer nicht zu Gesicht bekommen. Da haben wir den gelben Wagen.«

In der Tat war es der gelbe Jagdwagen, den Frau von Rinnlingen heute benutzte, und sie lenkte die beiden schlanken Pferde in eigener Person, während der Diener mit verschränkten Armen hinter ihr saß. Sie trug eine weite, ganz helle Jacke, und auch der Rock war hell. Unter dem kleinen, runden Strohhut mit braunem Lederbande quoll das rotblonde Haar hervor, das über die Ohren frisiert war und als ein dicker Knoten tief in den Nacken fiel. Die Hautfarbe ihres ovalen Gesichtes war mattweiß, und in den Winkeln ihrer ungewöhnlich nahe beieinanderliegenden braunen

Augen lagerten bläuliche Schatten. Über ihrer kurzen, aber recht fein geschnittenen Nase saß ein kleiner Sattel von Sommersprossen, was sie gut kleidete; ob aber ihr Mund schön war, konnte man nicht erkennen, denn sie schob unaufhörlich die Unterlippe vor und wieder zurück, indem sie sie an der Oberlippe scheuerte.

Großkaufmann Stephens grüßte außerordentlich ehrerbietig, als der Wagen herangekommen war, und auch der kleine Herr Friedemann lüftete seinen Hut, wobei er Frau von Rinnlingen groß und aufmerksam ansah. Sie senkte ihre Peitsche, nickte leicht mit dem Kopfe und fuhr langsam vorüber, indem sie rechts und links die Häuser und Schaufenster betrachtete.

Nach ein paar Schritten sagte der Großkaufmann:

»Sie hat eine Spazierfahrt gemacht und fährt nun nach Hause.«

Der kleine Herr Friedemann antwortete nicht, sondern blickte vor sich nieder auf das Pflaster. Dann sah er plötzlich den Großkaufmann an und fragte:

»Wie meinten Sie?«

Und Herr Stephens wiederholte seine scharfsinnige Bemerkung.

8

Drei Tage später kam Johannes Friedemann um zwölf Uhr mittags von seinem regelmäßigen Spaziergange nach Hause. Um halb ein Uhr wurde zu Mittag gespeist, und er wollte gerade noch für eine halbe Stunde in sein ›Bureau‹ gehen, das gleich rechts neben der Haustür lag, als das Dienstmädchen über die Diele kam und zu ihm sagte:

»Es ist Besuch da, Herr Friedemann.«

»Bei mir?« fragte er.

»Nein, oben, bei den Damen.«

»Wer denn?«

»Herr und Frau Oberstleutnant von Rinnlingen.«

»Oh«, sagte Herr Friedemann, »da will ich doch . . .«

Und er ging die Treppe hinauf. Oben schritt er über den Vorplatz, und er hatte schon den Griff der hohen, weißen Tür in der Hand, die zum ›Landschaftszimmer‹ führte, als er plötzlich innehielt, einen Schritt zurücktrat, kehrt machte und langsam wieder davonging, wie er gekommen war. Und obgleich er vollkommen allein war, sagte er ganz laut vor sich hin:

»Nein. Lieber nicht. —«

Er ging hinunter in sein ›Bureau‹, setzte sich an den Schreibtisch und nahm die Zeitung zur Hand. Nach einer Minute aber ließ er sie wieder sinken und blickte seitwärts zum Fenster hinaus. So blieb er sitzen, bis das Mädchen kam und meldete, daß angerichtet sei; dann begab er sich hinauf ins Speisezimmer, wo die

Schwestern schon seiner warteten, und nahm auf seinem Stuhle Platz, auf dem drei Notenbücher lagen.

Henriette, welche die Suppe auffüllte, sagte:

»Weißt du, Johannes, wer hier war?«

»Nun?« fragte er.

»Die neuen Oberstleutnants.«

»Ja, so? Das ist liebenswürdig.«

»Ja«, sagte Pfiffi und bekam Flüssigkeit in die Mundwinkel, »ich finde, daß beide durchaus angenehme Menschen sind.«

»Jedenfalls«, sagte Friederike, »dürfen wir mit unserem Gegenbesuch nicht zögern. Ich schlage vor, daß wir übermorgen gehen, Sonntag.«

»Sonntag«, sagten Henriette und Pfiffi.

»Du wirst doch mit uns gehen, Johannes?« fragte Friederike.

»Selbstredend!« sagte Pfiffi und schüttelte sich. Herr Friedemann hatte die Frage ganz überhört und aß mit einer stillen und ängstlichen Miene seine Suppe. Es war, als ob er irgendwohin horchte, auf irgendein unheimliches Geräusch.

9

Am folgenden Abend gab man im Stadttheater den ›Lohengrin‹, und alle gebildeten Leute waren anwesend. Der kleine Raum war besetzt von oben bis unten und erfüllt von summendem Geräusch, Gasgeruch und Parfüms. Alle Augengläser aber, im Parkett wie auf den Rängen, richteten sich auf Loge dreizehn, gleich rechts neben der Bühne, denn dort waren heute zum ersten Male Herr von Rinnlingen nebst Frau erschienen, und man hatte Gelegenheit, das Paar einmal gründlich zu mustern.

Als der kleine Herr Friedemann in tadellosem schwarzen Anzug mit glänzend weißem, spitz hervorstehendem Hemdeinsatz seine Loge — Loge dreizehn — betrat, zuckte er in der Tür zurück, wobei er eine Bewegung mit der Hand nach der Stirn machte und seine Nasenflügel sich einen Augenblick krampfhaft öffneten. Dann aber ließ er sich auf seinem Sessel nieder, dem Platze links von Frau von Rinnlingen.

Sie blickte ihn, während er sich setzte, eine Weile aufmerksam an, indem sie die Unterlippe vorschob, und wandte sich dann, um mit ihrem Gatten, der hinter ihr stand, ein paar Worte zu wechseln. Es war ein großer, breiter Herr mit aufgebürstetem Schnurrbart und einem braunen, gutmütigen Gesicht.

Als die Ouvertüre begann und Frau von Rinnlingen sich über die Brüstung beugte, ließ Herr Friedemann einen raschen, hastigen Seitenblick über sie hingleiten. Sie trug eine helle Gesellschaftstoilette und war, als die einzige der anwesenden Damen, sogar ein wenig dekolletiert. Ihre Ärmel waren sehr weit und bauschig, und die weißen Handschuhe reichten bis an die Ellenbogen. Ihre Gestalt hatte heute etwas Üppiges, was neulich, als sie die weite Jacke trug, nicht bemerkbar gewesen war; ihr Busen hob und senkte sich voll und langsam, und der Knoten des rotblonden Haares fiel tief und schwer in den Nacken.

Herr Friedemann war bleich, viel bleicher als gewöhnlich, und unter dem glattgescheitelten braunen Haar standen kleine Tropfen auf seiner Stirn. Frau von Rinnlingen hatte von ihrem linken Arm, der auf dem roten Sammet der Brüstung lag, den Handschuh gestreift, und diesen runden, mattweißen Arm, der wie die schmucklose Hand von ganz blaßblauem Geäder durchzogen war, sah er immer; das war nicht zu ändern.

Die Geigen sangen, die Posaunen schmetterten darein, Telramund fiel, im Orchester herrschte allgemeiner Jubel, und der kleine Herr Friedemann saß unbeweglich, blaß und still, den Kopf tief zwischen den Schultern, einen Zeigefinger am Munde und die andere Hand im Aufschlage seines Rockes.

Während der Vorhang fiel, erhob sich Frau von Rinnlingen, um mit ihrem Gatten die Loge zu verlassen. Herr Friedemann sah es, ohne hinzublicken, fuhr mit seinem Taschentuch leicht über die Stirn, stand plötzlich auf, ging bis an die Tür, die auf den Korridor führte, kehrte wieder um, setzte sich an seinen Platz und verharrte dort regungslos in der Stellung, die er vorher innegehabt hatte.

Als das Klingelzeichen erscholl und seine Nachbarn wieder eintraten, fühlte er, daß Frau von Rinnlingens Augen auf ihm ruhten, und ohne es zu wollen, erhob er den Kopf nach ihr. Als ihre Blicke sich trafen, sah sie durchaus nicht beiseite, sondern fuhr fort, ihn ohne eine Spur von Verlegenheit aufmerksam zu betrachten, bis er selbst, bezwungen und gedemütigt, die Augen niederschlug. Er ward noch bleicher dabei, und ein seltsamer, süßlich beizender Zorn stieg in ihm auf . . . Die Musik begann.

Gegen Ende dieses Aufzuges geschah es, daß Frau von Rinnlingen sich ihren Fächer entgleiten ließ und daß derselbe neben Herrn Friedemann zu Boden fiel. Beide bückten sich gleichzeitig, aber sie ergriff ihn selbst und sagte mit einem Lächeln, das spöttisch war:
»Ich danke.«

Ihre Köpfe waren ganz dicht beieinander gewesen, und er hatte einen Augenblick den warmen Duft ihrer Brust atmen müssen. Sein Gesicht war verzerrt, sein ganzer Körper zog sich zusammen, und sein Herz klopfte so gräßlich schwer und wuchtig, daß ihm der Atem verging. Er saß noch eine halbe Minute, dann schob er den Sessel zurück, stand leise auf und ging leise hinaus.

Er ging, gefolgt von den Klängen der Musik, über den Korridor, ließ sich an der Garderobe seinen Zylinder, seinen hellen Überzieher und seinen Stock geben und schritt die Treppe hinab auf die Straße.

Es war ein warmer, stiller Abend. Im Lichte der Gaslaternen standen die grauen Giebelhäuser schweigend gegen den Himmel, an dem die Sterne hell und milde glänzten. Die Schritte der wenigen Menschen, die Herrn Friedemann begegneten, hallten auf dem Trottoir. Jemand grüßte ihn, aber er sah es nicht; er hielt den Kopf tief gesenkt, und seine hohe, spitze Brust zitterte, so schwer atmete er. Dann und wann sagte er leise vor sich hin:

»Mein Gott! Mein Gott!«

Er sah mit einem entsetzten und angstvollen Blick in sich hinein, wie sein Empfinden, das er so sanft gepflegt, so milde und klug stets behandelt hatte, nun emporgerissen war, aufgewirbelt, zerwühlt . . . Und plötzlich, ganz überwältigt, in einem Zustand von Schwindel, Trunkenheit, Sehnsucht und Qual, lehnte er sich gegen einen Laternenpfahl und flüsterte bebend:

»Gerda!« —

Alles blieb still. Weit und breit war in diesem Augenblick kein Mensch zu sehen. Der kleine Herr Friedemann raffte sich auf und schritt weiter. Er war die Straße hinaufgegangen, in der das Theater lag und die ziemlich steil zum Flusse hinunterlief, und verfolgte nun die Hauptstraße nach Norden, seiner Wohnung zu . . .

Wie sie ihn angesehen hatte! Wie? Sie hatte ihn gezwungen, die Augen niederzuschlagen? Sie hatte ihn mit ihrem Blick gedemütigt? War sie nicht eine Frau und er ein Mann? Und hatten ihre seltsamen braunen Augen nicht förmlich dabei vor Freude gezittert?

Er fühlte wieder diesen ohnmächtigen, wollüstigen Haß in sich aufsteigen, aber dann dachte er an jenen Augenblick, wo ihr Kopf den seinen berührt, wo er den Duft ihres Körpers eingeatmet hatte, und er blieb zum zweiten Male stehen, beugte den verwachsenen Oberkörper zurück, zog die Luft durch die Zähne ein und murmelte dann abermals völlig ratlos, verzweifelt, außer sich:

»Mein Gott! Mein Gott!«

Und wieder schritt er mechanisch weiter, langsam, durch die schwüle Abendluft, durch die menschenleeren, hallenden Straßen, bis er vor seiner Wohnung stand. Auf der Diele verweilte er einen Augenblick und sog den kühlen, kellerigen Geruch ein, der dort herrschte; dann trat er in sein ›Bureau‹.

Er setzte sich an den Schreibtisch am offenen Fenster und starrte geradeaus auf eine große, gelbe Rose, die jemand ihm dort ins Wasserglas gestellt hatte. Er nahm sie und atmete mit geschlossenen Augen ihren Duft; aber dann schob er sie mit einer müden und traurigen Gebärde beiseite. Nein, nein, das war zu Ende! Was war ihm noch solcher Duft? Was war ihm noch alles, was bis jetzt sein ›Glück‹ ausgemacht hatte? . . .

Er wandte sich zur Seite und blickte auf die stille Straße hinaus. Dann und wann klangen Schritte auf und hallten vorüber. Die Sterne standen und glitzerten. Wie todmüde und schwach er wurde! Sein Kopf war so leer, und seine Verzweiflung begann in eine große, sanfte Wehmut sich aufzulösen. Ein paar Gedichtzeilen flatterten ihm durch den Sinn, die Lohengrinmusik klang ihm wieder in den Ohren, er sah noch einmal Frau von Rinnlingens Gestalt vor sich, ihren weißen Arm auf dem roten Sammet, und dann verfiel er in einen schweren, fieberdumpfen Schlaf.

11

Oft war er dicht am Erwachen, aber er fürchtete sich davor und versank jedesmal aufs neue in Bewußtlosigkeit. Als es aber völlig hell geworden war, schlug er die Augen auf und sah mit einem großen, schmerzlichen Blick um sich. Alles stand ihm klar vor der Seele; es war, als sei sein Leiden durch den Schlaf gar nicht unterbrochen worden.

Sein Kopf war dumpf, und die Augen brannten ihm; als er sich aber gewaschen und die Stirn mit Eau de Cologne benetzt hatte, fühlte er sich wohler und setzte sich still wieder an seinen Platz am Fenster, das offengeblieben war. Es war noch ganz früh am Tage, etwa um fünf Uhr. Dann und wann ging ein Bäckerjunge vorüber, sonst war niemand zu sehen. Gegenüber waren noch alle Rouleaus geschlossen. Aber die Vögel zwitscherten, und der Himmel war leuchtend blau. Es war ein wunderschöner Sonntagmorgen.

Ein Gefühl von Behaglichkeit und Vertrauen überkam den kleinen Herrn Friedemann. Wovor ängstigte er sich? War nicht alles wie sonst? Zugegeben, daß es gestern ein schlimmer Anfall gewesen war; nun, aber damit sollte es ein Ende haben! Noch war es nicht zu spät, noch konnte er dem Verderben entrinnen! Jeder Veranlassung mußte er ausweichen, die den Anfall erneuern könnte; er fühlte die Kraft dazu. Er fühlte die Kraft, es zu überwinden und es gänzlich in sich zu ersticken . . .

Als es halb acht Uhr schlug, trat Friederike ein und stellte den Kaffee auf den runden Tisch, der vor dem Ledersofa an der Rückwand stand.

»Guten Morgen, Johannes«, sagte sie, »hier ist dein Frühstück.«

»Danke«, sagte Herr Friedemann. Und dann: »Liebe Friederike, es tut mir leid, daß ihr den Besuch werdet allein machen müssen. Ich fühle mich nicht wohl genug, um euch begleiten zu können. Ich habe schlecht geschlafen, habe Kopfschmerzen, und kurz und gut, ich muß euch bitten . . .«

Friederike antwortete:

»Das ist schade. Du darfst den Besuch keinesfalls ganz unter-lassen. Aber es ist wahr, daß du krank aussiehst. Soll ich dir meinen Migränestift leihen?«

»Danke«, sagte Herr Friedemann. »Es wird vorübergehen.« Und Friederike ging.

Er trank, am Tische stehend, langsam seinen Kaffee und aß ein Hörnchen dazu. Er war zufrieden mit sich und stolz auf seine Entschlossenheit. Als er fertig war, nahm er eine Zigarre und setzte sich wieder ans Fenster. Das Frühstück hatte ihm wohl-getan, und er fühlte sich glücklich und hoffnungsvoll. Er nahm ein Buch, las, rauchte und blickte blinzelnd hinaus in die Sonne.

Es war jetzt lebendig geworden auf der Straße; Wagengerassel, Gespräch und das Klingeln der Pferdebahn tönten zu ihm herein; zwischen allem aber war das Zwitschern der Vögel zu vernehmen, und vom strahlend blauen Himmel wehte eine weiche, warme Luft.

Um zehn Uhr hörte er die Schwestern über die Diele kommen, hörte die Haustür knarren und sah die drei Damen dann am Fenster vorübergehen, ohne daß er besonders darauf achtete. Eine Stunde verging; er fühlte sich glücklicher und glücklicher.

Eine Art von Übermut begann ihn zu erfüllen. Was für eine Luft das war, und wie die Vögel zwitscherten! Wie wäre es, wenn er ein wenig spazierenginge? — Und da, plötzlich, ohne einen Nebengedanken, stieg mit einem süßen Schrecken der Gedanke in ihm auf: Wenn ich zu ihr ginge? — Und indem er, förmlich mit einer Muskelanstrengung, alles in sich unterdrückte, was angstvoll warnte, fügte er mit einer glückseligen Entschlossenheit hinzu: Ich will zu ihr gehen!

Und er zog seinen schwarzen Sonntagsanzug an, nahm Zylinder und Stock und ging schnell und hastig atmend durch die ganze Stadt in die südliche Vorstadt. Ohne einen Menschen zu sehen, hob und senkte er bei jedem Schritte in eifriger Weise den Kopf, ganz in einem abwesenden, exaltierten Zustand befangen, bis er draußen in der Kastanienallee vor der roten Villa stand, an deren Eingang der Name »Oberstleutnant von Rinnlingen« zu lesen war.

12

Hier befiel ihn ein Zittern, und das Herz pochte ihm krampfhaft und schwer gegen die Brust. Aber er ging über den Flur und klingelte drinnen. Nun war es entschieden, und es gab kein Zurück. Mochte alles seinen Gang gehen, dachte er. In ihm war es plötzlich totenstill.

Die Tür sprang auf, der Diener kam ihm über den Vorplatz entgegen, nahm die Karte in Empfang und eilte damit die Treppe hinauf, auf der ein roter Läufer lag. Auf diesen starrte Herr Friedemann unbeweglich, bis der Diener zurückkam und erklärte, die gnädige Frau lasse bitten, sich hinauf zu verfügen.

Oben neben der Salontür, wo er seinen Stock abstellte, warf er einen Blick in den Spiegel. Sein Gesicht war bleich, und über den geröteten Augen klebte das Haar an der Stirn; die Hand, in der er den Zylinder hielt, zitterte unaufhaltsam.

Der Diener öffnete, und er trat ein. Er sah sich in einem ziemlich großen, halbdunklen Gemach; die Fenster waren verhängt. Rechts stand ein Flügel, und in der Mitte um den runden Tisch gruppierten sich Lehnsessel in brauner Seide. Über dem Sofa an der linken Seitenwand hing eine Landschaft in schwerem Goldrahmen. Auch die Tapete war dunkel. Hinten im Erker standen Palmen.

Eine Minute verging, bis Frau von Rinnlingen rechts die Portiere auseinanderschlug und ihm auf dem dicken braunen Teppich lautlos entgegenkam. Sie trug ein ganz einfach gearbeitetes, rot und schwarz gewürfeltes Kleid. Vom Erker her fiel eine Lichtsäule, in welcher der Staub tanzte, gerade auf ihr schweres, rotes Haar, so daß es einen Augenblick goldig aufleuchtete. Sie hielt ihre seltsamen Augen forschend auf ihn gerichtet und schob wie gewöhnlich die Unterlippe vor.

»Gnädige Frau«, begann Herr Friedemann und blickte zu ihr in die Höhe, denn er reichte ihr nur bis zur Brust, »ich möchte Ihnen auch meinerseits meine Aufwartung machen. Ich war, als Sie meine Schwestern beehrten, leider abwesend und ... bedauerte das aufrichtig ...«

Er wußte durchaus nicht mehr zu sagen, aber sie stand und sah ihn unerbittlich an, als wollte sie ihn zwingen, weiterzusprechen. Alles Blut stieg ihm plötzlich zu Kopfe. ›Sie will mich quälen und verhöhnen!‹ dachte er, ›und sie durchschaut mich! Wie ihre Augen zittern! ...‹ Endlich sagte sie mit einer ganz hellen und ganz klaren Stimme:

»Es ist liebenswürdig, daß Sie gekommen sind. Ich habe neulich ebenfalls bedauert, Sie zu verfehlen. Haben Sie die Güte, Platz zu nehmen?«

Sie setzte sich nahe bei ihm, legte die Arme auf die Seitenlehnen des Sessels und lehnte sich zurück. Er saß vorgebeugt und hielt den Hut zwischen den Knien. Sie sagte:

»Wissen Sie, daß noch vor einer Viertelstunde Ihre Fräulein Schwestern hier waren? Sie sagten mir, Sie seien krank.«

»Das ist wahr«, erwiderte Herr Friedemann, »ich fühlte mich nicht wohl heute morgen. Ich glaubte nicht ausgehen zu können. Ich bitte wegen meiner Verspätung um Entschuldigung.«

»Sie sehen auch jetzt noch nicht gesund aus«, sagte sie ganz ruhig und blickte ihn unverwandt an. »Sie sind bleich, und Ihre Augen sind entzündet. Ihre Gesundheit läßt überhaupt zu wünschen übrig?«

»Oh . . .«, stammelte Herr Friedemann, »ich bin im allgemeinen zufrieden . . .«

»Auch ich bin viel krank«, fuhr sie fort, ohne die Augen von ihm abzuwenden; »aber niemand merkt es. Ich bin nervös und kenne die merkwürdigsten Zustände.«

Sie schwieg, legte das Kinn auf die Brust und sah ihn von unten herauf wartend an. Aber er antwortete nicht. Er saß still und hielt seine Augen groß und sinnend auf sie gerichtet. Wie seltsam sie sprach, und wie ihre helle, haltlose Stimme ihn berührte! Sein Herz hatte sich beruhigt; ihm war, als träumte er. — Frau von Rinnlingen begann aufs neue:

»Ich müßte mich irren, wenn Sie nicht gestern das Theater vor Schluß der Vorstellung verließen?«

»Ja, gnädige Frau.«

»Ich bedauerte das. Sie waren ein andächtiger Nachbar, obgleich die Aufführung nicht gut war, oder nur relativ gut. Sie lieben die Musik? Spielen Sie Klavier?«

»Ich spiele ein wenig Violine«, sagte Herr Friedemann. »Das heißt — es ist beinahe nichts . . .«

»Sie spielen Violine?« fragte sie; dann sah sie an ihm vorbei in die Luft und dachte nach.

»Aber dann könnten wir hin und wieder miteinander musizieren«, sagte sie plötzlich. »Ich kann etwas begleiten. Es würde mich freuen, hier jemanden gefunden zu haben . . . Werden Sie kommen?«

»Ich stehe der gnädigen Frau mit Vergnügen zur Verfügung«, sagte er, immer wie im Traum. Es entstand eine Pause. Da änderte sich plötzlich der Ausdruck ihres Gesichtes. Er sah, wie es sich in einem kaum merklichen grausamen Spott verzerrte, wie ihre Augen sich wieder mit jenem unheimlichen Zittern fest und forschend auf ihn richteten wie schon zweimal vorher. Sein Gesicht ward glühend rot, und ohne zu wissen, wohin er sich wenden sollte, völlig ratlos und außer sich, ließ er seinen Kopf ganz zwischen die Schultern sinken und blickte fassungslos auf den Teppich nieder. Wie ein kurzer Schauer aber durchrieselte ihn wieder jene ohnmächtige, süßlich peinigende Wut . . .

Als er mit einem verzweifelten Entschluß den Blick wieder erhob, sah sie ihn nicht mehr an, sondern blickte ruhig über seinen Kopf hinweg auf die Tür. Er brachte mühsam ein paar Worte hervor:

»Und sind gnädige Frau bis jetzt leidlich zufrieden mit Ihrem Aufenthalt in unserer Stadt?«

»Oh«, sagte Frau von Rinnlingen gleichgültig, »gewiß. Warum sollte ich nicht zufrieden sein? Freilich ein wenig beengt und beobachtet komme ich mir vor, aber . . . Übrigens«, fuhr sie gleich darauf fort, »ehe ich es vergesse: Wir denken in den nächsten Tagen einige Leute bei uns zu sehen, eine kleine, zwanglose Gesellschaft. Man könnte ein wenig Musik machen, ein wenig plaudern . . . Überdies haben wir hinterm Hause einen recht hübschen Garten; er geht bis zum Flusse hinunter. Kurz und gut: Sie und Ihre Damen werden selbstverständlich noch eine Einladung erhalten, aber ich bitte Sie gleich hiermit um Ihre Teilnahme; werden Sie uns das Vergnügen machen?«

Herr Friedemann hatte kaum seinen Dank und seine Zusage hervorgebracht, als der Türgriff energisch niedergedrückt wurde und der Oberstleutnant eintrat. Beide erhoben sich, und während Frau von Rinnlingen die Herren einander vorstellte, verbeugte sich ihr Gatte mit der gleichen Höflichkeit vor Herrn Friedemann wie vor ihr. Sein braunes Gesicht war ganz blank vor Wärme.

Während er sich die Handschuhe auszog, sprach er mit seiner kräftigen und scharfen Stimme irgend etwas zu Herrn Friedemann, der mit großen, gedankenlosen Augen zu ihm in die Höhe blickte und immer erwartete, wohlwollend vor ihm auf die Schulter geklopft zu werden. Indessen wandte sich der Oberstleutnant mit zusammengezogenen Absätzen und leicht vorgebeugtem Oberkörper an seine Gattin und sagte mit merklich gedämpfter Stimme:

»Hast du Herrn Friedemann um seine Gegenwart bei unserer kleinen Zusammenkunft gebeten, meine Liebe? Wenn es dir angenehm ist, so denke ich, daß wir sie in acht Tagen veranstalten. Ich hoffe, daß das Wetter sich halten wird, und daß wir uns auch im Garten aufhalten können.«

»Wie du meinst«, antwortete Frau von Rinnlingen und blickte an ihm vorbei.

Zwei Minuten später empfahl sich Herr Friedemann. Als er sich an der Tür noch einmal verbeugte, begegnete er ihren Augen, die ohne Ausdruck auf ihm ruhten.

13

Er ging fort, er ging nicht zur Stadt zurück, sondern schlug, ohne es zu wollen, einen Weg ein, der von der Allee abzweigte und zu dem ehemaligen Festungswall am Flusse führte. Es gab dort wohlgepflegte Anlagen, schattige Wege und Bänke.

Er ging schnell und besinnungslos, ohne aufzublicken. Es war ihm unerträglich heiß, und er fühlte, wie die Flammen in ihm auf und nieder schlugen, und wie es in seinem müden Kopfe unerbittlich pochte . . .

Lag nicht noch immer ihr Blick auf ihm? Aber nicht wie zuletzt, leer und ohne Ausdruck, sondern wie vorher, mit dieser zitternden Grausamkeit, nachdem sie eben noch in jener seltsam stillen Art zu ihm gesprochen hatte? Ach, ergötzte es sie, ihn hilflos zu machen und außer sich zu bringen? Konnte sie, wenn sie ihn durchschaute, nicht ein wenig Mitleid mit ihm haben? . . .

Er war unten am Flusse entlang gegangen, neben dem grün bewachsenen Walle hin, und er setzte sich auf eine Bank, die von Jasmingebüsch im Halbkreis umgeben war. Rings war alles voll süßen, schwülen Duftes. Vor ihm brütete die Sonne auf dem zitternden Wasser.

Wie müde und abgehetzt er sich fühlte, und wie doch alles in ihm in qualvollem Aufruhr war! War es nicht das beste, noch einmal um sich zu blicken und dann hinunter in das stille Wasser zu gehen, um nach einem kurzen Leiden befreit und hinübergerettet zu sein in die Ruhe? Ach, Ruhe, Ruhe war es ja, was er wollte! Aber nicht die Ruhe im leeren und tauben Nichts, sondern ein sanftbesonnter Friede, erfüllt von guten, stillen Gedanken.

Seine ganze zärtliche Liebe zum Leben durchzitterte ihn in diesem Augenblick und die tiefe Sehnsucht nach seinem verlorenen Glück. Aber dann blickte er um sich in die schweigende, unendlich gleichgültige Ruhe der Natur, sah, wie der Fluß in der Sonne seines Weges zog, wie das Gras sich zitternd bewegte und die Blumen dastanden, wo sie erblüht waren, um dann zu welken und zu verwehen, sah, wie alles, alles mit dieser stummen Ergebenheit dem Dasein sich beugte, — und es überkam ihn auf einmal die Empfindung von Freundschaft und Einverständnis mit der Notwendigkeit, die eine Art von Überlegenheit über alles Schicksal zu geben vermag.

Er dachte an jenen Nachmittag seines dreißigsten Geburtstages, als er, glücklich im Besitze des Friedens, ohne Furcht und Hoffnung über den Rest seines Lebens hinzublicken geglaubt hatte. Kein Licht und keinen Schatten hatte er da gesehen, sondern in mildem Dämmerschein hatte alles vor ihm gelegen, bis es dort hinten, unmerklich fast, im Dunkel verschwamm, und mit einem ruhigen und überlegenen Lächeln hatte er den Jahren entgegengesehen, die noch zu kommen hatten; — wie lange war das her?

Da war diese Frau gekommen, sie mußte kommen, es war sein Schicksal, sie selbst war sein Schicksal, sie allein! Hatte er das nicht gefühlt vom ersten Augenblicke an? Sie war gekommen, und ob er auch versucht hatte, seinen Frieden zu verteidigen, — für sie mußte sich alles in ihm empören, was er von Jugend auf in sich unterdrückt hatte, weil er fühlte, daß es für ihn Qual und

Untergang bedeutete; es hatte ihn mit furchtbarer, unwiderstehlicher Gewalt ergriffen und richtete ihn zugrunde!

Es richtete ihn zugrunde, das fühlte er. Aber wozu noch kämpfen und sich quälen? Mochte alles seinen Lauf nehmen! Mochte er seinen Weg weitergehen und die Augen schließen vor dem gähnenden Abgrund dort hinten, gehorsam dem Schicksal, gehorsam der überstarken, peinigend süßen Macht, der man nicht zu entgehen vermag.

Das Wasser glitzerte, der Jasmin atmete seinen scharfen, schwülen Duft, die Vögel zwitscherten ringsumher in den Bäumen, zwischen denen ein schwerer, sammetblauer Himmel leuchtete. Der kleine bucklige Herr Friedemann aber saß noch lange auf seiner Bank. Er saß vornübergebeugt, die Stirn in beide Hände gestützt.

14

Alle waren sich einig, daß man sich bei Rinnlingens vortrefflich unterhielt. Etwa dreißig Personen saßen an der langen, geschmackvoll dekorierten Tafel, die sich durch den weiten Speisesaal hinzog; der Bediente und zwei Lohndiener eilten bereits mit dem Eise umher, es herrschte Geklirr, Geklapper und ein warmer Dunst von Speisen und Parfüms. Gemütliche Großkaufleute mit ihren Gemahlinnen und Töchtern waren hier versammelt; außerdem fast sämtliche Offiziere der Garnison, ein alter, beliebter Arzt, ein paar Juristen und was sonst den ersten Kreisen sich beizählte. Auch ein Student der Mathematik war anwesend, ein Neffe des Oberstleutnants, der bei seinen Verwandten zu Besuch war; er führte die tiefsten Gespräche mit Fräulein Hagenström, die Herrn Friedemann gegenüber ihren Platz hatte.

Dieser saß auf einem schönen Sammetkissen am unteren Ende der Tafel neben der nicht schönen Gattin des Gymnasialdirektors, nicht weit von Frau von Rinnlingen, die von Konsul Stephens zu Tische geführt worden war. Es war erstaunlich, was für eine Veränderung in diesen acht Tagen mit dem kleinen Herrn Friedemann sich ereignet hatte. Vielleicht lag es zum Teil an dem weißen Gasglühlicht, von dem der Saal erfüllt war, daß sein Gesicht so erschreckend bleich erschien; aber seine Wangen waren eingefallen, seine geröteten und dunkel umschatteten Augen zeigten einen unsäglich traurigen Schimmer, und es sah aus, als sei seine Gestalt verkrüppelter als je. — Er trank viel Wein und richtete hie und da ein paar Worte an seine Nachbarin.

Frau von Rinnlingen hatte bei Tische noch kein Wort mit Herrn Friedemann gewechselt; jetzt beugte sie sich ein wenig vor und rief ihm zu:

»Ich habe Sie in diesen Tagen vergeblich erwartet, Sie und Ihre Geige.«

Er sah sie einen Augenblick vollkommen abwesend an, bevor er antwortete. Sie trug eine helle, leichte Toilette, die ihren weißen Hals frei ließ, und eine voll erblühte Marschall-Niel-Rose war in ihrem leuchtenden Haar befestigt. Ihre Wangen waren heute abend ein wenig gerötet, aber wie immer lagerten bläuliche Schatten in den Winkeln ihrer Augen.

Herr Friedemann blickte auf seinen Teller nieder und brachte irgend etwas als Antwort hervor, worauf er der Gymnasialdirektorin die Frage beantworten mußte, ob er Beethoven liebe. In diesem Augenblick aber warf der Oberstleutnant, der ganz oben am Tische saß, seiner Gattin einen Blick zu, schlug ans Glas und sagte:

»Meine Herrschaften, ich schlage vor, daß wir unseren Kaffee in den anderen Zimmern trinken; übrigens muß es heute abend auch im Garten nicht übel sein, und wenn jemand dort ein wenig Luft schöpfen will, so halte ich es mit ihm.«

In die eingetretene Stille hinein machte Leutnant von Deidesheim aus Taktgefühl einen Witz, so daß alles sich unter fröhlichem Gelächter erhob. Herr Friedemann verließ als einer der letzten mit seiner Dame den Saal, geleitete sie durch das altdeutsche Zimmer, wo man bereits zu rauchen begann, in das halbdunkle und behagliche Wohngemach und verabschiedete sich von ihr.

Er war mit Sorgfalt gekleidet; sein Frack war ohne Tadel, sein Hemd blendend weiß, und seine schmalen und schön geformten Füße steckten in Lackschuhen. Dann und wann konnte man sehen, daß er rotseidene Strümpfe trug.

Er blickte auf den Korridor hinaus und sah, daß größere Gruppen sich bereits die Treppe hinunter in den Garten begaben. Aber er setzte sich mit seiner Zigarre und seinem Kaffee an die Tür des altdeutschen Zimmers, in dem einige Herren plaudernd beisammenstanden, und blickte in das Wohngemach hinein.

Gleich rechts von der Tür saß um einen kleinen Tisch ein Kreis, dessen Mittelpunkt von dem Studenten gebildet ward, der mit Eifer sprach. Er hatte die Behauptung aufgestellt, daß man durch einen Punkt mehr als eine Parallele zu einer Geraden ziehen könne, Frau Rechtsanwalt Hagenström hatte gerufen: »Dies ist unmöglich!«, und nun bewies er es so schlagend, daß alle taten, als hätten sie es verstanden.

Im Hintergrunde des Zimmers aber, auf der Ottomane, neben der die niedrige, rotverhüllte Lampe stand, saß im Gespräch mit dem jungen Fräulein Stephens Gerda von Rinnlingen. Sie saß ein wenig in das gelbseidene Kissen zurückgelehnt, einen Fuß über den anderen gestellt, und rauchte langsam eine Zigarette, wobei sie den Rauch durch die Nase ausatmete und die Unterlippe vorschob. Fräulein Stephens saß aufrecht und wie aus Holz geschnitzt vor ihr und antwortete ängstlich lächelnd.

Niemand beachtete den kleinen Herrn Friedemann, und niemand

bemerkte, daß seine großen Augen ohne Unterlaß auf Frau von Rinnlingen gerichtet waren. In einer schlaffen Haltung saß er und sah sie an. Es war nichts Leidenschaftliches in seinem Blick und kaum ein Schmerz; etwas Stumpfes und Totes lag darin, eine dumpfe, kraft- und willenlose Hingabe.

Zehn Minuten etwa vergingen so; da erhob Frau von Rinnlingen sich plötzlich, und ohne ihn anzublicken, als ob sie ihn während der ganzen Zeit heimlich beobachtet hätte, schritt sie auf ihn zu und blieb vor ihm stehen. Er stand auf, sah zu ihr in die Höhe und vernahm die Worte:

»Haben Sie Lust, mich in den Garten zu begleiten, Herr Friedemann?«

Er antwortete:

»Mit Vergnügen, gnädige Frau.«

15

»Sie haben unseren Garten noch nicht gesehen?« sagte sie auf der Treppe zu ihm. »Er ist ziemlich groß. Hoffentlich sind noch nicht zu viele Menschen dort; ich möchte gern ein wenig aufatmen. Ich habe während des Essens Kopfschmerzen bekommen; vielleicht war mir dieser Rotwein zu kräftig ... Hier durch die Tür müssen wir hinausgehen.« Es war eine Glastür, durch die sie vom Vorplatz aus einen kleinen, kühlen Flur betraten; dann führten ein paar Stufen ins Freie.

In der wundervoll sternklaren, warmen Nacht quoll der Duft von allen Beeten. Der Garten lag in vollem Mondlicht, und auf den weiß leuchtenden Kieswegen gingen die Gäste plaudernd und rauchend umher. Eine Gruppe hatte sich um den Springbrunnen versammelt, wo der alte, beliebte Arzt unter allgemeinem Gelächter Papierschiffchen schwimmen ließ.

Frau von Rinnlingen ging mit einem leichten Kopfnicken vorüber und wies in die Ferne, wo der zierliche und duftende Blumengarten zum Park sich verdunkelte.

»Wir wollen die Mittelallee hinuntergehen«, sagte sie. Am Eingang standen zwei niedrige, breite Obelisken.

Dort hinten, am Ende der schnurgeraden Kastanienallee sahen sie grünlich und blank den Fluß im Mondlicht schimmern. Ringsumher war es dunkel und kühl. Hie und da zweigte ein Seitenweg ab, der im Bogen wohl ebenfalls zum Flusse führte. Es ließ sich lange Zeit kein Laut vernehmen.

»Am Wasser«, sagte sie, »ist ein hübscher Platz, wo ich schon oft gesessen habe. Dort könnten wir einen Augenblick plaudern. — Sehen Sie, dann und wann glitzert zwischen dem Laub ein Stern hindurch.«

Er antwortete nicht und blickte auf die grüne, schimmernde

Fläche, der sie sich näherten. Man konnte das jenseitige Ufer erkennen, die Wallanlagen. Als sie die Allee verließen und auf den Grasplatz hinaustraten, der sich zum Flusse hinabsenkte, sagte Frau von Rinnlingen:

»Hier ein wenig nach rechts ist unser Platz; sehen Sie, er ist unbesetzt.«

Die Bank, auf der sie sich niederließen, lehnte sich sechs Schritte seitwärts von der Allee an den Park. Hier war es wärmer als zwischen den breiten Bäumen. Die Grillen zirpten in dem Grase, das hart am Wasser in dünnes Schilf überging. Der mondhelle Fluß gab ein mildes Licht.

Sie schwiegen beide eine Weile und blickten auf das Wasser. Dann aber horchte er ganz erschüttert, denn der Ton, den er vor einer Woche vernommen, dieser leise, nachdenkliche und sanfte Ton berührte ihn wieder:

»Seit wann haben Sie Ihr Gebrechen, Herr Friedemann?« fragte sie. »Sind Sie damit geboren?«

Er schluckte hinunter, denn die Kehle war ihm wie zugeschnürt. Dann antwortete er leise und artig:

»Nein, gnädige Frau. Als kleines Kind ließ man mich zu Boden fallen; daher stammt es.«

»Und wie alt sind Sie nun?« fragte sie weiter.

»Dreißig Jahre, gnädige Frau.«

»Dreißig Jahre«, wiederholte sie. »Und Sie waren nicht glücklich, diese dreißig Jahre?«

Herr Friedemann schüttelte den Kopf, und seine Lippen bebten.

»Nein«, sagte er; »das war Lüge und Einbildung.«

»Sie haben also geglaubt, glücklich zu sein?« fragte sie.

»Ich habe es versucht«, sagte er, und sie antwortete:

»Das war tapfer.«

Eine Minute verstrich. Nur die Grillen zirpten, und hinter ihnen rauschte es ganz leise in den Bäumen.

»Ich verstehe mich ein wenig auf das Unglück«, sagte sie dann. »Solche Sommernächte am Wasser sind das beste dafür.«

Hierauf antwortete er nicht, sondern wies mit einer schwachen Gebärde hinüber nach dem jenseitigen Ufer, das friedlich im Dunkel lag.

»Dort habe ich neulich gesessen«, sagte er.

»Als Sie von mir kamen?« fragte sie.

Er nickte nur.

Dann aber bebte er plötzlich auf seinem Sitz in die Höhe, schluchzte auf, stieß einen Laut aus, einen Klagelaut, der doch zugleich etwas Erlösendes hatte, und sank langsam vor ihr zu Boden. Er hatte mit seiner Hand die ihre berührt, die neben ihm auf der Bank geruht hatte, und während er sie nun festhielt, während er auch die andere ergriff, während dieser kleine, gänzlich verwachsene Mensch zitternd und zuckend vor ihr auf den Knien lag und sein Gesicht in ihren Schoß drückte, stammelte er mit einer unmenschlichen, keuchenden Stimme:

»Sie wissen es ja . . . Laß mich . . . Ich kann nicht mehr . . . Mein Gott . . . Mein Gott . . .«

Sie wehrte ihm nicht, sie beugte sich auch nicht zu ihm nieder. Sie saß hoch aufgerichtet, ein wenig von ihm zurückgelehnt, und ihre kleinen, nahe beieinanderliegenden Augen, in denen sich der feuchte Schimmer des Wassers zu spiegeln schien, blickten starr und gespannt geradeaus, über ihn fort, ins Weite.

Und dann, plötzlich, mit einem Ruck, mit einem kurzen, stolzen, verächtlichen Lachen hatte sie ihre Hände seinen heißen Fingern entrissen, hatte ihn am Arm gepackt, ihn seitwärts vollends zu Boden geschleudert, war aufgesprungen und in der Allee verschwunden.

Er lag da, das Gesicht im Grase, betäubt, außer sich, und ein Zucken lief jeden Augenblick durch seinen Körper. Er raffte sich auf, tat zwei Schritte und stürzte wieder zu Boden. Er lag am Wasser. —

Was ging eigentlich in ihm vor, bei dem, was nun geschah? Vielleicht war es dieser wollüstige Haß, den er empfunden hatte, wenn sie ihn mit ihrem Blicke demütigte, der jetzt, wo er, behandelt von ihr wie ein Hund, am Boden lag, in eine irrsinnige Wut ausartete, die er betätigen mußte, sei es auch gegen sich selbst . . . ein Ekel vielleicht vor sich selbst, der ihn mit einem Durst erfüllte, sich zu vernichten, sich in Stücke zu zerreißen, sich auszulöschen . . .

Auf dem Bauche schob er sich noch weiter vorwärts, erhob den Oberkörper und ließ ihn ins Wasser fallen. Er hob den Kopf nicht wieder; nicht einmal die Beine, die am Ufer lagen, bewegte er mehr.

Bei dem Aufklatschen des Wassers waren die Grillen einen Augenblick verstummt. Nun setzte ihr Zirpen wieder ein, der Park rauschte leise auf, und durch die lange Allee herunter klang gedämpftes Lachen.

Nach allem zum Schluß und als würdiger Ausgang, in der Tat, alles dessen ist es nun der Ekel, den mir das Leben — mein Leben —, den mir ›alles das‹ und ›das Ganze‹ einflößt, dieser Ekel, der mich würgt, mich aufjagt, mich schüttelt und wieder niederwirft und der mir vielleicht über kurz oder lang einmal die notwendige Schwungkraft geben wird, die ganze lächerliche und nichtswürdige Angelegenheit überm Knie zu zerbrechen und mich auf und davon zu machen. Sehr möglich immerhin, daß ich es noch diesen und den anderen Monat treibe, daß ich noch ein Viertel- oder Halbjahr fortfahre zu essen, zu schlafen und mich zu beschäftigen, — in derselben mechanischen, wohlgeregelten und ruhigen Art, in der mein äußeres Leben während dieses Winters verlief und die mit dem wüsten Auflösungsprozeß meines Innern in entsetzlichem Widerstreite stand. Scheint es nicht, daß die inneren Erlebnisse eines Menschen desto stärker und angreifender sind, je degagierter, weltfremder und ruhiger er äußerlich lebt? Es hilft nichts: man muß leben; und wenn du dich wehrst, ein Mensch der Aktion zu sein, und dich in die friedlichste Einöde zurückziehst, so werden die Wechselfälle des Daseins dich innerlich überfallen, und du wirst deinen Charakter in ihnen zu bewähren haben, seiest du nun ein Held oder ein Narr.
Ich habe mir dies reinliche Heft bereitet, um meine ›Geschichte‹ darin zu erzählen: warum eigentlich? Vielleicht, um überhaupt etwas zu tun zu haben? Aus Lust am Psychologischen vielleicht und um mich an der Notwendigkeit alles dessen zu laben? Die Notwendigkeit ist so tröstlich! Vielleicht auch, um auf Augenblicke eine Art von Überlegenheit über mich selbst und etwas wie Gleichgültigkeit zu genießen? — Denn Gleichgültigkeit, ich weiß, das wäre eine Art von Glück.

1

Sie liegt so weit dahinten, die kleine, alte Stadt mit ihren schmalen, winkeligen und giebeligen Straßen, ihren gotischen Kirchen und Brunnen, ihren betriebsamen, soliden und einfachen Menschen und dem großen, altersgrauen Patrizierhause, in dem ich aufgewachsen bin.
Das lag inmitten der Stadt und hatte vier Generationen von vermögenden und angesehenen Kaufleuten überdauert. »Ora et labora« stand über der Haustür, und wenn man von der weiten, steinernen Diele, um die sich oben eine Galerie aus weißlackiertem Holze zog, die breite Treppe hinangestiegen war, so mußte

man noch einen weitläufigen Vorplatz und eine kleine, dunkle Säulenhalle durchschreiten, um durch eine der hohen, weißen Türen in das Wohnzimmer zu gelangen, wo meine Mutter am Flügel saß und spielte.

Sie saß im Dämmerlicht, denn vor den Fenstern befanden sich schwere, dunkelrote Vorhänge; und die weißen Götterfiguren der Tapete schienen plastisch aus ihrem blauen Hintergrund hervorzutreten und zu lauschen auf diese schweren, tiefen Anfangstöne eines Chopin'schen Notturnos, das sie vor allem liebte und stets sehr langsam spielte, wie um die Melancholie eines jeden Akkordes auszugenießen. Der Flügel war alt und hatte an Klangfülle eingebüßt, aber mit dem Pianopedal, welches die hohen Töne so verschleierte, daß sie an mattes Silber erinnerten, konnte man die seltsamsten Wirkungen erzielen.

Ich saß auf dem massigen, steiflehnigen Damastsofa und lauschte und betrachtete meine Mutter. Sie war klein und zart gebaut und trug meistens ein Kleid aus weichem, hellgrauem Stoff. Ihr schmales Gesicht war nicht schön, aber es war unter dem gescheitelten, leichtgewellten Haar von schüchternem Blond wie ein stilles, zartes, verträumtes Kinderantlitz, und wenn sie, den Kopf ein wenig zur Seite geneigt, am Klaviere saß, so glich sie den kleinen, rührenden Engeln, die sich auf alten Bildern oft zu Füßen der Madonna mit der Gitarre bemühen.

Als ich klein war, erzählte sie mir mit ihrer leisen und zurückhaltenden Stimme oft Märchen, wie sonst niemand sie kannte; oder sie legte auch einfach ihre Hände auf meinen Kopf, der in ihrem Schoße lag, und saß schweigend und unbeweglich. Mich dünkt, das waren die glücklichsten und friedevollsten Stunden meines Lebens. — Ihr Haar wurde nicht grau, und sie schien mir nicht älter zu werden; ihre Gestalt ward nur beständig zarter und ihr Gesicht schmaler, stiller und verträumter.

Mein Vater aber war ein großer und breiter Herr in feinem schwarzen Tuchrock und weißer Weste, auf der ein goldenes Binokel hing. Zwischen seinen kurzen, eisgrauen Koteletten trat das Kinn, das wie die Oberlippe glattrasiert war, rund und stark hervor, und zwischen seinen Brauen standen stets zwei tiefe, senkrechte Falten. Es war ein mächtiger Mann von großem Einfluß auf die öffentlichen Angelegenheiten; ich habe Menschen ihn mit fliegendem Atem und leuchtenden Augen verlassen sehen und andere, die gebrochen und ganz verzweifelt waren. Denn es geschah zuweilen, daß ich und auch wohl meine Mutter und meine beiden älteren Schwestern solchen Szenen beiwohnten; vielleicht, weil mein Vater mir Ehrgeiz einflößen wollte, es so weit in der Welt zu bringen wie er; vielleicht auch, wie ich argwöhne, weil er eines Publikums bedurfte. Er hatte eine Art, an seinen Stuhl gelehnt und die eine Hand in den Rockaufschlag

geschoben, dem beglückten oder vernichteten Menschen nachzublicken, die mich schon als Kind diesen Verdacht empfinden
ließ.
Ich saß in einem Winkel und betrachtete meinen Vater und meine
Mutter, wie als ob ich wählte zwischen beiden und mich bedächte,
ob in träumerischem Sinnen oder in Tat und Macht das Leben
besser zu verbringen sei. Und meine Augen verweilten am Ende
auf dem stillen Gesicht meiner Mutter.

2

Nicht daß ich in meinem äußeren Wesen ihr gleich gewesen wäre,
denn meine Beschäftigungen waren zu einem großen Teile durchaus nicht still und geräuschlos. Ich denke an eine davon, die ich
dem Verkehr mit Altersgenossen und ihren Arten von Spiel mit
Leidenschaft vorzog und die mich noch jetzt, da ich beiläufig drei
ßig Jahre zähle, mit Heiterkeit und Vergnügen erfüllt.
Es handelte sich um ein großes und wohlausgestattetes Puppentheater, mit dem ich mich ganz allein in meinem Zimmer einschloß, um die merkwürdigsten Musikdramen darauf zur Aufführung zu bringen. Mein Zimmer, das im zweiten Stocke lag
und in dem zwei dunkle Vorfahrenporträts mit Wallensteinbärten hingen, ward verdunkelt und eine Lampe neben das Theater
gestellt; denn die künstliche Beleuchtung erschien zur Erhöhung
der Stimmung erforderlich. Ich nahm unmittelbar vor der Bühne
Platz, denn ich war der Kapellmeister, und meine linke Hand
ruhte auf einer großen runden Pappschachtel, die das einzige
sichtbare Orchesterinstrument ausmachte.
Es trafen nunmehr die mitwirkenden Künstler ein, die ich selbst
mit Tinte und Feder gezeichnet, ausgeschnitten und mit Holzleisten versehen hatte, so daß sie stehen konnten. Es waren Herren in Überziehern und Zylindern und Damen von großer
Schönheit.
»Guten Abend«, sagte ich, »meine Herrschaften! Wohlauf allerseits? Ich bin bereits zur Stelle, denn es waren noch einige Anordnungen zu treffen. Aber es wird an der Zeit sein, sich in die
Garderoben zu begeben.«
Man begab sich in die Garderoben, die hinter der Bühne lagen,
und man kehrte bald darauf gänzlich verändert und als bunte
Theaterfiguren zurück, um sich durch das Loch, das ich in den
Vorhang geschnitten hatte, über die Besetzung des Hauses zu
unterrichten. Das Haus war in der Tat nicht übel besetzt, und ich
gab mir das Klingelzeichen zum Beginn der Vorstellung, worauf
ich den Taktstock erhob und ein Weilchen die große Stille genoß,
die dieser Wink hervorrief. Alsbald jedoch ertönte auf eine neue
Bewegung hin der ahnungsvoll dumpfe Trommelwirbel, der den

Anfang der Ouvertüre bildete und den ich mit der linken Hand auf der Pappschachtel vollführte, — die Trompeten, Klarinetten und Flöten, deren Toncharakter ich mit dem Munde auf unvergleichliche Weise nachahmte, setzten ein, und die Musik spielte fort, bis bei einem machtvollen Crescendo der Vorhang emporrollte und in dunklem Wald oder prangendem Saal das Drama begann.

Es war vorher in Gedanken entworfen, mußte aber im einzelnen improvisiert werden, und was an leidenschaftlichen und süßen Gesängen erscholl, zu denen die Klarinetten trillerten und die Pappschachtel grollte, das waren seltsame, volltönende Verse, die voll großer und kühner Worte steckten und sich zuweilen reimten, einen verstandesmäßigen Inhalt jedoch selten ergaben. Die Oper aber nahm ihren Fortgang, während ich mit der linken Hand trommelte, mit dem Munde sang und musizierte und mit der Rechten nicht nur die darstellenden Figuren, sondern auch alles übrige aufs umsichtigste dirigierte, so daß nach den Aktschlüssen begeisterter Beifall erscholl, der Vorhang wieder und wieder sich öffnen mußte und es manchmal nötig war, daß der Kapellmeister sich auf seinem Sitze wendete und auf stolze zugleich und geschmeichelte Art in die Stube hinein dankte.

Wahrhaftig, wenn ich nach solch einer anstrengenden Aufführung mit heißem Kopf mein Theater zusammenpackte, so erfüllte mich eine glückliche Mattigkeit, wie ein starker Künstler sie empfinden muß, der ein Werk, an das er sein bestes Können gesetzt, siegreich vollendete. — Dieses Spiel blieb bis zu meinem dreizehnten oder vierzehnten Jahre meine Lieblingsbeschäftigung.

3

Wie verging doch meine Kindheit und Knabenzeit in dem großen Hause, in dessen unteren Räumen mein Vater seine Geschäfte leitete, während oben meine Mutter in einem Lehnsessel träumte oder leise und nachdenklich Klavier spielte und meine beiden Schwestern, die zwei und drei Jahre älter waren als ich, in der Küche und an den Wäscheschränken hantierten? Ich erinnere mich an so weniges.

Feststeht, daß ich ein ungeheuer muntrer Junge war, der bei seinen Mitschülern durch bevorzugte Herkunft, durch mustergültige Nachahmung der Lehrer, durch tausend Schauspielerstückchen und durch eine Art überlegener Redensarten sich Respekt und Beliebtheit zu verschaffen wußte. Beim Unterricht aber erging es mir übel, denn ich war zu tief beschäftigt damit, die Komik aus den Bewegungen der Lehrer herauszufinden, als daß ich auf das übrige hätte aufmerksam sein können, und zu Hause war mir der Kopf zu voll von Opernstoffen, Versen und buntem Unsinn, als daß ich ernstlich imstande gewesen wäre, zu arbeiten.

»Pfui«, sagte mein Vater, und die Falten zwischen seinen Brauen vertieften sich, wenn ich ihm nach dem Mittagessen mein Zeugnis ins Wohnzimmer gebracht und er das Papier, die Hand im Rockaufschlag, durchlesen hatte. — »Du machst mir wenig Freude, das ist wahr. Was soll aus dir werden, wenn du die Güte haben willst, mir das zu sagen? Du wirst im Leben niemals an die Oberfläche gelangen.«

Das war betrübend; allein es hinderte nicht, daß ich bereits nach dem Abendessen den Eltern und Schwestern ein Gedicht vorlas, das ich während des Nachmittags geschrieben. Mein Vater lachte dabei, daß sein Pincenez auf der weißen Weste hin und her sprang. — »Was für Narrenpossen!« rief er einmal über das andere. Meine Mutter aber zog mich zu sich, strich mir das Haar aus der Stirn und sagte: »Es ist gar nicht schlecht, mein Junge, ich finde, daß ein paar hübsche Stellen darin sind.«

Später, als ich noch ein wenig älter war, erlernte ich auf eigene Hand eine Art von Klavierspiel. Ich begann damit, in Fis-Dur Akkorde zu greifen, weil ich die schwarzen Tasten besonders reizvoll fand, suchte mir Übergänge zu anderen Tonarten und gelangte allmählich, da ich lange Stunden am Flügel verbrachte, zu einer gewissen Fertigkeit im takt- und melodielosen Wechsel von Harmonien, wobei ich in dies mystische Gewoge so viel Ausdruck legte wie nur immer möglich.

Meine Mutter sagte: »Er hat einen Anschlag, der Geschmack verrät.« Und sie veranlaßte, daß ich Unterricht erhielt, der während eines halben Jahres fortgesetzt wurde, denn ich war wirklich nicht dazu angetan, den gehörigen Fingersatz und Takt zu erlernen. —

Nun, die Jahre vergingen, und ich wuchs trotz der Sorgen, die mir die Schule bereitete, ungemein fröhlich heran. Ich bewegte mich heiter und beliebt im Kreise meiner Bekannten und Verwandten, und ich war gewandt und liebenswürdig aus Lust daran, den Liebenswürdigen zu spielen, obgleich ich alle diese Leute, die trocken und phantasielos waren, aus einem Instinkt heraus zu verachten begann.

4

Eines Nachmittags, als ich etwa achtzehn Jahre alt war und an der Schwelle der hohen Schulklassen stand, belauschte ich ein kurzes Zwiegespräch zwischen meinen Eltern, die im Wohnzimmer an dem runden Sofatisch beisammensaßen und nicht wußten, daß ich im anliegenden Speisezimmer tatenlos im Fenster lag und über den Giebelhäusern den blassen Himmel betrachtete. Als ich meien Namen verstand, trat ich leise an die weiße Flügeltür, die halb offenstand.

Mein Vater saß in seinen Sessel zurückgelehnt, ein Bein über das andere geschlagen, und hielt mit der einen Hand das Börsenblatt auf den Knien, während er mit der anderen langsam zwischen den Koteletten sein Kinn streichelte. Meine Mutter saß auf dem Sofa und hatte ihr stilles Gesicht über eine Stickerei geneigt. Die Lampe stand zwischen beiden.

Mein Vater sagte: »Ich bin der Meinung, daß wir ihn demnächst aus der Schule entfernen und in ein großangelegtes Geschäft in die Lehre tun.«

»Oh«, sagte meine Mutter ganz betrübt und blickte auf. »Ein so begabtes Kind!«

Mein Vater schwieg einen Augenblick, während er mit Sorgfalt eine Staubfaser von seinem Rocke blies. Dann hob er die Achseln empor, breitete die Arme aus, indem er meiner Mutter beide Handflächen entgegenhielt, und sagte:

»Wenn du annimmst, meine Liebe, daß zu der Tätigkeit eines Kaufmanns keinerlei Begabung gehört, so ist diese Auffassung eine irrige. Andererseits bringt es der Junge, wie ich zu meinem Leidwesen mehr und mehr erkennen muß, auf der Schule schlechterdings zu nichts. Seine Begabung, von der du sprichst, ist eine Art von Bajazzobegabung, wobei ich mich beeile, hinzuzufügen, daß ich dergleichen durchaus nicht unterschätze. Er kann liebenswürdig sein, wenn er Lust hat, er versteht es, mit den Leuten umzugehen, sie zu amüsieren, ihnen zu schmeicheln, er hat das Bedürfnis, ihnen zu gefallen und Erfolge zu erzielen; mit derartiger Veranlagung hat bereits mancher sein Glück gemacht, und mit ihr ist er angesichts seiner sonstigen Indifferenz zum Handelsmann größeren Stils relativ geeignet.«

Hier lehnte mein Vater sich befriedigt zurück, nahm eine Zigarette aus dem Etui und setzte sie langsam in Brand.

»Du hast sicherlich recht«, sagte meine Mutter und blickte wehmütig im Zimmer umher. »Ich habe nur oftmals geglaubt und gewissermaßen gehofft, es könne einmal ein Künstler aus ihm werden ... Es ist wahr, auf sein musikalisches Talent, das unausgebildet geblieben ist, darf wohl kein Gewicht gelegt werden; aber hast du bemerkt, daß er sich neuerdings, seitdem er die kleine Kunstausstellung besuchte, ein wenig mit Zeichnen beschäftigt? Es ist gar nicht schlecht, dünkt mich ...«

Mein Vater blies den Rauch von sich, setzte sich im Sessel zurecht und sagte kurz:

»Das alles ist Clownerie und Blague. Im übrigen kann man, wie billig, ihn selbst ja nach seinen Wünschen fragen.«

Nun, was sollte wohl ich für Wünsche haben? Die Aussicht auf Veränderung meines äußeren Lebens wirkte durchaus erheiternd auf mich, er erklärte sich ernsten Angesichts bereit, die Schule zu verlassen, um Kaufmann zu werden, und trat in das große Holzgeschäft des Herrn Schlievogt, unten am Fluß, als Lehrling ein.

Die Veränderung war ganz äußerlich, das versteht sich. Mein Interesse für das große Holzgeschäft des Herrn Schlievogt war ungemein geringfügig, und ich saß auf meinem Drehsessel unter der Gasflamme in dem engen und dunklen Kontor so fremd und abwesend wie ehemals auf der Schulbank. Ich hatte weniger Sorgen nunmehr; darin bestand der Unterschied.

Herr Schlievogt, ein beleibter Mensch mit rotem Gesicht und grauem, hartem Schifferbart, kümmerte sich wenig um mich, da er sich meistens in der Sägemühle aufhielt, die ziemlich weit von Kontor und Lagerplatz entfernt lag, und die Angestellten des Geschäftes behandelten mich mit Respekt. In freundschaftlichem Verkehr stand ich nur mit einem von ihnen, einem begabten und vergnügten jungen Menschen aus guter Familie, den ich auf der Schule bereits gekannt hatte und der übrigens Schilling hieß. Er mokierte sich gleich mir über alle Welt, legte jedoch nebenher ein eifriges Interesse für den Holzhandel an den Tag und verfehlte an keinem Tage, den bestimmten Vorsatz zu äußern, auf irgendeine Weise ein reicher Mann zu werden.

Ich meinesteils erledigte mechanisch meine notwendigen Angelegenheiten, um im übrigen auf dem Lagerplatz zwischen den Bretterstapeln und den Arbeitern umherzuschlendern, durch das hohe Holzgitter den Fluß zu betrachten, an dem dann und wann ein Güterzug vorüberrollte, und dabei an eine Theateraufführung oder an ein Konzert zu denken, dem ich beigewohnt, oder an ein Buch, das ich gelesen.

Ich las viel, las alles, was mir erreichbar war, und meine Eindrucksfähigkeit war groß. Jede dichterische Persönlichkeit verstand ich mit dem Gefühl, glaubte in ihr mich selbst zu erkennen und dachte und empfand so lange in dem Stile eines Buches, bis ein neues seinen Einfluß auf mich ausgeübt hatte. In meinem Zimmer, in dem ich ehemals mein Puppentheater aufgebaut hatte, saß ich nun mit einem Buch auf den Knien und blickte zu den beiden Vorfahrenbildern empor, um den Tonfall der Sprache nachzugenießen, der ich mich hingegeben hatte, während ein unfruchtbares Chaos von halben Gedanken und Phantasiebildern mich erfüllte . . .

Meine Schwestern hatten sich kurz nacheinander verheiratet, und ich ging, wenn ich nicht im Geschäft war, oft ins Wohnzimmer hinunter, wo meine Mutter, die ein wenig kränkelte und deren Gesicht stets kindlicher und stiller wurde, nun meistens ganz einsam saß. Wenn sie mir Chopin vorgespielt und ich ihr einen neuen Einfall von Harmonienverbindung gezeigt hatte, fragte sie mich wohl, ob ich zufrieden in meinem Berufe und glücklich sei . . . Kein Zweifel, daß ich glücklich war.

Ich war nicht viel älter als zwanzig Jahre, meine Lebenslage war nichts als provisorisch, und der Gedanke war mir nicht fremd, daß ich ganz und gar nicht gezwungen sei, mein Leben bei Herrn Schlievogt oder in einem Holzgeschäfte noch größeren Stils zu verbringen, daß ich mich eines Tages frei machen könne, um die giebelige Stadt zu verlassen und irgendwo in der Welt meinen Neigungen zu leben: gute und feingeschriebene Romane zu lesen, ins Theater zu gehen, ein wenig Musik zu machen ... Glücklich? Aber ich speiste vorzüglich, ich ging aufs beste gekleidet, und früh bereits, wenn ich etwa während meiner Schulzeit gesehen hatte, wie arme und schlecht gekleidete Kameraden sich gewohnheitsmäßig duckten und mich und meinesgleichen mit einer Art schmeichlerischer Scheu willig als Herren und Tonangebende anerkannten, war ich mir mit Heiterkeit bewußt gewesen, daß ich zu den Oberen, Reichen, Beneideten gehörte, die nun einmal das Recht haben, mit wohlwollender Verachtung auf die Armen, Unglücklichen und Neider hinabzublicken. Wie sollte ich nicht glücklich sein? Mochte alles seinen Gang gehen. Fürs erste hatte es seinen Reiz, sich fremd, überlegen und heiter unter diesen Verwandten und Bekannten zu bewegen, über deren Begrenztheit ich mich mokierte, während ich ihnen, aus Lust daran, zu gefallen, mit gewandter Liebenswürdigkeit begegnete und mich wohlgefällig in dem unklaren Respekte sonnte, den alle diese Leute vor meinem Sein und Wesen erkennen ließen, weil sie mit Unsicherheit etwas Oppositionelles und Extravagantes darin vermuteten.

6

Es begann eine Veränderung mit meinem Vater vor sich zu gehen. Wenn er um vier Uhr zu Tische kam, so schienen die Falten zwischen seinen Brauen täglich tiefer, und er schob nicht mehr mit einer imposanten Gebärde die Hand in den Rockaufschlag, sondern zeigte ein gedrücktes, nervöses und scheues Wesen. Eines Tages sagte er zu mir:

»Du bist alt genug, die Sorgen, die meine Gesundheit untergraben, mit mir zu teilen. Übrigens habe ich die Verpflichtung, dich mit ihnen bekannt zu machen, damit du dich über deine künftige Lebenslage keinen falschen Erwartungen hingibst. Du weißt, daß die Heiraten deiner Schwestern beträchtliche Opfer gefordert haben. Neuerdings hat die Firma Verluste erlitten, welche geeignet waren, das Vermögen erheblich zu reduzieren. Ich bin ein alter Mann, fühle mich entmutigt und glaube nicht, daß an der Sachlage Wesentliches zu ändern sein wird. Ich bitte dich, zu bemerken, daß du auf dich selbst gestellt sein wirst ...«

Dies sprach er zwei Monate etwa vor seinem Tode. Eines Tages fand man ihn gelblich, gelähmt und lallend in dem Armsessel seines Privatkontors, und eine Woche darauf nahm die ganze Stadt an seinem Begräbnis teil.

Meine Mutter saß zart und still auf dem Sofa an dem runden Tische im Wohnzimmer, und ihre Augen waren meist geschlossen. Wenn meine Schwestern und ich uns um sie bemühten, so nickte sie vielleicht und lächelte, worauf sie fortfuhr, zu schweigen und regungslos, die Hände im Schoße gefaltet, mit einem großen, fremden und traurigen Blick eine Götterfigur der Tapete zu betrachten. Wenn die Herren in Gehröcken kamen, um über den Verlauf der Liquidation Bericht zu erstatten, so nickte sie gleichfalls und schloß aufs neue die Augen.

Sie spielte nicht mehr Chopin, und wenn sie hie und da leise über den Scheitel strich, so zitterte ihre blasse, zarte und müde Hand. Kaum ein halbes Jahr nach meines Vaters Tode legte sie sich nieder, und sie starb, ohne einen Wehelaut, ohne einen Kampf um ihr Leben . . .

Nun war das alles zu Ende. Was hielt mich eigentlich am Orte? Die Geschäfte waren erledigt worden, gehe es gut oder schlecht, es ergab sich, daß auf mich ein Erbteil von ungefähr hunderttausend Mark gefallen war, und das genügte, um mich unabhängig zu machen — von aller Welt, um so mehr, als man mich aus irgendeinem gleichgültigen Grunde für militäruntüchtig erklärt hatte.

Nichts verband mich länger mit den Leuten, zwischen denen ich aufgewachsen war, deren Blicke mich stets fremder und erstaunter betrachteten und deren Weltanschauung zu einseitig war, als daß ich geneigt gewesen wäre, mich ihr zu fügen. Zugegeben, daß sie mich richtig kannten, und zwar als ausgemacht unnützlichen Menschen, so kannte auch ich mich. Aber skeptisch und fatalistisch genug, um — mit dem Worte meines Vaters — meine »Bajazzobegabung« von der heiteren Seite zu nehmen, und fröhlich gewillt, das Leben auf meine Art zu genießen, fehlte mir nichts an Selbstzufriedenheit.

Ich erhob mein kleines Vermögen, und beinahe ohne mich zu verabschieden, verließ ich die Stadt, um mich vorerst auf Reisen zu begeben.

7

Dieser drei Jahre, die nun folgten und in denen ich mich mit begieriger Empfänglichkeit tausend neuen, wechselnden, reichen Eindrücken hingab, erinnere ich mich wie eines schönen, fernen Traumes. Wie lange ist es her, daß ich bei den Mönchen auf dem Simplon zwischen Schnee und Eis ein Neujahrsfest verbrachte; daß ich zu Verona über die Piazza Erbe schlenderte; daß ich vom Borgo San Spirito aus zum ersten Male unter die Kolonnaden von

Sankt Peter trat und meine eingeschüchterten Augen sich auf dem ungeheuren Platze verloren; daß ich vom Corso Vittorio Emanuele über das weißschimmernde Neapel hinabblickte und fern im Meere die graziöse Silhouette von Capri in blauem Dunst verschwimmen sah ... Es sind in Wirklichkeit sechs Jahre und nicht viel mehr.

Oh, ich lebte vollkommen vorsichtig und meinen Verhältnissen entsprechend: in einfachen Privatzimmern, in wohlfeilen Pensionen; — bei dem häufigen Ortswechsel aber, und weil es mir anfangs schwerfiel, mich meiner gutbürgerlichen Gewohnheiten zu entwöhnen, waren größere Ausgaben gleichwohl nicht zu vermeiden. Ich hatte mir für die Zeit meiner Wanderungen fünfzehntausend Mark meines Kapitals ausgesetzt; diese Summe freilich ward überschritten.

Übrigens befand ich mich wohl unter den Leuten, mit denen ich unterwegs hier und da in Berührung kam, uninteressierte und sehr interessante Existenzen oft, denen ich allerdings nicht wie meiner ehemaligen Umgebung ein Gegenstand des Respektes war, aber von denen ich auch keine befremdeten Blicke und Fragen zu befürchten hatte.

Mit meiner Art von gesellschaftlicher Begabung erfreute ich mich in Pensionen zuweilen aufrichtiger Beliebtheit bei der übrigen Reisegesellschaft, — wobei ich mich einer Szene im Salon der Pension Minelli zu Palermo erinnere. In einem Kreise von Franzosen verschiedenen Alters hatte ich am Pianino von ungefähr begonnen, mit großem Aufwand von tragischem Mienenspiel, deklamierendem Gesang und rollenden Harmonien ein Musikdrama »von Richard Wagner« zu improvisieren, und ich hatte soeben unter ungeheurem Beifall geschlossen, als ein alter Herr auf mich zueilte, der beinahe kein Haar mehr auf dem Kopfe hatte und dessen weiße, spärliche Koteletten auf seine graue Reisejoppe hinabflatterten. Er ergriff meine beiden Hände und rief mit Tränen in den Augen:

»Aber das ist erstaunlich! Das ist erstaunlich, mein teurer Herr! Ich schwöre Ihnen, daß ich mich seit dreißig Jahren nicht mehr so köstlich unterhalten habe! Ah, Sie gestatten, daß ich Ihnen aus vollem Herzen danke, nicht wahr! Aber es ist nötig, daß Sie Schauspieler oder Musiker werden!«

Es ist wahr, daß ich bei solchen Gelegenheiten etwas von dem genialen Übermut eines großen Malers empfand, der im Freundeskreise sich herbeiließ, eine lächerliche zugleich und geistreiche Karikatur auf die Tischplatte zu zeichnen. Nach dem Diner aber begab ich mich allein in den Salon zurück und verbrachte eine einsame und wehmütige Stunde damit, dem Instrumente getragene Akkorde zu entlocken, in die ich die Stimmung zu legen glaubte, die der Anblick Palermos in mir erweckte.

Ich hatte von Sizilien aus Afrika ganz flüchtig berührt, war alsdann nach Spanien gegangen, und dort, in der Nähe von Madrid, auf dem Lande war es, im Winter, an einem trüben, regnerischen Nachmittage, als ich zum ersten Male den Wunsch empfand, nach Deutschland zurückzukehren, — und die Notwendigkeit obendrein. Denn abgesehen davon, daß ich begann, mich nach einem ruhigen, geregelten und ansässigen Leben zu sehnen, war es nicht schwer, mir auszurechnen, daß bis zu meiner Ankunft in Deutschland bei aller Einschränkung zwanzigtausend Mark verausgabt sein würden.

Ich zögerte nicht allzulange, den langsamen Rückweg durch Frankreich anzutreten, auf den ich bei längerem Aufenthalt in einzelnen Städten annähernd ein halbes Jahr verwendete, und ich erinnere mich mit wehmütiger Deutlichkeit des Sommerabends, an dem ich in den Bahnhof der mitteldeutschen Residenzstadt einfuhr, die ich mir beim Beginn meiner Reise bereits ausersehen hatte, — ein wenig unterrichtet nunmehr, mit einigen Erfahrungen und Kenntnissen versehen und ganz voll von einer kindlichen Freude, mir hier, in meiner sorglosen Unabhängigkeit und gern meinen bescheidenen Mitteln gemäß, nun ein ungestörtes und beschauliches Dasein gründen zu können.

Damals war ich fünfundzwanzig Jahre alt.

8

Der Platz war nicht übel gewählt. Es ist eine ansehnliche Stadt, noch ohne allzu lärmenden Großstadttrubel und allzu anstößiges Geschäftstreiben, mit einigen ziemlich beträchtlichen alten Plätzen andererseits und einem Straßenleben, das weder der Lebhaftigkeit noch zum Teile der Eleganz entbehrt. Die Umgebung besitzt mancherlei angenehme Punkte; aber ich habe stets die geschmackvoll angelegte Promenade bevorzugt, die sich auf dem ›Lerchenberge‹ hinzieht, einem schmalen und langgestreckten Hügel, an den ein großer Teil der Stadt sich lehnt und von dem man einen weiten Ausblick über Häuser, Kirchen und den weich geschlängelten Fluß hinweg ins Freie genießt. An einigen Punkten, und besonders, wenn an schönen Sommernachmittagen eine Militärkapelle konzertiert und Equipagen und Spaziergänger sich hin und her bewegen, wird man dort an den Pincio erinnert. — Aber ich werde dieser Promenade noch zu erwähnen haben . . .

Niemand glaubt, mit welchem umständlichen Vergnügen ich mir das geräumige Zimmer herrichtete, das ich nebst anstoßender Schlafkammer etwa inmitten der Stadt, in belebter Gegend gemietet hatte. Die elterlichen Möbel waren zwar zum größten Teil in den Besitz meiner Schwestern übergegangen, indessen war mir immerhin zugefallen, was ich gebrauchte: stattliche und gediegene Dinge, die zusammen mit meinen Büchern und den beiden Vorfahrenporträts eintrafen; vor allem aber der alte Flügel, den meine Mutter für mich bestimmt hatte.

In der Tat, als alles aufgestellt und geordnet war, als die Photographien, die ich auf Reisen gesammelt, alle Wände sowie den schweren Mahagonischreibtisch und die bauchige Kommode schmückten, und als ich mich, fertig und geborgen, in einem Lehnsessel am Fenster niederließ, um abwechselnd die Straßen draußen und meine neue Wohnung zu betrachten, war mein Behagen nicht gering. Und dennoch — ich habe diesen Augenblick nicht vergessen —, dennoch regte sich neben Zufriedenheit und Vertrauen sacht etwas anderes in mir, irgendein kleines Gefühl von Ängstlichkeit und Unruhe, das leise Bewußtsein irgendeiner Art von Empörung und Auflehnung meinerseits gegen eine drohende Macht ... der leicht bedrückende Gedanke, daß meine Lage, die bislang niemals mehr als etwas Vorläufiges gewesen war, nunmehr zum ersten Male als definitiv und unabänderlich betrachtet werden mußte ...

Ich verschweige nicht, daß diese und ähnliche Empfindungen sich hie und da wiederholten. Aber sind die gewissen Nachmittagsstunden überhaupt zu vermeiden, in denen man hinaus in die wachsende Dämmerung und vielleicht in einen langsamen Regen blickt und das Opfer trübseherischer Anwandlungen wird? In jedem Falle stand fest, daß meine Zukunft vollkommen gesichert war. Ich hatte die runde Summe von achtzigtausend Mark der städtischen Bank vertraut, die Zinsen betrugen — mein Gott, die Zeiten sind schlecht! — etwa sechshundert Mark für das Vierteljahr und gestatteten mir also, anständig zu leben, mich mit Lektüre zu versehen, hier und da ein Theater zu besuchen, — ein bißchen leichteren Zeitvertreibs nicht ausgeschlossen.

Meine Tage vergingen fortab in Wirklichkeit dem Ideale gemäß, das von jeher mein Ziel gewesen war. Ich erhob mich etwa um zehn Uhr, frühstückte und verbrachte die Zeit bis zum Mittage am Klavier und mit der Lektüre einer literarischen Zeitschrift oder eines Buches. Dann schlenderte ich die Straße hinauf zu dem kleinen Restaurant, in dem ich mit Regelmäßigkeit verkehrte, speiste und machte darauf einen längeren Spaziergang durch die Straßen, durch eine Galerie, in die Umgegend, auf den Lerchenberg. Ich kehrte nach Hause zurück und nahm die Beschäftigungen des Vormittags wieder auf: ich las, musizierte, unterhielt mich manchmal sogar mit einer Art von Zeichenkunst oder schrieb mit Sorgfalt einen Brief. Wenn ich mich nach dem Abendessen nicht in ein Theater oder ein Konzert begab, so hielt ich mich im Café auf und las bis zum Schlafengehen die Zeitungen. Der Tag aber war gut und schön gewesen, er hatte einen beglückenden Inhalt gehabt, wenn mir am Klaviere ein Motiv gelungen war, das mir neu und schön erschien, wenn ich aus der Lektüre einer Novelle, aus dem Anblick eines Bildes eine zarte und anhaltende Stimmung davongetragen hatte ...

Übrigens unterlasse ich es nicht, zu sagen, daß ich in meinen Dispositionen mit einer gewissen Idealität zu Werke ging und daß ich mit Ernst darauf bedacht war, meinen Tagen so viel ›Inhalt‹ zu geben wie nur immer möglich. Ich speiste bescheiden, hielt mir in der Regel nur einen Anzug, kurz, schränkte meine leiblichen Bedürfnisse mit Vorsicht ein, um andererseits in der Lage zu sein, für einen guten Platz in der Oper oder im Konzert einen hohen Preis zu zahlen, mir neue literarische Erscheinungen zu kaufen, diese oder jene Kunstausstellung zu besuchen ...

Die Tage aber verstrichen, und es wurden Wochen und Monate daraus, — Langeweile? Ich gebe zu: es ist nicht immer ein Buch zur Hand, das einer Reihe von Stunden den Inhalt verschaffen könnte; übrigens hast du ohne jedes Glück versucht, auf dem Klavier zu phantasieren, du sitzest am Fenster, rauchst Zigaretten, und unwiderstehlich beschleicht dich ein Gefühl der Abneigung von aller Welt und dir selbst; die Ängstlichkeit befällt dich wieder, die übelbekannte Ängstlichkeit, und du springst auf und machst dich davon, um dir auf der Straße mit dem heiteren Achselzucken des Glücklichen die Berufs- und Arbeitsleute zu betrachten, die geistig und materiell zu unbegabt sind für Muße und Genuß.

9

Ist ein Siebenundzwanzigjähriger überhaupt imstande, an die endgültige Unabänderlichkeit seiner Lage, und sei diese Unabänderlichkeit nur zu wahrscheinlich, im Ernste zu glauben? Das Zwitschern eines Vogels, ein winziges Stück Himmelsblau, irgendein halber und verwischter Traum zur Nacht, alles ist geeignet, plötzliche Ströme von vager Hoffnung in sein Herz zu ergießen und es mit der festlichen Erwartung eines großen, unvorhergesehenen Glückes zu erfüllen ... Ich schlenderte von einem Tag in den andern, — beschaulich, ohne ein Ziel, beschäftigt mit dieser oder jener kleinen Hoffnung, handele es sich auch nur um den Tag der Herausgabe einer unterhaltenden Zeitschrift, mit der energischen Überzeugung, glücklich zu sein, und hin und wieder ein wenig müde vor Einsamkeit.

Wahrhaftig, die Stunden waren nicht gerade selten, in denen ein Unwille über Mangel an Verkehr und Gesellschaft mich ergriff, — denn ist es nötig, diesen Mangel zu erklären? Mir fehlte jede Verbindung mit der guten Gesellschaft und den ersten und zweiten Kreisen der Stadt; um mich bei der goldenen Jugend als fêtard einzuführen, gebrach es mir bei Gott an Mitteln, — und andererseits die Boheme? Aber ich bin ein Mensch von Erziehung, ich trage saubere Wäsche und einen heilen Anzug, und ich finde schlechterdings keine Lust darin, mit ungepflegten jungen Leuten an absinthklebrigen Tischen anarchistische Gespräche zu führen. Um kurz zu sein: es gab keinen bestimmten Gesellschaftskreis, dem ich mit Selbstverständlichkeit angehört hätte, und die Bekanntschaften, die sich auf eine oder die andere Weise von selbst ergaben, waren selten, oberflächlich und kühl, — durch mein eigenes Verschulden, wie ich zugebe, denn ich hielt mich auch in solchen Fällen mit einem Gefühl der Unsicherheit zurück und mit dem unangenehmen Bewußtsein, nicht einmal einem verbummelten Maler auf kurze, klare und Anerkennung erweckende Weise sagen zu können, wer und was ich eigentlich sei.

Übrigens hatte ich ja wohl mit der ›Gesellschaft‹ gebrochen und auf sie verzichtet, als ich mir die Freiheit nahm, ohne ihr in irgendeiner Weise zu dienen, meine eigenen Wege zu gehen, und wenn ich, um glücklich zu sein, der ›Leute‹ bedurft hätte, so mußte ich mir erlauben, mich zu fragen, ob ich in diesem Falle nicht zur Stunde damit beschäftigt gewesen wäre, mich als Geschäftsmann größeren Stils gemeinnützlich zu bereichern und mir den allgemeinen Neid und Respekt zu verschaffen.

Indessen — indessen! Die Tatsache bestand, daß mich meine philosophische Vereinsamung in viel zu hohem Grade verdroß und daß sie am Ende durchaus nicht mit meiner Auffassung von ›Glück‹ übereinstimmen wollte, mit meinem Bewußtsein, meiner Überzeugung, glücklich zu sein, deren Erschütterung doch — es bestand kein Zweifel — schlechthin unmöglich war. Nicht glücklich sein, unglücklich sein: aber war das überhaupt denkbar? Es war undenkbar, und mit diesem Entscheid war die Frage erledigt, bis aufs neue Stunden kamen, in denen mir dieses Für-sich-Sitzen, diese Zurückgezogenheit und Außerhalbstellung nicht in der Ordnung, durchaus nicht in der Ordnung erscheinen wollte und mich zum Erschrecken mürrisch machte.

›Mürrisch‹ — war das eine Eigenschaft des Glücklichen? Ich erinnerte mich meines Lebens daheim in dem beschränkten Kreise, in dem ich mich mit dem vergnügten Bewußtsein meiner genial-artistischen Veranlagung bewegt hatte, — gesellig, liebenswürdig, die Augen voll Heiterkeit, Mokerie und überlegenem Wohlwollen für alle Welt, im Urteil der Leute ein wenig verwunderlich und dennoch beliebt. Damals war ich glücklich gewesen, trotzdem ich in dem großen Holzgeschäfte des Herrn Schlievogt hatte arbeiten müssen; und nun? Und nun? . . .

Aber ein über die Maßen interessantes Buch ist erschienen, ein neuer französischer Roman, dessen Ankauf ich mir gestattet habe und den ich, behaglich im Lehnsessel, mit Muße genießen werde. Dreihundert Seiten, wieder einmal, voll Geschmack, Blague und auserlesener Kunst! Ah, ich habe mir mein Leben zu meinem Wohlgefallen eingerichtet! Bin ich vielleicht nicht glücklich? Eine Lächerlichkeit, diese Frage, und weiter nichts ...

10

Wieder einmal ist ein Tag zu Ende, ein Tag, dem nicht abzusprechen ist, Gott sei Dank, daß er Inhalt hatte; der Abend ist da, die Vorhänge des Fensters sind geschlossen, auf dem Schreibtische brennt die Lampe, es ist beinahe schon Mitternacht. Man könnte zu Bette gehen, aber man verharrt halb liegend im Lehnsessel, und die Hände im Schoße gefaltet, blickt man zur Decke empor, um mit Ergebenheit das leise Graben und Zehren irgendeines unbestimmten Schmerzes zu verfolgen, der nicht hat verscheucht werden können.

Vor ein paar Stunden noch habe ich mich der Wirkung eines großen Kunstwerkes hingegeben, einer dieser ungeheuren und grausamen Schöpfungen, welche mit dem verderbten Pomp eines ruchlos genialen Dilettantismus rütteln, betäuben, peinigen, beseligen, niederschmettern ... Meine Nerven beben noch, meine Phantasie ist aufgewühlt, seltene Stimmungen wogen in mir auf und nieder, Stimmungen von Sehnsucht, religiöser Inbrunst, Triumph, mystischem Frieden, — und ein Bedürfnis ist dabei, das sie stets aufs neue emportreibt, das sie heraustreiben möchte: das Bedürfnis, sie zu äußern, sie mitzuteilen, sie zu zeigen, »etwas daraus zu machen« ...

Wie, wenn ich in der Tat ein Künstler wäre, befähigt, mich in Ton, Wort oder Bildwerk zu äußern, — am liebsten, aufrichtig gesprochen, in allem zu gleicher Zeit? — Aber es ist wahr, daß ich allerhand vermag! Ich kann, zum guten Beispiel, mich am Flügel niederlassen, um mir im stillen Kämmerlein meine schönen Gefühle vollauf zum besten zu geben, und das sollte mir billig genügen; denn wenn ich, um glücklich zu sein, der ›Leute‹ bedürfte, — zugegeben dies alles! Allein gesetzt, daß ich auch auf den Erfolg ein wenig Wert legte, auf den Ruhm, die Anerkennung, das Lob, den Neid, die Liebe? ... Bei Gott! Schon wenn ich mich an die Szene in jenem Salon zu Palermo erinnere, so muß ich zugeben, daß ein ähnlicher Vorfall in diesem Augenblick für mich eine unvergleichlich wohltuende Ermunterung bedeuten würde.

Wohlüberlegt, ich kann nicht umhin, mir diese sophistische und lächerliche Begriffsunterscheidung zu gestehen: die Unterscheidung zwischen innerem und äußerem Glück! — Das ›äußere Glück‹, was ist das eigentlich? — Es gibt eine Art von Menschen, Lieblingskinder Gottes, wie es scheint, deren Glück das Genie und deren Genie das Glück ist, Lichtmenschen, die mit dem Widerspiel und Abglanz der Sonne in ihren Augen auf eine leichte, anmutige und liebenswürdige Weise durchs Leben tändeln, während alle Welt sie umringt, während alle Welt sie bewundert, belobt, beneidet und liebt, weil auch der Neid unfähig ist, sie zu hassen. Sie aber blicken darein wie die Kinder, spöttisch, verwöhnt, launisch, übermütig, mit einer sonnigen Freundlichkeit, sicher ihres Glückes und Genies, und als könne das alles durchaus nicht anders sein . . .

Was mich betrifft, ich leugne die Schwäche nicht, daß ich zu diesen Menschen gehören möchte, und es will mich, gleichviel ob mit Recht oder Unrecht, immer aufs neue bedünken, als hätte ich einstmals zu ihnen gehört: vollkommen »gleichviel«, denn seien wir ehrlich: es kommt darauf an, für was man sich hält, für was man sich gibt, für was man die Sicherheit hat, sich zu geben!

Vielleicht verhält es sich in Wirklichkeit nicht anders, als daß ich auf dieses ›äußere Glück‹ verzichtet habe, indem ich mich dem Dienst der ›Gesellschaft‹ entzog und mir mein Leben ohne die ›Leute‹ einrichtete. An meiner Zufriedenheit aber damit ist, wie selbstverständlich, in keinem Augenblick zu zweifeln, kann nicht gezweifelt werden, darf nicht gezweifelt werden; — denn, um es zu wiederholen, und zwar mit einem verzweifelten Nachdruck zu wiederholen: Ich will und muß glücklich sein! Die Auffassung des ›Glückes‹ als eine Art von Verdienst, Genie, Vornehmheit, Liebenswürdigkeit, die Auffassung des ›Unglücks‹ als etwas Häßliches, Lichtscheues, Verächtliches und mit einem Worte Lächerliches ist mir zu tief eigentlich, als daß ich mich selbst noch zu achten vermöchte, wenn ich unglücklich wäre.

Wie dürfte ich mir gestatten, unglücklich zu sein? Welche Rolle müßte ich vor mir spielen? Müßte ich nicht als eine Art von Fledermaus oder Eule im Dunkeln hocken und neidisch zu den ›Lichtmenschen‹ hinüberblinzeln, den liebenswürdigen Glücklichen? Ich müßte sie hassen, mit jenem Haß, der nichts ist als eine vergiftete Liebe, — und mich verachten!

»Im Dunkeln hocken!« Ah, und mir fällt ein, was ich seit manchem Monat hin und wieder über meine ›Außerhalbstellung‹ und ›philosophische Vereinsamung‹ gedacht und gefühlt habe! Und die Angst meldet sich wieder, die übelbekannte Angst! Und das Bewußtsein irgendeiner Art von Empörung gegen eine drohende Macht . . .

— Unzweifelhaft, daß sich ein Trost fand, eine Ablenkung, eine Betäubung für dieses Mal und ein anderes und wiederum ein nächstes. Aber es kehrte wieder, alles dies, es kehrte tausendmal wieder im Laufe der Monate und der Jahre.

11

Es gibt Herbsttage, die wie ein Wunder sind. Der Sommer ist vorüber, draußen hat längst das Laub zu vergilben begonnen, und in der Stadt hat tagelang bereits der Wind um alle Ecken gepfiffen, während in den Rinnsteinen unreinliche Bäche sprudelten. Du hast dich darein ergeben, du hast dich sozusagen am Ofen bereit gesetzt, um den Winter über dich ergehen zu lassen; eines Morgens aber beim Erwachen bemerkst du mit ungläubigen Augen, daß ein schmaler Streif von leuchtendem Blau zwischen den Fenstervorhängen hindurch in dein Zimmer blitzt. Ganz erstaunt springst du aus dem Bette, du öffnest das Fenster, eine Woge von zitterndem Sonnenlicht strömt dir entgegen, und zugleich vernimmst du durch alles Straßengeräusch hindurch ein geschwätziges und munteres Vogelgezwitscher, während es dir nicht anders ist, als atmetest du mit der frischen und leichten Luft eines Oktobertages die unvergleichlich süße und verheißungsvolle Würze ein, die sonst den Winden des Mai gehört. Es ist Frühling, es ist ganz augenscheinlich Frühling, dem Kalender zum Trotz, und du wirfst dich in die Kleider, um unter dem schimmernden Himmel durch die Straßen und ins Freie zu eilen ...

Ein so unverhoffter und merkwürdiger Tag erschien vor nunmehr etwa vier Monaten — wir stehen augenscheinlich am Anfang des Februar —, und an diesem Tage sah ich etwas ausnehmend Hübsches. Vor neun Uhr am Morgen hatte ich mich aufgemacht, und ganz erfüllt von einer leichten und freudigen Stimmung, von einer unbestimmten Hoffnung auf Veränderungen, Überraschungen und Glück schlug ich den Weg zum Lerchenberge ein. Ich stieg am rechten Ende den Hügel hinan, und ich verfolgte seinen ganzen Rücken der Länge nach, indem ich mich stets auf der Hauptpromenade am Rande und an der niedrigen Steinrampe hielt, um auf dem ganzen Wege, der wohl eine kleine halbe Stunde in Anspruch nimmt, den Ausblick über die leicht terrassenförmig abfallende Stadt und den Fluß frei zu haben, dessen Schlingungen in der Sonne blinkten und hinter dem die Landschaft mit Hügeln und Grün im Sonnendunst verschwamm. Es war noch beinahe menschenleer hier oben. Die Bänke jenseits des Weges standen einsam, und hie und da blickte zwischen den Bäumen eine Statue hervor, weißschimmernd vor Sonne, während doch ein welkes Blatt dann und wann langsam darauf niedertaumelte. Die Stille, der ich horchte, während ich im Wandern den Blick auf das lichte Panorama zur Seite gerichtet hielt, blieb ungestört, bis ich das Ende des Hügels erreicht hatte und der Weg sich zwischen alten Kastanien zu senken begann. Hier jedoch klang hinter mir Pferdegestampf und das Rollen eines Wagens auf, der sich in raschem Trabe näherte und dem ich an der Mitte etwa des Abstieges Platz machen mußte. Ich trat zur Seite und blieb stehen.

Es war ein kleiner, ganz leichter und zweirädriger Jagdwagen, bespannt mit zwei großen, blanken und lebhaft schnaubenden

Füchsen. Die Zügel hielt eine junge Dame von neunzehn vielleicht oder zwanzig Jahren, neben der ein alter Herr von stattlichem und vornehmem Äußern saß, mit weißem à la russe aufgebürstetem Schnurrbart und dichten, weißen Augenbrauen. Ein Bedienter in einfacher, schwarz-silberner Livree dekorierte den Rücksitz.

Das Tempo der Pferde war bei Beginn des Abstieges zum Schritt verzögert worden, da das eine von ihnen nervös und unruhig schien. Es hatte sich weit seitwärts von der Deichsel entfernt, drückte den Kopf auf die Brust und setzte seine schlanken Beine mit einem so zitternden Widerstreben, daß der alte Herr, ein wenig besorgt, sich vorbeugte, um mit seiner elegant behandschuhten Linken der jungen Dame beim Straffziehen der Zügel behilflich zu sein. Die Lenkung schien ihr nur vorübergehend und halb zum Scherze anvertraut worden, wenigstens sah es aus, als ob sie das Kutschieren mit einer Art von kindlicher Wichtigkeit und Unerfahrenheit zugleich behandelte. Sie machte eine kleine, ernsthafte und indignierte Kopfbewegung, während sie das scheuende und stolpernde Tier zu beruhigen suchte.

Sie war brünett und schlank. Auf ihrem Haar, das überm Nakken zu einem festen Knoten gewunden war und das sich ganz leicht und lose um Stirn und Schläfen legte, so daß einzelne lichtbraune Fäden zu unterscheiden waren, saß ein runder, dunkelfarbiger Strohhut, geschmückt ausschließlich mit einem kleinen Arrangement von Bandwerk. Übrigens trug sie eine kurze, dunkelblaue Jacke und einen schlichtgearbeiteten Rock aus hellgrauem Tuch.

In ihrem ovalen und feingeformten Gesicht, dessen zartbrünetter Teint von der Morgenluft frisch gerötet war, bildeten das Anziehendste sicherlich die Augen: ein Paar schmaler und langgeschnittener Augen, deren kaum zur Hälfte sichtbare Iris blitzend schwarz war und über denen sich außerordentlich gleichmäßige und wie mit der Feder gezeichnete Brauen wölbten. Die Nase war vielleicht ein wenig lang, und der Mund, dessen Lippenlinien jedenfalls klar und fein waren, hätte schmaler sein dürfen. Im Augenblicke aber wurde ihm durch die schimmernd weißen und etwas voneinander entfernt stehenden Zähne ein Reiz gegeben, die das junge Mädchen bei den Bemühungen um das Pferd energisch auf die Unterlippe drückte und mit denen sie das fast kindlich runde Kinn ein wenig emporzog.

Es wäre ganz falsch, zu sagen, daß dieses Gesicht von auffallender und bewunderungswürdiger Schönheit gewesen sei. Es besaß den Reiz der Jugend und der fröhlichen Frische, und dieser Reiz war gleichsam geglättet, stillgemacht und veredelt durch wohlhabende Sorglosigkeit, vornehme Erziehung und luxuriöse Pflege; es war gewiß, daß diese schmalen und blitzenden Augen, die jetzt mit verwöhnter Ärgerlichkeit auf das störrische Pferd blickten, in der nächsten Minute wieder den Ausdruck sicheren und selbstverständlichen Glückes annehmen würden. — Die Ärmel der Jacke, die an den Schultern weit und bauschig waren, umspannten ganz knapp die schlanken Handgelenke, und niemals habe ich einen entzückenderen Eindruck von auserlesener Eleganz empfangen als durch die Art, mit der diese schmalen, unbekleideten, mattweißen Hände die Zügel hielten! —

Ich stand am Wege, von keinem Blicke gestreift, während der Wagen vorüberfuhr, und ich ging langsam weiter, als er sich wieder in Trab setzte und rasch verschwand. Was ich empfand, war Freude und Bewunderung; aber irgendein seltsamer und stechender Schmerz meldete sich zur gleichen Zeit, ein herbes und drängendes Gefühl von — Neid? von Liebe? — ich wagte es nicht auszudenken —, von Selbstverachtung?

Während ich schreibe, kommt mir die Vorstellung eines armseligen Bettlers, der vor dem Schaufenster eines Juweliers in den kostbaren Schimmer eines Edelsteinkleinods starrt. Dieser Mensch wird es in seinem Inneren nicht zu dem klaren Wunsche bringen, das Geschmeid zu besitzen; denn schon der Gedanke an diesen Wunsch wäre eine lächerliche Unmöglichkeit, die ihn vor sich selbst zum Gespött machen würde.

12

Ich will erzählen, daß ich infolge eines Zufalles diese junge Dame nach Verlauf von acht Tagen bereits zum zweiten Male sah, und zwar in der Oper. Man gab Gounods ›Margarethe‹, und kaum hatte ich den hellerleuchteten Saal betreten, um mich zu meinem Parkettplatze zu begeben, als ich sie zur Linken des alten Herrn in einer Proszeniumsloge der anderen Seite gewahrte. Nebenbei stellte ich fest, daß mich lächerlicherweise ein kleiner Schreck und etwas wie Verwirrung dabei berührte und daß ich aus irgendeinem Grunde meine Augen sofort abschweifen und über die anderen Ränge und Logen hinwandern ließ. Erst beim Beginn der Ouvertüre entschloß ich mich, die Herrschaften ein wenig eingehender zu betrachten.

Der alte Herr, in streng geschlossenem Gehrock mit schwarzer Schleife, saß mit einer ruhigen Würde in seinen Sessel zurückgelehnt und ließ die eine der braunbekleideten Hände leicht auf dem Sammet der Logenbrüstung ruhen, während die andere hie und da langsam über den Bart oder über das kurzgehaltene ergraute Haupthaar strich. Das junge Mädchen dagegen — seine Tochter, ohne Zweifel — saß interessiert und lebhaft vorgebeugt, beide Hände, in denen sie ihren Fächer hielt, auf dem Sammetpolster. Dann und wann machte sie eine kurze Kopfbewe gung, um das lockere, lichtbraune Haar ein wenig von der Stirn und den Schläfen zurückzuwerfen.

Sie trug eine ganz leichte Bluse aus heller Seide, in deren Gürtel ein Veilchensträußchen steckte, und ihre schmalen Augen blitzten in der scharfen Beleuchtung noch schwärzer als vor acht Tagen. Übrigens machte ich die Beobachtung, daß die Mundhaltung, die ich damals an ihr bemerkt hatte, ihr überhaupt eigentümlich war: in jedem Augenblicke setzte sie ihre weißen, in kleinen, regelmäßigen Abständen schimmernden Zähne auf die Unterlippe und zog das Kinn ein wenig empor. Diese unschuldige Miene, die von gar keiner Koketterie zeugte, der ruhig und fröhlich zugleich umherwandernde Blick ihrer Augen, ihr zarter und weißer Hals, welcher frei war und um den sich ein schmales Seidenband von der Farbe der Taille schmiegte, die Bewegung, mit der sie sich hie und da an den alten Herrn wandte, um ihn auf irgend etwas im Orchester, am Vorhang, in einer Loge aufmerksam zu machen, — alles brachte den Eindruck einer unsäglich feinen und lieblichen Kindlichkeit hervor, die jedoch nichts in irgendeinem Grade Rührendes und ›Mitleid‹-Erregendes an sich hatte. Es war eine vornehme, abgemessene und durch elegantes Wohlleben sicher und überlegen gemachte Kindlichkeit, und sie legte ein Glück an den Tag, dem nichts Übermütiges, sondern eher etwas Stilles eignete, weil es selbstverständlich war.

Gounods geistreiche und zärtliche Musik war, wie mich dünkte, keine falsche Begleitung zu diesem Anblick, und ich lauschte ihr, ohne auf die Bühne zu achten und ganz und gar hingegeben an eine milde und nachdenkliche Stimmung, deren Wehmut ohne diese Musik vielleicht schmerzlicher gewesen wäre. In der Pause aber bereits, die dem ersten Akte folgte, erhob sich von seinem Parkettplatz ein Herr von, sagen wir einmal: siebenundzwanzig bis dreißig Jahren, welcher verschwand und gleich darauf mit einer geschickten Verbeugung in der Loge meiner Aufmerksamkeit erschien. Der alte Herr streckte ihm alsbald die Hand entgegen, und auch die junge Dame reichte ihm mit einem freundlichen Kopfnicken die ihre, die er mit Anstand an seine Lippen führte, worauf man ihn nötigte, Platz zu nehmen.

Ich erkläre mich bereit, zu bekennen, daß dieser Herr den unvergleichlichsten Hemdeinsatz besaß, den ich in meinem Leben erblicken durfte. Er war vollkommen bloßgelegt, dieser Hemdeinsatz, denn die Weste war nichts als ein schmaler, schwarzer Streifen, und die Frackjacke, die nicht früher als weit unterhalb des Magens durch einen Knopf geschlossen wurde, war von den Schultern aus in ungewöhnlich weitem Bogen ausgeschnitten. Der Hemdeinsatz aber, der an dem hohen und scharf zurückgeschlagenen Stehkragen durch eine breite, schwarze Schleife abgeschlossen wurde und auf dem in gemessenen Abständen zwei große, viereckige und ebenfalls schwarze Knöpfe standen, war von blendendem Weiß, und er war bewunderungswürdig gestärkt, ohne darum der Schmiegsamkeit zu ermangeln, denn in der Gegend des Magens bildete er auf angenehme Art eine Vertiefung, um sich dann wiederum zu einem gefälligen und schimmernden Buckel zu erheben.

Es versteht sich, daß dieses Hemd den größten Teil der Aufmerksamkeit für sich verlangte; der Kopf aber, seinerseits, der vollkommen rund war und dessen Schädel eine Decke ganz kurzgeschorenen, hellblonden Haares überzog, war geschmückt mit einem rand- und bandlosen Binokel, einem nicht zu starken, blonden und leicht gekräuselten Schnurrbart und auf der einen Wange mit einer Menge von kleinen Mensurschrammen, die sich bis zur Schläfe hinaufzogen. Übrigens war dieser Herr ohne Fehler gebaut und bewegte sich mit Sicherheit.

Ich habe im Verlaufe des Abends — denn er verblieb in der Loge — zwei Positionen an ihm beobachtet, die ihm besonders eigentümlich schienen. Gesetzt nämlich, daß die Unterhaltung mit den Herrschaften ruhte, so saß er, ein Bein über das andere geschlagen und das Fernglas auf den Knien, mit Bequemlichkeit zurückgelehnt, senkte das Haupt und schob den ganzen Mund heftig hervor, um sich in die Betrachtung seiner beiden Schnurrbartenden zu versenken, gänzlich hypnotisiert davon, wie es schien, und indem er langsam und still den Kopf von der einen Seite nach der anderen wandte. In einer Konversation, andernfalls, mit der jungen Dame begriffen, änderte er aus Ehrerbietung die Stellung seiner Beine, lehnte sich jedoch noch weiter zurück, wobei er mit beiden Händen seinen Sessel erfaßte, erhob das Haupt so weit wie immer möglich und lächelte mit ziemlich weit geöffnetem Mund in liebenswürdiger und bis zu einem gewissen Grade überlegener Weise auf seine junge Nachbarin nieder. Diesen Herrn mußte ein wundervoll glückliches Selbstbewußtsein erfüllen . . .

Im Ernste gesprochen, ich weiß dergleichen zu schätzen. Keiner seiner Bewegungen, und sei ihre Nonchalance immerhin gewagt gewesen, folgte eine peinliche Verlegenheit; er war getragen von Selbstgefühl. Und warum sollte dies anders sein? Es war klar: er hatte, ohne sich vielleicht besonders hervorzutun, seinen korrekten Weg gemacht, er würde denselben bis zu klaren und nützlichen Zielen verfolgen, er lebte im Schatten des Einverständnisses mit aller Welt und in der Sonne der allgemeinen Achtung. Mittlerweile saß er dort in der Loge und plauderte mit einem jungen Mädchen, für dessen reinen und köstlichen Reiz er vielleicht nicht unzugänglich war und dessen Hand er in diesem Falle sich guten Mutes erbitten konnte. Wahrhaftig, ich spüre keine Lust, irgendein mißächtliches Wort über diesen Herrn zu äußern!

Ich aber, ich meinesteils? Ich saß hier unten und mochte aus der

Entfernung, aus dem Dunkel heraus grämlich beobachten, wie jenes kostbare und unerreichliche Geschöpf mit diesem Nichtswürdigen plauderte und lachte! Ausgeschlossen, unbeachtet, unberechtigt, fremd, hors ligne, deklassiert, Paria, erbärmlich vor mir selbst...

Ich blieb bis zum Ende, und ich traf die drei Herrschaften in der Garderobe wieder, wo man sich beim Umlegen der Pelze ein wenig aufhielt und mit diesem oder jenem ein paar Worte wechselte, hier mit einer Dame, dort mit einem Offizier... Der junge Herr begleitete Vater und Tochter, als sie das Theater verließen, und ich folgte ihnen in einem kleinen Abstande durch das Vestibül.

Es regnete nicht, es standen ein paar Sterne am Himmel, und man nahm keinen Wagen. Gemächlich und plaudernd schritten die drei vor mir her, der ich sie in scheuer Entfernung verfolgte, — niedergedrückt, gepeinigt von einem stechend schmerzlichen, höhnischen, elenden Gefühl... Man hatte nicht weit zu gehen; kaum war eine Straße zurückgelegt, als man vor einem stattlichen Hause mit schlichter Fassade stehenblieb, und gleich darauf verschwanden Vater und Tochter nach herzlicher Verabschiedung von ihrem Begleiter, der seinerseits beschleunigten Schrittes davonging.

An der schweren, geschnitzten Tür des Hauses war der Name »Justizrat Rainer« zu lesen.

13

Ich bin entschlossen, diese Niederschrift zu Ende zu führen, obgleich ich vor innerem Widerstreben in jedem Augenblicke aufspringen und davonlaufen möchte. Ich habe in dieser Angelegenheit so bis zur Erschlaffung gegraben und gebohrt! Ich bin alles dessen so bis zur Übelkeit überdrüssig!...

Es sind nicht völlig drei Monate, daß mich die Zeitungen über einen ›Basar‹ unterrichteten, der zu Zwecken der Wohltätigkeit im Rathause der Stadt arrangiert worden war, und zwar unter Beteiligung der vornehmen Welt. Ich las diese Annonce mit Aufmerksamkeit, und ich war gleich darauf entschlossen, den Basar zu besuchen. Sie wird dort sein, dachte ich, vielleicht als Verkäuferin, und in diesem Falle wird nichts mich abhalten, mich ihr zu nähern. Ruhig überlegt, bin ich Mensch von Bildung und guter Familie, und wenn mir dieses Fräulein Rainer gefällt, so ist es mir bei solcher Gelegenheit so wenig wie dem Herrn mit dem erstaunlichen Hemdeinsatz verwehrt, sie anzureden, ein paar scherzhafte Worte mit ihr zu wechseln...

Es war ein windiger und regnerischer Nachmittag, als ich mich zum Rathause begab, vor dessen Portal ein Gedränge von Menschen und Wagen herrschte. Ich bahnte mir einen Weg in das Gebäude, erlegte das Eintrittsgeld, gab Überzieher und Hut in Verwahrung und gelangte mit einiger Anstrengung die breite, mit Menschen bedeckte Treppe hinauf ins erste Stockwerk und in den Festsaal, aus dem mir ein schwüler Dunst von Wein, Speisen, Parfüms und Tannengeruch, ein wirrer Lärm von Gelächter, Gespräch, Musik, Ausrufen und Gongschlägen entgegendrang.

Der ungeheuer hohe und weite Raum war mit Fahnen und Girlanden buntfarbig geschmückt, und an den Wänden wie in der Mitte zogen sich die Buden hin, offene Verkaufsstellen sowohl wie geschlossene Verschläge, deren Besuch phantastisch maskierte Herren aus vollen Lungen empfahlen. Die Damen, die ringsumher Blumen, Handarbeiten, Tabak und Erfrischungen aller Art verkauften, waren gleichfalls in verschiedener Weise kostümiert. Am oberen Ende des Saales lärmte auf einer mit Pflanzen besetzten Estrade die Musikkapelle, während in dem nicht breiten Gange, den die Buden frei ließen, ein kompakter Zug von Menschen sich langsam vorwärts bewegte.

Ein wenig frappiert von dem Geräusch der Musik, der Glückshäfen, der lustigen Reklame, schloß ich mich dem Strome an, und noch war keine Minute vergangen, als ich vier Schritte links vom Eingange die junge Dame erblickte, die ich hier suchte. Sie hielt in einer kleinen, mit Tannenlaub bekränzten Bude Weine und Limonaden feil und war als Italienerin gekleidet: mit dem bunten Rock, der weißen, rechtwinkligen Kopfbedeckung und dem kurzen Mieder der Albanerinnen, dessen Hemdärmel ihre zarten Arme bis zu den Ellenbogen entblößt ließen. Ein wenig erhitzt lehnte sie seitwärts am Verkaufstisch, spielte mit ihrem bunten Fächer und plauderte mit einer Anzahl von Herren, die rauchend die Bude umstanden und unter denen ich mit dem ersten Blicke den Wohlbekannten gewahrte; ihr zunächst stand er am Tische, vier Finger jeder Hand in den Seitentaschen seines Jacketts.

Ich drängte langsam vorüber, entschlossen, zu ihr zu treten, sobald eine Gelegenheit sich böte, sobald sie weniger in Anspruch genommen wäre. — Ah! Es sollte sich erweisen nunmehr, ob ich noch über einen Rest von fröhlicher Sicherheit und selbstbewußter Gewandtheit verfügte oder ob die Morosität und die halbe Verzweiflung meiner letzten Wochen berechtigt gewesen war! Was hatte mich eigentlich angefochten? Woher angesichts dieses Mädchens dies peinigende und elende Mischgefühl aus Neid, Liebe, Scham und gereizter Bitterkeit, das mir auch nun wieder, ich bekenne es, das Gesicht erhitzte? Freimut! Liebenswürdigkeit! Heitere und anmutige Selbstgefälligkeit, zum Teufel, wie sie einem begabten und glücklichen Menschen geziemt! Und ich dachte mit einem nervösen Eifer der scherzhaften Wendung, dem guten Worte, der italienischen Anrede nach, mit der ich mich ihr zu nähern beabsichtigte . . .

Es währte eine gute Weile, bis ich in der schwerfällig vorwärts schiebenden Menge den Weg um den Saal zurückgelegt hatte, —

und in der Tat: als ich mich aufs neue bei der kleinen Weinbude befand, war der Halbkreis von Herren verschwunden, und nur der Wohlbekannte lehnte noch am Schanktische, indem er sich aufs lebhafteste mit der jungen Verkäuferin unterhielt. Nun wohl, so mußte ich mir erlauben, diese Unterhaltung zu unterbrechen ... Und mit einer kurzen Wendung verließ ich den Strom und stand am Tische.

Was geschah? Ah, nichts! Beinahe nichts! Die Konversation brach ab, der Wohlbekannte trat einen Schritt zur Seite, indem er mit allen fünf Fingern sein rand- und bandloses Binokel erfaßte und mich zwischen diesen Fingern hindurch betrachtete, und die junge Dame ließ einen ruhigen und prüfenden Blick über mich hingleiten, — über meinen Anzug bis auf die Stiefel hinab. Dieser Anzug war keineswegs neu, und diese Stiefel waren vom Straßenkot besudelt, ich wußte das. Überdies war ich erhitzt, und mein Haar war sehr möglicherweise in Unordnung. Ich war nicht kühl, nicht frei, nicht auf der Höhe der Situation. Das Gefühl, daß ich, ein Fremder, Unberechtigter, Unzugehöriger, hier störte und mich lächerlich machte, befiel mich. Unsicherheit, Hilflosigkeit, Haß und Jämmerlichkeit verwirrten mir den Blick, und mit einem Worte, ich führte meine munteren Absichten aus, indem ich mit finster zusammengezogenen Brauen, mit heiserer Stimme und auf kurze, beinahe grobe Weise sagte:

»Ich bitte um ein Glas Wein.«

Es ist vollkommen gleichgültig, ob ich mich irrte, als ich zu bemerken glaubte, daß das junge Mädchen einen raschen und spöttischen Blick zu ihrem Freunde hinüberspielen ließ. Schweigend wie er und ich gab sie mir den Wein, und ohne den Blick zu erheben, rot und verstört vor Wut und Schmerz, eine unglückliche und lächerliche Figur, stand ich zwischen diesen beiden, trank ein paar Schlucke, legte das Geld auf den Tisch, verbeugte mich fassungslos, verließ den Saal und stürzte ins Freie.

Seit diesem Augenblicke ist es zu Ende mit mir, und es fügt der Sache bitterweilig hinzu, daß ein paar Tage später in den Journalen die Verkündigung fand:

»Die Verlobung meiner Tochter Anna mit Herrn Assessor Dr. Alfred Witznagel beehre ich mich ergebenst anzuzeigen. Justizrat Rainer.«

14

Seit diesem Augenblick ist es zu Ende mit mir. Mein letzter Rest von Glücksbewußtsein und Selbstgefälligkeit ist zu Tode gehetzt zusammengebrochen, ich kann nicht mehr, ja, ich bin unglücklich, ich gestehe es ein, und ich sehe eine klägliche und lächerliche Figur in mir! — Aber ich halte das nicht aus! Ich gehe zugrunde! Ich werde mich totschießen, sei es heute oder morgen! Meine erste Regung, mein erster Instinkt war der schlaue Versuch, das Belletristische aus der Sache zu ziehen und mein erbärmliches Übelbefinden in ›unglückliche Liebe‹ umzudeuten: eine Albernheit, wie sich von selbst versteht. Man geht an keiner unglücklichen Liebe zugrunde. Eine unglückliche Liebe ist eine Attitüde, die nicht übel ist. In einer unglücklichen Liebe gefällt man sich. Ich aber gehe daran zugrunde, daß es mit allem Gefallen an mir selbst so ohne Hoffnung zu Ende ist!

Liebte ich, wenn endlich einmal diese Frage erlaubt ist, liebte ich dieses Mädchen denn eigentlich? — Vielleicht... aber wie und warum? War diese Liebe nicht eine Ausgeburt meiner längst schon gereizten und kranken Eitelkeit, die beim ersten Anblick dieser unerreichbaren Kostbarkeit peinigend aufbegehrt war und Gefühle von Neid, Haß und Selbstverachtung hervorgebracht hatte, für die dann die Liebe bloß Vorwand, Ausweg und Rettung war?

Ja, das alles ist Eitelkeit! Und hat mich nicht mein Vater schon einst einen Bajazzo genannt?

Ach, ich war nicht berechtigt, ich am wenigsten, mich seitab zu setzen und die ›Gesellschaft‹ zu ignorieren, ich, der ich zu eitel bin, ihre Miß- und Nichtachtung zu ertragen, der ich ihrer und ihres Beifalls nicht zu entraten vermag! — Aber es handelt sich nicht um Berechtigung? Sondern um Notwendigkeit? Und mein unbrauchbares Bajazzotum hätte für keine soziale Stellung getaugt? Nun wohl, eben dieses Bajazzotum ist es, an dem ich in jedem Falle zugrunde gehen mußte.

Gleichgültigkeit, ich weiß, das wäre eine Art von Glück... Aber ich bin nicht imstande, gleichgültig gegen mich zu sein, ich bin nicht imstande, mich mit anderen Augen anzusehen als mit denen der ›Leute‹, und ich gehe an bösem Gewissen zugrunde, — erfüllt von Unschuld... Sollte das böse Gewissen denn niemals etwas anderes sein als eiternde Eitelkeit?

Es gibt nur ein Unglück: das Gefallen an sich selbst einbüßen. Sich nicht mehr zu gefallen, das ist das Unglück, — ah, und ich habe das stets sehr deutlich gefühlt! Alles übrige ist Spiel und Bereicherung des Lebens, in jedem anderen Leiden kann man so außerordentlich mit sich zufrieden sein, sich so vorzüglich ausnehmen. Die Zwietracht erst mit dir selbst, das böse Gewissen im Leiden, die Kämpfe der Eitelkeit erst sind es, die dich zu einem kläglichen und widerwärtigen Anblick machen...

Ein alter Bekannter erschien auf der Bildfläche, ein Herr namens Schilling, mit dem ich einst in dem großen Holzgeschäfte des Herrn Schlievogt gemeinschaftlich der Gesellschaft diente. Er berührte in Geschäften die Stadt und kam, mich zu besuchen, — ein ›skeptisches Individuum‹, die Hände in den Hosentaschen, mit einem schwarzgeränderten Pincenez und einem realistisch duldsamen Achselzucken. Er traf des Abends ein und sagte: »Ich bleibe ein paar Tage hier.« — Wir gingen in eine Weinstube.

Er begegnete mir, als sei ich noch der glückliche Selbstgefällige, als den er mich gekannt hatte, und in dem guten Glauben, mir nur meine eigne fröhliche Meinung entgegenzubringen, sagte er:

»Bei Gott, du hast dir dein Leben angenehm eingerichtet, mein Junge! Unabhängig, was? frei! Eigentlich hast du recht, zum Teufel! Man lebt nur einmal, wie? Was geht einen im Grunde das übrige an? Du bist der Klügere von uns beiden, das muß ich sagen. Übrigens, du warst immer ein Genie . . .« Und wie ehemals fuhr er fort, mich bereitwilligst anzuerkennen und mir gefällig zu sein, ohne zu ahnen, daß ich meinerseits voll Angst war, zu mißfallen.

Mit verzweifelten Anstrengungen bemühte ich mich, den Platz zu behaupten, den ich in seinen Augen einnahm, nach wie vor auf der Höhe zu erscheinen, glücklich und selbstzufrieden zu erscheinen, — umsonst! Mir fehlte jedes Rückgrat, jeder gute Mut, jede Kontenance, ich kam ihm mit einer matten Verlegenheit, einer geduckten Unsicherheit entgegen, — und er erfaßte das mit unglaublicher Schnelligkeit! Es war entsetzlich, zu sehen, wie er, der vollkommen bereit gewesen war, mich als glücklichen und überlegenen Menschen anzuerkennen, begann, mich zu durchschauen, mich erstaunt anzusehen, kühl zu werden, überlegen zu werden, ungeduldig und widerwillig zu werden und mir schließlich seine Verachtung mit jeder Miene zu zeigen. Er brach früh auf, und am nächsten Tage belehrten mich ein paar flüchtige Zeilen darüber, daß er dennoch genötigt gewesen sei, abzureisen.

Es ist Tatsache, alle Welt ist viel zu angelegentlich mit sich selbst beschäftigt, als daß man ernstlich eine Meinung über einen anderen zu haben vermöchte; man akzeptiert mit träger Bereitwilligkeit den Grad von Respekt, den du die Sicherheit hast, vor dir selber an den Tag zu legen. Sei, wie du willst, lebe, wie du willst, aber zeige kecke Zuversicht und kein böses Gewissen, und niemand wird moralisch genug sein, dich zu verachten. Erlebe es andererseits, die Einigkeit mit dir zu verlieren, die Selbstgefälligkeit einzubüßen, zeige, daß du dich verachtest, und blindlings wird man dir recht geben. — Was mich betrifft, ich bin verloren . . .

Ich höre auf zu schreiben, ich werfe die Feder fort, — voll Ekel, voll Ekel! — Ein Ende machen: aber wäre das nicht beinahe zu heldenhaft für einen ›Bajazzo‹? Es wird sich ergeben, fürchte ich, daß ich weiterleben, weiteressen, schlafen und mich ein wenig beschäftigen werde und mich allgemach dumpfsinnig daran gewöhnen, eine ›unglückliche und lächerliche Figur‹ zu sein.

Mein Gott, wer hätte es gedacht, wer hätte es denken können, daß es ein solches Verhängnis und Unglück ist, als ein ›Bajazzo‹ geboren zu werden! . . .

Tobias Mindernickel

1

Eine der Straßen, die von der Quaigasse aus ziemlich steil zur mittleren Stadt emporführen, heißt der Graue Weg. Etwa in der Mitte dieser Straße und rechter Hand, wenn man vom Flusse kommt, steht das Haus Nr. 47, ein schmales, trübfarbiges Gebäude, das sich durch nichts von seinen Nachbarn unterscheidet. In seinem Erdgeschoß befindet sich ein Krämerladen, in welchem man auch Gummischuhe und Rizinusöl erhalten kann. Geht man, mit dem Durchblick auf einen Hofraum, in dem sich Katzen umhertreiben, über den Flur, so führt eine enge und ausgetretene Holztreppe, auf der es unaussprechlich dumpfig und ärmlich riecht, in die Etagen hinauf. Im ersten Stockwerk links wohnt ein Schreiner, rechts eine Hebamme. Im zweiten Stockwerk links wohnt ein Flickschuster, rechts eine Dame, welche laut zu singen beginnt, sobald sich Schritte auf der Treppe vernehmen lassen. Im dritten Stockwerk steht linker Hand die Wohnung leer, rechts wohnt ein Mann namens Mindernickel, der obendrein Tobias heißt. Von diesem Manne gibt es eine Geschichte, die erzählt werden soll, weil sie rätselhaft und über alle Begriffe schändlich ist.

Das Äußere Mindernickels ist auffallend, sonderbar und lächerlich. Sieht man beispielsweise, wenn er einen Spaziergang unternimmt, seine magere, auf einen Stock gestützte Gestalt sich die Straße hinaufbewegen, so ist er schwarz gekleidet, und zwar vom Kopfe bis zu den Füßen. Er trägt einen altmodischen, geschweiften und rauhen Zylinder, einen engen und altersblanken Gehrock und in gleichem Maße schäbige Beinkleider, die unten ausgefranst und so kurz sind, daß man den Gummieinsatz der Stiefeletten sieht. Übrigens muß gesagt werden, daß diese Kleidung aufs reinlichste gebürstet ist. Sein hagerer Hals erscheint um so länger, als er sich aus einem niedrigen Klappkragen erhebt. Das ergraute Haar ist glatt und tief in die Schläfen gestrichen, und der breite Rand des Zylinders beschattet ein rasiertes und fahles Gesicht mit eingefallenen Wangen, mit entzündeten Augen, die sich selten vom Boden erheben, und zwei tiefen Furchen, die grämlich von der Nase bis zu den abwärtsgezogenen Mundwinkeln laufen.

Mindernickel verläßt selten das Haus, und das hat seinen Grund. Sobald er nämlich auf der Straße erscheint, laufen viele Kinder zusammen, ziehen ein gutes Stück Wegs hinter ihm drein, lachen, höhnen, singen: »Ho, ho, Tobias!« und zupfen ihn wohl auch am Rocke, während die Leute vor die Türen treten und sich amüsieren. Er selbst aber geht, ohne sich zu wehren und scheu um sich blickend, mit hochgezogenen Schultern und vorgestrecktem Kopfe davon, wie ein Mensch, der ohne Schirm durch einen Platzregen eilt; und obgleich man ihm ins Gesicht lacht, grüßt er hie und da mit einer demütigen Höflichkeit jemanden von den Leuten, die vor den Türen stehn. Später, wenn die Kinder zurückbleiben, wenn man ihn nicht mehr kennt und nur wenige sich nach ihm umsehen, ändert sich sein Benehmen nicht wesentlich. Er fährt fort, ängstlich um sich zu blicken und geduckt davonzustreben, als fühlte er tausend höhnische Blicke auf sich, und wenn er unschlüssig und scheu den Blick vom Boden erhebt, so bemerkt man das Sonderbare, daß er nicht imstande ist, irgendeinen Menschen oder auch nur ein Ding mit Festigkeit und Ruhe ins Auge zu fassen. Es scheint, möge es fremdartig klingen, ihm die natürliche, sinnlich wahrnehmende Überlegenheit zu fehlen, mit der das Einzelwesen auf die Welt der Erscheinungen blickt, er scheint sich einer jeden Erscheinung unterlegen zu fühlen, und seine haltlosen Augen müssen vor Mensch und Ding zu Boden kriechen . . .

Was für eine Bewandtnis hat es mit diesem Manne, der stets allein ist und der in ungewöhnlichem Grade unglücklich zu sein scheint? Seine gewaltsam bürgerliche Kleidung sowie eine gewisse sorgfältige Bewegung der Hand über das Kinn scheint anzudeuten, daß er keineswegs zu der Bevölkerungsklasse gerechnet werden will, in deren Mitte er wohnt. Gott weiß, in welcher Weise ihm mitgespielt worden ist. Sein Gesicht sieht aus, als hätte ihm das Leben verächtlich lachend mit voller Faust hineingeschlagen . . . Übrigens ist es sehr möglich, daß er, ohne schwere Schicksalsschläge erlebt zu haben, einfach dem Dasein selbst nicht gewachsen ist, und die leidende Unterlegenheit und Blödigkeit seiner Erscheinung macht den peinvollen Eindruck, als hätte die Natur ihm das Maß von Gleichgewicht, Kraft und Rückgrat versagt, das hinlänglich wäre, mit erhobenem Kopfe zu existieren.

Hat er, gestützt auf seinen schwarzen Stock, einen Gang in die Stadt hinauf gemacht, so kehrt er, im Grauen Weg von den Kindern johlend empfangen, in seine Wohnung zurück; er begibt sich die dumpfige Treppe hinauf in sein Zimmer, das ärmlich und schmucklos ist. Nur die Kommode, ein solides Empiremöbel mit schweren Metallgriffen, ist von Wert und Schönheit. Vor dem Fenster, dessen Aussicht von der grauen Seitenmauer des Nachbarhauses hoffnungslos abgeschnitten ist, steht ein Blumentopf, voll von Erde, in der jedoch durchaus nichts wächst; gleichwohl tritt Tobias Mindernickel zuweilen dorthin, betrachtet den Blumentopf und riecht an der bloßen Erde. — Neben dieser Stube liegt eine kleine, dunkle Schlafkammer. — Nachdem er eingetreten, legt Tobias Zylinder und Stock auf den Tisch, setzt sich auf das grünüberzogene Sofa, das nach Staub riecht, stützt das Kinn in die Hand und blickt mit erhobenen Augenbrauen vor sich nieder zu Boden. Es scheint, daß es für ihn auf Erden nichts weiter zu tun gibt.

Was Mindernickels Charakter betrifft, so ist es sehr schwer, darüber zu urteilen; der folgende Vorfall scheint zugunsten desselben zu sprechen. Als der sonderbare Mann eines Tages das Haus verließ und wie gewöhnlich eine Schar von Kindern sich einfand, die ihn mit Spottrufen und Gelächter verfolgten, strauchelte ein Junge von etwa zehn Jahren über den Fuß eines anderen und schlug so heftig auf das Pflaster, daß ihm das Blut aus der Nase und von der Stirne lief und er weinend liegen blieb. Alsbald wandte Tobias sich um, eilte auf den Gestürzten zu, beugte sich über ihn und begann mit milder und bebender Stimme ihn zu bemitleiden. »Du armes Kind«, sagte er, »hast du dir weh getan? Du blutest! Seht, das Blut läuft ihm von der Stirn herunter! Ja, ja, wie elend du nun daliegst! Freilich, es tut so weh, daß es weint, das arme Kind! Welch Erbarmen ich mit dir habe! Es war deine Schuld, aber ich will dir mein Taschentuch um den Kopf binden . . . So, so! Nun fasse dich nur, nun erhebe dich nur wieder . . .« Und nachdem er mit diesen Worten dem Jungen in der Tat sein eigenes Schnupftuch umgebunden hatte, stellte er ihn mit Sorgfalt auf die Füße und ging davon. Seine Haltung und sein Gesicht aber zeigten in diesem Augenblicke einen entschieden anderen Ausdruck als gewöhnlich. Er schritt fest und aufrecht, und seine Brust atmete tief unter dem engen Gehrock; seine Augen hatten sich vergrößert, sie hatten Glanz erhalten und faßten mit Sicherheit Menschen und Dinge, während um seinen Mund ein Zug von schmerzlichem Glücke lag . . .

Dieser Vorfall hatte zur Folge, daß sich die Spottlust der Leute vom Grauen Wege zunächst ein wenig verminderte. Nach Verlauf einiger Zeit jedoch war sein überraschendes Betragen vergessen, und eine Menge von gesunden, wohlgemuten und grausamen Kehlen sang wieder hinter dem geduckten und haltlosen Manne drein: »Ho, ho, Tobias!«

2

Eines sonnigen Vormittags um elf Uhr verließ Mindernickel das Haus und begab sich durch die ganze Stadt hinauf zum Lerchenberge, jenem langgestreckten Hügel, der um die Nachmittagsstunden die vornehmste Promenade der Stadt bildet, der aber bei dem ausgezeichneten Frühlingswetter, welches herrschte, auch um diese Zeit bereits von einigen Wagen und Fußgängern besucht war. Unter einem Baum der großen Hauptallee stand ein Mann mit einem jungen Jagdhund an der Leine, den er den Vorübergehenden mit der ersichtlichen Absicht zeigte, ihn zu verkaufen; es war ein kleines gelbes und muskulöses Tier von etwa vier Monaten, mit einem schwarzen Augenring und einem schwarzen Ohr.

Als Tobias dies aus einer Entfernung von zehn Schritten bemerkte, blieb er stehen, strich mehrere Male mit der Hand über das Kinn und blickte nachdenklich auf den Verkäufer und auf das alert mit dem Schwanze wedelnde Hündchen. Hierauf begann er aufs neue zu gehen, umkreiste, die Krücke seines Stockes gegen den Mund gedrückt, dreimal den Baum, an welchem der Mann lehnte, trat dann auf den letzteren zu und sagte, während er unverwandt das Tier im Auge behielt, mit leiser und hastiger Stimme:

»Was kostet dieser Hund?«

»Zehn Mark«, antwortete der Mann.

Tobias schwieg einen Augenblick und wiederholte dann unschlüssig:

»Zehn Mark?«

»Ja«, sagte der Mann.

Da zog Tobias eine schwarze Lederbörse aus der Tasche, entnahm derselben einen Fünfmarkschein, ein Drei- und ein Zweimarkstück, händigte rasch dieses Geld dem Verkäufer ein, ergriff die Leine und zerrte eilig, gebückt und scheu um sich blickend, da einige Leute den Kauf beobachtet hatten und lachten, das quiekende und sich sträubende Tier hinter sich her. Es wehrte sich während der Dauer des ganzen Weges, stemmte die Vorderbeine gegen den Boden und blickte ängstlich fragend zu seinem neuen Herrn empor; er jedoch zerrte schweigend und mit Energie und gelangte glücklich durch die Stadt hinunter.

Unter der Straßenjugend des Grauen Weges entstand ein ungeheurer Lärm, als Tobias mit dem Hunde erschien, aber er nahm ihn auf den Arm, beugte sich über ihn und eilte verhöhnt und am Rocke gezupft durch die Spottrufe und das Gelächter hindurch, die Treppen hinauf und in sein Zimmer. Hier setzte er den Hund, der beständig winselte, auf den Boden, streichelte ihn mit Wohlwollen und sagte herablassend:

»Nun, nun, du brauchst dich nicht vor mir zu fürchten, du Tier; das ist nicht nötig.«

Hierauf entnahm er einer Kommodenschieblade einen Teller mit gekochtem Fleisch und Kartoffeln und warf dem Tiere einen Anteil davon zu, worauf es seine Klagelaute einstellte und schmatzend und wedelnd das Mahl verzehrte.

»Übrigens sollst du Esau heißen«, sagte Tobias, »verstehst du mich? Esau. Du kannst den einfachen Klang sehr wohl behalten ...« Und indem er vor sich auf den Boden zeigte, rief er befehlend:

»Esau!«

Der Hund, in der Erwartung vielleicht, noch mehr zu essen zu erhalten, kam in der Tat herbei, und Tobias klopfte ihm beifällig auf die Seite, indem er sagte:

»So ist es recht, mein Freund; ich darf dich loben.«

Dann trat er ein paar Schritte zurück, wies auf den Boden und befahl aufs neue:

»Esau!«

Und das Tier, das ganz munter geworden war, sprang wiederum herzu und leckte den Stiefel seines Herrn.

Diese Übung wiederholte Tobias mit unermüdlicher Freude am Befehl und dessen Ausführung wohl zwölf- bis vierzehnmal; endlich jedoch schien der Hund ermüdet, er schien Lust zu haben, zu ruhen und zu verdauen, und legte sich in der anmutigen und klugen Pose der Jagdhunde auf den Boden, beide langen und fein gebauten Vorderbeine dicht nebeneinander ausgestreckt.

»Noch einmal!« sagte Tobias. »Esau!«

Aber Esau wandte den Kopf zur Seite und verharrte am Platze.

»Esau!« rief Tobias mit herrisch erhobener Stimme; »du hast zu kommen, auch wenn du müde bist!«

Aber Esau legte den Kopf auf die Pfoten und kam durchaus nicht.

»Höre«, sagte Tobias, und sein Ton war voll von leiser und furchtbarer Drohung; »gehorche, oder du wirst erfahren, daß es nicht klug ist, mich zu reizen!«

Allein das Tier bewegte kaum ein wenig seinen Schwanz.

Da packte den Mindernickel ein maßloser, ein unverhältnismäßiger und toller Zorn. Er ergriff seinen schwarzen Stock, hob Esau am Nackenfell empor und hieb auf das schreiende Tierchen ein, indem er außer sich vor entrüsteter Wut und mit schrecklich zischender Stimme einmal über das andere wiederholte:

»Wie, du gehorchst nicht? Du wagst es, mir nicht zu gehorchen?«

Endlich warf er den Stock beiseite, setzte den winselnden Hund auf den Boden und begann tief atmend und die Hände auf dem Rücken mit langen Schritten vor ihm auf und ab zu schreiten, während er dann und wann einen stolzen und zornigen Blick auf Esau warf. Nachdem er diese Promenade eine Zeitlang fortgesetzt hatte, blieb er bei dem Tiere stehen, das auf dem Rücken lag und die Vorderbeine flehend bewegte, verschränkte die Arme auf der Brust und sprach mit dem entsetzlich kalten und harten Blick und Ton, mit dem Napoleon vor die Kompanie hintrat, die in der Schlacht ihren Adler verloren:

»Wie hast du dich betragen, wenn ich dich fragen darf!«

Und der Hund, glücklich bereits über diese Annäherung, kroch noch näher herbei, schmiegte sich gegen das Bein des Herrn und blickte mit seinen blanken Augen bittend zu ihm empor.

Während einer guten Weile betrachtete Tobias das demütige Wesen schweigend und von oben herab; dann jedoch, als er die rührende Wärme des Körpers an seinem Bein verspürte, hob er Esau zu sich empor.

»Nun, ich will Erbarmen mit dir haben«, sagte er; als aber das gute Tier begann, ihm das Gesicht zu lecken, schlug plötzlich seine Stimmung völlig in Rührung und Wehmut um. Er preßte den Hund mit schmerzlicher Liebe an sich, seine Augen füllten sich mit Tränen, und ohne den Satz zu vollenden, wiederholte er mehrere Male mit erstickter Stimme:

»Sieh, du bist ja mein einziger ... mein einziger ...« Dann bettete er Esau mit Sorgfalt auf das Sofa, setzte sich neben ihn, stützte das Kinn in die Hand und sah ihn mit milden und stillen Augen an.

3

Tobias Mindernickel verließ nunmehr das Haus noch seltener als früher, denn er verspürte keine Neigung, sich mit Esau in der Öffentlichkeit zu zeigen. Seine ganze Aufmerksamkeit aber widmete er dem Hunde, ja, er beschäftigte sich vom Morgen bis zum Abend mit nichts anderem, als ihn zu füttern, ihm die Augen auszuwischen, ihm Befehle zu erteilen, ihn zu schelten und aufs menschlichste mit ihm zu reden. Allein die Sache war die, daß Esau sich nicht immer zu seinem Wohlgefallen betrug. Wenn er neben ihm auf dem Sofa lag und ihn, schläfrig vor Mangel an Luft und Freiheit, mit melancholischen Augen ansah, so war Tobias voll Zufriedenheit; er saß in stiller und selbstgefälliger Haltung da und streichelte mitleidig Esaus Rücken, indem er sagte:

»Siehst du mich schmerzlich an, mein armer Freund? Ja, ja, die Welt ist traurig, das erfährst auch du, so jung du bist ...«

Wenn aber das Tier, blind und toll vor Spiel- und Jagdtrieb, im Zimmer umherfuhr, sich mit einem Pantoffel balgte, auf die Stühle sprang und sich mit ungeheurer Munterkeit überkugelte, so verfolgte Tobias seine Bewegungen aus der Entfernung mit einem ratlosen, mißgünstigen und unsicheren Blick und einem Lächeln, das häßlich und ärgervoll war, bis er es endlich in unwirschem Tone zu sich rief und es anherrschte:

»Laß nun den Übermut. Es liegt kein Grund vor, umherzutanzen.«

Einmal geschah es sogar, daß Esau aus der Stube entwischte und die Treppen hinunter auf die Straße sprang, woselbst er alsbald begann, eine Katze zu jagen, Pferdekot zu fressen und sich überglücklich mit den Kindern umherzutreiben. Als aber Tobias unter dem Applaus und Gelächter der halben Straße mit schmerzlich verzogenem Gesichte erschien, geschah das Traurige, daß der Hund in langen Sätzen vor seinem Herrn davonlief ... An diesem Tage prügelte Tobias ihn lange und mit Erbitterung.

Eines Tages — der Hund gehörte ihm bereits seit einigen Wochen — nahm Tobias, um Esau zu füttern, einen Brotlaib aus der Kommodenschieblade und begann mit dem großen Messer mit Knochengriff, dessen er sich hierbei zu bedienen pflegte, in gebückter Haltung kleine Stücke abzuschneiden und auf den Boden fallen zu lassen. Das Tier aber, unsinnig vor Appetit und Albernheit, sprang blindlings herzu, rannte sich das ungeschickt gehaltene Messer unter das rechte Schulterblatt und wand sich blutend am Boden.

Erschrocken warf Tobias alles beiseité und beugte sich über den Verwundeten; plötzlich jedoch veränderte sich der Ausdruck seines Gesichtes, und es ist wahr, daß ein Schimmer von Erleichterung und Glück darüber hinging. Behutsam trug er den wimmernden Hund auf das Sofa, und niemand vermag auszudenken, mit welcher Hingebung er den Kranken zu pflegen begann. Er wich während des Tages nicht von ihm, er ließ ihn zur Nacht auf seinem eigenen Lager schlafen, er wusch und verband ihn, streichelte, tröstete und bemitleidete ihn mit unermüdlicher Freude und Sorgfalt.

»Schmerzt es sehr?« sagte er. »Ja, ja, du leidest bitterlich, mein armes Tier! Aber sei still, wir müssen es ertragen.« — Sein Gesicht war ruhig, wehmütig und glücklich bei solchen Worten.

In dem Grade jedoch, in welchem Esau zu Kräften kam, fröhlicher wurde und genas, ward das Benehmen des Tobias unruhiger und unzufriedener. Er befand es nunmehr für gut, sich nicht mehr um die Wunde zu bekümmern, sondern lediglich durch Worte und Streicheln dem Hunde sein Erbarmen zu zeigen. Allein die Heilung war weit vorgeschritten, Esau besaß eine gute Natur, er begann bereits wieder, sich im Zimmer umherzubewegen, und eines Tages, nachdem er einen Teller mit Milch und Weißbrot leergeschlappt hatte, sprang er völlig gesundet vom Sofa herunter, um mit freudigem Geblaff und der alten Unbändigkeit durch die beiden Stuben zu fahren, an der Bettdecke zu zerren, eine Kartoffel vor sich herzujagen und sich vor Lust zu überkugeln.

Tobias stand am Fenster, am Blumentopfe, und während eine seiner Hände, die lang und mager aus dem ausgefransten Ärmel hervorsah, mechanisch an dem tief in die Schläfen gestrichenen Haare drehte, hob seine Gestalt sich schwarz und sonderbar von der grauen Mauer des Nachbarhauses ab. Sein Gesicht war bleich und gramverzerrt, und mit einem scheelen, verlegenen, neidischen und bösen Blick verfolgte er unbeweglich Esaus Sprünge. Plötzlich jedoch raffte er sich auf, schritt auf ihn zu, hielt ihn an und nahm ihn langsam in seine Arme.

»Mein armes Tier«, begann er mit wehleidiger Stimme, — aber Esau, ausgelassen und gar nicht geneigt, sich ferner in dieser Weise behandeln zu lassen, schnappte munter nach der Hand, die ihn streicheln wollte, entwand sich den Armen, sprang zu Boden, machte einen neckischen Seitensatz, blaffte auf und rannte fröhlich davon.

Was nun geschah, war etwas so Unverständliches und Infames, daß ich mich weigere, es ausführlich zu erzählen. Tobias Mindernickel stand mit am Leibe herunterhängenden Armen ein wenig vorgebeugt, seine Lippen waren zusammengepreßt, und seine Augäpfel zitterten unheimlich in ihren Höhlen. Und dann, plötzlich, mit einer Art von irrsinnigem Sprunge, hatte er das Tier ergriffen, ein großer blanker Gegenstand blitzte in seiner Hand, und mit einem Schnitt, der von der rechten Schulter bis tief in die Brust lief, stürzte der Hund zu Boden, — er gab keinen Laut von sich, er fiel einfach auf die Seite, blutend und bebend . . .

Im nächsten Augenblicke lag er auf dem Sofa, und Tobias kniete vor ihm, drückte ein Tuch auf die Wunde und stammelte:

»Mein armes Tier! Mein armes Tier! Wie traurig alles ist! Wie traurig wir beide sind! Leidest du? Ja, ja, ich weiß, du leidest, — wie kläglich du da vor mir liegst! Aber ich, ich bin bei dir! Ich tröste dich! Ich werde mein bestes Taschentuch . . .«

Allein Esau lag da und röchelte. Seine getrübten und fragenden Augen waren voll Verständnislosigkeit, Unschuld und Klage auf seinen Herrn gerichtet, — und dann streckte er ein wenig seine Beine und starb.

Tobias aber verharrte unbeweglich in seiner Stellung. Er hatte das Gesicht auf Esaus Körper gelegt und weinte bitterlich.

Der Kleiderschrank

Eine Geschichte voller Rätsel

Es war trübe, dämmerig und kühl, als der Schnellzug Berlin—Rom in eine mittelgroße Bahnhofshalle einfuhr. In einem Coupé erster Klasse mit Spitzendecken über den breiten Plüschsesseln richtete sich ein Alleinreisender empor: Albrecht van der Qualen. Er erwachte. Er verspürte einen faden Geschmack im Munde, und sein Körper war voll von dem nicht sehr angenehmen Gefühl, das durch das Stillstehen nach längerer Fahrt, das Verstummen des rhythmisch rollenden Gestampfes, die Stille hervorgebracht wird, von welcher die Geräusche draußen, die Rufe und Signale sich merkwürdig bedeutsam abheben ... Dieser Zustand ist wie ein Zusichkommen aus einem Rausche, einer Betäubung. Unseren Nerven ist plötzlich der Halt, der Rhythmus genommen, dem sie sich hingegeben haben: nun fühlen sie sich äußerst verstört und verlassen. Und dies desto mehr, wenn wir gleichzeitig aus dem dumpfen Reiseschlaf erwachen.

Albrecht van der Qualen reckte sich ein wenig, trat ans Fenster und ließ die Scheibe herunter. Er blickte am Zuge entlang. Droben am Postwagen machten sich verschiedene Männer mit dem Ein- und Ausladen von Paketen zu schaffen. Die Lokomotive gab mehrere Laute von sich, nieste und kollerte ein wenig, schwieg dann und verhielt sich still; aber nur wie ein Pferd stillsteht, das bebend die Hufe hebt, die Ohren bewegt und gierig auf das Zeichen zum Anziehen wartet. Eine große und dicke Dame in langem Regenmantel schleppte mit unendlich besorgtem Gesicht eine zentnerschwere Reisetasche, die sie mit einem Knie ruckweise vor sich herstieß, beständig an den Waggons hin und her: stumm, gehetzt und mit angstvollen Augen. Besonders ihre Oberlippe, die sie weit hervorschob und auf der ganz kleine Schweißtropfen standen, hatte etwas namenlos Rührendes ... Du Liebe, Arme! dachte van der Qualen. Wenn ich dir helfen könnte, dich unterbringen, dich beruhigen, nur deiner Oberlippe zu Gefallen! Aber jeder für sich, so ist's eingerichtet, und ich, der ich in diesem Augenblicke ganz ohne Angst bin, stehe hier und sehe dir zu, wie einem Käfer, der auf den Rücken gefallen ist ...

Dämmerung herrschte in der bescheidenen Halle. War es Abend oder Morgen? Er wußte es nicht. Er hatte geschlafen, und es war ganz und gar unbestimmt, ob er zwei, fünf oder zwölf Stunden geschlafen hatte. Kam es nicht vor, daß er vierundzwanzig Stunden und länger schlief, ohne die geringste Unterbrechung, tief, außerordentlich tief? — Er war ein Herr in einem halblangen, dunkelbraunen Winterüberzieher mit Sammetkragen. Aus seinen

Zügen war sein Alter sehr schwer zu erkennen; man konnte geradezu zwischen fünfundzwanzig und dem Ende der Dreißiger schwanken. Er besaß einen gelblichen Teint, seine Augen aber waren glühend schwarz wie Kohlen und tief umschattet. Diese Augen verrieten nichts Gutes. Verschiedene Ärzte hatten ihm, in ernsten und offenen Gesprächen unter zwei Männern, nicht mehr viele Monate gegeben ... Übrigens war sein dunkles Haar seitwärts glatt gescheitelt.

Er hatte in Berlin — obgleich Berlin nicht der Ausgangspunkt seiner Reise war — gelegentlich mit seiner Handtasche aus rotem Leder den grade abgehenden Schnellzug bestiegen, er hatte geschlafen, und nun, da er erwachte, fühlte er sich so völlig der Zeit enthoben, daß ihn das Behagen durchströmte. Er besaß keine Uhr. Er war glücklich, an der dünnen, goldenen Kette, die er um den Hals gehängt trug, nur ein kleines Medaillon in seiner Westentasche zu wissen. Er liebte es nicht, sich in Kenntnis über die Stunde oder auch nur den Wochentag zu befinden, denn auch einen Kalender hielt er sich nicht. Seit längerer Zeit hatte er sich der Gewohnheit entschlagen, zu wissen, den wievielten Tag des Monats oder auch nur welchen Monat, ja sogar welche Jahreszahl man schrieb. Alles muß in der Luft stehen, pflegte er zu denken, und er verstand ziemlich viel darunter, obgleich es eine etwas dunkle Redewendung war. Er ward selten oder niemals in dieser Unkenntnis gestört, da er sich bemühte, alle Störungen solcher Art von sich fernzuhalten. Genügte es ihm vielleicht nicht, ungefähr zu bemerken, welche Jahreszeit man hatte? Es ist gewissermaßen Herbst, dachte er, während er in die trübe und feuchte Halle hinausblickte. Mehr weiß ich nicht! Weiß ich überhaupt, wo ich bin?

Und plötzlich, bei diesem Gedanken, ward die Zufriedenheit, die er empfand, zu einem freudigen Entsetzen. Nein, er wußte nicht, wo er sich befand! War er noch in Deutschland? Zweifelsohne. In Norddeutschland? Das stand dahin! Mit Augen, die noch blöde waren vom Schlafe, hatte er das Fenster seines Coupés an einer erleuchteten Tafel vorübergleiten sehen, die möglicherweise den Namen der Station aufgewiesen hatte, — nicht das Bild eines Buchstabens war zu seinem Hirn gelangt. In noch trunkenem Zustande hatte er die Schaffner zwei- oder dreimal den Namen rufen hören, — nicht einen Laut davon hatte er verstanden. Dort aber, dort, in einer Dämmerung, von der er nicht wußte, ob sie Morgen oder Abend bedeutete, lag ein fremder Ort, eine unbekannte Stadt ... Albrecht van der Qualen nahm seinen Filzhut aus dem Netz, ergriff seine rotlederne Reisetasche, deren Schnallriemen gleichzeitig eine rot und weiß gewürfelte Decke aus Seidenwolle umfaßte, in welcher wiederum ein Regenschirm mit silberner Krücke steckte, — und obgleich sein Billett nach Florenz lautete, verließ er das Coupé, schritt die bescheidene Halle entlang, legte sein Gepäck in dem betreffenden Bureau nieder, zündete eine Zigarre an, steckte die Hände — er trug weder Stock noch Schirm — in die Paletottaschen und verließ den Bahnhof.

Draußen auf dem trüben, feuchten und ziemlich leeren Platze knallten fünf oder sechs Droschkenkutscher mit ihren Peitschen, und ein Mann mit betreßter Mütze und langem Mantel, in den er sich fröstelnd hüllte, sagte mit fragender Betonung: »Hotel zum braven Manne?« Van der Qualen dankte ihm höflich und ging seines Wegs gradaus. Die Leute, denen er begegnete, hatten die Kragen ihrer Mäntel emporgeklappt; darum tat er es auch, schmiegte das Kinn in den Sammet, rauchte und schritt nicht schnell und nicht langsam fürbaß.

Er kam an einem untersetzten Gemäuer vorüber, einem alten Tore mit zwei massiven Türmen, und überschritt eine Brücke, an deren Geländern Statuen standen und unter der das Wasser sich trübe und träge dahinwälzte. Ein langer, morscher Kahn kam vorbei, an dessen Hinterteil ein Mann mit einer langen Stange ruderte. Van der Qualen blieb ein wenig stehen und beugte sich über die Brüstung. Sieh da, dachte er, ein Fluß; der Fluß. Angenehm, daß ich seinen ordinären Namen nicht weiß ... Dann ging er weiter.

Er ging noch eine Weile auf dem Trottoir einer Straße geradeaus, die weder sehr breit noch sehr schmal war, und bog dann irgendwo zur linken Hand ab. Es war Abend. Die elektrischen Bogenlampen zuckten auf, flackerten ein paarmal, glühten, zischten und leuchteten dann im Nebel. Die Läden schlossen. Also sagen wir, es ist in jeder Beziehung Herbst, dachte van der Qualen und schritt auf dem schwarznassen Trottoir dahin. Er trug keine Galoschen, aber seine Stiefel waren außerordentlich breit, fest, durabel und ermangelten trotzdem nicht der Eleganz.

Er ging andauernd nach links. Menschen schritten und eilten an ihm vorüber, gingen ihren Geschäften nach oder kamen von Geschäften. Und ich gehe mitten unter ihnen, dachte er, und bin so allein und fremd, wie es mutmaßlich kein Mensch gewesen ist. Ich habe kein Geschäft und kein Ziel. Ich habe nicht einmal einen Stock, auf den ich mich stütze. Haltloser, freier, unbeteiligter kann niemand sein. Niemand verdankt mir etwas, und ich verdanke niemandem etwas. Gott hat seine Hand niemals über mir gehalten, er kennt mich gar nicht. Treues Unglück ohne Almosen ist eine gute Sache; man kann sich sagen: Ich bin Gott nichts schuldig ...

Die Stadt war bald zu Ende. Wahrscheinlich war er etwa von der Mitte aus in die Quere gegangen. Er befand sich auf einer breiten Vorstadtstraße mit Bäumen und Villen, bog rechts ab, passierte drei oder vier fast dorfartige, nur von Gaslaternen beleuchtete Gassen und blieb schließlich in einer etwas breiteren

vor einer Holzpforte stehen, die sich rechts neben einem gewöhnlichen, trübgelb gestrichenen Hause befand, welches sich seinerseits durch völlig undurchsichtige und sehr stark gewölbte Spie-
gelfensterscheiben auszeichnete. An der Pforte jedoch war ein
Schild befestigt mit der Aufschrift: »In diesem Hause im dritten
Stock sind Zimmer zu vermieten.« »So?« sagte er, warf den Rest
seiner Zigarre fort, ging durch die Pforte, an einer Planke entlang, die das Grundstück von dem benachbarten trennte, linker
Hand durch die Haustür, mit zwei Schritten über den Vorplatz,
auf dem ein ärmlicher Läufer, eine alte, graue Decke lag, und begann, die anspruchslosen Holztreppen hinaufzusteigen.
Auch die Etagentüren waren sehr bescheiden, mit Milchglasschei-
ben, vor denen sich Drahtgeflechte befanden, und irgendwelche
Namensschilder waren daran. Die Treppenabsätze waren von
Petroleumlampen beleuchtet. Im dritten Stockwerk aber — es war
das letzte, und hierauf kam der Speicher — befanden sich auch
rechts und links von der Treppe noch Eingänge: einfache bräunliche Stubentüren; ein Name war nicht zu bemerken. Van der
Qualen zog in der Mitte den messingnen Klingelknopf... Es
schellte, aber drinnen ward keine Bewegung laut. Er pochte links
... Keine Antwort. Er pochte rechts ... Lange, leichte Schritte
ließen sich vernehmen, und man öffnete.
Es war eine Frau, eine große, magere Dame, alt und lang. Sie
trug eine Haube mit einer großen, mattlilafarbenen Schleife und
ein altmodisches, verschossenes, schwarzes Kleid. Sie zeigte ein
eingefallenes Vogelgesicht, und auf ihrer Stirn war ein Stück
Ausschlag zu sehen, ein moosartiges Gewächs. Es war etwas
ziemlich Abscheuliches.
»Guten Abend«, sagte van der Qualen. »Die Zimmer...«
Die alte Dame nickte; sie nickte und lächelte langsam, stumm
und voll Verständnis und wies mit einer schönen, weißen, langen
Hand, mit langsamer, müder und vornehmer Gebärde auf die
gegenüberliegende, die linke Tür. Dann zog sie sich zurück und
erschien aufs neue mit einem Schlüssel. Sieh da, dachte er, der
hinter ihr stand, während sie aufschloß. Sie sind ja wie ein Alp,
wie eine Figur von Hoffmann, gnädige Frau... Sie nahm die
Petroleumlampe vom Haken und ließ ihn eintreten.
Es war ein kleiner, niedriger Raum mit brauner Diele; seine
Wände aber waren bis oben hinauf mit strohfarbenen Matten
bekleidet. Das Fenster an der Rückwand rechts verhüllte in langen, schlanken Falten ein weißer Musselinvorhang. Die weiße
Tür zum Nebenzimmer befand sich rechter Hand.
Die alte Dame öffnete und hob ihre Lampe empor. Dieses Zimmer war erbärmlich kahl, mit nackten, weißen Wänden, von
denen sich drei hellrot lackierte Rohrstühle abhoben wie Erdbeeren
von Schlagsahne. Ein Kleiderschrank, eine Waschkommode nebst

Spiegel . . . Das Bett, ein außerordentlich mächtiges Mahagoni-
möbel, stand frei in der Mitte des Raumes.
»Haben Sie etwas dawider?« fragte die alte Dame und fuhr mit
ihrer schönen, langen, weißen Hand leicht über das Moosgewächs
an ihrer Stirn . . . Es war, als sagte sie das nur aus Versehen, als
könne sie sich eines gewöhnlicheren Ausdruckes für den Augenblick nicht entsinnen. Sie fügte sofort hinzu: »Sozusagen —?«
»Nein, ich habe nichts dawider«, sagte van der Qualen. »Die
Zimmer sind ziemlich witzig eingerichtet. Ich miete sie . . . Ich
möchte, daß irgend jemand meine Sachen vom Bahnhofe abholt,
hier ist der Schein. Sie werden die Gefälligkeit haben, das Bett,
den Nachttisch herrichten zu lassen . . . mir jetzt sogleich den
Hausschlüssel, den Etagenschlüssel einzuhändigen . . . so wie Sie
mir auch ein paar Handtücher verschaffen werden. Ich möchte
ein wenig Toilette machen, dann in die Stadt zum Essen gehen
und später zurückkehren.«
Er zog ein vernickeltes Etui aus der Tasche, entnahm ihm Seife
und begann, sich an der Waschkommode Gesicht und Hände zu
erfrischen. Zwischendurch blickte er durch die stark nach außen
gewölbten Fensterscheiben tief hinab über kotige Vorstadtstraßen
im Gaslicht, auf Bogenlampen und Villen . . . Während er seine
Hände trocknete, ging er hinüber zum Kleiderschrank. Es war ein
vierschrötiges, braungebeiztes, ein wenig wackeliges Ding mit
einer einfältig verzierten Krönung und stand inmitten der rechten
Seitenwand genau in der Nische einer zweiten weißen Tür, die in
die Räumlichkeiten führen mußte, zu welchen draußen an der
Treppe die Haupt- und Mitteltür den Eingang bildete. Einiges in
der Welt ist gut eingerichtet, dachte van der Qualen. Dieser
Kleiderschrank paßt in die Türnische, als wäre er dafür gemacht
. . . Er öffnete . . . Der Schrank war vollkommen leer, mit mehreren Reihen von Haken an der Decke; aber es zeigte sich, daß dieses solide Möbel gar keine Rückwand besaß, sondern hinten
durch einen grauen Stoff, hartes, gewöhnliches Rupfenzeug, abgeschlossen war, das mit Nägeln oder Reißstiften an den vier
Ecken befestigt war. —
Van der Qualen verschloß den ·Schrank, nahm seinen Hut,
klappte den Kragen seines Paletots wieder empor, löschte die
Kerze und brach auf. Während er durch das vordere Zimmer
ging, glaubte er, zwischen dem Geräusch seiner Schritte, nebenan,
in jenen anderen Räumlichkeiten, einen Klang zu hören, einen
leisen, hellen metallischen Ton, . . . aber es ist ganz unsicher, ob
es nicht Täuschung war. Wie wenn ein goldener Ring in ein silbernes Becken fällt, dachte er, während er die Wohnung verschloß, ging die Treppen hinunter, verließ das Haus und fand
den Weg zurück zur Stadt.
In einer belebten Straße betrat er ein erleuchtetes Restaurant und

nahm an einem der vorderen Tische Platz, indem er aller Welt den Rücken zuwandte. Er aß eine Kräutersuppe mit geröstetem Brot, ein Beefsteak mit Ei, Kompott und Wein, ein Stückchen grünen Gorgonzola und die Hälfte einer Birne. Während er bezahlte und sich ankleidete, tat er ein paar Züge aus einer russischen Zigarette, zündete dann eine Zigarre an und ging. Er schlenderte ein wenig umher, spürte seinen Heimweg in die Vorstadt auf und legte ihn ohne Eile zurück.

Das Haus mit den Spiegelscheiben lag völlig dunkel und schweigend da, als van der Qualen sich die Haustür öffnete und die finstern Stiegen hinanstieg. Er leuchtete mit einem Zündhölzchen vor sich her und öffnete im dritten Stockwerk die braune Tür zur Linken, die in seine Zimmer führte. Nachdem er Überzieher und Hut auf den Diwan gelegt, entzündete er die Lampe auf dem großen Schreibtisch und fand daselbst seine Reisetasche sowie die Plaidrolle mit dem Regenschirm. Er rollte die Decke auseinander und zog eine Kognakflasche hervor, worauf er der Ledertasche ein Gläschen entnahm und, während er seine Zigarre zu Ende rauchte, im Armstuhle hier und da einen Schluck tat. Angenehm, dachte er, daß es auf der Welt doch immerhin Kognak gibt ... Dann ging er ins Schlafzimmer, wo er die Kerze auf dem Nachttisch entzündete, löschte drüben die Lampe und begann sich zu entkleiden. Er legte Stück für Stück seines grauen, unauffälligen und dauerhaften Anzuges auf den roten Stuhl am Bette; dann jedoch, als er das Tragband löste, fielen ihm Hut und Paletot ein, die noch auf dem Diwan lagen; er holte sie herüber, er öffnete den Kleiderschrank ... Er tat einen Schritt rückwärts und griff mit der Hand hinter sich nach einer der großen, dunkelroten Mahagonikugeln, welche die vier Ecken des Bettes zierten.

Das Zimmer mit seinen kahlen, weißen Wänden, von denen sich die rotlackierten Stühle abhoben wie Erdbeeren von Schlagsahne, lag in dem unruhigen Lichte der Kerze. Dort aber, der Kleiderschrank, dessen Tür weit offenstand: er war nicht leer, jemand stand darin, eine Gestalt, ein Wesen, so hold, daß Albrecht van der Qualens Herz einen Augenblick stillstand und dann mit vollen, langsamen, sanften Schlägen zu arbeiten fortfuhr ... Sie war ganz nackt und hielt einen ihrer schmalen, zarten Arme empor, indem sie mit dem Zeigefinger einen Haken an der Decke des Schrankes umfaßte. Wellen ihres langen, braunen Haares ruhten auf ihren Kinderschultern, von welchen ein Liebreiz ausging, auf den man nur mit Schluchzen antworten kann. In ihren länglichen schwarzen Augen spiegelte sich der Schein der Kerze ... Ihr Mund war ein wenig breit, aber von einem Ausdruck, so süß wie die Lippen des Schlafes, wenn sie sich nach Tagen der Pein auf unsere Stirn senken. Sie hielt die Fersen fest geschlossen, und ihre schlanken Beine schmiegten sich aneinander ...

Albrecht van der Qualen strich sich mit der Hand über die Augen und sah ... er sah auch, daß dort unten in der rechten Ecke das graue Rupfenzeug vom Schranke gelöst war ... »Wie?« sagte er ... »Wollen Sie nicht hereinkommen? ... wie soll ich sagen ... herauskommen? Nehmen Sie nicht ein Gläschen Kognak? Ein halbes Gläschen? ...« Aber er erwartete keine Antwort hierauf und bekam auch keine. Ihre schmalen, glänzenden und so schwarzen Augen, daß sie ohne Ausdruck, unergründlich und stumm erschienen, — sie waren auf ihn gerichtet, aber ohne Halt und Ziel, verschwommen und als sähen sie ihn nicht.

»Soll ich dir erzählen?« sagte sie plötzlich mit ruhiger, verschleierter Stimme.

»Erzähle ...«, antwortete er. Er war in sitzender Haltung auf den Bettrand gesunken, der Überzieher lag auf seinen Knien, und seine zusammengelegten Hände ruhten darauf. Sein Mund stand ein wenig geöffnet, und seine Augen waren halb geschlossen. Aber das Blut kreiste warm und milde pulsierend durch seinen Körper, und in seinen Ohren sauste es leise.

Sie hatte sich im Schranke niedergelassen und umschlang mit ihren zarten Armen das eine ihrer Knie, das sie emporgezogen hatte, während das andere Bein nach außen hing. Ihre kleinen Brüste wurden durch die Oberarme zusammengepreßt, und die gestraffte Haut ihres Knies glänzte. Sie erzählte ... erzählte mit leiser Stimme, während die Kerzenflamme lautlose Tänze aufführte ...

Zwei gingen über das Heideland, und ihr Haupt lag auf seiner Schulter. Die Kräuter dufteten stark, aber schon stiegen die wolkigen Abendnebel vom Grunde: So fing es an. Und oftmals waren es Verse, die sich auf so unvergleichlich leichte und süße Art reimten, wie es uns hie und da in Fiebernächten im Halbschlaf geschieht. Aber es ging nicht gut aus. Das Ende war so traurig, wie wenn zwei sich unauflöslich umschlungen halten und, während ihre Lippen aufeinanderliegen, das eine dem anderen ein breites Messer oberhalb des Gürtels in den Körper stößt, und zwar aus guten Gründen. So aber schloß es. Und dann stand sie mit einer unendlich stillen und bescheidenen Gebärde auf, lüftete dort unten den rechten Zipfel des grauen Zeuges, das die Rückwand des Schrankes bildete, und war nicht mehr da.

Von nun an fand er sie allabendlich in seinem Kleiderschranke und hörte ihr zu ... wie viele Abende? Wie viele Tage, Wochen oder Monate verblieb er in dieser Wohnung und in dieser Stadt? — Niemandem würde es nützen, wenn hier die Zahl stünde. Wer würde sich an einer armseligen Zahl erfreuen? ... Und wir wissen, daß Albrecht van der Qualen von mehreren Ärzten nicht mehr viele Monate zugestanden bekommen hatte.

Sie erzählte ihm ... und es waren traurige Geschichten, ohne

Trost; aber sie legten sich als eine süße Last auf das Herz und ließen es langsamer und seliger schlagen. Oftmals vergaß er sich . . . Sein Blut wallte auf in ihm, er streckte die Hände nach ihr aus, und sie wehrte ihm nicht. Aber er fand sie dann mehrere Abende nicht im Schranke, und wenn sie wiederkehrte, so erzählte sie doch noch mehrere Abende nichts und begann dann langsam wieder, bis er sich abermals vergaß.

Wie lange dauerte das . . . wer weiß es? Wer weiß auch nur, ob überhaupt Albrecht van der Qualen an jenem Nachmittage wirklich erwachte und sich in die unbekannte Stadt begab; ob er nicht vielmehr schlafend in seinem Coupé erster Klasse verblieb und von dem Schnellzuge Berlin—Rom mit ungeheurer Geschwindigkeit über alle Berge getragen ward? Wer unter uns möchte sich unterfangen, eine Antwort auf diese Frage mit Bestimmtheit und auf seine Verantwortung hin zu vertreten? Das ist ganz ungewiß. »Alles muß in der Luft stehen . . .«

»An die einfachsten und grundsätzlichsten Wahrheiten«, sagte Anselm zu vorgerückter Stunde, »verschwendet das Leben manchmal die originellsten Belege.«

Als ich Dunja Stegemann kennenlernte, war ich zwanzig Jahre alt und von extremer Gimpelhaftigkeit. Emsig damit beschäftigt, mir die Hörner abzulaufen, war ich weit von der Vollendung dieses Geschäftes entfernt. Meine Begierden waren zügellos, ohne Skrupel gab ich mich ihrer Befriedigung hin, und mit der neugierigen Lasterhaftigkeit meiner Lebensführung verband ich aufs anmutigste jenen Idealismus, der mich zum Beispiel die reine, geistige — aber absolut geistige — Vertrautheit mit einer Frau innig erwünschen ließ. — Was die Stegemann anging, so war sie zu Moskau von deutschen Eltern geboren und dortselbst, oder doch in Rußland, aufgewachsen. Dreier Sprachen, des Russischen, Französischen und Deutschen mächtig, war sie als Gouvernante nach Deutschland gekommen; aber mit artistischen Instinkten ausgestattet, hatte sie diesen Beruf nach einigen Jahren fahrenlassen und lebte nun als intelligentes und freies Frauenzimmer, als Philosophin und Junggesellin, indem sie eine Zeitung zweiten oder dritten Ranges mit Literatur- und Musikberichten versah.

Sie war dreißig Jahre alt, als ich, am Tage meiner Ankunft in B., an der spärlich besetzten Table d'hôte einer kleinen Pension mit ihr zusammentraf: — eine große Person mit flacher Brust, flachen Hüften, hellgrünlichen Augen, die keines verwirrten Ausdrucks fähig waren, einer übermäßig aufgeworfenen Nase und einer kunstlosen Frisur von indifferentem Blond. Ihr schlichtes, dunkelbraunes Kleid war so schmuck- und koketterielos wie ihre Hände. Noch niemals hatte ich bei einer Frau eine so unzweideutige und resolute Häßlichkeit gesehen.

Beim Roastbeef kamen wir in ein Gespräch über Wagner im allgemeinen und den ›Tristan‹ im besonderen. Die Freiheit ihres Geistes verblüffte mich. Ihre Emanzipation war so ungewollt, so ohne Übertreibung und Unterstreichung, so ruhig, sicher und selbstverständlich, wie ich es nicht für möglich gehalten hatte. Die objektive Gelassenheit, mit der sie im Laufe unseres Gespräches Ausdrücke wie »entfleischte Brunst« gebrauchte, erschütterte mich. Und dem entsprachen ihre Blicke, ihre Bewegungen, die kameradschaftliche Art, in der sie die Hand auf meinen Arm legte . . .

Unsere Unterhaltung war lebhaft und tiefgehend, wir setzten sie nach Tische, als die vier oder fünf übrigen Gäste das Speisezimmer längst verlassen hatten, noch stundenlang fort, wir sahen uns beim Abendessen wieder, musizierten später auf dem verstimmten Piano der Pension, tauschten wiederum Gedanken und Empfindungen aus und verstanden uns bis auf den Grund. Ich empfand viel Genugtuung. Hier war ein Weib mit vollkommen männlich gebildetem Hirn. Ihre Worte dienten der Sache und keiner persönlichen Koketterie, während ihre Vorurteilslosigkeit jenen intimen Radikalismus im Austausche von Erlebnissen, Stimmungen und Sensationen ermöglichte, der damals meine Leidenschaft war. Hier war mein Verlangen erfüllt: ein weiblicher Kamerad gefunden, dessen sublime Unbefangenheit nichts Beunruhigendes aufkommen ließ, und in dessen Nähe ich sicher und getrost sein konnte, daß ausschließlich mein Geist in Bewegung geriet; denn die körperlichen Reize dieser Intellektuellen waren die eines Besens. Ja, meine Sicherheit in dieser Beziehung war um so größer, als alles, was an Dunja Stegemann fleischlich war, mir in dem Maße, wie unsere seelische Vertrautheit zunahm, mehr und mehr zuwider und geradezu zum Ekel wurde: — ein Triumph des Geistes, wie ich ihn nicht glänzender hatte ersehnen können.

Und dennoch . . . dennoch, zu welcher Vollkommenheit sich unsere Freundschaft entwickelte, so unbedenklich wir, als wir beide die Pension verlassen, uns einander in unseren Wohnungen besuchten, dennoch stand oftmals etwas zwischen uns, was der erhabenen Kälte unseres eigenartigen Verhältnisses dreimal fremd hätte sein sollen . . . stand zwischen uns gerade dann, wenn unsere Seelen ihre letzten und keuschesten Geheimnisse voreinander enthüllten, unsere Geister an der Lösung ihrer subtilsten Rätsel arbeiteten, wenn das »Sie«, das in minder gehobenen Stunden unsere Anrede blieb, einem makellosen »Du« wich . . . ein übler Reiz lag dabei in der Luft, verunreinigte sie und behinderte mir die Atmung . . . Sie schien nichts davon zu verspüren. Ihre Stärke und Freiheit war so groß! Ich aber empfand es und litt darunter.

So, und empfindlicher als jemals, war es eines Abends, als wir zusammen in psychologischem Gespräch auf meinem Zimmer saßen. Sie hatte bei mir gegessen; bis auf den Rotwein, dem zuzusprechen wir fortfuhren, war der runde Tisch abgeräumt, und die vollständig ungalante Situation, in der wir unsere Zigaretten rauchten, war bezeichnend für unser Verhältnis: Dunja Stegemann saß aufrecht am Tische, während ich, das Gesicht derselben Richtung zugewandt, halb liegend auf der Chaiselongue ruhte. — Unser bohrendes, zerlegendes und radikal offenherziges Gespräch, das sich mit den Seelenzuständen beschäftigte, welche die Liebe beim Mann und beim Weibe bewirkt, nahm seinen Fortgang. Ich aber war nicht ruhig, nicht frei und vielleicht ungewöhnlich reizbar, da ich stark getrunken hatte. Jenes Etwas war zugegen . . . jener üble Reiz lag in der Luft und verunreinigte sie in einer Weise, die mir immer unerträglicher wurde. Das Bedürfnis, gleichsam ein Fenster aufzustoßen, indem ich endlich einmal ausdrücklich mit einem geraden und brutalen Worte das unberechtigt Beunruhigende für jetzt und immer ins Reich der Nichtigkeit verwies, nahm mich ganz in Anspruch. Was ich auszusprechen beschloß, war nicht stärker und ehrlicher als vieles andere, was wir einander ausgesprochen hatten, und mußte einmal erledigt werden. Mein Gott, für Rücksichten der Höflichkeit und Galanterie würde sie am wenigsten Dank wissen . . .

»Hören Sie«, sagte ich, indem ich die Knie emporzog und ein Bein über das andere legte, »was ich noch immer festzustellen vergaß. Weißt du, was für mich unserem Verhältnis den originellsten und feinsten Charme gibt? Es ist die intime Vertrautheit unserer Geister, die mir unentbehrlich geworden ist, im Gegensatze zu der prononcierten Abneigung, die ich körperlich dir gegenüber empfinde.«

Stillschweigen. — »Ja, ja«, sagte sie dann, »das ist amüsant.« Und damit war dieser Einwurf abgetan, und unser Gespräch über die Liebe ward wieder aufgenommen. Ich atmete auf dabei. Das Fenster war geöffnet. Die Klarheit, Reinlichkeit und Sicherheit der Lage war hergestellt, wie es ohne Zweifel auch ihr Bedürfnis gewesen. Wir rauchten und sprachen.

»Und dann das Eine«, sagte sie plötzlich, »das einmal zwischen uns zur Sprache kommen muß . . . Du weißt nämlich nicht, daß ich einmal ein Liebesverhältnis gehabt habe.«

Ich wandte den Kopf nach ihr und starrte sie fassungslos an. Sie saß aufrecht, ganz ruhig, und bewegte die Hand, in der sie die Zigarette hielt, ein wenig auf dem Tische hin und her. Ihr Mund hatte sich leicht geöffnet, und ihre hellgrünlichen Augen blickten unbeweglich geradeaus. Ich rief:

»Du? . . . Sie? . . . Ein platonisches?«

»Nein; ein . . . ernstes.«

»Wo . . . wann . . . mit wem?!«

»In Frankfurt am Main, vor einem Jahre, mit einem Bankbeamten, einem noch jungen, sehr schönen Manne . . . Ich fühlte das Bedürfnis, es dir einmal zu sagen . . . Es ist mir lieb, daß du es nun weißt. — Oder bin ich in deiner Achtung gesunken?«

Ich lachte, streckte mich wieder aus und trommelte mit den Fingern neben mir an der Wand.

»Wahrscheinlich!« sagte ich mit großartiger Ironie. Ich blickte sie nicht mehr an, sondern hielt das Gesicht nach der Wand gedreht und sah meinen trommelnden Fingern zu. Mit einem Schlage hatte sich die eben noch gereinigte Atmosphäre so verdickt, daß das Blut mir zu Kopfe stieg und meine Augen trübte . . . Dieses Weib hatte sich lieben lassen. Ihr Körper war von einem

Manne umfangen worden. Ohne mein Gesicht von der Wand zu wenden, ließ ich meine Phantasie diesen Körper entkleiden und fand einen abstoßenden Reiz an ihm. Ich goß noch ein — das wievielte? — Glas Rotwein hinunter. Stillschweigen.

»Ja«, wiederholte sie mit halber Stimme, »es ist mir lieb, daß du es nun weißt.« Und die unzweifelhaft bedeutsame Betonung, mit der sie dies sprach, machte, daß ich in ein niederträchtiges Zittern geriet. Sie saß da, allein mit mir gegen Mitternacht im Zimmer, aufrecht, ohne sich zu rühren, in wartender, anbietender Bewegungslosigkeit... Meine lasterhaften Instinkte waren in Aufruhr. Die Vorstellung des Raffinements, das darin liegen konnte, mich mit dieser Frau einer schamlosen und diabolischen Ausschweifung hinzugeben, ließ mein Herz in unerträglicher Weise hämmern.

»Sieh da!« sagte ich mit schwerer Zunge. »Das ist mir äußerst interessant!... Und er hat dich amüsiert, dieser Bankbeamte?«
Sie antwortete: »O ja.«

»Und«, fuhr ich fort, immer ohne sie anzusehen, »du würdest nichts dagegen haben, dergleichen noch einmal zu erleben?«

»Gar nichts —«

Brüsk, mit einem Ruck, warf ich mich herum, stützte die Hand auf das Polster und fragte mit der Frechheit der übermäßigen Gier:

»Wie wäre es mit uns?«

Sie wandte mir langsam das Gesicht zu und sah mich mit freundlichem Erstaunen an.

»Oh, mein Lieber, wie verfallen Sie darauf? — Nein, unser Verhältnis ist denn doch zu rein geistiger Natur...«

»Nun ja... nun ja... aber das ist doch eine Sache für sich. Wir können uns doch, unbeschadet unserer sonstigen Freundschaft und ganz abgesehen von dieser, auch einmal in anderer Weise zusammenfinden...«

»Aber nein! Sie hören ja, daß ich nein sage!« antwortete sie immer erstaunter.

Ich rief mit der Wut des Wüstlings, der nicht gewohnt ist, sich der schmutzigsten Grille zu entschlagen:

»Warum nicht? Warum nicht? Was zierst du dich denn?!« Und ich machte Miene, zu Tätlichkeiten überzugehen. — Dunja Stegemann stand auf.

»Nehmen Sie sich doch zusammen«, sagte sie. »Sie sind ja ganz außer sich! Ich kenne Ihre Schwäche, aber dies ist Ihrer unwürdig. Ich habe nein gesagt und habe Ihnen gesagt, daß unsere beiderseitige Sympathie zu absolut geistiger Natur ist. Verstehen Sie das denn nicht? — Und nun will ich gehen. Es ist spät geworden.«

Ich war ernüchtert, und meine Fassung war zurückgekehrt.

»Also ein Korb!?« sagte ich lachend ... »Nun, ich hoffe, daß auch der an unserer Freundschaft nichts ändern wird ...«

»Warum nicht gar!« antwortete sie und schüttelte kameradschaftlich meine Hand, wobei ein ziemlich spöttisches Lächeln um ihren unschönen Mund lag. — Dann ging sie.

Ich stand inmitten des Zimmers, und mein Gesicht war nicht geistvoll, während ich mir dies allerliebste Abenteuer noch einmal durch den Sinn gehen ließ. Am Ende schlug ich mir mit der Hand vor die Stirn und ging schlafen.

Luischen

1

Es gibt Ehen, deren Entstehung die belletristisch geübteste Phantasie sich nicht vorzustellen vermag. Man muß sie hinnehmen, wie man im Theater die abenteuerlichen Verbindungen von Gegensätzen wie Alt und Stupide mit Schön und Lebhaft hinnimmt, die als Voraussetzung gegeben sind und die Grundlage für den mathematischen Aufbau einer Posse bilden.

Was die Gattin des Rechtsanwalts Jacoby betrifft, so war sie jung und schön, eine Frau von ungewöhnlichen Reizen. Vor — sagen wir einmal — dreißig Jahren war sie auf die Namen Anna, Margarethe, Rosa, Amalie getauft worden, aber man hatte sie, indem man die Anfangsbuchstaben dieser Vornamen zusammenstellte, von jeher nicht anders als Amra genannt, ein Name, der mit seinem exotischen Klange zu ihrer Persönlichkeit paßte wie kein anderer. Denn obgleich die Dunkelheit ihres starken, weichen Haares, das sie seitwärts gescheitelt und nach beiden Seiten schräg von der schmalen Stirn hinweggestrichen trug, nur die Bräune des Kastanienkernes war, so zeigte ihre Haut doch ein vollkommen südliches mattes und dunkles Gelb, und diese Haut umspannte Formen, die ebenfalls von einer südlichen Sonne gereift erschienen und mit ihrer vegetativen und indolenten Üppigkeit an diejenigen einer Sultanin gemahnten. Mit diesem Eindruck, den jede ihrer begehrlich trägen Bewegungen hervorrief, stimmte durchaus überein, daß höchstwahrscheinlich ihr Verstand von Herzen untergeordnet war. Sie brauchte jemanden ein einziges Mal, indem sie auf originelle Art ihre hübschen Brauen ganz waagerecht in die fast rührend schmale Stirn erhob, aus ihren unwissenden, braunen Augen angeblickt zu haben, und man wußte das. Aber auch sie selbst, sie war nicht einfältig genug, es nicht zu wissen; sie vermied es ganz einfach, sich Blößen zu geben, indem sie selten und wenig sprach: und gegen eine Frau, welche schön ist und schweigt, ist nichts einzuwenden. Oh! das Wort ›einfältig‹ war überhaupt wohl am wenigsten bezeichnend für sie. Ihr Blick war nicht nur töricht, sondern auch von einer gewissen lüsternen Verschlagenheit, und man sah wohl, daß diese Frau nicht zu beschränkt war, um geneigt zu sein, Unheil zu stiften ... Übrigens war vielleicht ihre Nase im Profile ein wenig zu stark und fleischig; aber ihr üppiger und breiter Mund war vollendet schön, wenn auch ohne einen anderen Ausdruck als den der Sinnlichkeit.

Diese besorgniserregende Frau also war die Gattin des etwa vierzig Jahre alten Rechtsanwaltes Jacoby, — und wer diesen sah, der staunte. Er war beleibt, der Rechtsanwalt, er war mehr als beleibt, er war ein wahrer Koloß von einem Manne! Seine Beine, die stets in aschgrauen Hosen steckten, erinnerten in ihrer säulenhaften Formlosigkeit an diejenigen eines Elefanten, sein von Fettpolstern gewölbter Rücken war der eines Bären, und über der ungeheuren Rundung seines Bauches war das sonderbare grüngraue Jäckchen, das er zu tragen pflegte, so mühsam mit einem einzigen Knopfe geschlossen, daß es nach beiden Seiten hin bis zu den Schultern zurückschnellte, sobald der Knopf geöffnet wurde. Auf diesem gewaltigen Rumpf aber saß, fast ohne den Übergang eines Halses, ein verhältnismäßig kleiner Kopf mit schmalen und wässerigen Äuglein, einer kurzen, gedrungenen Nase und vor Überfülle herabhängenden Wangen, zwischen denen sich ein ganz winziger Mund mit wehmütig gesenkten Winkeln verlor. Den runden Schädel sowie die Oberlippe bedeckten spärliche und harte, hellblonde Borsten, die überall die nackte Haut hervorschimmern ließen, wie bei einem überfütterten Hunde . . . Ach! es mußte aller Welt klar sein, daß die Leibesfülle des Rechtsanwalts nicht von gesunder Art war. Sein in der Länge wie in der Breite riesenhafter Körper war überfett, ohne muskulös zu sein, und oft konnte man beobachten, wie ein plötzlicher Blutstrom sich in sein verquollenes Gesicht ergoß, um ebenso plötzlich einer gelblichen Blässe zu weichen, während sein Mund sich auf säuerliche Weise verzog . . .

Die Praxis des Rechtsanwalts war ganz beschränkt; aber da er, zum Teile von seiten seiner Gattin, ein gutes Vermögen besaß, so bewohnte das — übrigens kinderlose — Paar in der Kaiserstraße ein komfortables Stockwerk und unterhielt einen lebhaften gesellschaftlichen Verkehr: lediglich, wie gewiß ist, den Neigungen Frau Amra's gemäß, denn es ist unmöglich, daß der Rechtsanwalt, der nur mit einem gequälten Eifer bei der Sache zu sein schien, sich glücklich dabei befand. Der Charakter dieses dicken Mannes war der sonderbarste. Es gab keinen Menschen, der gegen alle Welt höflicher, zuvorkommender, nachgiebiger gewesen wäre als er; aber ohne es sich vielleicht auszusprechen, empfand man, daß sein überfreundliches und schmeichlerisches Betragen aus irgendwelchen Gründen erzwungen war, daß es auf Kleinmut und innerer Unsicherheit beruhte, und fühlte sich unangenehm berührt. Kein Anblick ist häßlicher als derjenige eines Menschen, der sich selbst verachtet, der aber aus Feigheit und Eitelkeit dennoch liebenswürdig sein und gefallen möchte: und nicht anders verhielt es sich, meiner Überzeugung nach, mit dem Rechtsanwalt, der in seiner fast kriechenden Selbstverkleinerung zu weit ging, als daß er sich die notwendige persönliche Würde bewahrt haben konnte. Er war imstande, zu einer Dame, die er zu Tische führen wollte, zu sprechen: »Gnädige Frau, ich

bin ein widerlicher Mensch, aber wollen Sie die Güte haben? . . .«
Und dies sagte er, ohne Talent zur Selbstverspottung, bitter-
süßlich, gequält und abstoßend. — Die folgende Anekdote beruht gleichfalls auf Wahrheit. Als der Rechtsanwalt eines Tages
spazierenging, kam ein rüder Dienstmann mit einem Handwagen
daher und fuhr ihm mit dem einen Rade heftig über den Fuß.
Zu spät hielt der Mann den Wagen an und wandte sich um, —
worauf der Rechtsanwalt, gänzlich fassungslos, blaß und mit
bebenden Wangen, ganz tief den Hut zog und stammelte: »Verzeihen Sie mir!« — Dergleichen empört. Aber dieser sonderbare
Koloß schien beständig vom bösen Gewissen geplagt zu sein.
Wenn er mit seiner Gattin auf dem ›Lerchenberge‹ erschien, der
Hauptpromenade der Stadt, so grüßte er, während er hie und da
einen scheuen Blick auf die wundervoll elastisch daherschreitende
Amra warf, so übereifrig, ängstlich und beflissen nach allen Seiten, als ob er das Bedürfnis empfände, sich demütig vor jedem
Leutnant zu bücken und um Verzeihung zu bitten, daß er, gerade
er im Besitz dieser schönen Frau sich befinde; und der kläglich
freundliche Ausdruck seines Mundes schien zu flehen, daß man
ihn nicht verspotten möge.

2

Es ist schon angedeutet worden: Warum eigentlich Amra den
Rechtsanwalt Jacoby geheiratet hatte, das steht dahin. Er aber,
von seiner Seite, er liebte sie, und zwar mit einer Liebe, so inbrünstig, wie sie bei Leuten seiner Körperbildung sicherlich selten
zu finden ist, und so demütig und angstvoll, wie sie seinem übrigen Wesen entsprach. Oftmals, spät abends, wenn Amra bereits
in dem großen Schlafzimmer, dessen hohe Fenster mit faltigen
geblümten Gardinen verhängt waren, sich zur Ruhe gelegt hatte,
kam der Rechtsanwalt, so leise, daß man nicht seine Schritte, sondern nur das langsame Schüttern des Fußbodens und der Möbel
vernahm, an ihr schweres Bett, kniete nieder und ergriff mit unendlicher Vorsicht ihre Hand. Amra pflegte in solchen Fällen ihre
Brauen waagerecht in die Stirn zu ziehen und ihren ungeheuren
Gatten, der im schwachen Licht der Nachtlampe vor ihr lag,
schweigend und mit einem Ausdruck sinnlicher Bosheit zu betrachten. Er aber, während er mit seinen plumpen und zitternden Händen behutsam das Hemd von ihrem Arm zurückstrich
und sein traurig dickes Gesicht in das weiche Gelenk dieses vollen und bräunlichen Armes drückte, dort, wo sich kleine, blaue
Adern von dem dunklen Teint abzeichneten, — er begann mit
unterdrückter und bebender Stimme zu sprechen, wie ein ver-
ständiger Mensch eigentlich im alltäglichen Leben nicht zu sprechen pflegt. »Amra«, flüsterte er, »meine liebe Amra! Ich störe

dich nicht? Du schliefst noch nicht? Lieber Gott, ich habe den ganzen Tag darüber nachgedacht, wie schön du bist und wie ich dich liebe! . . . Paß auf, was ich dir sagen will (es ist so schwer, es auszudrücken) . . . Ich liebe dich so sehr, daß sich manchmal mein Herz zusammenzieht und ich nicht weiß, wohin ich gehen soll; ich liebe dich über meine Kraft! Du verstehst das wohl nicht, aber du wirst es mir glauben, und du mußt mir ein einziges Mal sagen, daß du mir ein wenig dankbar dafür sein wirst, denn, siehst du, eine solche Liebe, wie die meine zu dir, hat ihren Wert in diesem Leben . . . und daß du mich niemals verraten und hintergehen wirst, auch wenn du mich wohl nicht lieben kannst, aber aus Dankbarkeit, allein aus Dankbarkeit . . . ich komme zu dir, um dich darum zu bitten, so herzlich, so innig ich bitten kann . . .«
Und solche Reden pflegten damit zu enden, daß der Rechtsanwalt, ohne seine Lage zu verändern, anfing, leise und bitterlich zu weinen. In diesem Falle aber ward Amra gerührt, strich mit der Hand über die Borsten ihres Gatten und sagte mehrere Male in dem langgezogenen, tröstenden und mokanten Tone, in dem man zu einem Hunde spricht, der kommt, einem die Füße zu lecken: »Ja! — Ja! — Du gutes Tier —!«
Dieses Benehmen Amra's war sicherlich nicht dasjenige einer Frau von Sitten. Auch ist es an der Zeit, daß ich mich der Wahrheit entlaste, die ich bislang zurückhielt, der Wahrheit nämlich, daß sie ihren Gatten dennoch täuschte, daß sie ihn, sage ich, betrog, und zwar mit einem Herrn namens Alfred Läutner. Dies war ein junger Musiker von Begabung, der sich durch amüsante kleine Kompositionen mit seinen siebenundzwanzig Jahren bereits einen hübschen Ruf erworben hatte; ein schlanker Mensch mit keckem Gesicht, einer blonden, losen Frisur und einem sonnigen Lächeln in den Augen, das sehr bewußt war. Er gehörte zu dem Schlage jener kleinen Artisten von heutzutage, die nicht allzuviel von sich verlangen, in erster Linie glückliche und liebenswürdige Menschen sein wollen, sich ihres angenehmen kleinen Talentes bedienen, um ihre persönliche Liebenswürdigkeit zu erhöhen, und in Gesellschaft gern das naive Genie spielen. Bewußt kindlich, unmoralisch, skrupellos, fröhlich, selbstgefällig, wie sie sind, und gesund genug, um sich auch in ihren Krankheiten noch gefallen zu können, ist ihre Eitelkeit in der Tat liebenswürdig, solange sie noch niemals verwundet wurde. Wehe jedoch diesen kleinen Glücklichen und Mimen, wenn ein ernsthaftes Unglück sie befällt, ein Leiden, mit dem sich nicht kokettieren läßt, in dem sie sich nicht mehr gefallen können! Sie werden es nicht verstehen, auf anständige Art unglücklich zu sein, sie werden mit dem Leiden nichts ›anzufangen‹ wissen, sie werden zugrunde gehen . . . allein das ist eine Geschichte für sich. — Herr Läutner machte hübsche Sachen: Walzer und Mazurken zumeist, deren

Vergnügtheit zwar ein wenig zu populär war, als daß sie (soweit ich mich darauf verstehe) zur ›Musik‹ hätten gerechnet werden können, würde nicht jede dieser Kompositionen eine kleine originelle Stelle enthalten haben, einen Übergang, einen Einsatz, eine harmonische Wendung, irgendeine kleine nervöse Wirkung, die Witz und Erfindsamkeit verriet, um derentwillen sie gemacht schienen und die sie auch für ernsthafte Kenner interessant machte. Oftmals hatten diese zwei einsamen Takte etwas wunderlich Wehmütiges und Melancholisches an sich, was plötzlich und schnell vergehend in der Tanzsaalheiterkeit der Werkchen aufklang . . .

Für diesen jungen Mann also war Amra Jacoby in sträflicher Neigung entbrannt, und er seinesteils hatte nicht genug Sittlichkeit besessen, ihren Anlockungen zu widerstehen. Man traf sich hier, man traf sich dort, und ein unkeusches Verhältnis verband seit Jahr und Tag die beiden: ein Verhältnis, von dem die ganze Stadt wußte und über das sich die ganze Stadt hinter dem Rücken des Rechtsanwalts unterhielt. Und was ihn, den letzteren, betraf? Amra war zu dumm, um an bösem Gewissen leiden und sich ihm dadurch verraten zu können. Es muß durchaus als ausgemacht hingestellt werden, daß der Rechtsanwalt, wie sehr auch immer sein Herz von Sorge und Angst beschwert gewesen sein mag, keinen bestimmten Verdacht gegen seine Gattin hegen konnte.

3

Nun war, um jedes Herz zu erfreuen, der Frühling ins Land gezogen, und Amra hatte einen allerliebsten Einfall gehabt.

»Christian«, sagte sie — der Rechtsanwalt hieß Christian —, »wir wollen ein Fest geben, ein großes Fest dem neugebrauten Frühlingsbiere zu Ehren, — ganz einfach natürlich, nur kalter Kalbsbraten, aber mit vielen Leuten.«

»Gewiß«, antwortete der Rechtsanwalt. »Aber könnten wir es nicht vielleicht noch ein wenig hinausschieben?«

Hierauf antwortete Amra nicht, sondern ging sofort auf Einzelheiten ein.

»Es werden so viele Leute sein, weißt du, daß unser Raum hier zu beschränkt sein wird; wir müssen uns ein Etablissement, einen Garten, einen Saal vorm Tore mieten, um hinreichend Platz und Luft zu haben. Das wirst du begreifen. Ich denke in erster Linie an den großen Saal des Herrn Wendelin, am Fuße des Lerchenberges. Dieser Saal liegt frei und ist mit der eigentlichen Wirtschaft und der Brauerei nur durch einen Durchgang verbunden. Man kann ihn festlich ausschmücken, man kann dort lange Tische aufstellen und Frühlingsbier trinken; man kann dort tanzen und musizieren, vielleicht auch ein bißchen Theater spielen, denn ich weiß, daß eine kleine Bühne dort ist, worauf ich besonderes Gewicht lege ... Kurz und gut: es soll ein ganz originelles Fest werden, und wir werden uns wundervoll unterhalten.«

Das Gesicht des Rechtsanwaltes war während dieses Gespräches leicht gelblich geworden, und seine Mundwinkel zuckten abwärts. Er sagte:

»Ich freue mich von Herzen darauf, meine liebe Amra. Ich weiß, daß ich alles deiner Geschicklichkeit überlassen darf. Ich bitte dich, deine Vorbereitungen zu treffen.«

4

Und Amra traf ihre Vorbereitungen. Sie nahm Rücksprache mit verschiedenen Damen und Herren, sie mietete persönlich den großen Saal des Herrn Wendelin, sie bildete sogar eine Art von Komitee aus Herrschaften, die aufgefordert worden waren oder sich erboten hatten, bei den heiteren Darstellungen mitzuwirken, welche das Fest verschönern sollten ... Dieses Komitee bestand ausschließlich aus Herren, bis auf die Gattin des Hofschauspielers Hildebrandt, welche Sängerin war. Im übrigen zählten Herr Hildebrandt selbst, ein Assessor Witznagel, ein junger Maler und Herr Alfred Läutner dazu, abgesehen von einigen Studenten, die durch den Assessor eingeführt worden waren und Negertänze zur Aufführung bringen sollten.

Acht Tage bereits, nachdem Amra ihren Entschluß gefaßt hatte, war dieses Komitee, um Rats zu pflegen, in der Kaiserstraße versammelt, und zwar in Amra's Salon, einem kleinen, warmen und vollen Raum, der mit einem dicken Teppich, einer Ottomane nebst vielen Kissen, einer Fächerpalme, englischen Ledersesseln und einem Mahagonitisch mit geschweiften Beinen ausgestattet war, auf dem eine Plüschdecke und mehrere Prachtwerke lagen. Auch ein Kamin war vorhanden, der noch ein wenig geheizt war; auf der schwarzen Steinplatte standen einige Teller mit feinbelegtem Butterbrot, Gläser und zwei Karaffen mit Sherry. — Amra lehnte, einen Fuß leicht über den andern gestellt, in den Kissen der Ottomane, die von der Fächerpalme beschattet ward, und war schön wie eine warme Nacht. Eine Bluse aus heller und ganz leichter Seide umhüllte ihre Büste, ihr Rock aber war aus einem schweren, dunklen und mit großen Blumen bestickten Stoff; hier und da strich sie mit einer Hand die kastanienbraune Haarwelle aus der schmalen Stirn. — Frau Hildebrandt, die Sängerin, saß gleichfalls auf der Ottomane neben ihr; sie hatte rotes Haar und war im Reitkleide. Gegenüber aber den beiden Damen hatten in gedrängtem Halbkreise die Herren Platz genommen, — mitten unter ihnen der Rechtsanwalt, der nur einen ganz niedrigen

Ledersessel gefunden hatte und sich unsäglich unglücklich ausnahm; dann und wann tat er einen schweren Atemzug und
schluckte hinunter, als ob er gegen aufsteigende Übelkeit
kämpfte ... Herr Alfred Läutner, im Lawn-Tennis-Anzug, hatte
auf einen Stuhl verzichtet und lehnte schmuck und fröhlich am
Kamin, weil er behauptete, nicht so lange ruhig sitzen zu
können.

Herr Hildebrandt sprach mit wohltönender Stimme über englische
Lieder. Er war ein äußerst solid und gut in Schwarz gekleideter
Mann mit dickem Cäsarenkopf und sicherem Auftreten — ein
Hofschauspieler von Bildung, gediegenen Kenntnissen und ge-
läutertem Geschmack. Er liebte es, in ernsten Gesprächen Ibsen,
Zola und Tolstoi zu verurteilen, die ja die gleichen verwerflichen
Ziele verfolgten; heute aber war er mit Leutseligkeit bei der
geringfügigen Sache.

»Kennen die Herrschaften vielleicht das köstliche Lied ›That's
Maria!‹?« sagte er ... »Es ist ein wenig pikant, aber von ganz
ungemeiner Wirksamkeit. Auch wäre da noch das berühmte —«,
und er brachte noch einige Lieder in Vorschlag, über die man sich
schließlich einigte und die Frau Hildebrandt singen zu wollen
erklärte. — Der junge Maler, ein Herr mit stark abfallenden
Schultern und blondem Spitzbart, sollte einen Zauberkünstler
parodieren, während Herr Hildebrandt beabsichtigte, berühmte
Männer darzustellen ... kurz, alles entwickelte sich zum besten,
und das Programm schien bereits fertiggestellt, als Herr Assessor
Witznagel, der über kulante Bewegungen und viele Mensurnar-
ben verfügte, plötzlich aufs neue das Wort ergriff.

»Schön und gut, meine Herrschaften, das alles verspricht in der
Tat unterhaltend zu werden. Allein, ich stehe nicht an, noch eines
auszusprechen. Mich dünkt, uns fehlt noch etwas, und zwar die
Hauptnummer, die Glanznummer, der Clou, der Höhepunkt ...
etwas ganz Besonderes, ganz Verblüffendes, ein Spaß, der die
Heiterkeit auf den Gipfel bringt ... kurz, ich stelle anheim, ich habe
keinen bestimmten Gedanken; jedoch meinem Gefühle nach ...«

»Das ist im Grunde wahr!« ließ Herr Läutner vom Kamine her
seine Tenorstimme vernehmen. »Witznagel hat recht. Eine
Haupt- und Schlußnummer wäre sehr wünschenswert. Denken
wir nach ...« Und während er mit einigen raschen Griffen seinen
roten Gürtel zurechtschob, blickte er forschend umher. Der Ausdruck seines Gesichtes war wirklich liebenswürdig.

»Je nun«, sagte Herr Hildebrandt; »wenn man die großen Männer nicht als Höhepunkt auffassen will ...«

Alle stimmten dem Assessor bei. Eine besonders scherzhafte
Hauptnummer sei wünschenswert. Selbst der Rechtsanwalt nickte
und sagte leise: »Wahrhaftig, — etwas hervorragend Heiteres ...«
Alle versanken in Nachdenken.

Und am Ende dieser Gesprächspause, die etwa eine Minute dauerte und nur durch kleine Ausrufe des Überlegens unterbrochen ward, geschah das Seltsame. Amra saß in die Kissen der Ottomane zurückgelehnt und nagte flink und eifrig wie eine Maus an dem spitzen Nagel ihres kleinen Fingers, während ihr Gesicht einen ganz eigenartigen Ausdruck zeigte. Ein Lächeln lag um ihren Mund, ein abwesendes und beinahe irres Lächeln, das von einer schmerzlichen und zugleich grausamen Lüsternheit redete, und ihre Augen, welche ganz weit geöffnet und ganz blank waren, schweiften langsam zum Kamin hinüber, wo sie für eine Sekunde in dem Blicke des jungen Musikers hängenblieben. Dann aber, mit einem Ruck, schob sie den ganzen Oberkörper zur Seite, ihrem Gatten, dem Rechtsanwalte, entgegen, und während sie ihm, beide Hände im Schoß, mit einem klammernden und saugenden Blick ins Gesicht starrte, wobei ihr Antlitz sichtlich erbleichte, sprach sie mit voller und langsamer Stimme:

»Christian, ich schlage vor, daß du zum Schlusse als Chanteuse mit einem rotseidenen Babykleide auftrittst und uns etwas vortanzest.« —

Die Wirkung dieser wenigen Worte war ungeheuer. Nur der junge Maler versuchte gutmütig zu lachen, während Herr Hildebrandt mit steinkaltem Gesicht seinen Ärmel säuberte, die Studenten husteten und unziemlich laut ihre Schnupftücher gebrauchten, Frau Hildebrandt heftig errötete, was nicht oft geschah, und Assessor Witznagel einfach davonlief, um sich ein Butterbrot zu holen. Der Rechtsanwalt hockte in qualvoller Stellung auf seinem niedrigen Sessel und blickte mit gelbem Gesicht und einem angsterfüllten Lächeln umher, indem er stammelte:

»Aber mein Gott . . . ich . . . wohl kaum befähigt . . . nicht als ob . . . verzeihen Sie mir . . .«

Alfred Läutner hatte kein sorgloses Gesicht mehr. Es sah aus, als ob er ein wenig rot geworden sei, und mit vorgestrecktem Kopf blickte er in Amra's Augen, verstört, verständnislos, forschend . . .

Sie aber, Amra, ohne ihre eindringliche Stellung zu verändern, fuhr mit derselben gewichtigen Betonung zu sprechen fort:

»Und zwar solltest du ein Lied singen, Christian, das Herr Läutner komponiert hat und das er dich auf dem Klavier begleiten wird; das wird der beste und wirksamste Höhepunkt unseres Festes sein.«

Eine Pause trat ein, eine drückende Pause. Dann jedoch, ganz plötzlich, begab sich das Sonderbare, daß Herr Läutner, angesteckt gleichsam, mitgerissen und aufgeregt, einen Schritt vortrat und zitternd vor einer Art jäher Begeisterung rasch zu sprechen begann:

»Bei Gott, Herr Rechtsanwalt, ich bin bereit, ich erkläre mich bereit, Ihnen etwas zu komponieren ... Sie müssen es singen, Sie müssen es tanzen ... Es ist der einzig denkbare Höhepunkt des Festes ... Sie werden sehen, Sie werden sehen, — es wird das Beste sein, was ich gemacht habe und jemals machen werde ... In rotseidenem Babykleide! Ach, Ihre Frau Gemahlin ist eine Künstlerin, eine Künstlerin sage ich! Sie hätte sonst nicht auf diesen Gedanken kommen können! Sagen Sie ja, ich flehe Sie an, willigen Sie ein! Ich werde etwas leisten, ich werde etwas machen, Sie werden sehen ... «

Hier löste sich alles, und alles geriet in Bewegung. Sei es aus Bosheit oder aus Höflichkeit, — alles begann, auf den Rechtsanwalt mit Bitten einzustürmen, und Frau Hildebrandt ging so weit, mit ihrer Brünnhildenstimme ganz laut zu sagen: »Herr Rechtsanwalt, Sie sind doch sonst ein lustiger und unterhaltender Mann!« Aber auch er selbst, der Rechtsanwalt, fand nun Worte, und ein wenig gelb noch, aber mit einem starken Aufwand von Entschiedenheit, sagte er:

»Hören Sie mich an, meine Herrschaften — was soll ich Ihnen sagen? Ich bin nicht geeignet, glauben Sie mir. Ich besitze wenig komische Begabung, und abgesehen davon ... kurz, nein, das ist leider unmöglich.«

Bei dieser Weigerung beharrte er hartnäckig, und da Amra nicht mehr in die Unterhaltung eingriff, da sie mit ziemlich abwesendem Gesichtsausdruck zurückgelehnt saß, und da auch Herr Läutner kein Wort mehr sprach, sondern in tiefer Betrachtung auf eine Arabeske des Teppichs starrte, so gelang es Herrn Hildebrandt, dem Gespräche eine andere Wendung zu geben, und bald darauf löste sich die Gesellschaft auf, ohne über die letzte Frage zu einer Entscheidung gelangt zu sein. —

Am Abend des nämlichen Tages jedoch, als Amra schlafen gegangen war und mit offenen Augen lag, trat schweren Schrittes ihr Gatte ein, zog einen Stuhl an ihr Bett, ließ sich nieder und sagte leise und zögernd:

»Höre, Amra, um offen zu sein, so bin ich von Bedenken bedrückt. Wenn ich heute den Herrschaften allzu abweisend begegnet bin, wenn ich sie vor die Stirn gestoßen habe — Gott weiß, daß es nicht meine Absicht war! Oder solltest du ernstlich der Meinung sein ... ich bitte dich ... «

Amra schwieg einen Augenblick, während ihre Brauen sich langsam in die Stirn zogen. Dann zuckte sie die Achseln und sagte:

»Ich weiß nicht, was ich dir antworten soll, mein Freund. Du hast dich betragen, wie ich es niemals von dir erwartet hätte. Du hast dich mit unfreundlichen Worten geweigert, die Aufführung durch deine Mitwirkung zu unterstützen, die, was dir nur schmeichelhaft sein kann, von allen für notwendig gehalten wurde. Du hast alle Welt, um mich eines gelinden Ausdruckes zu bedienen, aufs schwerste enttäuscht, und du hast das ganze Fest durch deine rauhe Ungefälligkeit gestört, während es deine Pflicht als Gastgeber gewesen wäre . . .«

Der Rechtsanwalt hatte den Kopf sinken lassen, und schwer atmend sagte er:

»Nein, Amra, ich habe nicht ungefällig sein wollen, glaube mir das. Ich will niemand beleidigen und niemandem mißfallen, und wenn ich mich häßlich benommen habe, so bin ich bereit, es wieder gutzumachen. Es handelt sich um einen Scherz, eine Mummerei, einen unschuldigen Spaß, — warum nicht? Ich will das Fest nicht stören, ich erkläre mich bereit . . .«

— Am nächsten Nachmittag fuhr Amra wieder einmal aus, um ›Besorgungen‹ zu machen. Sie hielt in der Holzstraße Nr. 78 und stieg in das zweite Stockwerk hinauf, woselbst man sie erwartete. Und während sie hingestreckt und aufgelöst in Liebe seinen Kopf an ihre Brust drückte, flüsterte sie mit Leidenschaft:

»Setze es vierhändig, hörst du! Wir werden ihn miteinander begleiten, während er singt und tanzt. Ich, ich werde für das Kostüm sorgen . . .«

Und ein seltsamer Schauer, ein unterdrücktes und krampfhaftes Gelächter ging durch die Glieder beider. —

5

Jedem, der ein Fest zu geben wünscht, eine Unterhaltung größeren Stils im Freien, sind die Lokalitäten des Herrn Wendelin am Lerchenberge aufs beste zu empfehlen. Von der anmutigen Vorstadtstraße aus betritt man durch ein hohes Gattertor den parkartigen Garten, der dem Etablissement zugehört und in dessen Mitte die weitläufige Festhalle gelegen ist. Diese Halle, die nur ein schmaler Durchgang mit dem Restaurant, der Küche und der Brauerei verbindet und die aus lustig bunt bemaltem Holz in einem drolligen Stilgemisch aus Chinesisch und Renaissance erbaut ist, besitzt große Flügeltüren, die man bei gutem Wetter geöffnet halten kann, um den Atem der Bäume hereinzulassen, und faßt eine Menge von Menschen.

Heute wurden die heranrollenden Wagen schon in der Ferne von farbigem Lichtschimmer begrüßt, denn das ganze Gitter, die Bäume des Gartens und die Halle selbst waren dicht mit bunten Lampions geschmückt, und was den inneren Festsaal betrifft, so bot er einen wahrhaft freudigen Anblick. Unterhalb der Decke zogen sich starke Girlanden hin, an denen wiederum zahlreiche Papierlaternen befestigt waren, obgleich zwischen dem Schmuck der Wände, der aus Fahnen, Strauchwerk und künstlichen Blumen bestand, eine Menge elektrischer Glühlampen hervorstrahlten, die den Saal aufs glänzendste beleuchteten. An seinem Ende befand sich die Bühne, zu deren Seiten Blattpflanzen standen und auf deren rotem Vorhang ein von Künstlerhand gemalter Genius schwebte. Vom andern Ende des Raumes aber zogen sich, fast bis zur Bühne hin, die langen, mit Blumen geschmückten Tafeln, an denen die Gäste des Rechtsanwalts Jacoby sich in Frühlingsbier und Kalbsbraten gütlich taten: Juristen, Offiziere, Kaufherren, Künstler, hohe Beamte nebst ihren Gattinnen und Töchtern, — mehr als hundertundfünfzig Herrschaften sicherlich. Man war ganz einfach, in schwarzem Rock und halbheller Frühlingstoilette, erschienen, denn heitere Ungezwungenheit war heute Gesetz. Die Herren liefen persönlich mit den Krügen zu den großen Fässern, die an der einen Seitenwand aufgestellt waren, und in dem weiten, bunten und lichten Raume, den der süßliche und schwüle Festdunst von Tannen, Blumen, Menschen, Bier und Speisen erfüllte, schwirrte und toste das Geklapper, das laute und einfache Gespräch, das helle, höfliche, lebhafte und sorglose Gelächter aller dieser Leute ... Der Rechtsanwalt saß unförmig und hilflos am Ende der einen Tafel, nahe der Bühne; er trank nicht viel und richtete hie und da ein mühsames Wort an seine Nachbarin, die Regierungsrätin Havermann. Er atmete widerwillig mit hängenden Mundwinkeln, und seine verquollenen, trübewässerigen Augen blickten unbeweglich und mit einer Art schwermütiger Befremdung in das fröhliche Treiben hinein, als läge in diesem Festdunst, in dieser geräuschvollen Heiterkeit etwas unsäglich Trauriges und Unverständliches ...

Nun wurden große Torten herumgereicht, wozu man anfing, süßen Wein zu trinken und Reden zu halten. Herr Hildebrandt, der Hofschauspieler, feierte das Frühlingsbier in einer Ansprache, die ganz aus klassischen Zitaten, ja, auch aus griechischen, bestand, und Assessor Witznagel toastete mit seinen kulantesten Bewegungen in der feinsinnigsten Weise auf die anwesenden Damen, indem er aus der nächsten Vase und vom Tischtuch eine Handvoll Blumen nahm und jeder davon eine Dame verglich. Amra Jacoby aber, die ihm in einer Toilette aus dünner, gelber Seide gegenübersaß, ward »die schönere Schwester der Teerose« genannt.

Gleich darauf strich sie mit der Hand über ihren weichen Scheitel, hob die Augenbrauen und nickte ihrem Gatten ernsthaft zu, — worauf der dicke Mann sich erhob und beinahe die ganze Stimmung verdorben hätte, indem er in seiner peinlichen Art mit häßlichem Lächeln ein paar armselige Worte stammelte ... Nur ein paar künstliche Bravos wurden laut, und einen Augenblick herrschte bedrücktes Schweigen. Alsbald jedoch trug die Fröhlichkeit wieder den Sieg davon, und schon begann man auch, sich rauchend und ziemlich bezecht zu erheben und eigenhändig unter großem Lärm die Tische aus dem Saale zu schaffen, denn man wollte tanzen.

Es war nach elf Uhr, und die Zwanglosigkeit war vollkommen geworden. Ein Teil der Gesellschaft war in den bunt beleuchteten Garten hinausgeströmt, um frische Luft zu schöpfen, während ein anderer im Saale verblieb, in Gruppen beisammenstand, rauchte, plauderte, Bier zapfte, im Stehen trank ... Da erscholl von der Bühne ein starker Trompetenstoß, der alles in den Saal berief. Musiker — Bläser und Streicher — waren eingetroffen und hatten sich vorm Vorhang niedergelassen; Stuhlreihen, auf denen rote Programme lagen, waren aufgestellt worden, und die Damen ließen sich nieder, während die Herren hinter ihnen oder zu beiden Seiten sich aufstellten. Es herrschte erwartungsvolle Stille.

Dann spielte das kleine Orchester eine rauschende Ouvertüre, der Vorhang öffnete sich — und siehe, da stand eine Anzahl scheußlicher Neger, in schreienden Kostümen und mit blutroten Lippen, welche die Zähne fletschten und ein barbarisches Geheul begannen ... Diese Aufführungen bildeten in der Tat den Höhepunkt von Amra's Fest. Begeisterter Applaus brach los, und Nummer für Nummer entwickelte sich das klug komponierte Programm: Frau Hildebrandt trat mit einer gepuderten Perücke auf, stieß mit einem langen Stock auf den Fußboden und sang überlaut: »That's Maria!« Ein Zauberkünstler erschien in ordenbedecktem Frack, um das Erstaunlichste zu vollführen, Herr Hildebrandt stellte Goethe, Bismarck und Napoleon zum Erschrecken ähnlich dar, und Redakteur Doktor Wiesensprung übernahm im letzten Augenblick einen humoristischen Vortrag über das Thema: ›Das Frühlingsbier in seiner sozialen Bedeutung.‹ Am Ende jedoch erreichte die Spannung ihren Gipfel, denn die letzte Nummer stand bevor, diese geheimnisvolle Nummer, die auf dem Programm mit einem Lorbeerkranze eingerahmt war und also lautete: »*Luischen*. Gesang und Tanz. Musik von Alfred Läutner.« —

Eine Bewegung ging durch den Saal, und die Blicke trafen sich, als die Musiker ihre Instrumente beiseite stellten und Herr Läutner, der bislang schweigsam und die Zigarette zwischen den gleichgültig aufgeworfenen Lippen an einer Tür gelehnt hatte, zusammen mit Amra Jacoby an dem Piano Platz nahm, das in der Mitte vorm Vorhang stand. Sein Gesicht war gerötet, und er blätterte nervös in den geschriebenen Noten, während Amra, die im Gegenteile ein wenig blaß war, einen Arm auf die Stuhllehne gestützt, mit einem lauernden Blick ins Publikum sah. Dann erscholl, während alle Hälse sich reckten, das scharfe Klingelzeichen. Herr Läutner und Amra spielten ein paar Takte belangloser Einleitung, der Vorhang rollte empor, Luischen erschien ...

Ein Ruck der Verblüffung und des Erstarrens pflanzte sich durch die Menge der Zuschauer fort, als diese traurige und gräßlich aufgeputzte Masse in mühsamem Bärentanzschritt hereinkam. Es war der Rechtsanwalt. Ein weites, faltenloses Kleid aus blutroter Seide, welches bis zu den Füßen hinabfiel, umgab seinen unförmigen Körper, und dieses Kleid war ausgeschnitten, so daß der mit Mehlpuder betupfte Hals widerlich freilag. Auch die Ärmel waren an den Schultern ganz kurz gepufft, aber lange, hellgelbe Handschuhe bedeckten die dicken und muskellosen Arme, während auf dem Kopfe eine hohe, semmelblonde Lockencoiffüre saß, auf der eine grüne Feder hin und wider wankte. Unter dieser Perücke aber blickte ein gelbes, verquollenes, unglückliches und verzweifelt munteres Gesicht hervor, dessen Wangen beständig in mitleiderregender Weise auf und nieder bebten und dessen kleine, rotgeränderte Augen, ohne etwas zu sehen, angestrengt auf den Fußboden niederstarrten, während der dicke Mann sich mühsam von einem Bein auf das andere warf, wobei er entweder mit beiden Händen sein Kleid erfaßt hielt oder mit kraftlosen Armen beide Zeigefinger emporhob, — er wußte keine andere Bewegung; und mit gepreßter und keuchender Stimme sang er zu den Klängen des Pianos ein albernes Lied . . .

Ging nicht mehr als jemals von dieser jammervollen Figur ein kalter Hauch des Leidens aus, der jede unbefangene Fröhlichkeit tötete und sich wie ein unabwendbarer Druck peinvoller Mißstimmung über diese ganze Gesellschaft legte? . . . Das nämliche Grauen lag im Grunde aller der zahllosen Augen, die sich wie gebannt geradeaus auf dieses Bild richteten, auf dieses Paar am Klaviere und auf diesen Ehegatten dort oben . . . Der stille, unerhörte Skandal dauerte wohl fünf lange Minuten.

Dann aber trat der Augenblick ein, den niemand, der ihm beigewohnt, während der Dauer seines Lebens vergessen wird . . . Vergegenwärtigen wir uns, was in dieser kleinen furchtbaren und komplizierten Zeitspanne eigentlich vor sich ging.

Man kennt das lächerliche Couplet, das ›Luischen‹ betitelt ist, und man erinnert sich ohne Zweifel der Zeilen, welche lauten:

> Den Walzertanz und auch die Polke
> Hat keine noch wie ich vollführt;
> Ich bin Luischen aus dem Volke,
> Die manches Männerherz gerührt . . .

— dieser unschönen und leichtfertigen Verse, die den Refrain der drei ziemlich langen Strophen bilden. Nun wohl, bei der Neukomposition dieser Worte hatte Alfred Läutner sein Meisterstück vollbracht, indem er seine Manier, inmitten eines vulgären und komischen Machwerkes durch ein plötzliches Kunststück der hohen Musik zu verblüffen, auf die Spitze getrieben hatte. Die Melodie, die sich in Cis-Dur bewegte, war während der ersten Strophen ziemlich hübsch und ganz banal gewesen. Zu Beginn

des zitierten Refrains wurde das Zeitmaß belebter, und Disso-
nanzen traten auf, die durch das immer lebhaftere Hervorklingen
eines h einen Übergang nach Fis-Dur erwarten ließen. Diese
Disharmonien komplizierten sich bis zu dem Worte »vollführt«,
und nach dem »ich bin«, das die Verwicklung und Spannung vollständig machte, mußte eine Auflösung nach Fis-Dur hin erfolgen.
Statt dessen geschah das Überraschendste. Durch eine jähe Wendung nämlich, vermittelst eines nahezu genialen Einfalles, schlug
hier die Tonart nach F-Dur um, und dieser Einsatz, der unter
Benutzung beider Pedale auf der lang ausgehaltenen zweiten
Silbe des Wortes »Luischen« erfolgte, war von unbeschreiblicher,
von ganz unerhörter Wirkung! Es war eine vollkommen ver-
blüffende Überrumpelung, eine jähe Berührung der Nerven, die
den Rücken hinunterschauerte, es war ein Wunder, eine Enthül-
lung, eine in ihrer Plötzlichkeit fast grausame Entschleierung, ein
Vorhang, der zerreißt . . .
Und bei diesem F-Dur-Akkord hörte der Rechtsanwalt Jacoby zu
tanzen auf. Er stand still, er stand inmitten der Bühne wie angewurzelt, beide Zeigefinger noch immer erhoben — einen ein wenig
niedriger als den anderen —, das i von »Luischen« brach ihm vom
Munde ab, er verstummte, und während fast gleichzeitig auch die
Klavierbegleitung sich scharf unterbrach, starrte diese abenteuerliche und gräßlich lächerliche Erscheinung dort oben mit tierisch
vorgeschobenem Kopf und entzündeten Augen geradeaus . . . Er
starrte in diesen geputzten, hellen und menschenvollen Festsaal
hinein, in dem, wie eine Ausdünstung aller dieser Menschen, der
fast zur Atmosphäre verdichtete Skandal lagerte . . . Er starrte in
alle diese erhobenen, verzogenen und scharfbeleuchteten Gesichter, in diese Hunderte von Augen, die alle sich mit dem gleichen
Ausdruck von Wissen auf das Paar dort unten vor ihm und auf
ihn selbst richteten . . . Er ließ, während eine furchtbare, von keinem Laut unterbrochene Stille über allen lagerte, seine immer
mehr sich erweiternden Augen langsam und unheimlich von diesem Paar auf das Publikum und von dem Publikum auf dies Paar
wandern, . . . eine Erkenntnis schien plötzlich über sein Gesicht zu
gehen, ein Blutstrom ergoß sich in dieses Gesicht, um es rot wie
das Seidenkleid aufquellen zu machen und es gleich darauf wachs-
gelb zurückzulassen, — und der dicke Mann brach zusammen, daß
die Bretter krachten.
— Während eines Augenblickes herrschte die Stille fort; dann
wurden Schreie laut, Tumult entstand, ein paar beherzte Herren,
darunter ein junger Arzt, sprangen vom Orchester aus auf die
Bühne, der Vorhang ward herabgelassen . . .
Amra Jacoby und Alfred Läutner saßen, voneinander abgewandt,
noch immer am Klavier. Er, gesenkten Hauptes, schien noch seinem Übergang nach F-Dur nachzuhorchen; sie, unfähig, mit

ihrem Spatzenhirn so rasch zu begreifen, was vor sich ging, blickte mit vollkommen leerem Gesichte um sich her . . .

Gleich darauf erschien der junge Arzt aufs neue im Saal, ein kleiner jüdischer Herr mit ernstem Gesicht und schwarzem Spitzbart. Einigen Herrschaften, die ihn an der Tür umringten, antwortete er achselzuckend:

»Aus.«

Der Weg zum Friedhof

Der Weg zum Friedhof lief immer neben der Chaussee, immer an ihrer Seite hin, bis er sein Ziel erreicht hatte, nämlich den Friedhof. An seiner anderen Seite lagen anfänglich menschliche Wohnungen, Neubauten der Vorstadt, an denen zum Teil noch gearbeitet wurde; und dann kamen Felder. Was die Chaussee betraf, die von Bäumen, knorrigen Buchen gesetzten Alters, flankiert wurde, so war sie zur Hälfte gepflastert, zur Hälfte war sie's nicht. Aber der Weg zum Friedhof war leicht mit Kies bestreut, was ihm den Charakter eines angenehmen Fußpfades gab. Ein schmaler, trockener Graben, von Gras und Wiesenblumen ausgefüllt, zog sich zwischen beiden hin.

Es war Frühling, beinahe schon Sommer. Die Welt lächelte. Gottes blauer Himmel war mit lauter kleinen, runden, kompakten Wolkenstückchen besetzt, betupft mit lauter schneeweißen Klümpchen von humoristischem Ausdruck. Die Vögel zwitscherten in den Buchen, und über die Felder daher kam ein milder Wind.

Auf der Chaussee schlich ein Wagen vom nächsten Dorfe her gegen die Stadt, er fuhr zur Hälfte auf dem gepflasterten, zur anderen Hälfte auf dem nicht gepflasterten Teile der Straße. Der Fuhrmann ließ seine Beine zu beiden Seiten der Deichsel hinabhängen und pfiff aufs unreinste. Am äußersten Hinterteile aber saß ein gelbes Hündchen, das ihm den Rücken zuwandte und über sein spitzes Schnäuzchen hinweg mit unsäglich ernster und gesammelter Miene auf den Weg zurückblickte, den es gekommen war. Es war ein unvergleichliches Hündchen, Goldes wert, tief erheiternd; aber leider gehört es nicht zur Sache, weshalb wir uns von ihm abkehren müssen. — Ein Trupp Soldaten zog vorüber. Sie kamen von der unfernen Kaserne, marschierten in ihrem Dunst und sangen. Ein zweiter Wagen schlich, von der Stadt kommend, gegen das nächste Dorf. Der Fuhrmann schlief, und ein Hündchen war nicht darauf, weshalb dieses Fuhrwerk ganz ohne Interesse ist. Zwei Handwerksburschen kamen des Weges, der eine bucklig, der andere ein Riese an Gestalt. Sie gingen barfuß, weil sie ihre Stiefel auf dem Rücken trugen, riefen dem schlafenden Fuhrmann etwas Gutgelauntes zu und zogen fürbaß. Es war ein maßvoller Verkehr, der sich ohne Verwicklungen und Zwischenfälle erledigte.

Auf dem Wege zum Friedhof ging nur *ein* Mann; er ging langsam, gesenkten Hauptes und gestützt auf einen schwarzen Stock. Dieser Mann hieß Piepsam, Lobgott Piepsam, und nicht anders. Wir nennen ausdrücklich seinen Namen, weil er sich in der Folge aufs sonderbarste benahm.

Er war schwarz gekleidet, denn er befand sich auf dem Wege zu den Gräbern seiner Lieben. Er trug einen rauhen, geschweiften Zylinderhut, einen altersblanken Gehrock, Beinkleider, die sowohl zu eng als auch zu kurz waren, und schwarze, überall abgeschabte Glacéhandschuhe. Sein Hals, ein langer, dürrer Hals mit großem Kehlkopfapfel, erhob sich aus einem Klappkragen, der ausfranste, ja, er war an den Kanten schon ein wenig aufgerauht, dieser Klappkragen. Wenn aber der Mann seinen Kopf erhob, was er zuweilen tat, um zu sehen, wie weit er noch vom Friedhof entfernt sei, so bekam man etwas zu sehen, ein seltenes Gesicht, ohne Frage ein Gesicht, das man nicht so schnell wieder vergaß.

Es war glatt rasiert und bleich. Zwischen den ausgehöhlten Wangen aber trat eine vorn sich knollenartig verdickende Nase hervor, die in einer unmäßigen, unnatürlichen Röte glühte und zum Überfluß von einer Menge kleiner Auswüchse strotzte, ungesunder Gewächse, die ihr ein unregelmäßiges und phantastisches Aussehen verliehen. Diese Nase, deren tiefe Glut scharf gegen die matte Blässe der Gesichtsfläche abstach, hatte etwas Unwahrscheinliches und Pittoreskes, sie sah aus wie angesetzt, wie eine Faschingsnase, wie ein melancholischer Spaß. Aber es war nicht an dem... Seinen Mund, einen breiten Mund mit gesenkten Winkeln, hielt der Mann fest geschlossen, und wenn er aufblickte, so zog er seine schwarzen, mit weißen Härchen durchsetzten Brauen hoch unter die Hutkrempe empor, daß man so recht zu sehen vermochte, wie entzündet und jämmerlich umrändert seine Augen waren. Kurzum, es war ein Gesicht, dem man die lebhafteste Sympathie dauernd nicht versagen konnte.

Lobgott Piepsams Erscheinung war nicht freudig, sie paßte schlecht zu diesem lieblichen Vormittag, und auch für einen, der die Gräber seiner Lieben besuchen will, war sie allzu trübselig. Wenn man aber in sein Inneres sah, so mußte man zugeben, daß ausreichende Gründe dafür vorhanden waren. Er war ein wenig gedrückt, wie?... es ist schwer, so lustigen Leuten wie euch dergleichen begreiflich zu machen... ein wenig unglücklich, nicht wahr? ein bißchen schlecht behandelt. Ach, die Wahrheit zu reden, so war er dies nicht nur ein wenig, er war es in hohem Grade, es war ohne Übertreibung elend mit ihm bestellt.

Erstens trank er. Nun, davon wird noch die Rede sein. Ferner war er verwitwet, verwaist und von aller Welt verlassen; er hatte nicht eine liebende Seele auf Erden. Seine Frau, eine geborene Lebzelt, war ihm entrissen worden, als sie ihm vor Halbjahrsfrist ein Kind geschenkt hatte; es war das dritte Kind, und es war tot gewesen. Auch die beiden anderen Kinder waren gestorben; das eine an der Diphtherie, das andere an nichts und wieder nichts, vielleicht an allgemeiner Unzulänglichkeit. Nicht genug damit, hatte er bald darauf seine Erwerbsstelle eingebüßt, war schimpflich aus Amt und Brot gejagt worden, und das hing mit jener Leidenschaft zusammen, die stärker war als Piepsam.

Er hatte ihr ehemals einigermaßen Widerpart zu halten vermocht, obgleich er ihr periodenweise unmäßig gefrönt hatte. Als ihm aber Weib und Kinder entrafft waren, als er ohne Halt und Stütze, von allem Anhang entblößt, allein auf Erden stand, war das Laster Herr über ihn geworden und hatte seinen seelischen Widerstand mehr und mehr gebrochen. Er war Beamter im Dienste einer Versicherungssozietät gewesen, eine Art von höherem Kopisten mit monatlich neunzig Reichsmark bar. In unzurechnungsfähigem Zustande jedoch hatte er sich grober Versehen schuldig gemacht und war, nach wiederholten Vermahnungen, endlich als dauernd unzuverlässig entlassen worden.

Es ist klar, daß dies durchaus keine sittliche Erhebung Piepsams zur Folge gehabt hatte, daß er nun vielmehr vollends dem Ruin anheimgefallen war. Ihr müßt nämlich wissen, daß das Unglück des Menschen Würde ertötet — es ist immerhin gut, ein wenig Einsicht in diese Dinge zu besitzen. Es hat eine sonderbare und schauerliche Bewandtnis hiermit. Es nützt nichts, daß der Mensch sich selbst seine Unschuld beteuert: in den meisten Fällen wird er sich für sein Unglück verachten. Selbstverachtung und Laster aber stehen in der schauderhaftesten Wechselbeziehung, sie nähren einander, sie arbeiten einander in die Hände, daß es ein Graus ist. So war es auch mit Piepsam. Er trank, weil er sich nicht achtete, und er achtete sich weniger und weniger, weil das immer erneute Zuschandenwerden aller guten Vorsätze sein Selbstvertrauen zerfraß. Zu Hause in seinem Kleiderschranke pflegte eine Flasche mit einer giftgelben Flüssigkeit zu stehen, einer verderblichen Flüssigkeit, wir nennen aus Vorsicht nicht ihren Namen. Vor diesem Schranke hatte Lobgott Piepsam buchstäblich schon auf den Knien gelegen und sich die Zunge zerbissen; und dennoch war er schließlich erlegen ... Wir erzählen euch nicht gern solche Dinge; aber sie sind immerhin lehrreich. — Nun ging er auf dem Wege zum Friedhof und stieß seinen schwarzen Stock vor sich hin. Der milde Wind umspielte auch *seine* Nase, aber er fühlte es nicht. Mit hoch emporgezogenen Brauen starrte er hohl und trüb in die Welt, ein elender und verlorener Mensch. — Plötzlich vernahm er hinter sich ein Geräusch und horchte auf: ein sanftes Rauschen näherte sich aus weiter Ferne her mit großer Geschwindigkeit. Er wandte sich um und blieb stehen ... Es war ein Fahrrad, dessen Pneumatik auf dem leicht mit Kies bestreuten Boden knirschte und das in voller Karriere herankam, dann aber sein Tempo verlangsamte, da Piepsam mitten im Wege stand.

Ein junger Mann saß auf dem Sattel, ein Jüngling, ein unbesorgter Tourist. Ach, mein Gott, er erhob durchaus nicht den Anspruch, zu den Großen und Herrlichen dieser Erde gezählt zu werden! Er fuhr eine Maschine von mittlerer Qualität, gleichviel aus welcher Fabrik, ein Rad im Preise von zweihundert Mark, auf gut Glück geraten. Und damit kutschierte er ein wenig über Land, frisch aus der Stadt hinaus, mit blitzenden Pedalen in Gottes freie Natur hinein, hurra! Er trug ein buntes Hemd und eine graue Jacke darüber, Sportgamaschen und das keckste Mützchen der Welt, — ein Witz von einem Mützchen, bräunlich kariert, mit einem Knopf auf der Höhe. Darunter aber kam ein Wust, ein dicker Schopf von blondem Haar hervor, das ihm über die Stirne emporstand. Seine Augen waren blitzblau. Er kam daher wie das Leben und rührte die Glocke; aber Piepsam ging nicht um eines Haares Breite aus dem Wege. Er stand da und blickte das Leben mit unbeweglicher Miene an.

Es warf ihm einen ärgerlichen Blick zu und fuhr langsam an ihm vorüber, worauf Piepsam ebenfalls wieder vorwärtszugehen begann. Als es aber vor ihm war, sagte er langsam und mit schwerer Betonung:

»Numero neuntausendsiebenhundertundsieben.«

Dann kniff er die Lippen zusammen und blickte unverwandt vor sich nieder, während er fühlte, daß des Lebens Blick verdutzt auf ihm ruhte.

Es hatte sich umgewendet, den Sattel hinter sich mit der einen Hand erfaßt und fuhr ganz langsam.

»Wie?« fragte es . . .

»Numero neuntausendsiebenhundertundsieben«, wiederholte Piepsam. »O nichts. Ich werde Sie anzeigen.«

»Sie werden mich anzeigen?« fragte das Leben, wandte sich noch weiter herum und fuhr noch langsamer, so daß es angestrengt mit der Lenkstange hin und her balancieren mußte . . .

»Gewiß«, antwortete Piepsam in einer Entfernung von fünf oder sechs Schritten.

»Warum?« fragte das Leben und stieg ab. Es blieb stehen und sah sehr erwartungsvoll aus.

»Das wissen Sie selbst sehr wohl.«

»Nein, das weiß ich nicht.«

»Sie müssen es wissen.«

»Aber ich weiß es *nicht*«, sagte das Leben, »und es interessiert mich auch außerordentlich wenig!« Damit machte es sich an sein Fahrrad, um wieder aufzusteigen. Es war durchaus nicht auf den Mund gefallen.

»Ich werde Sie anzeigen, weil Sie hier fahren, nicht dort draußen auf der Chaussee, sondern hier auf dem Wege zum Friedhof«, sagte Piepsam.

»Aber, lieber Herr!« sagte das Leben mit einem ärgerlichen und ungeduldigen Lachen, wandte sich neuerdings um und blieb stehen ... »Sie sehen hier Spuren von Fahrrädern den ganzen Weg entlang ... Hier fährt jedermann ...«

»Das ist mir *ganz* gleich«, entgegnete Piepsam, »ich werde Sie anzeigen.«

»Ei, so tun Sie, was Ihnen Vergnügen macht!« rief das Leben und stieg zu Rade. Es stieg wirklich auf, es blamierte sich nicht, indem ihm das Aufsteigen mißlang; es stieß sich nur ein einziges Mal mit dem Fuße ab, saß sicher im Sattel und legte sich ins Zeug, um wieder ein Tempo zu gewinnen, das seinem Temperamente entsprach.

»Wenn Sie nun noch weiter hier fahren, hier, auf dem Wege zum Friedhof, so werde ich Sie ganz sicher anzeigen«, sprach Piepsam mit erhöhter und bebender Stimme. Aber das Leben kümmerte sich jämmerlich wenig darum; es fuhr mit wachsender Geschwindigkeit weiter.

Hättet ihr in diesem Augenblick Lobgott Piepsams Gesicht gesehen, ihr wäret tief erschrocken gewesen. Er kniff die Lippen so fest zusammen, daß seine Wangen und sogar die glühende Nase sich ganz und gar verschoben, und unter den unnatürlich hoch emporgezogenen Brauen starrten seine Augen dem entrollenden Fahrzeug mit wahnsinnigem Ausdruck nach. Plötzlich stürzte er vorwärts. Er legte die kurze Strecke, die ihn von der Maschine trennte, rennend zurück und ergriff die Satteltasche; er klammerte sich mit beiden Händen daran fest, hing sich förmlich daran, und, immer mit übermenschlich fest zusammengekniffenen Lippen, stumm und mit wilden Augen, zerrte er aus Leibeskräften an dem vorwärtsstrebenden und balancierenden Zweirad. Wer ihn sah, konnte im Zweifel sein, ob er aus Bosheit beabsichtigte, den jungen Mann am Weiterfahren zu hindern, oder ob er von dem Wunsche gepackt worden war, sich ins Schlepptau nehmen zu lassen, sich hinten aufzuschwingen und mitzufahren, ebenfalls ein wenig hinauszukutschieren, mit blitzenden Pedalen in Gottes freie Natur hinein, hurra! ... Das Zweirad konnte dieser verzweifelten Last nicht lange widerstehen; es stand, es neigte sich, es fiel um.

Nun aber wurde das Leben grob. Es war auf ein Bein zu stehen gekommen, holte mit dem rechten Arme aus und gab Herrn Piepsam einen solchen Stoß vor die Brust, daß er mehrere Schritte zurücktaumelte. Dann sagte es mit bedrohlich anschwellender Stimme:

»Sie sind wohl besoffen, Kerl! Wenn Sie sonderbarer Patron sich's nun noch einmal einfallen lassen, mich aufzuhalten, so haue ich Sie in die Pfanne, verstehen Sie das? Ich schlage Ihnen die Knochen entzwei! Wollen Sie das zur Kenntnis nehmen!« Und damit drehte es Herrn Piepsam den Rücken zu, zog mit einer entrüsteten Bewegung sein Mützchen fester über den Kopf und stieg wieder aufs Rad. Nein, es war durchaus nicht auf den Mund gefallen. Auch mißlang ihm das Aufsteigen ebensowenig wie vorhin. Es trat wieder nur einmal an, saß sicher im Sattel und hatte die Maschine sofort in der Gewalt. Piepsam sah seinen Rücken sich rascher und rascher entfernen.

Er stand da, keuchte und starrte dem Leben nach ... Es stürzte nicht, es geschah ihm kein Unglück, kein Pneumatik platzte, und kein Stein lag ihm im Wege; federnd fuhr es dahin. Da begann Piepsam zu schreien und zu schimpfen — man konnte es ein Gebrüll heißen, es war gar keine menschliche Stimme mehr.

»Sie fahren nicht weiter!« schrie er. »Sie tun es nicht! Sie fahren dort draußen und nicht auf dem Wege zum Friedhof, hören Sie mich?! ... Sie steigen ab, Sie steigen sofort ab! Oh! oh! ich zeige Sie an! ich verklage Sie! Ach, Herr du mein Gott, wenn du stürztest, wenn du stürzen wolltest, du windige Kanaille, ich würde dich treten, mit dem Stiefel in dein Gesicht treten, du verfluchter Bube ...«

Niemals wurde dergleichen ersehen! Ein schimpfender Mann auf dem Wege zum Friedhof, ein Mann, der mit geschwollenem Kopfe brüllt, ein Mann, der vor Schimpfen tanzt, Kapriolen macht, Arme und Beine um sich wirft und sich nicht zu lassen weiß! Das Fahrzeug war schon gar nicht mehr sichtbar, und Piepsam tobte noch immer an derselben Stelle umher.

»Haltet ihn! Haltet ihn! Er fährt auf dem Wege zum Friedhof! Reißt ihn doch herunter, den verdammten Laffen! Ach ... ach ... hätte ich dich, wie wollte ich dich schinden, du alberner Hund, du dummer Windbeutel, du Hans Narr, du unwissender Geck ... Sie steigen ab! Sie steigen in diesem Augenblick ab! Wirft ihn denn keiner in den Staub, den Wicht!? ... Spazierenfahren, wie? Auf dem Wege zum Friedhof, was?! Du Schurke! Du dreister Bengel! Du verdammter Affe! Blitzblaue Augen, nicht wahr? Und was sonst noch? Der Teufel kratze sie dir aus, du unwissender, unwissender, unwissender Geck! ...«

Piepsam ging nun zu Redewendungen über, die nicht wiederzugeben sind, er schäumte und stieß mit geborstener Stimme die schändlichsten Schimpfworte hervor, indes die Raserei seines Körpers sich immer mehr verstärkte. Ein paar Kinder mit einem Korbe und einem Pinscherhunde kamen von der Chaussee herüber; sie kletterten über den Graben, umringten den schreienden Mann und blickten neugierig in sein verzerrtes Gesicht. Einige Leute, die dort hinten an den Neubauten arbeiteten oder eben ihre Mittagspause begonnen hatten, wurden ebenfalls aufmerksam, und Männer sowohl wie Mörtelweiber kamen den Weg daher auf die Gruppe zu. Aber Piepsam wütete immer weiter, es wurde immer schlimmer mit ihm. Er schüttelte blind und toll die Fäuste gen Himmel und nach allen Richtungen hin, zappelte mit den Beinen, drehte sich um sich selbst, beugte die Knie und schnellte wieder empor vor unmäßiger Anstrengung, recht laut zu schreien. Er machte nicht einen Augenblick Pause im Schimpfen, er ließ sich kaum Zeit zu atmen, und es war zum Erstaunen, woher ihm all die Worte kamen. Sein Gesicht war fürchterlich geschwollen, sein Zylinderhut saß ihm im Nacken, und sein umgebundenes Vorhemd hing ihm aus der Weste heraus. Dabei war er längst bei Allgemeinheiten angelangt und stieß Dinge hervor, die nicht im entferntesten mehr zur Sache gehörten. Es waren Anspielungen auf sein Lasterleben und religiöse Hindeutungen, in so unpassendem Tone vorgebracht und mit Schimpfwörtern liederlich untermischt.

»Kommt nur her, hommt nur alle herbei!« brüllte er. »Nicht ihr, nicht bloß ihr, auch ihr anderen, ihr mit den Mützchen und den blitzblauen Augen! Ich will euch Wahrheiten in die Ohren schreien, daß euch ewig grausen soll, euch windigen Wichten!... Grinst ihr? Zuckt ihr die Achseln?... Ich trinke... gewiß, ich trinke! Ich saufe sogar, wenn ihr's hören wollt! Was bedeutet das?! Es ist noch nicht aller Tage Abend! Es kommt der Tag, ihr nichtiges Geschmeiß, da Gott uns alle wägen wird... Ach... ach... des Menschen Sohn wird kommen in den Wolken, ihr unschuldigen Kanaillen, und seine Gerechtigkeit ist nicht von dieser Welt! Er wird euch in die äußerste Finsternis werfen, euch munteres Gezücht, wo da ist Heulen und...«

Er war jetzt von einer stattlichen Menschenansammlung umgeben. Einige lachten, und einige sahen ihn mit gerunzelten Brauen an. Es waren noch mehr Arbeiter und Mörtelweiber von den Bauten herangekommen. Ein Fuhrmann war von seinem Wagen gestiegen, der auf der Landstraße hielt, und, die Peitsche in der Hand, ebenfalls über den Graben herzugetreten. Ein Mann rüttelte Piepsam am Arme, aber das führte zu nichts. Ein Trupp Soldaten, der vorübermarschierte, reckte lachend die Hälse nach ihm. Der Pinscherhund konnte nicht länger an sich halten, stemmte die Vorderbeine gegen den Boden und heulte ihm mit eingeklemmtem Schwanze gerade ins Gesicht hinein.

Plötzlich schrie Lobgott Piepsam noch einmal aus voller Kraft: »Du steigst ab, du steigst sofort ab, du unwissender Geck!«, beschrieb mit einem Arme einen weiten Halbkreis und stürzte in sich selbst zusammen. Er lag da; jäh verstummt, als ein schwarzer Haufen inmitten der Neugierigen. Sein geschweifter Zylinderhut flog davon, sprang einmal vom Boden empor und blieb dann ebenfalls liegen.

Zwei Maurersleute beugten sich über den unbeweglichen Piepsam und verhandelten in dem biederen und vernünftigen Ton von arbeitenden Männern über den Fall. Dann machte sich der eine von ihnen auf die Beine und verschwand im Geschwindschritt.

Die Zurückbleibenden nahmen noch einige Experimente mit dem Bewußtlosen vor. Der eine besprengte ihn aus einer Bütte mit Wasser, ein anderer goß aus seiner Flasche Branntwein in die hohle Hand und rieb ihm die Schläfen damit. Aber diese Bemühungen wurden von keinem Erfolge gekrönt.

So verging ein kleine Weile. Dann wurden Räder laut, und ein Wagen kam auf der Chaussee heran. Es war ein Sanitätswagen, und an Ort und Stelle machte er halt: mit zwei hübschen kleinen Pferden bespannt und mit einem ungeheuren roten Kreuze an jeder Seite bemalt. Zwei Männer in kleidsamer Uniform kletterten vom Bocke herab, und während der eine sich an das Hinterteil des Wagens begab, um es zu öffnen und das verschiebbare Bett herauszuziehen, sprang der andere auf den Weg zum Friedhof, schob die Gaffer beiseite und schleppte mit Hilfe eines Mannes aus dem Volke Herrn Piepsam zum Wagen. Er wurde auf das Bett gestreckt und hineingeschoben wie ein Brot in den Backofen, worauf die Tür wieder zuschnappte und die beiden Uniformierten wieder auf den Bock kletterten. Das alles ging mit großer Präzision, mit ein paar geübten Griffen, klipp und klapp, wie im Affentheater.

Und dann fuhren sie Lobgott Piepsam von hinnen.

Gladius Dei

München leuchtete. Über den festlichen Plätzen und weißen Säulentempeln, den antikisierenden Monumenten und Barockkirchen, den springenden Brunnen, Palästen und Gartenanlagen der Residenz spannte sich strahlend ein Himmel von blauer Seide, und ihre breiten und lichten, umgrünten und wohlberechneten Perspektiven lagen in dem Sonnendunst eines ersten, schönen Junitages.

Vogelgeschwätz und heimlicher Jubel über allen Gassen ... Und auf Plätzen und Zeilen rollt, wallt und summt das unüberstürzte und amüsante Treiben der schönen und gemächlichen Stadt. Reisende aller Nationen kutschieren in den kleinen, langsamen Droschken umher, indem sie rechts und links in wahlloser Neugier an den Wänden der Häuser hinaufschauen, und steigen die Freitreppen der Museen hinan ...

Viele Fenster stehen geöffnet, und aus vielen klingt Musik auf die Straßen hinaus, Übungen auf dem Klavier, der Geige oder dem Violoncell, redliche und wohlgemeinte dilettantische Bemühungen. Im ›Odeon‹ aber wird, wie man vernimmt, an mehreren Flügeln ernstlich studiert.

Junge Leute, die das Nothung-Motiv pfeifen und abends die Hintergründe des modernen Schauspielhauses füllen, wandern, literarische Zeitschriften in den Seitentaschen ihrer Jacketts, in der Universität und der Staatsbibliothek aus und ein. Vor der Akademie der bildenden Künste, die ihre weißen Arme zwischen der Türkenstraße und dem Siegestor ausbreitet, hält eine Hofkarosse. Und auf der Höhe der Rampe stehen, sitzen und lagern in farbigen Gruppen die Modelle, pittoreske Greise, Kinder und Frauen in der Tracht der Albaner Berge.

Lässigkeit und hastloses Schlendern in all den langen Straßenzügen des Nordens ... Man ist von Erwerbsgier nicht gerade gehetzt und verzehrt dortselbst, sondern lebt angenehmen Zwecken. Junge Künstler, runde Hütchen auf den Hinterköpfen, mit lockeren Krawatten und ohne Stock, unbesorgte Gesellen, die ihren Mietzins mit Farbenskizzen bezahlen, gehen spazieren, um diesen hellblauen Vormittag auf ihre Stimmung wirken zu lassen, und sehen den kleinen Mädchen nach, diesem hübschen, untersetzten Typus mit den brünetten Haarbandeaus, den etwas zu großen Füßen und den unbedenklichen Sitten ... Jedes fünfte Haus läßt Atelierfensterscheiben in der Sonne blinken. Manchmal tritt ein Kunstbau aus der Reihe der bürgerlichen hervor, das Werk eines phantasievollen jungen Architekten, breit und flachbogig, mit bizarrer Ornamentik, voll Witz und Stil. Und plötzlich ist irgendwo die Tür an einer allzu langweiligen Fassade von einer kecken Improvisation umrahmt, von fließenden Linien und sonnigen Farben, Bacchanten, Nixen, rosigen Nacktheiten ...

Es ist stets aufs neue ergötzlich, vor den Auslagen der Kunstschreinereien und der Basare für moderne Luxusartikel zu verweilen. Wieviel phantasievoller Komfort, wieviel linearer Humor in der Gestalt aller Dinge! Überall sind die kleinen Skulptur-, Rahmen- und Antiquitätenhandlungen verstreut, aus deren Schaufenstern dir die Büsten der florentinischen Quattrocento-Frauen voll einer edlen Pikanterie entgegenschauen. Und der Besitzer des kleinsten und billigsten dieser Läden spricht dir von Donatello und Mino da Fiesole, als habe er das Vervielfältigungsrecht von ihnen persönlich empfangen ...

Aber dort oben am Odeonsplatz, angesichts der gewaltigen Loggia, vor der sich die geräumige Mosaikfläche ausbreitet, und schräg gegenüber dem Palast des Regenten drängen sich die Leute um die breiten Fenster und Schaukästen des großen Kunstmagazins, des weitläufigen Schönheitsgeschäftes von M. Blüthenzweig. Welche freudige Pracht der Auslage! Reproduktionen von Meisterwerken aus allen Galerien der Erde, eingefaßt in kostbare, raffiniert getönte und ornamentierte Rahmen in einem Geschmack von preziöser Einfachheit; Abbildungen moderner Gemälde, sinnenfroher Phantasien, in denen die Antike auf eine humorvolle und realistische Weise wiedergeboren zu sein scheint; die Plastik der Renaissance in vollendeten Abgüssen; nackte Bronzeleiber und zerbrechliche Ziergläser; irdene Vasen von steilem Stil, die aus Bädern von Metalldämpfen in einem schillernden Farbenmantel hervorgegangen sind; Prachtbände, Triumphe der neuen Ausstattungskunst, Werke modischer Lyriker, gehüllt in einen dekorativen und vornehmen Prunk; dazwischen die Porträts von Künstlern, Musikern, Philosophen, Schauspielern, Dichtern, der Volksneugier nach Persönlichem ausgehängt ... In dem ersten Fenster, der anstoßenden Buchhandlung zunächst, steht auf einer Staffelei ein großes Bild, vor dem die Menge sich staut: eine wertvolle, in rotbraunem Tone ausgeführte Photographie in breitem, altgoldenem Rahmen, ein aufsehenerregendes Stück, eine Nachbildung des Clous der großen internationalen Ausstellung des Jahres, zu deren Besuch an den Litfaßsäulen, zwischen Konzertprospekten und künstlerisch ausgestatteten Empfehlungen von Toilettenmitteln, archaisierende und wirksame Plakate einladen.

Blick um dich, sieh in die Fenster der Buchläden! Deinen Augen begegnen Titel wie ›Die Wohnungskunst seit der Renaissance‹, ›Die Erziehung des Farbensinnes‹, ›Die Renaissance im modernen Kunstgewerbe‹, ›Das Buch als Kunstwerk‹, ›Die dekorative Kunst‹,

›Der Hunger nach Kunst‹; — und du mußt wissen, daß diese Weckschriften tausendfach gekauft und gelesen werden, und daß abends über ebendieselben Gegenstände vor vollen Sälen geredet wird ...

Hast du Glück, so begegnet dir eine der berühmten Frauen in Person, die man durch das Medium der Kunst zu schauen gewohnt ist, eine jener reichen und schönen Damen von künstlich hergestelltem tizianischen Blond und im Brillantenschmuck, deren betörenden Zügen durch die Hand eines genialen Porträtisten die Ewigkeit zuteil geworden ist, und von deren Liebesleben die Stadt spricht, — Königinnen der Künstlerfeste im Karneval, ein wenig geschminkt, ein wenig gemalt, voll einer edlen Pikanterie, gefallsüchtig und anbetungswürdig. Und sieh, dort fährt ein großer Maler mit seiner Geliebten in einem Wagen die Ludwigstraße hinauf. Man zeigt sich das Gefährt, man bleibt stehen und blickt den beiden nach. Viele Leute grüßen. Und es fehlt nicht viel, daß die Schutzleute Front machen.

Die Kunst blüht, die Kunst ist an der Herrschaft, die Kunst streckt ihr rosenumwundenes Zepter über die Stadt hin und lächelt. Eine allseitige respektvolle Anteilnahme an ihrem Gedeihen, eine allseitige, fleißige und hingebungsvolle Übung und Propaganda in ihrem Dienste, ein treuherziger Kultus der Linie, des Schmuckes, der Form, der Sinne, der Schönheit obwaltet ... München leuchtete.

2

Es schritt ein Jüngling die Schellingstraße hinan; er schritt, umklingelt von den Radfahrern, in der Mitte des Hofpflasters der breiten Fassade der Ludwigskirche entgegen. Sah man ihn an, so war es, als ob ein Schatten über die Sonne ginge oder über das Gemüt eine Erinnerung an schwere Stunden. Liebte er die Sonne nicht, die schöne Stadt in Festglanz tauchte? Warum hielt er in sich gekehrt und abgewandt die Augen zu Boden gerichtet, indes er wandelte?

Er trug keinen Hut, woran bei der Kostümfreiheit der leichtgemuten Stadt keine Seele Anstoß nahm, sondern hatte statt dessen die Kapuze seines weiten, schwarzen Mantels über den Kopf gezogen, die seine niedrige, eckig vorspringende Stirn beschattete, seine Ohren bedeckte und seine hageren Wangen umrahmte. Welcher Gewissensgram, welche Skrupel und welche Mißhandlungen seiner selbst hatten diese Wangen so auszuhöhlen vermocht? Ist es nicht schauerlich, an solchem Sonnentage den Kummer in den Wangenhöhlen eines Menschen wohnen zu sehen? Seine dunklen Brauen verdickten sich stark an der schmalen Wurzel seiner Nase, die groß und gehöckert aus dem Gesichte hervorsprang, und seine Lippen waren stark und wulstig. Wenn er seine ziemlich nahe beieinanderliegenden braunen Augen erhob, bildeten sich Querfalten auf seiner kantigen Stirn. Er blickte mit einem Ausdruck von Wissen, Begrenztheit und Leiden. Im Profil gesehen, glich dieses Gesicht genau einem alten Bildnis von Möncheshand, aufbewahrt zu Florenz in einer engen und harten Klosterzelle, aus welcher einstmals ein furchtbarer und niederschmetternder Protest gegen das Leben und seinen Triumph erging . . .

Hieronymus schritt die Schellingstraße hinan, schritt langsam und fest, indes er seinen weiten Mantel von innen mit beiden Händen zusammenhielt. Zwei kleine Mädchen, zwei dieser hübschen, untersetzten Wesen mit den Haarbandeaus, den zu großen Füßen und den unbedenklichen Sitten, die Arm in Arm und abenteuerlustig an ihm vorüberschlenderten, stießen sich an und lachten, legten sich vornüber und gerieten ins Laufen vor Lachen über seine Kapuze und sein Gesicht. Aber er achtete dessen nicht. Gesenkten Hauptes und ohne nach rechts oder links zu blicken, überschritt er die Ludwigstraße und stieg die Stufen der Kirche hinan.

Die großen Flügel der Mitteltür standen weit geöffnet. In der geweihten Dämmerung, kühl, dumpfig und mit Opferrauch geschwängert, war irgendwo fern ein schwaches, rötliches Glühen bemerkbar. Ein altes Weib mit blutigen Augen erhob sich von einer Betbank und schleppte sich an Krücken zwischen den Säulen hindurch. Sonst war die Kirche leer.

Hieronymus benetzte sich Stirn und Brust am Becken, beugte das Knie vor dem Hochaltar und blieb dann im Mittelschiffe stehen. War es nicht, als sei seine Gestalt gewachsen, hier drinnen? Aufrecht und unbeweglich, mit frei erhobenem Haupte stand er da, seine große, gehöckerte Nase schien mit einem herrischen Ausdruck über den starken Lippen hervorzuspringen, und seine Augen waren nicht mehr zu Boden gerichtet, sondern blickten kühn und geradewegs ins Weite, zu dem Kruzifix auf dem Hochaltar hinüber. So verharrte er reglos eine Weile; dann beugte er zurücktretend aufs neue das Knie und verließ die Kirche.

Er schritt die Ludwigstraße hinauf, langsam und fest, gesenkten Hauptes, inmitten des breiten, ungepflasterten Fahrdammes, entgegen der gewaltigen Loggia mit ihren Statuen. Aber auf dem Odeonsplatz angelangt, blickte er auf, so daß sich Querfalten auf seiner kantigen Stirne bildeten, und hemmte seine Schritte: aufmerksam gemacht durch die Menschenansammlung vor den Auslagen der großen Kunsthandlung, des weitläufigen Schönheitsgeschäftes von M. Blüthenzweig.

Die Leute gingen von Fenster zu Fenster, zeigten sich die ausgestellten Schätze und tauschten ihre Meinungen aus, indes einer über des anderen Schulter blickte. Hieronymus mischte sich unter sie und begann auch seinerseits alle diese Dinge zu betrachten, alles in Augenschein zu nehmen, Stück für Stück.

Er sah die Nachbildungen von Meisterwerken aus allen Galerien der Erde, die kostbaren Rahmen in ihrer simplen Bizarrerie, die Renaissanceplastik, die Bronzeleiber und Ziergläser, die schillernden Vasen, den Buchschmuck und die Porträts der Künstler, Musiker, Philosophen, Schauspieler, Dichter, sah alles an und wandte an jeden Gegenstand einen Augenblick. Indem er seinen Mantel von innen mit beiden Händen fest zusammenhielt, drehte er seinen von der Kapuze bedeckten Kopf in kleinen, kurzen Wendungen von einer Sache zur nächsten, und unter seinen dunklen, an der Nasenwurzel stark sich verdichtenden Brauen, die er emporzog, blickten seine Augen mit einem befremdeten, stumpfen und kühl erstaunten Ausdruck auf jedes Ding eine Weile. So erreichte er das erste Fenster, dasjenige, hinter dem das aufsehenerregende Bild sich befand, blickte eine Zeitlang den vor ihm sich drängenden Leuten über die Schultern und gelangte endlich nach vorn, dicht an die Auslage heran.

Die große, rötlichbraune Photographie stand, mit äußerstem Geschmack in Altgold gerahmt, auf einer Staffelei inmitten des Fensterraumes. Es war eine Madonna, eine durchaus modern empfundene, von jeder Konvention freie Arbeit. Die Gestalt der heiligen Gebärerin war von berückender Weiblichkeit, entblößt und schön. Ihre großen, schwülen Augen waren dunkel umrändert, und ihre delikat und seltsam lächelnden Lippen standen halb geöffnet. Ihre schmalen, ein wenig nervös und krampfhaft gruppierten Finger umfaßten die Hüfte des Kindes, eines nackten Knaben von distinguierter und fast primitiver Schlankheit, der mit ihrer Brust spielte und dabei seine Augen mit einem klugen Seitenblick auf den Beschauer gerichtet hielt.

Zwei andere Jünglinge standen neben Hieronymus und unterhielten sich über das Bild, zwei junge Männer mit Büchern unter dem Arm, die sie aus der Staatsbibliothek geholt hatten oder dorthin brachten, humanistisch gebildete Leute, beschlagen in Kunst und Wissenschaft.

»Der Kleine hat es gut, hol' mich der Teufel!« sagte der eine.

»Und augenscheinlich hat er die Absicht, einen neidisch zu machen«, versetzte der andere . . . »Ein bedenkliches Weib!«

»Ein Weib zum Rasendwerden! Man wird ein wenig irre am Dogma von der unbefleckten Empfängnis . . .«

»Ja, ja, sie macht einen ziemlich berührten Eindruck . . . Hast du das Original gesehen?«

»Selbstverständlich. Ich war ganz angegriffen. Sie wirkt in der Farbe noch weit aphrodisischer . . . besonders die Augen.«

»Die Ähnlichkeit ist eigentlich doch ausgesprochen.«

»Wieso?«

»Kennst du nicht das Modell? Er hat doch seine kleine Putzmacherin dazu benützt. Es ist beinahe Porträt, nur stark ins Gebiet des Korrupten hinaufstilisiert . . . Die Kleine ist harmloser.«

»Das hoffe ich. Das Leben wäre allzu anstrengend, wenn es viele gäbe wie diese mater amata . . .«

»Die Pinakothek hat es angekauft.«

»Wahrhaftig? Sieh da! Sie wußte wohl übrigens, was sie tat. Die Behandlung des Fleisches und der Linienfluß des Gewandes ist wirklich eminent.«

»Ja, ein unglaublich begabter Kerl.«

»Kennst du ihn?«

»Ein wenig. Er wird Karriere machen, das ist sicher. Er war schon zweimal beim Regenten zur Tafel . . .«

Das letzte sprachen sie, während sie anfingen, voneinander Abschied zu nehmen.

»Sieht man dich heute abend im Theater?« fragte der eine. »Der dramatische Verein gibt Macchiavelli's ›Mandragola‹ zum besten.«

»Oh, bravo. Davon kann man sich Spaß versprechen. Ich hatte vor, ins Künstlervarieté zu gehen, aber es ist wahrscheinlich, daß ich den wackeren Nicolò schließlich vorziehe. Auf Wiedersehen . . .«

Sie trennten sich, traten zurück und gingen nach rechts und links auseinander. Neue Leute rückten an ihre Stelle und betrachteten das erfolgreiche Bild. Aber Hieronymus stand unbeweglich an seinem Platze; er stand mit vorgestrecktem Kopfe, und man sah, wie seine Hände, mit denen er auf der Brust seinen Mantel von innen zusammenhielt, sich krampfhaft ballten. Seine Brauen waren nicht mehr mit jenem kühl und ein wenig gehässig erstaunten Ausdruck emporgezogen, sie hatten sich gesenkt und verfinstert, seine Wangen, von der schwarzen Kapuze halb bedeckt, schienen tiefer ausgehöhlt als vordem, und seine dicken Lippen waren ganz bleich. Langsam neigte sein Kopf sich tiefer und tiefer, so daß er schließlich seine Augen ganz von unten herauf starr auf das Kunstwerk gerichtet hielt. Die Flügel seiner großen Nase bebten.

In dieser Haltung verblieb er wohl eine Viertelstunde. Die Leute um ihn her lösten sich ab, er aber wich nicht vom Platze. Endlich drehte er sich langsam, langsam auf den Fußballen herum und ging fort.

3

Aber das Bild der Madonna ging mit ihm. Immerdar, mochte er nun in seinem engen und harten Kämmerlein weilen oder in den kühlen Kirchen knien, stand es vor seiner empörten Seele, mit schwülen, umränderten Augen, mit rätselhaft lächelnden Lippen, entblößt und schön. Und kein Gebet vermochte es zu verscheuchen.

In der dritten Nacht aber geschah es, daß ein Befehl und Ruf aus der Höhe an Hieronymus erging, einzuschreiten und seine Stimme zu erheben gegen leichtherzige Ruchlosigkeit und frechen Schönheitsdünkel. Vergebens wendete er, Mosen gleich, seine blöde Zunge vor; Gottes Wille blieb unerschütterlich und verlangte laut von seiner Zaghaftigkeit diesen Opfergang unter die lachenden Feinde.

Da machte er sich auf am Vormittage und ging, weil Gott es wollte, den Weg zur Kunsthandlung, zum großen Schönheitsgeschäft von M. Blüthenzweig. Er trug die Kapuze über dem Kopf und hielt seinen Mantel von innen mit beiden Händen zusammen, indes er wandelte.

4

Es war schwül geworden; der Himmel war fahl, und ein Gewitter drohte. Wiederum belagerte viel Volks die Fenster der Kunsthandlung, besonders aber dasjenige, in dem das Madonnenbild sich befand. Hieronymus warf nur einen kurzen Blick dorthin; dann drückte er die Klinke der mit Plakaten und Kunstzeitschriften verhangenen Glastür. »Gott will es!« sagte er und trat in den Laden.

Ein junges Mädchen, das irgendwo an einem Pult in einem großen Buche geschrieben hatte, ein hübsches, brünettes Wesen mit Haarbandeaus und zu großen Füßen, trat auf ihn zu und fragte freundlich, was ihm zu Diensten stehe.

»Ich danke Ihnen«, sagte Hieronymus leise und blickte ihr, Querfalten in seiner kantigen Stirn, ernst in die Augen. »Nicht Sie will ich sprechen, sondern den Inhaber des Geschäftes, Herrn Blüthenzweig.«

Ein wenig zögernd zog sie sich von ihm zurück und nahm ihre Beschäftigung wieder auf. Er stand inmitten des Ladens.

Alles, was draußen in einzelnen Beispielen zur Schau gestellt war, es war hier drinnen zwanzigfach zu Hauf getürmt und üppig ausgebreitet: eine Fülle von Farbe, Linie und Form, von Stil, Witz, Wohlgeschmack und Schönheit. Hieronymus blickte langsam nach beiden Seiten, und dann zog er die Falten seines schwarzen Mantels fester um sich zusammen.

Es waren mehrere Leute im Laden anwesend. An einem der breiten Tische, die sich quer durch den Raum zogen, saß ein Herr in gelbem Anzug und mit schwarzem Ziegenbart und betrachtete eine Mappe mit französischen Zeichnungen, über die er manchmal ein meckerndes Lachen vernehmen ließ. Ein junger Mensch mit einem Aspekt von Schlechtbezahltheit und Pflanzenkost bediente ihn, indem er neue Mappen zur Ansicht herbeischleppte. Dem meckernden Herrn schräg gegenüber prüfte eine vornehme alte Dame moderne Kunststickereien, große Fabelblumen in blassen Tönen, die auf langen, steifen Stielen senkrecht nebeneinander standen. Auch um sie bemühte sich ein Angestellter des Geschäfts. An einem zweiten Tische saß, die Reisemütze auf dem Kopfe und die Holzpfeife im Munde, nachlässig ein Engländer. Durabel gekleidet, glatt rasiert, kalt und unbestimmten Alters, wählte er unter Bronzen, die Herr Blüthenzweig ihm persönlich herzutrug. Die ziere Gestalt eines nackten kleinen Mädchens, welche, unreif und zart gegliedert, ihre Händchen in koketter Keuschheit auf der Brust kreuzte, hielt er am Kopfe erfaßt und musterte sie eingehend, indem er sie langsam um sich selbst drehte.

Herr Blüthenzweig, ein Mann mit kurzem braunen Vollbart und blanken Augen von ebenderselben Farbe, bewegte sich händereibend um ihn herum, indem er das kleine Mädchen mit allen Vokabeln pries, deren er habhaft werden konnte.

»Hundertfünfzig Mark, Sir«, sagte er auf englisch; »Münchener Kunst, Sir. Sehr lieblich in der Tat. Voller Reiz, wissen Sie. Es ist die Grazie selbst, Sir. Wirklich äußerst hübsch, niedlich und bewunderungswürdig.« Hierauf fiel ihm noch etwas ein und er sagte: »Höchst anziehend und verlockend.« Dann fing er wieder von vorne an.

Seine Nase lag ein wenig platt auf der Oberlippe, so daß er beständig mit einem leicht fauchenden Geräusch in seinen Schnurrbart schnüffelte. Manchmal näherte er sich dabei dem Käufer in gebückter Haltung, als beröche er ihn. Als Hieronymus eintrat, untersuchte Herr Blüthenzweig ihn flüchtig in eben dieser Weise, widmete sich aber alsbald wieder dem Engländer.

Die vornehme Dame hatte ihre Wahl getroffen und verließ den Laden. Ein neuer Herr trat ein. Herr Blüthenzweig beroch ihn kurz, als wollte er so den Grad seiner Kauffähigkeit erkunden, und überließ es der jungen Buchhalterin, ihn zu bedienen. Der Herr erstand nur eine Fayencebüste Piero's, Sohn des prächtigen Medici, und entfernte sich wieder. Auch der Engländer begann nun aufzubrechen. Er hatte sich das kleine Mädchen zu eigen gemacht und ging unter den Verbeugungen Herrn Blüthenzweigs. Dann wandte sich der Kunsthändler zu Hieronymus und stellte sich vor ihn hin.

»Sie wünschen . . .«, fragte er ohne viel Demut.

Hieronymus hielt seinen Mantel von innen mit beiden Händen zusammen und blickte Herrn Blüthenzweig fast ohne mit den Wimpern zu zucken ins Gesicht. Er trennte langsam seine dicken Lippen und sagte:

»Ich komme zu Ihnen wegen des Bildes in jenem Fenster dort,

der großen Photographie, der Madonna.« — Seine Stimme war belegt und modulationslos.

»Jawohl, ganz recht«, sagte Herr Blüthenzweig lebhaft und begann, sich die Hände zu reiben: »Siebenzig Mark im Rahmen, mein Herr. Es ist unveränderlich ... eine erstklassige Reproduktion. Höchst anziehend und reizvoll.«

Hieronymus schwieg. Er neigte seinen Kopf in der Kapuze und sank ein wenig in sich zusammen, während der Kunsthändler sprach; dann richtete er sich wieder auf und sagte:

»Ich bemerke Ihnen im voraus, daß ich nicht in der Lage, noch überhaupt willens bin, irgend etwas zu kaufen. Es tut mir leid, Ihre Erwartungen enttäuschen zu müssen. Ich habe Mitleid mit Ihnen, wenn Ihnen das Schmerz bereitet. Aber erstens bin ich arm, und zweitens liebe ich die Dinge nicht, die Sie feilhalten. Nein, kaufen kann ich nichts.«

»Nicht ... also nicht«, sagte Herr Blüthenzweig und schnüffelte stark. »Nun, darf ich fragen ...«

»Wie ich Sie zu kennen glaube«, fuhr Hieronymus fort, »so verachten Sie mich darum, daß ich nicht imstande bin, Ihnen etwas abzukaufen ...«

»Hm ...«, sagte Herr Blüthenzweig. »Nicht doch! Nur ...«

»Dennoch bitte ich Sie, mir Gehör zu schenken und meinen Worten Gewicht beizulegen.«

»Gewicht beizulegen. Hm. Darf ich fragen ...«

»Sie dürfen fragen«, sagte Hieronymus, »und ich werde Ihnen antworten. Ich bin gekommen, Sie zu bitten, daß Sie jenes Bild, die große Photographie, die Madonna, sogleich aus Ihrem Fenster entfernen und sie niemals wieder zur Schau stellen.«

Herr Blüthenzweig blickte eine Weile stumm in Hieronymus' Gesicht, mit einem Ausdruck, als forderte er ihn auf, über seine abenteuerlichen Worte in Verlegenheit zu geraten. Da dies aber keineswegs geschah, so schnüffelte er heftig und brachte hervor:

»Wollen Sie die Güte haben, mir mitzuteilen, ob Sie hier in irgendeiner amtlichen Eigenschaft stehen, die Sie befugt, mir Vorschriften zu machen, oder was Sie eigentlich herführt ...«

»O nein«, antwortete Hieronymus; »ich habe weder Amt noch Würde von Staates wegen. Die Macht ist nicht auf meiner Seite, Herr. Was mich herführt, ist allein mein Gewissen.«

Herr Blüthenzweig bewegte nach Worten suchend den Kopf hin und her, blies heftig mit der Nase in seinen Schnurrbart und rang mit der Sprache. Endlich sagte er:

»Ihr Gewissen ... Nun, so wollen Sie gefälligst ... Notiz davon nehmen ... daß Ihr Gewissen für uns eine ... eine gänzlich belanglose Einrichtung ist!« —

Damit drehte er sich um, ging schnell zu seinem Pult im Hintergrunde des Ladens und begann zu schreiben. Die beiden Ladendiener lachten von Herzen. Auch das hübsche Fräulein kicherte über ihrem Kontobuche. Was den gelben Herrn mit dem schwarzen Ziegenbart betraf, so zeigte es sich, daß er ein Fremder war, denn er verstand augenscheinlich nichts von dem Gespräch, sondern fuhr fort, sich mit den französischen Zeichnungen zu beschäftigen, wobei er von Zeit zu Zeit sein meckerndes Lachen vernehmen ließ. —

»Wollen Sie den Herrn abfertigen«, sagte Herr Blüthenzweig über die Schulter hinweg zu seinem Gehilfen. Dann schrieb er weiter. Der junge Mensch mit dem Aspekt von Schlechtbezahltheit und Pflanzenkost trat auf Hieronymus zu, indem er sich des Lachens zu enthalten trachtete, und auch der andere Verkäufer näherte sich.

»Können wir Ihnen sonst irgendwie dienlich sein?« fragte der Schlechtbezahlte sanft. Hieronymus hielt unverwandt seinen leidenden, stumpfen und dennoch durchdringenden Blick auf ihn gerichtet.

»Nein«, sagte er, »sonst können Sie es nicht. Ich bitte Sie, das Madonnenbild unverzüglich aus dem Fenster zu entfernen, und zwar für immer.«

»Oh . . . Warum?«

»Es ist die heilige Mutter Gottes . . .«, sagte Hieronymus gedämpft.

»Allerdings . . . Sie hören ja aber, daß Herr Blüthenzweig nicht geneigt ist, Ihren Wunsch zu erfüllen.«

»Man muß bedenken, daß es die heilige Mutter Gottes ist«, sagte Hieronymus, und sein Kopf zitterte.

»Das ist richtig. — Und weiter? Darf man keine Madonnen ausstellen? Darf man keine malen?«

»Nicht so! Nicht so!« sagte Hieronymus beinahe flüsternd, indem er sich hoch emporrichtete und mehrmals heftig den Kopf schüttelte. Seine kantige Stirn unter der Kapuze war ganz von langen und tiefen Querfalten durchfurcht. »Sie wissen sehr wohl, daß es das Laster selbst ist, die nackte Wollust, die ein Mensch dort gemalt hat . . . die entblößte Wollust! Von zwei schlichten und unbewußten Leuten, die dieses Madonnenbild betrachteten, habe ich mit meinen Ohren gehört, daß es sie an dem Dogma der unbefleckten Empfängnis irremache . . .«

»Oh, erlauben Sie, nicht darum handelt es sich«, sagte der junge Verkäufer überlegen lächelnd. Er schrieb in seinen Mußestunden eine Broschüre über die moderne Kunstbewegung und war sehr wohl imstande, ein gebildetes Gespräch zu führen. »Das Bild ist ein Kunstwerk«, fuhr er fort, »und man muß den Maßstab daranlegen, der ihm gebührt. Es hat allerseits den größten Beifall gehabt. Der Staat hat es angekauft . . .«

»Ich weiß, daß der Staat es angekauft hat«, sagte Hieronymus.

»Ich weiß auch, daß der Maler zweimal beim Regenten gespeist hat. Das Volk spricht davon, und Gott weiß, wie es sich die Tatsache deutet, daß jemand für ein solches Werk zum hochgeehrten Manne wird. Wovon legt diese Tatsache Zeugnis ab? Von der Blindheit der Welt, einer Blindheit, die unfaßlich ist, wenn sie nicht auf schamloser Heuchelei beruht. Dieses Gebilde ist aus Sinnenlust entstanden und wird in Sinnenlust genossen ... ist dies wahr oder nicht? Antworten Sie! Antworten auch Sie, Herr Blüthenzweig!«

Eine Pause trat ein. Hieronymus schien allen Ernstes eine Antwort zu verlangen und blickte mit seinen leidenden und durchdringenden braunen Augen abwechselnd auf die beiden Verkäufer, die ihn neugierig und verdutzt anstarrten, und auf Herrn Blüthenzweigs runden Rücken. Es herrschte Stille. Nur der gelbe Herr mit dem schwarzen Ziegenbart ließ, über die französischen Zeichnungen gebeugt, sein meckerndes Lachen vernehmen.

»Es *ist* wahr!« fuhr Hieronymus fort, und in seiner belegten Stimme bebte eine tiefe Entrüstung ... »Sie wagen nicht, es zu leugnen! Wie aber ist es dann möglich, den Verfertiger dieses Gebildes im Ernste zu feiern, als habe er der Menschheit ideale Güter um eines vermehrt? Wie ist es dann möglich, davor zu stehen, sich unbedenklich dem schnöden Genusse hinzugeben, den es verursacht, und sein Gewissen mit dem Worte Schönheit zum Schweigen zu bringen, ja, sich ernstlich einzureden, man überlasse sich dabei einem edlen, erlesenen und höchst menschenwürdigen Zustande? Ist dies ruchlose Unwissenheit oder verworfene Heuchelei? Mein Verstand steht still an dieser Stelle ... er steht still vor der absurden Tatsache, daß ein Mensch durch die dumme und zuversichtliche Entfaltung seiner tierischen Triebe auf Erden zu höchstem Ruhme gelangen kann! — Schönheit ... Was ist Schönheit? Wodurch wird die Schönheit zutage getrieben und worauf wirkt sie? Es ist unmöglich, dies nicht zu wissen, Herr Blüthenzweig! Wie aber ist es denkbar, eine Sache so sehr zu durchschauen und nicht angesichts ihrer von Ekel und Gram erfüllt zu werden? Es ist verbrecherisch, die Unwissenheit der schamlosen Kinder und kecken Unbedenklichen durch die Erhöhung und frevle Anbetung der Schönheit zu bestätigen, zu bekräftigen und ihr zur Macht zu verhelfen, denn sie sind weit vom Leiden und weiter noch von der Erlösung! ... Du blickst schwarz, antworten Sie mir, du, Unbekannter. Das Wissen, sage ich Ihnen, ist die tiefste Qual der Welt; aber weiß es ist das Fegefeuer, ohne dessen läuternde Pein keines Menschen Seele zum Heile gelangt. Nicht kecker Kindersinn und ruchlose Unbefangenheit frommt, Herr Blüthenzweig, sondern jene Erkenntnis, in der die Leidenschaften unseres eklen Fleisches hinsterben und verlöschen.«

Stillschweigen. Der gelbe Herr mit dem schwarzen Ziegenbart meckerte kurz.

»Sie müssen nun wohl gehen«, sagte der Schlechtbezahlte sanft.

Aber Hieronymus machte keineswegs Anstalten, zu gehen. Hoch aufgerichtet in seinem Kapuzenmantel, mit brennenden Augen stand er inmitten des Kunstladens, und seine dicken Lippen formten mit hartem und gleichsam rostigem Klange unaufhaltsam verdammende Worte . . .

»Kunst! rufen sie, Genuß! Schönheit! Hüllt die Welt in Schönheit ein und verleiht jedem Dinge den Adel des Stiles! . . . Geht mir, Verruchte! Denkt man, mit prunkenden Farben das Elend der Welt zu übertünchen? Glaubt man, mit dem Festlärm des üppigen Wohlgeschmacks das Ächzen der gequälten Erde übertönen zu können? Ihr irrt, Schamlose! Gott läßt sich nicht spotten, und ein Greuel ist in seinen Augen euer frecher Götzendienst der gleißenden Oberfläche! . . . Du schmähst die Kunst, antworten Sie mir, du, Unbekannter. Sie lügen, sage ich Ihnen, ich schmähe nicht die Kunst! Die Kunst ist kein gewissenloser Trug, der lockend zur Bekräftigung und Bestätigung des Lebens im Fleische reizt! Die Kunst ist die heilige Fackel, die barmherzig hineinleuchte in alle fürchterlichen Tiefen, in alle scham- und gramvollen Abgründe des Daseins; die Kunst ist das göttliche Feuer, das an die Welt gelegt werde, damit sie aufflamme und zergehe samt all ihrer Schande und Marter in erlösendem Mitleid! . . . Nehmen Sie, Herr Blüthenzweig, nehmen Sie das Werk des berühmten Malers dort aus Ihrem Fenster, . . . ja, Sie täten gut, es mit einem heißen Feuer zu verbrennen und seine Asche in alle Winde zu streuen, in alle vier Winde! . . .«

Seine unschöne Stimme brach ab. Er hatte einen heftigen Schritt rückwärts getan, hatte einen Arm der Umhüllung des schwarzen Mantels entrissen, hatte ihn mit leidenschaftlicher Bewegung weit hinausgereckt und wies mit einer seltsam verzerrten, krampfhaft auf und nieder bebenden Hand auf die Auslage, das Schaufenster, dorthin, wo das aufsehenerregende Madonnenbild seinen Platz hatte. In dieser herrischen Haltung verharrte er. Seine große, gehöckerte Nase schien mit einem befehlshaberischen Ausdruck hervorzuspringen, seine dunklen, an der Nasenwurzel stark sich verdickenden Brauen waren so hoch emporgezogen, daß die kantige, von der Kapuze beschattete Stirn ganz in breiten Querfalten lag, und über seinen Wangenhöhlen hatte sich eine hektische Hitze entzündet.

Hier aber wandte Herr Blüthenzweig sich um. Sei es, daß die Zumutung, diese Siebenzig-Mark-Reproduktion zu verbrennen, ihn so aufrichtig entrüstete, oder daß überhaupt Hieronymus' Reden seine Geduld am Ende erschöpft hatten; jedenfalls bot er ein Bild gerechten und starken Zornes. Er wies mit dem Federhalter auf die Ladentür, blies mehrere Male kurz und erregt mit der Nase in den Schnurrbart, rang mit der Sprache und brachte dann mit höchstem Nachdruck hervor:

»Wenn Sie Patron nun nicht augenblicklich von der Bildfläche verschwinden, so lasse ich Ihnen durch den Packer den Abgang erleichtern, verstehen Sie mich?!«

»Oh, Sie schüchtern mich nicht ein, Sie verjagen mich nicht, Sie bringen meine Stimme nicht zum Schweigen!« rief Hieronymus, indem er oberhalb der Brust seine Kapuze mit der Faust zusammenraffte und furchtlos den Kopf schüttelte. — »Ich weiß, daß ich einsam und machtlos bin, und dennoch verstumme ich nicht, bis Sie mich hören, Herr Blüthenzweig! Nehmen Sie das Bild aus Ihrem Fenster und verbrennen Sie es noch heute! Ach, verbrennen Sie nicht dies allein! Verbrennen Sie auch diese Statuetten und Büsten, deren Anblick in Sünde stürzt, verbrennen Sie diese Vasen und Zierate, diese schamlosen Wiedergeburten des Heidentums, diese üppig ausgestatteten Liebesverse! Verbrennen Sie alles, was Ihr Laden birgt, Herr Blüthenzweig, denn es ist ein Unrat in Gottes Augen! Verbrennen, verbrennen, verbrennen Sie es!« rief er außer sich, indem er eine wilde, weite Bewegung rings in die Runde vollführte ... »Die Ernte ist reif für den Schnitter ... Die Frechheit dieser Zeit durchbricht alle Dämme ... Ich aber sage Ihnen ...«

»Krauthuber!« ließ Herr Blüthenzweig, einer Tür im Hintergrund zugewandt, mit Anstrengung seine Stimme vernehmen. »Kommen Sie sofort herein!«

Das, was infolge dieses Befehls auf dem Schauplatze erschien, war ein massiges und übergewaltiges Etwas, eine ungeheuerliche und strotzende menschliche Erscheinung von schreckeneinflößender Fülle, deren schwellende, quellende, gepolsterte Gliedmaßen überall formlos ineinander übergingen, ... eine unmäßige, langsam über den Boden wuchtende und schwer pustende Riesengestalt, genährt mit Malz, ein Sohn des Volkes von fürchterlicher Rüstigkeit! Ein fransenartiger Seehundsschnauzbart war droben in seinem Angesicht bemerkbar, ein gewaltiges, mit Kleister besudeltes Schurzfell bedeckte seinen Leib, und die gelben Ärmel seines Hemdes waren von seinen sagenhaften Armen zurückgerollt.

»Wollen Sie diesem Herrn die Türe öffnen, Krauthuber«, sagte Herr Blüthenzweig, »und, sollte er sie dennoch nicht finden, ihm auf die Straße hinausverhelfen.«

»Ha?« sagte der Mann, indem er mit seinen kleinen Elefantenaugen abwechselnd Hieronymus und seinen erzürnten Brotherrn betrachtete ... Es war ein dumpfer Laut von mühsam zurückgedämmter Kraft. Dann ging er, mit seinen Tritten alles um sich her erschütternd, zur Tür und öffnete sie.

Hieronymus war sehr bleich geworden. »Verbrennen Sie ...«,

wollte er sagen, aber schon fühlte er sich von einer furchtbaren Übermacht umgewandt, von einer Körperwucht, gegen die kein Widerstand denkbar war, langsam und unaufhaltsam der Tür entgegengedrängt.

»Ich bin schwach . . .«, brachte er hervor. »Mein Fleisch erträgt nicht die Gewalt . . . es hält nicht stand, nein . . . Was beweist das? Verbrennen Sie . . .«

Er verstummte. Er befand sich außerhalb des Kunstladens. Herrn Blüthenzweigs riesiger Knecht hatte ihn schließlich mit einem kleinen Stoß und Schwung fahren lassen, so daß er, auf eine Hand gestützt, seitwärts auf die steinerne Stufe niedergesunken war. Und hinter ihm schloß sich klirrend die Glastür.

Er richtete sich empor. Er stand aufrecht und hielt schwer atmend mit der einen Faust seine Kapuze oberhalb der Brust zusammengerafft, indes er die andere unter dem Mantel hinabhängen ließ. In seinen Wangenhöhlen lagerte eine graue Blässe; die Flügel seiner großen, gehöckerten Nase blähten und schlossen sich zukkend; seine häßlichen Lippen waren zu dem Ausdruck eines verzweifelten Hasses verzerrt, und seine Augen, von Glut umzogen, schweiften irr und ekstatisch über den schönen Platz.

Er sah nicht die neugierig und lachend auf ihn gerichteten Blicke. Er sah auf der Mosaikfläche vor der großen Loggia die Eitelkeiten der Welt, die Maskenkostüme der Künstlerfeste, die Zierate, Vasen, Schmuckstücke und Stilgegenstände, die nackten Statuen und Frauenbüsten, die malerischen Wiedergeburten des Heidentums, die Porträts der berühmten Schönheiten von Meisterhand, die üppig ausgestatteten Liebesverse und Propagandaschriften der Kunst pyramidenartig aufgetürmt und unter dem Jubelschrei des durch seine furchtbaren Worte geknechteten Volkes in prasselnde Flammen aufgehen. . . . Er sah gegen die gelbliche Wolkenwand, die von der Theatinerstraße heraufgezogen war und in der es leise donnerte, ein breites Feuerschwert stehen, das sich im Schwefellicht über die frohe Stadt hinreckte . . .

»Gladius Dei super terram . . .«, flüsterten seine dicken Lippen, und in seinem Kapuzenmantel sich höher emporrichtend, mit einem versteckten und krampfigen Schütteln seiner hinabhängenden Faust, murmelte er bebend: »Cito et velociter!«

Tristan

I

Hier ist ›Einfried‹, das Sanatorium! Weiß und geradlinig liegt es mit seinem langgestreckten Hauptgebäude und seinem Seitenflügel inmitten des weiten Gartens, der mit Grotten, Laubengängen und kleinen Pavillons aus Baumrinde ergötzlich ausgestattet ist, und hinter seinen Schieferdächern ragen tannengrün, massig und weich zerklüftet die Berge himmelan.

Nach wie vor leitet Doktor Leander die Anstalt. Mit seinem zweispitzigen schwarzen Bart, der hart und kraus ist wie das Roßhaar, mit dem man die Möbel stopft, seinen dicken, funkelnden Brillengläsern und diesem Aspekt eines Mannes, den die Wissenschaft gekältet, gehärtet und mit stillem, nachsichtigem Pessimismus erfüllt hat, hält er auf kurz angebundene und verschlossene Art die Leidenden in seinem Bann, — alle diese Individuen, die, zu schwach, sich selbst Gesetze zu geben und sie zu halten, ihm ihr Vermögen ausliefern, um sich von seiner Strenge stützen lassen zu dürfen.

Was Fräulein von Osterloh betrifft, so steht sie mit unermüdlicher Hingabe dem Haushalte vor. Mein Gott, wie tätig sie, treppauf und treppab, von einem Ende der Anstalt zum anderen eilt! Sie herrscht in Küche und Vorratskammer, sie klettert in den Wäscheschränken umher, sie kommandiert die Dienerschaft und bestellt unter den Gesichtspunkten der Sparsamkeit, der Hygiene, des Wohlgeschmacks und der äußeren Anmut den Tisch des Hauses, sie wirtschaftet mit einer rasenden Umsicht, und in ihrer extremen Tüchtigkeit liegt ein beständiger Vorwurf für die gesamte Männerwelt verborgen, von der noch niemand darauf verfallen ist, sie heimzuführen. Auf ihren Wangen aber glüht in zwei runden, karmoisinroten Flecken die unauslöschliche Hoffnung, dereinst Frau Doktor Leander zu werden . . .

Ozon und stille, stille Luft . . . für Lungenkranke ist ›Einfried‹, was Doktor Leanders Neider und Rivalen auch sagen mögen, aufs wärmste zu empfehlen. Aber es halten sich nicht nur Phthisiker, es halten sich Patienten aller Art, Herren, Damen und sogar Kinder hier auf: Doktor Leander hat auf den verschiedensten Gebieten Erfolge aufzuweisen. Es gibt hier gastrisch Leidende, wie die Magistratsrätin Spatz, die überdies an den Ohren krankt, Herrschaften mit Herzfehlern, Paralytiker, Rheumatiker und Nervöse in allen Zuständen. Ein diabetischer General verzehrt hier unter immerwährendem Murren seine Pension. Mehrere Herren mit entfleischten Gesichtern werfen auf jene unbeherrschte Art ihre Beine, die nichts Gutes bedeutet. Eine fünfzigjährige Dame, die Pastorin Höhlenrauch, die neunzehn Kinder zur Welt gebracht hat und absolut keines Gedankens mehr fähig ist, gelangt dennoch nicht zum Frieden, sondern irrt, von einer blöden Unrast getrieben, seit einem Jahre bereits am Arm ihrer Privatpflegerin starr und stumm, ziellos und unheimlich durch das ganze Haus.

Dann und wann stirbt jemand von den ›Schweren‹, die in ihren Zimmern liegen und nicht zu den Mahlzeiten noch im Konversationszimmer erscheinen, und niemand, selbst der Zimmernachbar nicht, erfährt etwas davon. In stiller Nacht wird der wächserne Gast beiseite geschafft, und ungestört nimmt das Treiben in ›Einfried‹ seinen Fortgang, das Massieren, Elektrisieren und Injizieren, das Duschen, Baden, Turnen, Schwitzen und Inhalieren in den verschiedenen mit allen Errungenschaften der Neuzeit ausgestatteten Räumlichkeiten . . .

Ja, es geht lebhaft zu hierselbst. Das Institut steht in Flor. Der Portier, am Eingange des Seitenflügels, rührt die große Glocke, wenn neue Gäste eintreffen, und in aller Form geleitet Doktor Leander, zusammen mit Fräulein von Osterloh, die Abreisenden zum Wagen. Was für Existenzen hat ›Einfried‹ nicht schon beherbergt! Sogar ein Schriftsteller ist da, ein exzentrischer Mensch, der den Namen irgendeines Minerals oder Edelsteines führt und hier dem Herrgott die Tage stiehlt . . .

Übrigens ist, neben Herrn Doktor Leander, noch ein zweiter Arzt vorhanden, für die leichten Fälle und die Hoffnungslosen. Aber er heißt Müller und ist überhaupt nicht der Rede wert.

2

Anfang Januar brachte Großkaufmann Klöterjahn — in Firma A. C. Klöterjahn & Comp. — seine Gattin nach ›Einfried‹; der Portier rührte die Glocke, und Fräulein von Osterloh begrüßte die weither gereisten Herrschaften im Empfangszimmer zu ebener Erde, das, wie beinahe das ganze vornehme alte Haus, in wunderbar reinem Empirestil eingerichtet war. Gleich darauf erschien auch Doktor Leander; er verbeugte sich, und es entspann sich eine erste, für beide Teile orientierende Konversation.

Draußen lag der winterliche Garten mit Matten über den Beeten, verschneiten Grotten und vereinsamten Tempelchen, und zwei Hausknechte schleppten vom Wagen her, der auf der Chaussee vor der Gatterpforte hielt — denn es führte keine Anfahrt zum Hause —, die Koffer der neuen Gäste herbei.

»Langsam, Gabriele, take care, mein Engel, und halte den Mund zu«, hatte Herr Klöterjahn gesagt, als er seine Frau durch den Garten führte; und in dieses »take care« mußte zärtlich und zitternden Herzens jedermann innerlich einstimmen, der sie erblickte, — wenn auch nicht zu leugnen ist, daß Herr Klöterjahn es anstandslos auf deutsch hätte sagen können.

Der Kutscher, welcher die Herrschaften von der Station zum Sanatorium gefahren hatte, ein roher, unbewußter Mann ohne Feingefühl, hatte geradezu die Zunge zwischen die Zähne genommen vor ohnmächtiger Behutsamkeit, während der Großkaufmann seiner Gattin beim Aussteigen behilflich war; ja, es hatte ausgesehen, als ob die beiden Braunen, in der stillen Frostluft qualmend, mit rückwärts gerollten Augen angestrengt diesen ängstlichen Vorgang verfolgten, voll Besorgnis für soviel schwache Grazie und zarten Liebreiz.

Die junge Frau litt an der Luftröhre, wie ausdrücklich in dem anmeldenden Schreiben zu lesen stand, das Herr Klöterjahn vom Strande der Ostsee aus an den dirigierenden Arzt von ›Einfried‹ gerichtet hatte, und Gott sei Dank, daß es nicht die Lunge war! Wenn es aber dennoch die Lunge gewesen wäre, — diese neue Patientin hätte keinen holderen und veredelteren, keinen entrückteren und unstofflicheren Anblick gewähren können als jetzt, da sie an der Seite ihres stämmigen Gatten, weich und ermüdet in den weißlackierten, gradlinigen Armsessel zurückgelehnt, dem Gespräche folgte.

Ihre schönen, blassen Hände, ohne Schmuck bis auf den schlichten Ehering, ruhten in den Schoßfalten eines schweren und dunklen Tuchrockes, und sie trug eine silbergraue, anschließende Taille mit festem Stehkragen, die mit hochaufliegenden Sammetarabesken über und über besetzt war. Aber diese gewichtigen und warmen Stoffe ließen die unsägliche Zartheit, Süßigkeit und Mattigkeit des Köpfchens nur noch rührender, unirdischer und lieblicher erscheinen. Ihr lichtbraunes Haar, tief im Nacken zu einem Knoten zusammengefaßt, war glatt zurückgestrichen, und nur in der Nähe der rechten Schläfe fiel eine krause, lose Locke in die Stirn, unfern der Stelle, wo über der markant gezeichneten Braue ein kleines, seltsames Äderchen sich blaßblau und kränklich in der Klarheit und Makellosigkeit dieser wie durchsichtigen Stirn verzweigte. Dies blaue Äderchen über dem Auge beherrschte auf eine beunruhigende Art das ganze feine Oval des Gesichts. Es trat sichtbarer hervor, sobald die Frau zu sprechen begann, ja, sobald sie auch nur lächelte, und es gab alsdann dem Gesichtsausdruck etwas Angestrengtes, ja selbst Bedrängtes, was unbestimmte Befürchtungen erweckte. Dennoch sprach sie und lächelte. Sie sprach freimütig und freundlich mit ihrer leicht verschleierten Stimme, und sie lächelte mit ihren Augen, die ein wenig mühsam blickten, ja hie und da eine kleine Neigung zum Verschießen zeigten, und deren Winkel, zu beiden Seiten der schmalen Nasenwurzel, in tiefem Schatten lagen, sowie mit ihrem schönen, breiten Munde, der blaß war und dennoch zu leuchten schien, vielleicht, weil seine Lippen so überaus scharf und deutlich umrissen waren. Manchmal hüstelte sie. Hierbei führte sie ihr Taschentuch zum Munde und betrachtete es alsdann.

»Hüstle nicht, Gabriele«, sagte Herr Klöterjahn. »Du weißt, daß Doktor Hinzpeter zu Hause es dir extra verboten hat, darling, und es ist bloß, daß man sich zusammennimmt, mein Engel. Es ist, wie gesagt, die Luftröhre«, wiederholte er. »Ich glaubte wahrhaftig, es wäre die Lunge, als es losging, und kriegte, weiß Gott, einen Schreck. Aber es ist nicht die Lunge, nee, Deubel noch mal, auf so was lassen wir uns nicht ein, was, Gabriele? hö, hö!«

»Zweifelsohne«, sagte Doktor Leander und funkelte sie mit seinen Brillengläsern an.

Hierauf verlangte Herr Klöterjahn Kaffee, — Kaffee und Buttersemmeln, und er hatte eine anschauliche Art, den K-Laut ganz hinten im Schlunde zu bilden und »Bottersemmeln« zu sagen, daß jedermann Appetit bekommen mußte.

Er bekam, was er wünschte, bekam auch Zimmer für sich und seine Gattin, und man richtete sich ein.

Übrigens übernahm Doktor Leander selbst die Behandlung, ohne Doktor Müller für den Fall in Anspruch zu nehmen.

3

Die Persönlichkeit der neuen Patientin erregte ungewöhnliches Aufsehen in ›Einfried‹, und Herr Klöterjahn, gewöhnt an solche Erfolge, nahm jede Huldigung, die man ihr darbrachte, mit Genugtuung entgegen. Der diabetische General hörte einen Augenblick zu murren auf, als er ihrer zum ersten Male ansichtig wurde, die Herren mit den entfleischten Gesichtern lächelten und versuchten angestrengt, ihre Beine zu beherrschen, wenn sie in ihre Nähe kamen, und die Magistratsrätin Spatz schloß sich ihr sofort als ältere Freundin an. Ja, sie machte Eindruck, die Frau, die Herrn Klöterjahns Namen trug! Ein Schriftsteller, der seit ein paar Wochen in ›Einfried‹ seine Zeit verbrachte, ein befremdender Kauz, dessen Name wie der eines Edelsteines lautete, verfärbte sich geradezu, als sie auf dem Korridor an ihm vorüberging, blieb stehen und stand noch immer wie angewurzelt, als sie schon längst entschwunden war.

Zwei Tage waren noch nicht vergangen, als die ganze Kurgesellschaft mit ihrer Geschichte vertraut war. Sie war aus Bremen gebürtig, was übrigens, wenn sie sprach, an gewissen liebenswürdigen Lautverzerrungen zu erkennen war, und hatte dortselbst vor zwiefacher Jahresfrist dem Großhändler Klöterjahn ihr Jawort fürs Leben erteilt. Sie war ihm in seine Vaterstadt, dort oben am Ostseestrande, gefolgt und hatte ihm vor nun etwa zehn Monaten unter ganz außergewöhnlich schweren und gefährlichen Umständen ein Kind, einen bewundernswert lebhaften und wohlgeratenen Sohn und Erben beschert. Seit diesen furchtbaren Tagen aber war sie nicht wieder zu Kräften gekommen, gesetzt, daß sie jemals bei Kräften gewesen war. Sie war kaum vom Wochenbette erstanden, äußerst erschöpft, äußerst verarmt an Lebenskräften, als sie beim Husten ein wenig Blut aufgebracht hatte, — oh, nicht viel, ein unbedeutendes bißchen Blut; aber es wäre doch besser überhaupt nicht zum Vorschein gekommen, und das Bedenkliche war, daß derselbe kleine unheimliche Vorfall sich nach kurzer Zeit wiederholte. Nun, es gab Mittel hiergegen, und Doktor Hinzpeter, der Hausarzt, bediente sich ihrer. Vollständige Ruhe wurde geboten, Eisstückchen wurden geschluckt, Morphium ward gegen den Hustenreiz verabfolgt und das Herz nach Möglichkeit beruhigt. Die Genesung aber wollte sich nicht einstellen, und während das Kind, Anton Klöterjahn der Jüngere, ein Prachtstück von einem Baby, mit ungeheurer Energie und Rücksichtslosigkeit seinen Platz im Leben eroberte und behauptete, schien die junge Mutter in einer sanften und stillen Glut dahinzuschwinden . . . Es war, wie gesagt, die Luftröhre, ein Wort, das in Doktor Hinzpeters Munde eine überraschend tröstliche, beruhigende, fast erheiternde Wirkung auf alle Gemüter ausübte. Aber obgleich es nicht die Lunge war, hatte der Doktor schließlich den Einfluß eines milderen Klimas und des Aufenthaltes in einer Kuranstalt zur Beschleunigung der Heilung als dringend wünschenswert erachtet, und der Ruf des Sanatoriums ›Einfried‹ und seines Leiters hatte das übrige getan.

So verhielt es sich; und Herr Klöterjahn selbst erzählte es jedem, der Interesse dafür an den Tag legte. Er redete laut, salopp und gutgelaunt, wie ein Mann, dessen Verdauung sich in so guter Ordnung befindet wie seine Börse, mit weit ausladenden Lippenbewegungen, in der breiten und dennoch rapiden Art der Küstenbewohner vom Norden. Manche Worte schleuderte er hervor, daß jeder Laut einer kleinen Entladung glich, und lachte darüber wie über einen gelungenen Spaß.

Er war mittelgroß, breit, stark und kurzbeinig und besaß ein volles, rotes Gesicht mit wasserblauen Augen, die von ganz hellblonden Wimpern beschattet waren, geräumigen Nüstern und feuchten Lippen. Er trug einen englischen Backenbart, war ganz englisch gekleidet und zeigte sich entzückt, eine englische Familie, Vater, Mutter und drei hübsche Kinder mit ihrer nurse, in ›Einfried‹ anzutreffen, die sich hier aufhielt, einzig und allein, weil sie nicht wußte, wo sie sich sonst aufhalten sollte, und mit der er morgens englisch frühstückte. Überhaupt liebte er es, viel und gut zu speisen und zu trinken, zeigte sich als ein wirklicher Kenner von Küche und Keller und unterhielt die Kurgesellschaft aufs anregendste von den Diners, die daheim in seinem Bekanntenkreise gegeben wurden, sowie mit der Schilderung gewisser aus-

irgendeines - some.any

erlesener, hier unbekannter Platten. Hierbei zogen seine Augen sich mit freundlichem Ausdruck zusammen und seine Sprache erhielt etwas Gaumiges und Nasales, indes leicht schmatzende Geräusche im Schlunde sie begleiteten. Daß er auch anderen irdischen Freuden nicht grundsätzlich abhold war, bewies er an jenem Abend, als ein Kurgast von ›Einfried‹, ein Schriftsteller von Beruf, ihn auf dem Korridor in ziemlich unerlaubter Weise mit einem Stubenmädchen scherzen sah, — ein kleiner, humoristischer Vorgang, zu dem der betreffende Schriftsteller eine lächerlich angeekelte Miene machte.

Was Herrn Klöterjahns Gattin anging, so war klar und deutlich zu beobachten, daß sie ihm von Herzen zugetan war. Sie folgte lächelnd seinen Worten und Bewegungen: nicht mit der überheblichen Nachsicht, die manche Leidenden den Gesunden entgegenbringen, sondern mit der liebenswürdigen Freude und Teilnahme gutgearteter Kranker an den zuversichtlichen Lebensäußerungen von Leuten, die in ihrer Haut sich wohlfühlen.

Herr Klöterjahn verweilte nicht lange in ›Einfried‹. Er hatte seine Gattin hierher geleitet; nach Verlauf einer Woche aber, als er sie wohl aufgehoben und in guten Händen wußte, war seines Bleibens nicht länger. Pflichten von gleicher Wichtigkeit, sein blühendes Kind, sein ebenfalls blühendes Geschäft, riefen ihn in die Heimat zurück; sie zwangen ihn, abzureisen und seine Frau im Genusse der besten Pflege zurückzulassen.

care, attention

4

Spinell hieß der Schriftsteller, der seit mehreren Wochen in ›Einfried‹ lebte, Detlev Spinell war sein Name, und sein Äußeres war wunderlich.

Man vergegenwärtige sich einen Brünetten am Anfang der Dreißiger und von stattlicher Statur, dessen Haar an den Schläfen schon merklich zu ergrauen beginnt, dessen rundes, weißes, ein wenig gedunsenes Gesicht aber nicht die Spur irgendeines Bartwuchses zeigt. Es war nicht rasiert, — man hätte es gesehen; weich, verwischt und knabenhaft, war es nur hier und da mit einzelnen Flaumhärchen besetzt. Und das sah ganz merkwürdig aus. Der Blick seiner rehbraunen, blanken Augen war von sanftem Ausdruck, die Nase gedrungen und ein wenig zu fleischig. Ferner besaß Herr Spinell eine gewölbte, poröse Oberlippe römischen Charakters, große, kariöse Zähne und Füße von seltenem Umfange. Einer der Herren mit den unbeherrschten Beinen, der ein Zyniker und Witzbold war, hatte ihn hinter seinem Rükken »der verweste Säugling« getauft; aber das war häßlich und wenig zutreffend. — Er ging gut und modisch gekleidet, in langem schwarzen Rock und farbig punktierter Weste.

1. administration | apparate, pertinent
2. writing

Er war ungesellig und hielt mit keiner Seele Gemeinschaft. Nur zuweilen konnte eine leutselige, liebevolle und überquellende Stimmung ihn befallen, und das geschah jedesmal, wenn Herr Spinell in ästhetischen Zustand verfiel, wenn der Anblick von irgend etwas Schönem, der Zusammenklang zweier Farben, eine Vase von edler Form, das vom Sonnenuntergang bestrahlte Gebirge ihn zu lauter Bewunderung hinriß. »Wie schön!« sagte er dann, indem er den Kopf auf die Seite legte, die Schultern emporzog, die Hände spreizte und Nase und Lippen krauste. »Gott, sehen Sie, wie schön!« Und er war imstande, blindlings die distinguiertesten Herrschaften, ob Mann oder Weib, zu umhalsen in der Bewegung solcher Augenblicke . . .

Beständig lag auf seinem Tische, für jeden sichtbar, der sein Zimmer betrat, das Buch, das er geschrieben hatte. Es war ein Roman von mäßigem Umfange, mit einer vollkommen verwirrenden Umschlagzeichnung versehen und gedruckt auf einer Art von Kaffeesiebpapier mit Buchstaben, von denen ein jeder aussah wie eine gotische Kathedrale. Fräulein von Osterloh hatte es in einer müßigen Viertelstunde gelesen und fand es »raffiniert«, was ihre Form war, das Urteil »unmenschlich langweilig« zu umschreiben. Es spielte in mondänen Salons, in üppigen Frauengemächern, die voller erlesener Gegenstände waren, voll von Gobelins, uralten Meubles, köstlichem Porzellan, unbezahlbaren Stoffen und künstlerischen Kleinodien aller Art. Auf die Schilderung dieser Dinge war der liebevollste Wert gelegt, und beständig sah man dabei Herrn Spinell, wie er die Nase kraus zog und sagte: »Wie schön! Gott, sehen Sie, wie schön!« . . . Übrigens mußte es wundernehmen, daß er noch nicht mehr Bücher verfaßt hatte als dieses eine, denn augenscheinlich schrieb er mit Leidenschaft. Er verbrachte den größeren Teil des Tages schreibend auf seinem Zimmer und ließ außerordentlich viele Briefe zur Post befördern, fast täglich einen oder zwei, — wobei es nur als befremdend und belustigend auffiel, daß er seinerseits höchst selten welche empfing . . .

5

Herr Spinell saß der Gattin Herrn Klöterjahns bei Tische gegenüber. Zur ersten Mahlzeit, an der die Herrschaften teilnahmen, erschien er ein wenig zu spät in dem großen Speisesaal im Erdgeschoß des Seitenflügels, sprach mit weicher Stimme einen an alle gerichteten Gruß und begab sich an seinen Platz, worauf Doktor Leander ihn ohne viel Zeremonie den neu Angekommenen vorstellte. Er verbeugte sich und begann dann, offenbar ein wenig verlegen, zu essen, indem er Messer und Gabel mit seinen großen, weißen und schön geformten Händen, die aus sehr engen

Ärmeln hervorsahen, in ziemlich affektierter Weise bewegte. Später ward er frei und betrachtete in Gelassenheit abwechselnd Herrn Klöterjahn und seine Gattin. Auch richtete Herr Klöterjahn im Verlaufe der Mahlzeit einige Fragen und Bemerkungen betreffend die Anlage und das Klima von ›Einfried‹ an ihn, in die seine Frau in ihrer lieblichen Art zwei oder drei Worte einfließen ließ, und die Herr Spinell höflich beantwortete. Seine Stimme war mild und recht angenehm; aber er hatte eine etwas behinderte und schlürfende Art zu sprechen, als seien seine Zähne der Zunge im Wege.

Nach Tische, als man ins Konversationszimmer hinübergegangen war und Doktor Leander den neuen Gästen im besonderen eine gesegnete Mahlzeit wünschte, erkundigte sich Herrn Klöterjahns Gattin nach ihrem Gegenüber.

»Wie heißt der Herr?« fragte sie . . . »Spinelli? Ich habe den Namen nicht verstanden.«

»Spinell . . . nicht Spinelli, gnädige Frau. Nein, er ist kein Italiener, sondern bloß aus Lemberg gebürtig, soviel ich weiß . . .«

»Was sagten Sie? Er ist Schriftsteller? Oder was?« fragte Herr Klöterjahn; er hielt die Hände in den Taschen seiner bequemen englischen Hose, neigte sein Ohr dem Doktor zu und öffnete, wie manche Leute pflegen, den Mund beim Horchen.

»Ja, ich weiß nicht, — er schreibt . . .«, antwortete Doktor Leander. »Er hat, glaube ich, ein Buch veröffentlicht, eine Art Roman, ich weiß wirklich nicht . . .«

Dieses wiederholte »Ich weiß nicht« deutete an, daß Doktor Leander keine großen Stücke auf den Schriftsteller hielt und jede Verantwortung für ihn ablehnte.

»Aber das ist ja sehr interessant!« sagte Herrn Klöterjahns Gattin. Sie hatte noch nie einen Schriftsteller von Angesicht zu Angesicht gesehen.

»O ja«, erwiderte Doktor Leander entgegenkommend. »Er soll sich eines gewissen Rufes erfreuen . . .« Dann wurde nicht mehr von dem Schriftsteller gesprochen.

Aber ein wenig später, als die neuen Gäste sich zurückgezogen hatten und Doktor Leander ebenfalls das Konversationszimmer verlassen wollte, hielt Herr Spinell ihn zurück und erkundigte sich auch seinerseits.

»Wie ist der Name des Paares?« fragte er . . . »Ich habe natürlich nichts verstanden.«

»Klöterjahn«, antwortete Doktor Leander und ging schon wieder.

»Wie heißt der Mann?« fragte Herr Spinell . . .

»Klöterjahn heißen sie!« sagte Doktor Leander und ging seiner Wege. — Er hielt gar keine großen Stücke auf den Schriftsteller.

Waren wir schon soweit, daß Herr Klöterjahn in die Heimat zurückgekehrt war? Ja, er weilte wieder am Ostseestrande, bei seinen Geschäften und seinem Kinde, diesem rücksichtslosen und
lebensvollen kleinen Geschöpf, das seiner Mutter sehr viele Leiden und einen kleinen Defekt an der Luftröhre gekostet hatte.
Sie selbst aber, die junge Frau, blieb in ›Einfried‹ zurück, und die
Magistratsrätin Spatz schloß sich ihr als ältere Freundin an. Das
aber hinderte nicht, daß Herrn Klöterjahns Gattin auch mit den
übrigen Kurgästen gute Kameradschaft pflegte, zum Beispiel mit
Herrn Spinell, der ihr zum Erstaunen aller (denn er hatte bislang mit keiner Seele Gemeinschaft gehalten) von Anbeginn eine
außerordentliche Ergebenheit und Dienstfertigkeit entgegen-
brachte, und mit dem sie in den Freistunden, die eine strenge
Tagesordnung ihr ließ, nicht ungern plauderte.
Er näherte sich ihr mit einer ungeheuren Behutsamkeit und Ehrerbietung und sprach zu ihr nicht anders als mit sorgfältig gedämpfter Stimme, so daß die Rätin Spatz, die an den Ohren
krankte, meistens überhaupt nichts von dem verstand, was er
sagte. Er trat auf den Spitzen seiner großen Füße zu dem Sessel,
in dem Herrn Klöterjahns Gattin zart und lächelnd lehnte, blieb
in einer Entfernung von zwei Schritten stehen, hielt das eine Bein
zurückgestellt und den Oberkörper vorgebeugt und sprach in
seiner etwas behinderten und schlürfenden Art leise, eindringlich
und jeden Augenblick bereit, eilends zurückzutreten und zu verschwinden, sobald ein Zeichen von Ermüdung und Überdruß
sich auf ihrem Gesicht bemerkbar machen würde. Aber er verdroß sie nicht; sie forderte ihn auf, sich zu ihr und der Rätin zu
setzen, richtete irgendeine Frage an ihn und hörte ihm dann lächelnd und neugierig zu, denn manchmal ließ er sich so amüsant
und seltsam vernehmen, wie es ihr noch niemals begegnet war.
»Warum sind Sie eigentlich in ›Einfried‹?« fragte sie. »Welche
Kur gebrauchen Sie, Herr Spinell?«
»Kur?... Ich werde ein bißchen elektrisiert. Nein, das ist nicht
der Rede wert. Ich werde Ihnen sagen, gnädige Frau, warum ich
hier bin. — Des Stiles wegen.«
»Ah!« sagte Herrn Klöterjahns Gattin, stützte das Kinn in die
Hand und wandte sich ihm mit einem übertriebenen Eifer zu, wie
man ihn Kindern vorspielt, wenn sie etwas erzählen wollen.
»Ja, gnädige Frau. ›Einfried‹ ist ganz empire, es ist ehedem ein
Schloß, eine Sommerresidenz gewesen, wie man mir sagt. Dieser
Seitenflügel ist ja ein Anbau aus späterer Zeit, aber das Hauptgebäude ist alt und echt. Es gibt nun Zeiten, in denen ich das
empire einfach nicht entbehren kann, in denen es mir, um einen
bescheidenen Grad des Wohlbefindens zu erreichen, unbedingt

nötig ist. Es ist klar, daß man sich anders befindet zwischen Möbeln weich und bequem bis zur Laszivität, und anders zwischen diesen geradlinigen Tischen, Sesseln und Draperien ... Diese Helligkeit und Härte, diese kalte, herbe Einfachheit und reservierte Strenge verleiht mir Haltung und Würde, gnädige Frau, sie hat auf die Dauer eine innere Reinigung und Restaurierung zur Folge, sie hebt mich sittlich, ohne Frage ...«

»Ja, das ist merkwürdig«, sagte sie. »Übrigens verstehe ich es, wenn ich mir Mühe gebe.«

Hierauf erwiderte er, daß es irgendwelcher Mühe nicht lohne, und dann lachten sie miteinander. Auch die Rätin Spatz lachte und fand es merkwürdig; aber sie sagte nicht, daß sie es verstünde.

Das Konversationszimmer war geräumig und schön. Die hohe, weiße Flügeltür zu dem anstoßenden Billardraume stand weit geöffnet, wo die Herren mit den unbeherrschten Beinen und andere sich vergnügten. Andererseits gewährte eine Glastür den Ausblick auf die breite Terrasse und den Garten. Seitwärts davon stand ein Piano. Ein grünausgeschlagener Spieltisch war vorhanden, an dem der diabetische General mit ein paar anderen Herren Whist spielte. Damen lasen und waren mit Handarbeiten beschäftigt. Ein eiserner Ofen besorgte die Heizung, aber vor dem stilvollen Kamin, in dem nachgeahmte, mit glührotten Papierstreifen beklebte Kohlen lagen, waren behagliche Plauderplätze.

»Sie sind ein Frühaufsteher, Herr Spinell«, sagte Herrn Klöterjahns Gattin. »Zufällig habe ich Sie nun schon zwei- oder dreimal um halb acht Uhr am Morgen das Haus verlassen sehen.«

»Ein Frühaufsteher? Ach, sehr mit Unterschied, gnädige Frau. Die Sache ist die, daß ich früh aufstehe, weil ich eigentlich ein Langschläfer bin.«

»Das müssen Sie nun erklären, Herr Spinell!« — Auch die Rätin Spatz wollte es erklärt haben.

»Nun, ... ist man ein Frühaufsteher, so hat man es, dünkt mich, nicht nötig, gar so früh aufzustehen. Das Gewissen, gnädige Frau, ... es ist eine schlimme Sache mit dem Gewissen! Ich und meinesgleichen, wir schlagen uns zeit unseres Lebens damit herum und haben alle Hände voll zu tun, es hier und da zu betrügen und ihm kleine, schlaue Genugtuungen zuteil werden zu lassen. Wir sind unnütze Geschöpfe, ich und meinesgleichen, und abgesehen von wenigen guten Stunden schleppen wir uns an dem Bewußtsein unserer Unnützlichkeit wund und krank. Wir hassen das Nützliche, wir wissen, daß es gemein und unschön ist, und wir verteidigen diese Wahrheit, wie man nur Wahrheiten verteidigt, die man unbedingt nötig hat. Und dennoch sind wir so ganz vom bösen Gewissen zernagt, daß kein heiler Fleck mehr an uns ist. Hinzu kommt, daß die ganze Art unserer inneren Existenz, unsere Weltanschauung, unsere Arbeitsweise ... von schrecklich ungesunder, unterminierender, aufreibender Wirkung ist, und auch dies verschlimmert die Sache. Da gibt es nun kleine Linderungsmittel, ohne die man es einfach nicht aushielte. Eine gewisse Artigkeit und hygienische Strenge der Lebensführung zum Beispiel ist manchen von uns Bedürfnis. Früh aufstehen, grausam früh, ein kaltes Bad und ein Spaziergang hinaus in den Schnee ... Das macht, daß wir vielleicht eine Stunde lang ein wenig zufrieden mit uns sind. Gäbe ich mich, wie ich bin, so würde ich bis in den Nachmittag hinein im Bette liegen, glauben Sie mir. Wenn ich früh aufstehe, so ist das eigentlich Heuchelei.«

»Nein, weshalb, Herr Spinell! Ich nenne das Selbstüberwindung ... Nicht wahr, Frau Rätin?«— Auch die Rätin Spatz nannte es Selbstüberwindung.

»Heuchelei oder Selbstüberwindung, gnädige Frau! Welches Wort man nun vorzieht. Ich bin so gramvoll ehrlich veranlagt, daß ich ...«

»Das ist es. Sicher grämen Sie sich zuviel.«

»Ja, gnädige Frau, ich gräme mich viel.«

— Das gute Wetter hielt an. Weiß, hart und sauber, in Windstille und lichtem Frost, in blendender Helle und bläulichem Schatten lag die Gegend, lagen Berge, Haus und Garten, und ein zartblauer Himmel, in dem Myriaden von flimmernden Leuchtkörperchen, von glitzernden Kristallen zu tanzen schienen, wölbte sich makellos über dem Ganzen. Der Gattin Herrn Klöterjahns ging es leidlich in dieser Zeit; sie war fieberfrei, hustete fast gar nicht und aß ohne allzuviel Widerwillen. Oftmals saß sie, wie das ihre Vorschrift war, stundenlang im sonnigen Frost auf der Terrasse. Sie saß im Schnee, ganz in Decken und Pelzwerk verpackt, und atmete hoffnungsvoll die reine, eisige Luft, um ihrer Luftröhre zu dienen. Dann bemerkte sie zuweilen Herrn Spinell, wie er, ebenfalls warm gekleidet und in Pelzschuhen, die seinen Füßen einen phantastischen Umfang verliehen, sich im Garten erging. Er ging mit tastenden Schritten und einer gewissen behutsamen und steif-graziösen Armhaltung durch den Schnee, grüßte sie ehrerbietig, wenn er zur Terrasse kam, und stieg die unteren Stufen hinan, um ein kleines Gespräch zu beginnen.

»Heute, auf meinem Morgenspaziergang, habe ich eine schöne Frau gesehen ... Gott, sie war schön!« sagte er, legte den Kopf auf die Seite und spreizte die Hände.

»Wirklich, Herr Spinell? Beschreiben Sie sie mir doch!«

»Nein, das kann ich nicht. Oder ich würde Ihnen doch ein unrichtiges Bild von ihr geben. Ich habe die Dame im Vorübergehen nur mit einem halben Blicke gestreift, ich habe sie in

Wirklichkeit nicht gesehen. Aber der verwischte Schatten von ihr, den ich empfing, hat genügt, meine Phantasie anzuregen und mich ein Bild mit fortnehmen zu lassen, das schön ist . . . Gott, es ist schön!«

Sie lachte. »Ist das Ihre Art, sich schöne Frauen zu betrachten, Herr Spinell?«

»Ja, gnädige Frau; und es ist eine bessere Art, als wenn ich ihnen plump und wirklichkeitsgierig ins Gesicht starrte und den Eindruck einer fehlerhaften Tatsächlichkeit davontrüge . . .«

»Wirklichkeitsgierig . . . Das ist ein sonderbares Wort! Ein richtiges Schriftstellerwort, Herr Spinell! Aber es macht Eindruck auf mich, will ich Ihnen sagen. Es liegt so manches darin, wovon ich ein wenig verstehe, etwas Unabhängiges und Freies, das sogar der Wirklichkeit die Achtung kündigt, obgleich sie doch das Respektabelste ist, was es gibt, ja das Respektable selbst . . . Und dann begreife ich, daß es etwas gibt außer dem Handgreiflichen, etwas Zarteres . . .«

»Ich weiß nur ein Gesicht«, sagte er plötzlich mit einer seltsam freudigen Bewegung in der Stimme, erhob seine geballten Hände zu den Schultern und ließ in einem exaltierten Lächeln seine kariösen Zähne sehen . . . »Ich weiß nur ein Gesicht, dessen veredelte Wirklichkeit durch meine Einbildung korrigieren zu wollen sündhaft wäre, das ich betrachten, auf dem ich verweilen möchte, nicht Minuten, nicht Stunden, sondern mein ganzes Leben lang, mich ganz darin verlieren und alles Irdische darüber vergessen . . .«

»Ja, ja, Herr Spinell. Nur daß Fräulein von Osterloh doch ziemlich abstehende Ohren hat.«

Er schwieg und verbeugte sich tief. Als er wieder aufrecht stand, ruhten seine Augen mit einem Ausdruck von Verlegenheit und Schmerz auf dem kleinen, seltsamen Äderchen, das sich blaßblau und kränklich in der Klarheit ihrer wie durchsichtigen Stirn verzweigte.

7

Ein Kauz, ein ganz wunderlicher Kauz! Herrn Klöterjahns Gattin dachte zuweilen nach über ihn, denn sie hatte sehr viele Zeit zum Nachdenken. Sei es, daß der Luftwechsel anfing, die Wirkung zu versagen, oder daß irgendein positiv schädlicher Einfluß sie berührt hatte: ihr Befinden war schlechter geworden, der Zustand ihrer Luftröhre schien zu wünschen übrigzulassen, sie fühlte sich schwach, müde, appetitlos, fieberte nicht selten; und Doktor Leander hatte ihr aufs entschiedenste Ruhe, Stillverhalten und Vorsicht empfohlen. So saß sie, wenn sie nicht liegen mußte, in Gesellschaft der Rätin Spatz, verhielt sich still und hing, eine

Handarbeit im Schoße, an der sie nicht arbeitete, diesem oder jenem Gedanken nach.

Ja, er machte ihr Gedanken, dieser absonderliche Herr Spinell, und, was das Merkwürdige war, nicht sowohl über seine als über ihre eigene Person; auf irgendeine Weise rief er in ihr eine seltsame Neugier, ein nie gekanntes Interesse für ihr eigenes Sein hervor. Eines Tages hatte er gesprächsweise geäußert:

»Nein, es sind rätselvolle Tatsachen, die Frauen . . . sowenig neu es ist, sowenig kann man ablassen, davor zu stehen und zu staunen. Da ist ein wunderbares Geschöpf, eine Sylphe, ein Duftgebild, ein Märchentraum von einem Wesen. Was tut sie? Sie geht hin und ergibt sich einem Jahrmarktsherkules oder Schlächterburschen. Sie kommt an seinem Arme daher, lehnt vielleicht sogar ihren Kopf an seine Schulter und blickt dabei verschlagen lächelnd um sich her, als wollte sie sagen: Ja, nun zerbrecht euch die Köpfe über diese Erscheinung! — Und wir zerbrechen sie uns.« —

Hiermit hatte Herrn Klöterjahns Gattin sich wiederholt beschäftigt.

Eines anderen Tages fand zum Erstaunen der Rätin Spatz folgendes Zwiegespräch zwischen ihnen statt.

»Darf ich einmal fragen, gnädige Frau (aber es ist wohl naseweis), wie Sie heißen, wie eigentlich ihr Name ist?«

»Ich heiße doch Klöterjahn, Herr Spinell!«

»Hm. — Das weiß ich. Oder vielmehr: ich leugne es. Ich meine natürlich Ihren eigenen Namen, Ihren Mädchennamen. Sie werden gerecht sein und einräumen, gnädige Frau, daß, wer Sie ›Frau Klöterjahn‹ nennen wollte, die Peitsche verdiente.« —

Sie lachte so herzlich, daß das blaue Äderchen über ihrer Braue beängstigend deutlich hervortrat und ihrem zarten, süßen Gesicht einen Ausdruck von Anstrengung und Bedrängnis verlieh, der tief beunruhigte.

»Nein! Bewahre, Herr Spinell! Die Peitsche? Ist ›Klöterjahn‹ Ihnen so fürchterlich?«

»Ja, gnädige Frau, ich hasse diesen Namen aus Herzensgrund, seit ich ihn zum erstenmal vernahm. Er ist komisch und zum Verzweifeln unschön, und es ist Barbarei und Niedertracht, wenn man die Sitte so weit treibt, auf Sie den Namen Ihres Herrn Gemahls zu übertragen.«

»Nun, und ›Eckhof‹? Ist Eckhof schöner? Mein Vater heißt Eckhof.«

»Oh, sehen Sie! ›Eckhof‹ ist etwas ganz anderes! Eckhof hieß sogar ein großer Schauspieler. Eckhof passiert. — Sie erwähnten nur Ihres Vaters. Ist Ihre Frau Mutter . . .«

»Ja; meine Mutter starb, als ich noch klein war.«

»Ah. — Sprechen Sie mir doch ein wenig mehr von Ihnen, darf ich Sie bitten? Wenn es Sie ermüdet, dann nicht. Dann ruhen Sie, und ich fahre fort, Ihnen von Paris zu erzählen, wie neulich. Aber sie könnten ja ganz leise reden, ja, wenn Sie flüstern, so wird das alles nur schöner machen . . . Sie wurden in Bremen geboren?« Und diese Frage tat er beinahe tonlos, mit einem ehrfurchtsvollen und inhaltsschweren Ausdruck, als sei Bremen eine Stadt ohnegleichen, eine Stadt voller unnennbarer Abenteuer und verschwiegener Schönheiten, in der geboren zu sein eine geheimnisvolle Hoheit verleihe.

»Ja, denken Sie!« sagte sie unwillkürlich. »Ich bin aus Bremen.«

»Ich war einmal dort«, bemerkte er nachdenklich. —

»Mein Gott, Sie waren auch *dort*? Nein, hören Sie, Herr Spinell, zwischen Tunis und Spitzbergen haben Sie, glaube ich, alles gesehen!«

»Ja, ich war einmal dort«, wiederholte er. »Ein paar kurze Abendstunden. Ich entsinne mich einer alten, schmalen Straße, über deren Giebeln schief und seltsam der Mond stand. Dann war ich in einem Keller, in dem es nach Wein und Moder roch. Das ist eine durchdringende Erinnerung . . .«

»Wirklich? Wo mag das gewesen sein? — Ja, in solchem grauen Giebelhause, einem alten Kaufmannshause mit hallender Diele und weißlackierter Galerie, bin ich geboren.«

»Ihr Herr Vater ist also Kaufmann?« fragte er ein wenig zögernd.

»Ja. Aber außerdem und eigentlich wohl in erster Linie ist er ein Künstler.«

»Ah! Ah! Inwiefern?«

»Er spielt die Geige . . . Aber das sagt nicht viel. *Wie* er sie spielt, Herr Spinell, das ist die Sache! Einige Töne habe ich niemals hören können, ohne daß mir die Tränen so merkwürdig brennend in die Augen stiegen, wie sonst bei keinem Erlebnis. Sie glauben es nicht . . .«

»Ich glaube es! Ach, ob ich es glaube! . . . Sagen Sie mir, gnädige Frau: Ihre Familie ist wohl alt? Es haben wohl schon viele Generationen in dem grauen Giebelhaus gelebt, gearbeitet und das Zeitliche gesegnet?«

»Ja. — Warum fragen Sie übrigens?«

»Weil es nicht selten geschieht, daß ein Geschlecht mit praktischen, bürgerlichen und trockenen Traditionen sich gegen das Ende seiner Tage noch einmal durch die Kunst verklärt.«

»Ist dem so? — Ja, was meinen Vater betrifft, so ist er sicherlich mehr ein Künstler als mancher, der sich so nennt und vom Ruhme lebt. Ich spiele nur ein bißchen Klavier. Jetzt haben sie es mir ja verboten; aber damals, zu Hause, spielte ich noch. Mein Vater und ich, wir spielten zusammen . . . Ja, ich habe all die Jahre in lieber Erinnerung; besonders den Garten, unseren Garten, hinterm Hause. Er war jämmerlich verwildert und verwuchert und von zerbröckelten, bemoosten Mauern eingeschlossen; aber gerade das gab ihm viel Reiz. In der Mitte war ein Springbrunnen, mit einem dichten Kranz von Schwertlilien umgeben. Im Sommer verbrachte ich dort lange Stunden mit meinen Freundinnen. Wir saßen alle auf kleinen Feldsesseln rund um den Springbrunnen herum . . .«

»Wie schön!« sagte Herr Spinell und zog die Schultern empor. »Saßen Sie und sangen?«

»Nein, wir häkelten meistens.«

»Immerhin . . . Immerhin . . .«

»Ja, wir häkelten und schwatzten, meine sechs Freundinnen und ich . . .«

»Wie schön! Gott, hören Sie, wie schön!« rief Herr Spinell, und sein Gesicht war gänzlich verzerrt.

»Was finden Sie nun *hieran* so besonders schön, Herr Spinell!«

»Oh, dies, daß es sechs außer Ihnen waren, daß Sie nicht in diese Zahl eingeschlossen waren, sondern daß Sie gleichsam als Königin daraus hervortraten . . . Sie waren ausgezeichnet vor Ihren sechs Freundinnen. Eine kleine goldene Krone, ganz unscheinbar, aber bedeutungsvoll, saß in Ihrem Haar und blinkte . . .«

»Nein, Unsinn, nichts von einer Krone . . .«

»Doch, sie blinkte heimlich. Ich hätte sie gesehen, hätte sie deutlich in Ihrem Haar gesehen, wenn ich in einer dieser Stunden unvermerkt im Gestrüpp gestanden hätte . . .«

»Gott weiß, was Sie gesehen hätten. Sie standen aber nicht dort, sondern eines Tages war es mein jetziger Mann, der zusammen mit meinem Vater aus dem Gebüsch hervortrat. Ich fürchte, sie hatten sogar allerhand von unserem Geschwätz belauscht . . .«

»Dort war es also, wo Sie Ihren Herrn Gemahl kennenlernten, gnädige Frau?«

»Ja, dort lernte ich ihn kennen!« sagte sie laut und fröhlich, und indem sie lächelte, trat das zartblaue Äderchen angestrengt und seltsam über ihrer Braue hervor. »Er besuchte meinen Vater in Geschäften, wissen Sie. Am nächsten Tage war er zum Diner geladen, und noch drei Tage später hielt er um meine Hand an.«

»Wirklich! Ging das alles so außerordentlich schnell?«

»Ja . . . Das heißt, von nun an ging es ein wenig langsamer. Denn mein Vater war der Sache eigentlich gar nicht geneigt, müssen Sie wissen, und machte eine längere Bedenkzeit zur Bedingung. Erstens wollte er mich lieber bei sich behalten, und dann hatte er noch andere Skrupel. Aber . . .«

»Aber?«

»Aber ich *wollte* es eben«, sagte sie lächelnd, und wieder beherrschte das blaßblaue Äderchen mit einem bedrängten und kränklichen Ausdruck ihr ganzes liebliches Gesicht.

»Ah, Sie wollten es.«

»Ja, und ich habe einen ganz festen und respektablen Willen gezeigt, wie Sie sehen . . .«

»Wie ich es sehe. Ja.«

». . . so daß mein Vater sich schließlich darein ergeben mußte.«

»Und so verließen Sie ihn denn und seine Geige, verließen das alte Haus, den verwucherten Garten, den Springbrunnen und Ihre sechs Freundinnen und zogen mit Herrn Klöterjahn.«

»Und zog mit . . . Sie haben eine Ausdrucksweise, Herr Spinell! Beinahe biblisch! — Ja, ich verließ das alles, denn so will es ja die Natur.«

»Ja, so will sie es wohl.«

»Und dann handelte es sich ja um mein Glück.«

»Gewiß. Und es kam, das Glück . . .«

»Das kam in der Stunde, Herr Spinell, als man mir zuerst den kleinen Anton brachte, unseren kleinen Anton, und als er so kräftig mit seinen kleinen gesunden Lungen schrie, stark und gesund wie er ist . . .«

»Es ist nicht das erstemal, daß ich Sie von der Gesundheit Ihres kleinen Anton sprechen höre, gnädige Frau. Er muß ganz ungewöhnlich gesund sein?«

»Das ist er. Und er sieht meinem Mann so lächerlich ähnlich!«

»Ah! — Ja, so begab es sich also. Und nun heißen Sie nicht mehr Eckhof, sondern anders, und haben den kleinen gesunden Anton und leiden ein wenig an der Luftröhre.«

»Ja. — Und *Sie* sind ein durch und durch rätselhafter Mensch, Herr Spinell, dessen versichere ich Sie . . .«

»Ja, straf' mich Gott, das sind Sie!« sagte die Rätin Spatz, die übrigens auch noch vorhanden war.

Aber auch mit diesem Gespräch beschäftigte Herrn Klöterjahns Gattin sich mehrere Male in ihrem Innern. So nichtssagend es war, barg es doch einiges auf seinem Grunde, was ihren Gedanken über sich selbst Nahrung gab. War *dies* der schädliche Einfluß, der sie berührte? Ihr Schwäche nahm zu, und oft stellte Fieber sich ein, eine stille Glut, in der sie mit einem Gefühle sanfter Gehobenheit ruhte, der sie sich in einer nachdenklichen, preziösen, selbstgefälligen und ein wenig beleidigten Stimmung überließ. Wenn sie nicht das Bett hütete und Herr Spinell auf den Spitzen seiner großen Füße mit ungeheurer Behutsamkeit zu ihr trat, in einer Entfernung von zwei Schritten stehenblieb und, das eine Bein zurückgestellt und den Oberkörper vorgebeugt, mit ehrfürchtig gedämpfter Stimme zu ihr sprach, wie als höbe er sie in scheuer Andacht sanft und hoch empor und bettete sie auf Wolkenpfühle, woselbst kein schriller Laut und keine irdische Berührung sie erreichen solle . . ., so erinnerte sie sich der Art, in der Herr Klöterjahn zu sagen pflegte: »Vorsichtig, Gabriele, take care, mein Engel, und halte den Mund zu!«, eine Art, die wirkte, als schlüge er einem hart und wohlmeinend auf die Schulter. Dann aber wandte sie sich rasch von dieser Erinnerung ab, um in Schwäche und Gehobenheit auf den Wolkenpfuhlen zu ruhen, die Herr Spinell ihr dienend bereitete.

Eines Tages kam sie unvermittelt auf das kleine Gespräch zurück, das sie mit ihm über ihre Herkunft und Jugend geführt hatte.

»Es ist also wahr«, fragte sie, »Herr Spinell, daß Sie die Krone gesehen hätten?«

Und obgleich jene Plauderei schon vierzehn Tage zurücklag, wußte er sofort, um was es sich handelte, und versicherte ihr mit bewegten Worten, daß er damals am Springbrunnen, als sie unter ihren sechs Freundinnen saß, die kleine Krone hätte blinken, — sie heimlich in ihrem Haar hätte blinken sehen.

Einige Tage später erkundigte sich ein Kurgast aus Artigkeit bei ihr nach dem Wohlergehen ihres kleinen Anton daheim. Sie ließ zu Herrn Spinell, der sich in der Nähe befand, einen hurtigen Blick hinübergleiten und antwortete ein wenig gelangweilt:

»Danke; wie soll es dem wohl gehen? — Ihm und meinem Mann geht es gut.«

8

Ende Februar, an einem Frosttage, reiner und leuchtender als alle, die vorhergegangen waren, herrschte in ›Einfried‹ nichts als Übermut. Die Herrschaften mit den Herzfehlern besprachen sich untereinander mit geröteten Wangen, der diabetische General trällerte wie ein Jüngling, und die Herren mit den unbeherrschten Beinen waren ganz außer Rand und Band. Was ging vor? Nichts Geringeres, als daß eine gemeinsame Ausfahrt unternommen werden sollte, eine Schlittenpartie in mehreren Fuhrwerken mit Schellenklang und Peitschenknall ins Gebirge hinein: Doktor Leander hatte zur Zerstreuung seiner Patienten diesen Beschluß gefaßt.

Natürlich mußten die ›Schweren‹ zu Hause bleiben. Die armen ›Schweren‹! Man nickte sich zu und verabredete sich, sie nichts von dem Ganzen wissen zu lassen; es tat allgemein wohl, ein wenig Mitleid üben und Rücksicht nehmen zu können. Aber auch von denen, die sich an dem Vergnügen sehr wohl hätten beteiligen können, schlossen sich einige aus. Was Fräulein von Osterloh anging, so war sie ohne weiteres entschuldigt. Wer wie sie mit Pflichten überhäuft war, durfte an Schlittenpartien nicht ernstlich denken. Der Hausstand verlangte gebieterisch ihre Anwesenheit, und kurzum: sie blieb in ›Einfried‹. Daß aber auch Herrn Klöterjahns Gattin erklärte, daheim bleiben zu wollen, verstimmte allseitig. Vergebens redete Doktor Leander ihr zu, die frische Fahrt auf sich wirken zu lassen; sie behauptete, nicht aufgelegt zu sein, Migräne zu haben, sich matt zu fühlen, und so mußte man sich fügen. Der Zyniker und Witzbold aber nahm Anlaß zu der Bemerkung:

»Geben Sie acht, nun fährt auch der verweste Säugling nicht mit.«

Und er bekam recht, denn Herr Spinell ließ wissen, daß er heute nachmittag arbeiten wolle; — er gebrauchte sehr gern das Wort ›arbeiten‹ für seine zweifelhafte Tätigkeit. Übrigens beklagte sich keine Seele über sein Fortbleiben, und ebenso leicht verschmerzte man es, daß die Rätin Spatz sich entschloß, ihrer jüngeren Freundin Gesellschaft zu leisten, da das Fahren sie seekrank mache.

Gleich nach dem Mittagessen, das heute schon gegen zwölf Uhr stattgefunden hatte, hielten die Schlitten vor ›Einfried‹, und in lebhaften Gruppen, warm vermummt, neugierig und angeregt, bewegten sich die Gäste durch den Garten. Herrn Klöterjahns Gattin stand mit der Rätin Spatz an der Glastür, die zur Terrasse führte, und Herr Spinell am Fenster seines Zimmers, um der Abfahrt zuzusehen. Sie beobachteten, wie unter Scherzen und Gelächter kleine Kämpfe um die besten Plätze entstanden, wie Fräulein von Osterloh, eine Pelzboa um den Hals, von einem Gespann zum anderen lief, um Körbe mit Eßwaren unter die Sitze zu schieben, wie Doktor Leander, die Pelzmütze in der Stirn, mit seinen funkelnden Brillengläsern noch einmal das Ganze überschaute, dann ebenfalls Platz nahm und das Zeichen zum Aufbruch gab... Die Pferde zogen an, ein paar Damen kreischten und fielen hintüber, die Schellen klapperten, die kurzstieligen Peitschen knallten und ließen ihre langen Schnüre im Schnee hinter den Kufen dreinschleppen, und Fräulein von Osterloh stand an der Gartenpforte und winkte mit ihrem Schnupftuch, bis an einer Biegung der Landstraße die gleitenden Gefährte verschwanden, das frohe Geräusch sich verlor. Dann kehrte sie durch den Garten zurück, um ihren Pflichten nachzueilen, die beiden Damen verließen die Glastür, und fast gleichzeitig trat auch Herr Spinell von seinem Aussichtspunkte ab.

Ruhe herrschte in ›Einfried‹. Die Expedition war vor Abend nicht zurückzuerwarten. Die ›Schweren‹ lagen in ihren Zimmern und litten. Herrn Klöterjahns Gattin und ihre ältere Freundin unternahmen einen kurzen Spaziergang, worauf sie in ihre Gemächer zurückkehrten. Auch Herr Spinell befand sich in dem seinen und beschäftigte sich auf seine Art. Gegen vier Uhr brachte man den Damen je einen halben Liter Milch, während Herr Spinell seinen leichten Tee erhielt. Kurze Zeit darauf pochte Herrn Klöterjahns Gattin an die Wand, die ihr Zimmer von dem der Magistratsrätin Spatz trennte, und sagte:

»Wollen wir nicht ins Konversationszimmer hinuntergehen, Frau Rätin? Ich weiß nicht mehr, was ich hier anfangen soll.«

»Sogleich, meine Liebe!« antwortete die Rätin. »Ich ziehe nur meine Stiefel an, wenn Sie erlauben. Ich habe nämlich auf dem Bette gelegen, müssen Sie wissen.«

Wie zu erwarten stand, war das Konversationszimmer leer. Die Damen nahmen am Kamine Platz. Die Rätin Spatz stickte Blumen auf ein Stück Stramin, und auch Herrn Klöterjahns Gattin tat ein paar Stiche, worauf sie die Handarbeit in den Schoß sinken ließ und über die Armlehne ihres Sessels hinweg ins Leere träumte. Schließlich machte sie eine Bemerkung, die nicht lohnte, daß man ihretwegen die Zähne voneinander tat; da aber die Rätin Spatz trotzdem »Wie?« fragte, so mußte sie zu ihrer Demütigung den ganzen Satz wiederholen. Die Rätin Spatz fragte nochmals »Wie?« In diesem Augenblicke aber wurden auf dem Vorplatze Schritte laut, die Tür öffnete sich, und Herr Spinell trat ein.

»Störe ich?« fragte er noch an der Schwelle mit sanfter Stimme, während er ausschließlich Herrn Klöterjahns Gattin anblickte und den Oberkörper auf eine gewisse zarte und schwebende Art nach vorne beugte ... Die junge Frau antwortete:

»Ei, warum nicht gar? Erstens ist dieses Zimmer doch als Freihafen gedacht, Herr Spinell, und dann: Worin sollten Sie uns stören. Ich habe das entschiedene Gefühl, die Rätin zu langweilen ...«

Hierauf wußte er nichts mehr zu erwidern, sondern ließ nur lächelnd seine kariösen Zähne sehen und ging unter den Augen der Damen mit ziemlich unfreien Schritten bis zur Glastür, woselbst er stehen blieb und hinausschaute, indem er in etwas unerzogener Weise den Damen den Rücken zuwandte. Dann machte er eine halbe Wendung rückwärts, fuhr aber fort, in den Garten hinauszublicken, indes er sagte:

»Die Sonne ist fort. Unvermerkt hat der Himmel sich bezogen. Es fängt schon an, dunkel zu werden.«

»Wahrhaftig, ja, alles liegt in Schatten«, antwortete Herrn Klöterjahns Gattin. »Unsere Ausflügler werden doch noch Schnee bekommen, wie es scheint. Gestern war es um diese Zeit noch voller Tag; nun dämmert es schon.«

»Ach«, sagte er, »nach allen diesen überhellen Wochen tut das Dunkel den Augen wohl. Ich bin dieser Sonne, die Schönes und Gemeines mit gleich aufdringlicher Deutlichkeit bestrahlt, geradezu dankbar, daß sie sich endlich ein wenig verhüllt.«

»Lieben Sie die Sonne nicht, Herr Spinell?«

»Da ich kein Maler bin ... Man wird innerlicher ohne Sonne. — Es ist eine dicke, weißgraue Wolkenschicht. Vielleicht bedeutet es Tauwetter für morgen. Übrigens würde ich Ihnen nicht raten, dort hinten noch auf die Handarbeit zu blicken, gnädige Frau.«

»Ach, seien Sie unbesorgt, das tue ich ohnehin nicht. Aber was soll man beginnen?«

Er hatte sich auf den Drehsessel vorm Piano niedergelassen, indem er einen Arm auf den Deckel des Instrumentes stützte.

»Musik . . .«, sagte er. »Wer jetzt ein bißchen Musik zu hören bekäme! Manchmal singen die englischen Kinder kleine niggersongs, das ist alles.«

»Und gestern nachmittag hat Fräulein von Osterloh in aller Eile die ›Klosterglocken‹ gespielt«, bemerkte Herrn Klöterjahns Gattin.

»Aber Sie spielen ja, gnädige Frau«, sagte er bittend und stand auf . . . »Sie haben ehemals täglich mit Ihrem Herrn Vater musiziert.«

»Ja, Herr Spinell, das war damals! Zur Zeit des Springbrunnens, wissen Sie . . .«

»Tun Sie es heute!« bat er. »Lassen Sie dies eine Mal ein paar Takte hören! Wenn Sie wüßten, wie ich dürste . . .«

»Unser Hausarzt sowohl wie Doktor Leander haben es mir ausdrücklich verboten, Herr Spinell.«

»Sie sind nicht da, weder der eine noch der andere! Wir sind frei . . . Sie sind frei, gnädige Frau! Ein paar armselige Akkorde . . .«

»Nein, Herr Spinell, daraus wird nichts. Wer weiß, was für Wunderdinge Sie von mir erwarten! Und ich habe alles verlernt, glauben Sie mir. Auswendig kann ich beinahe nichts.«

»Oh, dann spielen Sie dieses Beinahe-nichts! Und zum Überfluß sind hier Noten, hier liegen sie, oben auf dem Klavier. Nein, dies hier ist nichts. Aber hier ist Chopin . . .«

»Chopin?«

»Ja, die Nocturnes. Und nun fehlt nur, daß ich die Kerzen anzünde . . .«

»Glauben Sie nicht, daß ich spiele, Herr Spinell! Ich darf nicht. Wenn es mir nun schadet?!« —

Er verstummte. Er stand, mit seinen großen Füßen, seinem langen, schwarzen Rock und seinem grauhaarigen, verwischten, bartlosen Kopf, im Lichte der beiden Klavierkerzen und ließ die Hände hinunterhängen.

»Nun bitte ich nicht mehr«, sagte er endlich leise. »Wenn Sie fürchten, sich zu schaden, gnädige Frau, so lassen Sie die Schönheit tot und stumm, die unter Ihren Fingern laut werden möchte. Sie waren nicht immer so sehr verständig; wenigstens nicht, als es im Gegenteile galt, sich der Schönheit zu begeben. Sie waren nicht besorgt um Ihren Körper und zeigten einen unbedenklicheren und festeren Willen, als Sie den Springbrunnen verließen und die kleine goldene Krone ablegten . . . Hören Sie«, sagte er nach einer Pause, und seine Stimme senkte sich noch mehr, »wenn Sie jetzt hier niedersitzen und spielen wie einst, als noch Ihr Vater neben Ihnen stand und seine Geige jene Töne singen ließ, die Sie weinen machten . . ., dann kann es geschehen, daß man sie wieder heimlich in Ihrem Haare blinken sieht, die kleine, goldene Krone . . .«

»Wirklich?« fragte sie und lächelte . . . Zufällig versagte ihr die Stimme bei diesem Wort, so daß es zur Hälfte heiser und zur Hälfte tonlos herauskam. Sie hüstelte und sagte dann:

»Sind es wirklich die Nocturnes von Chopin, die Sie da haben?«

»Gewiß. Sie sind aufgeschlagen, und alles ist bereit.«

»Nun, so will ich denn in Gottes Namen eins davon spielen«, sagte sie. »Aber nur eines, hören Sie? Dann werden Sie ohnehin für immer genug haben.«

Damit erhob sie sich, legte ihre Handarbeit beiseite und ging zum Klavier. Sie nahm auf dem Drehsessel Platz, auf dem ein paar gebundene Notenbücher lagen, richtete die Leuchter und blätterte in den Noten. Herr Spinell hatte einen Stuhl an ihre Seite gerückt und saß neben ihr wie ein Musiklehrer.

Sie spielte das Nocturne in Es-Dur, opus 9, Nummer 2. Wenn sie wirklich einiges verlernt hatte, so mußte ihr Vortrag ehedem vollkommen künstlerisch gewesen sein. Das Piano war nur mittelmäßig, aber schon nach den ersten Griffen wußte sie es mit sicherem Geschmack zu behandeln. Sie zeigte einen nervösen Sinn für differenzierte Klangfarbe und eine Freude an rhythmischer Beweglichkeit, die bis zum Phantastischen ging. Ihr Anschlag war sowohl fest als weich. Unter ihren Händen sang die Melodie ihre letzte Süßigkeit aus, und mit einer zögernden Grazie schmiegten sich die Verzierungen um ihre Glieder.

Sie trug das Kleid vom Tage ihrer Ankunft: die dunkle, gewichtige Taille mit den plastischen Sammetarabesken, die Haupt und Hände so unirdisch zart erscheinen ließ. Ihr Gesichtsausdruck veränderte sich nicht beim Spiele, aber es schien, als ob die Umrisse ihrer Lippen noch klarer würden, die Schatten in den Winkeln ihrer Augen sich vertieften. Als sie geendigt hatte, legte sie die Hände in den Schoß und fuhr fort, auf die Noten zu blicken. Herr Spinell blieb ohne Laut und Bewegung sitzen.

Sie spielte noch ein Nocturne, spielte ein zweites und drittes. Dann erhob sie sich: aber nur, um auf dem oberen Klavierdeckel nach neuen Noten zu suchen.

Herr Spinell hatte den Einfall, die Bände in schwarzen Pappdeckeln zu untersuchen, die auf dem Drehsessel lagen. Plötzlich stieß er einen unverständlichen Laut aus, und seine großen, weißen Hände fingerten leidenschaftlich an einem dieser vernachlässigten Bücher.

»Nicht möglich! . . . Es ist nicht wahr! . . .«, sagte er . . . »Und dennoch täusche ich mich nicht! . . . Wissen Sie, was es ist? . . . Was hier lag? . . . Was ich hier halte? . . .«

»Was ist es?« fragte sie.

Da wies er ihr stumm das Titelblatt. Er war ganz bleich, ließ das Buch sinken und sah sie mit zitternden Lippen an.

»Wahrhaftig? Wie kommt das hierher? Also geben Sie«, sagte sie einfach, stellte die Noten aufs Pult, setzte sich und begann nach einem Augenblick der Stille mit der ersten Seite.

Er saß neben ihr, vornübergebeugt, die Hände zwischen den Knien gefaltet, mit gesenktem Kopfe. Sie spielte den Anfang mit einer ausschweifenden und quälenden Langsamkeit, mit beunruhigend gedehnten Pausen zwischen den einzelnen Figuren. Das Sehnsuchtsmotiv, eine einsame und irrende Stimme in der Nacht, ließ leise seine bange Frage vernehmen. Eine Stille und ein Warten. Und siehe, es antwortet: derselbe zage und einsame Klang, nur heller, nur zarter. Ein neues Schweigen. Da setzte mit jenem gedämpften und wundervollen Sforzato, das ist wie ein Sich-Aufraffen und seliges Aufbegehren der Leidenschaft, das Liebesmotiv ein, stieg aufwärts, rang sich entzückt empor bis zur süßen Verschlingung, sank, sich lösend, zurück, und mit ihrem tiefen Gesange von schwerer, schmerzlicher Wonne traten die Celli hervor und führten die Weise fort . . .

Nicht ohne Erfolg versuchte die Spielende, auf dem armseligen Instrument die Wirkungen des Orchesters anzudeuten. Die Violinläufe der großen Steigerung erklangen mit leuchtender Präzision. Sie spielte mit preziöser Andacht, verharrte gläubig bei jedem Gebilde und hob demütig und demonstrativ das Einzelne hervor, wie der Priester das Allerheiligste über sein Haupt erhebt. Was geschah? Zwei Kräfte, zwei entrückte Wesen strebten in Leiden und Seligkeit nacheinander und umarmten sich in dem verzückten und wahnsinnigen Begehren nach dem Ewigen und Absoluten . . . Das Vorspiel flammte auf und neigte sich. Sie endigte da, wo der Vorhang sich teilt, und fuhr dann fort, schweigend auf die Noten zu blicken.

Unterdessen hatte bei der Rätin Spatz die Langeweile jenen Grad erreicht, wo sie des Menschen Antlitz entstellt, ihm die Augen aus dem Kopfe treibt und ihm einen leichenhaften und furchteinflößenden Ausdruck verleiht. Außerdem wirkte diese Art von Musik auf ihre Magennerven, sie versetzte diesen dyspeptischen Organismus in Angstzustände und machte, daß die Rätin einen Krampfanfall befürchtete.

»Ich bin genötigt, auf mein Zimmer zu gehen«, sagte sie schwach. »Leben Sie wohl, ich kehre zurück . . .«

Damit ging sie. Die Dämmerung war weit vorgeschritten. Draußen sah man dicht und lautlos den Schnee auf die Terrasse herniedergehen. Die beiden Kerzen gaben ein wankendes und begrenztes Licht.

»Den zweiten Aufzug«, flüsterte er; und sie wandte die Seiten und begann mit dem zweiten Aufzug.

Hörnerschall verlor sich in der Ferne. Wie? oder war es das Säuseln des Laubes? Das sanfte Rieseln des Quells? Schon hatte die Nacht ihr Schweigen durch Hain und Haus gegossen, und kein flehendes Mahnen vermochte dem Walten der Sehnsucht mehr Einhalt zu tun. Das heilige Geheimnis vollendete sich. Die Leuchte erlosch, mit einer seltsamen, plötzlich gedeckten Klangfarbe senkte das Todesmotiv sich herab, und in jagender Ungeduld ließ die Sehnsucht ihren weißen Schleier dem Geliebten entgegenflattern, der ihr mit ausgebreiteten Armen durchs Dunkel nahte.

O überschwenglicher und unersättlicher Jubel der Vereinigung im ewigen Jenseits der Dinge! Des quälenden Irrtums entledigt, den Fesseln des Raumes und der Zeit entronnen, verschmolzen das Du und das Ich, das Dein und Mein sich zu erhabener Wonne. Trennen konnte sie des Tages tückisches Blendwerk, doch seine prahlende Lüge vermochte die Nachtsichtigen nicht mehr zu täuschen, seit die Kraft des Zaubertrankes ihnen den Blick geweiht. Wer liebend des Todes Nacht und ihr süßes Geheimnis erschaute, dem blieb im Wahn des Lichtes ein einzig Sehnen, die Sehnsucht hin zur heiligen Nacht, der ewigen, wahren, der einsmachenden . . .

O sink hernieder, Nacht der Liebe, gib ihnen jenes Vergessen, das sie ersehnen, umschließe sie ganz mit deiner Wonne und löse sie los von der Welt des Truges und der Trennung. Siehe, die letzte Leuchte verlosch! Denken und Dünken versank in heiliger Dämmerung, die sich welterlösend über des Wahnes Qualen breitet. Dann, wenn das Blendwerk erbleicht, wenn in Entzücken sich mein Auge bricht: das, wovon die Lüge des Tages mich ausschloß, was sie zu unstillbarer Qual meiner Sehnsucht täuschend entgegenstellte, — *selbst* dann, o Wunder der Erfüllung! selbst dann bin ich die Welt. — Und es erfolgte zu Brangänens dunklem Habet-Acht-Gesange jener Aufstieg der Violinen, welcher höher ist als alle Vernunft.

»Ich verstehe nicht alles, Herr Spinell; sehr vieles ahne ich nur. Was bedeutet doch dieses ›Selbst — dann bin ich die Welt‹?«

Er erklärte es ihr, leise und kurz.

»Ja, so ist es. — Wie kommt es nur, daß Sie, der Sie es so gut verstehen, es nicht auch spielen können?«

Seltsamerweise vermochte er dieser harmlosen Frage nicht standzuhalten. Er errötete, rang die Hände und versank gleichsam mit seinem Stuhle.

»Das trifft selten zusammen«, sagte er endlich gequält. »Nein, spielen kann ich nicht. — Aber fahren Sie fort.«

Und sie fuhren fort in den trunkenen Gesängen des Mysterienspieles. Starb je die Liebe? Tristans Liebe? Die Liebe deiner und meiner Isolde? Oh, des Todes Streiche erreichen die Ewige nicht!

Was stürbe wohl ihm, als was uns stört, was die Einigen täuschend entzweit? Durch ein süßes Und verknüpfte sie beide die Liebe . . . zerriß es der Tod, wie anders, als mit des einen eigenem Leben, wäre dem anderen der Tod gegeben? Und ein geheimnisvoller Zwiegesang vereinigte sie in der namenlosen Hoffnung des Liebestodes, des endlos ungetrennten Umfangenseins im Wunderreiche der Nacht. Süße Nacht! Ewige Liebesnacht! Alles umspannendes Land der Seligkeit! Wer dich ahnend erschaut, wie könnte er ohne Bangen je zum öden Tage zurückerwachen? Banne du das Bangen, holder Tod! Löse du nun die Sehnenden ganz von der Not des Erwachens! O fassungsloser Sturm der Rhythmen! O chromatisch empordrängendes Entzücken der metaphysischen Erkenntnis! Wie sie fassen, wie sie lassen, diese Wonne fern den Trennungsqualen des Lichts? Sanftes Sehnen ohne Trug und Bangen, hehres, leidloses Verlöschen, überseliges Dämmern im Unermeßlichen! Du Isolde, Tristan ich, nicht mehr Tristan, nicht mehr Isolde — —

Plötzlich geschah etwas Erschreckendes. Die Spielende brach ab und führte ihre Hand über die Augen, um ins Dunkel zu spähen, und Herr Spinell wandte sich rasch auf seinem Sitze herum. Die Tür dort hinten, die zum Korridor führte, hatte sich geöffnet, und herein kam eine finstere Gestalt, gestützt auf den Arm einer zweiten. Es war ein Gast von ›Einfried‹, der gleichfalls nicht in der Lage gewesen war, an der Schlittenpartie teilzunehmen, sondern diese Abendstunde zu einem seiner instinktiven und traurigen Rundgänge durch die Anstalt benutzte, es war jene Kranke, die neunzehn Kinder zur Welt gebracht hatte und keines Gedankens mehr fähig war, es war die Pastorin Höhlenrauch am Arme ihrer Pflegerin. Ohne aufzublicken, durchmaß sie mit tappenden, wandernden Schritten den Hintergrund des Gemaches und entschwand durch die entgegengesetzte Tür, — stumm und stier, irrwandelnd und unbewußt. — Es herrschte Stille.

»Das war die Pastorin Höhlenrauch«, sagte er.

»Ja, das war die arme Höhlenrauch«, sagte sie. Dann wandte sie die Blätter und spielte den Schluß des Ganzen, spielte Isoldens Liebestod.

Wie farblos und klar ihre Lippen waren, und wie die Schatten in den Winkeln ihrer Augen sich vertieften! Oberhalb der Braue, in ihrer durchsichtigen Stirn, trat angestrengt und beunruhigend das blaßblaue Äderchen deutlicher und deutlicher hervor. Unter ihren arbeitenden Händen vollzog sich die unerhörte Steigerung, zerteilt von jenem beinahe ruchlosen, plötzlichen Pianissimo, das wie ein Entgleiten des Bodens unter den Füßen und wie ein Versinken in sublimer Begierde ist. Der Überschwang einer ungeheuren Lösung und Erfüllung brach herein, wiederholte sich, ein betäubendes Brausen maßloser Befriedigung, unersättlich

186

wieder und wieder, formte sich zurückflutend um, schien ver-
hauchen zu wollen, wob noch einmal das Sehnsuchtsmotiv in
seine Harmonie, atmete aus, erstarb, verklang, entschwebte. Tiefe
Stille.
Sie horchten beide, legten die Köpfe auf die Seite und horchten.
»Das sind Schellen«, sagte sie.
»Es sind die Schlitten«, sagte er. »Ich gehe.«
Er stand auf und ging durch das Zimmer. An der Tür dort hinten
machte er halt, wandte sich um und trat einen Augenblick unruhig von einem Fuß auf den anderen. Und dann begab es sich,
daß er, fünfzehn oder zwanzig Schritte von ihr entfernt, auf
seine Knie sank, lautlos auf beide Knie. Sein langer, schwarzer
Gehrock breitete sich auf dem Boden aus. Er hielt die Hände über
seinem Munde gefaltet, und seine Schultern zuckten.
Sie saß, die Hände im Schoße, vornübergelehnt, vom Klavier abgewandt, und blickte auf ihn. Ein ungewisses und bedrängtes Lächeln lag auf ihrem Gesicht, und ihre Augen spähten sinnend und
so mühsam ins Halbdunkel, daß sie eine kleine Neigung zum
Verschießen zeigten.
Aus weiter Ferne her näherten sich Schellenklappern, Peitschenknall und das Ineinanderklingen menschlicher Stimmen.

9

Die Schlittenpartie, von der lange noch alle sprachen, hatte am
26. Februar stattgefunden. Am 27., einem Tauwettertage, an dem
alles sich erweichte, tropfte, planschte, floß, ging es der Gattin
Herrn Klöterjahns vortrefflich. Am 28. gab sie ein wenig Blut
von sich . . . oh, unbedeutend; aber es war Blut. Zu gleicher Zeit
wurde sie von einer Schwäche befallen, so groß wie noch niemals,
und legte sich nieder.
Doktor Leander untersuchte sie, und sein Gesicht war steinkalt
dabei. Dann verordnete er, was die Wissenschaft vorschreibt:
Eisstückchen, Morphium, unbedingte Ruhe. Übrigens legte er
am folgenden Tage wegen Überbürdung die Behandlung nieder
und übertrug sie an Doktor Müller, der sie pflicht- und kontrakt-
gemäß in aller Sanftmut übernahm; ein stiller, blasser, unbedeu-
tender und wehmütiger Mann, dessen bescheidene und ruhm-
lose Tätigkeit den beinahe Gesunden und den Hoffnungslosen
gewidmet war.
Die Ansicht, der er vor allem Ausdruck gab, war die, daß die
Trennung zwischen dem Klöterjahn'schen Ehepaare nun schon
recht lange währe. Es sei dringend wünschenswert, daß Herr
Klöterjahn, wenn anders sein blühendes Geschäft es irgend ge-
statte, wieder einmal zu Besuch nach ›Einfried‹ käme. Man könne
ihm schreiben, ihm vielleicht ein kleines Telegramm zukommen

lassen . . . Und sicherlich werde es die junge Mutter beglücken und stärken, wenn er den kleinen Anton mitbrächte: abgesehen davon, daß es für die Ärzte geradezu interessant sein werde, die Bekanntschaft dieses gesunden kleinen Anton zu machen.

Und siehe, Herr Klöterjahn erschien. Er hatte Doktor Müllers kleines Telegramm erhalten und kam vom Strande der Ostsee. Er stieg aus dem Wagen, ließ sich Kaffee und Buttersemmeln geben und sah sehr verdutzt aus.

»Herr«, sagte er, »was ist? Warum ruft man mich zu ihr?«

»Weil es wünschenswert ist«, antwortete Doktor Müller, »daß Sie jetzt in der Nähe Ihrer Frau Gemahlin weilen.«

»Wünschenswert . . . Wünschenswert . . . Aber auch notwendig? Ich sehe auf mein Geld, mein Herr, die Zeiten sind schlecht und die Eisenbahnen sind teuer. War diese Tagesreise nicht zu umgehen? Ich wollte nichts sagen, wenn es beispielsweise die Lunge wäre; aber da es Gott sei Dank die Luftröhre ist . . .«

»Herr Klöterjahn«, sagte Doktor Müller sanft, »erstens ist die Luftröhre ein wichtiges Organ . . .« Er sagte unkorrekterweise »erstens«, obgleich er gar kein »zweitens« darauf folgen ließ.

Gleichzeitig aber mit Herrn Klöterjahn war eine üppige, ganz in Rot, Schottisch und Gold gehüllte Person in ›Einfried‹ eingetroffen, und sie war es, die auf ihrem Arme Anton Klöterjahn den Jüngeren, den kleinen gesunden Anton trug. Ja, er war da, und niemand konnte leugnen, daß er in der Tat von einer exzessiven Gesundheit war. Rosig und weiß, sauber und frisch gekleidet, dick und duftig lastete er auf dem nackten, roten Arm seiner betreßten Dienerin, verschlang gewaltige Mengen von Milch und gehacktem Fleisch, schrie und überließ sich in jeder Beziehung seinen Instinkten.

Vom Fenster seines Zimmers aus hatte der Schriftsteller Spinell die Ankunft des jungen Klöterjahn beobachtet. Mit einem seltsamen, verschleierten und dennoch scharfen Blick hatte er ihn ins Auge gefaßt, während er vom Wagen ins Haus getragen wurde, und war dann noch längere Zeit mit demselben Gesichtsausdruck an seinem Platze verharrt.

Von da an mied er das Zusammentreffen mit Anton Klöterjahn dem Jüngeren so weit als tunlich. —

10

Herr Spinell saß in seinem Zimmer und ›arbeitete‹.

Es war ein Zimmer wie alle in ›Einfried‹: altmodisch, einfach und distinguiert. Die massige Kommode war mit metallenen Löwenköpfen beschlagen, der hohe Wandspiegel war keine glatte Fläche, sondern aus vielen kleinen quadratischen, in Blei gefaßten Scherben zusammengesetzt, kein Teppich bedeckte den bläulich lakkierten Estrich, in dem die steifen Beine der Meubles als klare Schatten sich fortsetzten. Ein geräumiger Schreibtisch stand in der Nähe des Fensters, vor welches der Romancier einen gelben Vorhang gezogen hatte, wahrscheinlich, um sich innerlicher zu machen.

In gelblicher Dämmerung saß er über die Platte des Sekretärs gebeugt und schrieb, — schrieb an einem jener zahlreichen Briefe, die er allwöchentlich zur Post befördern ließ, und auf die er belustigenderweise meistens gar keine Antwort erhielt. Ein großer, starker Bogen lag vor ihm, in dessen linkem oberen Winkel unter einer verzwickt gezeichneten Landschaft der Name Detlev Spinell in völlig neuartigen Lettern zu lesen war, und den er mit einer kleinen, sorgfältig gemalten und überaus reinlichen Handschrift bedeckte.

»Mein Herr!« stand dort. »Ich richte die folgenden Zeilen an Sie, weil ich nicht anders kann, weil das, was ich Ihnen zu sagen habe, mich erfüllt, mich quält und zittern macht, weil mir die Worte mit einer solchen Heftigkeit zuströmen, daß ich an ihnen ersticken würde, dürfte ich mich ihrer nicht in diesem Briefe entlasten . . .«

Der Wahrheit die Ehre zu geben, so war dies mit dem »Zuströmen« ganz einfach nicht der Fall, und Gott wußte, aus was für eitlen Gründen Herr Spinell es behauptete. Die Worte schienen ihm durchaus nicht zuzuströmen; für einen, dessen bürgerlicher Beruf das Schreiben ist, kam er jämmerlich langsam von der Stelle, und wer ihn sah, mußte zu der Anschauung gelangen, daß ein Schriftsteller ein Mann ist, dem das Schreiben schwerer fällt als allen anderen Leuten.

Mit zwei Fingerspitzen hielt er eins der sonderbaren Flaumhärchen an seiner Wange erfaßt und drehte Viertelstunden lang daran, indem er ins Leere starrte und nicht um eine Zeile vorwärtsrückte, schrieb dann ein paar zierliche Wörter und stockte aufs neue. Andererseits muß man zugeben, daß das, was schließlich zustande kam, den Eindruck der Glätte und Lebhaftigkeit erweckte, wenn es auch inhaltlich einen wunderlichen, fragwürdigen und oft sogar unverständlichen Charakter trug.

»Es ist«, so setzte der Brief sich fort, »das unabweisliche Bedürfnis, das, was ich sehe, was seit Wochen als eine unauslöschliche Vision vor meinen Augen steht, auch Sie sehen zu machen, es Sie mit meinen Augen, in derjenigen sprachlichen Beleuchtung schauen zu lassen, in der es vor meinem inneren Blicke steht. Ich bin gewohnt, diesem Drange zu weichen, der mich zwingt, in unvergeßlich und flammend richtig an ihrem Platze stehenden Worten meine Erlebnisse zu denen der Welt zu machen. Und darum hören Sie mich an.

Ich will nichts als sagen, was war und ist, ich erzähle lediglich eine Geschichte, eine ganz kurze, unsäglich empörende Geschichte, erzähle sie ohne Kommentar, ohne Anklage und Urteil, nur mit meinen Worten. Es ist die Geschichte Gabriele Eckhofs, mein Herr, der Frau, die Sie die Ihrige nennen ... und merken Sie wohl! Sie waren es, der sie erlebte; und dennoch bin ich es, dessen Wort sie Ihnen erst in Wahrheit zur Bedeutung eines Erlebnisses erheben wird.

Erinnern Sie sich des Gartens, mein Herr, des alten, verwucherten Gartens hinter dem grauen Patrizierhause? Das grüne Moos sproß in den Fugen der verwitterten Mauern, die seine verträumte Wildnis umschlossen. Erinnern Sie sich auch des Springbrunnens in seiner Mitte? Lilafarbene Lilien neigten sich über sein morsches Rund, und sein weißer Strahl plauderte geheimnisvoll auf das zerklüftete Gestein hinab. Der Sommertag neigte sich.

Sieben Jungfrauen saßen im Kreis um den Brunnen; in das Haar der Siebenten aber, der Ersten, der Einen, schien die sinkende Sonne heimlich ein schimmerndes Abzeichen der Oberhoheit zu weben. Ihre Augen waren wie ängstliche Träume, und dennoch lächelten ihre klaren Lippen ...

Sie sangen. Sie hielten ihre schmalen Gesichter zur Höhe des Springstrahles emporgewandt, dorthin, wo er in müder und edler Rundung sich zum Falle neigte, und ihre leisen, hellen Stimmen umschwebten seinen schlanken Tanz. Vielleicht hielten sie ihre zarten Hände um ihre Knie gefaltet, indes sie sangen ...

Entsinnen Sie sich des Bildes, mein Herr? Sahen Sie es? Sie sahen es nicht. Ihre Augen waren nicht geschaffen dafür, und Ihre Ohren nicht, die keusche Süßigkeit seiner Melodie zu vernehmen. Sahen Sie es — Sie durften nicht wagen, zu atmen, Sie mußten Ihrem Herzen zu schlagen verwehren. Sie mußten gehen, zurück ins Leben, in Ihr Leben, und für den Rest Ihres Erdendaseins das Geschaute als ein unantastbares und unverletzliches Heiligtum in Ihrer Seele bewahren. Was aber taten Sie?

Dies Bild war ein Ende, mein Herr; mußten Sie kommen und es zerstören, um ihm eine Fortsetzung der Gemeinheit und des häßlichen Leidens zu geben? Es war eine rührende und friedevolle Apotheose, getaucht in die abendliche Verklärung des Verfalles, der Auflösung und des Verlöschens. Ein altes Geschlecht, zu müde bereits und zu edel zur Tat und zum Leben, steht am Ende seiner Tage, und seine letzten Äußerungen sind Laute der Kunst, ein paar Geigentöne, voll von der wissenden Wehmut der Sterbensreife ... Sahen Sie die Augen, denen diese Töne Tränen entlockten? Vielleicht, daß die Seelen der sechs Gespielinnen dem Leben gehörten; diejenige aber ihrer schwesterlichen Herrin gehörte der Schönheit und dem Tode.

Sie sahen sie, diese Todesschönheit: sahen sie an, um ihrer zu begehren. Nichts von Ehrfurcht, nichts von Scheu berührte Ihr Herz gegenüber ihrer rührenden Heiligkeit. Es genügte Ihnen nicht, zu schauen; Sie mußten besitzen, ausnützen, entweihen ... Wie fein Sie Ihre Wahl trafen! Sie sind ein Gourmand, mein Herr, ein plebejischer Gourmand, ein Bauer mit Geschmack.

Ich bitte Sie, zu bemerken, daß ich keineswegs den Wunsch hege, Sie zu kränken. Was ich sage, ist kein Schimpf, sondern die Formel, die einfache psychologische Formel für Ihre einfache, literarisch gänzlich uninteressante Persönlichkeit, und ich spreche sie aus, nur weil es mich treibt, Ihnen Ihr eigenes Tun und Wesen ein wenig zu erhellen, weil es auf Erden mein unausweichlicher Beruf ist, die Dinge bei Namen zu nennen, sie reden zu machen, und das Unbewußte zu durchleuchten. Die Welt ist voll von dem, was ich den ›unbewußten Typus‹ nenne: und ich ertrage sie nicht, alle diese unbewußten Typen! Ich ertrage es nicht, all dies dumpfe, unwissende und erkenntnislose Leben und Handeln, diese Welt von aufreizender Naivität um mich her! Es treibt mich mit qualvoller Unwiderstehlichkeit, alles Sein in der Runde — so weit meine Kräfte reichen — zu erläutern, auszusprechen und zum Bewußtsein zu bringen, — unbekümmert darum, ob dies eine fördernde oder hemmende Wirkung nach sich zieht, ob es Trost und Linderung bringt oder Schmerz zufügt.

Sie sind, mein Herr, wie ich sagte, ein plebejischer Gourmand, ein Bauer mit Geschmack. Eigentlich von plumper Konstitution und auf einer äußerst niedrigen Entwicklungsstufe befindlich, sind Sie durch Reichtum und sitzende Lebensweise zu einer plötzlichen, unhistorischen und barbarischen Korruption des Nervensystems gelangt, die eine gewisse lüsterne Verfeinerung des Genußbedürfnisses nach sich zieht. Wohl möglich, daß die Muskeln Ihres Schlundes in eine schmatzende Bewegung gerieten, wie angesichts einer köstlichen Suppe oder seltenen Platte, als Sie beschlossen, Gabriele Eckhof zu eigen zu nehmen ...

In der Tat, Sie lenken ihren verträumten Willen in die Irre, Sie führen sie aus dem verwucherten Garten in das Leben und in die Häßlichkeit, Sie geben ihr Ihren ordinären Namen und machen sie zum Eheweibe, zur Hausfrau, machen Sie zur Mutter. Sie erniedrigen die müde, scheue und in erhabener Unbrauchbarkeit blühende Schönheit des Todes in den Dienst des gemeinen Alltags und jenes blöden, ungefügen und verächtlichen Götzen, den man die Natur nennt, und nicht eine Ahnung von der tiefen Niedertracht dieses Beginnens regt sich in Ihrem bäuerischen Gewissen.

Nochmals: Was geschieht? Sie, mit den Augen, die wie ängstliche Träume sind, schenkt Ihnen ein Kind; sie gibt diesem Wesen, das eine Fortsetzung der niedrigen Existenz seines Erzeugers ist, alles mit, was sie an Blut und Lebensmöglichkeit besitzt, und stirbt. Sie stirbt, mein Herr! Und wenn sie nicht in Gemeinheit dahinfährt, wenn sie dennoch zuletzt sich aus den Tiefen ihrer Erniedrigung erhob und stolz und selig unter dem tödlichen Kusse der Schönheit vergeht, so ist das *meine* Sorge gewesen. Die Ihrige war es wohl unterdessen, sich auf verschwiegenen Korridoren mit Stubenmädchen die Zeit zu verkürzen.

Ihr Kind aber, Gabriele Eckhofs Sohn, gedeiht, lebt und triumphiert. Vielleicht wird er das Leben seines Vaters fortführen, ein handeltreibender, Steuern zahlender und gut speisender Bürger werden; vielleicht ein Soldat oder Beamter, eine unwissende und tüchtige Stütze des Staates; in jedem Falle ein amusisches, normal funktionierendes Geschöpf, skrupellos und zuversichtlich, stark und dumm.

Nehmen Sie das Geständnis, mein Herr, daß ich Sie hasse, Sie und Ihr Kind, wie ich das Leben selbst hasse, das gemeine, das lächerliche und dennoch triumphierende Leben, das Sie darstellen, den ewigen Gegensatz und Todfeind der Schönheit. Ich darf nicht sagen, daß ich Sie verachte. Ich kann es nicht. Ich bin ehrlich. Sie sind der Stärkere. Ich habe Ihnen im Kampfe nur eines entgegenzustellen, das erhabene Gewaffen und Rachewerkzeug der Schwachen: Geist und Wort. Heute habe ich mich seiner bedient. Denn dieser Brief — auch darin bin ich ehrlich, mein Herr — ist nichts als ein Racheakt, und ist nur ein einziges Wort darin scharf, glänzend und schön genug, Sie betroffen zu machen, Sie eine fremde Macht spüren zu lassen, Ihren robusten Gleichmut einen Augenblick ins Wanken zu bringen, so will ich frohlocken.

Detlev Spinell.«

Und dieses Schriftstück kuvertierte und frankierte Herr Spinell, versah es mit einer zierlichen Adresse und überlieferte es der Post.

11

Herr Klöterjahn pochte an Herrn Spinells Stubentür; er hielt einen großen, reinlich beschriebenen Bogen in der Hand und sah aus wie ein Mann, der entschlossen ist, energisch vorzugehen. Die Post hatte ihre Pflicht getan, der Brief war seinen Weg gegangen, er hatte die wunderliche Reise von ›Einfried‹ nach ›Einfried‹ gemacht und war richtig in die Hände des Adressaten gelangt. Es war vier Uhr am Nachmittage.

Als Herr Klöterjahn eintrat, saß Herr Spinell auf dem Sofa und las in seinem eigenen Roman mit der verwirrenden Umschlagzeichnung. Er stand auf und sah den Besucher überrascht und fragend an, obgleich er deutlich errötete.

»Guten Tag«, sagte Herr Klöterjahn. »Entschuldigen Sie, daß ich
Sie in Ihren Beschäftigungen störe. Aber darf ich fragen, ob Sie
dies geschrieben haben?« Damit hielt er den großen, reinlich beschriebenen Bogen mit der linken Hand empor und schlug mit
dem Rücken der Rechten darauf, so daß es heftig knisterte. Hierauf schob er die Rechte in die Tasche seines weiten, bequemen
Beinkleides, legte den Kopf auf die Seite und öffnete, wie manche
Leute pflegen, den Mund zum Horchen.

Sonderbarerweise lächelte Herr Spinell; er lächelte zuvorkom-
mend, ein wenig verwirrt und halb entschuldigend, führte die
Hand zum Kopfe, als besänne er sich, und sagte:

»Ah, richtig . . . ja . . . ich erlaubte mir . . .«

Die Sache war die, daß er sich heute gegeben hatte, wie er war,
und bis gegen Mittag geschlafen hatte. Infolge hiervon litt er an
schlimmem Gewissen und blödem Kopfe, fühlte er sich nervös
und wenig widerstandsfähig. Hinzu kam, daß die Frühlingsluft,
die eingetreten war, ihn matt und zur Verzweiflung geneigt
machte. Dies alles muß erwähnt werden als Erklärung dafür, daß
er sich während dieser Szene so äußerst albern benahm.

»So! Aha! Schön!« sagte Herr Klöterjahn, indem er das Kinn auf
die Brust drückte, die Brauen emporzog, die Arme reckte und
eine Menge ähnlicher Anstalten traf, nach Erledigung dieser
Formfrage ohne Erbarmen zur Sache zu kommen. Aus Freude an
seiner Person ging er ein wenig zu weit in diesen Anstalten;
was schließlich erfolgte, entsprach nicht völlig der drohenden
Umständlichkeit dieser mimischen Vorbereitungen. Aber Herr
Spinell war ziemlich bleich.

»Sehr schön!« wiederholte Herr Klöterjahn. »Dann lassen Sie
sich die Antwort mündlich geben, mein Lieber, und zwar in Anbetracht des Umstandes, daß ich es für blödsinnig halte, jemandem, den man stündlich sprechen kann, seitenlange Briefe zu
schreiben . . .«

»Nun . . . blödsinnig . . .«, sagte Herr Spinell lächelnd, entschuldigend und beinahe demütig.

»Blödsinnig!« wiederholte Herr Klöterjahn und schüttelte heftig
den Kopf, um zu zeigen, wie unangreifbar sicher er seiner Sache
sei. »Und ich würde dies Geschreibsel nicht eines Wortes würdigen, es wäre mir, offen gestanden, ganz einfach als Butterbrot-
papier zu schlecht, wenn es mich nicht über gewisse Dinge auf-
klärte, die ich bis dahin nicht begriff, gewisse Veränderungen . . .
Übrigens geht Sie das nichts an und gehört nicht zur Sache. Ich
bin ein tätiger Mann, ich habe Besseres zu bedenken als Ihre
unaussprechlichen Visionen . . .«

»Ich habe ›unauslöschliche Vision‹ geschrieben«, sagte Herr Spinell und richtete sich auf. Es war der einzige Moment dieses Auf-
trittes, in dem er ein wenig Würde an den Tag legte.

»Unauslöschlich . . . unaussprechlich . . .!« entgegnete Herr Klöterjahn und blickte ins Manuskript. »Sie schreiben eine Hand,
die miserabel ist, mein Lieber; ich möchte Sie nicht in meinem
Kontor beschäftigen. Auf den ersten Blick scheint es ganz sauber,
aber bei Licht besehen ist es voller Lücken und Zittrigkeiten. Aber
das ist Ihre Sache und geht mich nichts an. Ich bin gekommen,
um Ihnen zu sagen, daß Sie erstens ein Hanswurst sind, — nun,
das ist Ihnen hoffentlich bekannt. Außerdem aber sind Sie ein
großer Feigling, und auch das brauche ich Ihnen wohl nicht ausführlich zu beweisen. Meine Frau hat mir einmal geschrieben,
Sie sähen den Weibspersonen, denen Sie begegnen, nicht ins Gesicht, sondern schielten nur so hin, um eine schöne Ahnung davonzutragen, aus Angst vor der Wirklichkeit. Leider hat sie später aufgehört, in ihren Briefen von Ihnen zu erzählen; sonst
wüßte ich noch mehr Geschichten von Ihnen. Aber so sind Sie.
>Schönheit< ist Ihr drittes Wort, aber im Grunde ist es nichts als
Bangebüchsigkeit und Duckmäuserei und Neid, und daher wohl
auch Ihre unverschämte Bemerkung von den >verschwiegenen
Korridoren<, die mich wahrscheinlich so recht durchbohren sollte
und mir doch bloß Spaß gemacht hat. Spaß hat sie mir gemacht!
Aber wissen Sie nun Bescheid? Habe ich Ihnen Ihr . . . Ihr >Tun
und Wesen< nun >ein wenig erhellt<, Sie Jammermensch? Obgleich es nicht mein >unausbleiblicher Beruf< ist, hö, hö! . . .«
»Ich habe >unausweichlicher Beruf< geschrieben«, sagte Herr Spinell; aber er gab es gleich wieder auf. Er stand da, hilflos und
abgekanzelt, wie ein großer, kläglicher, grauhaariger Schuljunge.
»Unausweichlich . . . unausbleiblich . . . Ein niederträchtiger Feigling sind Sie, sage ich Ihnen. Täglich sehen Sie mich bei Tische.
Sie grüßen mich und lächeln, Sie reichen mir Schüsseln und lächeln, Sie wünschen mir gesegnete Mahlzeit und lächeln. Und
eines Tages schicken Sie mir solch einen Wisch voll blödsinniger
Injurien auf den Hals. Hö, ja, schriftlich haben Sie Mut! Und
wenn es bloß dieser lachhafte Brief wäre. Aber Sie haben gegen
mich intrigiert, hinter meinem Rücken gegen mich intrigiert, ich
begreife es jetzt sehr wohl . . . obgleich Sie sich nicht einzubilden
brauchen, daß es Ihnen etwas genützt hat! Wenn Sie sich etwa
der Hoffnung hingeben, meiner Frau Grillen in den Kopf gesetzt
zu haben, so befinden Sie sich auf dem Holzwege, mein wertgeschätzter Herr, dazu ist sie ein zu vernünftiger Mensch! Oder
wenn Sie am Ende gar glauben, daß sie mich irgendwie anders
als sonst empfangen hat, mich und das Kind, als wir kamen, so
setzten Sie Ihrer Abgeschmacktheit die Krone auf! Wenn sie dem
Kleinen keinen Kuß gegeben hat, so geschah es aus Vorsicht, weil
neuerdings die Hypothese aufgetaucht ist, daß es nicht die Luftröhre, sondern die Lunge ist, und man in diesem Falle nicht wissen kann . . . obgleich es übrigens noch sehr zu beweisen ist, das

mit der Lunge, und Sie mit Ihrem ›sie stirbt, mein Herr‹! Sie sind
ein Esel!« Hier suchte Herr Klöterjahn seine Atmung ein wenig zu regeln.
Er war nun sehr in Zorn geraten, stach beständig mit dem rechten Zeigefinger in die Luft und richtete das Manuskript in seiner
Linken aufs übelste zu. Sein Gesicht, zwischen dem blonden
englischen Backenbart, war furchtbar rot, und seine umwölkte
Stirn war von geschwollenen Adern zerrissen wie von Zornes-
blitzen.

»Sie hassen mich«, fuhr er fort, »und Sie würden mich verachten,
wenn ich nicht der Stärkere wäre . . . Ja, das bin ich, zum Teufel,
ich habe das Herz auf dem rechten Fleck, während Sie das Ihre
wohl meistens in den Hosen haben, und ich würde Sie in die
Pfanne hauen mitsamt Ihrem ›Geist und Wort‹, Sie hinterlistiger
Idiot, wenn das nicht verboten wäre. Aber damit ist nicht gesagt,
mein Lieber, daß ich mir Ihre Invektiven so ohne weiteres gefallen lasse, und wenn ich das mit dem ›ordinären Namen‹ zu
Haus meinem Anwalt zeige, so wollen wir sehen, ob Sie nicht
Ihr blaues Wunder erleben. Mein Name ist gut, mein Herr, und
zwar durch mein Verdienst. Ob Ihnen jemand auf den Ihren auch
nur einen Silbergroschen borgt, diese Frage mögen Sie mit sich
selbst erörtern, Sie hergelaufener Bummler! Gegen Sie muß man
gesetzlich vorgehen! Sie sind gemeingefährlich! Sie machen die
Leute verrückt! . . . Obgleich Sie sich nicht einzubilden brauchen,
daß es Ihnen diesmal gelungen ist, Sie heimtückischer Patron!
Von Individuen, wie Sie eins sind, lasse ich mich denn doch nicht
aus dem Felde schlagen. Ich habe das Herz auf dem rechten
Fleck . . .«

Herr Klöterjahn war nun wirklich äußerst erregt. Er schrie und
sagte wiederholt, daß er das Herz auf dem rechten Flecke habe.

»›Sie sangen.‹ Punkt. Sie sangen gar nicht! Sie strickten. Außerdem sprachen sie, soviel ich verstanden habe, von einem Rezept
für Kartoffelpuffer, und wenn ich das mit dem ›Verfall‹ und der
›Auflösung‹ meinem Schwiegervater sage, so belangt er Sie
gleichfalls von Rechts wegen, da können Sie sicher sein! . . . ›Sahen Sie das Bild, sahen Sie es?‹ Natürlich sah ich es, aber ich begreife nicht, warum ich deshalb den Atem anhalten und davonlaufen sollte. Ich schiele den Weibern nicht am Gesicht vorbei, ich
sehe sie mir an, und wenn sie mir gefallen, und wenn sie mich
wollen, so nehme ich sie mir. Ich habe das Herz auf dem rechten
Fl . . .«

Es pochte. — Es pochte gleich neun- oder zehnmal ganz rasch hin-
tereinander an die Stubentür, ein kleiner, heftiger, ängstlicher
Wirbel, der Herrn Klöterjahn verstummen machte, und eine
Stimme, die gar keinen Halt hatte, sondern vor Bedrängnis fort-
während aus den Fugen ging, sagte in größter Hast:

»Herr Klöterjahn, Herr Klöterjahn, ach, ist Herr Klöterjahn da?«
»Draußen bleiben«, sagte Herr Klöterjahn unwirsch . . . »Was
ist? Ich habe hier zu reden.«
»Herr Klöterjahn«, sagte die schwankende und sich brechende
Stimme, »Sie müssen kommen . . . auch die Ärzte sind da . . . oh,
es ist so entsetzlich traurig . . .«
Da war er mit einem Schritt an der Tür und riß sie auf. Die Rätin
Spatz stand draußen. Sie hielt ihr Schnupftuch vor den Mund,
und große, längliche Tränen rollten paarweise in dieses Tuch
hinein.
»Herr Klöterjahn«, brachte sie hervor . . . , »es ist so entsetzlich
traurig . . . Sie hat so viel Blut aufgebracht, so fürchterlich viel . . .
Sie saß ganz ruhig im Bette und summte ein Stückchen Musik
vor sich hin, und da kam es, lieber Gott, so übermäßig viel . . .«
»Ist sie tot?« schrie Herr Klöterjahn . . . Dabei packte er die Rätin
am Oberarm und zog sie auf der Schwelle hin und her. »Nein,
nicht ganz, wie? Noch nicht ganz, sie kann mich noch sehen . . .
Hat sie wieder ein bißchen Blut aufgebracht? Aus der Lunge, wie?
Ich gebe zu, daß es vielleicht aus der Lunge kommt . . . Gabriele!«
sagte er plötzlich, indem die Augen ihm übergingen, und man
sah, wie ein warmes, gutes, menschliches und redliches Gefühl in
ihm hervorbrach. »Ja, ich komme!« sagte er, und mit langen
Schritten schleppte er die Rätin aus dem Zimmer hinaus und über
den Korridor davon. Von einem entlegenen Teile des Wandel-
ganges her vernahm man noch immer sein rasch sich entfernen-
des »Nicht ganz, wie? . . . Aus der Lunge, was? . . .«

12

Herr Spinell stand auf dem Fleck, wo er während Herrn Klöterjahns so jäh unterbrochener Visite gestanden hatte, und blickte
auf die offene Tür. Endlich tat er ein paar Schritte vorwärts und
horchte ins Weite. Aber alles war still, und so schloß er die Tür
und kehrte ins Zimmer zurück.
Eine Weile betrachtete er sich im Spiegel. Hierauf ging er zum
Schreibtisch, holte ein kleines Flakon und ein Gläschen aus einem
Fache hervor und nahm einen Kognak zu sich, was kein Mensch
ihm verdenken konnte. Dann streckte er sich auf dem Sofa aus
und schloß die Augen.
Die obere Klappe des Fensters stand offen. Draußen im Garten
von ›Einfried‹ zwitscherten die Vögel, und in diesen kleinen, zarten und kecken Lauten lag fein und durchdringend der ganze
Frühling ausgedrückt. Einmal sagte Herr Spinell leise vor sich
hin: »Unausbleiblicher Beruf . . .« Dann bewegte er den Kopf hin
und her und zog die Luft durch die Zähne ein wie bei einem heftigen Nervenschmerz.

Es war unmöglich, zur Ruhe und Sammlung zu gelangen. Man ist nicht geschaffen für so plumpe Erlebnisse wie dieses da! — Durch einen seelischen Vorgang, dessen Analyse zu weit führen würde, gelangte Herr Spinell zu dem Entschlusse, sich zu erheben und sich ein wenig Bewegung zu machen, sich ein wenig im Freien zu ergehen. So nahm er den Hut und verließ das Zimmer.

Als er aus dem Hause trat und die milde, würzige Luft ihn umfing, wandte er das Haupt und ließ seine Augen langsam an dem Gebäude empor bis zu einem der Fenster gleiten, einem verhängten Fenster, an dem sein Blick eine Weile ernst, fest und dunkel haftete. Dann legte er die Hände auf den Rücken und schritt über die Kieswege dahin. Er schritt in tiefem Sinnen.

Noch waren die Beete mit Matten bedeckt, und Bäume und Sträucher waren noch nackt; aber der Schnee war fort, und die Wege zeigten nur hier und da noch feuchte Spuren. Der weite Garten mit seinen Grotten, Laubengängen und kleinen Pavillons lag in prächtig farbiger Nachmittagsbeleuchtung, mit kräftigen Schatten und sattem, goldigem Licht, und das dunkle Geäst der Bäume stand scharf und zart gegliedert gegen den hellen Himmel.

Es war um die Stunde, da die Sonne Gestalt annimmt, da die formlose Lichtmasse zur sichtbar sinkenden Scheibe wird, deren sattere, mildere Glut das Auge duldet. Herr Spinell sah die Sonne nicht; sein Weg führte ihn so, daß sie ihm verdeckt und verborgen war. Er ging gesenkten Hauptes und summte ein Stückchen Musik vor sich hin, ein kurzes Gebild, eine bang und klagend aufwärtssteigende Figur, das Sehnsuchtsmotiv ... Plötzlich aber, mit einem Ruck, einem kurzen, krampfhaften Aufatmen, blieb er gefesselt stehen, und unter heftig zusammengezogenen Brauen starrten seine erweiterten Augen mit dem Ausdruck entsetzter Abwehr geradeaus ...

Der Weg wandte sich; er führte der sinkenden Sonne entgegen. Durchzogen von zwei schmalen, erleuchteten Wolkenstreifen mit vergoldeten Rändern stand sie groß und schräge am Himmel, setzte die Wipfel der Bäume in Glut und goß ihren gelbrötlichen Glanz über den Garten hin. Und inmitten dieser goldigen Verklärung, die gewaltige Gloriole der Sonnenscheibe zu Häupten, stand hochaufgerichtet im Wege eine üppige, ganz in Rot, Gold und Schottisch gekleidete Person, die ihre Rechte in die schwellende Hüfte stemmte und mit der Linken ein grazil geformtes Wägelchen leicht vor sich hin und her bewegte. In diesem Wägelchen aber saß das Kind, saß Anton Klöterjahn der Jüngere, saß Gabriele Eckhofs dicker Sohn!

Er saß, bekleidet mit einer weißen Flausjacke und einem großen weißen Hut, pausbäckig, prächtig und wohlgeraten in den Kissen, und sein Blick begegnete lustig und unbeirrbar demjenigen Herrn Spinells. Der Romancier war im Begriffe, sich aufzuraffen, er war ein Mann, er hätte die Kraft besessen, an dieser unerwarteten, in Glanz getauchten Erscheinung vorüberzuschreiten und seinen Spaziergang fortzusetzen. Da aber geschah das Gräßliche, daß Anton Klöterjahn zu lachen und zu jubeln begann, er kreischte vor unerklärlicher Lust, es konnte einem unheimlich zu Sinne werden.

Gott weiß, was ihn anfocht, ob die schwarze Gestalt ihm gegenüber ihn in diese wilde Heiterkeit versetzte oder was für ein Anfall von animalischem Wohlbefinden ihn packte. Er hielt in der einen Hand einen knöchernen Beißring und in der anderen eine blecherne Klapperbüchse. Diese beiden Gegenstände reckte er jauchzend in den Sonnenschein empor, schüttelte sie und schlug sie zusammen, als wollte er jemanden spottend verscheuchen. Seine Augen waren beinahe geschlossen vor Vergnügen, und sein Mund war so klaffend aufgerissen, daß man seinen ganzen rosigen Gaumen sah. Er warf sogar seinen Kopf hin und her, indes er jauchzte.

Da machte Herr Spinell kehrt und ging von dannen. Er ging, gefolgt von dem Jubilieren des kleinen Klöterjahn, mit einer gewissen behutsamen und steif-graziösen Armhaltung über den Kies, mit den gewaltsam zögernden Schritten jemandes, der verbergen will, daß er innerlich davonläuft.

Die Hungernden

Studie

In einem Augenblick, da Detlef sich von dem Gefühl seiner Überflüssigkeit zuinnerst ergriffen fühlte, ließ er, wie unversehens, sich von dem festlichen Gewühle hinwegtragen und entschwand ohne Abschied den Blicken der beiden Menschenkinder.

Er überließ sich einer Strömung, die ihn der einen Längswand des üppigen Theatersaales entlangführte, und nicht bevor er sich weit von Lilli und dem kleinen Maler entfernt wußte, leistete er Widerstand und faßte festen Fuß: nahe der Bühne, an die mit Gold überladene Wölbung einer Proszeniumsloge gelehnt, zwischen einer bärtigen Barockkaryatide mit tragend gebeugtem Nacken und ihrem weiblichen Gegenstück, das ein Paar schwellender Brüste in den Saal hinausschob. So gut und schlecht es ging, gab er sich die Haltung behaglichen Schauens, indem er hie und da das Opernglas zu den Augen hob, und sein umhergleitender Blick mied in der strahlenden Runde nur einen Punkt.

Das Fest war auf seiner Höhe. In den Hintergründen der bauchigen Logen ward an gedeckten Tischen gespeist und getrunken, indes an den Brüstungen sich Herren in schwarzen und farbigen Fräcken, riesige Chrysanthemen im Knopfloch, zu den gepuderten Schultern phantastisch gewandeter und ausschweifend coiffürter Damen niederbeugten und plaudernd hinabwiesen auf das bunte Gewimmel im Saal, das sich in Gruppen sonderte, sich strömend dahinschob, sich staute, in Wirbeln zusammenquirlte und sich in raschem Farbenspiel wieder lichtete . . .

Die Frauen, in fließenden Roben, die schutenartigen Hüte in grotesken Schleifen unterm Kinn befestigt und gestützt auf hohe Stöcke, hielten langgestielte Lorgnons vor die Augen, und der Männer gepuffte Ärmel ragten fast bis zu den Krempen ihrer grauen Zylinderhüte empor . . . Laute Scherze flogen zu den Rängen hinauf, und Bier- und Sektgläser wurden dort grüßend erhoben. Man drängte sich zurückgelegten Hauptes vor der offenen Bühne, auf welcher sich, bunt und kreischend, irgend etwas Exzentrisches vollzog. Dann, als der Vorhang zusammenrauschte, stob unter Gelächter und Beifall alles zurück. Das Orchester erbrauste. Man drängte sich lustwandelnd durcheinander. Und das goldgelbe, weit über taghelle Licht, das den Prunkraum erfüllte, gab aller Augen einen blanken Schein, indes alle in beschleunigten, ziellos begehrlichen Atemzügen den warmen und erregenden Dunst einsogen von Blumen und Wein, von Speisen, Staub, Puder, Parfüm und festlich erhitzten Körpern . . .

Das Orchester brach ab. Arm in Arm blieb man stehen und

blickte lachend zur Bühne, auf der sich, quäkend und seufzend, etwas Neues begab. Vier oder fünf Personen in Bauernkostüm parodierten auf Klarinetten und näselnden Streichinstrumenten das chromatische Ringen der Tristanmusik... Detlef schloß einen Augenblick seine Lider, die ihm brannten. Sein Sinn war so geartet, daß er die leidende Einheitssehnsucht vernehmen mußte, die aus diesen Tönen auch noch in ihrer mutwilligen Entstellung sprach, und plötzlich stieg aufs neue die erstickende Wehmut des Einsamen in ihm auf, der sich in Neid und Liebe an ein lichtes und gewöhnliches Kind des Lebens verlor...

Lilli... Seine Seele bildete den Namen aus Flehen und Zärtlichkeit; und nun konnte er doch seinem Blick nicht länger wehren, heimlich zu jenem fernen Punkt zu gleiten... Ja, sie war noch da, stand noch dort hinten an derselben Stelle, wo er sie vorhin verlassen hatte, und zuweilen, wenn das Gedränge sich teilte, ersah er sie ganz, wie sie in ihrem milchweißen, mit Silber besetzten Kleide, den blonden Kopf ein wenig schief geneigt und die Hände auf dem Rücken, an der Wand lehnte und plaudernd dem kleinen Maler in die Augen blickte, schelmisch und unverwandt in seine Augen, die ebenso blau, so freiliegend und ungetrübt waren wie ihre eigenen...

Wovon sprachen sie, wovon sprachen sie nur noch immer? Ach, dieses Geplauder, das so leicht und mühelos aus dem unerschöpflichen Born der Harmlosigkeit, der Anspruchslosigkeit, Unschuld und Munterkeit floß und an dem er, ernst und langsam gemacht durch ein Leben der Träumerei und Erkenntnis, durch lähmende Einsichten und die Drangsal des Schaffens, nicht teilzunehmen verstand! Er war gegangen, hatte sich in einem Anfall von Trotz, Verzweiflung und Großmut davongestohlen und die beiden Menschenkinder allein gelassen, um dann noch, aus der Ferne, mit dieser würgenden Eifersucht in der Kehle, des Lächelns der Erleichterung gewahr zu werden, mit dem sie sich, voll Einverständnis, seiner drückenden Gegenwart ledig sahen.

Warum war er gekommen, warum war er nur heute wieder gekommen? Was trieb ihn, sich zu seiner Qual unter die Menge der Unbefangenen zu mischen, die ihn umdrängte und erregte, ohne ihn je in Wirklichkeit in sich aufzunehmen? Er kannte es wohl, dies Verlangen! »Wir Einsamen«, so hatte er irgendwo einmal in einer bekenntnisstillen Stunde geschrieben, »wir abgeschiedenen Träumer und Enterbten des Lebens, die wir in einem künstlichen und eisigen Abseits und Außerhalb unsere grüblerischen Tage verbringen... wir, die wir einen kalten Hauch unbesiegbarer Befremdung um uns verbreiten, sobald wir unsere mit dem Mal der Erkenntnis und der Mutlosigkeit gezeichneten Stirnen unter lebendigen Wesen sehen lassen... wir armen Gespenster des Daseins, denen man mit einer scheuen Achtung be-

gegnet und die man sobald als möglich wieder sich selbst über-
läßt, damit unser hohler und wissender Blick die Freude nicht
länger störe ... wir alle hegen eine verstohlene und zehrende
Sehnsucht in uns nach dem Harmlosen, Einfachen und Lebendigen, nach ein wenig Freundschaft, Hingebung, Vertraulichkeit
und menschlichem Glück. Das ›Leben‹, von dem wir ausgeschlossen sind, — nicht als eine Vision von blutiger Größe und wilder
Schönheit, nicht als das Ungewöhnliche stellt es uns Ungewöhnlichen sich dar; sondern das Normale, Wohlanständige und Liebenswürdige ist das Reich unserer Sehnsucht, ist das Leben in seiner verführerischen Banalität ...«
Er blickte hinüber zu den Plaudernden, während durch den ganzen Saal ein gutmütiges Gelächter das Spiel der Klarinetten unterbrach, die das schwere und süße Liebesmelos zu gellender
Sentimentalität verzerrten ... Ihr seid es, empfand er. Ihr seid
das warme, holde, törichte Leben, wie es als ewiger Gegensatz
dem Geist gegenübersteht. Glaubt nicht, daß er euch verachtet.
Glaubt ihm nicht *eine* Miene der Geringschätzung. Wir schlei-
chen euch nach, wir tiefen Kobolde und erkenntnisstummen Un-
holde, wir stehen ferne, und in unseren Augen brennt eine gierig schauende Sehnsucht, euch gleich zu sein.
Regt sich der Stolz? Möchte er leugnen, daß wir einsam sind?
Prahlt er, daß des Geistes Werk der Liebe eine höhere Vereinigung sichert mit dem Lebenden an allen Orten und zu aller Zeit? Ach,
mit wem? Mit wem? Immer doch nur mit unseresgleichen, mit
Leidenden und Sehnsüchtigen und Armen, und niemals mit euch,
ihr Blauäugigen, die ihr den Geist nicht nötig habt!
... Nun tanzten sie. Die Produktionen auf der Bühne waren
beendet. Das Orchester schmetterte und sang. Auf dem glatten
Boden schleiften, drehten und wiegten sich die Paare. Und Lilli
tanzte mit dem kleinen Maler. Wie zierlich ihr holdes Köpfchen
aus dem Kelch des silbergestickten steifen Kragens erwuchs! In
einem gelassenen und elastischen Schreiten und Wenden bewegten sie sich auf engem Raume umher; sein Gesicht war dem ihren
zugewandt, und lächelnd, in beherrschter Hingabe an die süße
Trivialität der Rhythmen, fuhren sie fort zu plaudern.
Eine Bewegung wie von greifenden und formenden Händen entstand plötzlich in dem Einsamen. Ihr seid dennoch mein, empfand er, und ich bin über euch! Durchschaue ich nicht lächelnd
eure einfachen Seelen? Merke und bewahre ich nicht mit spöttischer Liebe jede naive Regung eurer Körper? Spannen sich
nicht angesichts eures unbewußten Treibens in mir die Kräfte des
Wortes und der Ironie, daß mir das Herz pocht vor Begier und
lustvollem Machtgefühl, euch spielend nachzubilden und im
Lichte meiner Kunst euer törichtes Glück der Rührung der Welt
preiszugeben? ...

Und dann sank matt und sehnsüchtig alles wieder in ihm zusammen, was sich so trotzig aufgerichtet hatte. Ach, einmal, nur eine Nacht wie diese, kein Künstler sein, sondern ein Mensch! Einmal dem Fluche entfliehen, der da unverbrüchlich lautete: Du darfst nicht sein, du sollst schauen; du darfst nicht leben, du sollst schaffen; du darfst nicht lieben, du sollst wissen! Einmal in treuherzigem und schlichtem Gefühle leben, lieben und loben! Einmal unter euch sein, in euch sein, ihr sein, ihr Lebendigen! Einmal euch in entzückten Zügen schlürfen — ihr Wonnen der Gewöhnlichkeit!

... Er zuckte zusammen, wandte sich ab. Ihm war, als ob in alle diese hübschen, erhitzten Gesichter, wurden sie seiner gewahr, ein forschender und abgestoßener Ausdruck träte. Der Wunsch, das Feld zu räumen, die Stille und Dunkelheit zu suchen, wurde plötzlich so stark in ihm, daß er nicht widerstand. Ja, fortgehen, ohne Abschied sich ganz zurückziehen, wie er sich vorhin von Lilli's Seite zurückgezogen hatte, und daheim den heißen und unselig berauschten Kopf auf ein kühles Kissen legen. Er schritt zum Ausgang.

Würde sie es bemerken? Er kannte es so wohl, dies Fortgehen, dies schweigende, stolze und verzweifelte Entweichen aus einem Saale, einem Garten, von irgendeinem Orte fröhlicher Geselligkeit, mit der verhehlten Hoffnung, dem lichten Wesen, zu dem man sich hinübersehnt, einen kurzen Augenblick des Schattens, des betroffenen Nachdenkens, des Mitleidens zu bereiten ... Er blieb stehen, schaute noch einmal hinüber. Ein Flehen entstand in ihm. Dableiben, ausharren, bei ihr verweilen, wenn auch von ferne, und irgendein unvorhergesehenes Glück erwarten? — Umsonst. Es gab keine Annäherung, keine Verständigung, keine Hoffnung. Geh, geh ins Dunkel, stütze den Kopf in die Hände und weine, wenn du kannst, wenn es Tränen gibt in deiner Welt der Erstarrung, der Öde, des Eises, des Geistes und der Kunst! — Er verließ den Saal.

Ein brennender, still bohrender Schmerz war in seiner Brust und zugleich eine unsinnige, unvernünftige Erwartung ... Sie müßte es sehen, müßte begreifen, müßte kommen, ihm folgen, wenn auch aus Mitleid nur, müßte ihn aufhalten auf halbem Wege und zu ihm sagen: Bleib da, sei froh, ich liebe dich. Und er ging ganz langsam, obgleich er wußte, so zum Lachen gewiß wußte, daß sie keineswegs kommen werde, die kleine, tanzende, plaudernde Lilli ...

Es war zwei Uhr am Morgen. Die Korridore lagen verödet, und hinter den langen Tischen der Garderoben nickten schläfrig die Aufseherinnen. Kein Mensch außer ihm dachte ans Heimgehen. — Er hüllte sich in seinen Mantel, nahm Hut und Stock und verließ das Theater.

Auf dem Platze, in dem weißlich durchleuchteten Nebel der Winternacht, standen Droschken in langer Reihe. Mit hängenden Köpfen, Decken über den Rücken, hielten die Pferde vor den Wagen, indes die vermummten Kutscher in Gruppen den harten Schnee stampften. Detlef winkte einem von ihnen, und während der Mann sein Tier bereitete, verharrte er im Ausgang des erleuchteten Vestibüls und ließ die kalte, herbe Luft seine pochenden Schläfen umspielen.

Der fade Nachgeschmack des Schaumweins machte ihm Lust zu rauchen. Mechanisch zog er eine Zigarette hervor, entzündete ein Streichholz und setzte sie in Brand. Und da, in diesem Augenblick, als das Flämmchen erlosch, begegnete ihm etwas, was er zunächst nicht begriff, wovor er ratlos und entsetzt mit hängenden Armen stand, was er nicht verwinden, nicht vergessen konnte . . .

Aus dem Dunkel tauchte, wie seine Sehkraft sich von der Blendung durch das kleine Feuer erholte, ein verwildertes, ausgehöhltes, rotbärtiges Antlitz auf, dessen entzündete und elend umränderte Augen mit einem Ausdruck von wüstem Hohn und einem gewissen gierigen Forschen in die seinen starrten . . . Zwei oder drei Schritte nur von ihm entfernt, die Fäuste in den tiefsitzenden Taschen seiner Hose vergraben, den Kragen seiner zerlumpten Jacke emporgeklappt, lehnte an einem der Laternenpfähle, die den Eingang des Theaters flankierten, der Mensch, dem dies leidvolle Gesicht gehörte. Sein Blick glitt über Detlefs ganze Gestalt, über seinen Pelzmantel, auf dem das Opernglas hing, hinab bis auf seine Lackschuhe, um sich dann wieder mit diesem lüsternen und gierigen Prüfen in den seinen zu bohren; ein einziges Mal stieß der Mensch kurz und verächtlich die Luft durch die Nase aus . . . und dann schauerte sein Körper im Frost zusammen, schienen seine schlaffen Wangen sich noch tiefer auszuhöhlen, indes seine Lider sich zitternd schlossen und seine Mundwinkel sich hämisch zugleich und gramvoll abwärts zogen.

Detlef stand erstarrt. Er rang danach, zu begreifen . . . Der Anschein von Behagen und Wohlleben, mit dem er, der Festteilnehmer, das Vestibül verlassen, dem Kutscher gewinkt, seiner silbernen Dose die Zigarette entnommen haben mochte, kam ihm plötzlich zum Bewußtsein. Unwillkürlich erhob er die Hand, im Begriffe, sich an den Kopf zu schlagen. Er tat einen Schritt auf den Menschen zu, er atmete auf, um zu sprechen, zu erklären . . . Und dann stieg er dennoch stumm in den bereitstehenden Wagen, indem er fast dem Kutscher die Adresse zu nennen vergaß, fassungslos, außer sich über die Unmöglichkeit, hier Klarheit zu schaffen.

Welch Irrtum, mein Gott, — welch ungeheures Mißverständnis! Dieser Darbende und Ausgeschlossene hatte ihn mit Gier und

Bitterkeit betrachtet, mit der gewaltsamen Verachtung, welche Neid und Sehnsucht ist! Hatte er sich nicht ein wenig zur Schau gestellt, dieser Hungernde? Hatte aus seinem Frösteln, seiner gramvollen und hämischen Grimasse nicht der Wunsch gesprochen, Eindruck zu machen, ihm, dem kecken Glücklichen, einen Augenblick des Schattens, des betroffenen Nachdenkens, des Mitleidens zu bereiten? Du irrst, Freund, du verfehltest die Wirkung; dein Jammerbild ist mir keine schreckende und beschämende Mahnung aus einer fremden, furchtbaren Welt. *Wir sind ja Brüder!* —

Sitzt es hier, Kamerad, hier oberhalb der Brust und brennt? Wie wohl ich das kenne! Und warum kamst du doch? Warum bleibst du nicht trotzig und stolz im Dunkel, sondern nimmst deinen Platz unter erleuchteten Fenstern, hinter denen Musik und das Lachen des Lebens ist? Kenne ich nicht auch das kranke Verlangen, das dich dorthin trieb, dieses dein Elend zu nähren, das man ebensowohl Liebe heißen kann wie Haß?

Nichts ist mir fremd von allem Jammer, der dich beseelt, und du dachtest mich zu beschämen! Was ist Geist? Spielender Haß! Was ist Kunst? Bildende Sehnsucht! Daheim sind wir beide im Lande der Betrogenen, der Hungernden, Anklagenden und Verneinenden, und auch die verräterischen Stunden voll Selbstverachtung sind uns gemeinsam, die wir uns in schmählicher Liebe an das Leben, das törichte Glück verlieren. Aber du erkanntest mich nicht.

Irrtum! Irrtum!... Und wie dies Bedauern ihn ganz erfüllte, glänzte irgendwo in seiner Tiefe eine schmerzliche zugleich und süße Ahnung auf ... Irrt denn nur jener? Wo ist des Irrtums Ende? Ist nicht alle Sehnsucht auf Erden ein Irrtum, die meine zuerst, die dem einfach und triebhaft Lebendigen gilt, dem stummen Leben, das die Verklärung durch Geist und Kunst, die Erlösung durch das Wort nicht kennt? Ach, wir sind alle Geschwister, wir Geschöpfe des friedlos leidenden Willens; und wir erkennen uns nicht. Eine andere Liebe tut not, eine andere ...

Und während er daheim unter seinen Büchern, Bildern und still schauenden Büsten saß, bewegte ihn dies milde Wort: »Kindlein, liebet einander ...«

Tonio Kröger

1

Die Wintersonne stand nur als armer Schein, milchig und matt hinter Wolkenschichten über der engen Stadt. Naß und zugig war's in den giebeligen Gassen, und manchmal fiel eine Art von weichem Hagel, nicht Eis, nicht Schnee.

Die Schule war aus. Über den gepflasterten Hof und heraus aus der Gatterpforte strömten die Scharen der Befreiten, teilten sich und enteilten nach rechts und links. Große Schüler hielten mit Würde ihr Bücherpäckchen hoch gegen die linke Schulter gedrückt, indem sie mit dem rechten Arm wider den Wind dem Mittagessen entgegenruderten; kleines Volk setzte sich lustig in Trab, daß der Eisbrei umherspritzte und die Siebensachen der Wissenschaft in den Seehundsränzeln klapperten. Aber hie und da riß alles mit frommen Augen die Mützen herunter vor dem Wotanshut und dem Jupiterbart eines gemessen hinschreitenden Oberlehrers . . .

»Kommst du endlich, Hans?« sagte Tonio Kröger, der lange auf dem Fahrdamm gewartet hatte; lächelnd trat er dem Freunde entgegen, der im Gespräch mit anderen Kameraden aus der Pforte kam und schon im Begriffe war, mit ihnen davonzugehen . . . »Wieso?« fragte er und sah Tonio an . . . »Ja, das ist wahr! Nun gehen wir noch ein bißchen.«

Tonio verstummte, und seine Augen trübten sich. Hatte Hans es vergessen, fiel es ihm erst jetzt wieder ein, daß sie heute mittag ein wenig zusammen spazierengehen wollten? Und er selbst hatte sich seit der Verabredung beinahe unausgesetzt darauf gefreut!

»Ja, adieu, ihr!« sagte Hans Hansen zu den Kameraden. »Dann gehe ich noch ein bißchen mit Kröger.« — Und die beiden wandten sich nach links, indes die anderen nach rechts schlenderten.

Hans und Tonio hatten Zeit, nach der Schule spazierenzugehen, weil sie beide Häusern angehörten, in denen erst um vier Uhr zu Mittag gegessen wurde. Ihre Väter waren große Kaufleute, die öffentliche Ämter bekleideten und mächtig waren in der Stadt. Den Hansens gehörten schon seit manchem Menschenalter die weitläufigen Holzlagerplätze drunten am Fluß, wo gewaltige Sägemaschinen unter Fauchen und Zischen die Stämme zerlegten. Aber Tonio war Konsul Krögers Sohn, dessen Getreidesäcke mit dem breiten schwarzen Firmendruck man Tag für Tag durch die Straßen kutschieren sah; und seiner Vorfahren großes altes Haus war das herrschaftlichste der ganzen Stadt . . . Beständig mußten die Freunde, der vielen Bekannten wegen, die Mützen herunternehmen, ja, von manchen Leuten wurden die Vierzehn-jährigen zuerst gegrüßt...

Beide hatten die Schulmappen über die Schultern gehängt, und beide waren sie gut und warm gekleidet; Hans in eine kurze Seemannsüberjacke, über welcher auf Schultern und Rücken der breite, blaue Kragen seines Marineanzuges lag, und Tonio in einen grauen Gurt-Paletot. Hans trug eine dänische Matrosen-mütze mit kurzen Bändern, unter der ein Schopf seines bastblon-den Haares hervorquoll. Er war außerordentlich hübsch und wohlgestaltet, breit in den Schultern und schmal in den Hüften, mit freiliegenden und scharfblickenden stahlblauen Augen. Aber unter Tonio's runder Pelzmütze blickten aus einem brünetten und ganz südlich scharfgeschnittenen Gesicht dunkle und zart um-schattete Augen mit zu schweren Lidern träumerisch und ein we-nig zaghaft hervor... Mund und Kinn waren ihm ungewöhnlich weich gebildet. Er ging nachlässig und ungleichmäßig, während Hansens schlanke Beine in den schwarzen Strümpfen so elastisch und taktfest einherschritten...

Tonio sprach nicht. Er empfand Schmerz. Indem er seine etwas schräg stehenden Brauen zusammenzog und die Lippen zum Pfei-fen gerundet hielt, blickte er seitwärts geneigten Kopfes ins Weite. Diese Haltung und Miene war ihm eigentümlich.

Plötzlich schob Hans seinen Arm unter den Tonio's und sah ihn dabei von der Seite an, denn er begriff sehr wohl, um was es sich handelte. Und obgleich Tonio auch bei den nächsten Schritten noch schwieg, so ward er doch auf einmal sehr weich gestimmt.

»Ich hatte es nämlich nicht vergessen, Tonio«, sagte Hans und blickte vor sich nieder auf das Trottoir, »sondern ich dachte nur, daß heute doch wohl nichts daraus werden könnte, weil es ja so naß und windig ist. Aber mir macht das gar nichts, und ich finde es famos, daß du trotzdem auf mich gewartet hast. Ich glaubte schon, du seist nach Hause gegangen, und ärgerte mich...«

Alles in Tonio geriet in eine hüpfende und jubelnde Bewegung bei diesen Worten.

»Ja, wir gehen nun also über die Wälle!« sagte er mit bewegter Stimme. »Über den Mühlenwall und den Holstenwall, und so bringe ich dich nach Hause, Hans... Bewahre, das schadet gar nichts, daß ich dann meinen Heimweg allein mache; das nächste Mal begleitest du mich.«

Im Grunde glaubte er nicht sehr fest an das, was Hans gesagt hatte, und fühlte genau, daß jener nur halb soviel Gewicht auf diesen Spaziergang zu zweien legte wie er. Aber er sah doch, daß Hans seine Vergeßlichkeit bereute und es sich angelegen sein ließ, ihn zu versöhnen. Und er war weit von der Absicht ent-fernt, die Versöhnung hintanzuhalten...

Die Sache war die, daß Tonio Hans Hansen liebte und schon vieles um ihn gelitten hatte. Wer am meisten liebt, ist der Unterlegene und muß leiden, — diese schlichte und harte Lehre hatte seine vierzehnjährige Seele bereits vom Leben entgegengenommen; und er war so geartet, daß er solche Erfahrungen wohl vermerkte, sie gleichsam innerlich aufschrieb und gewissermaßen seine Freude daran hatte, ohne sich freilich für seine Person danach zu richten und praktischen Nutzen daraus zu ziehen. Auch war es so mit ihm bestellt, daß er solche Lehren weit wichtiger und interessanter achtete als die Kenntnisse, die man ihm in der Schule aufnötigte, ja, daß er sich während der Unterrichtsstunden in den gotischen Klassengewölben meistens damit abgab, solche Einsichten bis auf den Grund zu empfinden und völlig auszudenken. Und diese Beschäftigung bereitete ihm eine ganz ähnliche Genugtuung, wie wenn er mit seiner Geige (denn er spielte die Geige) in seinem Zimmer umherging und die Töne, so weich, wie er sie nur hervorzubringen vermochte, in das Plätschern des Springstrahles hinein erklingen ließ, der drunten im Garten unter den Zweigen des alten Walnußbaumes tänzelnd emporstieg...

Der Springbrunnen, der alte Walnußbaum, seine Geige und in der Ferne das Meer, die Ostsee, deren sommerliche Träume er in den Ferien belauschen durfte, diese Dinge waren es, die er liebte, mit denen er sich gleichsam umstellte, und zwischen denen sich sein inneres Leben abspielte, Dinge, deren Namen mit guter Wirkung in Versen zu verwenden sind und auch wirklich in den Versen, die Tonio Kröger zuweilen verfertigte, immer wieder erklangen.

Dieses, daß er ein Heft mit selbstgeschriebenen Versen besaß, war durch sein eigenes Verschulden bekannt geworden und schadete ihm sehr, bei seinen Mitschülern sowohl wie bei den Lehrern. Dem Sohne Konsul Krögers schien es einerseits, als sei es dumm und gemein, daran Anstoß zu nehmen, und er verachtete dafür sowohl die Mitschüler wie die Lehrer, deren schlechte Manieren ihn obendrein abstießen und deren persönliche Schwächen er seltsam eindringlich durchschaute. Andererseits aber empfand er selbst es als ausschweifend und eigentlich ungehörig, Verse zu machen, und mußte all denen gewissermaßen recht geben, die es für eine befremdende Beschäftigung hielten. Allein das vermochte ihn nicht, davon abzulassen...

Da er daheim seine Zeit vertat, beim Unterricht langsamen und abgewandten Geistes war und bei den Lehrern schlecht angeschrieben stand, so brachte er beständig die erbärmlichsten Zensuren nach Hause, worüber sein Vater, ein langer, sorgfältig gekleideter Herr mit sinnenden blauen Augen, der immer eine Feldblume im Knopfloch trug, sich sehr erzürnt und bekümmert

zeigte. Der Mutter Tonio's jedoch, seiner schönen, schwarz-
haarigen Mutter, die Consuelo mit Vornamen hieß und überhaupt so anders war als die übrigen Damen der Stadt, weil
der Vater sie sich einstmals von ganz unten auf der Landkarte
heraufgeholt hatte, — seiner Mutter waren die Zeugnisse grund-
einerlei . . .
Tonio liebte seine dunkle und feurige Mutter, die so wunderbar
den Flügel und die Mandoline spielte, und er war froh, daß sie
sich ob seiner zweifelhaften Stellung unter den Menschen nicht
grämte. Andererseits aber empfand er, daß der Zorn des Vaters
weit würdiger und respektabler sei, und war, obgleich er von ihm
gescholten wurde, im Grunde ganz einverstanden mit ihm, während er die heitere Gleichgültigkeit der Mutter ein wenig liederlich fand. Manchmal dachte er ungefähr: Es ist gerade genug, daß
ich bin, wie ich bin, und mich nicht ändern will und kann, fahrlässig, widerspenstig und auf Dinge bedacht, an die sonst niemand denkt. Wenigstens gehört es sich, daß man mich ernstlich
schilt und straft dafür, und nicht mit Küssen und Musik darüber
hinweggeht. Wir sind doch keine Zigeuner im grünen Wagen,
sondern anständige Leute, Konsul Krögers, die Familie der Kröger . . . Nicht selten dachte er auch: Warum bin ich doch so sonderlich und in Widerstreit mit allem, zerfallen mit den Lehrern
und fremd unter den anderen Jungen? Siehe sie an, die guten
Schüler und die von solider Mittelmäßigkeit. Sie finden die Lehrer nicht komisch, sie machen keine Verse und denken nur Dinge,
die man eben denkt und die man laut aussprechen kann. Wie ordentlich und einverstanden mit allem und jedermann sie sich
fühlen müssen! Das muß gut sein . . . Was aber ist mit mir, und
wie wird dies alles ablaufen?
Diese Art und Weise, sich selbst und sein Verhältnis zum Leben
zu betrachten, spielte eine wichtige Rolle in Tonio's Liebe zu
Hans Hansen. Er liebte ihn zunächst, weil er schön war; dann
aber, weil er in allen Stücken als sein eigenes Widerspiel und
Gegenteil erschien. Hans Hansen war ein vortrefflicher Schüler
und außerdem ein frischer Gesell, der ritt, turnte, schwamm wie
ein Held und sich der allgemeinen Beliebtheit erfreute. Die Lehrer
waren ihm beinahe mit Zärtlichkeit zugetan, nannten ihn mit
Vornamen und förderten ihn auf alle Weise, die Kameraden waren auf seine Gunst bedacht, und auf der Straße hielten ihn Herren und Damen an, faßten ihn an dem Schopfe bastblonden
Haares, der unter seiner dänischen Schiffermütze hervorquoll,
und sagten: »Guten Tag, Hans Hansen, mit deinem netten
Schopf! Bist du noch Primus? Grüß Papa und Mama, mein präch-
tiger Junge . . .«
So war Hans Hansen, und seit Tonio Kröger ihn kannte, empfand er Sehnsucht, sobald er ihn erblickte, eine neidische Sehn-

sucht, die oberhalb der Brust saß und brannte. Wer so blaue Augen hätte, dachte er, und so in Ordnung und glücklicher Gemeinschaft mit aller Welt lebte wie du! Stets bist du auf eine wohlanständige und allgemein respektierte Weise beschäftigt. Wenn du die Schulaufgaben erledigt hast, so nimmst du Reitstunden oder arbeitest mit der Laubsäge, und selbst in den Ferien, an der See, bist du vom Rudern, Segeln und Schwimmen in Anspruch genommen, indes ich müßiggängerisch und verloren im Sande liege und auf die geheimnisvoll wechselnden Wienenspiele starre, die über des Meeres Antlitz huschen. Aber darum sind deine Augen so klar. Zu sein wie du . . .

Er machte nicht den Versuch, zu werden wie Hans Hansen, und vielleicht war es ihm nicht einmal sehr ernst mit diesem Wunsche. Aber er begehrte schmerzlich, so wie er war, von ihm geliebt zu werden, und er warb um seine Liebe auf seine Art, eine langsame und innige, hingebungsvolle, leidende und wehmütige Art, aber von einer Wehmut, die tiefer und zehrender brennen kann als alle jähe Leidenschaftlichkeit, die man von seinem fremden Äußeren hätte erwarten können.

Und er warb nicht ganz vergebens, denn Hans, der übrigens eine gewisse Überlegenheit an ihm achtete, eine Gewandtheit des Mundes, die Tonio befähigte, schwierige Dinge auszusprechen, begriff ganz wohl, daß hier eine ungewöhnlich starke und zarte Empfindung für ihn lebendig sei, erwies sich dankbar und bereitete ihm manches Glück durch sein Entgegenkommen — aber auch manche Pein der Eifersucht, der Enttäuschung und der vergeblichen Mühe, eine geistige Gemeinschaft herzustellen. Denn es war das Merkwürdigste, daß Tonio, der Hans Hansen doch um seine Daseinsart beneidete, beständig trachtete, ihn zu seiner eigenen herüberzuziehen, was höchstens auf Augenblicke und auch dann nur scheinbar gelingen konnte . . .

»Ich habe jetzt etwas Wundervolles gelesen, etwas Prachtvolles . . .«, sagte er. Sie gingen und aßen gemeinsam aus einer Tüte Fruchtbonbons, die sie bei Krämer Iwersen in der Mühlenstraße für zehn Pfennig erstanden hatten. »Du mußt es lesen, Hans, es ist nämlich ›Don Carols‹ von Schiller . . . Ich leihe es dir, wenn du willst . . .«

»Ach nein«, sagte Hans Hansen, »daß laß nur, Tonio, das paßt nicht für mich. Ich bleibe bei meinen Pferdebüchern, weißt du. Famose Abbildungen sind darin, sage ich dir. Wenn du mal bei mir bist, zeige ich sie dir. Es sind Augenblicksphotographien, und man sieht die Gäule im Trab und im Galopp und im Sprunge, in allen Stellungen, die man in Wirklichkeit gar nicht zu sehen bekommt, weil es zu schnell geht . . .«

»In allen Stellungen?« fragte Tonio höflich. »Ja, das ist fein. Was aber ›Don Carlos‹ betrifft, so geht das über alle Begriffe. Es sind

Stellen darin, du sollst sehen, die so schön sind, daß es einem einen Ruck gibt, daß es gleichsam knallt . . .«

»Knallt es?« fragte Hans Hansen . . . »Wieso?«

»Da ist zum Beispiel die Stelle, wo der König geweint hat, weil er von dem Marquis betrogen ist . . . aber der Marquis hat ihn nur dem Prinzen zuliebe betrogen, verstehst du, für den er sich opfert. Und nun kommt aus dem Kabinett in das Vorzimmer die Nachricht, daß der König geweint hat. ›Geweint?‹ ›Der König geweint?‹ Alle Hofmänner sind fürchterlich betreten, und es geht einem durch und durch, denn es ist ein schrecklich starrer und strenger König. Aber man begreift es so gut, daß er geweint hat, und mir tut er eigentlich mehr leid als der Prinz und der Marquis zusammengenommen. Er ist immer so ganz allein und ohne Liebe, und nun glaubt er einen Menschen gefunden zu haben, und der verrät ihn . . .«

Hans Hansen sah von der Seite in Tonio's Gesicht, und irgend etwas in diesem Gesicht mußte ihn wohl dem Gegenstande gewinnen, denn er schob plötzlich wieder seinen Arm unter den Tonio's und fragte:

»Auf welche Weise verrät er ihn denn, Tonio?«

Tonio geriet in Bewegung.

»Ja, die Sache ist«, fing er an, »daß alle Briefe nach Brabant und Flandern . . .«

»Da kommt Erwin Jimmerthal«, sagte Hans.

Tonio verstummte. Möchte ihn doch, dachte er, die Erde verschlingen, diesen Jimmerthal! Warum muß er kommen und uns stören! Wenn er nur nicht mit uns geht und den ganzen Weg von der Reitstunde spricht . . . Denn Erwin Jimmerthal hatte ebenfalls Reitstunde. Er war der Sohn des Bankdirektors und wohnte hier draußen vorm Tore. Mit seinen krummen Beinen und Schlitzaugen kam er ihnen, schon ohne Schulmappe, durch die Allee entgegen.

»Tag, Jimmerthal«, sagte Hans. »Ich gehe ein bißchen mit Kröger . . .«

»Ich muß zur Stadt«, sagte Jimmerthal, »und etwas besorgen. Aber ich gehe noch ein Stück mit euch . . . Das sind wohl Fruchtbonbons, die ihr da habt? Ja, danke, ein paar esse ich. Morgen haben wir wieder Stunde, Hans.« — Es war die Reitstunde gemeint.

»Famos!« sagte Hans. »Ich bekomme jetzt die ledernen Gamaschen, du, weil ich neulich die Eins im Exerzitium hatte . . .«

»Du hast wohl keine Reitstunde, · Kröger?« fragte Jimmerthal, und seine Augen waren nur ein Paar blanker Ritzen . . .

»Nein . . .«, antwortete Tonio mit ganz ungewisser Betonung.

»Du solltest«, bemerkte Hans Hansen, »deinen Vater bitten, daß du auch Stunde bekommst, Kröger.«

»Ja...«, sagte Tonio zugleich hastig und gleichgültig. Einen Augenblick schnürte sich ihm die Kehle zusammen, weil Hans ihn mit Nachnamen angeredet hatte; und Hans schien dies zu fühlen, denn er sagte erläuternd:

»Ich nenne dich Kröger, weil dein Vorname so verrückt ist, du, entschuldige, aber ich mag ihn nicht leiden. Tonio... Das ist doch überhaupt kein Name. Übrigens kannst du ja nichts dafür, bewahre!«

»Nein, du heißt wohl hauptsächlich so, weil es so ausländisch klingt und etwas Besonderes ist...«, sagte Jimmerthal und tat, als ob er zum Guten reden wollte.

Tonio's Mund zuckte. Er nahm sich zusammen und sagte:

»Ja, es ist ein alberner Name, ich möchte, weiß Gott, lieber Heinrich oder Wilhelm heißen, das könnt ihr mir glauben. Aber es kommt daher, daß ein Bruder meiner Mutter, nach dem ich getauft worden bin, Antonio heißt; denn meine Mutter ist doch von drüben...«

Dann schwieg er und ließ die beiden von Pferden und Lederzeug sprechen. Hans hatte Jimmerthal untergefaßt und redete mit einer geläufigen Teilnahme, die für ›Don Carlos‹ niemals in ihm zu erwecken gewesen wäre... Von Zeit zu Zeit fühlte Tonio, wie der Drang zu weinen ihm prickelnd in die Nase stieg; auch hatte er Mühe, sein Kinn in der Gewalt zu behalten, das beständig ins Zittern geriet...

Hans mochte seinen Namen nicht leiden, — was war dabei zu tun? Er selbst hieß Hans, und Jimmerthal hieß Erwin, gut, das waren allgemein anerkannte Namen, die niemand befremdeten. Aber ›Tonio‹ war etwas Ausländisches und Besonderes. Ja, es war in allen Stücken etwas Besonderes mit ihm, ob er wollte oder nicht, und er war allein und ausgeschlossen von den Ordentlichen und Gewöhnlichen, obgleich er doch kein Zigeuner im grünen Wagen war, sondern ein Sohn Konsul Krögers, aus der Familie der Kröger... Aber warum nannte Hans ihn Tonio, solange sie allein waren, wenn er, kam ein dritter hinzu, anfing, sich seiner zu schämen? Zuweilen war er ihm nahe und gewonnen, ja. Auf welche Weise verrät er ihn denn, Tonio? hatte er gefragt und ihn untergefaßt. Aber als dann Jimmerthal gekommen war, hatte er dennoch erleichtert aufgeatmet, hatte ihn verlassen und ihm ohne Not seinen fremden Rufnamen vorgeworfen. Wie weh es tat, dies alles durchschauen zu müssen!... Hans Hansen hatte ihn im Grunde ein wenig gern, wenn sie unter sich waren, er wußte es. Aber kam ein dritter, so schämte er sich dessen und opferte ihn auf. Und er war wieder allein. Er dachte an König Philipp. Der König hat geweint...

»Gott bewahre«, sagte Erwin Jimmerthal, »nun muß ich aber wirklich zur Stadt! Adieu, ihr, und Dank für die Fruchtbonbons!«

Darauf sprang er auf eine Bank, die am Wege stand, lief mit seinen krummen Beinen darauf entlang und trabte davon.

»Jimmerthal mag ich leiden!« sagte Hans mit Nachdruck. Er hatte eine verwöhnte und selbstbewußte Art, seine Sympathien und Abneigungen kundzugeben, sie gleichsam gnädigst zu verteilen . . . Und dann fuhr er fort, von der Reitstunde zu sprechen, weil er einmal im Zuge war. Es war auch nicht mehr so weit bis zum Hansen'schen Wohnhause; der Weg über die Wälle nahm nicht soviel Zeit in Anspruch. Sie hielten ihre Mützen fest und beugten die Köpfe vor dem starken, feuchten Wind, der in dem kahlen Geäst der Bäume knarrte und stöhnte. Und Hans Hansen sprach, während Tonio nur dann und wann ein künstliches Ach und Jaja einfließen ließ, ohne Freude darüber, daß Hans ihn im Eifer der Rede wieder untergefaßt hatte, denn das war nur eine scheinbare Annäherung, ohne Bedeutung.

Dann verließen sie die Wallanlagen unfern des Bahnhofes, sahen einen Zug mit plumper Eilfertigkeit vorüberpuffen, zählten zum Zeitvertreib die Wagen und winkten dem Manne zu, der in seinen Pelz vermummt zuhöchst auf dem allerletzten saß. Und am Lindenplatze, vor Großhändler Hansens Villa, blieben sie stehen, und Hans zeigte ausführlich, wie amüsant es sei, sich unten auf die Gartenpforte zu stellen und sich in den Angeln hin und her zu schlenkern, daß es nur so kreischte. Aber hierauf verabschiedete er sich.

»Ja, nun muß ich hinein«, sagte er. »Adieu, Tonio. Das nächste Mal begleite ich dich nach Hause, sei sicher.«

»Adieu, Hans«, sagte Tonio, »es war nett, spazierenzugehen.«

Ihre Hände, die sich drückten, waren ganz naß und rostig von der Gartenpforte. Als aber Hans in Tonio's Augen sah, entstand etwas wie reuiges Besinnen in seinem hübschen Gesicht.

»Übrigens werde ich nächstens ›Don Carlos‹ lesen!« sagte er rasch. »Das mit dem König im Kabinett muß famos sein!« Dann nahm er seine Mappe unter den Arm und lief durch den Vorgarten. Bevor er im Hause verschwand, nickte er noch einmal zurück.

Und Tonio Kröger ging ganz verklärt und beschwingt von dannen. Der Wind trug ihn von hinten, aber es war nicht darum allein, daß er so leicht von der Stelle kam.

Hans würde ›Don Carlos‹ lesen, und dann würden sie etwas miteinander haben, worüber weder Jimmerthal noch irgendein anderer mitreden konnte! Wie gut sie einander verstanden! Wer wußte, — vielleicht brachte er ihn noch dazu, ebenfalls Verse zu schreiben? . . . Nein, nein, das wollte er nicht! Hans sollte nicht werden wie Tonio, sondern bleiben, wie er war, so hell und stark, wie alle ihn liebten und Tonio am meisten! Aber daß er ›Don Carlos‹ las, würde trotzdem nicht schaden . . . Und Tonio ging durch das alte, untersetzte Tor, ging am Hafen entlang und die steile, zugige und nasse Giebelgasse hinauf zum Haus seiner Eltern. Damals lebte sein Herz; Sehnsucht war darin und schwermütiger Neid und ein klein wenig Verachtung und eine ganz keusche Seligkeit.

2

Die blonde Inge, Ingeborg Holm, Doktor Holms Tochter, der am Markte wohnte, dort, wo hoch, spitzig und vielfach der gotische Brunnen stand, sie war's, die Tonio Kröger liebte, als er sechzehn Jahre alt war.

Wie geschah das? Er hatte sie tausendmal gesehen; an einem Abend jedoch sah er sie in einer gewissen Beleuchtung, sah, wie sie im Gespräch mit einer Freundin auf eine gewisse übermütige Art lachend den Kopf zur Seite warf, auf eine gewisse Art ihre Hand, eine gar nicht besonders schmale, gar nicht besonders feine Kleinmädchenhand zum Hinterkopfe führte, wobei der weiße Gazeärmel von ihrem Ellenbogen zurückglitt, hörte, wie sie ein Wort, ein gleichgültiges Wort, auf eine gewisse Art betonte, wobei ein warmes Klingen in ihrer Stimme war, und ein Entzücken ergriff sein Herz, weit stärker als jenes, das er früher zuweilen empfunden hatte, wenn er Hans Hansen betrachtete, damals, als er noch ein kleiner, dummer Junge war.

An diesem Abend nahm er ihr Bild mit fort, mit dem dicken, blonden Zopf, den länglich geschnittenen, lachenden, blauen Augen und dem zart angedeuteten Sattel von Sommersprossen über der Nase, konnte nicht einschlafen, weil er das Klingen in ihrer Stimme hörte, versuchte leise, die Betonung nachzuahmen, mit der sie das gleichgültige Wort ausgesprochen hatte, und erschauerte dabei. Die Erfahrung lehrte ihn, daß dies die Liebe sei. Aber obgleich er genau wußte, daß die Liebe ihm viel Schmerz, Drangsal und Demütigung bringen müsse, daß sie überdies den Frieden zerstöre und das Herz mit Melodien überfülle, ohne daß man Ruhe fand, eine Sache rund zu formen und in Gelassenheit etwas Ganzes daraus zu schmieden, so nahm er sie doch mit Freuden auf, überließ sich ihr ganz und pflegte sie mit den Kräften seines Gemütes, denn er wußte, daß sie reich und lebendig mache, und er sehnte sich, reich und lebendig zu sein, statt in Gelassenheit etwas Ganzes zu schmieden . . .

Dies, daß Tonio Kröger sich an die lustige Inge Holm verlor, ereignete sich in dem ausgeräumten Salon der Konsulin Husteede, die es an jenem Abend traf, die Tanzstunde zu geben; denn es war ein Privatkursus, an dem nur Angehörige von ersten Familien teilnahmen, und man versammelte sich reihum in den elterlichen Häusern, um sich Unterricht in Tanz und Anstand erteilen zu lassen. Aber zu diesem Behufe kam allwöchentlich Ballettmeister Knaak eigens von Hamburg herbei.

François Knaak war sein Name, und was für ein Mann war das! »J'ai l'honneur de me vous représenter«, sagte er, »mon nom est Knaak ... Und dies spricht man nicht aus, während man sich verbeugt, sondern wenn man wieder aufrecht steht, — gedämpft und dennoch deutlich. Man ist nicht täglich in der Lage, sich auf französisch vorstellen zu müssen, aber kann man es in dieser Sprache korrekt und tadellos, so wird es einem auf deutsch erst recht nicht fehlen.« Wie wunderbar der seidig schwarze Gehrock sich an seine fetten Hüften schmiegte! In weichen Falten fiel sein Beinkleid auf seine Lackschuhe hinab, die mit breiten Atlasschleifen geschmückt waren, und seine braunen Augen blickten mit einem müden Glück über ihre eigene Schönheit umher ...

Jedermann ward erdrückt durch das Übermaß seiner Sicherheit und Wohlanständigkeit. Er schritt — und niemand schritt wie er, elastisch, wogend, wiegend, königlich — auf die Herrin des Hauses zu, verbeugte sich und wartete, daß man ihm die Hand reiche. Erhielt er sie, so dankte er mit leiser Stimme dafür, trat federnd zurück, wandte sich auf dem linken Fuße, schnellte den rechten mit niedergedrückter Spitze seitwärts vom Boden ab und schritt mit bebenden Hüften davon ...

Man ging rückwärts und unter Verbeugungen zur Tür hinaus, wenn man eine Gesellschaft verließ, man schleppte einen Stuhl nicht herbei, indem man ihn an einem Bein ergriff oder am Boden entlang schleifte, sondern man trug ihn leicht an der Lehne herzu und setzte ihn geräuschlos nieder. Man stand nicht da, indem man die Hände auf dem Bauch faltete und die Zunge in den Mundwinkel schob; tat man es dennoch, so hatte Herr Knaak eine Art, es ebenso zu machen, daß man für den Rest seines Lebens einen Ekel vor dieser Haltung bewahrte ...

Dies war der Anstand. Was aber den Tanz betraf, so meisterte Herr Knaak ihn womöglich in noch höherem Grade. In dem ausgeräumten Salon brannten die Gasflammen des Kronleuchters und die Kerzen auf dem Kamin. Der Boden war mit Talkum bestreut, und in stummem Halbkreise standen die Eleven umher. Aber jenseits der Portieren, in der anstoßenden Stube, saßen auf Plüschstühlen die Mütter und Tanten und betrachteten durch ihre Lorgnetten Herrn Knaak, wie er, in gebückter Haltung, den Saum seines Gehrockes mit je zwei Fingern erfaßt hielt und mit federnden Beinen die einzelnen Teile der Mazurka demonstrierte. Beabsichtigte er aber, sein Publikum gänzlich zu verblüffen, so schnellte er sich plötzlich und ohne zwingenden Grund vom Boden empor, indem er seine Beine mit verwirrender Schnelligkeit in der Luft umeinanderwirbelte, gleichsam mit denselben trillerte, worauf er mit einem gedämpften, aber alles

in seinen Festen erschütternden Plumps zu dieser Erde zurückkehrte...

Was für ein unbegreiflicher Affe, dachte Tonio Kröger in seinem
Sinn. Aber er sah wohl, daß Inge Holm, die lustige Inge, oft mit
einem selbstvergessenen Lächeln Herrn Knaaks Bewegungen verfolgte, und nicht dies allein war es, weshalb alle diese wundervoll beherrschte Körperlichkeit ihm im Grunde etwas wie Bewunderung abgewann. Wie ruhevoll und unverwirrbar Herrn Knaaks
Augen blickten! Sie sahen nicht in die Dinge hinein, bis dorthin,
wo sie kompliziert und traurig werden; sie wußten nichts, als
daß sie braun und schön seien. Aber deshalb war seine Haltung
so stolz! Ja, man mußte dumm sein, um so schreiten zu können
wie er; und dann wurde man geliebt, denn man war liebenswürdig. Er verstand es so gut, daß Inge, die blonde, süße Inge, auf
Herrn Knaak blickte, wie sie es tat. Aber würde denn niemals
ein Mädchen so auf ihn selbst blicken?

O doch, das kam vor. Da war Magdalena Vermehren, Rechtsanwalt Vermehrens Tochter, mit dem sanften Mund und den
großen, dunklen, blanken Augen voll Ernst und Schwärmerei.
Sie fiel oft hin beim Tanzen; aber sie kam zu ihm bei der Damen-
wahl, sie wußte, daß er Verse dichtete, sie hatte ihn zweimal gebeten, sie ihr zu zeigen, und oftmals schaute sie ihn von weitem
mit gesenktem Kopfe an. Aber was sollte ihm das? Er, er liebte
Inge Holm, die blonde, lustige Inge, die ihn sicher darum verachtete, daß er poetische Sachen schrieb... er sah sie an, sah
ihre schmalgeschnittenen, blauen Augen, die voll Glück und
Spott waren, und eine neidische Sehnsucht, ein herber, drängender Schmerz, von ihr ausgeschlossen und ihr ewig fremd zu sein,
saß in seiner Brust und brannte...

»Erstes Paar en avant!« sagte Herr Knaak, und keine Worte
schildern, wie wunderbar der Mann den Nasallaut hervorbrachte.
Man übte Quadrille, und zu Tonio Krögers tiefem Erschrecken
befand er sich mit Inge Holm in ein und demselben Karree. Er
mied sie, wie er konnte, und dennoch geriet er beständig in ihre
Nähe; er wehrte seinen Augen, sich ihr zu nahen, und dennoch
traf sein Blick beständig auf sie... Nun kam sie an der Hand des
rotköpfigen Ferdinand Matthiessen gleitend und laufend herbei,
warf den Zopf zurück und stellte sich aufatmend ihm gegenüber;
Herr Heinzelmann, der Klavierspieler, griff mit seinen knochigen
Händen in die Tasten, Herr Knaak kommandierte, die Quadrille
begann.

Sie bewegte sich vor ihm hin und her, vorwärts und rückwärts,
schreitend und drehend, ein Duft, der von ihrem Haar oder dem
zarten, weißen Stoff ihres Kleides ausging, berührte ihn manchmal, und seine Augen trübten sich mehr und mehr. Ich liebe dich,
liebe, süße Inge, sagte er innerlich, und er legte in diese Worte

seinen ganzen Schmerz darüber, daß sie so eifrig und lustig bei der Sache war und sein nicht achtete. Ein wunderschönes Gedicht von Storm fiel ihm ein: »Ich möchte schlafen, aber du mußt tanzen.« Der demütigende Widersinn quälte ihn, der darin lag, tanzen zu müssen, während man liebte . . .

»Erstes Paar en avant!« sagte Herr Knaak, denn es kam eine neue Tour. »Compliment! Moulinet des dames! Tour de main!« Und niemand beschreibt, auf welch graziöse Art er das stumme e von »de« verschluckte.

»Zweites Paar en avant!« Tonio Kröger und seine Dame waren daran. »Compliment!« und Tonio Kröger verbeugte sich. »Moulinet des dames!« Und Tonio Kröger, mit gesenktem Kopfe und finsteren Brauen, legte seine Hand auf die Hände der vier Damen, auf die Inge Holms, und tanzte ›moulinet‹.

Ringsum entstand ein Kichern und Lachen. Herr Knaak fiel in seine Ballettpose, welche ein stilisiertes Entsetzen ausdrückte. »O weh!« rief er. »Halt, halt! Kröger ist unter die Damen geraten. En arrière, Fräulein Kröger, zurück, fi donc! Alle haben es nun verstanden, nur Sie nicht. Husch! Fort! Zurück mit Ihnen!« Und er zog ein gelbseidenes Taschentuch und scheuchte Tonio Kröger damit an seinen Platz zurück.

Alles lachte, die Jungen, die Mädchen und die Damen jenseits der Portieren, denn Herr Knaak hatte etwas gar zu Drolliges aus dem Zwischenfall gemacht, und man amüsierte sich wie im Theater. Nur Herr Heinzelmann wartete mit trockener Geschäftsmiene auf das Zeichen zum Weiterspielen, denn er war abgehärtet gegen Herrn Knaaks Wirkungen.

Dann ward die Quadrille fortgesetzt. Und dann war Pause. Das Folgmädchen klirrte mit einem Teebrett voll Weingeleegläsern zur Tür herein, und die Köchin folgte mit einer Ladung Plumcake in ihrem Kielwasser. Aber Tonio Kröger stahl sich fort, ging heimlich auf den Korridor hinaus und stellte sich dort, die Hände auf dem Rücken, vor ein Fenster mit herabgelassener Jalousie, ohne zu bedenken, daß man durch diese Jalousie gar nichts sehen konnte, und daß es also lächerlich sei, davorzustehen und zu tun, als blicke man hinaus.

Er blickte aber in sich hinein, wo so viel Gram und Sehnsucht war. Warum, warum war er hier? Warum saß er nicht in seiner Stube am Fenster und las in Storms ›Immensee‹ und blickte hie und da in den abendlichen Garten hinaus, wo der alte Walnußbaum schwerfällig knarrte? Das wäre sein Platz gewesen. Mochten die anderen tanzen und frisch und geschickt bei der Sache sein! . . . Nein, nein, sein Platz war dennoch hier, wo er sich in Inge's Nähe wußte, wenn er auch nur einsam von ferne stand und versuchte, in dem Summen, Klirren und Lachen dort drinnen ihre Stimme zu unterscheiden, in welcher es klang von warmem

Leben. Deine länglich geschnittenen, blauen, lachenden Augen, du blonde Inge! So schön und heiter wie du kann man nur sein, wenn man nicht ›Immensee‹ liest und niemals versucht, selbst dergleichen zu machen; das ist das Traurige! . . .

Sie müßte kommen! Sie müßte bemerken, daß er fort war, müßte fühlen, wie es um ihn stand, müßte ihm heimlich folgen, wenn auch nur aus Mitleid, ihm ihre Hand auf die Schulter legen und sagen: Komm herein zu uns, sei froh, ich liebe dich. Und er horchte hinter sich und wartete in unvernünftiger Spannung, daß sie kommen möge. Aber sie kam keines Weges. Dergleichen geschah nicht auf Erden.

Hatte auch sie ihn verlacht, gleich allen anderen? Ja, das hatte sie getan, so gern er es ihret- und seinetwegen geleugnet hätte. Und doch hatte er nur aus Versunkenheit in ihre Nähe ›moulinet des dames‹ mitgetanzt. Und was verschlug das? Man würde vielleicht einmal aufhören zu lachen! Hatte etwa nicht kürzlich eine Zeitschrift ein Gedicht von ihm angenommen, wenn sie dann auch wieder eingegangen war, bevor das Gedicht hatte erscheinen können? Es kam der Tag, wo er berühmt war, wo alles gedruckt wurde, was er schrieb, und dann würde man sehen, ob es nicht Eindruck auf Inge Holm machen würde . . . Es würde *keinen* Eindruck machen, nein, das war es ja. Auf Magdalena Vermehren, die immer hinfiel, ja, auf die. Aber niemals auf Inge Holm, niemals auf die blauäugige, lustige Inge. Und war es also nicht vergebens? . . .

Tonio Krögers Herz zog sich schmerzlich zusammen bei diesem Gedanken. Zu fühlen, wie wunderbare spielende und schwermütige Kräfte sich in dir regen, und dabei zu wissen, daß diejenigen, zu denen du dich hinübersehnst, ihnen in heiterer Unzugänglichkeit gegenüberstehen, das tut sehr weh. Aber obgleich er einsam, ausgeschlossen und ohne Hoffnung vor einer geschlossenen Jalousie stand und in seinem Kummer tat, als könne er hindurchblicken, so war er dennoch glücklich. Denn damals lebte sein Herz. Warm und traurig schlug es für dich, Ingeborg Holm, und seine Seele umfaßte deine blonde, lichte und übermütig gewöhnliche kleine Persönlichkeit in seliger Selbstverleugnung.

Mehr als einmal stand er mit erhitztem Angesicht an einsamen Stellen, wohin Musik, Blumenduft und Gläsergeklirr nur leise drangen, und suchte in dem fernen Festgeräusch deine klingende Stimme zu unterscheiden, stand in Schmerzen um dich und war dennoch glücklich. Mehr als einmal kränkte es ihn, daß er mit Magdalena Vermehren, die immer hinfiel, sprechen konnte, daß sie ihn verstand und mit ihm lachte und ernst war, während die blonde Inge, saß er auch neben ihr, ihm fern und fremd und befremdet erschien, denn seine Sprache war nicht ihre Sprache; und dennoch war er glücklich. Denn das Glück, sagte er sich, ist nicht, geliebt zu werden; das ist eine mit Ekel gemischte Genugtuung für die Eitelkeit. Das Glück ist, zu lieben und vielleicht kleine, trügerische Annäherungen an den geliebten Gegenstand zu erhaschen. Und er schrieb diesen Gedanken innerlich auf, dachte ihn völlig aus und empfand ihn bis auf den Grund.

Treue! dachte Tonio Kröger. Ich will treu sein und dich lieben, Ingeborg, solange ich lebe! So wohlmeinend war er. Und dennoch flüsterte in ihm eine leise Furcht und Trauer, daß er ja auch Hans Hansen ganz und gar vergessen habe, obgleich er ihn täglich sah. Und es war das Häßliche und Erbärmliche, daß diese leise und ein wenig hämische Stimme recht behielt, daß die Zeit verging und Tage kamen, da Tonio Kröger nicht mehr so unbedingt wie ehemals für die lustige Inge zu sterben bereit war, weil er Lust und Kräfte in sich fühlte, auf seine Art in der Welt eine Menge des Merkwürdigen zu leisten.

Und er umkreiste behutsam den Opferaltar, auf dem die lautere und keusche Flamme seiner Liebe loderte, kniete davor und schürte und nährte sie auf alle Weise, weil er treu sein wollte. Und über eine Weile, unmerklich, ohne Aufsehen und Geräusch, war sie dennoch erloschen.

Aber Tonio Kröger stand noch eine Zeitlang vor dem erkalteten Altar, voll Staunen und Enttäuschung darüber, daß Treue auf Erden unmöglich war. Dann zuckte er die Achseln und ging seiner Wege.

3

Er ging den Weg, den er gehen mußte, ein wenig nachlässig und ungleichmäßig, vor sich hin pfeifend, mit seitwärts geneigtem Kopfe ins Weite blickend, und wenn er irreging, so geschah es, weil es für etliche einen richtigen Weg überhaupt nicht gibt. Fragte man ihn, was in aller Welt er zu werden gedachte, so erteilte er wechselnde Auskunft, denn er pflegte zu sagen (und hatte es auch bereits aufgeschrieben), daß er die Möglichkeiten zu tausend Daseinsformen in sich trage, zusammen mit dem heimlichen Bewußtsein, daß es im Grunde lauter Unmöglichkeiten seien . . .

Schon bevor er von der engen Vaterstadt schied, hatten sich leise die Klammern und Fäden gelöst, mit denen sie ihn hielt. Die alte Familie der Kröger war nach und nach in einen Zustand des Abbröckelns und der Zersetzung geraten, und die Leute hatten Grund, Tonio Krögers eigenes Sein und Wesen ebenfalls zu den Merkmalen dieses Zustandes zu rechnen. Seines Vaters Mutter war gestorben, das Haupt des Geschlechts, und nicht lange darauf, so folgte sein Vater, der lange, sinnende, sorgfältig gekleidete Herr mit der Feldblume im Knopfloch, ihr im Tode nach. Das große Kröger'sche Haus stand mitsamt seiner würdigen Geschichte zum Verkaufe, und die Firma ward ausgelöscht. Tonio's Mutter jedoch, seine schöne, feurige Mutter, die so wunderbar den Flügel und die Mandoline spielte und der alles ganz einerlei war, vermählte sich nach Jahresfrist aufs neue, und zwar mit einem Musiker, einem Virtuosen mit italienischem Namen, dem sie in blaue Fernen folgte. Tonio Kröger fand dies ein wenig liederlich; aber war *er* berufen, es ihr zu wehren? Er schrieb Verse und konnte nicht einmal beantworten, was in aller Welt er zu werden gedachte ...

Und er verließ die winklige Heimatstadt, um deren Giebel der feuchte Wind pfiff, verließ den Springbrunnen und den alten Walnußbaum im Garten, die Vertrauten seiner Jugend, verließ auch das Meer, das er so sehr liebte, und empfand keinen Schmerz dabei. Denn er war groß und klug geworden, hatte begriffen, was für eine Bewandtnis es mit ihm hatte, und war voller Spott für das plumpe und niedrige Dasein, das ihn so lange in seiner Mitte gehalten hatte.

Er ergab sich ganz der Macht, die ihm als die erhabenste auf Erden erschien, zu deren Dienst er sich berufen fühlte, und die ihm Hoheit und Ehren versprach, der Macht des Geistes und Wortes, die lächelnd über dem unbewußten und stummen Leben thront. Mit seiner jungen Leidenschaft ergab er sich ihr, und sie lohnte ihm mit allem, was sie zu schenken hat, und nahm ihm unerbittlich all das, was sie als Entgelt dafür zu nehmen pflegt.

Sie schärfte seinen Blick und ließ ihn die großen Wörter durchschauen, die der Menschen Busen blähen, sie erschloß ihm der Menschen Seelen und seine eigene, machte ihn hellsehend und zeigte ihm das Innere der Welt und alles Letzte, was hinter den Worten und Taten ist. Was er aber sah, war dies: Komik und Elend — Komik und Elend.

Da kam, mit der Qual und dem Hochmut der Erkenntnis, die Einsamkeit, weil es ihn im Kreise der Harmlosen mit dem fröhlich dunklen Sinn nicht litt und das Mal an seiner Stirn sie verstörte. Aber mehr und mehr versüßte sich ihm auch die Lust am Worte und der Form, denn er pflegte zu sagen (und hatte es auch bereits aufgeschrieben), daß die Kenntnis der Seele allein unfehlbar trübsinnig machen würde, wenn nicht die Vergnügungen des Ausdrucks uns wach und munter erhielten ...

Er lebte in großen Städten und im Süden, von dessen Sonne er sich ein üppigeres Reifen seiner Kunst versprach; und vielleicht war es das Blut seiner Mutter, welches ihn dorthin zog. Aber da sein Herz tot und ohne Liebe war, so geriet er in Abenteuer des Fleisches, stieg tief hinab in Wollust und heiße Schuld und litt unsäglich dabei. Vielleicht war es das Erbteil seines Vaters in ihm, des langen, sinnenden, reinlich gekleideten Mannes mit der

Feldblume im Knopfloch, das ihn dort unten so leiden machte und manchmal eine schwache, sehnsüchtige Erinnerung in ihm sich regen ließ an eine Lust der Seele, die einstmals sein eigen gewesen war, und die er in allen Lüsten nicht wiederfand.

Ein Ekel und Haß gegen die Sinne erfaßte ihn und ein Lechzen nach Reinheit und wohlanständigem Frieden, während er doch die Luft der Kunst atmete, die laue und süße, duftgeschwängerte Luft eines beständigen Frühlings, in der es treibt und braut und keimt in heimlicher Zeugungswonne. So kam es nur dahin, daß er, haltlos zwischen krassen Extremen, zwischen eisiger Geistigkeit und verzehrender Sinnenglut hin und her geworfen, unter Gewissensnöten ein erschöpfendes Leben führte, ein ausbündiges, ausschweifendes und außerordentliches Leben, das er, Tonio Kröger, im Grunde verabscheute. Welch Irrgang! dachte er zuweilen. Wie war es nur möglich, daß ich in alle diese exzentrischen Abenteuer geriet? Ich bin doch kein Zigeuner im grünen Wagen, von Hause aus . . .

Aber in dem Maße, wie seine Gesundheit geschwächt ward, verschärfte sich seine Künstlerschaft, ward wählerisch, erlesen, kostbar, fein, reizbar gegen das Banale und aufs höchste empfindlich in Fragen des Taktes und Geschmacks. Als er zum ersten Male hervortrat, wurde unter denen, die es anging, viel Beifall und Freude laut, denn es war ein wertvoll gearbeitetes Ding, was er geliefert hatte, voll Humor und Kenntnis des Leidens. Und schnell ward sein Name, derselbe, mit dem ihn einst seine Lehrer scheltend gerufen hatten, derselbe, mit dem er seine ersten Reime an den Walnußbaum, den Springbrunnen und das Meer unterzeichnet hatte, dieser aus Süd und Nord zusammengesetzte Klang, dieser exotisch angehauchte Bürgersname zu einer Formel, die Vortreffliches bezeichnete; denn der schmerzlichen Gründlichkeit seiner Erfahrungen gesellte sich ein seltener, zäh ausharrender und ehrsüchtiger Fleiß, der im Kampf mit der wählerischen Reizbarkeit seines Geschmacks unter heftigen Qualen ungewöhnliche Werke entstehen ließ.

Er arbeitete nicht wie jemand, der arbeitet, um zu leben, sondern wie einer, der nichts will als arbeiten, weil er sich als lebendigen Menschen für nichts achtet, nur als Schaffender in Betracht zu kommen wünscht und im übrigen grau und unauffällig umhergeht, wie ein abgeschminkter Schauspieler, der nichts ist, solange er nichts darzustellen hat. Er arbeitete stumm, abgeschlossen, unsichtbar und voller Verachtung für jene Kleinen, denen das Talent ein geselliger Schmuck war, die, ob sie nun arm oder reich waren, wild und abgerissen einhergingen oder mit persönlichen Krawatten Luxus trieben, in erster Linie glücklich, liebenswürdig und künstlerisch zu leben bedacht waren, unwissend darüber, daß gute Werke nur unter dem Druck eines schlimmen

Lebens entstehen, daß, wer lebt, nicht arbeitet, und daß man gestorben sein muß, um ganz ein Schaffender zu sein.

4

»Störe ich?« fragte Tonio Kröger auf der Schwelle des Ateliers. Er hielt seinen Hut in der Hand und verbeugte sich sogar ein wenig, obgleich Lisaweta Iwanowna seine Freundin war, der er alles sagte.

»Erbarmen Sie sich, Tonio Kröger, und kommen Sie ohne Zeremonien herein!« antwortete sie mit ihrer hüpfenden Betonung. »Es ist bekannt, daß Sie eine gute Kinderstube genossen haben und wissen, was sich schickt.« Dabei steckte sie ihren Pinsel zu der Palette in die linke Hand, reichte ihm die rechte und blickte ihm lachend und kopfschüttelnd ins Gesicht.

»Ja, aber Sie arbeiten«, sagte er. »Lassen Sie sehen ... Oh, Sie sind vorwärtsgekommen.« Und er betrachtete abwechselnd die farbigen Skizzen, die zu beiden Seiten der Staffelei auf Stühlen lehnten, und die große, mit einem quadratischen Liniennetz überzogene Leinwand, auf welcher in dem verworrenen und schemenhaften Kohleentwurf, die ersten Farbflecke aufzutauchen begannen.

Es war in München, in einem Rückgebäude der Schellingstraße, mehrere Stiegen hoch. Draußen, hinter dem breiten Nordlichtfenster, herrschte Himmelsblau, Vogelgezwitscher und Sonnenschein, und des Frühlings junger, süßer Atem, der durch eine offene Klappe hereinströmte, vermischte sich mit dem Geruch von Fixativ und Ölfarbe, der den weiten Arbeitsraum erfüllte. Ungehindert überflutete das goldige Licht des hellen Nachmittags die weitläufige Kahlheit des Ateliers, beschien freimütig den ein wenig schadhaften Fußboden, den rohen, mit Fläschchen, Tuben und Pinseln bedeckten Tisch unterm Fenster und die ungerahmten Studien an den untapezierten Wänden, beschien den Wandschirm aus rissiger Seide, der in der Nähe der Tür einen kleinen, stilvoll möblierten Wohn- und Mußewinkel begrenzte, beschien das werdende Werk auf der Staffelei und davor die Malerin und den Dichter.

Sie mochte etwa so alt sein wie er, nämlich ein wenig jenseits der Dreißig. In ihrem dunkelblauen, fleckigen Schürzenkleide saß sie auf einem niedrigen Schemel und stützte das Kinn in die Hand. Ihr braunes Haar, fest frisiert und an den Seiten schon leicht ergraut, bedeckte in leisen Scheitelwellen ihre Schläfen und gab den Rahmen zu ihrem brünetten, slawisch geformten, unendlich sympathischen Gesicht mit der Stumpfnase, den scharf herausgearbeiteten Wangenknochen und den kleinen, schwarzen blanken Augen. Gespannt, mißtrauisch und gleichsam gereizt musterte sie schiefen und gekniffenen Blicks ihre Arbeit ...

Er stand neben ihr, hielt die rechte Hand in die Hüfte gestemmt und drehte mit der Linken eilig an seinem braunen Schnurrbart. Seine schrägen Brauen waren in einer finsteren und angestrengten Bewegung, wobei er leise vor sich hin pfiff, wie gewöhnlich. Er war äußerst sorgfältig und gediegen gekleidet, in einen Anzug von ruhigem Grau und reserviertem Schnitt. Aber in seiner durcharbeiteten Stirn, über der sein dunkles Haar so außerordentlich simpel und korrekt sich scheitelte, war ein nervöses Zukken, und die Züge seines südlich geschnittenen Gesichts waren schon scharf, von einem harten Griffel gleichsam nachgezogen und ausgeprägt, während doch sein Mund so sanft umrissen, sein Kinn so weich gebildet erschien . . . Nach einer Weile strich er mit der Hand über Stirn und Augen und wandte sich ab.

»Ich hätte nicht kommen sollen«, sagte er.

»Warum hätten Sie nicht, Tonio Kröger?«

»Eben stehe ich von meiner Arbeit auf, Lisaweta, und in meinem Kopf sieht es genau aus wie auf dieser Leinwand. Ein Gerüst, ein blasser, von Korrekturen beschmutzter Entwurf und ein paar Farbflecke, ja; und nun komme ich hierher und sehe dasselbe. Und auch den Konflikt und Gegensatz finde ich hier wieder«, sagte er und schnupperte in die Luft, »der mich zu Hause quälte. Seltsam ist es. Beherrscht dich ein Gedanke, so findest du ihn überall ausgedrückt, du *riechst* ihn sogar im Winde. Fixativ und Frühlingsarom, nicht wahr? Kunst und — ja, was ist das andere? Sagen Sie nicht ›Natur‹, Lisaweta, ›Natur‹ ist nicht erschöpfend. Ach, nein, ich hätte wohl lieber spazierengehen sollen, obgleich es die Frage ist, ob ich mich dabei wohler befunden hätte: Vor fünf Minuten, nicht weit von hier, traf ich einen Kollegen, Adalbert, den Novellisten. ›Gott verdamme den Frühling!‹ sagte er in seinem aggressiven Stil. ›Er ist und bleibt die gräßlichste Jahreszeit! Können Sie einen vernünftigen Gedanken fassen, Kröger, können Sie die kleinste Pointe und Wirkung in Gelassenheit ausarbeiten, wenn es Ihnen auf eine unanständige Weise im Blute kribbelt und eine Menge von unzugehörigen Sensationen Sie beunruhigt, die, sobald Sie sie prüfen, sich als ausgemacht triviales und gänzlich unbrauchbares Zeug entpuppen? Was mich betrifft, so gehe ich nun ins Café. Das ist neutrales, vom Wechsel der Jahreszeiten unberührtes Gebiet, wissen Sie, das stellt sozusagen die entrückte und erhabene Sphäre des Literarischen dar, in der man nur vornehmerer Einfälle fähig ist . . .‹ Und er ging ins Café; und vielleicht hätte ich mitgehen sollen.«

Lisaweta amüsierte sich.

»Das ist gut, Tonio Kröger. Das mit dem ›unanständigen Kribbeln‹ ist gut. Und er hat ja gewissermaßen recht, denn mit dem Arbeiten ist es wirklich nicht sonderlich bestellt im Frühling. Aber nun geben Sie acht. Nun mache ich trotzdem noch diese kleine Sache hier, diese kleine Pointe und Wirkung, wie Adalbert sagen würde. Nachher gehen wir in den ›Salon‹ und trinken Tee, und Sie sprechen sich aus; denn das sehe ich genau, daß Sie heute geladen sind. Bis dahin gruppieren Sie sich wohl irgendwo, zum Beispiel auf der Kiste da, wenn Sie nicht für Ihre Patriziergewänder fürchten . . .«

»Ach, lassen Sie mich mit meinen Gewändern in Ruh', Lisaweta Iwanowna! Wünschten Sie, daß ich in einer zerrissenen Sammetjacke oder einer rotseidenen Weste umherliefe? Man ist als Künstler innerlich immer Abenteurer genug. Äußerlich soll man sich gut anziehen, zum Teufel, und sich benehmen wie ein anständiger Mensch . . . Nein, geladen bin ich nicht«, sagte er und sah zu, wie sie auf der Palette eine Mischung bereitete. »Sie hören ja, daß es nur ein Problem und Gegensatz ist, was mir im Sinne liegt und mich bei der Arbeit störte . . . Ja, wovon sprachen wir eben? Von Adalbert, dem Novellisten, und was für ein stolzer und fester Mann er ist. ›Der Frühling ist die gräßlichste Jahreszeit‹, sagte er und ging ins Café. Denn man muß wissen, was man will, nicht wahr? Sehen Sie, auch mich macht der Frühling nervös, auch mich setzt die holde Trivialität der Erinnerungen und Empfindungen, die er erweckt, in Verwirrung; nur, daß ich es nicht über mich gewinne, ihn dafür zu schelten und zu verachten; denn die Sache ist die, daß ich mich vor ihm schäme, mich schäme vor seiner reinen Natürlichkeit und seiner siegenden Jugend. Und ich weiß nicht, ob ich Adalbert beneiden oder geringschätzen soll, dafür, daß er nichts davon weiß . . .

Man arbeitet schlecht im Frühling, gewiß, und warum? Weil man empfindet. Und weil der ein Stümper ist, der glaubt, der Schaffende dürfe empfinden. Jeder echte und aufrichtige Künstler lächelt über die Naivität dieses Pfuscherirrtums, — melancholisch vielleicht, aber er lächelt. Denn das, was man sagt, darf ja niemals die Hauptsache sein, sondern nur das an und für sich gleichgültige Material, aus dem das ästhetische Gebilde in spielender und gelassener Überlegenheit zusammenzusetzen ist. Liegt Ihnen zu viel an dem, was Sie zu sagen haben, schlägt Ihr Herz zu warm dafür, so können Sie eines vollständigen Fiaskos sicher sein. Sie werden pathetisch, Sie werden sentimental, etwas Schwerfälliges, Täppisch-Ernstes, Unbeherrschtes, Unironisches, Ungewürztes, Langweiliges, Banales entsteht unter Ihren Händen, und nichts als Gleichgültigkeit bei den Leuten, nichts als Enttäuschung und Jammer bei Ihnen selbst ist das Ende . . . Denn so ist es ja, Lisaweta: Das Gefühl, das warme, herzliche Gefühl ist immer banal und unbrauchbar, und künstlerisch sind bloß die Gereiztheiten und kalten Ekstasen unseres verdorbenen, unseres artistischen Nervensystems. Es ist nötig, daß man irgend etwas Außermenschliches und Unmenschliches sei, daß man zum

Menschlichen in einem seltsam fernen und unbeteiligten Verhältnis stehe, um imstande und überhaupt versucht zu sein, es zu spielen, damit zu spielen, es wirksam und geschmackvoll darzustellen. Die Begabung für Stil, Form und Ausdruck setzt bereits dies kühle und wählerische Verhältnis zum Menschlichen, ja, eine gewisse menschliche Verarmung und Verödung voraus. Denn das gesunde und starke Gefühl, dabei bleibt es, hat keinen Geschmack. Es ist aus mit dem Künstler, sobald er Mensch wird und zu empfinden beginnt. Das wußte Adalbert, und darum begab er sich ins Café, in die ›entrückte Sphäre‹, jawohl!«

»Nun, Gott mit ihm, Batuschka«, sagte Lisaweta und wusch sich die Hände in einer Blechwanne; »Sie brauchen ihm ja nicht zu folgen.«

»Nein, Lisaweta, ich folge ihm nicht, und zwar einzig, weil ich hie und da imstande bin, mich vor dem Frühling meines Künstlertums ein wenig zu schämen. Sehen Sie, zuweilen erhalte ich Briefe von fremder Hand, Lob- und Dankschreiben aus meinem Publikum, bewunderungsvolle Zuschriften ergriffener Leute. Ich lese diese Zuschriften, und Rührung beschleicht mich angesichts des warmen und unbeholfenen menschlichen Gefühls, das meine Kunst hier bewirkt hat, eine Art von Mitleid faßt mich an gegenüber der begeisterten Naivität, die aus den Zeilen spricht, und ich erröte bei dem Gedanken, wie sehr dieser redliche Mensch ernüchtert sein müßte, wenn er je einen Blick hinter die Kulissen täte, wenn seine Unschuld je begriffe, daß ein rechtschaffener, gesunder und anständiger Mensch überhaupt nicht schreibt, mimt, komponiert ... was alles ja nicht hindert, daß ich seine Bewunderung für mein Genie benütze, um mich zu steigern und zu stimulieren, daß ich sie gewaltig ernst nehme, und ein Gesicht dazu mache wie ein Affe, der den großen Mann spielt ... Ach, reden Sie mir nicht darein, Lisaweta! Ich sage Ihnen, daß ich es oft sterbensmüde bin, das Menschliche darzustellen, ohne am Menschlichen teilzuhaben ... Ist der Künstler überhaupt ein Mann? Man frage ›das Weib‹ danach! Mir scheint, wir Künstler teilen alle ein wenig das Schicksal jener präparierten päpstlichen Sänger ... Wir singen ganz rührend schön. Jedoch —«

»Sie sollten sich ein bißchen schämen, Tonio Kröger. Kommen Sie nun zum Tee. Das Wasser wird gleich kochen, und hier sind Papyros. Beim Sopransingen waren Sie stehengeblieben; und fahren Sie da nur fort. Aber schämen sollten Sie sich. Wenn ich nicht wüßte, mit welch stolzer Leidenschaft Sie Ihrem Berufe ergeben sind ...«

»Sagen Sie nichts von ›Beruf‹, Lisaweta Iwanowna! Die Literatur ist überhaupt kein Beruf, sondern ein Fluch, — damit Sie's wissen. Wann beginnt er fühlbar zu werden, dieser Fluch? Früh, schrecklich früh. Zu einer Zeit, da man billig noch in Frieden und Eintracht mit Gott und der Welt leben sollte. Sie fangen an, sich gezeichnet, sich in einem rätselhaften Gegensatz zu den anderen, den Gewöhnlichen, den Ordentlichen zu fühlen, der Abgrund von Ironie, Unglaube, Opposition, Erkenntnis, Gefühl, der Sie von den Menschen trennt, klafft tiefer und tiefer, Sie sind einsam, und fortan gibt es keine Verständigung mehr. Was für ein Schicksal! Gesetzt, daß das Herz lebendig genug, *liebevoll* genug geblieben ist, es als furchtbar zu empfinden! ... Ihr Selbstbewußtsein entzündet sich, weil Sie unter Tausenden das Zeichen an Ihrer Stirne spüren und fühlen, daß es niemandem entgeht. Ich kannte einen Schauspieler von Genie, der als Mensch mit einer krankhaften Befangenheit und Haltlosigkeit zu kämpfen hatte. Sein überreiztes Ichgefühl zusammen mit dem Mangel an Rolle, an darstellerischer Aufgabe, bewirkten das bei diesem vollkommenen Künstler und verarmten Menschen ... Einen Künstler, einen wirklichen, nicht einen, dessen bürgerlicher Beruf die Kunst ist, sondern einen vorbestimmten und verdammten, ersehen Sie mit geringem Scharfblick aus einer Menschenmasse. Das Gefühl der Separation und Unzugehörigkeit, des Erkannt- und Beobachtetseins, etwas zugleich Königliches und Verlegenes ist in seinem Gesicht. In den Zügen eines Fürsten, der in Zivil durch eine Volksmenge schreitet, kann man etwas Ähnliches beobachten. Aber da hilft kein Zivil, Lisaweta! Verkleiden Sie sich, vermummen Sie sich, ziehen Sie sich an wie ein Attaché oder ein Gardeleutnant in Urlaub: Sie werden kaum die Augen aufzuschlagen und ein Wort zu sprechen brauchen, und jedermann wird wissen, daß Sie kein Mensch sind, sondern irgend etwas Fremdes, Befremdendes, anderes ...

Aber *was ist* der Künstler? Vor keiner Frage hat die Bequemlichkeit und Erkenntnisträgheit der Menschheit sich zäher erwiesen als vor dieser. ›Dergleichen ist Gabe‹, sagen demütig die braven Leute, die unter der Wirkung eines Künstlers stehen, und weil heitere und erhabene Wirkungen nach ihrer gutmütigen Meinung ganz unbedingt auch heitere und erhabene Ursprünge haben müssen, so argwöhnt niemand, daß es sich hier vielleicht um eine äußerst schlimm bedingte, äußerst fragwürdige ›Gabe‹ handelt ... Man weiß, daß Künstler leicht verletzlich sind, — nun, man weiß auch, daß dies bei Leuten mit gutem Gewissen und solid gegründetem Selbstgefühl nicht zuzutreffen pflegt ... Sehen Sie, Lisaweta, ich hege auf dem Grunde meiner Seele — ins Geistige übertragen — gegen den Typus des Künstlers den ganzen *Verdacht*, den jeder meiner ehrenfesten Vorfahren droben in der engen Stadt irgendeinem Gaukler oder abenteuernden Artisten entgegengebracht hätte, der in sein Haus gekommen wäre. Hören Sie folgendes. Ich kenne einen Bankier, einen ergrauten Geschäftsmann, der die Gabe besitzt, Novellen zu schreiben. Er macht von dieser Gabe in seinen Mußestunden Gebrauch, und seine Arbeiten sind manchmal ganz ausgezeichnet. Trotz — ich sage ›trotz‹ — dieser sublimen Veranlagung ist dieser Mann nicht völlig unbescholten; er hat im Gegenteil bereits eine schwere Freiheitsstrafe zu verbüßen gehabt, und zwar aus triftigen Gründen. Ja, es geschah ganz eigentlich erst in der Strafanstalt, daß er seiner Begabung inne wurde, und seine Sträflingserfahrungen bilden das Grundmotiv in allen seinen Produktionen. Man könnte daraus, mit einiger Keckheit, folgern, daß es nötig sei, in irgendeiner Art von Strafanstalt zu Hause zu sein, um zum Dichter zu werden. Aber drängt sich nicht der Verdacht auf, daß seine Erlebnisse im Zuchthause weniger innig mit den Wurzeln und Ursprüngen seiner Künstlerschaft verwachsen gewesen sein möchten als *das, was ihn hineinbrachte* —? Ein Bankier, der Novellen dichtet, das ist eine Rarität, nicht wahr? Aber ein nicht krimineller, ein unbescholtener und solider Bankier, welcher Novellen dichtete, — *das kommt nicht vor* . . . Ja, da lachen Sie nun, und dennoch scherze ich nur halb und halb. Kein Problem, keines in der Welt, ist quälender als das vom Künstlertum und seiner menschlichen Wirkung. Nehmen Sie das wunderartigste Gebilde des typischsten und darum mächtigsten Künstlers, nehmen Sie ein so morbides und tief zweideutiges Werk wie ›Tristan und Isolde‹ und beobachten Sie die Wirkung, die dieses Werk auf einen jungen, gesunden, stark normal empfindenden Menschen ausübt. Sie sehen Gehobenheit, Gestärktheit, warme, rechtschaffene Begeisterung, Angeregtheit vielleicht zu eigenem ›künstlerischen‹ Schaffen . . . Der gute Dilettant! In uns Künstlern sieht es gründlich anders aus, als er mit seinem ›warmen Herzen‹ und ›ehrlichen Enthusiasmus‹ sich träumen mag. Ich habe Künstler von Frauen und Jünglingen umschwärmt und umjubelt gesehen, während ich über sie *wußte* . . . Man macht, was die Herkunft, die Miterscheinungen und Bedingungen des Künstlertums betrifft, immer wieder die merkwürdigsten Erfahrungen . . .«

»An anderen, Tonio Kröger — verzeihen Sie —, oder nicht nur an anderen?«

Er schwieg. Er zog seine schrägen Brauen zusammen und pfiff vor sich hin.

»Ich bitte um Ihre Tasse, Tonio. Er ist nicht stark. Und nehmen Sie eine neue Zigarette. Übrigens wissen Sie sehr wohl, daß Sie die Dinge ansehen, wie sie nicht notwendig angesehen zu werden brauchen . . .«

»Das ist die Antwort des Horatio, liebe Lisaweta. ›Die Dinge so betrachten, hieße, sie zu genau betrachten‹, nicht wahr?«

»Ich sage, daß man sie ebenso genau von einer anderen Seite betrachten kann, Tonio Kröger. Ich bin bloß ein dummes malendes Frauenzimmer, und wenn ich Ihnen überhaupt etwas zu erwidern weiß, wenn ich Ihren eigenen Beruf ein wenig gegen Sie in Schutz nehmen kann, so ist es sicherlich nichts Neues, was ich vorbringe, sondern nur eine Mahnung an das, was Sie selbst sehr wohl wissen ... Wie also: Die reinigende, heiligende Wirkung der Literatur, die Zerstörung der Leidenschaften durch die Erkenntnis und das Wort, die Literatur als Weg zum Verstehen, zum Vergeben und zur Liebe, die erlösende Macht der Sprache, der literarische Geist als die edelste Erscheinung des Menschengeistes überhaupt, der Literat als vollkommener Mensch, als Heiliger, — die Dinge so betrachten, hieße, sie nicht genau genug betrachten?«

»Sie haben ein Recht, so zu sprechen, Lisaweta Iwanowna, und zwar im Hinblick auf das Werk Ihrer Dichter, auf die anbetungswürdige russische Literatur, die so recht eigentlich die heilige Literatur darstellt, von der Sie reden. Aber ich habe Ihre Einwände nicht außer acht gelassen, sondern sie gehören mit zu dem, was mir heute im Sinne liegt ... Sehen Sie mich an. Ich sehe nicht übermäßig munter aus, wie? Ein bißchen alt und scharfzügig und müde, nicht wahr? Nun, um auf die ›Erkenntnis‹ zurückzukommen, so ließe sich ein Mensch denken, der, von Hause aus gutgläubig, sanftmütig, wohlmeinend und ein wenig sentimental, durch die psychologische Hellsicht ganz einfach aufgerieben und zugrunde gerichtet würde. Sich von der Traurigkeit der Welt nicht übermannen lassen; beobachten, merken, einfügen, auch das Quälendste, und übrigens guter Dinge sein, schon im Vollgefühl der sittlichen Überlegenheit über die abscheuliche Erfindung des Seins, — ja freilich! Jedoch zuweilen wächst Ihnen die Sache trotz aller Vergnügungen des Ausdrucks ein wenig über den Kopf. Alles verstehen hieße alles verzeihen? Ich weiß doch nicht. Es gibt etwas, was ich Erkenntnisekel nenne, Lisaweta: der Zustand, in dem es den Menschen genügt, eine Sache zu durchschauen, um sich bereits zum Sterben angewidert (und durchaus nicht versöhnlich gestimmt) zu fühlen, — der Fall Hamlets, des Dänen, dieses typischen Literaten. Er wußte, was das ist: zum Wissen berufen werden, ohne dazu geboren zu sein. Hellsehen noch durch den Tränenschleier des Gefühls hindurch, erkennen, merken, beobachten und das Beobachtete lächelnd beiseite legen müssen noch in Augenblicken, wo Hände sich umschlingen, Lippen sich finden, wo des Menschen Blick, erblindet von Empfindung, sich bricht, — es ist infam, Lisaweta, es ist niederträchtig, empörend ... aber was hilft es, sich zu empören?

Eine andere, aber nicht minder liebenswürdige Seite der Sache ist dann freilich die Blasiertheit, Gleichgültigkeit und ironische Müdigkeit aller Wahrheit gegenüber, wie es denn Tatsache ist, daß es nirgends in der Welt stummer und hoffnungsloser zugeht als in einem Kreise von geistreichen Leuten, die bereits mit allen

Hunden gehetzt sind. Alle Erkenntnis ist alt und langweilig. Sprechen Sie eine Wahrheit aus, an deren Eroberung und Besitz Sie vielleicht eine gewisse jugendliche Freude haben, und man wird Ihre ordinäre Aufgeklärtheit mit einem ganz kurzen Entlassen der Luft durch die Nase beantworten ... Ach ja, die Literatur macht müde, Lisaweta! In menschlicher Gesellschaft kann es einem, ich versichere Sie, geschehen, daß man vor lauter Skepsis und Meinungsenthaltsamkeit für dumm gehalten wird, während man doch nur hochmütig und mutlos ist ... Dies zur ›Erkenntnis‹. Was aber das ›Wort‹ betrifft, so handelt es sich da vielleicht weniger um eine Erlösung als um ein Kaltstellen und Aufs-Eis-Legen der Empfindung? Im Ernst, es hat eine eisige und empörend anmaßliche Bewandtnis mit dieser prompten und oberflächlichen Erledigung des Gefühls durch die literarische Sprache. Ist Ihnen das Herz zu voll, fühlen Sie sich von einem süßen oder erhabenen Erlebnis allzusehr ergriffen: nichts einfacher! Sie gehen zum Literaten, und alles wird in kürzester Frist geregelt sein. Er wird Ihnen Ihre Angelegenheit analysieren und formulieren, bei Namen nennen, aussprechen und zum Reden bringen, wird Ihnen das Ganze für alle Zeit erledigen und gleichgültig machen und keinen Dank dafür nehmen. Sie aber werden erleichtert, gekühlt und geklärt nach Hause gehen und sich wundern, was an der Sache Sie eigentlich soeben noch mit so süßem Tumult verstören konnte. Und für diesen kalten und eitlen Scharlatan wollen Sie ernstlich eintreten? Was ausgesprochen ist, so lautet sein Glaubensbekenntnis, ist erledigt. Ist die ganze Welt ausgesprochen, so ist sie erledigt, erlöst, abgetan ... Sehr gut! Jedoch ich bin kein Nihilist ...«

»Sie sind kein —«, sagte Lisaweta ... Sie hielt gerade ihr Löffelchen mit Tee in der Nähe des Mundes und erstarrte in dieser Haltung.

»Nun ja ... nun ja ... kommen Sie zu sich, Lisaweta! Ich bin es nicht, sage ich Ihnen, in bezug auf das lebendige Gefühl. Sehen Sie, der Literat begreift im Grunde nicht, daß das Leben noch fortfahren mag, zu leben, daß es sich dessen nicht schämt, nachdem es doch ausgesprochen und ›erledigt‹ ist. Aber siehe da, es sündigt trotz aller Erlösung durch die Literatur unentwegt darauf los; denn alles Handeln ist Sünde in den Augen des Geistes ...

Ich bin am Ziel, Lisaweta. Hören Sie mich an. Ich liebe das Leben, — dies ist ein Geständnis. Nehmen Sie es und bewahren Sie es, — ich habe es noch keinem gemacht. Man hat gesagt, man hat es sogar geschrieben und drucken lassen, daß ich das Leben hasse oder fürchte oder verachte oder verabscheue. Ich habe dies gern gehört, es hat mir geschmeichelt; aber darum ist es nicht weniger falsch. Ich liebe das Leben ... Sie lächeln, Lisaweta, und ich weiß, worüber. Aber ich beschwöre Sie, halten Sie es nicht für Literatur, was ich da sage! Denken Sie nicht an Cesare Borgia oder an irgendeine trunkene Philosophie, die ihn auf den Schild erhebt! Er ist mir nichts, dieser Cesare Borgia, ich halte nicht das geringste auf ihn, und ich werde nie und nimmer begreifen, wie man das Außerordentliche und Dämonische als Ideal verehren mag. Nein, das ›Leben‹, wie es als ewiger Gegensatz dem Geiste und der Kunst gegenübersteht, — nicht als eine Vision von blutiger Größe und wilder Schönheit, nicht als das Ungewöhnliche stellt es uns Ungewöhnlichen sich dar; sondern das Normale, Wohlanständige und Liebenswürdige ist das Reich unserer Sehnsucht, ist das Leben in seiner verführerischen Banalität! Der ist noch lange kein Künstler, meine Liebe, dessen letzte und tiefste Schwärmerei das Raffinierte, Exzentrische und Satanische ist; der die Sehnsucht nicht kennt nach dem Harmlosen, Einfachen und Lebendigen, nach ein wenig Freundschaft, Hingebung, Vertraulichkeit und menschlichem Glück, — die verstohlene und zehrende Sehnsucht, Lisaweta, nach den Wonnen der Gewöhnlichkeit! . . .

Ein menschlicher Freund! Wollen Sie glauben, daß es mich stolz und glücklich machen würde, unter Menschen einen Freund zu besitzen? Aber bislang habe ich nur unter Dämonen, Kobolden, tiefen Unholden und erkenntnisstummen Gespenstern, das heißt: unter Literaten Freunde gehabt.

Zuweilen gerate ich auf irgendein Podium, finde mich in einem Saale Menschen gegenüber, die gekommen sind, mir zuzuhören. Sehen Sie, dann geschieht es, daß ich mich bei einer Umschau im Publikum beobachte, mich ertappe, wie ich heimlich im Auditorium umherspähe, mit der Frage im Herzen, wer es ist, der zu mir kam, wessen Beifall und Dank zu mir dringt, mit wem meine Kunst mir hier eine ideale Vereinigung schafft . . . Ich finde nicht, was ich suche, Lisaweta. Ich finde die Herde und Gemeinde, die mir wohlbekannt ist, eine Versammlung von ersten Christen gleichsam: Leute mit ungeschickten Körpern und feinen Seelen, Leute, die immer hinfallen, sozusagen, Sie verstehn mich, und denen die Poesie eine sanfte Rache am Leben ist, — immer nur Leidende und Sehnsüchtige und Arme und niemals jemand von den anderen, den Blauäugigen, Lisaweta, die den Geist nicht nötig haben! . . .

Und wäre es nicht zuletzt ein bedauerlicher Mangel an Folgerichtigkeit, sich zu freuen, wenn es anders wäre? Es ist widersinnig, das Leben zu lieben und dennoch mit allen Künsten bestrebt zu sein, es auf seine Seite zu ziehen, es für die Finessen und Melancholien, den ganzen kranken Adel der Literatur zu gewinnen. Das Reich der Kunst nimmt zu, und das der Gesundheit und Unschuld nimmt ab auf Erden. Man sollte, was noch davon übrig ist, aufs sorgfältigste konservieren, und man sollte nicht Leute, die viel lieber in Pferdebüchern mit Momentaufnahmen lesen, zur Poesie verführen wollen!

Denn schließlich, — welcher Anblick wäre kläglicher als der des Lebens, wenn es sich in der Kunst versucht? Wir Künstler verachten niemand gründlicher als den Dilettanten, den Lebendigen, der glaubt, obendrein bei Gelegenheit einmal ein Künstler sein zu können. Ich versichere Sie, diese Art von Verachtung gehört zu meinen persönlichsten Erlebnissen. Ich befinde mich in einer Gesellschaft in gutem Hause, man ißt, trinkt und plaudert, man versteht sich aufs beste, und ich fühle mich froh und dankbar, eine Weile unter harmlosen und regelrechten Leuten als ihresgleichen verschwinden zu können. Plötzlich (dies ist mir begegnet) erhebt sich ein Offizier, ein Leutnant, ein hübscher und strammer Mensch, dem ich niemals eine seines Ehrenkleides unwürdige Handlungsweise zugetraut hätte, und bittet mit unzweideutigen Worten um die Erlaubnis, uns einige Verse mitzuteilen, die er angefertigt habe. Man gibt ihm, mit bestürztem Lächeln, diese Erlaubnis, und er führt sein Vorhaben aus, indem er von einem Zettel, den er bis dahin in seinem Rockschoß verborgen gehalten hat, seine Arbeit vorliest, etwas an die Musik und die Liebe, kurzum, ebenso tief empfunden wie unwirksam. Nun bitte ich aber jedermann: ein Leutnant! Ein Herr der Welt! Er hätte es doch wahrhaftig nicht nötig...! Nun, es erfolgt, was erfolgen muß: lange Gesichter, Stillschweigen, ein wenig künstlicher Beifall und tiefstes Mißbehagen ringsum. Die erste seelische Tatsache, deren ich mir bewußt werde, ist die, daß ich mich mitschuldig fühle an der Verstörung, die dieser unbedachte junge Mann über die Gesellschaft gebracht; und kein Zweifel: auch mich, in dessen Handwerk er gepfuscht hat, treffen spöttische und entfremdete Blicke. Aber die zweite besteht darin, daß dieser Mensch, vor dessen Sein und Wesen ich soeben noch den ehrlichsten Respekt empfand, in meinen Augen plötzlich sinkt, sinkt, sinkt... Ein mitleidiges Wohlwollen faßt mich an. Ich trete, gleich einigen anderen beherzten und gutmütigen Herren, an ihn heran und rede ihm zu. ›Meinen Glückwunsch‹, sage ich, ›Herr Leutnant! Welch hübsche Begabung! Nein, das war allerliebst!‹ Und es fehlt nicht viel, daß ich ihm auf die Schulter klopfe. Aber ist Wohlwollen die Empfindung, die man einem Leutnant entgegenzubringen hat?... Seine Schuld! Da stand er und büßte in großer Verlegenheit den Irrtum, daß man ein Blättchen pflücken dürfe, ein einziges, vom Lorbeerbaume der Kunst, ohne mit seinem Leben dafür zu zahlen. Nein, da halte ich es mit meinem Kollegen, dem kriminellen Bankier. — Aber finden Sie nicht, Lisaweta, daß ich heute von einer hamletischen Redseligkeit bin?«

»Sind Sie nun fertig, Tonio Kröger?«

»Nein. Aber ich sage nichts mehr.«

»Und es genügt auch. — Erwarten Sie eine Antwort?«

»Haben Sie eine?«

»Ich dächte doch. — Ich habe Ihnen gut zugehört, Tonio, von Anfang bis zu Ende, und ich will Ihnen die Antwort geben, die auf alles paßt, was Sie heute nachmittag gesagt haben, und die die Lösung ist für das Problem, das Sie so sehr beunruhigt hat. Nun also! Die Lösung ist die, daß Sie, wie Sie da sitzen, ganz einfach ein Bürger sind.«

»Bin ich?« fragte er und sank ein wenig in sich zusammen . . .

»Nicht wahr, das trifft Sie hart, und das muß es ja auch. Und darum will ich den Urteilsspruch um etwas mildern, denn das kann ich. Sie sind ein Bürger auf Irrwegen, Tonio Kröger — ein verirrter Bürger.«

— Stillschweigen. Dann stand er entschlossen auf und griff nach Hut und Stock.

»Ich danke Ihnen, Lisaweta Iwanowna; nun kann ich getrost nach Hause gehn. *Ich bin erledigt.*«

5

Gegen den Herbst sagte Tonio Kröger zu Lisaweta Iwanowna:

»Ja, ich verreise nun, Lisaweta: ich muß mich auslüften, ich mache mich fort, ich suche das Weite.«

»Nun, wie denn, Väterchen, geruhen Sie wieder nach Italien zu fahren?«

»Gott, gehen Sie mir doch mit Italien, Lisaweta! Italien ist mir bis zur Verachtung gleichgültig! Das ist lange her, daß ich mir einbildete, dorthin zu gehören. Kunst, nicht wahr? Sammetblauer Himmel, heißer Wein und süße Sinnlichkeit . . . Kurzum, ich mag das nicht. Ich verzichte. Die ganze *bellezza* macht mich nervös. Ich mag auch alle diese fürchterlich lebhaften Menschen dort unten mit dem schwarzen Tierblick nicht leiden. Diese Romanen haben kein Gewissen in den Augen . . . Nein, ich gehe nun ein bißchen nach Dänemark.«

»Nach Dänemark?«

»Ja. Und ich verspreche mir Gutes davon. Ich bin aus Zufall noch niemals hinaufgelangt, so nah ich während meiner ganzen Jugend der Grenze war, und dennoch habe ich das Land von jeher gekannt und geliebt. Ich muß wohl diese nördliche Neigung von meinem Vater haben, denn meine Mutter war doch eigentlich mehr für die *bellezza*, sofern ihr nämlich nicht alles ganz einerlei war. Aber nehmen Sie die Bücher, die dort oben geschrieben werden, diese tiefen, reinen und humoristischen Bücher, Lisaweta, — es geht mir nichts darüber, ich liebe sie. Nehmen Sie die skandinavischen Mahlzeiten, diese unvergleichlichen Mahlzeiten, die man nur in einer starken Salzluft verträgt (ich weiß nicht, ob ich sie überhaupt noch vertrage), und die ich von Hause aus ein wenig kenne, denn man ißt schon ganz so bei mir zu Hause. Nehmen Sie auch nur die Namen, die Vornamen, mit denen die Leute dort oben geschmückt sind und von denen es ebenfalls schon viele bei mir zu Hause gibt, einen Laut wie ›Ingeborg‹, ein Harfenschlag makellosester Poesie. Und dann die See, — sie haben die Ostsee dort oben!... Mit einem Worte, ich fahre hinauf, Lisaweta. Ich will die Ostsee wiedersehen, will diese Vornamen wieder hören, diese Bücher an Ort und Stelle lesen; ich will auch auf der Terrasse von Kronborg stehen, wo der ›Geist‹ zu Hamlet kam und Not und Tod über den armen, edlen jungen Menschen brachte...«

»Wie fahren Sie, Tonio, wenn ich fragen darf? Welche Route nehmen Sie?«

»Die übliche«, sagte er achselzuckend und errötete deutlich. »Ja, ich berühre meine — meinen Ausgangspunkt, Lisaweta, nach dreizehn Jahren, und das kann ziemlich komisch werden.«

Sie lächelte.

»Das ist es, was ich hören wollte, Tonio Kröger. Und also fahren Sie mit Gott. Versäumen Sie auch nicht, mir zu schreiben, hören Sie? Ich verspreche mir einen erlebnisvollen Brief von Ihrer Reise nach — Dänemark...«

6

Und Tonio Kröger fuhr gen Norden. Er fuhr mit Komfort (denn er pflegte zu sagen, daß jemand, der es innerlich so viel schwerer hat als andere Leute, gerechten Anspruch auf ein wenig äußeres Behagen habe), und er rastete nicht eher, als bis die Türme der engen Stadt, von der er ausgegangen war, sich vor ihm in die graue Luft erhoben. Dort nahm er einen kurzen, seltsamen Aufenthalt...

Ein trüber Nachmittag ging schon in den Abend über, als der Zug in die schmale, verräucherte, so wunderlich vertraute Halle einfuhr; noch immer ballte sich unter dem schmutzigen Glasdach der Qualm in Klumpen zusammen und zog in gedehnten Fetzen hin und wider, wie damals, als Tonio Kröger, nichts als Spott im Herzen, von hier gefahren war. — Er versorgte sein Gepäck, ordnete an, daß es ins Hotel geschafft werde, und verließ den Bahnhof.

Das waren die zweispännigen, schwarzen, unmäßig hohen und breiten Droschken der Stadt, die draußen in einer Reihe standen! Er nahm keine davon; er sah sie nur an, wie er alles ansah, die schmalen Giebel und spitzen Türme, die über die nächsten Dächer herübergrüßten, die blonden und lässig-plumpen Menschen mit ihrer breiten und dennoch rapiden Redeweise rings um ihn her, und ein nervöses Gelächter stieg in ihm auf, das eine heimliche Verwandtschaft mit Schluchzen hatte. — Er ging zu Fuß, ging langsam, den unablässigen Druck des feuchten Windes im Gesicht, über die Brücke, an deren Geländer mythologische Statuen standen, und eine Strecke am Hafen entlang.

Großer Gott, wie winzig und winklig das Ganze erschien! Waren hier in all der Zeit die schmalen Giebelgassen so putzig steil zur Stadt emporgestiegen? Die Schornsteine und Maste der Schiffe schaukelten leis in Wind und Dämmerung auf dem trüben Flusse. Sollte er jene Straße hinaufgehen, die dort, an der das Haus lag, das er im Sinne hatte? Nein, morgen. Er war so schläfrig jetzt. Sein Kopf war schwer von der Fahrt, und langsame, nebelhafte Gedanken zogen ihm durch den Sinn.

Zuweilen in diesen dreizehn Jahren, wenn sein Magen verdorben gewesen war, hatte ihm geträumt, daß er wieder daheim sei in dem alten, hallenden Haus an der schrägen Gasse, daß auch sein Vater wieder da sei und ihn hart anlasse wegen seiner entarteten Lebensführung, was er jedesmal sehr in der Ordnung gefunden hatte. Und diese Gegenwart nun unterschied sich durch nichts von einem dieser betörenden und unzerreißbaren Traumgespinste, in denen man sich fragen kann, ob dies Trug oder Wirklichkeit ist, und sich notgedrungen mit Überzeugung für das letztere entscheidet, um dennoch am Ende zu erwachen ... Er schritt durch die wenig belebten, zugigen Straßen, hielt den Kopf gegen den Wind gebeugt und schritt wie schlafwandelnd in der Richtung des Hotels, des ersten der Stadt, wo er übernachten wollte. Ein krummbeiniger Mann mit einer Stange, an deren Spitze ein Feuerchen brannte, ging mit wiegendem Matrosentritt vor ihm her und zündete die Gaslaternen an.

Wie war ihm doch? Was war das alles, was unter der Asche seiner Müdigkeit, ohne zur klaren Flamme zu werden, so dunkel und schmerzlich glomm? Still, still und kein Wort! Keine Worte! Er wäre gern lange so dahingegangen, im Wind durch die dämmerigen, traumhaft vertrauten Gassen. Aber alles war so eng und nah beieinander. Gleich war man am Ziel.

In der oberen Stadt gab es Bogenlampen, und eben erglühten sie. Da war das Hotel, und es waren die beiden schwarzen Löwen, die davor lagen, und vor denen er sich als Kind gefürchtet hatte. Noch immer blickten sie mit einer Miene, als wollten sie niesen, einander an; aber sie schienen viel kleiner geworden seit damals. — Tonio Kröger ging zwischen ihnen hindurch.

Da er zu Fuß kam, wurde er ohne viel Feierlichkeit empfangen. Der Portier und ein sehr feiner, schwarzgekleideter Herr, welcher die Honneurs machte und beständig mit den kleinen Fingern seine Manschetten in die Ärmel zurückstieß, musterten ihn prüfend und wägend vom Scheitel bis zu den Stiefeln, sichtlich bestrebt, ihn gesellschaftlich ein wenig zu bestimmen, ihn hierarchisch und bürgerlich unterzubringen und ihm einen Platz in ihrer Achtung anzuweisen, ohne doch zu einem beruhigenden Ergebnis gelangen zu können, weshalb sie sich für eine gemäßigte Höflichkeit entschieden. Ein Kellner, ein milder Mensch mit brotblonden Backenbartstreifen, einem altersblanken Frack und Rosetten auf den lautlosen Schuhen, führte ihn zwei Treppen hinauf in ein reinlich und altväterlich eingerichtetes Zimmer, hinter dessen Fenster sich im Zwielicht ein pittoresker und mittelalterlicher Ausblick auf Höfe, Giebel und die bizarren Massen der Kirche eröffnete, in deren Nähe das Hotel gelegen war. Tonio Kröger stand eine Weile vor diesem Fenster; dann setzte er sich mit gekreuzten Armen auf das weitschweifige Sofa, zog seine Brauen zusammen und pfiff vor sich hin.

Man brachte Licht, und sein Gepäck kam. Gleichzeitig legte der milde Kellner den Meldezettel auf den Tisch, und Tonio Kröger malte mit seitwärts geneigtem Kopfe etwas darauf, das aussah wie Name, Stand und Herkunft. Hierauf bestellte er ein wenig Abendbrot und fuhr fort, von seinem Sofawinkel aus ins Leere zu blicken. Als das Essen vor ihm stand, ließ er es noch lange unberührt, nahm endlich ein paar Bissen und ging noch eine Stunde im Zimmer auf und ab, wobei er zuweilen stehenblieb und die Augen schloß. Dann entkleidete er sich mit langsamen Bewegungen und ging zu Bette. Er schlief lange, unter verworrenen und seltsam sehnsüchtigen Träumen. —

Als er erwachte, sah er sein Zimmer von hellem Tage erfüllt. Verwirrt und hastig besann er sich, wo er sei, und machte sich auf, um die Vorhänge zu öffnen. Des Himmels schon ein wenig blasses Spätsommer-Blau war von dünnen, vom Wind zerzupften Wolkenfetzchen durchzogen; aber die Sonne schien über seiner Vaterstadt.

Er wandte noch mehr Sorgfalt auf seine Toilette als gewöhnlich, wusch und rasierte sich aufs beste und machte sich so frisch und reinlich, als habe er einen Besuch in gutem, korrektem Hause vor, wo es gelte, einen schmucken und untadelhaften Eindruck zu machen; und während der Hantierungen des Ankleidens horchte er auf das ängstliche Pochen seines Herzens.

Wie hell es draußen war! Er hätte sich wohler gefühlt, wenn, wie gestern, Dämmerung in den Straßen gelegen hätte; nun aber sollte er unter den Augen der Leute durch den klaren Sonnenschein gehen. Würde er auf Bekannte stoßen, angehalten, befragt werden und Rede stehen müssen, wie er diese dreizehn Jahre verbracht? Nein, gottlob, es kannte ihn keiner mehr, und wer sich seiner erinnerte, würde ihn nicht erkennen, denn er hatte sich wirklich ein wenig verändert unterdessen. Er betrachtete sich aufmerksam im Spiegel, und plötzlich fühlte er sich sicherer hinter seiner Maske, hinter seinem früh durcharbeiteten Gesicht, das älter als seine Jahre war ... Er ließ Frühstück kommen und ging dann aus, ging unter den abschätzenden Blicken des Portiers und des feinen Herrn in Schwarz durch das Vestibül und zwischen den beiden Löwen hindurch ins Freie.

Wohin ging er? Er wußte es kaum. Es war wie gestern. Kaum daß er sich wieder von diesem wunderlich würdigen und urvertrauten Beieinander von Giebeln, Türmchen, Arkaden, Brunnen umgeben sah, kaum daß er den Druck des Windes, des starken Windes, der ein zartes und herbes Aroma aus fernen Träumen mit sich führte, wieder im Angesicht spürte, als es sich ihm wie Schleier und Nebelgespinst um die Sinne legte ... Die Muskeln seines Gesichtes spannten sich ab; und mit stille gewordenem Blick betrachtete er Menschen und Dinge. Vielleicht, daß er dort, an jener Straßenecke, dennoch erwachte ...

Wohin ging er? Ihm war, als stehe die Richtung, die er einschlug, in einem Zusammenhange mit seinen traurigen und seltsam reuevollen Träumen zur Nacht ... Auf den Markt ging er, unter den Bogengewölben des Rathauses hindurch, wo Fleischer mit blutigen Händen ihre Ware wogen, auf den Marktplatz, wo hoch, spitzig und vielfach der gotische Brunnen stand. Dort blieb er vor einem Hause stehen, einem schmalen und schlichten, gleich anderen mehr, mit einem geschwungenen, durchbrochenen Giebel, und versank in dessen Anblick. Er las das Namensschild an der Tür und ließ seine Augen ein Weilchen auf jedem der Fenster ruhen. Dann wandte er sich langsam zum Gehen.

Wohin ging er? Heimwärts. Aber er nahm einen Umweg, machte einen Spaziergang vors Tor hinaus, weil er Zeit hatte. Er ging über den Mühlenwall und den Holstenwall und hielt seinen Hut fest vor dem Winde, der in den Bäumen rauschte und knarrte. Dann verließ er die Wallanlagen unfern des Bahnhofes, sah einen Zug mit plumper Eilfertigkeit vorüberpuffen, zählte zum Zeitvertreib die Wagen und blickte dem Manne nach, der zuhöchst auf dem allerletzten saß. Aber am Lindenplatze machte er vor einer der hübschen Villen halt, die dort standen, spähte lange in den Garten und zu den Fenstern hinauf und verfiel am Ende darauf, die Gatterpforte in ihren Angeln hin- und herzuschlenkern, so daß es kreischte. Dann betrachtete er eine Weile seine Hand, die kalt und rostig geworden war, und ging weiter, ging durch das alte, untersetzte Tor, am Hafen entlang und die steile zugige Gasse hinauf zum Haus seiner Eltern.

Es stand, eingeschlossen von den Nachbarhäusern, die sein Giebel überragte, grau und ernst wie seit dreihundert Jahren, und Tonio Kröger las den frommen Spruch, der in halb verwischten Lettern über dem Eingang stand. Dann atmete er auf und ging hinein.

Sein Herz schlug ängstlich, denn er gewärtigte, sein Vater könnte aus einer der Türen zu ebener Erde, an denen er vorüberschritt, hervortreten, im Kontor-Rock und die Feder hinterm Ohr, ihn anhalten und ihn wegen seines extravaganten Lebens streng zur Rede stellen, was er sehr in der Ordnung gefunden hätte. Aber er gelangte unbehelligt vorbei. Die Windfangtür war nicht geschlossen, sondern nur angelehnt, was er als tadelnswert empfand, während ihm gleichzeitig zumute war wie in gewissen leichten Träumen, in denen die Hindernisse von selbst vor einem weichen und man, von wunderbarem Glück begünstigt, ungehindert vorwärts dringt ... Die weite Diele, mit großen, viereckigen Steinfliesen gepflastert, widerhallte von seinen Schritten. Der Küche gegenüber, in der es still war, sprangen wie vor alters in beträchtlicher Höhe die seltsamen, plumpen, aber reinlich lackierten Holzgelasse aus der Wand hervor, die Mägdekammern, die nur durch eine Art freiliegender Stiege von der Diele aus zu erreichen waren. Aber die großen Schränke und die geschnitzte Truhe waren nicht mehr da, die hier gestanden hatten ... Der Sohn des Hauses beschritt die gewaltige Treppe und stützte sich mit der Hand auf das weißlackierte, durchbrochene Holzgeländer, indem er sie bei jedem Schritte erhob und beim nächsten sacht wieder darauf niedersinken ließ, wie als versuche er schüchtern, ob die ehemalige Vertrautheit mit diesem alten, soliden Geländer wieder herzustellen sei ... Aber auf dem Treppenabsatz blieb er stehen, vorm Eingang zum Zwischengeschoß. An der Tür war ein weißes Schild befestigt, auf dem in schwarzen Buchstaben zu lesen war: Volksbibliothek.

Volksbibliothek? dachte Tonio Kröger, denn er fand, daß hier weder das Volk noch die Literatur etwas zu suchen hatten. Er klopfte an die Tür ... Ein Herein ward laut, und er folgte ihm. Gespannt und finster blickte er in eine höchst unziemliche Veränderung hinein.

Das Geschoß war drei Stuben tief, deren Verbindungstüren offenstanden. Die Wände waren fast in ihrer ganzen Höhe mit gleichförmig gebundenen Büchern bedeckt, die auf dunklen Gestellen in langen Reihen standen. In jedem Zimmer saß hinter einer Art von Ladentisch ein dürftiger Mensch und schrieb. Zwei davon wandten nur die Köpfe nach Tonio Kröger, aber der erste stand eilig auf, wobei er sich mit beiden Händen auf die Tischplatte stützte, den Kopf vorschob, die Lippen spitzte, die Brauen emporzog und den Besucher mit eifrig zwinkernden Augen anblickte ...

»Verzeihung«, sagte Tonio Kröger, ohne den Blick von den vielen Büchern zu wenden. »Ich bin hier fremd, ich besichtige die Stadt. Dies ist also die Volksbibliothek? Würden Sie erlauben, daß ich mir ein wenig Einblick in die Sammlung verschaffe?«

»Gern!« sagte der Beamte und zwinkerte noch heftiger . . . »Gewiß, das steht jedermann frei. Wollen Sie sich nur umsehen . . . Ist Ihnen ein Katalog gefällig?«

»Danke«, antwortete Tonio Kröger. »Ich orientiere mich leicht.« Damit begann er, langsam an den Wänden entlangzuschreiten, indem er sich den Anschein gab, als studiere er die Titel auf den Bücherrücken. Schließlich nahm er einen Band heraus, öffnete ihn und stellte sich damit ans Fenster.

Hier war das Frühstückszimmer gewesen. Man hatte hier morgens gefrühstückt, nicht droben im großen Eßsaal, wo aus der blauen Tapete weiße Götterstatuen hervortraten . . . Das dort hatte als Schlafzimmer gedient. Seines Vaters Mutter war dort gestorben, so alt sie war, unter schweren Kämpfen, denn sie war eine genußfrohe Weltdame und hing am Leben. Und später hatte dort sein Vater selbst den letzten Seufzer getan, der lange, korrekte, ein wenig wehmütige und nachdenkliche Herr mit der Feldblume im Knopfloch . . . Tonio hatte am Fußende seines Sterbebettes gesessen, mit heißen Augen, ehrlich und gänzlich hingegeben an ein stummes und starkes Gefühl, an Liebe und Schmerz. Und auch seine Mutter hatte am Lager gekniet, seine schöne, feurige Mutter, ganz aufgelöst in heißen Tränen; worauf sie mit dem südlichen Künstler in blaue Fernen gezogen war . . . Aber dort hinten, das kleinere, dritte Zimmer, nun ebenfalls ganz mit Büchern angefüllt, die ein dürftiger Mensch bewachte, war lange Jahre hindurch sein eigenes gewesen. Dorthin war er nach der Schule heimgekehrt, nachdem er einen Spaziergang, wie eben jetzt, gemacht, an jener Wand hatte sein Tisch gestanden, in dessen Schublade er seine ersten, innigen und hilflosen Verse verwahrt hatte . . . Der Walnußbaum . . . Eine stechende Wehmut durchzuckte ihn. Er blickte seitwärts durchs Fenster hinaus. Der Garten lag wüst, aber der alte Walnußbaum stand an seinem Platze, schwerfällig knarrend und rauschend im Winde. Und Tonio Kröger ließ die Augen auf das Buch zurückgleiten, das er in Händen hielt, ein hervorragendes Dichtwerk und ihm wohlbekannt. Er blickte auf diese schwarzen Zeilen und Satzgruppen nieder, folgte eine Strecke dem kunstvollen Fluß des Vortrags, wie er in gestaltender Leidenschaft sich zu einer Pointe und Wirkung erhob und dann effektvoll absetzte . . .

»Ja, das ist gut gemacht«, sagte er, stellte das Dichtwerk weg und wandte sich. Da sah er, daß der Beamte noch immer aufrecht stand und mit einem Mischausdruck von Diensteifer und nachdenklichem Mißtrauen seine Augen zwinkern ließ.

»Eine ausgezeichnete Sammlung, wie ich sehe«, sagte Tonio Kröger. »Ich habe schon einen Überblick gewonnen. Ich bin Ihnen sehr verbunden. Adieu.« Damit ging er zur Tür hinaus; aber es war ein zweifelhafter Abgang, und er fühlte deutlich, daß der

Beamte, voller Unruhe über diesen Besuch, noch minutenlang stehen und zwinkern würde.

Er spürte keine Neigung, noch weiter vorzudringen. Er war zu Hause gewesen. Droben, in den großen Zimmern hinter der Säulenhalle, wohnten fremde Leute, er sah es; denn der Treppenkopf war durch eine Glastür verschlossen, die ehemals nicht dagewesen war, und irgendein Namensschild war daran. Er ging fort, ging die Treppe hinunter, über die hallende Diele, und verließ sein Elternhaus. In einem Winkel eines Restaurants nahm er in sich gekehrt eine schwere und fette Mahlzeit ein und kehrte dann ins Hotel zurück.

»Ich bin fertig«, sagte er zu dem feinen Herrn in Schwarz. »Ich reise heute nachmittag.« Und er bestellte seine Rechnung sowie den Wagen, der ihn an den Hafen bringen sollte, zum Dampfschiff nach Kopenhagen. Dann ging er auf sein Zimmer und setzte sich an den Tisch, saß still und aufrecht, indem er die Wange in die Hand stützte und mit blicklosen Augen auf die Tischplatte niedersah. Später beglich er seine Rechnung und machte seine Sachen bereit. Zur festgesetzten Zeit ward der Wagen gemeldet, und Tonio Kröger stieg reisefertig hinab.

Drunten, am Fuße der Treppe, erwartete ihn der feine Herr in Schwarz.

»Um Vergebung!« sagte er und stieß mit den kleinen Fingern seine Manschetten in die Ärmel zurück ... »Verzeihen Sie, mein Herr, daß wir Sie noch eine Minute in Anspruch nehmen müssen. Herr Seehaase — der Besitzer des Hotels — ersucht Sie um eine Unterredung von zwei Worten. Eine Formalität ... Er befindet sich dort hinten ... Wollen Sie die Güte haben, sich mit mir zu bemühen ... Es ist *nur* Herr Seehaase, der Besitzer des Hotels.«

Und er führte Tonio Kröger unter einladendem Gestenspiel in den Hintergrund des Vestibüls. Dort stand in der Tat Herr Seehaase. Tonio Kröger kannte ihn von Ansehen aus alter Zeit. Er war klein, fett und krummbeinig. Sein geschorener Backenbart war weiß geworden; aber noch immer trug er eine weit ausgeschnittene Frackjacke und dazu ein grüngesticktes Samtmützchen. Übrigens war er nicht allein. Bei ihm, an einem kleinen, an der Wand befestigten Pultbrett, stand, den Helm auf dem Kopf, ein Polizist, welcher seine behandschuhte Rechte auf einem buntbeschriebenen Papier ruhen ließ, das vor ihm auf dem Pulte lag, und Tonio Kröger mit seinem ehrlichen Soldatengesicht so entgegensah, als erwartete er, daß dieser bei seinem Anblick in den Boden versinken müsse.

Tonio Kröger blickte von einem zum andern und verlegte sich aufs Warten.

»Sie kommen von München?« fragte endlich der Polizist mit einer gutmütigen und schwerfälligen Stimme.

Tonio Kröger bejahte dies.

»Sie reisen nach Kopenhagen?«

»Ja, ich bin auf der Reise in ein dänisches Seebad.«

»Seebad? — Ja, Sie müssen mal Ihre Papiere vorweisen«, sagte der Polizist, indem er das letzte Wort mit besonderer Genugtuung aussprach.

»Papiere . . .« Er hatte keine Papiere. Er zog seine Brieftasche hervor und blickte hinein; aber es befand sich außer einigen Geldscheinen nichts darin als die Korrektur einer Novelle, die er an seinem Reiseziel zu erledigen gedachte. Er verkehrte nicht gern mit Beamten und hatte sich noch niemals einen Paß ausstellen lassen . . .

»Es tut mir leid«, sagte er, »aber ich führe keine Papiere bei mir.«

»So?« sagte der Polizist . . . »Gar keine? — Wie ist Ihr Name?« Tonio Kröger antwortete ihm.

»Ist das auch wahr?!« fragte der Polizist, reckte sich auf und öffnete plötzlich seine Nasenlöcher, so weit er konnte . . .

»Vollkommen wahr«, antwortete Tonio Kröger.

»Was sind Sie denn?«

Tonio Kröger schluckte hinunter und nannte mit fester Stimme sein Gewerbe. — Herr Seehaase hob den Kopf und sah neugierig in sein Gesicht empor.

»Hm!« sagte der Polizist. »Und Sie geben an, nicht identisch zu sein mit einem Individidum namens —« Er sagte »Individidum« und buchstabierte dann aus dem buntbeschriebenen Papier einen ganz verzwickten und romantischen Namen zusammen, der aus den Lauten verschiedener Rassen abenteuerlich gemischt erschien und den Tonio Kröger im nächsten Augenblick wieder vergessen hatte. »— welcher«, fuhr er fort, »von unbekannten Eltern und unbestimmter Zuständigkeit wegen verschiedener Betrügereien und anderer Vergehen von der Münchener Polizei verfolgt wird und sich wahrscheinlich auf der Flucht nach Dänemark befindet?«

»Ich gebe das nicht nur an«, sagte Tonio Kröger und machte eine nervöse Bewegung mit den Schultern. — Dies rief einen gewissen Eindruck hervor.

»Wie? Ach so, na gewiß!« sagte der Polizist. »Aber daß Sie auch gar nichts vorweisen können!«

Auch Herr Seehaase legte sich beschwichtigend ins Mittel.

»Das Ganze ist eine Formalität«, sagte er, »nichts weiter! Sie müssen bedenken, daß der Beamte nur seine Schuldigkeit tut. Wenn Sie sich irgendwie legitimieren könnten . . . Ein Papier . . .«

Alle schwiegen. Sollte er der Sache ein Ende machen, indem er sich zu erkennen gab, indem er Herrn Seehaase eröffnete, daß er kein Hochstapler von unbestimmter Zuständigkeit sei, von Geburt kein Zigeuner im grünen Wagen, sondern der Sohn Konsul

Krögers, aus der Familie der Kröger? Nein, er hatte keine Lust dazu. Und waren diese Männer der bürgerlichen Ordnung nicht im Grunde ein wenig im Recht? Gewissermaßen war er ganz einverstanden mit ihnen ... Er zuckte die Achseln und blieb stumm.

»Was haben Sie denn da?« fragte der Polizist. »Da, in dem Portefönch?«

»Hier? Nichts. Es ist eine Korrektur«, antwortete Tonio Kröger.

»Korrektur? Wieso? Lassen Sie mal sehen.«

Und Tonio Kröger überreichte ihm seine Arbeit. Der Polizist breitete sie auf der Pultplatte aus und begann darin zu lesen. Auch Herr Seehaase trat näher herzu und beteiligte sich an der Lektüre. Tonio Kröger blickte ihnen über die Schultern und beobachtete, bei welcher Stelle sie seien. Es war ein guter Moment, eine Pointe und Wirkung, die er vortrefflich herausgearbeitet hatte. Er war zufrieden mit sich.

»Sehen Sie!« sagte er. »Da steht mein Name. Ich habe dies geschrieben, und nun wird es veröffentlicht, verstehen Sie.«

»Nun, das genügt!« sagte Herr Seehaase mit Entschluß, raffte die Blätter zusammen, faltete sie und gab sie ihm zurück. »Das muß genügen, Petersen!« wiederholte er kurz, indem er verstohlen die Augen schloß und abwinkend den Kopf schüttelte. »Wir dürfen den Herrn nicht länger aufhalten. Der Wagen wartet. Ich bitte sehr, die kleine Störung zu entschuldigen, mein Herr. Der Beamte hat ja nur seine Pflicht getan, aber ich sagte ihm sofort, daß er auf falscher Fährte sei ...«

So? dachte Tonio Kröger.

Der Polizist schien nicht ganz einverstanden; er wandte noch etwas ein von »Individium« und »vorweisen«. Aber Herr Seehaase führte seinen Gast unter wiederholten Ausdrücken des Bedauerns durch das Vestibül zurück, geleitete ihn zwischen den beiden Löwen hindurch zum Wagen und schloß selbst unter Achtungsbezeugungen den Schlag hinter ihm. Und dann rollte die lächerlich hohe und breite Droschke stolpernd, klirrend und lärmend die steilen Gassen hinab zum Hafen ...

Dies war Tonio Krögers seltsamer Aufenthalt in seiner Vaterstadt.

7

Die Nacht fiel ein, und mit einem schwimmenden Silberglanz stieg schon der Mond empor, als Tonio Krögers Schiff die offene See gewann. Er stand am Bugspriet, in seinen Mantel gehüllt vor dem Winde, der mehr und mehr erstarkte, und blickte hinab in das dunkle Wandern und Treiben der starken, glatten Wellenleiber dort unten, die umeinander schwankten, sich klatschend

240

begegneten, in unerwarteten Richtungen auseinanderschossen und plötzlich schaumig aufleuchteten . . .

Eine schaukelnde und still entzückte Stimmung erfüllte ihn. Er war ein wenig niedergeschlagen gewesen, daß man ihn daheim als Hochstapler hatte verhaften wollen, ja, — obgleich er es gewissermaßen in der Ordnung gefunden hatte. Aber dann, nachdem er sich eingeschifft, hatte er, wie als Knabe zuweilen mit seinem Vater, dem Verladen der Waren zugesehen, mit denen man, unter Rufen, die ein Gemisch aus Dänisch und Plattdeutsch waren, den tiefen Bauch des Dampfers füllte, hatte gesehen, wie man außer den Ballen und Kisten auch einen Eisbären und einen Königstiger in dick vergitterten Käfigen hinabließ, die wohl von Hamburg kamen und für eine dänische Menagerie bestimmt waren; und dies hatte ihn zerstreut. Während dann das Schiff zwischen den flachen Ufern den Fluß entlangglitt, hatte er Polizist Petersens Verhör ganz und gar vergessen, und alles, was vorher gewesen war, seine süßen, traurigen und reuigen Träume der Nacht, der Spaziergang, den er gemacht, der Anblick des Walnußbaumes, war wieder in seiner Seele stark geworden. Und nun, da das Meer sich öffnete, sah er von fern den Strand, an dem er als Knabe die sommerlichen Träume des Meeres hatte belauschen dürfen, sah die Glut des Leuchtturms und die Lichter des Kurhauses, darin er mit seinen Eltern gewohnt . . . Die Ostsee! Er lehnte den Kopf gegen den starken Salzwind, der frei und ohne Hindernis daherkam, die Ohren umhüllte und einen gelinden Schwindel, eine gedämpfte Betäubung hervorrief, in der die Erinnerung an alles Böse, an Qual und Irrsal, an Wollen und Mühen träge und selig unterging. Und in dem Sausen, Klatschen, Schäumen und Ächzen rings um ihn her glaubte er das Rauschen und Knarren des alten Walnußbaumes, das Kreischen einer Gartenpforte zu hören . . . Es dunkelte mehr und mehr.

»Die Sderne, Gott, sehen Sie doch bloß die Sderne an«, sagte plötzlich mit schwerfällig singender Betonung eine Stimme, die aus dem Innern einer Tonne zu kommen schien. Er kannte sie schon. Sie gehörte einem rotblonden und schlicht gekleideten Mann mit geröteten Augenlidern und einem feuchtkalten Aussehen, als habe er soeben gebadet. Beim Abendessen in der Kajüte war er Tonio Krögers Nachbar gewesen und hatte mit zagen und bescheidenen Bewegungen erstaunliche Mengen von Hummer-Omelette zu sich genommen. Nun lehnte er neben ihm an der Brüstung und blickte zum Himmel empor, indem er sein Kinn mit Daumen und Zeigefinger erfaßt hielt. Ohne Zweifel befand er sich in einer jener außerordentlichen und festlich-beschaulichen Stimmungen, in denen die Schranken zwischen den Menschen dahinsinken, in denen das Herz auch Fremden sich öffnet und der

Mund Dinge spricht, vor denen er sich sonst schamhaft verschließen würde . . .

»Sehen Sie, Herr, doch bloß die Sderne an. Da sdehen sie und glitzern, es ist, weiß Gott, der ganze Himmel voll. Und nun bitt' ich Sie, wenn man hinaufsieht und bedenkt, daß viele davon doch hundertmal größer sein sollen als die Erde, wie wird einem da zu Sinn? Wir Menschen haben den Telegraphen erfunden und das Telephon und so viele Errungenschaften der Neuzeit, ja, das haben wir. Aber wenn wir da hinaufsehen, so müssen wir doch erkennen und versdehen, daß wir im Grunde Gewürm sind, elendes Gewürm und nichts weiter, — hab' ich recht oder unrecht, Herr? Ja, wir sind Gewürm!« antwortete er sich selbst und nickte demütig und zerknirscht zum Firmament empor.

Au . . . nein, der hat keine Literatur im Leibe! dachte Tonio Kröger. Und alsbald fiel ihm etwas ein, was er kürzlich gelesen hatte, der Aufsatz eines berühmten französischen Schriftstellers über kosmologische und psychologische Weltanschauung; es war ein recht feines Geschwätz gewesen.

Er gab dem jungen Mann etwas wie eine Antwort auf seine tief erlebte Bemerkung, und dann fuhren sie fort, miteinander zu sprechen, indem sie, über die Brüstung gelehnt, in den unruhig erhellten, bewegten Abend hinausblickten. Es erwies sich, daß der Reisegefährte ein junger Kaufmann aus Hamburg war, der seinen Urlaub zu dieser Vergnügungsfahrt benutzte . . .

»Sollst«, sagte er, »ein bißchen mit dem Steamer nach Kopenhagen fahren, denk' ich, und da sdeh' ich nun, und es ist ja soweit ganz schön. Aber das mit den Hummer-Omeletten, das war nicht richtig, Herr, das sollen Sie sehn, denn die Nacht wird sdürmisch, das hat der Kapitän selbst gesagt, und mit so einem unbekömmlichen Essen im Magen ist das kein Sbaß . . .«

Tonio Kröger lauschte all dieser zutunlichen Torheit mit einem heimlichen und freundschaftlichen Gefühl.

»Ja«, sagte er, »man ißt überhaupt zu schwer hier oben. Das macht faul und wehmütig.«

»Wehmütig?« wiederholte der junge Mann und betrachtete ihn verdutzt . . . »Sie sind wohl fremd hier, Herr?« fragte er plötzlich . . .

»Ach ja, ich komme weit her!« antwortete Tonio Kröger mit einer vagen und abwehrenden Armbewegung.

»Aber Sie haben recht«, sagte der junge Mann; »Sie haben, weiß Gott, recht in dem, was Sie von wehmütig sagen! Ich bin fast immer wehmütig, aber besonders an solchen Abenden wie heute, wenn die Sderne am Himmel sdehn.« Und er stützte wieder sein Kinn mit Daumen und Zeigefinger.

Sicherlich schreibt er Verse, dachte Tonio Kröger, tief ehrlich empfundene Kaufmannsverse . . .

Der Abend rückte vor, und der Wind war nun so heftig geworden, daß er das Sprechen behinderte. So beschlossen sie, ein wenig zu schlafen, und wünschten einander gute Nacht.

Tonio Kröger streckte sich in seiner Koje auf der schmalen Bettstatt aus, aber er fand keine Ruhe. Der strenge Wind und sein herbes Arom hatten ihn seltsam erregt, und sein Herz war unruhig wie in ängstlicher Erwartung von etwas Süßem. Auch verursachte die Erschütterung, welche entstand, wenn das Schiff einen steilen Wogenberg hinabglitt und die Schraube wie im Krampf außerhalb des Wassers arbeitete, ihm arge Übelkeit. Er kleidete sich wieder vollends an und stieg ins Freie hinauf.

Wolken jagten am Monde vorbei. Das Meer tanzte. Nicht runde und gleichmäßige Wellen kamen in Ordnung daher, sondern weithin, in bleichem und flackerndem Licht, war die See zerrissen, zerpeitscht, zerwühlt, leckte und sprang in spitzen, flammenartigen Riesenzungen empor, warf neben schaumerfüllten Klüften zackige und unwahrscheinliche Gebilde auf und schien mit der Kraft ungeheurer Arme in tollem Spiel den Gischt in alle Lüfte zu schleudern. Das Schiff hatte schwere Fahrt; stampfend, schlenkernd und ächzend arbeitete es sich durch den Tumult, und manchmal hörte man den Eisbären und den Tiger, die unter dem Seegang litten, in seinem Innern brüllen. Ein Mann im Wachstuchmantel, die Kapuze überm Kopf und eine Laterne um den Leib geschnallt, ging breitbeinig und mühsam balancierend auf dem Verdecke hin und her. Aber dort hinten stand, tief über Bord gebeugt, der junge Mann aus Hamburg und ließ es sich schlecht ergehen. »Gott«, sagte er mit hohler und wankender Stimme, als er Tonio Kröger gewahrte, »sehen Sie doch bloß den Aufruhr der Elemente, Herr!« Aber dann wurde er unterbrochen und wandte sich eilig ab.

Tonio Kröger hielt sich an irgendeinem gestrafften Tau und blickte hinaus in all den unbändigen Übermut. In ihm schwang sich ein Jauchzen auf, und ihm war, als sei es mächtig genug, um Sturm und Flut zu übertönen. Ein Sang an das Meer, begeistert von Liebe, tönte in ihm. Du meiner Jugend wilder Freund, so sind wir einmal noch vereint ... Aber dann war das Gedicht zu Ende. Es ward nicht fertig, nicht rund geformt und nicht in Gelassenheit zu etwas Ganzem geschmiedet. Sein Herz lebte ...

Lange stand er so; dann streckte er sich auf einer Bank am Kajütenhäuschen aus und blickte zum Himmel hinauf, an dem die Sterne flackerten. Er schlummerte sogar ein wenig. Und wenn der kalte Schaum in sein Gesicht spritzte, so war es ihm im Halbschlaf wie eine Liebkosung.

Senkrechte Kreidefelsen, gespenstisch im Mondschein, kamen in Sicht und näherten sich; das war Möen, die Insel. Und wieder trat Schlummer dazwischen, unterbrochen von salzigen Sprüh-

schauern, die scharf ins Gesicht bissen und die Züge erstarren
ließen ... Als er völlig wach wurde, war es schon Tag, ein hell-
grauer, frischer Tag, und die grüne See ging ruhiger. Beim Frühstück sah er den jungen Kaufmann wieder, der heftig errötete,
wahrscheinlich vor Scham, im Dunkeln so poetische und blamable
Dinge geäußert zu haben, mit allen fünf Fingern seinen kleinen
rötlichen Schnurrbart emporstrich und ihm einen soldatisch scharfen Morgengruß zurief, um ihn dann ängstlich zu meiden.
Und Tonio Kröger landete in Dänemark. Er hielt Ankunft in
Kopenhagen, gab Trinkgeld an jeden, der sich die Miene gab,
als hätte er Anspruch darauf, durchwanderte von seinem Hotel-
zimmer aus drei Tage lang die Stadt, indem er sein Reisebüch-
lein aufgeschlagen vor sich hertrug, und benahm sich ganz wie
ein besserer Fremder, der seine Kenntnisse zu bereichern wünscht.
Er betrachtete des Königs Neumarkt und das ›Pferd‹ in seiner
Mitte, blickte achtungsvoll an den Säulen der Frauenkirche empor, stand lange vor Thorwaldsens edlen und lieblichen Bild-
werken, stieg auf den Runden Turm, besichtigte Schlösser und
verbrachte zwei bunte Abende im Tivoli. Aber es war nicht so
recht eigentlich all dies, was er sah.
An den Häusern, die oft ganz das Aussehen der alten Häuser
seiner Vaterstadt mit geschwungenen, durchbrochenen Giebeln
hatten, sah er Namen, die ihm aus alten Tagen bekannt waren,
die ihm etwas Zartes und Köstliches zu bezeichnen schienen und
bei alledem etwas wie Vorwurf, Klage und Sehnsucht nach Ver-
lorenem in sich schlossen. Und allerwegen, indes er in verlangsamten, nachdenklichen Zügen die feuchte Seeluft atmete, sah er
Augen, die so blau, Haare, die so blond, Gesichter, die von eben
der Art und Bildung waren, wie er sie in den seltsam wehen und
reuigen Träumen der Nacht geschaut, die er in seiner Vaterstadt
verbracht hatte. Es konnte geschehen, daß auf offener Straße ein
Blick, ein klingendes Wort, ein Auflachen ihn ins Innerste
traf ...
Es litt ihn nicht lange in der munteren Stadt. Eine Unruhe, süß
und töricht, Erinnerung halb und halb Erwartung, bewegte ihn,
zusammen mit dem Verlangen, irgendwo still am Strande liegen
zu dürfen und nicht den angelegentlich sich umtuenden Touri-
sten spielen zu müssen. So schiffte er sich aufs neue ein und fuhr
an einem trüben Tage (die See ging schwarz) nordwärts die
Küste von Seeland entlang gen Helsingör. Von dort setzte er seine Reise unverzüglich zu Wagen auf dem Chausseewege fort,
noch drei Viertelstunden lang, immer ein wenig oberhalb des
Meeres, bis er an seinem letzten und eigentlichen Ziele hielt, dem
kleinen weißen Badehotel mit grünen Fensterläden, das inmitten
einer Siedelung niedriger Häuschen stand und mit seinem holz-
gedeckten Turm auf den Sund und die schwedische Küste hin-

ausblickte. Hier stieg er ab, nahm Besitz von dem hellen Zimmer, das man ihm bereitgehalten, füllte Bord und Spind mit dem, was er mit sich führte, und schickte sich an, hier eine Weile zu leben.

8

Schon rückte der September vor: es waren nicht mehr viele Gäste in Aalsgaard. Bei den Mahlzeiten in dem großen, balkengedeckten Eßsaal zu ebener Erde, dessen hohe Fenster auf die Glasveranda und die See hinausblickten, führte die Wirtin den Vorsitz, ein bejahrtes Mädchen mit weißem Haar, farblosen Augen, zartrosigen Wangen und einer haltlosen Zwitscherstimme, das immer seine roten Hände auf dem Tafeltuche ein wenig vorteilhaft zu gruppieren trachtete. Ein kurzhalsiger alter Herr mit eisgrauem Schifferbart und dunkelbläulichem Gesicht war da, ein Fischhändler aus der Hauptstadt, der des Deutschen mächtig war. Er schien gänzlich verstopft und zum Schlagfluß geneigt, denn er atmete kurz und stoßweise und hob von Zeit zu Zeit den beringten Zeigefinger zu einem seiner Nasenlöcher empor, um es zuzudrücken und dem anderen durch starkes Blasen ein wenig Luft zu verschaffen. Nichtsdestoweniger sprach er beständig der Aquavitflasche zu, die sowohl beim Frühstück als beim Mittag- und Abendessen vor ihm stand. Dann waren nur noch drei große amerikanische Jünglinge mit ihrem Gouverneur oder Hauslehrer zugegen, der schweigend an seiner Brille rückte und tagüber mit ihnen Fußball spielte. Sie trugen ihr rotgelbes Haar in der Mitte gescheitelt und hatten lange, unbewegte Gesichter. »Please, give me the wurst-things there!« sagte der eine. »That's not wurst; that's schinken!« sagte ein anderer, und dies war alles, was sowohl sie als der Hauslehrer zur Unterhaltung beitrugen; denn sonst saßen sie still und tranken heißes Wasser. Tonio Kröger hätte sich keine andere Art von Tischgesellschaft gewünscht. Er genoß seinen Frieden, horchte auf die dänischen Kehllaute, die hellen und trüben Vokale, in denen der Fischhändler und die Wirtin zuweilen konversierten, wechselte hie und da mit dem ersteren eine schlichte Bemerkung über den Barometerstand und erhob sich dann, um durch die Veranda wieder an den Strand hinunterzugehen, wo er schon lange Morgenstunden verbracht hatte.

Manchmal war es dort still und sommerlich. Die See ruhte träge und glatt, in blauen, flaschengrünen und rötlichen Streifen, von silbrig glitzernden Lichtreflexen überspielt, der Tang dörrte zu Heu in der Sonne, und die Quallen lagen da und verdunsteten. Es roch ein wenig faulig und ein wenig auch nach dem Teer des Fischerbootes, an welches Tonio Kröger, im Sande sitzend, den Rücken lehnte, — so gewandt, daß er den offenen Horizont und nicht die schwedische Küste vor Augen hatte; aber des Meeres leiser Atem strich rein und frisch über alles hin.

Und graue, stürmische Tage kamen. Die Wellen beugten die Köpfe wie Stiere, die die Hörner zum Stoße einlegen, und rannten wütend gegen den Strand, der hoch hinauf überspült und mit naßglänzendem Seegras, Muscheln und angeschwemmtem Holzwerk bedeckt war. Zwischen den langgestreckten Wellenhügeln dehnten sich unter dem verhängten Himmel blaßgrün-schaumig die Täler; aber dort, wo hinter den Wolken die Sonne stand, lag auf den Wassern ein weißlicher Sammetglanz.

Tonio Kröger stand in Wind und Brausen eingehüllt, versunken in dies ewige, schwere, betäubende Getöse, das er so sehr liebte. Wandte er sich und ging fort, so schien es plötzlich ganz ruhig und warm um ihn her. Aber im Rücken wußte er sich das Meer; es rief, lockte und grüßte. Und er lächelte.

Er ging landeinwärts, auf Wiesenwegen durch die Einsamkeit, und bald nahm Buchenwald ihn auf, der sich hügelig weit in die Gegend erstreckte. Er setzte sich ins Moos, an einen Baum gelehnt, so, daß er zwischen den Stämmen einen Streifen des Meeres gewahren konnte. Zuweilen trug der Wind das Geräusch der Brandung zu ihm, das klang, wie wenn in der Ferne Bretter aufeinanderfallen. Krähengeschrei über den Wipfeln, heiser, öde und verloren ... Er hielt ein Buch auf den Knien, aber er las nicht eine Zeile darin. Er genoß ein tiefes Vergessen, ein erlöstes Schweben über Raum und Zeit, und nur zuweilen war es, als würde sein Herz von einem Weh durchzuckt, einem kurzen, stechenden Gefühl von Sehnsucht oder Reue, das nach Namen und Herkunft zu fragen er zu träge und versunken war.

So verging mancher Tag; er hätte nicht zu sagen vermocht, wie viele, und trug kein Verlangen danach, es zu wissen. Dann aber kam einer, an welchem etwas geschah; es geschah, während die Sonne am Himmel stand und Menschen zugegen waren, und Tonio Kröger war nicht einmal so außerordentlich erstaunt darüber.

Gleich dieses Tages Anfang gestaltete sich festlich und entzükkend. Tonio Kröger erwachte sehr früh und ganz plötzlich, fuhr mit einem feinen und unbestimmten Erschrecken aus dem Schlafe empor und glaubte, in ein Wunder, einen feenhaften Beleuchtungszauber hineinzublicken. Sein Zimmer, mit Glastür und Balkon nach dem Sunde hinaus gelegen und durch einen dünnen, weißen Gazevorhang in Wohn- und Schlafraum geteilt, war zartfarbig tapeziert und mit leichten, hellen Möbeln versehen, so daß es stets einen lichten und freundlichen Anblick bot. Nun aber sahen seine schlaftrunkenen Augen es in einer unirdischen Verklärung und Illumination vor sich liegen, über und über getaucht in einen unsäglich holden und duftigen Rosenschein, der Wände und Möbel vergoldete und den Gazevorhang in ein mildes, rotes Glühen versetzte ... Tonio Kröger begriff lange nicht, was sich ereignete. Als er aber vor der Glastür stand und hinausblickte, sah er, daß es die Sonne war, die aufging.

Mehrere Tage war es trüb und regnicht gewesen; jetzt aber spannte sich der Himmel wie aus straffer, blaßblauer Seide schimmernd klar über See und Land, und durchquert und umgeben von rot und golden durchleuchteten Wolken erhob sich feierlich die Sonnenscheibe über das flimmernd gekrauste Meer, das unter ihr zu erschauern und zu erglühen schien ... So hub der Tag an, und verwirrt und glücklich warf Tonio Kröger sich in die Kleider, frühstückte vor allen anderen drunten in der Veranda, schwamm hierauf von dem kleinen hölzernen Badehäuschen aus eine Strecke in den Sund hinaus und tat dann einen stundenlangen Gang am Strande hin. Als er zurückkehrte, hielten mehrere omnibusartige Wagen vorm Hotel, und vom Eßsaal aus gewahrte er, daß sowohl in dem anstoßenden Gesellschaftszimmer, dort, wo das Klavier stand, als auch in der Veranda und auf der Terrasse, die davor lag, Menschen in großer Anzahl, kleinbürgerlich gekleidete Herrschaften, an runden Tischen saßen und unter angeregten Gesprächen Bier mit Butterbrot genossen. Es waren ganze Familien, ältere und junge Leute, ja sogar ein paar Kinder.

Beim zweiten Frühstück (der Tisch trug schwer an kalter Küche, Geräuchertem, Gesalzenem und Gebackenem) erkundigte sich Tonio Kröger, was vor sich gehe.

»Gäste!« sagte der Fischhändler. »Ausflügler und Ballgäste aus Helsingör! Ja, Gott soll uns bewahren, wir werden nicht schlafen können, diese Nacht! Es wird Tanz geben, Tanz und Musik, und man muß fürchten, daß das lange dauert. Es ist eine Familienvereinigung, eine Landpartie nebst Reunion, kurzum, eine Subskription oder dergleichen, und sie genießen den schönen Tag. Sie sind zu Boot und zu Wagen gekommen, und jetzt frühstücken sie. Später fahren sie noch weiter über Land, aber abends kommen sie wieder, und dann ist Tanzbelustigung hier im Saale. Ja, verdammt und verflucht, wir werden kein Auge zutun ...«

»Das ist eine hübsche Abwechslung«, sagte Tonio Kröger.

Hierauf wurde längere Zeit nichts mehr gesprochen. Die Wirtin ordnete ihre roten Finger, der Fischhändler blies durch das rechte Nasenloch, um sich ein wenig Luft zu verschaffen, und die Amerikaner tranken heißes Wasser und machten lange Gesichter dazu.

Da geschah dies auf einmal: *Hans Hansen und Ingeborg Holm gingen durch den Saal.* —

Tonio Kröger lehnte, in einer wohligen Ermüdung nach dem Bade und seinem hurtigen Gang, im Stuhl und aß geräucherten Lachs auf Röstbrot: — er saß der Veranda und dem Meere zugewandt. Und plötzlich öffnete sich die Tür, und Hand in Hand kamen die beiden herein, — schlendernd und ohne Eile. Ingeborg, die blonde Inge, war hell gekleidet, wie sie in der Tanzstunde bei Herrn Knaak zu sein pflegte. Das leichte, geblümte Kleid reichte ihr nur bis zu den Knöcheln, und um die Schultern trug sie einen breiten, weißen Tüllbesatz mit spitzem Ausschnitt, der ihren weichen, geschmeidigen Hals frei ließ. Der Hut hing ihr an seinen zusammengeknüpften Bändern über dem einen Arm. Sie war vielleicht ein klein wenig erwachsener als sonst und trug ihren wunderbaren Zopf nun um den Kopf gelegt; aber Hans Hansen war ganz wie immer. Er hatte seine Seemannsüberjacke mit den goldenen Knöpfen an, über welcher auf Schultern und Rücken der breite, blaue Kragen lag; die Matrosenmütze mit den kurzen Bändern hielt er in der hinabhängenden Hand und schlenkerte sie sorglos hin und her. Ingeborg hielt ihre schmal geschnittenen Augen abgewandt, vielleicht ein wenig geniert durch die speisenden Leute, die auf sie schauten. Allein Hans Hansen wandte nun grade und aller Welt zum Trotz den Kopf nach der Frühstückstafel und musterte mit seinen stahlblauen Augen einen nach dem anderen herausfordernd und gewissermaßen verächtlich; er ließ sogar Ingeborgs Hand fahren und schwenkte seine Mütze noch heftiger hin und her, um zu zeigen, was für ein Mann er sei. So gingen die beiden, mit dem still blauenden Meere als Hintergrund, vor Tonio Krögers Augen vorüber, durchmaßen den Saal seiner Länge nach und verschwanden durch die entgegengesetzte Tür im Klavierzimmer.

Dies begab sich um halb zwölf Uhr vormittags, und noch während die Kurgäste beim Frühstück saßen, brach nebenan und in der Veranda die Gesellschaft auf und verließ, ohne daß noch jemand den Eßsaal betreten hätte, durch den Seitenzugang, der vorhanden war, das Hotel. Man hörte, wie draußen unter Scherzen und Gelächter die Wagen bestiegen wurden, wie ein Gefährt nach dem anderen auf der Landstraße sich knirschend in Bewegung setzte und davonrollte . . .

»Sie kommen also wieder?« fragte Tonio Kröger . . .

»Das tun sie!« sagte der Fischhändler. »Und Gott sei's geklagt. Sie haben Musik bestellt, müssen Sie wissen, und ich schlafe hier überm Saale.«

»Das ist eine hübsche Abwechslung«, wiederholte Tonio Kröger. Dann stand er auf und ging fort.

Er verbrachte den Tag, wie er die anderen verbracht hatte, am Strande, im Walde, hielt ein Buch auf den Knien und blinzelte in die Sonne. Er bewegte nur einen Gedanken: diesen, daß sie wiederkehren und im Saale Tanzbelustigung abhalten würden, wie es der Fischhändler versprochen hatte; und er tat nichts, als sich hierauf freuen, mit einer so ängstlichen und süßen Freude, wie er sie lange, tote Jahre hindurch nicht mehr erprobt hatte. Einmal, durch irgendeine Verknüpfung von Vorstellungen, erinnerte er sich flüchtig eines fernen Bekannten, Adalberts, des Novellisten, der wußte, was er wollte, und sich ins Kaffeehaus begeben hatte, um der Frühlingsluft zu entgehen. Und er zuckte die Achseln über ihn ...

Es wurde früher als gewöhnlich zu Mittag gegessen, und das Abendbrot nahm man ebenfalls zeitiger als sonst, im Klavierzimmer, weil im Saale schon Vorbereitungen zum Balle getroffen wurden: auf so festliche Art war alles in Unordnung gebracht. Dann, als es schon dunkel war und Tonio Kröger in seinem Zimmer saß, ward es wieder lebendig auf der Landstraße und im Hause. Die Ausflügler kehrten zurück; ja, aus der Richtung von Helsingör trafen zu Rad und zu Wagen noch neue Gäste ein, und bereits hörte man drunten im Hause eine Geige stimmen und eine Klarinette näselnde Übungsläufe vollführen ...

Alles versprach, daß es ein glänzendes Ballfest geben werde.

Nun setzte das kleine Orchester mit einem Marsche ein: gedämpft und taktfest scholl es herauf: man eröffnete den Tanz mit einer Polonäse. Tonio Kröger saß noch eine Weile still und lauschte. Als er aber vernahm, wie das Marschtempo in Walzertakt überging, machte er sich auf und schlich geräuschlos aus seinem Zimmer.

Von dem Korridor, an dem es gelegen war, konnte man über eine Nebentreppe zu dem Seiteneingang des Hotels und von dort, ohne ein Zimmer zu berühren, in die Glasveranda gelangen. Diesen Weg nahm er, leise und verstohlen, als befinde er sich auf verbotenen Pfaden, tastete sich behutsam durch das Dunkel, unwiderstehlich angezogen von dieser dummen und selig wiegenden Musik, deren Klänge schon klar und ungedämpft zu ihm drangen.

Die Veranda war leer und unerleuchtet, aber die Glastür zum Saale, wo die beiden großen, mit blanken Reflektoren versehenen Petroleumlampen hell erstrahlten, stand geöffnet. Dorthin schlich er sich auf leisen Sohlen, und der diebische Genuß, hier im Dunkeln stehen und ungesehen die belauschen zu dürfen, die im Lichte tanzten, verursachte ein Prickeln in seiner Haut. Hastig und begierig sandte er seine Blicke nach den beiden aus, die er suchte ...

Die Fröhlichkeit des Festes schien schon ganz frei entfaltet, obgleich es kaum seit einer halben Stunde eröffnet war; aber man war ja bereits warm und angeregt hierhergekommen, nachdem man den ganzen Tag miteinander verbracht, sorglos, gemeinsam und glücklich. Im Klavierzimmer, das Tonio Kröger überblicken konnte, wenn er sich ein wenig weiter vorwagte, hatten sich mehrere ältere Herren rauchend und trinkend beim Kartenspiel

vereinigt; aber andere saßen bei ihren Gattinnen im Vorder-
grunde auf den Plüschstühlen und an den Wänden des Saales
und sahen dem Tanze zu. Sie hielten die Hände auf die gespreizten Knie gestützt und bliesen mit einem wohlhabenden Ausdruck
die Wangen auf, indes die Mütter, Kapotthütchen auf den Schei-
teln, die Hände unter der Brust zusammenlegten und mit seitwärts geneigten Köpfen in das Getümmel der jungen Leute schauten. Ein Podium war an der einen Längswand des Saales errichtet worden, und dort taten die Musikanten ihr Bestes. Sogar eine
Trompete war da, welche mit einer gewissen zögernden Behutsamkeit blies, als fürchtete sie sich vor ihrer eigenen Stimme, die
sich dennoch beständig brach und überschlug ... Wogend und
kreisend bewegten sich die Paare umeinander, indes andere Arm
in Arm den Saal umwandelten. Man war nicht ballmäßig gekleidet, sondern nur wie an einem Sommersonntag, den man im
Freien verbringt: die Kavaliere in kleinstädtisch geschnittenen
Anzügen, denen man ansah, daß sie die ganze Woche geschont
wurden, und die jungen Mädchen in lichten und leichten Kleidern mit Feldblumensträußchen an den Miedern. Auch ein paar
Kinder waren im Saale und tanzten untereinander auf ihre Art,
sogar, wenn die Musik pausierte. Ein langbeiniger Mensch in
schwalbenschwanzförmigem Röckchen, ein Provinzlöwe mit
Augenglas und gebranntem Haupthaar, Postadjunkt oder dergleichen und wie die fleischgewordene komische Figur aus einem
dänischen Roman, schien Festordner und Kommandeur des Balles
zu sein. Eilfertig, transpirierend und mit ganzer Seele bei der
Sache, war er überall zugleich, schwänzelte übergeschäftig durch
den Saal, indem er kunstvoll mit den Zehenspitzen zuerst auf-
trat und die Füße, die in glatten und spitzen Militärstiefeletten
steckten, auf eine verzwickte Art kreuzweise übereinander setzte,
schwang die Arme in der Luft, traf Anordnungen, rief nach Musik, klatschte in die Hände, und bei all dem flogen die Bänder der
großen, bunten Schleife, die als Zeichen seiner Würde auf seiner
Schulter befestigt war und nach der er manchmal liebevoll den
Kopf drehte, flatternd hinter ihm drein.
Ja, sie waren da, die beiden, die heute im Sonnenlicht an Tonio
Kröger vorübergezogen waren, er sah sie wieder und erschrak
vor Freude, als er sie fast gleichzeitig gewahrte. Hier stand Hans
Hansen, ganz nahe bei ihm, dicht an der Tür; breitbeinig und
ein wenig vorgebeugt, verzehrte er bedächtig ein großes Stück
Sandtorte, wobei er die hohle Hand unters Kinn hielt, um die
Krümel aufzufangen. Und dort an der Wand saß Ingeborg Holm,
die blonde Inge, und eben schwänzelte der Adjunkt auf sie zu, um
sie durch eine ausgesuchte Verbeugung zum Tanze aufzufordern,
wobei er die eine Hand auf den Rücken legte und die andere gra-
ziös in den Busen schob; aber sie schüttelte den Kopf und deutete

an, daß sie zu atemlos sei und ein wenig ruhen müsse, worauf der Adjunkt sich neben sie setzte.

Tonio Kröger sah sie an, die beiden, um die er vorzeiten Liebe gelitten hatte, — Hans und Ingeborg. Sie waren es nicht so sehr vermöge einzelner Merkmale und der Ähnlichkeit der Kleidung, als kraft der Gleichheit der Rasse und des Typus, dieser lichten, stahlblauäugigen und blondhaarigen Art, die eine Vorstellung von Reinheit, Ungetrübtheit, Heiterkeit und einer zugleich stolzen und schlichten, unberührbaren Sprödigkeit hervorrief ... Er sah sie an, sah, wie Hans Hansen so keck und wohlgestaltet wie nur jemals, breit in den Schultern und schmal in den Hüften, in seinem Matrosenanzug dastand, sah, wie Ingeborg auf eine gewisse übermütige Art lachend den Kopf zur Seite warf, auf eine gewisse Art ihre Hand, eine gar nicht besonders schmale, gar nicht besonders feine Kleinmädchenhand, zum Hinterkopfe führte, wobei der leichte Ärmel von ihrem Ellenbogen zurückglitt, — und plötzlich erschütterte das Heimweh seine Brust mit einem solchen Schmerz, daß er unwillkürlich weiter ins Dunkel zurückwich, damit niemand das Zucken seines Gesichtes sähe.

Hatte ich euch vergessen? fragte er. Nein, niemals! Nicht dich, Hans, noch dich, blonde Inge! Ihr wart es ja, für die ich arbeitete, und wenn ich Applaus vernahm, blickte ich heimlich um mich, ob ihr daran teilhättet ... Hast du nun den ›Don Carlos‹ gelesen, Hans Hansen, wie du es mir an eurer Gartenpforte versprachst? Tu's nicht! Ich verlange es nicht mehr von dir. Was geht dich der König an, der weint, weil er einsam ist? Du sollst deine hellen Augen nicht trüb und traumblöde machen vom Starren in Verse und Melancholie ... Zu sein wie du! Noch einmal anfangen, aufwachsen gleich dir, rechtschaffen, fröhlich und schlicht, regelrecht, ordnungsgemäß und im Einverständnis mit Gott und der Welt, geliebt werden von den Harmlosen und Glücklichen, dich zum Weibe nehmen, Ingeborg Holm, und einen Sohn haben wie du, Hans Hansen, — frei vom Fluch der Erkenntnis und der schöpferischen Qual leben, lieben und loben in seliger Gewöhnlichkeit! ... Noch einmal anfangen? Aber es hülfe nichts. Es würde wieder so werden, — alles würde wieder so kommen, wie es gekommen ist. Denn etliche gehen mit Notwendigkeit in die Irre, weil es einen rechten Weg für sie überhaupt nicht gibt.

Nun schwieg die Musik; es war Pause, und Erfrischungen wurden gereicht. Der Adjunkt eilte persönlich mit einem Teebrett voll Heringssalat umher und bediente die Damen; aber vor Ingeborg Holm ließ er sich sogar auf ein Knie nieder, als er ihr das Schälchen reichte, und sie errötete vor Freude darüber.

Man begann jetzt dennoch im Saale, auf den Zuschauer unter der Glastür aufmerksam zu werden, und aus hübschen, erhitzten Gesichtern trafen ihn fremde und forschende Blicke; aber er behauptete trotzdem seinen Platz. Auch Ingeborg und Hans streiften ihn beinahe gleichzeitig mit den Augen, mit jener vollkommenen Gleichgültigkeit, die fast das Ansehen der Verachtung hat. Plötzlich jedoch ward er sich bewußt, daß von irgendwoher ein Blick zu ihm drang und auf ihm ruhte ... Er wandte den Kopf, und sofort trafen seine Augen mit denen zusammen, deren Berührung er empfunden hatte. Ein Mädchen stand nicht weit von ihm, mit blassem, schmalem und feinem Gesicht, das er schon früher bemerkt hatte. Sie hatte nicht viel getanzt, die Kavaliere hatten sich nicht sonderlich um sie bemüht, und er hatte sie einsam mit herb geschlossenen Lippen an der Wand sitzen sehen. Auch jetzt stand sie allein. Sie war hell und duftig gekleidet wie die anderen, aber unter dem durchsichtigen Stoff ihres Kleides schimmerten ihre bloßen Schultern spitz und dürftig, und der magere Hals stak so tief zwischen diesen armseligen Schultern, daß das stille Mädchen fast ein wenig verwachsen erschien. Ihre Hände, mit dünnen Halbhandschuhen bekleidet, hielt sie so vor der flachen Brust, daß die Fingerspitzen sich sacht berührten. Gesenkten Kopfes blickte sie Tonio Kröger von unten herauf mit schwarzen, schwimmenden Augen an. Er wandte sich ab ...

Hier, ganz nahe bei ihm, saßen Hans und Ingeborg. Er hatte sich zu ihr gesetzt, die vielleicht seine Schwester war, und umgeben von anderen rotwangigen Menschenkindern aßen und tranken sie, schwatzten und vergnügten sich, riefen sich mit klingenden Stimmen Neckereien zu und lachten hell in die Luft. Konnte er sich ihnen nicht ein wenig nähern? Nicht an ihn oder sie ein Scherzwort richten, das ihm einfiel, und das sie ihm wenigstens mit einem Lächeln beantworten mußten? Es würde ihn beglükken, er sehnte sich danach; er würde dann zufriedener in sein Zimmer zurückkehren, mit dem Bewußtsein, eine kleine Gemeinschaft mit den beiden hergestellt zu haben. Er dachte sich aus, was er sagen könnte; aber er fand nicht den Mut, es zu sagen. Auch war es ja wie immer: sie würden ihn nicht verstehen, würden befremdet auf das horchen, was er zu sagen vermöchte. Denn ihre Sprache war nicht seine Sprache.

Nun schien der Tanz aufs neue beginnen zu sollen. Der Adjunkt entfaltete eine umfassende Tätigkeit. Er eilte umher und forderte alle Welt zum Engagieren auf, räumte mit Hilfe des Kellners Stühle und Gläser aus dem Wege, erteilte den Musikern Befehle und schob einzelne Täppische, die nicht wußten wohin, an den Schultern vor sich her. Was hatte man vor? Je vier und vier Paare bildeten Karrees ... Eine schreckliche Erinnerung machte Tonio Kröger erröten. Man tanzte Quadrille.

Die Musik setzte ein, und die Paare schritten unter Verbeugungen durcheinander. Der Adjunkt kommandierte; er kommandierte, bei Gott, auf französisch und brachte die Nasallaute auf unvergleichlich distinguierte Art hervor. Ingeborg Holm tanzte dicht vor Tonio Kröger, in dem Karree, das sich unmittelbar an der Glastür befand. Sie bewegte sich vor ihm hin und her, vorwärts und rückwärts, schreitend und drehend; ein Duft, der von ihrem Haar oder dem zarten Stoff ihres Kleides ausging, berührte ihn manchmal, und er schloß die Augen in einem Gefühl, das ihm von je so wohl bekannt gewesen, dessen Arom und herben Reiz er in all diesen letzten Tagen leise verspürt hatte, und das ihn nun wieder ganz mit seiner süßen Drangsal erfüllte. Was war es doch? Sehnsucht? Zärtlichkeit? Neid, Selbstverachtung? . . . Moulinet des dames! Lachtest du, blonde Inge, lachtest du mich aus, als ich moulinet tanzte und mich so jämmerlich blamierte? Und würdest du auch heute noch lachen, nun da ich doch so etwas wie ein berühmter Mann geworden bin? Ja, das würdest du und würdest dreimal recht daran tun! Und wenn ich, ich ganz allein, die neun Symphonien, ›Die Welt als Wille und Vorstellung‹ und ›Das Jüngste Gericht‹ vollbracht hätte, — du würdest ewig recht haben zu lachen . . . Er sah sie an, und eine Verszeile fiel ihm ein, deren er sich lange nicht erinnert hatte, und die ihm doch so vertraut und verwandt war: »Ich möchte schlafen, aber du mußt tanzen.« Er kannte sie so gut, die melancholisch-nordische, innig-ungeschickte Schwerfälligkeit der Empfindung, die daraus sprach. Schlafen . . . Sich danach sehnen, einfach und völlig dem Gefühle leben zu dürfen, das ohne die Verpflichtung, zur Tat und zum Tanz zu werden, süß und träge in sich selber ruht, — und dennoch tanzen, behend und geistesgegenwärtig den schweren, schweren und gefährlichen Messertanz der Kunst vollführen zu müssen, ohne je ganz des demütigenden Widersinnes zu vergessen, der darin lag, tanzen zu müssen, indes man liebte . . .

Auf einmal geriet das Ganze in eine tolle und ausgelassene Bewegung. Die Karrees hatten sich aufgelöst, und springend und gleitend stob alles umher; man beschloß die Quadrille mit einem Galopp. Die Paare flogen zum rasenden Eiltakt der Musik an Tonio Kröger vorüber, chassierend, hastend, einander überholend, mit kurzem, atemlosem Gelächter. Eines kam daher, mitgerissen von der allgemeinen Jagd, kreisend und vorwärts sausend. Das Mädchen hatte ein blasses, feines Gesicht und magere, zu hohe Schultern. Und plötzlich, dicht vor ihm, entstand ein Stolpern, Rutschen und Stürzen . . . Das blasse Mädchen fiel hin. Sie fiel so hart und heftig, daß es fast gefährlich aussah, und mit ihr der Kavalier. Dieser mußte sich so gröblich weh getan haben, daß er seiner Tänzerin ganz vergaß, denn, nur halbwegs aufgerichtet, begann er unter Grimassen seine Knie mit den Händen zu reiben; und das Mädchen, scheinbar ganz betäubt vom Falle, lag noch immer am Boden. Da trat Tonio Kröger vor, faßte sie sacht an den Armen und hob sie auf. Abgehetzt, verwirrt und unglücklich sah sie zu ihm empor, und plötzlich färbte ihr zartes Gesicht sich mit einer matten Röte.

»Tak! O, mange Tak!« sagte sie und sah ihn von unten herauf mit dunklen, schwimmenden Augen an.

»Sie sollten nicht mehr tanzen, Fräulein«, sagte er sanft. Dann blickte er sich noch einmal nach *ihnen* um, nach Hans und Ingeborg, und ging fort, verließ die Veranda und den Ball und ging in sein Zimmer hinauf.

Er war berauscht von dem Feste, an dem er nicht teilgehabt, und müde von Eifersucht. Wie früher, ganz wie früher war es gewesen! Mit erhitztem Gesicht hatte er an dunkler Stelle gestanden, in Schmerzen um euch, ihr Blonden, Lebendigen, Glücklichen, und war dann einsam hinweggegangen. Jemand müßte nun kommen! Ingeborg müßte nun kommen, müßte bemerken, daß er fort war, müßte ihm heimlich folgen, ihm die Hand auf die Schulter legen und sagen: Komm herein zu uns! Sei froh! Ich liebe dich! ... Aber sie kam keines Weges. Dergleichen geschah nicht. Ja, wie damals war es, und er war glücklich wie damals. Denn sein Herz lebte. Was aber war gewesen während all der Zeit, in der er das geworden, was er nun war? — Erstarrung; Öde; Eis; und Geist! Und Kunst! ...

Er entkleidete sich, legte sich zur Ruhe, löschte das Licht. Er flüsterte zwei Namen in das Kissen hinein, diese paar keuschen, nordischen Silben, die ihm seine eigentliche und ursprüngliche Liebes-, Leides- und Glückesart, das Leben, das simple und innige Gefühl, die Heimat bezeichneten. Er blickte zurück auf die Jahre seit damals bis auf diesen Tag. Er gedachte der wüsten Abenteuer der Sinne, der Nerven und des Gedankens, die er durchlebt, sah sich zerfressen von Ironie und Geist, verödet und gelähmt von Erkenntnis, halb aufgerieben von den Fiebern und Frösten des Schaffens, haltlos und unter Gewissensnöten zwischen krassen Extremen, zwischen Heiligkeit und Brunst hin und her geworfen, raffiniert, verarmt, erschöpft von kalten und künstlich erlesenen Exaltationen, verirrt, verwüstet, zermartert, krank — und schluchzte vor Reue und Heimweh.

Um ihn war es still und dunkel. Aber von unten tönte gedämpft und wiegend des Lebens süßer, trivialer Dreitakt zu ihm herauf.

9

Tonio Kröger saß im Norden und schrieb an Lisaweta Iwanowna, seine Freundin, wie er es ihr versprochen hatte.

Liebe Lisaweta dort unten in Arkadien, wohin ich bald zurückkehren werde, schrieb er. Hier ist nun also so etwas wie ein Brief, aber er wird Sie wohl enttäuschen, denn ich denke, ihn ein wenig

allgemein zu halten. Nicht, daß ich so gar nichts zu erzählen, auf
meine Weise nicht dies und das erlebt hätte. Zu Hause, in meiner
Vaterstadt, wollte man mich sogar verhaften... aber davon sollen Sie mündlich hören. Ich habe jetzt manchmal Tage, an denen
ich es vorziehe, auf gute Art etwas Allgemeines zu sagen, anstatt
Geschichten zu erzählen.

Wissen Sie wohl noch, Lisaweta, daß Sie mich einmal einen Bürger, einen verirrten Bürger nannten? Sie nannten mich so in einer
Stunde, da ich Ihnen, verführt durch andere Geständnisse, die ich
mir vorher hatte entschlüpfen lassen, meine Liebe zu dem ge-
stand, was ich das ›Leben‹ nenne; und ich frage mich, ob Sie wohl
wußten, wie sehr Sie damit die Wahrheit trafen, wie sehr mein
Bürgertum und meine Liebe zum ›Leben‹ eins und dasselbe sind.
Diese Reise hat mir Veranlassung gegeben, darüber nachzuden-
ken...

Mein Vater, wissen Sie, war ein nordisches Temperament: be-
trachtsam, gründlich, korrekt aus Puritanismus und zur Wehmut
geneigt; meine Mutter von unbestimmt exotischem Blut, schön,
sinnlich, naiv, zugleich fahrlässig und leidenschaftlich und von
einer impulsiven Liederlichkeit. Ganz ohne Zweifel war dies eine
Mischung, die außerordentliche Möglichkeiten — und außerordentliche Gefahren in sich schloß. Was herauskam, war dies:
ein Bürger, der sich in die Kunst verirrte, ein Bohemien mit
Heimweh nach der guten Kinderstube, ein Künstler mit schlechtem Gewissen. Denn mein bürgerliches Gewissen ist es ja, was
mich in allem Künstlertum, aller Außerordentlichkeit und allem
Genie etwas tief Zweideutiges, tief Anrüchiges, tief Zweifelhaftes
erblicken läßt, was mich mit dieser verliebten Schwäche für das
Simple, Treuherzige und Angenehm-Normale, das Ungeniale und
Anständige erfüllt.

Ich stehe zwischen zwei Welten, bin in keiner daheim und habe
es infolgedessen ein wenig schwer. Ihr Künstler nennt mich einen
Bürger, und die Bürger sind versucht, mich zu verhaften... ich
weiß nicht, was von beidem mich bitterer kränkt. Die Bürger sind
dumm; ihr Anbeter der Schönheit aber, die ihr mich phlegmatisch
und ohne Sehnsucht heißt, solltet bedenken, daß es ein Künstlertum gibt, so tief, so von Anbeginn und Schicksals wegen, daß
keine Sehnsucht ihm süßer und empfindenswerter erscheint als
die nach den Wonnen der Gewöhnlichkeit.

Ich bewundere die Stolzen und Kalten, die auf den Pfaden der
großen, der dämonischen Schönheit abenteuern und den ›Menschen‹ verachten, — aber ich beneide sie nicht. Denn wenn irgend
etwas imstande ist, aus einem Literaten einen Dichter zu machen,
so ist es diese meine Bürgerliebe zum Menschlichen, Lebendigen
und Gewöhnlichen. Alle Wärme, alle Güte, aller Humor kommt
aus ihr, und fast will mir scheinen, als sei sie jene Liebe selbst,

von der geschrieben steht, daß einer mit Menschen- und Engels-
zungen reden könne und ohne sie doch nur ein tönendes Erz und
eine klingende Schelle sei.

Was ich getan habe, ist nichts, nicht viel, so gut wie nichts. Ich
werde Besseres machen, Lisaweta, — dies ist ein Versprechen.
Während ich schreibe, rauscht das Meer zu mir herauf, und ich
schließe die Augen. Ich schaue in eine ungeborene und schemen-
hafte Welt hinein, die geordnet und gebildet sein will, ich sehe
in ein Gewimmel von Schatten menschlicher Gestalten, die mir
winken, daß ich sie banne und erlöse: tragische und lächerliche
und solche, die beides zugleich sind, — und diesen bin ich sehr
zugetan. Aber meine tiefste und verstohlenste Liebe gehört den
Blonden und Blauäugigen, den hellen Lebendigen, den Glücklichen, Liebenswürdigen und Gewöhnlichen.

Schelten Sie diese Liebe nicht, Lisaweta; sie ist gut und fruchtbar.
Sehnsucht ist darin und schwermütiger Neid und ein klein wenig
Verachtung und eine ganze keusche Seligkeit.

Das Wunderkind

Das Wunderkind kommt herein — im Saale wird's still.

Es wird still, und dann beginnen die Leute zu klatschen, weil irgendwo seitwärts ein geborener Herrscher und Herdenführer zuerst in die Hände geschlagen hat. Sie haben noch nichts gehört, aber sie klatschen Beifall; denn ein gewaltiger Reklameapparat hat dem Wunderkinde vorgearbeitet, und die Leute sind schon betört, ob sie es wissen oder nicht.

Das Wunderkind kommt hinter einem prachtvollen Wandschirm hervor, der ganz mit Empirekränzen und großen Fabelblumen bestickt ist, klettert hurtig die Stufen zum Podium empor und geht in den Applaus hinein, wie in ein Bad, ein wenig fröstelnd, von einem kleinen Schauer angeweht, aber doch wie in ein freundliches Element. Es geht an den Rand des Podiums vor, lächelt, als sollte es photographiert werden, und dankt mit einem kleinen, schüchternen und lieblichen Damengruß, obgleich es ein Knabe ist.

Es ist ganz in weiße Seide gekleidet, was eine gewisse Rührung im Saale verbreitet. Es trägt ein weißseidenes Jäckchen von phantastischem Schnitt mit einer Schärpe darunter, und sogar seine Schuhe sind aus weißer Seide. Aber gegen die weißseidenen Höschen stechen scharf die bloßen Beinchen ab, die ganz braun sind; denn es ist ein Griechenknabe.

Bibi Saccellaphylaccas heißt er. Dies ist einmal sein Name. Von welchem Vornamen ›Bibi‹ die Abkürzung oder Koseform ist, weiß niemand, ausgenommen der Impresario, und der betrachtet es als Geschäftsgeheimnis. Bibi hat glattes, schwarzes Haar, das ihm bis zu den Schultern hinabhängt und trotzdem seitwärts gescheitelt und mit einer kleinen seidenen Schleife aus der schmal gewölbten, bräunlichen Stirn zurückgebunden ist. Er hat das harmloseste Kindergesichtchen von der Welt, ein unfertiges Näschen und einen ahnungslosen Mund; nur die Partie unter seinen pechschwarzen Mausaugen ist schon ein wenig matt und von zwei Charakterzügen deutlich begrenzt. Er sieht aus, als sei er neun Jahre alt, zählt aber erst acht und wird für siebenjährig ausgegeben. Die Leute wissen selbst nicht, ob sie es eigentlich glauben. Vielleicht wissen sie es besser und glauben dennoch daran, wie sie es in so manchen Fällen zu tun gewohnt sind. Ein wenig Lüge, denken sie, gehört zur Schönheit. Wo, denken sie, bliebe die Erbauung und Erhebung nach dem Alltag, wenn man nicht ein bißchen guten Willen mitbrächte, fünf gerade sein zu lassen? Und sie haben ganz recht in ihren Leutehirnen!

Das Wunderkind dankt, bis das Begrüßungsgeprassel sich legt;

dann geht es zum Flügel, und die Leute werfen einen letzten Blick
auf das Programm. Zuerst kommt ›Marche solennelle‹, dann ›Rêverie‹ und dann ›Le hibou et les moineaux‹, — alles von Bibi
Saccellaphylaccas. Das ganze Programm ist von ihm, es sind
seine Kompositionen. Er kann sie zwar nicht aufschreiben, aber
er hat sie alle in seinem kleinen ungewöhnlichen Kopf, und es
muß ihnen künstlerische Bedeutung zugestanden werden, wie
ernst und sachlich auf den Plakaten vermerkt ist, die der Impresario abgefaßt hat. Es scheint, daß der Impresario dieses Zugeständnis seiner kritischen Natur in harten Kämpfen abgerungen
hat.
Das Wunderkind setzt sich auf den Drehsessel und angelt mit
seinen Beinchen nach den Pedalen, die vermittels eines sinnrei-
chen Mechanismus viel höher angebracht sind als gewöhnlich,
damit Bibi sie erreichen kann. Es ist sein eigener Flügel, den er
überallhin mitnimmt. Er ruht auf Holzböcken, und seine Politur
ist ziemlich strapaziert von den vielen Transporten; aber das
alles macht die Sache nur interessanter.
Bibi setzt seine weißseidenen Füße auf die Pedale; dann macht
er eine kleine spitzfindige Miene, sieht geradeaus und hebt die
rechte Hand. Es ist ein bräunlich naives Kinderhändchen, aber
das Gelenk ist stark und unkindlich und zeigt hart ausgearbeitete
Knöchel.
Seine Miene macht Bibi für die Leute, weil er weiß, daß er sie ein
wenig unterhalten muß. Aber er selbst für sein Teil hat im stillen
sein besonderes Vergnügen bei der Sache, ein Vergnügen, das er
niemandem beschreiben könnte. Es ist dieses prickelnde Glück,
dieser heimliche Wonneschauer, der ihn jedesmal überrieselt,
wenn er wieder an einem offenen Klavier sitzt, — er wird das niemals verlieren. Wieder bietet sich ihm die Tastatur dar, diese
sieben schwarz-weißen Oktaven, unter denen er sich so oft in
Abenteuer und tief erregende Schicksale verloren, und die doch
wieder so reinlich und unberührt erscheinen wie eine geputzte
Zeichentafel. Es ist die Musik, die ganze Musik, die vor ihm liegt!
Sie liegt vor ihm ausgebreitet wie ein lockendes Meer, und er
kann sich hineinstürzen und selig schwimmen, sich tragen und
entführen lassen und im Sturme gänzlich untergehen, und dennoch dabei die Herrschaft in Händen halten, regieren und verfügen . . . Er hält seine rechte Hand in der Luft.
Im Saal ist atemlose Stille. Es ist diese Spannung vor dem ersten
Ton . . . Wie wird es anfangen? So fängt es an. Und Bibi holt
mit seinem Zeigefinger den ersten Ton aus dem Flügel, einen
ganz unerwartet kraftvollen Ton in der Mittellage, ähnlich einem
Trompetenstoß. Andere fügen sich daran, eine Introduktion ergibt sich, — man löst die Glieder.
Es ist ein prunkhafter Saal, gelegen in einem modischen Gasthof

ersten Ranges, mit rosig fleischlichen Gemälden an den Wänden, mit üppigen Pfeilern, umschnörkelten Spiegeln und einer Unzahl, einem wahren Weltensystem von elektrischen Glühlampen, die in Dolden, in ganzen Bündeln überall hervorsprießen und den Raum mit einem weit übertaghellen, dünnen, goldigen, himmlischen Licht durchzittern . . . Kein Stuhl ist unbesetzt, ja selbst in den Seitengängen und dem Hintergrunde stehen die Leute. Vorn, wo es zwölf Mark kostet (denn der Impresario huldigt dem Prinzip der ehrfurchtgebietenden Preise), reiht sich die vornehme Gesellschaft; es ist in den höchsten Kreisen ein lebhaftes Interesse für das Wunderkind vorhanden. Man sieht viele Uniformen, viel erwählten Geschmack der Toilette . . . Sogar eine Anzahl von Kindern ist da, die auf wohlerzogene Art ihre Beine vom Stuhl hängen lassen und mit glänzenden Augen ihren kleinen begnadeten weißseidenen Kollegen betrachten . . .

Vorn links sitzt die Mutter des Wunderkindes, eine äußerst beleibte Dame, mit gepudertem Doppelkinn und einer Feder auf dem Kopf, und an ihrer Seite der Impresario, ein Herr von orientalischem Typus mit großen goldenen Knöpfen an den weit hervorstehenden Manschetten. Aber vorn in der Mitte sitzt die Prinzessin. Es ist eine kleine, runzelige, verschrumpfte alte Prinzessin, aber sie fördert die Künste, soweit sie zartsinnig sind. Sie sitzt in einem tiefen Sammetfauteuil, und zu ihren Füßen sind Perserteppiche ausgebreitet. Sie hält die Hände dicht unter der Brust auf ihrem graugestreiften Seidenkleid zusammengelegt, beugt den Kopf zur Seite und bietet ein Bild vornehmen Friedens, indes sie dem arbeitenden Wunderkinde zuschaut. Neben ihr sitzt ihre Hofdame, die sogar ein grüngestreiftes Seidenkleid trägt. Aber darum ist sie doch nur eine Hofdame und darf sich nicht einmal anlehnen.

Bibi schließt unter großem Gepränge. Mit welcher Kraft dieser Knirps den Flügel behandelt! Man traut seinen Ohren nicht. Das Thema des Marsches, eine schwunghafte, enthusiastische Melodie, bricht in voller harmonischer Ausstattung noch einmal hervor, breit und prahlerisch, und Bibi wirft bei jedem Takt den Oberkörper zurück, als marschierte er triumphierend im Festzuge. Dann schließt er gewaltig, schiebt sich gebückt und seitwärts vom Sessel herunter und lauert lächelnd auf den Applaus.

Und der Applaus bricht los, einmütig, gerührt, begeistert: Seht doch, was für zierliche Hüften das Kind hat, indes es seinen kleinen Damengruß exekutiert! Klatscht, klatscht! Wartet, nun ziehe ich meine Handschuhe aus. Bravo, kleiner Saccophylax oder wie du heißt —! Aber das ist ja ein Teufelskerl! — —

Bibi muß dreimal wieder hinter dem Wandschirm hervorkommen, ehe man Ruhe gibt. Einige Nachzügler, verspätete Ankömmlinge, drängen von hinten herein und bringen sich mühsam im vollen Saale unter. Dann nimmt das Konzert seinen Fortgang.

Bibi säuselt seine ›Rêverie‹, die ganz aus Arpeggien besteht, über welche sich manchmal mit schwachen Flügeln ein Stückchen Melodie erhebt; und dann spielt er ›Le hibou et les moineaux‹. Dieses Stück hat durchschlagenden Erfolg, übt eine zündende Wirkung. Es ist ein richtiges Kinderstück und von wunderbarer Anschaulichkeit. Im Baß sieht man den Uhu sitzen und grämlich mit seinen Schleieraugen klappen, indes im Diskant zugleich frech und ängstlich die Spatzen schwirren, die ihn necken wollen. Bibi wird viermal hervorgejubelt nach dieser Pièce. Ein Hotelbedienter mit blanken Knöpfen trägt ihm drei große Lorbeerkränze aufs Podium hinauf und hält sie von der Seite vor ihn hin, während Bibi grüßt und dankt. Sogar die Prinzessin beteiligt sich an dem Applaus, indem sie ganz zart ihre flachen Hände gegeneinander bewegt, ohne daß es irgendeinen Laut ergibt . . .

Wie dieser kleine versierte Wicht den Beifall hinzuziehen versteht! Er läßt hinter dem Wandschirm auf sich warten, versäumt sich ein bißchen auf den Stufen zum Podium, betrachtet mit kindischem Vergnügen die bunten Atlasschleifen der Kränze, obgleich sie ihn längst schon langweilen, grüßt lieblich und zögernd und läßt den Leuten Zeit, sich auszutoben, damit nichts von dem wertvollen Geräusch ihrer Hände verlorengehe. ›Le hibou‹ ist mein Reißer, denkt er; denn diesen Ausdruck hat er vom Impresario gelernt. Nachher kommt die Fantaisie, die eigentlich viel besser ist, besonders die Stelle, wo es nach Cis geht. Aber ihr habt ja an diesem hibou einen Narren gefressen, ihr Publikum, obgleich er das erste und dümmste ist, was ich gemacht habe. Und er dankt lieblich.

Dann spielt er eine Meditation und dann eine Etude; — es ist ein ordentlich umfangreiches Programm. Die Meditation geht ganz ähnlich wie die ›Rêverie‹, was kein Einwand gegen sie ist, und in der Etude zeigt Bibi all seine technische Fertigkeit, die übrigens hinter seiner Erfindungsgabe ein wenig zurücksteht. Aber dann kommt die Fantaisie. Sie ist sein Lieblingsstück. Er spielt sie jedesmal ein bißchen anders, behandelt sie frei und überrascht sich zuweilen selbst dabei durch neue Einfälle und Wendungen, wenn er seinen guten Abend hat.

Er sitzt und spielt, ganz klein und weiß glänzend vor dem großen, schwarzen Flügel, allein und auserkoren auf dem Podium über der verschwommenen Menschenmasse, die zusammen nur eine dumpfe, schwer bewegliche Seele hat, auf die er mit seiner einzelnen und herausgehobenen Seele wirken soll . . . Sein weiches, schwarzes Haar ist ihm mitsamt der weißseidenen Schleife in die Stirn gefallen, seine starkknochigen, trainierten Handgelenke arbeiten, und man sieht die Muskeln seiner bräunlichen, kindlichen Wangen erbeben.

Zuweilen kommen Sekunden des Vergessens und Alleinseins, wo seine seltsamen, matt umränderten Mausaugen zur Seite gleiten, vom Publikum weg auf die bemalte Saalwand an seiner Seite, durch die sie hindurchblicken, um sich in einer ereignisvollen, von vagem Leben erfüllten Weite zu verlieren. Aber dann zuckt ein Blick aus dem Augenwinkel zurück in den Saal, und er ist wieder vor den Leuten.

Klage und Jubel, Aufschwung und tiefer Sturz — ›meine Fantasie!‹ denkt Bibi ganz liebevoll. ›Hört doch, nun kommt die Stelle, wo es nach Cis geht!‹ Und er läßt die Verschiebung spielen, indes es nach Cis geht. ›Ob sie es merken?‹ Ach nein, bewahre, sie merken es nicht! Und darum vollführt er wenigstens einen hübschen Augenaufschlag zum Plafond, damit sie doch etwas zu sehen haben.

Die Leute sitzen in langen Reihen und sehen dem Wunderkinde zu. Sie denken auch allerlei in ihren Leutehirnen. Ein alter Herr mit einem weißen Bart, einem Siegelring am Zeigefinger und einer knolligen Geschwulst auf der Glatze, einem Auswuchs, wenn man will, denkt bei sich: ›Eigentlich sollte man sich schämen. Man hat es nie über ‹Drei Jäger aus Kurpfalz› hinausgebracht, und da sitzt man nun als eisgrauer Kerl und läßt sich von diesem Dreikäsehoch Wunderdinge vormachen. Aber man muß bedenken, daß es von oben kommt. Gott verteilt seine Gaben, da ist nichts zu tun, und es ist keine Schande, ein gewöhnlicher Mensch zu sein. Es ist etwas wie mit dem Jesuskind. Man darf sich vor einem Kinde beugen, ohne sich schämen zu müssen. Wie seltsam wohltuend das ist!‹ — Er wagt nicht zu denken: Wie süß das ist! — ›Süß‹ wäre blamabel für einen kräftigen, alten Herrn. Aber er fühlt es! Er fühlt es dennoch!

›Kunst . . .‹, denkt der Geschäftsmann mit der Papageiennase. ›Ja freilich, das bringt ein bißchen Schimmer ins Leben, ein wenig Klingklang und weiße Seide. Übrigens schneidet er nicht übel ab. Es sind reichlich fünfzig Plätze zu zwölf Mark verkauft: das macht allein sechshundert Mark, — und dann alles übrige. Bringt man Saalmiete, Beleuchtung und Programme in Abzug, so bleiben gut und gern tausend Mark netto. Das ist mitzunehmen.‹

›Nun, das war Chopin, was er da eben zum besten gab!‹ denkt die Klavierlehrerin, eine spitznäsige Dame in den Jahren, da die Hoffnungen sich schlafen legen und der Verstand an Schärfe gewinnt. ›Man darf sagen, daß er nicht sehr unmittelbar ist. Ich werde nachher äußern: ‚Er ist wenig unmittelbar.‘ Das klingt gut. Übrigens ist seine Handhaltung vollständig unerzogen. Man muß einen Taler auf den Handrücken legen können . . . Ich würde ihn mit dem Lineal behandeln.‹

Ein junges Mädchen, das ganz wächsern aussieht und sich in einem gespannten Alter befindet, in welchem man sehr wohl auf delikate Gedanken verfallen kann, denkt im geheimen: ›Aber was ist das! Was spielt er da! Es ist ja die Leidenschaft, die er da spielt! Aber er ist doch ein Kind?! Wenn er mich küßte, so wär' es, als küßte mein kleiner Bruder mich, — es wäre kein Kuß. Gibt es denn eine losgelöste Leidenschaft, eine Leidenschaft an sich und ohne irdischen Gegenstand, die nur ein inbrünstiges Kinderspiel wäre? . . . Gut, wenn ich dies laut sagte, würde man mir Lebertran verabfolgen. So ist die Welt.‹

An einem Pfeiler steht ein Offizier. Er betrachtet den erfolgreichen Bibi und denkt: ›Du bist etwas, und ich bin etwas, jeder auf seine Art!‹ Im übrigen zieht er die Absätze zusammen und zollt dem Wunderkinde den Respekt, den er allen bestehenden Mächten zollt.

Aber der Kritiker, ein alternder Mann in blankem, schwarzem Rock und aufgekrempten, bespritzten Beinkleidern, sitzt auf seinem Freiplatze und denkt: ›Man sehe ihn an, diesen Bibi, diesen Fratz! Als Einzelwesen hat er noch ein Ende zu wachsen, aber als Typus ist er ganz fertig, als Typus des Künstlers. Er hat in sich des Künstlers Hoheit und seine Würdelosigkeit, seine Scharlatanerie und seinen heiligen Funken, seine Verachtung und seinen heimlichen Rausch. Aber das darf ich nicht schreiben; es ist zu gut. Ach, glaubt mir, ich wäre selbst ein Künstler geworden, wenn ich nicht das alles so klar durchschaute . . .‹

Da ist das Wunderkind fertig, und ein wahrer Sturm erhebt sich im Saale. Er muß hervor und wieder hervor hinter seinem Wandschirm. Der Mann mit den blanken Knöpfen schleppt neue Kränze herbei, vier Lorbeerkränze, eine Lyra aus Veilchen, ein Bukett aus Rosen. Er hat nicht Arme genug, dem Wunderkinde all die Spenden zu reichen, der Impresario begibt sich persönlich aufs Podium, um ihm behilflich zu sein. Er hängt einen Lorbeerkranz um Bibi's Hals, er streichelt zärtlich sein schwarzes Haar. Und plötzlich, wie übermannt, beugt er sich nieder und gibt dem Wunderkinde einen Kuß, einen schallenden Kuß, gerade auf den Mund. Da aber schwillt der Sturm zum Orkan. Dieser Kuß fährt wie ein elektrischer Stoß in den Saal, durchläuft die Menge wie ein nervöser Schauer. Ein tolles Lärmbedürfnis reißt die Leute hin. Laute Hochrufe mischen sich in das wilde Geprassel der Hände. Einige von Bibi's kleinen gewöhnlichen Kameraden dort unten wehen mit ihren Taschentüchern . . . Aber der Kritiker denkt: ›Freilich, dieser Impresariokuß mußte kommen. Ein alter, wirksamer Scherz. Ja, Herrgott, wenn man nicht alles so klar durchschaute!‹

Und dann geht das Konzert des Wunderkindes zu Ende. Um halb acht Uhr hat es angefangen, um halb neun Uhr ist es aus. Das

Podium ist voller Kränze, und zwei kleine Blumentöpfe stehen auf den Lampenbrettern des Flügels. Bibi spielt als letzte Nummer seine ›Rhapsodie grecque‹, welche schließlich in die griechische Hymne übergeht, und seine anwesenden Landsleute hätten nicht übel Lust, mitzusingen, wenn es nicht ein vornehmes Konzert wäre. Dafür entschädigen sie sich am Schluß durch einen gewaltigen Lärm, einen heißblütigen Radau, eine nationale Demonstration. Aber der alternde Kritiker denkt: ›Freilich, die Hymne mußte kommen. Man spielt die Sache auf ein anderes Gebiet hinüber, man läßt kein Begeisterungsmittel unversucht. Ich werde schreiben, daß das unkünstlerisch ist. Aber vielleicht ist es gerade künstlerisch. Was ist der Künstler? Ein Hanswurst. Die Kritik ist das Höchste. Aber das darf ich nicht schreiben.‹ Und er entfernt sich in seinen bespritzten Hosen.

Nach neun oder zehn Hervorrufen begibt sich das erhitzte Wunderkind nicht mehr hinter den Wandschirm, sondern geht zu seiner Mama und dem Impresario hinunter in den Saal. Die Leute stehen zwischen den durcheinandergerückten Stühlen und applaudieren und drängen vorwärts, um Bibi aus der Nähe zu sehen. Einige wollen auch die Prinzessin sehen: Es bilden sich vor dem Podium zwei dichte Kreise um das Wunderkind und um die Prinzessin, und man weiß nicht recht, wer von beiden eigentlich Cercle hält. Aber die Hofdame verfügt sich auf Befehl zu Bibi; sie zupft und glättet ein wenig an seiner seidenen Jacke, um ihn hoffähig zu machen, führt ihn am Arm vor die Prinzessin und bedeutet ihm ernst, Ihrer Königlichen Hoheit die Hand zu küssen. »Wie machst du es, Kind?« fragt die Prinzessin. »Kommt es dir von selbst in den Sinn, wenn du niedersitzest?« — »Oui, Madame«, antwortet Bibi. Aber inwendig denkt er: ›Ach, du dumme, alte Prinzessin . . .!‹ Dann dreht er sich scheu und unerzogen um und geht wieder zu seinen Angehörigen.

Draußen an den Garderoben herrscht dichtes Gewühl. Man hält seine Nummer empor, man empfängt mit offenen Armen Pelze, Schale und Gummischuhe über die Tische hinüber. Irgendwo steht die Klavierlehrerin unter Bekannten und hält Kritik. »Er ist wenig unmittelbar«, sagt sie laut und sieht sich um . . .

Vor einem der großen Wandspiegel läßt sich eine junge, vornehme Dame von ihren Brüdern, zwei Leutnants, Abendmantel und Pelzschuhe anlegen. Sie ist wunderschön mit ihren stahlblauen Augen und ihrem klaren, reinrassigen Gesicht, ein richtiges Edelfräulein. Als sie fertig ist, wartet sie auf ihre Brüder. »Steh nicht so lange vor dem Spiegel, Adolf!« sagt sie leise und ärgerlich zu dem einen, der sich von dem Anblick seines hübschen, simplen Gesichts nicht trennen kann. Nun, das ist gut! Leutnant Adolf wird sich doch vor dem Spiegel seinen Paletot zuknöpfen dürfen, mit ihrer gütigen Erlaubnis! — Dann gehen sie, und draußen auf der Straße, wo die Bogenlampen trübe durch den Schneenebel schimmern, fängt Leutnant Adolf im Gehen ein bißchen an auszuschlagen, mit emporgeklapptem Kragen und die Hände in den schrägen Manteltaschen auf dem hartgefrorenen Schnee einen kleinen niggerdance aufzuführen, weil es so kalt ist.

›Ein Kind!‹ denkt das unfrisierte Mädchen, welches mit frei hängenden Armen in Begleitung eines düsteren Jünglings hinter ihnen geht. ›Ein liebenswürdiges Kind! Dort drinnen war ein verehrungswürdiges . . .‹ Und mit lauter, eintöniger Stimme sagt sie: »Wir sind alle Wunderkinder, wir Schaffenden.«

›Nun!‹ denkt der alte Herr, der es nicht über ›Drei Jäger aus Kurpfalz‹ hinausgebracht hat und dessen Auswuchs jetzt von einem Zylinder bedeckt ist, ›was ist denn das! Eine Art Pythia, wie mir scheint.‹

Aber der düstere Jüngling, der sie aufs Wort versteht, nickt langsam.

Dann schweigen sie, und das unfrisierte Mädchen blickt den drei adeligen Geschwistern nach. Sie verachtet sie, aber sie blickt ihnen nach, bis sie um die Ecke entschwunden sind.

Ein Glück

Studie

Still! Wir wollen in eine Seele schauen. Im Fluge gleichsam, im Vorüberstreichen und nur ein paar Seiten lang, denn wir sind gewaltig beschäftigt. Wir kommen aus Florenz, aus alter Zeit; dort handelt es sich um letzte und schwierige Angelegenheiten. Und sind sie bezwungen, — wohin? Zu Hofe vielleicht, in ein Königsschloß, — wer weiß? Seltsame, matt schimmernde Dinge sind im Begriffe, sich zurechtzuschieben . . . Anna, arme kleine Baronin Anna, wir haben nicht lange Zeit für dich! — —

Dreitakt und Gläserklang, — Tumult, Dunst, Summen und Tanzschritt: man kennt uns, man kennt unsere kleine Schwäche. Ist es, weil dort der Schmerz die tiefsten, sehnsüchtigsten Augen bekommt, daß wir heimlich so gern an Orten verweilen, wo das Leben seine simplen Feste feiert?

»Avantageur!« rief Baron Harry, der Rittmeister, durch den ganzen Saal, indem er zu tanzen aufhörte. Er hielt noch mit dem rechten Arm seine Dame umschlungen und stemmte die linke Hand in die Seite. »Das ist kein Walzer, sondern ein Trauergeläute, Mensch! Sie haben ja keinen Takt im Leibe; Sie schwimmen und schweben bloß immer so. Leutnant von Gelbsattel soll wieder spielen, damit man doch einen Rhythmus hat. Treten Sie ab, Avantageur! Tanzen Sie, wenn Sie das besser können!«

Und der Avantageur stand auf, schlug die Sporen zusammen und räumte schweigend das Podium dem Leutnant von Gelbsattel, der alsbald mit seinen großen und weißen, weit gespreizten Händen das klirrende und surrende Fortepiano zu schlagen begann.

Baron Harry nämlich hatte Takt im Leibe, Walzer- und Marschtakt, Frohmut und Stolz, Glück, Rhythmus und Siegersinn. Die golden verschnürte Husarenjacke stand prächtig zu seinem jungen, erhitzten Gesicht, das nicht einen Zug von Sorge und Nachdenken zeigte. Es war rötlich verbrannt, wie bei blonden Leuten, obgleich Haupthaar und Schnurrbart braun erschienen, und das war eine Pikanterie für die Damen. Die rote Narbe über der rechten Backe gab seiner offenen Miene einen wildkecken Ausdruck. Man wußte nicht, ob sie Waffenhieb oder Sturz vom Pferde bedeute, — auf jeden Fall etwas Herrliches. Er tanzte wie ein Gott.

Aber der Avantageur schwamm und schwebte, wenn es erlaubt ist, Baron Harry's Redewendung in übertragener Bedeutung zu gebrauchen. Seine Lider waren viel zu lang, so daß er niemals ordentlich die Augen zu öffnen vermochte; auch saß ihm die Uniform ein wenig schlottricht und unwahrscheinlich am Leibe, und Gott mochte wissen, wie er in die soldatische Laufbahn geraten war. Er hatte sich nur ungern an diesem Kasinospaß mit den ›Schwalben‹ beteiligt, aber er war dennoch gekommen, weil er ohnedies auf seiner Hut sein mußte, Anstoß zu erregen; denn erstens war er bürgerlicher Herkunft, und zweitens gab es eine Art Buch von ihm, eine Reihe erdichteter Geschichten, die er selbst geschrieben oder verfaßt hatte, wie man es nennt, und die jedermann im Buchladen kaufen konnte. Dies mußte ein gewisses Mißtrauen gegen den Avantageur erwecken.

Der Saal des Offizierskasinos in Hohendamm war lang und breit, er war eigentlich viel zu geräumig für die dreißig Herrschaften, die sich heute abend darin belustigten. Die Wände und die Musikantentribüne waren mit falschen Draperien aus rotbemaltem Gips geziert, und von der geschmacklosen Decke hingen zwei verbogene Kronleuchter herab, in denen schief und triefend die Kerzen brannten. Aber der gedielte Fußboden war von sieben hierzu kommandierten Husaren den ganzen Vormittag gescheuert worden, und am Ende konnten selbst die Herren Offiziere in einem Nest, einem Abdera und Krähwinkel wie Hohendamm keine größere Pracht verlangen. Auch wurde, was etwa dem Feste an Glanz gebrach, durch die eigentümliche, verschmitzte Stimmung ersetzt, die dem Abend sein Gepräge gab, durch das verbotene und übermütige Gefühl, mit den ›Schwalben‹ zusammen zu sein. Selbst die dummen Ordonnanzen schmunzelten auf verschlagene Weise, wenn sie neue Champagnerflaschen in die Eiskübel zur Seite der weißgedeckten Tischchen stellten, die an drei Saalseiten aufgeschlagen waren, blickten sich um und schlugen lächelnd die Augen nieder, wie dienende Leute, die schweigend und verantwortungslos ihre Beihilfe zu einer gewagten Ausschreitung gewähren, — alles im Hinblick auf die ›Schwalben‹.

Die Schwalben, die Schwalben? — Nun, kurzum, es waren die ›Wiener Schwalben‹! Sie zogen durch die Lande wie ein Schwarm von Wandervögeln, schwangen sich, wohl dreißig an der Zahl, von Stadt zu Stadt und traten in Singspielhallen und Varietétheatern fünften Ranges auf, indem sie in zwangloser Haltung mit jubelnden und zwitschernden Stimmen ihr Leib- und Glanzlied sangen:

> Wenn die Schwalben wiederkommen,
> Die wer'n schaun! Die wer'n schaun!

Es war ein gutes Lied, von leicht faßlichem Humor, und sie sangen es unter dem Beifall des verständnisvollen Teils des Publikums.

So waren die ›Schwalben‹ nach Hohendamm gekommen und sangen in Gugelfings Bierhalle. Garnison lag in Hohendamm, ein ganzes Regiment Husaren, und also waren sie berechtigt, bei den maßgebenden Kreisen ein tieferes Interesse vorauszusetzen. Sie fanden mehr, sie fanden Begeisterung. Abend für Abend saßen die unverheirateten Offiziere zu ihren Füßen, hörten das Schwalbenlied und tranken den Mädchen mit Gugelfings gelbem Biere zu; nicht lange, so fanden sich auch die verheirateten Herren ein, und eines Abends war Oberst von Rummler in eigener Person erschienen, war dem Programm mit gespannter Teilnahme gefolgt und hatte sich endlich nach verschiedenen Seiten mit rückhaltloser Anerkennung über die ›Schwalben‹ geäußert.

Da aber war unter den Leutnants und Rittmeistern der Plan gereift, die ›Schwalben‹ in die Intimität zu ziehen, eine Auswahl von ihnen, zehn der Hübschesten etwa, auf einen lustigen Abend mit Schaumwein und Hallo ins Kasino zu laden. Die höheren Herren durften der Welt gegenüber von dem Unternehmen nichts wissen und mußten sich schweren Herzens davon zurückhalten; aber nicht nur die ledigen Leutnants, sondern auch die verheirateten Oberleutnants und Rittmeister nahmen teil daran, und zwar (dies war das Prickelnde an der Sache, die eigentliche Pointe), und zwar mit ihren Damen.

Hindernisse und Bedenken? Oberleutnant von Levzahn hatte das goldene Wort gefunden, daß für den Soldaten Hindernisse und Bedenken dazu da seien, überwunden und zerstreut zu werden! Mochten die guten Hohendammer, wenn sie's vernahmen, entsetzt darüber sein, daß die Offiziere ihre Damen mit den ›Schwalben‹ zusammenbrachten, — sie freilich hätten sich dergleichen nicht erlauben dürfen. Aber es gibt eine Höhe, gibt kecke und jenseitige Regionen des Lebens, in welchen es bereits wieder freisteht, zu tun, was in tieferen Sphären besudeln und entehren würde. Und waren vielleicht die ehrsamen Eingeborenen nicht *gewohnt*, allerlei Ungewöhnliches von ihren Husaren zu gewärtigen? Die Offiziere ritten in Gottes hellem Sonnenschein auf dem Trottoir, wenn es ihnen einfiel: das war vorgekommen. Einmal, gegen Abend, war auf dem Marktplatz mit Pistolen geschossen worden, was ebenfalls nur die Offiziere gewesen sein konnten: und hatte sich's jemand beikommen lassen, darüber zu murren? Die folgende Anekdote ist mehrfach verbürgt.

Eines Morgens zwischen fünf und sechs Uhr befand sich Rittmeister Baron Harry in angeregter Stimmung mit einigen Kameraden auf dem Heimwege von einer nächtlichen Unterhaltung; es waren Rittmeister von Hühnemann sowie die Oberleutnants und Leutnants Le Maistre, Baron Truchseß, von Trautenau und von Lichterloh. Als die Herren die Alte Brücke passierten, begegnete ihnen ein Bäckerjunge, der, einen großen Korb mit Semmeln auf der Schulter tragend und sorglos sein Lied pfeifend, durch den frischen Morgen seines Weges zog. »Hergeben!« rief Baron

Harry, ergriff den Korb beim Henkel, schwang ihn so geschickt, daß ihm nicht eine Semmel entfiel, dreimal im Kreise herum und schleuderte ihn dann in einem Bogen, der von der Kraft seines Armes zeugte, weit hinaus in die trüben Fluten. Der Bäckerjunge, anfangs schreckerstarrt, hob dann, als er seine Semmeln schwimmen und versinken sah, unter Jammerrufen die Arme empor und gebärdete sich wie ein Verzweifelter. Nachdem aber die Herren sich eine Weile an seiner kindischen Angst ergötzt hatten, warf ihm Baron Harry ein Geldstück zu, das an Wert den Inhalt des Korbes um das Dreifache übertraf, worauf die Offiziere lachend ihren Heimweg fortsetzten. Da begriff der Knabe, daß er es mit Edelleuten zu tun gehabt habe, und verstummte ...

Diese Geschichte war rasch in der Leute Mund gekommen, aber es hätte nur jemand wagen sollen, ein Maul darüber zu ziehen! Lächelnd oder knirschend — man nahm sie hin von Baron Harry und seinen Kameraden. Herren waren sie! Herren über Hohendamm! Und so kamen die Offiziersdamen mit den ›Schwalben‹ zusammen. — —

Es schien, daß der Avantageur sich auch auf das Tanzen nicht besser verstand als aufs Walzerspielen, denn er ließ sich, ohne zu engagieren, mit einer Verbeugung an einem der Tischchen nieder, neben der kleinen Baronin Anna, der Gattin Baron Harry's, an die er einige schüchterne Worte richtete. Mit den ›Schwalben‹ sich zu unterhalten, war der junge Mann außerstande. Er hatte eine wahre Angst vor ihnen, da er sich einbildet, daß diese Art von Mädchen ihn, was er auch sprechen mochte, befremdet ansah; und dies schmerzte den Avantageur. Da ihn aber, nach Art vieler schlaffer und untauglicher Naturen, selbst die schlechteste Musik in eine schweigsame, müdselige und brütende Stimmung versetzte, auch die Baronin Anna, der er vollständig gleichgültig war, nur zerstreute Antworten gab, so verstummten beide bald und beschränkten sich darauf, mit einem etwas starren und etwas verzerrten Lächeln, das ihnen merkwürdigerweise gemeinsam war, in das Wiegen und Kreisen des Tanzes zu blicken.

Die Kerzen der Kronleuchter flackerten und troffen so sehr, daß sie durch knorrige und halberstarrte Stearinauswüchse ganz verunstaltet waren, und unter ihnen drehten sich und glitten zu Leutnant von Gelbsattels befeuernden Rhythmen die Paare. Mit niedergedrückten Spitzen schritten die Füße aus, wandten sich elastisch und schleiften dahin. Die langen Beine der Herren bogen sich ein wenig, federten, schnellten und schwangen sich fort. Die Röcke flogen. Die bunten Husarenjacken wirbelten durcheinander, und mit einer genußsüchtigen Kopfneigung lehnten die Damen ihre Taillen in die Arme der Tänzer.

Baron Harry hielt eine erstaunlich hübsche ›Schwalbe‹ ziemlich fest an seine verschnürte Brust gepreßt, indem er sein Gesicht nahe dem ihrigen hielt und ihr unverwandt in die Augen blickte. Baronin Anna's Lächeln folgte dem Paare. Dort rollte der ellenlange Leutnant von Lichterloh eine kleine, fette, kugelrunde und ungewöhnlich dekolletierte ›Schwalbe‹ mit sich fort. Aber unter dem einen Kronleuchter tanzte wahr und wahrhaftig Frau Rittmeister von Hühnemann, die den Champagner über alle Dinge liebte, völlig selbstvergessen mit einer dritten ›Schwalbe‹ im Kreise herum, einem niedlichen, sommersprossigen Geschöpf, dessen Gesicht über die ungewohnte Ehre über und über erstrahlte. »Liebe Baronin«, äußerte sich später Frau von Hühnemann gegen Frau Oberleutnant von Truchseß, »diese Mädchen sind gar nicht ungebildet, sie zählen Ihnen alle Kavalleriegarnisonen des Reiches an den Fingern her.« Sie tanzten miteinander, weil zwei Damen überzählig waren, und beachteten gar nicht, daß alles sich nach und vom Schauplatz zurückzog, um sie ganz allein sich produzieren zu lassen. Endlich merkten sie es dennoch und standen nebeneinander inmitten des Saales, ganz von Gelächter, Applaus und Bravorufen überschüttet . . .

Dann wurde Champagner getrunken, und die Ordonnanzen liefen mit ihren weißen Handschuhen von Tisch zu Tisch, um einzuschenken. Aber dann mußten die ›Schwalben‹ noch einmal singen, ganz einerlei, das mußten sie, ob sie nun außer Atem waren oder nicht!

In einer Reihe standen sie auf dem Podium, das die eine Schmalseite des Saales einnahm, und machten Augen. Ihre Schultern und Arme waren nackt, und ihre Kleider waren so gearbeitet, daß sie hellgraue Westen mit dunkleren Schwalbenfräcken darüber darstellten. Dazu trugen sie graue Zwickelstrümpfe und weitausgeschnittene Schuhe mit gewaltig hohen Absätzen. Es waren Blonde und Schwarze, Gutmütig-Dicke und solche von interessanter Dürre, solche mit ganz eigentümlich stumpf karmoisinroten Wangen und andere, die so weiß im Gesicht waren wie Clowns. Aber die Hübscheste von allen war doch die kleine Bräunliche mit den Kinderarmen und den mandelförmig umrissenen Augen, mit der Baron Harry soeben getanzt hatte. Auch Baronin Anna fand, daß diese die Hübscheste sei, und fuhr fort zu lächeln.

Nun sangen die ›Schwalben‹, und Leutnant von Gelbsattel begleitete sie, indem er zurückgeworfenen Oberleibes den Kopf nach ihnen umwandte und dabei mit weitausgestreckten Armen in die Tasten griff. Sie sangen einstimmig, daß sie flotte Vögel seien, die schon die ganze Welt bereits hätten und alle Herzen mit sich nähmen, wenn sie sie davonflögen. Sie sangen ein äußerst melodiöses Lied, das mit den Worten begann:

Ja, ja, das Militär,
Das lieben wir gar sehr!

und auch ganz ähnlich endigte. Aber dann sangen sie auf stürmisches Verlangen noch einmal das Schwalbenlied, und die Herren, die es schon ebenso gut auswendig konnten wie sie, stimmten begeistert ein:

> Wenn die Schwalben wiederkommen,
> Die wer'n schaun! Die wer'n schaun!

Der Saal dröhnte von Gesang, von Lachen und dem Klirren und Stampfen der besporrnten Füße, die den Takt traten.

Auch Baronin Anna lachte über all den Unfug und Übermut; sie hatte schon den ganzen Abend so viel gelacht, daß ihr der Kopf und das Herz davon weh tat und sie gern in Frieden und Dunkelheit die Augen geschlossen hätte, wenn Harry hier nicht so eifrig bei der Sache gewesen wäre ... »Heute bin ich lustig«, hatte sie vorhin, in einem Augenblick, als sie es selber glaubte, zu ihrer Tischnachbarin geäußert; aber dies hatte ihr ein Schweigen und einen spöttischen Blick eingetragen, worauf sie sich besonnen hatte, daß es unter Leuten nicht üblich war, dergleichen zu sagen. War man lustig, so benahm man sich demgemäß; es festzustellen und auszusprechen war bereits gewagt und wunderlich; aber zu sagen: »Ich bin traurig«, wäre direkt unmöglich gewesen.

Baronin Anna war in so großer Einsamkeit und Stille aufgewachsen, auf ihres Vaters Gut am Meere, daß sie noch immer allzusehr geneigt war, solche Wahrheiten außer acht zu lassen, obgleich sie sich davor fürchtete, die Leute zu befremden, und sehnlich wünschte, ganz ebenso zu sein wie die anderen, damit man sie ein wenig liebe ... Sie hatte blasse Hände und aschblondes Haar, das viel zu schwer war im Verhältnis zu ihrem schmalen, zartknochigen Gesichtchen. Zwischen ihren hellen Brauen stand eine senkrechte Falte, die ihrem Lächeln etwas Bedrängtes und Wundes gab ...

Es stand so mit ihr, daß sie ihren Gatten liebte ... Niemand soll lachen! Sie liebte ihn sogar noch um der Geschichte mit den Semmeln willen, liebte ihn feig und elend, obgleich er sie betrog und täglich ihr Herz mißhandelte wie ein Knabe, litt Liebe um ihn wie ein Weib, das seine eigene Zartheit und Schwäche verachtet und weiß, daß die Kraft und das starke Glück auf Erden im Rechte sind. Ja, sie gab sich dieser Liebe und ihren Qualen hin, wie sie damals, als er in einem kurzen Anfall von Zärtlichkeit um sie geworben, sich ihm selbst hingegeben hatte: mit dem durstigen Verlangen eines einsamen und verträumten Geschöpfes nach dem Leben, der Leidenschaft und den Stürmen des Gefühls ...

Dreitakt und Gläserklang, — Tumult, Dunst, Summen und Tanzschritt: das war Harry's Welt und sein Reich; und es war das

Reich ihrer Träume, weil dort das Glück war, Gewöhnlichkeit, Liebe und Leben.

Geselligkeit! Harmlose, festliche Geselligkeit, entnervendes, entwürdigendes, verführerisches Gift voll unfruchtbarer Reize, buhlerische Feindin des Gedankens und des Friedens, du bist etwas Fürchterliches! — Da saß sie, Abende und Nächte, gemartert von dem grellen Gegensatz zwischen der vollständigen Leere und Nichtigkeit ringsumher und der dabei herrschenden fieberhaften Erregung infolge des Weins, des Kaffees, der sinnlichen Musik und des Tanzes, saß und sah, wie Harry hübsche und lustige Frauen bezauberte, nicht, weil sie ihn sonderlich beglückten, sondern weil seine Eitelkeit verlangte, daß er sich vor den Leuten mit ihnen zeige, als ein Glücklicher, der wohlversorgt ist, keineswegs ausgeschlossen ist, keine Sehnsucht kennt ... Wie weh diese Eitelkeit ihr tat, und wie sie sie dennoch liebte! Wie süß es war, zu finden, daß er schön aussah, jung, herrlich und betörend! Wie die Liebe anderer zu ihm ihre eigene zu einem qualvollen Aufflammen brachte! ... Und wenn es vorüber war, wenn er am Schluß eines Festes, das sie in Not und Pein um ihn verbrachte, sich in unwissenden und egoistischen Lobpreisungen dieser Stunden erging, so kamen jene Augenblicke, wo ihr Haß und ihre Verachtung ihrer Liebe gleichkam, wo sie ihn »Wicht« und »Fant« nannte in ihrem Herzen und ihn durch Schweigen zu strafen suchte, durch lächerliches, verzweifeltes Schweigen ...

Wissen wir's recht, kleine Baronin Anna? Machen wir reden, was alles sich hinter deinem armen Lächeln verbirgt, während die ›Schwalben‹ singen? — Und es kommt jener erbärmliche und unwürdige Zustand, in dem du gegen Morgen nach der harmlosen Geselligkeit in deinem Bette liegst und deine Geisteskräfte an das Nachdenken über Scherze, Witzworte, gute Antworten verausgabst, die du hättest finden müssen, um liebenswürdig zu sein, und die du nicht gefunden hast. Es kommen jene Träume ums Tagesgrauen, daß du, vom Schmerze ganz schwach gemacht, an seiner Schulter weinst, daß er dich mit einem seiner leeren, netten, gewöhnlichen Worte zu trösten sucht und du plötzlich durchdrungen bist von dem beschämenden Widersinn, der darin liegt, an seiner Schulter über die Welt zu weinen ...

Wenn er krank würde, nicht wahr? Raten wir recht, daß aus einem kleinen, gleichgültigen Übelbefinden seinerseits dir eine ganze Welt von Träumen ersteht, in denen du ihn als deinen leidenden Pflegling siehst, in denen er hilflos und zerbrochen vor dir liegt und endlich, endlich dir gehört? Schäme dich nicht! Verabscheue dich nicht! Der Kummer macht ein wenig schlecht zuweilen, — wir wissen es, wir sehen es, ach, arme kleine Seele, wir sahen ganz anderes auf unseren Reisen! Aber um den jungen Avantageur mit den zu langen Augenlidern könntest du dich ein bißchen kümmern, der neben dir sitzt und seine Einsamkeit gern mit deiner zusammentäte. Warum verschmähst du ihn? Warum verachtest du ihn? Weil er von deiner eigenen Welt ist und nicht von der anderen, wo Frohmut und Stolz herrscht, Glück, Rhythmus und Siegersinn? Freilich, es ist schwer, in einer Welt nicht heimisch zu sein und nicht in der anderen, — wir wissen es! Aber es gibt keine Versöhnung . . .

Der Beifall rauschte in Leutnant von Gelbsattels Nachspiel hinein, die ›Schwalben‹ waren fertig. Ohne die Stufen zu benutzen, sprangen sie vom Podium herunter, plumpsend und flatternd, und die Herren drängten sich, um ihnen behilflich zu sein. Baron Harry half der Kleinen, Bräunlichen mit den Kinderarmen, er tat es ausführlich und mit Verstand. Er umfaßte mit dem einen Arm ihre Oberschenkel und mit dem anderen ihre Taille, ließ sich Zeit, sie niederzusetzen, und trug sie beinahe zu dem Sekttischchen, wo er ihr Glas füllte, daß es überschäumte, und mit ihr anstieß, langsam und beziehungsvoll, indem er mit einem gegenstandslosen und eindringlichen Lächeln in ihre Augen blickte. Er hatte stark getrunken, und die Narbe glühte rot in seiner weißen Stirn, die scharf gegen sein verbranntes Gesicht abstach; aber er war aufgeräumt und frei, durchaus heiter erregt und ungetrübt von Leidenschaft.

Der Tisch stand demjenigen Baronin Anna's gegenüber, an der entgegengesetzten Längsseite des Saales, und indem sie mit irgend jemandem in ihrer Nähe gleichgültige Worte wechselte, horchte sie durstig auf das Lachen dort drüben, spähte schimpflich und verstohlen nach jeder Bewegung, — in diesem seltsamen Zustand voll schmerzlicher Anspannung, die es einem erlaubt, mechanisch und unter Wahrung aller gesellschaftlichen Formen eine Unterhaltung mit einer Person aufrechtzuerhalten und dabei geistig vollkommen abseits zu sein, nämlich bei einer anderen Person, die man beobachtet . . .

Ein- oder zweimal schien es ihr, als ob der Blick der kleinen ›Schwalbe‹ den ihren streifte . . . Kannte sie sie? Wußte sie, wer sie sei? Wie schön sie war! Wie keck und gedankenlos lebensvoll und verführerisch! Wenn Harry sie geliebt, sich nach ihr verzehrt, um sie gelitten hätte, sie würde es verziehen, begriffen, mitempfunden haben. Und plötzlich fühlte sie, daß ihre eigene Sehnsucht nach der kleinen ›Schwalbe‹ heißer und tiefer war als Harry's.

Die kleine ›Schwalbe‹! Lieber Gott, sie hieß Emmy und war gründlich ordinär. Aber wundervoll war sie mit ihren schwarzen Haarsträhnen, die das breite, begehrliche Gesicht umfingen, ihren dunkel umrissenen Mandelaugen, ihrem großen Mund voll weißblitzender Zähne und ihren bräunlichen, weich und lockend geformten Armen; und das Schönste an ihr waren die Schultern, die bei gewissen Bewegungen auf unvergleichlich geschmeidige Art in den Gelenken rollten . . . Baron Harry war voller Interesse für diese Schultern; er wollte durchaus nicht dulden, daß sie sie verhüllte, sondern veranstaltete einen geräuschvollen Kampf um den Schal, den umzulegen sie sich in den Kopf gesetzt hatte, — und bei alledem merkte niemand weit und breit, weder Baron Harry, noch seine Gattin, noch sonst irgend jemand, daß dieses kleine verwahrloste Geschöpf, das der Wein sentimental machte, den ganzen Abend zu dem jungen Avantageur hinüberschmachtete, der vorhin wegen Mangel an Rhythmus vom Klavier vertrieben worden war. Seine müden Augen und die Art seines Spieles hatten es ihr angetan, er dünkte sie edel, poetisch und aus einer anderen Welt, während Baron Harry's Sein und Wesen ihr allzu bekannt und langweilig erschien, und sie war ganz unglücklich und leiderfüllt darüber, daß der Avantageur seinerseits ihr nicht das kleinste Liebeszeichen gab . . .

Die tief herabgebrannten Kerzen brannten trüb in dem Zigarettenrauch, der in bläulichen Schichten über den Köpfen schwebte. Kaffeegeruch zog durch den Saal. Eine fade und schwere Atmosphäre, Festdunst, Geselligkeitsbrodem, verdickt und verwirrend gemacht durch die gewagten Parfüme der ›Schwalben‹, lagerte über allem, den weißgedeckten Tischen und Champagnerkühlern, den übernächtigen und ausgelassenen Menschen und ihrem Gesumme, Gelächter, Gekicher und Liebesgetändel.

Baronin Anna sprach nicht mehr. Die Verzweiflung und jenes furchtbare Beieinander von Sehnsucht, Neid, Liebe und Selbstverachtung, das man Eifersucht nennt und das nicht da sein dürfte, wenn die Welt gut sein sollte, hatten ihr Herz so sehr unterjocht, daß sie nicht mehr die Kraft hatte, sich zu verstellen. Mochte er sehen, wie es um sie stand, mochte er sich ihrer schämen, damit doch *ein* Gefühl, das sich auf sie bezog, in seiner Brust wäre.

Sie blickte hinüber . . . Das Spiel dort drüben ging ein wenig weit, und alles schaute ihm lachend und neugierig zu. Harry hatte eine neue Art von zärtlichem Ringkampf mit der kleinen ›Schwalbe‹ ausfindig gemacht. Er bestand darauf, die Ringe mit ihr zu wechseln, und seine Knie gegen die ihren gestemmt, hielt er sie auf dem Stuhle fest, haschte ausgelassen und in toller Jagd nach ihrer Hand und suchte ihre kleine, festgeballte Faust zu erbrechen. Endlich obsiegte er. Und unter dem lärmenden Beifall der Gesellschaft entwand er ihr umständlich den schmalen Schlangenreif und zwang triumphierend seinen eigenen Ehering an ihren Finger.

Da stand Baronin Anna auf. Zorn und Leid, die Sehnsucht, sich mit ihrem Gram um seine geliebte Nichtigkeit im Dunklen zu verbergen, der verzweifelte Wunsch, ihn durch einen Skandal zu strafen, irgendwie seine Aufmerksamkeit auf sich zu lenken, überwältigten sie. Bleich schob sie ihren Stuhl zurück und ging mitten durch den Saal zur Tür.

Ein Aufsehen entstand. Ernst und ernüchtert sah man sich an. Ein paar Herren riefen mit lauter Stimme Harry bei Namen. Der Lärm verstummte.

Und da begab sich etwas ganz Seltsames. Die ›Schwalbe‹ Emmy nämlich ergriff mit vollster Entschiedenheit für Baronin Anna Partei. Sei es, daß ein allgemeiner Weibesinstinkt für den Schmerz und die leidende Liebe ihr Benehmen bestimmte, sei es, daß ihr eigener Kummer um den Avantageur mit den müden Augenlidern sie in Baronin Anna eine Kameradin erblicken ließ, — sie handelte zum allgemeinen Erstaunen.

»Sie sind gemein!« sagte sie laut in der herrschenden Stille, indem sie den verblüfften Baron Harry zurückstieß. Diesen einen Satz: »Sie sind gemein!« Und dann war sie auf einmal bei Baronin Anna, die schon den Türgriff erfaßt hielt.

»Verzeihen Sie!« sagte sie so leise, als sei niemand in der Runde sonst wert, es zu hören. »Hier ist der Ring.« Damit schob sie Harry's Ehering in Baronin Anna's Hand. Und plötzlich fühlte Baronin Anna des Mädchens breites, warmes Gesichtchen über dieser ihrer Hand und einen weichen, inbrünstigen Kuß darauf brennen. »Verzeihen Sie!« flüsterte die kleine ›Schwalbe‹ noch einmal und lief dann fort.

Aber Baronin Anna stand draußen im Dunklen, noch ganz betäubt, und wartete darauf, daß dies unerwartete Begebnis in ihr Gestalt und Sinn annähme. Und es kam, daß ein Glück, ein süßes, heißes und heimliches Glück einen Augenblick ihre Augen schloß . . .

Halt! Genug und nichts weiter! Seht doch die kostbare kleine Einzelheit! Da stand sie, ganz entzückt und bezaubert, weil dies Närrchen von einer Landstreicherin gekommen war, ihr die Hand zu küssen!

Wir verlassen dich, Baronin Anna, wir küssen dir die Stirn, leb' wohl, wir enteilen! Schlafe nun! Du wirst die ganze Nacht von der ›Schwalbe‹ träumen, die zu dir kam, und ein wenig glücklich sein.

Denn ein Glück, ein kleiner Schauer und Rausch von Glück berührt das Herz, wenn jene zwei Welten, zwischen denen die Sehnsucht hin und wider irrt, sich in einer kurzen, trügerischen Annäherung zusammenfinden.

Seltsame Orte gibt es, seltsame Gehirne, seltsame Regionen des Geistes, hoch und ärmlich. An den Peripherien der Großstädte, dort, wo die Laternen spärlicher werden und die Gendarmen zu zweien gehen, muß man in den Häusern emporsteigen, bis es nicht weiter geht, bis in schräge Dachkammern, wo junge, bleiche Genies, Verbrecher des Traumes, mit verschränkten Armen vor sich hinbrüten, bis in billig und bedeutungsvoll geschmückte Ateliers, wo einsame, empörte und von innen verzehrte Künstler, hungrig und stolz, im Zigarettenqualm mit letzten und wüsten Idealen ringen. Hier ist das Ende, das Eis, die Reinheit und das Nichts. Hier gilt kein Vertrag, kein Zugeständnis, keine Nachsicht, kein Maß und kein Wert. Hier ist die Luft so dünn und keusch, daß die Miasmen des Lebens nicht mehr gedeihen. Hier herrscht der Trotz, die äußerste Konsequenz, das verzweifelt thronende Ich, die Freiheit, der Wahnsinn und der Tod . . .

Es war Karfreitag, abends um acht. Mehrere von denen, die Daniel geladen hatte, kamen zu gleicher Zeit. Sie hatten Einladungen in Quartformat erhalten, auf denen ein Adler einen nackten Degen in seinen Fängen durch die Lüfte trug und die in eigenartiger Schrift die Aufforderung zeigten, an dem Konvent zur Verlesung von Daniels Proklamationen am Karfreitagabend teilzunehmen, und sie trafen nun zur bestimmten Stunde in der öden und halbdunklen Vorstadtstraße vor dem banalen Mietshause zusammen, in welchem die leibliche Wohnstätte des Propheten gelegen war.

Einige kannten einander und tauschten Grüße. Es waren der polnische Maler und das schmale Mädchen, das mit ihm lebte, der Lyriker, ein langer, schwarzbärtiger Semit, mit seiner schweren, bleichen und in hängende Gewänder gekleideten Gattin, eine Persönlichkeit von zugleich martialischem und kränklichem Aussehen, Spiritist und Rittmeister außer Dienst, und ein junger Philosoph mit dem Äußern eines Känguruhs. Nur der Novellist, ein Herr mit steifem Hut und gepflegtem Schnurrbart, kannte niemanden. Er kam aus einer andern Sphäre, war nur zufällig hierher geraten. Er hatte ein gewisses Verhältnis zum Leben, und ein Buch von ihm wurde in bürgerlichen Kreisen gelesen. Er war entschlossen, sich streng bescheiden, dankbar und im ganzen wie ein Geduldeter zu benehmen. In einem kleinen Abstande folgte er den anderen ins Haus.

Sie stiegen die Treppe empor, eine nach der andern, gestützt auf das gußeiserne Geländer. Sie schwiegen, denn es waren Menschen, die den Wert des Wortes kannten und nicht unnütz zu reden pflegten. Im trüben Licht der kleinen Petroleumlampen, die an den Biegungen der Treppe auf den Fenstergesimsen standen, lasen sie im Vorübergehen die Namen an den Wohnungstüren. Sie stiegen an den Heim- und Sorgenstätten eines Versicherungsbeamten, einer Hebamme, einer Feinwäscherin, eines ›Agenten‹, eines Leichdornoperateurs vorüber, still, ohne Verachtung, aber fremd. Sie stiegen in dem engen Treppenhaus wie in einem halbdunklen Schacht empor, zuversichtlich und ohne Aufenthalt; denn von oben, von dort, wo es nicht weiter ging, winkte ihnen ein Schimmer, ein zarter und flüchtig bewegter Schein aus letzter Höhe.

Endlich standen sie am Ziel, unter dem Dach, im Lichte von sechs Kerzen, die in verschiedenen Leuchtern auf einem mit verblichenen Altardecken belegten Tischchen zu Häupten der Treppe brannten. An der Tür, welche bereits den Charakter eines Speichereinganges trug, war ein graues Pappschild befestigt, auf dem in römischen Lettern, mit schwarzer Kreide ausgeführt, der Name »Daniel« zu lesen war. Sie schellten . . .

Ein breitköpfiger, freundlich blickender Knabe in einem neuen blauen Anzug und mit blanken Schaftstiefeln öffnete ihnen, eine Kerze in der Hand, und leuchtete ihnen schräg über den kleinen, dunklen Korridor in einen untapezierten und mansardenartigen Raum, der bis auf einen hölzernen Garderobehalter durchaus leer war. Wortlos, mit einer Geste, die von einem lallenden Kehllaut begleitet war, forderte der Knabe zum Ablegen auf, und als der Novellist aus allgemeiner Teilnahme eine Frage an ihn richtete, erwies es sich vollends, daß das Kind stumm war. Es führte die Gäste mit seinem Licht über den Korridor zurück zu einer anderen Tür und ließ sie eintreten. Der Novellist folgte als letzter. Er trug Gehrock und Handschuhe, entschlossen, sich wie in der Kirche zu benehmen.

Eine feierlich schwankende und flimmernde Helligkeit, erzeugt von zwanzig oder fünfundzwanzig brennenden Kerzen, herrschte in dem mäßig großen Raum, den sie betraten. Ein junges Mädchen mit weißem Fallkragen und Manschetten über dem schlichten Kleid, Maria Josefa, Daniels Schwester, rein und töricht von Angesicht, stand dicht bei der Tür und reichte allen die Hand. Der Novellist kannte sie. Er war an einem literarischen Teetische mit ihr zusammengetroffen. Sie hatte aufrecht dagesessen, die Tasse in der Hand, und mit klarer und inniger Stimme von ihrem Bruder gesprochen. Sie betete Daniel an.

Der Novellist suchte ihn mit den Augen . . .

»Er ist nicht hier«, sagte Maria Josefa. »Er ist abwesend, ich weiß nicht, wo. Aber im Geiste wird er unter uns sein und die Proklamationen Satz für Satz verfolgen, während sie hier verlesen werden.«

»Wer wird sie verlesen?« fragte der Novellist gedämpft und ehrerbietig. Es war ihm ernst. Er war ein wohlmeinender und innerlich bescheidener Mensch, voller Ehrfurcht vor allen Erscheinungen der Welt, bereit, zu lernen und zu würdigen, was zu würdigen war.

»Ein Jünger meines Bruders«, antwortete Maria Josefa, »den wir
aus der Schweiz erwarten. Er ist noch nicht da. Er wird im rechten
Augenblick zur Stelle sein.«

Gegenüber der Tür, auf einem Tisch stehend und mit dem oberen
Rande an die schräg abfallende Decke gelehnt, zeigte sich im
Kerzenschein eine große, in heftigen Strichen ausgeführte Kreide-
zeichnung, die Napoleon darstellte, wie er in plumper und despo-
tischer Haltung seine mit Kanonenstiefeln bekleideten Füße an
einem Kamin wärmte. Zur Rechten des Einganges erhob sich ein
altarartiger Schrein, auf welchem zwischen Kerzen, die in silbernen Armleuchtern brannten, eine bemalte Heiligenfigur mit aufwärts gerichteten Augen ihre Hände ausbreitete. Eine Betbank
stand davor, und näherte man sich, so gewahrte man eine kleine,
aufrecht an einem Fuße des Heiligen lehnende Amateurphoto-
graphie, die einen etwa dreißigjährigen jungen Mann mit gewaltig hoher, bleich zurückspringender Stirn und einem bartlosen,
knochigen, raubvogelähnlichen Gesicht von konzentrierter Geistigkeit zeigte.

Der Novellist verweilte eine Weile vor Daniels Bildnis; dann
wagte er sich behutsam weiter ins Zimmer hinein. Hinter einem
großen Rundtisch, in dessen gelbpolierte Platte, von einem Lorbeerkranz umrahmt, derselbe degentragende Adler eingebrannt
war, den man auf den Einladungen erblickt hatte, ragte zwischen
niedrigen Holzsesseln ein strenger, schmaler und steiler gotischer
Stuhl wie ein Thron und Hochsitz empor. Eine lange, schlicht gezimmerte Bank, mit billigem Stoff überdeckt, erstreckte sich vor
der geräumigen, von Mauer und Dach gebildeten Nische, in der
das niedrige Fenster gelegen war. Es stand offen, vermutlich, weil
der untersetzt gebaute Kachelofen sich als überheizt erwiesen
hatte, und gewährte den Ausblick auf ein Stück blauer Nacht, in
deren Tiefe und Weite die unregelmäßig verteilten Gaslaternen
als gelblich glühende Punkte sich in immer größeren Abständen
verloren.

Aber dem Fenster gegenüber verengerte sich der Raum zu einem
alkovenartigen Gelaß, das heller als der übrige Teil der Man-
sarde erleuchtet war und halb als Kabinett, halb als Kapelle behandelt erschien. In seiner Tiefe befand sich ein mit dünnem
blassen Stoffe bedeckter Diwan. Zur Rechten gewahrte man ein
verhängtes Büchergestell, auf dessen Höhe Kerzen in Armleuchtern und antik geformte Öllampen brannten. Zur Linken war
ein weiß gedeckter Tisch aufgeschlagen, der ein Kruzifix, einen

siebenarmigen Leuchter, einen mit rotem Weine gefüllten Becher
und ein Stück Rosinenkuchen auf einem Teller trug. Im Vorder-
grunde des Alkovens jedoch erhob sich, von einem eisernen Kan-
delaber noch überragt, auf einem flachen Podium eine vergoldete
Gipssäule, deren Kapitäl von einer blutrot-seidenen Altardecke
überhangen wurde. Und darauf ruhte ein Stapel beschriebenen
Papiers in Folioformat: Daniels Proklamationen. Eine helle, mit
kleinen Empirekränzen bedruckte Tapete bedeckte die Mauer und
die schrägen Teile der Decke; Totenmasken, Rosenkränze, ein
großes rostiges Schwert hingen an den Wänden; und außer dem
großen Napoleonbildnis waren in verschiedenartiger Ausführung
die Porträte von Luther, Nietzsche, Moltke, Alexander dem Sech-
sten, Robespierre und Savonarola im Raume verteilt . . .
»Dies alles ist erlebt«, sagte Maria Josefa, indem sie die Wirkung
der Einrichtung in dem respektvoll verschlossenen Gesicht des
Novellisten zu erforschen suchte. Aber unterdessen waren weitere
Gäste gekommen, still und feierlich, und man fing an, sich in ge-
messener Haltung auf Bänken und Stühlen niederzulassen. Es
saßen dort jetzt außer den zuerst Gekommenen noch ein phanta-
stischer Zeichner mit greisenhaftem Kindergesicht, eine hinkende
Dame, die sich als »Erotikerin« vorstellen zu lassen pflegte, eine
unverheiratete junge Mutter von adeliger Herkunft, die von ihrer
Familie verstoßen, aber ohne alle geistigen Ansprüche war und
einzig und allein auf Grund ihrer Mutterschaft in diesen Kreisen
Aufnahme gefunden hatte, eine ältere Schriftstellerin und ein
verwachsener Musiker, — im ganzen etwa zwölf Personen. Der
Novellist hatte sich in die Fensternische zurückgezogen, und
Maria Josefa saß dicht neben der Tür auf einem Stuhl, die Hände
auf den Knien nebeneinander gelegt. So warteten sie auf den
Jünger aus der Schweiz, der im rechten Augenblick zur Stelle sein
würde.
Plötzlich kam noch die reiche Dame an, die aus Liebhaberei solche
Veranstaltungen zu besuchen pflegte. Sie war in ihrem seidenen
Coupé aus der Stadt, aus ihrem prachtvollen Hause mit den
Gobelins und den Türumrahmungen aus Giallo antico hierhergekommen, war alle Treppen heraufgestiegen und kam zur Tür
herein, schön, duftend, luxuriös, in einem blauen Tuchkleid mit
gelber Stickerei, den Pariser Hut auf dem rotbraunen Haar, und
lächelte mit ihren Tizian-Augen. Sie kam aus Neugier, aus
Langerweile, aus Lust an Gegensätzen, aus gutem Willen zu
allem, was ein bißchen außerordentlich war, aus liebenswürdiger
Extravaganz, begrüßte Daniels Schwester und den Novellisten,
der in ihrem Hause verkehrte, und setzte sich auf die Bank vor
der Fensternische zwischen die Erotikerin und den Philosophen
mit dem Äußern eines Känguruhs, als ob das in der Ordnung
sei.

»Fast wäre ich zu spät gekommen«, sagte sie leise mit ihrem schönen, beweglichen Mund zu dem Novellisten, der hinter ihr saß. »Ich hatte Leute zum Tee; das hat sich hingezogen . . .«

Der Novellist war ganz ergriffen und dankte Gott, daß er in präsentabler Toilette war. Wie schön sie ist! dachte er. Sie ist wert, die Mutter dieser Tochter zu sein . . .

»Und Fräulein Sonja?« fragte er über ihre Schulter hinweg. »Sie haben Fräulein Sonja nicht mitgebracht?«

Sonja war die Tochter der reichen Dame und in des Novellisten Augen ein unglaubhafter Glücksfall von einem Geschöpf, ein Wunder an allseitiger Ausbildung, ein erreichtes Kulturideal. Er sagte ihren Namen zweimal, weil es ihm einen unbeschreiblichen Genuß bereitete, ihn auszusprechen.

»Sonja ist leidend«, sagte die reiche Dame. »Ja, denken Sie, sie hat einen schlimmen Fuß. Oh, nichts, eine Geschwulst, etwas wie eine kleine Entzündung oder Verfüllung. Es ist geschnitten worden. Vielleicht wäre es nicht nötig gewesen, aber sie wollte es selbst.«

»Sie wollte es selbst!« wiederholte der Novellist mit begeisterter Flüsterstimme. »Daran erkenn' ich sie! Aber wie in aller Welt kann man ihr seine Teilnahme kundgeben?«

»Nun, ich werde sie grüßen«, sagte die reiche Dame. Und da er schwieg: »Genügt Ihnen das nicht?«

»Nein, es genügt mir nicht«, sagte er ganz leise, und da sie seine Bücher schätzte, erwiderte sie lächelnd:
»So schicken Sie ihr ein Blümchen.«

»Danke!« sagte er. »Danke! Das will ich!« Und innerlich dachte er: ›Ein Blümchen? Ein Bukett! Einen ganzen Strauß! Ungefrühstückt fahre ich morgen in einer Droschke zum Blumenhändler —!‹ — Und er fühlte, daß er ein gewisses Verhältnis zum Leben habe.

Da ward draußen ein flüchtiges Geräusch laut, die Tür öffnete und schloß sich kurz und ruckhaft, und vor den Gästen stand im Kerzenschein ein untersetzter und stämmiger junger Mann in dunklem Jackenanzug: Der Jünger aus der Schweiz. Er überflog das Gemach mit einem drohenden Blick, ging mit heftigen Schritten zu der Gipssäule vorm Alkoven, stellte sich hinter sie auf das flache Podium mit einem Nachdruck, als wollte er dort einwurzeln, ergriff den zuoberst liegenden Bogen der Handschrift und begann sofort zu lesen.

Er war etwa achtundzwanzigjährig, kurzhalsig und häßlich. Sein geschorenes Haar wuchs in Form eines spitzen Winkels sonderbar weit in die ohnedies niedrige und gefurchte Stirn hinein. Sein Gesicht, bartlos, mürrisch und plump, zeigte eine Doggennase, grobe Backenknochen, eine eingefallene Wangenpartie und wulstig hervorspringende Lippen, die nur schwer, widerwillig und gleichsam mit einem schlaffen Zorn die Wörter zu bilden schienen. Dies Gesicht war roh und dennoch bleich. Er las mit einer wilden und überlauten Stimme, die aber gleichwohl im Innersten bebte, wankte und von Kurzluftigkeit beeinträchtigt war. Die Hand, in der er den beschriebenen Bogen hielt, war breit und rot, und dennoch zitterte sie. Er stellte ein unheimliches Gemisch von Brutalität und Schwäche dar, und was er las, stimmte auf seltsame Art damit überein.

Es waren Predigten, Gleichnisse, Thesen, Gesetze, Visionen, Prophezeiungen und tagesbefehlartige Aufrufe, die in einem Stilgemisch aus Psalter- und Offenbarungston mit militärisch-strategischen sowie philosophisch-kritischen Fachausdrücken in bunter und unabsehbarer Reihe einander folgten. Ein fieberhaftes und furchtbar gereiztes Ich reckte sich im einsamen Größenwahn empor und bedrohte die Welt mit einem Schwall von gewaltsamen Worten. Christus imperator maximus war sein Name, und er warb todbereite Truppen zur Unterwerfung des Erdballs, erließ Botschaften, stellte seine unerbittlichen Bedingungen, Armut und Keuschheit verlangte er, und wiederholte in grenzenlosem Aufruhr mit einer Art widernatürlicher Wollust immer wieder das Gebot des unbedingten Gehorsams. Buddha, Alexander, Napoleon und Jesus wurden als seine demütigen Vorläufer genannt, nicht wert, dem geistlichen Kaiser die Schuhriemen zu lösen . . .

Der Jünger las eine Stunde; dann trank er zitternd einen Schluck aus dem Becher mit rotem Wein und griff nach neuen Proklamationen. Schweiß perlte auf seiner niedrigen Stirn, seine wulstigen Lippen bebten, und zwischen den Worten stieß er beständig mit einem kurz fauchenden Geräusch die Luft durch die Nase aus, erschöpft und brüllend. Das einsame Ich sang, raste und kommandierte. Es verlor sich in irre Bilder, ging in einem Wirbel von Unlogik unter und tauchte plötzlich an gänzlich unerwarteter Stelle gräßlich wieder empor. Lästerungen und Hosianna — Weihrauch und Qualm von Blut vermischten sich. In donnernden Schlachten ward die Welt erobert und erlöst . . .

Es wäre schwer gewesen, die Wirkung von Daniels Proklamationen auf die Zuhörer festzustellen. Einige blickten, weit zurückgelehnten Hauptes, mit erloschenen Augen zur Decke empor; andere hielten, tief über ihre Knie gebeugt, das Gesicht in den Händen vergraben. Die Augen der Erotikerin verschleierten sich jedesmal auf seltsame Art, wenn das Wort »Keuschheit« ertönte, und der Philosoph mit dem Äußern eines Känguruhs schrieb dann und wann etwas Ungewisses mit seinem langen und krummen Zeigefinger in die Luft. Der Novellist suchte seit längerer Zeit vergebens nach einer passenden Haltung für seinen schmerzenden Rücken. Um zehn Uhr kam ihm die Vision einer Schinkensemmel, aber er verscheuchte sie mannhaft.

Gegen halb elf Uhr sah man, daß der Jünger das letzte Folioblatt in seiner roten und zitternden Rechten hielt. Er war zu Ende. »Soldaten!« schloß er, am äußersten Rande seiner Kraft, mit versagender Donnerstimme, »ich überliefere euch zur Plünderung — *die Welt!*« Dann trat er vom Podium herunter, sah alle mit einem drohenden Blick an und ging heftig, wie er gekommen war, zur Tür hinaus.

Die Zuhörer verharrten noch eine Minute lang unbeweglich in der Stellung, die sie zuletzt innegehabt hatten. Dann standen sie wie mit einem gemeinsamen Entschlusse auf und gingen unverzüglich, nachdem jeder mit einem leisen Worte Maria Josefa's Hand gedrückt hatte, die wieder mit ihrem weißen Fallkragen, still und rein, dicht an der Tür stand.

Der stumme Knabe war draußen zur Stelle. Er leuchtete den Gästen in den Garderobenraum, war ihnen beim Anlegen der Überkleider behilflich und führte sie durch das enge Stiegenhaus, in welches aus höchster Höhe, aus Daniels Reich, der bewegte Schein der Kerzen fiel, hinunter zur Haustür, die er aufschloß. Einer nach dem andern traten die Gäste auf die öde Vorstadtstraße hinaus.

Das Coupé der reichen Dame hielt vorm Hause; man sah, wie der Kutscher auf dem Bock zwischen den beiden hellstrahlenden Laternen die Hand mit dem Peitschenstiel zum Hute führte. Der Novellist geleitete die reiche Dame zum Schlage.

»Wie befinden Sie sich?« fragte er.

»Ich äußere mich ungern über solche Dinge«, antwortete sie. »Vielleicht ist er wirklich ein Genie oder doch etwas Ähnliches . . .«

»Ja, was ist das Genie?« sagte er nachdenklich. »Bei diesem Daniel sind alle Vorbedingungen vorhanden: die Einsamkeit, die Freiheit, die geistige Leidenschaft, die großartige Optik, der Glaube an sich selbst, sogar die Nähe von Verbrechen und Wahnsinn. Was fehlt? Vielleicht das Menschliche? Ein wenig Gefühl, Sehnsucht, Liebe? Aber das ist eine vollständig improvisierte Hypothese . . .

Grüßen Sie Sonja«, sagte er, als sie ihm vom Sitze aus zum Abschied die Hand reichte, und dabei las er mit Spannung in ihrer Miene, wie sie es aufnehmen werde, daß er einfach von »Sonja«, nicht von »Fräulein Sonja« oder von »Fräulein Tochter« sprach.

Sie schätzte seine Bücher, und so duldete sie es lächelnd.

»Ich werde es ausrichten.«

»Danke!« sagte er, und ein Rausch von Hoffnung verwirrte ihn. »Nun will ich zu Abend essen wie ein Wolf!«

Er hatte ein gewisses Verhältnis zum Leben.

Schwere Stunde

Er stand vom Schreibtisch auf, von seiner kleinen, gebrechlichen Schreibkommode, stand auf wie ein Verzweifelter und ging mit hängendem Kopfe in den entgegengesetzten Winkel des Zimmers zum Ofen, der lang und schlank war wie eine Säule. Er legte die Hände an die Kacheln, aber sie waren fast ganz erkaltet, denn Mitternacht war lange vorbei, und so lehnte er, ohne die kleine Wohltat empfangen zu haben, die er suchte, den Rücken daran, zog hustend die Schöße seines Schlafrockes zusammen, aus dessen Brustaufschlägen das verwaschene Spitzenjabot heraushing, und schnob mühsam durch die Nase, um sich ein wenig Luft zu verschaffen; denn er hatte den Schnupfen wie gewöhnlich.

Das war ein besonderer und unheimlicher Schnupfen, der ihn fast nie völlig verließ. Seine Augenlider waren entflammt und die Ränder seiner Nasenlöcher ganz wund davon, und in Kopf und Gliedern lag dieser Schnupfen ihm wie eine schwere, schmerzliche Trunkenheit. Oder war an all der Schlaffheit und Schwere das leidige Zimmergewahrsam schuld, das der Arzt nun schon wieder seit Wochen über ihn verhängt hielt? Gott wußte, ob er wohl daran tat. Der ewige Katarrh und die Krämpfe in Brust und Unterleib mochten es nötig machen, und schlechtes Wetter war über Jena, seit Wochen, seit Wochen, das war richtig, ein miserables und hassenswertes Wetter, das man in allen Nerven spürte, wüst, finster und kalt, und der Dezemberwind heulte im Ofenrohr, verwahrlost und gottverlassen, daß es klang nach nächtiger Heide im Sturm und Irrsal und heillosem Gram der Seele. Aber gut war sie nicht, diese enge Gefangenschaft, nicht gut für die Gedanken und den Rhythmus des Blutes, aus dem die Gedanken kamen . . .

Das sechseckige Zimmer, kahl, nüchtern und unbequem, mit seiner geweißten Decke, unter der Tabaksrauch schwebte, seiner schräg karierten Tapete, auf der oval gerahmte Silhouetten hingen, und seinen vier, fünf dünnbeinigen Möbeln, lag im Lichte der beiden Kerzen, die zu Häupten des Manuskripts auf der Schreibkommode brannten. Rote Vorhänge hingen über den oberen Rahmen der Fenster, Fähnchen nur, symmetrisch gerafte Kattune; aber sie waren rot, von einem warmen, sonoren Rot, und er liebte sie und wollte sie niemals missen, weil sie etwas von Üppigkeit und Wollust in die unsinnlich-enthaltsame Dürftigkeit seines Zimmers brachten . . .

Er stand am Ofen und blickte mit einem raschen und schmerzlich angestrengten Blinzeln hinüber zu dem Werk, von dem er geflohen war, dieser Last, diesem Druck, dieser Gewissensqual, diesem Meer, das auszutrinken, dieser furchtbaren Aufgabe, die sein Stolz und sein Elend, sein Himmel und seine Verdammnis war. Es schleppte sich, es stockte, es stand — schon wieder, schon wieder! Das Wetter war schuld und sein Katarrh und seine Müdigkeit. Oder das Werk? Die Arbeit selbst? Die eine unglückselige und der Verzweiflung geweihte Empfängnis war?

Er war aufgestanden, um sich ein wenig Distanz davon zu verschaffen, denn oft bewirkte die räumliche Entfernung vom Manuskript, daß man Übersicht gewann, einen weiteren Blick über den Stoff, und Verfügungen zu treffen vermochte. Ja, es gab Fälle, wo das Erleichterungsgefühl, wenn man sich abwendete von der Stätte des Ringens, begeisternd wirkte. Und das war eine unschuldigere Begeisterung, als wenn man Likör nahm oder schwarzen, starken Kaffee... Die kleine Tasse stand auf dem Tischchen. Wenn sie ihm über das Hemmnis hülfe? Nein, nein, nicht mehr! Nicht der Arzt nur, auch ein zweiter noch, ein Ansehnlicherer, hatte ihm dergleichen behutsam widerraten: der andere, der dort, in Weimar, den er mit einer sehnsüchtigen Feinschaft liebte. Der war weise. Der wußte zu leben, zu schaffen: mißhandelte sich nicht; war voller Rücksicht gegen sich selbst...

Stille herrschte im Hause. Nur der Wind war hörbar, der die Schloßgasse hinuntersauste, und der Regen, wenn er prickelnd gegen die Fenster getrieben ward. Alles schlief, der Hauswirt und die Seinen, Lotte und die Kinder. Und er stand einsam wach am erkalteten Ofen und blinzelte gequält zu dem Werk hinüber, an das seine kranke Ungenügsamkeit ihn nicht glauben ließ... Sein weißer Hals ragte lang aus der Binde hervor, und zwischen den Schößen des Schlafrocks sah man seine nach innen gekrümmten Beine. Sein rotes Haar war aus der hohen und zarten Stirn zurückgestrichen, ließ blaß geäderte Buchten über den Schläfen frei und bedeckte die Ohren in dünnen Locken. An der Wurzel der großen, gebogenen Nase, die unvermittelt in eine weißliche Spitze endete, traten die starken Brauen, dunkler als das Haupthaar, nahe zusammen, was dem Blick der tiefliegenden, wunden Augen etwas tragisch Schauendes gab. Gezwungen, durch den Mund zu atmen, öffnete er die dünnen Lippen, und seine Wangen, sommersprossig und von Stubenluft fahl, erschlafften und fielen ein...

Nein, es mißlang, und alles war vergebens! Die Armee! Die Armee hätte gezeigt werden müssen! Die Armee war die Basis von allem! Da sie nicht vors Auge gebracht werden konnte — war die ungeheure Kunst denkbar, sie der Einbildung aufzuzwingen? Und der Held war kein Held; er war unedel und kalt! Die Anlage war falsch, und die Sprache war falsch, und es war ein trockenes und schwungloses Kolleg in Historie, breit, nüchtern und für die Schaubühne verloren!

Gut, es war also aus. Eine Niederlage. Ein verfehltes Unternehmen. Bankerott. Er wollte es Körnern schreiben, dem guten Körner, der an ihn glaubte, der in kindischem Vertrauen seinem Genius anhing. Er würde höhnen, flehen, poltern — der Freund; würde ihn an den Carlos gemahnen, der auch aus Zweifeln und Mühen und Wandlungen hervorgegangen und sich am Ende, nach aller Qual, als ein weithin Vortreffliches, eine ruhmvolle Tat erwiesen hat. Doch das war anders gewesen. Damals war er der Mann noch, eine Sache mit glücklicher Hand zu packen und sich den Sieg daraus zu gestalten. Skrupel und Kämpfe? O ja. Und krank war er gewesen, wohl kränker als jetzt, ein Darbender, Flüchtiger, mit der Welt Zerfallener, gedrückt und im Menschlichen bettelarm. Aber jung, ganz jung noch! Jedesmal, wie tief auch gebeugt, war sein Geist geschmeidig emporgeschnellt, und nach den Stunden des Harms waren die anderen des Glaubens und des inneren Triumphes gekommen. Die kamen nicht mehr, kamen kaum noch. Eine Nacht der flammenden Stimmung, da man auf einmal in einem genialisch leidenschaftlichen Lichte sah, was werden könnte, wenn man immer solche Gnade genießen dürfte, mußte bezahlt werden mit einer Woche der Finsternis und der Lähmung. Müde war er, siebenunddreißig erst alt und schon am Ende. Der Glaube lebte nicht mehr, der an die Zukunft, der im Elend sein Stern gewesen. Und so war es, dies war die verzweifelte Wahrheit: Die Jahre der Not und der Nichtigkeit, die er für Leidens- und Prüfungsjahre gehalten, sie eigentlich waren reiche und fruchtbare Jahre gewesen; und nun, da ein wenig Glück sich herniedergelassen, da er aus dem Freibeutertum des Geistes in einige Rechtlichkeit und bürgerliche Verbindung eingetreten war, Amt und Ehren trug, Weib und Kinder besaß, nun war er erschöpft und fertig. Versagen und verzagen — das war's, was übrigblieb.

Er stöhnte, preßte die Hände vor die Augen und ging wie gehetzt durch das Zimmer. Was er da eben gedacht, war so furchtbar, daß er nicht an der Stelle zu bleiben vermochte, wo ihm der Gedanke gekommen war. Er setzte sich auf einen Stuhl an der Wand, ließ die gefalteten Hände zwischen den Knien hangen und starrte trüb auf die Diele nieder.

Das Gewissen . . . Wie laut sein Gewissen schrie! Er hatte gesündigt, sich versündigt gegen sich selbst in all den Jahren, gegen das zarte Instrument seines Körpers. Die Ausschweifungen seines Jugendmutes, die durchwachten Nächte, die Tage in tabakrauchiger Stubenluft, übergeistig und des Leibes uneingedenk, die Rauschmittel, mit denen er sich zur Arbeit gestachelt — das rächte, rächte sich jetzt!

Und rächte es sich, so wollte er den Göttern trotzen, die Schuld schickten und dann Strafe verhängten. Er hatte gelebt, wie er leben mußte, er hatte nicht Zeit gehabt, weise, nicht Zeit, bedächtig zu sein. Hier, an dieser Stelle der Brust, wenn er atmete, hustete, gähnte, immer am selben Punkt dieser Schmerz, diese kleine, teuflische, stechende, bohrende Mahnung, die nicht schwieg, seitdem vor fünf Jahren in Erfurt das Katarrhfieber, jene hitzige Brustkrankheit, ihn angefallen — was wollte sie sagen? In Wahrheit, er wußte es nur zu gut, was sie meinte — mochte der Arzt sich stellen wie er konnte und wollte. Er hatte nicht Zeit, sich mit kluger Schonung zu begegnen, mit milder Sittlichkeit hauszuhalten. Was er tun wollte, mußte er bald tun, heute noch, schnell ... Sittlichkeit? Aber wie kam es zuletzt, daß die Sünde gerade, die Hingabe an das Schädliche und Verzehrende ihn moralischer dünkte als alle Weisheit und kühle Zucht? Nicht sie, nicht die verächtliche Kunst des guten Gewissens waren das Sittliche, sondern der Kampf und die Not, die Leidenschaft und der Schmerz!

Der Schmerz ... Wie das Wort ihm die Brust weitete! Er reckte sich auf, verschränkte die Arme; und sein Blick, unter den rötlichen, zusammenstehenden Brauen, beseelte sich mit schöner Klage. Man war noch nicht elend, ganz elend noch nicht, solange es möglich war, seinem Elend eine stolze und edle Benennung zu schenken. Eins war not: Der gute Mut, seinem Leben große und schöne Namen zu geben! Das Leid nicht auf Stubenluft und Konstipation zurückzuführen! Gesund genug sein, um pathetisch sein — um über das Körperliche hinwegsehen, hinwegfühlen zu können! Nur hierin naiv sein, wenn auch sonst wissend in allem! Glauben, an den Schmerz glauben können ... Aber er glaubte ja an den Schmerz, so tief, so innig, daß etwas, was unter Schmerzen geschah, diesem Glauben zufolge weder nutzlos noch schlecht sein konnte. Sein Blick schwang sich zum Manuskript hinüber, und seine Arme verschränkten sich fester über der Brust ... Das Talent selbst — war es nicht Schmerz? Und wenn *das* dort, das unselige Werk, ihn leiden machte, war es nicht in der Ordnung so und fast schon ein gutes Zeichen? Es hatte noch niemals gesprudelt, und sein Mißtrauen würde erst eigentlich beginnen, wenn es das täte. Nur bei Stümpern und Dilettanten sprudelte es, bei den Schnellzufriedenen und Unwissenden, die nicht unter dem Druck und der Zucht des Talentes lebten. Denn das Talent, meine Herren und Damen dort unten, weithin im Parterre, das Talent ist nichts Leichtes, nichts Tändelndes, es ist nicht ohne weiteres ein Können. In der Wurzel ist es *Bedürfnis*, ein kritisches Wissen um das Ideal, eine Ungenügsamkeit, die sich ihr Können nicht ohne Qual erst schafft und steigert. Und den Größten, den Ungenügsamsten ist ihr Talent die schärfste Geißel ... Nicht klagen! Nicht prahlen! Bescheiden, geduldig denken von dem, was man trug! Und wenn nicht ein Tag in der Woche, nicht eine Stunde von Leiden frei war — was weiter? Die Lasten und Leistungen, die Anforderungen, Beschwerden, Strapazen gering achten, *klein* sehen, — das war's, was groß machte!

Er stand auf, zog die Dose und schnupfte gierig, warf dann die Hände auf den Rücken und schritt so heftig durch das Zimmer, daß die Flammen der Kerzen im Luftzuge flatterten ... Größe! Außerordentlichkeit! Welteroberung und Unsterblichkeit des Namens! Was galt alles Glück der ewig Unbekannten gegen dies Ziel? Gekannt sein, — gekannt und geliebt von den Völkern der Erde! Schwatzet von Ichsucht, die ihr nichts wißt von der Süßigkeit dieses Traumes und Dranges! Ichsüchtig ist alles Außerordentliche, sofern es leidet. Mögt ihr selbst zusehen, spricht es, ihr Sendungslosen, die ihr's auf Erden so viel leichter habt! Und der Ehrgeiz spricht: Soll das Leiden umsonst gewesen sein? Groß muß es mich machen! ...

Die Flügel seiner großen Nase waren gespannt, sein Blick drohte und schweifte. Seine Rechte war heftig und tief in den Aufschlag seines Schlafrockes geschoben, während die Linke geballt herniederhing. Eine fliegende Röte war in seine hageren Wangen getreten, eine Lohe, emporgeschlagen aus der Glut seines Künstleregoismus, jener Leidenschaft für sein Ich, die unauslöschlich in seiner Tiefe brannte. Er kannte ihn wohl, den heimlichen Rausch dieser Liebe. Zuweilen brauchte er nur seine Hand zu betrachten, um von einer begeisterten Zärtlichkeit für sich selbst erfüllt zu werden, in deren Dienst er alles, was ihm an Waffen des Talentes und der Kunst gegeben war, zu stellen beschloß. Er durfte es, nichts war unedel daran. Denn tiefer noch als diese Ichsucht lebte das Bewußtsein, sich dennoch bei alldem im Dienste vor irgend etwas Hohem, ohne Verdienst freilich, sondern unter einer Notwendigkeit, uneigennützig zu verzehren und aufzuopfern. Und dies war seine Eifersucht: daß niemand größer werde als er, der nicht auch tiefer als er um dieses Hohe gelitten.

Niemand! ... Er blieb stehen, die Hand über den Augen, den Oberkörper halb seitwärts gewandt, ausweichend, fliehend. Aber er fühlte schon den Stachel dieses unvermeidlichen Gedankens in seinem Herzen, des Gedankens an ihn, den anderen, den Hellen, Tastseligen, Sinnlichen, Göttlich-Unbewußten, an *den* dort, in Weimar, den er mit einer sehnsüchtigen Feindschaft liebte ... Und wieder, wie stets, in tiefer Unruhe, mit Hast und Eifer, fühlte er die Arbeit in sich beginnen, die diesem Gedanken folgte: das eigene Wesen und Künstlertum gegen das des anderen zu behaupten und abzugrenzen ... War er denn größer? Worin? Warum? War es ein blutendes Trotzdem, wenn er siegte? Würde je sein Erliegen ein tragisches Schauspiel sein? Ein Gott, vielleicht, — ein Held war er nicht. Aber es war leichter, ein Gott zu sein als ein Held! — Leichter ... Der andere hatte es leichter! Mit weiser und glücklicher Hand Erkennen und Schaffen zu scheiden, das mochte heiter und quallos und quellend fruchtbar machen. Aber war Schaffen göttlich, so war Erkenntnis Heldentum, und beides war der, ein Gott und ein Held, welcher erkennend schuf!

Der Wille zum Schweren... Ahnte man, wieviel Zucht und Selbstüberwindung ein Satz, ein strenger Gedanke ihn kostete? Denn zuletzt war er unwissend und wenig geschult, ein dumpfer und schwärmender Träumer. Es war schwerer, einen Brief des Julius zu schreiben, als die beste Szene zu machen, — und war es nicht darum auch fast schon das Höhere? — Vom ersten rhythmischen Drange innerer Kunst nach Stoff, Materie, Möglichkeit des Ergusses — bis zum Gedanken, zum Bilde, zum Worte, zur Zeile: welch Ringen! welch Leidensweg! Wunder der Sehnsucht waren seine Werke, der Sehnsucht nach Form, Gestalt, Begrenzung, Körperlichkeit, der Sehnsucht hinüber in die klare Welt des anderen, der unmittelbar und mit göttlichem Mund die besonnten Dinge bei Namen nannte.

Dennoch, und jenem zum Trotz: Wer war ein Künstler, ein Dichter gleich ihm, ihm selbst? Wer schuf, wie er, aus dem Nichts, aus der eigenen Brust? War nicht als Musik, als reines Urbild des Seins ein Gedicht in seiner Seele geboren, lange bevor es sich Gleichnis und Kleid aus der Welt der Erscheinungen lieh? Geschichte, Weltweisheit, Leidenschaft: Mittel und Vorwände, nicht mehr, für etwas, was wenig mit ihnen zu schaffen, was seine Heimat in orphischen Tiefen hatte. Worte, Begriffe: Tasten nur, die sein Künstlertum schlug, um ein verborgenes Saitenspiel klingen zu machen... Wußte man das? Sie priesen ihn sehr, die guten Leute, für die Kraft der Gesinnung, mit welcher er die oder jene Taste schlug. Und sein Lieblingswort, sein letztes Pathos, die große Glocke, mit der er zu den höchsten Festen der Seele rief, sie lockte viele herbei... Freiheit... Mehr und weniger, wahrhaftig, begriff er darunter als sie, wenn sie jubelten. Freiheit — was hieß das? Ein wenig Bürgerwürde doch nicht vor Fürstenthronen? Laßt ihr euch träumen, was alles ein Geist mit dem Worte zu meinen wagt? Freiheit wovon? Wovon zuletzt noch? Vielleicht sogar noch vom Glücke, vom Menschenglück, dieser seidenen Fessel, dieser weichen und holden Verpflichtung...

Vom Glück... Seine Lippen zuckten; es war, als kehrte sein Blick sich nach innen, und langsam ließ er das Gesicht in die Hände sinken... Er war im Nebenzimmer. Bläuliches Licht floß von der Ampel, und der geblümte Vorhang verhüllte in stillen Falten das Fenster. Er stand am Bette, beugte sich über das süße Haupt auf dem Kissen... Eine schwarze Locke ringelte sich über die Wange, die von der Blässe der Perlen schien, und die kindlichen Lippen waren im Schlummer geöffnet... Mein Weib! Geliebte! Folgtest du meiner Sehnsucht und tratest du zu mir, mein

Glück zu sein? Du bist es, sei still! Und schlafe! Schlag jetzt nicht
diese süßen, langschattenden Wimpern auf, um mich anzu-
schauen, so groß und dunkel, wie manchmal, als fragtest und
suchtest du mich! Bei Gott, bei Gott, ich liebe dich sehr! Ich kann
mein Gefühl nur zuweilen nicht finden, weil ich oft sehr müde
vom Leiden bin und vom Ringen mit jener Aufgabe, welche mein
Selbst mir stellt. Und ich darf nicht allzusehr dein, nie ganz in dir
glücklich sein, um dessentwillen, was meine Sendung ist ...

Er küßte sie, trennte sich von der lieblichen Wärme ihres Schlummers, sah um sich, kehrte zurück. Die Glocke mahnte ihn, wie
weit schon die Nacht vorgeschritten, aber es war auch zugleich, als
zeigte sie gütig das Ende einer schweren Stunde an. Er atmete auf,
seine Lippen schlossen sich fest; er ging und ergriff die Feder ...
Nicht grübeln! Er war zu tief, um grübeln zu dürfen! Nicht ins
Chaos hinabsteigen, sich wenigstens nicht dort aufhalten! Sondern aus dem Chaos, welches die Fülle ist, ans Licht emporheben,
was fähig und reif ist, Form zu gewinnen. Nicht grübeln: Arbeiten! Begrenzen, ausschalten, gestalten, fertig werden ...

Und es wurde fertig, das Leidenswerk. Es wurde vielleicht nicht
gut, aber es wurde fertig. Und als es fertig war, siehe, da war es
auch gut. Und aus seiner Seele, aus Musik und Idee, rangen sich
neue Werke hervor, klingende und schimmernde Gebilde, die in
heiliger Form die unendliche Heimat wunderbar ahnen ließen,
wie in der Muschel das Meer saust, dem sie entfischt ist.

Wälsungenblut

Da es sieben Minuten vor zwölf war, kam Wendelin in den Vorsaal des ersten Stockes und rührte das Tamtam. Breitbeinig, in seinen veilchenfarbenen Kniehosen, stand er auf einem altersblassen Gebetsteppich und bearbeitete das Metall mit dem Klöppel. Der erzene Lärm, wild, kannibalisch und übertrieben für seinen Zweck, drang überall hin: in die Salons zur Rechten und Linken, den Billardsaal, die Bibliothek, den Wintergarten, hinab und hinauf durch das ganze Haus, dessen gleichmäßig erwärmte Atmosphäre durchaus mit einem süßen und exotischen Parfum geschwängert war. Endlich schwieg er, und Wendelin ging noch sieben Minuten lang anderen Geschäften nach, indes Florian im Eßsaal die letzte Hand an den Frühstückstisch legte. Aber Schlag zwölf Uhr ertönte die kriegerische Mahnung zum zweitenmal. Und hierauf erschien man.

Herr Aarenhold kam mit kurzen Schritten aus der Bibliothek, wo er sich mit seinen alten Drucken beschäftigt hatte. Er erwarb beständig literarische Altertümer, Ausgaben erster Hand in allen Sprachen, kostbare und moderige Scharteken. Indem er sich leise die Hände rieb, fragte er in seiner gedämpften und ein wenig leidenden Art: »Ist Beckerath noch nicht da?«

»Nun, er wird kommen. Wie wird er nicht kommen? Er spart ein Frühstück im Restaurant«, antwortete Frau Aarenhold, indem sie auf dem dicken Läufer geräuschlos über die Treppe kam, auf deren Absatz eine kleine, uralte Kirchenorgel stand.

Herr Aarenhold blinzelte. Seine Frau war unmöglich. Sie war klein, häßlich, früh gealtert und wie unter einer fremden, heißeren Sonne verdorrt. Eine Kette von Brillanten lag auf ihrer eingefallenen Brust. Sie trug ihr graues Haar in vielen Schnörkeln und Ausladungen zu einer umständlichen und hochgebauten Coiffure angeordnet, in welcher, irgendwo seitwärts, eine große, farbig funkelnde und ihrerseits mit einem weißen Federbüschel gezierte Brillant-Agraffe befestigt war. Herr Aarenhold und die Kinder hatten ihr diese Haartracht mehr als einmal mit gut gesetzten Worten verwiesen. Aber Frau Aarenhold bestand mit Zähigkeit auf ihrem Geschmack.

Die Kinder kamen. Es waren Kunz und Märit, Siegmund und Sieglind. Kunz war in betreßter Uniform, ein schöner, brauner Mensch mit aufgeworfenen Lippen und einer gefährlichen Hiebnarbe. Er übte sechs Wochen bei seinem Husarenregiment. Märit erschien in miederlosem Gewande. Sie war aschblond, ein strenges Mädchen von achtundzwanzig mit Hakennase, grauen Raubvogelaugen und einem bittern Munde. Sie studierte die Rechte und ging mit einem Ausdruck von Verachtung durchaus ihre eigenen Wege.

Siegmund und Sieglind kamen zuletzt, Hand in Hand, aus dem zweiten Stock. Sie waren Zwillinge und die Jüngsten: grazil wie Gerten und kindlich von Wuchs bei ihren neunzehn Jahren. Sie trug ein bordeauxrotes Samtkleid, zu schwer für ihre Gestalt und im Schnitt der florentinischen Mode von Fünfzehnhundert sich nähernd. Er trug einen grauen Jackett-Anzug mit einer Krawatte aus himbeerfarbener Rohseide, Lackschuhe an seinen schlanken Füßen und Manschettenknöpfe, die mit kleinen Brillanten besetzt waren. Sein starker, schwarzer Bartwuchs war rasiert, so daß auch seinem mageren und fahlen Gesicht mit den schwarz zusammengewachsenen Brauen das Ephebenhafte seiner Gestalt gewahrt blieb. Sein Kopf war mit dichten, schwarzen, gewaltsam auf der Seite gescheitelten Locken bedeckt, die ihm weit in die Schläfen wuchsen. In ihrem dunkelbraunen Haar, das in tiefem, glatten Scheitel über die Ohren frisiert war, lag ein goldener Reif, von dem in ihre Stirn hinab eine große Perle hing, — ein Geschenk von ihm. Um eines seiner knabenhaften Handgelenke lag eine gewichtige goldene Fessel, — ein Geschenk von ihr. Sie waren einander sehr ähnlich. Sie hatten dieselbe ein wenig niedergedrückte Nase, dieselben voll und weich aufeinander ruhenden Lippen, hervortretenden Wangenknochen, schwarzen und blanken Augen. Aber am meisten glichen sich ihre langen und schmalen Hände, — dergestalt, daß die seinen keine männlichere Form, nur eine rötlichere Färbung aufwiesen als die ihren. Und sie hielten einander beständig daran, worin sie nicht störte, daß ihrer beider Hände zum Feuchtwerden neigten . . .

Man stand eine Weile auf den Teppichen in der Halle und sprach fast nichts. Endlich kam von Beckerath, der Verlobte Sieglindens. Wendelin öffnete ihm die Flurtüre, und er kam herein in schwarzem Schoßrock und entschuldigte sein Zuspätkommen nach allen Seiten. Er war Verwaltungsbeamter und von Familie, — klein, kanariengelb, spitzbärtig und von eifriger Artigkeit. Bevor er einen Satz begann, zog er rasch die Luft durch den offenen Mund ein, indem er das Kinn auf die Brust drückte.

Er küßte Sieglinden die Hand und sagte:

»Ja, entschuldigen auch Sie, Sieglinde! Der Weg vom Ministerium zum Tiergarten ist so weit . . .« Er durfte sie noch nicht duzen; sie liebte das nicht. Sie antwortete ohne Zögern:

»Sehr weit. Und wie nun übrigens, wenn Sie in Anbetracht dieses Weges Ihr Ministerium ein wenig früher verließen?«

Kunz fügte hinzu, und seine schwarzen Augen wurden zu blitzenden Ritzen:

»Das würde von entschieden befeuernder Wirkung auf den Gang unseres Hauswesens sein.«

»Ja, mein Gott . . . Geschäfte . . .«, sagte von Beckerath matt. Er zählte fünfunddreißig Jahre.

Die Geschwister hatten mundfertig und mit scharfer Zunge gesprochen, scheinbar im Angriff und doch vielleicht nur aus eingeborener Abwehr, verletzend und wahrscheinlich doch nur aus Freude am guten Wort, so daß es pedantisch gewesen wäre, ihnen gram zu sein. Sie ließen seine arme Antwort gelten, als finde sie, daß sie ihm angemessen sei und daß seine Art die Wehr des Witzes nicht nötig habe. Man ging zu Tische, voran Herr Aarenhold, der Herrn von Beckerath zeigen wollte, daß er Hunger habe.

Sie setzten sich, sie entfalteten die steifen Servietten. In dem ungeheuren, mit Teppichen belegten und rings mit einer Boiserie aus dem achtzehnten Jahrhundert bekleideten Speisesaal, von dessen Decke drei elektrische Lüster hingen, verlor sich der Familientisch mit den sieben Personen. Er war an das große, bis zum Boden reichende Fenster gerückt, zu dessen Füßen, hinter niedrigem Gitter, der zierliche Silberstrahl eines Springbrunnens tänzelte und das einen weiten Blick über den noch winterlichen Garten bot. Gobelins mit Schäfer-Idyllen, die wie die Täfelung vorzeiten ein französisches Schloß geschmückt hatten, bedeckten den oberen Teil der Wände. Man saß tief am Tische, auf Stühlen, deren breite und nachgiebige Polster mit Gobelins bespannt waren. Auf dem starken, blitzend weißen und scharf gebügelten Damast stand bei jedem Besteck ein Spitzglas mit zwei Orchideen. Herr Aarenhold befestigte mit seiner hageren und vorsichtigen Hand das Pincenez auf halber Höhe seiner Nase und las mit argwöhnischer Miene das Menü, das in drei Exemplaren auf dem Tische lag. Er litt an einer Schwäche des Sonnengeflechts, jenes Nervenkomplexes, der sich unterhalb des Magens befindet und die Quelle schwerer Mißhelligkeiten werden kann. Er war daher gehalten, zu prüfen, was er zu sich nahm.

Es gab Fleischbrühe mit Rindermark, Sole au vin blanc, Fasan und Ananas. Nichts weiter. Es war ein Familienfrühstück. Aber Herr Aarenhold war zufrieden: es waren gute, bekömmliche Sachen. Die Suppe kam. Eine Winde, die ins Büfett mündete, trug sie geräuschlos aus der Küche herab, und die Diener reichten sie um den Tisch, gebückt, mit konzentrierter Miene, in einer Art Leidenschaft des Dienens. Es waren winzige Täßchen aus zartestem durchschimmerndem Porzellan. Die weißlichen Markklümpchen schwammen in dem heißen, goldgelben Saft.

Herr Aarenhold fand sich durch die Erwärmung angeregt, ein wenig Luft aufzubringen. Mit behutsamen Fingern führte er die Serviette zum Munde und suchte nach einer Ausdrucksmöglichkeit für das, was ihm den Geist bewegte.

»Nehmen Sie noch ein Täßchen, Beckerath«, sagte er. »Das nährt.

Wer arbeitet, hat das Recht, sich zu pflegen, und zwar mit Genuß ... Essen Sie eigentlich gern? Essen Sie mit Vergnügen? Wo nicht, desto schlimmer für Sie. Mir ist jede Mahlzeit ein kleines Fest. Jemand hat gesagt, das Leben sei doch schön, da es so eingerichtet sei, daß man täglich viermal essen könne. Er ist mein Mann. Aber um diese Einrichtung würdigen zu können, dazu gehört eine gewisse Jugendlichkeit und Dankbarkeit, die sich nicht jeder zu erhalten versteht ... Man wird alt, gut, daran ändern wir nichts. Aber worauf es ankommt, ist, daß die Dinge einem neu bleiben, und daß man sich eigentlich an nichts gewöhnt ... Da sind nun«, fuhr er fort, indem er ein wenig Rindermark auf einen Semmelbrocken bettete und Salz darauf streute, »Ihre Verhältnisse im Begriffe, sich zu ändern; das Niveau Ihres Daseins soll sich nicht unwesentlich erhöhen.« (Von Beckerath lächelte.) »Wenn Sie Ihr Leben genießen wollen, wahrhaft genießen, bewußt, künstlerisch, so trachten Sie, sich niemals an die neuen Umstände zu gewöhnen. Gewöhnung ist der Tod. Sie ist der Stumpfsinn. Leben Sie sich nicht ein, lassen Sie sich nichts selbstverständlich werden, bewahren Sie sich einen Kindergeschmack für die Süßigkeiten des Wohlstandes. Sehen Sie ... Ich bin nun seit manchem Jahr in der Lage, mir einige Annehmlichkeiten des Lebens zu gönnen« (von Beckerath lächelte), »und doch versichere ich Sie, daß ich noch heute jeden Morgen, den Gott werden läßt, beim Erwachen ein wenig Herzklopfen habe, weil meine Bettdecke aus Seide ist. Das ist Jugendlichkeit ... Ich weiß doch, wie ich's gemacht habe; und doch, ich kann um mich blicken wie ein verwunschener Prinz ...«

Die Kinder tauschten Blicke, jedes mit jedem und so rücksichtslos, daß Herr Aarenhold nicht umhinkonnte, es zu bemerken, und sichtlich in Verlegenheit geriet. Er wußte, daß sie einig gegen ihn waren und daß sie ihn verachteten: für seine Herkunft, für das Blut, das in ihm floß und das sie von ihm empfangen, für die Art, in der er seinen Reichtum erworben, für seine Liebhabereien, die ihm in ihren Augen nicht zukamen, für seine Selbstpflege, auf die er ebenfalls kein Recht haben sollte, für seine weiche und dichterische Geschwätzigkeit, der die Hemmungen des Geschmackes fehlten ... Er wußte es und gab ihnen gewissermaßen recht; er war nicht ohne Schuldbewußtsein ihnen gegenüber. Aber zuletzt mußte er seine Persönlichkeit behaupten, mußte sein Leben führen und auch davon sprechen dürfen, namentlich dies. Er hatte ein Recht darauf, hatte nachgewiesen, daß er der Betrachtung wert war. Er war ein Wurm gewesen, eine Laus, jawohl; aber eben die Fähigkeit, dies so inbrünstig und selbstverachtungsvoll zu empfinden, war zur Ursache jenes zähen und niemals genügsamen Strebens geworden, das ihn groß gemacht hatte ... Herr Aarenhold war im Osten an entlegener Stätte geboren, hatte eines begüterten Händlers Tochter geehelicht und vermittelst einer kühnen und klugen Unternehmung, großartiger Machenschaften, welche ein Bergwerk, den Aufschluß eines Kohlenlagers zum Gegenstand gehabt hatten, einen gewaltigen und unversieglichen Goldstrom in seine Kasse gelenkt . . .

Das Fischgericht stieg hernieder. Die Diener eilten damit vom Büfett durch die Weite des Saales. Sie reichten die cremeartige Sauce dazu und schenkten Rheinwein, der leis auf der Zunge prickelte. Man sprach von Sieglindens und Beckeraths Hochzeit.

Sie stand nahe bevor, in acht Tagen sollte sie stattfinden. Man erwähnte der Aussteuer, man entwarf die Route der Hochzeitsreise nach Spanien. Eigentlich erörterte Herr Aarenhold allein diese Gegenstände, von seiten von Beckeraths durch eine artige Fügsamkeit unterstützt. Frau Aarenhold speiste gierig und antwortete, nach ihrer Art, ausschließlich mit Gegenfragen, die wenig förderlich waren. Ihre Rede war mit sonderbaren und an Kehllauten reichen Worten durchsetzt, Ausdrücken aus dem Dialekt ihrer Kindheit. Märit war voll schweigenden Widerstandes gegen die kirchliche Trauung, die in Aussicht genommen war und die sie in ihren vollständig aufgeklärten Überzeugungen beleidigte. Übrigens stand auch Herr Aarenhold dieser Trauung kühl gegenüber, da von Beckerath Protestant war. Eine protestantische Trauung sei ohne Schönheitswert. Ein anderes, wenn von Beckerath dem katholischen Bekenntnis angehört hätte. — Kunz blieb stumm, weil er sich in von Beckeraths Gegenwart an seiner Mutter ärgerte. Und weder Siegmund noch Sieglind legten Teilnahme an den Tag. Sie hielten einander zwischen den Stühlen an ihren schmalen und feuchten Händen. Zuweilen fanden sich ihre Blicke, verschmolzen, schlossen ein Einvernehmen, zu dem es von außen nicht Wege noch Zugang gab. Von Beckerath saß an Sieglindens anderer Seite.

»Fünfzig Stunden«, sagte Herr Aarenhold, »und Sie sind in Madrid, wenn Sie wollen. Man schreitet fort, ich habe auf dem kürzesten Wege sechzig gebraucht . . . Ich nehme an, daß Sie den Landweg dem Seewege von Rotterdam aus vorziehen?«

Von Beckerath zog den Landweg eilfertig vor.

»Aber Sie werden Paris nicht links liegenlassen. Sie haben die Möglichkeit, direkt über Lyon zu fahren . . . Sieglinde kennt Paris. Aber Sie sollten sich die Gelegenheit nicht entgehen lassen . . . Ich stelle Ihnen anheim, ob Sie vorher Aufenthalt nehmen wollen. Die Wahl des Ortes, wo Ihnen der Honigmond anbrechen soll, bleibt billig Ihnen selbst überlassen . . .«

Sieglinde wandte den Kopf, wandte ihn zum erstenmal ihrem Verlobten zu: unverhohlen und frei, ganz unbesorgt, ob jemand acht darauf habe. Sie sah in die artige Miene an ihrer Seite, groß und schwarz, prüfend, erwartungsvoll, fragend, mit einem glänzend ernsten Blick, der diese drei Sekunden lang begrifflos redete wie der eines Tieres. Doch zwischen den Stühlen hielt sie die schmale Hand ihres Zwillings, dessen zusammengewachsene Brauen an der Nasenwurzel zwei schwarze Falten bildeten . . .

Das Gespräch glitt ab, plänkelte eine Weile unstet hin und her, berührte eine Sendung frischer Zigarren, welche, in Zink verschlossen, eigens für Herrn Aarenhold aus Habana eingetroffen waren, und zog dann Kreise um einen Punkt, eine Frage rein logischer Natur, die beiläufig von Kunz aufgeworfen war: ob nämlich, wenn a die notwendige und ausreichende Bedingung für b sei, auch b die notwendige und ausreichende Bedingung für a sein müsse. Dies umstritt man, zersetzte es in Scharfsinn, brachte Beispiele bei, kam vom Hundertsten ins Tausendste, befehdete einander mit einer stählernen und abstrakten Dialektik und erhitzte sich nicht wenig. Märit hatte eine philosophische Unterscheidung, nämlich die zwischen dem realen und dem kausalen Grunde, in die Debatte eingeführt. Kunz erklärte, indem er mit erhobenem Kopfe auf sie hinabredete, den »kausalen Grund« für einen Pleonasmus. Märit bestand mit gereizten Worten auf dem Rechte ihrer eigenen Terminologie. Herr Aarenhold setzte sich zurecht, hob ein Brotstückchen zwischen Daumen und Zeigefinger empor und machte sich anheischig, das Ganze zu erklären. Er erlitt ein vollkommenes Fiasko. Die Kinder lachten ihn aus. Sogar Frau Aarenhold wies ihn zurück. »Was redest du?« sagte sie. »Hast du's gelernt? Wenig hast du gelernt!« Und als von Beckerath das Kinn auf die Brust drückte und die Luft durch den Mund einzog, um seine Meinung zu äußern, war man bereits bei etwas anderem.

Siegmund sprach. Er erzählte in ironisch gerührtem Tone von der gewinnenden Einfalt und Naturnähe eines Bekannten, der sich in Unwissenheit darüber erhalten habe, welches Kleidungsstück man als Jackett und welches als Smoking bezeichne. Dieser Parsifal rede von einem karierten Smoking . . . Kunz kannte einen noch beweglicheren Fall von Unverdorbenheit. Er handelte von einem, der zum Five o'clock tea im Smoking erschienen sei.

»Nachmittags im Smoking?« sagte Sieglinde und verzog ihre Lippen . . . »Das tun doch sonst nur die Tiere.«

Von Beckerath lachte eifrig, zumal sein Gewissen ihn mahnte, daß er selbst schon zu Tees im Smoking gegangen sei . . . Man kam so, beim Geflügel, von Fragen allgemein kultureller Natur auf Kunst zu sprechen: auf bildende Kunst, in der von Beckerath Kenner und Liebhaber war, auf Literatur und Theater, wofür im Hause Aarenhold die Neigung vorherrschte, obgleich sich Siegmund mit Malerei beschäftigte.

Die Unterhaltung ward lebhaft und allgemein, die Kinder nahmen entscheidenden Anteil daran, sie sprachen gut, ihr Gebärdenspiel war nervös und anmaßend. Sie marschierten an der Spitze des Geschmacks und verlangten das Äußerste. Sie gingen hinweg über das, was Absicht, Gesinnung, Traum und ringender Wille geblieben war, sie bestanden erbarmungslos auf dem Können, der Leistung, dem Erfolg im grausamen Wettstreit der Kräfte, und das sieghafte Kunststück war es, was sie ohne Bewunderung, doch mit Anerkennung begrüßten. Herr Aarenhold selbst sagte zu von Beckerath:

»Sie sind sehr gutmütig, mein Lieber, Sie nehmen den guten Willen in Schutz. *Resultate,* — mein Freund! Sie sagen: Es ist zwar nicht ganz gut, was er macht, aber er war nur ein Bauer, bevor er zur Kunst ging; so ist auch dies schon erstaunlich. Nichts da. Die Leistung ist absolut. Es gibt keine mildernden Umstände. Er mache, was ersten Ranges ist, oder er fahre Mist. Wie weit hätte ich es gebracht mit Ihrer dankbaren Gesinnung? Ich hätte mir sagen können: Du bist nur ein Lump, ursprünglich; 's ist rührend, wenn du dich aufschwingst zum eigenen Kontor. Ich säße nicht hier. Ich habe die Welt zwingen müssen, mich anzuerkennen, — nun also, auch ich will zur Anerkennung gezwungen sein. Hier ist Rhodus; belieben Sie gütigst zu tanzen!«

Die Kinder lachten. Einen Augenblick verachteten sie ihn nicht. Sie saßen tief und weich am Tische im Saal, in lässiger Haltung, mit launisch verwöhnten Mienen, sie saßen in üppiger Sicherheit, aber ihre Rede ging scharf wie dort, wo es gilt, wo Helligkeit, Härte und Notwehr und wachsamer Witz zum Leben geboten sind. Ihr Lob war eine gehaltene Zustimmung, ihr Tadel, behend, geweckt und respektlos, entwaffnete im Handumdrehen, setzte die Begeisterung matt, machte sie dumm und stumm. Sie nannten »sehr gut« das Werk, das durch eine unverträumte Intellektualität vor jedem Einwand gesichert schien, und sie verhöhnten den Fehlgriff der Leidenschaft. Von Beckerath, zu einem unbewaffneten Enthusiasmus geneigt, hatte schweren Stand, besonders, da er der ältere war. Er ward beständig kleiner auf seinem Stuhl, drückte das Kinn auf die Brust und atmete verstört durch den offenen Mund, bedrängt von ihrer lustigen Übermacht. Sie widersprachen auf jeden Fall, als schiene es ihnen unmöglich, kümmerlich, schimpflich, nicht zu widersprechen, sie widersprachen vorzüglich, und ihre Augen wurden zu blitzenden Ritzen dabei. Sie fielen über ein Wort her, ein einzelnes, das er gebraucht hatte, zerzausten es, verwarfen es und trieben ein anderes auf, ein tödlich bezeichnendes, das schwirrte, traf und bebend im Schwarzen saß . . . Von Beckerath hatte rote Augen und bot einen derangierten Anblick, als das Frühstück zu Ende ging.

Plötzlich — man streute sich Zucker auf die Ananasschnitten — sagte Siegmund und verzerrte nach seiner Art beim Sprechen das Gesicht wie jemand, den die Sonne blendet:

»Ach, hören Sie, Beckerath, eh' wir's vergessen, noch eins ...
Sieglind und ich, wir nahen uns Ihnen in bittender Haltung ...
Es ist die ›Walküre‹ heute im Opernhaus ... Wir möchten sie,
Sieglind und ich, noch einmal zusammen hören ... dürfen wir
das? Es hängt natürlich von Ihrer Huld und Gnade ab ...«
»Wie sinnig!« sagte Herr Aarenhold.
Kunz trommelte auf dem Tischtuch den Rhythmus des Hunding-
Motivs.
Von Beckerath, bestürzt, daß man in irgendeiner Sache nach sei-
ner Erlaubnis verlangte, antwortete eifrig:
»Aber, Siegmund, gewiß ... und Sie, Sieglind ... ich finde das
sehr vernünftig ... gehen Sie unbedingt ... ich bin imstande und
schließe mich an ... Es ist eine vorzügliche Besetzung heute ...«
Aarenholds beugten sich lachend über ihre Teller. Von Beckerath,
ausgeschlossen und blinzelnd nach Orientierung ringend, ver-
suchte, so gut es ging, sich an ihrer Heiterkeit zu beteiligen.
Siegmund sagte vor allen Dingen:
»Ach, denken Sie, ich finde die Besetzung schlecht. Im übrigen,
seien Sie unserer Dankbarkeit wohl versehen; aber Sie haben
uns mißverstanden. Sieglinde und ich, wir bitten, vor der Hochzeit noch einmal *allein* miteinander die ›Walküre‹ hören zu dür-
fen. Ich weiß nicht, ob Sie jetzt ...«
»Aber natürlich ... Ich verstehe vollkommen. Das ist reizend.
Sie müssen unbedingt gehen ...«
»Danke. Wir danken Ihnen sehr. — Dann lasse ich also Percy und
Leiermann für uns anspannen.«
»Ich erlaube mir, dir zu bemerken«, sagte Herr Aarenhold, »daß
deine Mutter und ich zum Diner bei Erlangers fahren, und zwar
mit Percy und Leiermann. Ihr werdet die Herablassung haben,
Euch mit Baal und Zampa zu begnügen und das braune Coupé
zu benützen.«
»Und Plätze?« fragte Kunz ...
»Ich habe sie längst«, sagte Siegmund und warf den Kopf zu-
rück.
Sie lachten, indem sie dem Bräutigam in die Augen sahen.
Herr Aarenhold entfaltete mit spitzen Fingern die Hülse eines
Belladonna-Pulvers und schüttete es sich behutsam in den Mund.
Er zündete sich hierauf eine breite Zigarette an, die alsbald einen
köstlichen Duft verbreitete. Die Diener sprangen herzu, die
Stühle hinter ihm und Frau Aarenhold fortzuziehen. Befehl er-
ging, daß der Kaffee im Wintergarten gereicht werde. Kunz verlangte mit scharfer Stimme nach seinem Dogcart, um in die Ka-
serne zu fahren.

Siegmund machte Toilette für die Oper, und zwar seit einer
Stunde. Ein außerordentliches und fortwährendes Bedürfnis nach

Reinigung war ihm eigen, dergestalt, daß er einen beträchtlichen Teil des Tages vorm Lavoir verbrachte. Er stand jetzt vor seinem großen, weißgerahmten Empire-Spiegel, tauchte den Puderquast in die getriebene Büchse und puderte sich Kinn und Wangen, die frisch rasiert waren; denn sein Bartwuchs war so stark, daß er, wenn er abends ausging, genötigt war, sich ein zweitesmal davon zu säubern.

Er stand dort ein wenig bunt: in rosaseidenen Unterbeinkleidern und Socken, roten Saffian-Pantoffeln und einer dunkel gemusterten wattierten Hausjacke mit hellgrauen Pelzaufschlägen. Und um ihn war das große, ganz mit weißlackierten und vornehm praktischen Dingen ausgestattete Schlafzimmer, hinter dessen Fenstern die nackten und nebeligen Wipfelmassen des Tiergartens lagen.

Da es allzusehr dunkelte, ließ er die Leuchtkörper erglühen, die, an dem weißen Plafond in großem Kreise angeordnet, das Zimmer mit einer milchigen Helligkeit erfüllten, und zog die samtnen Vorhänge vor die dämmernden Scheiben. Das Licht ward aufgenommen von den wasserklaren Spiegeltiefen des Schrankes, des Waschtisches, der Toilette; es blitzte in den geschliffenen Flakons auf den mit Kacheln ausgelegten Borden. Und Siegmund fuhr fort, an sich zu arbeiten. Zuweilen, bei irgendeinem Gedanken, bildeten seine zusammengewachsenen Brauen über der Nasenwurzel zwei schwarze Falten.

Sein Tag war vergangen, wie seine Tage zu vergehen pflegten: leer und geschwinde. Da das Theater um halb sieben begann und da er schon um halb fünf begonnen hatte, sich umzukleiden, so hatte es kaum einen Nachmittag für ihn gegeben. Nachdem er von zwei bis drei Uhr auf seiner Chaiselongue geruht, hatte er den Tee genommen und dann die überzählige Stunde genützt, indem er, ausgestreckt in einem tiefen Lederfauteuil des Arbeitszimmers, das er mit seinem Bruder Kunz teilte, in mehreren neu erschienenen Romanen je ein paar Seiten gelesen hatte. Er hatte diese Leistungen sämtlich erbärmlich schwach gefunden, immerhin aber ein paar davon zum Buchbinder gesandt, um sie für seine Bibliothek künstlerisch binden zu lassen.

Übrigens hatte er vormittags gearbeitet. Er hatte die Morgenstunde von zehn bis elf Uhr in dem Atelier seines Professors verbracht. Dieser Professor, ein Künstler von europäischem Ruf, bildete Siegmunds Talent im Zeichnen und Malen aus und erhielt von Herrn Aarenhold zweitausend Mark für den Monat. Es war gleichwohl zum Lächeln, was Siegmund malte. Er wußte es selbst und war weit entfernt, feurige Erwartungen in sein Künstlertum zu setzen. Er war zu scharfsinnig, um nicht zu begreifen, daß die Bedingungen seines Daseins für die Entwickelung einer gestaltenden Gabe nicht eben die günstigsten waren.

Die Ausstattung des Lebens war so reich, so vielfach, so überladen, daß für das Leben selbst beinahe kein Platz blieb. Jegliches Stück dieser Ausstattung war so kostbar und schön, daß es sich anspruchsvoll über seinen dienenden Zweck erhob, verwirrte, Aufmerksamkeit verbrauchte. Siegmund war in den Überfluß hinein geboren, er war seiner ohne Zweifel gewohnt. Und dennoch bestand die Tatsache, daß dieser Überfluß nie aufhörte, ihn zu beschäftigen und zu erregen, ihn mit beständiger Wollust zu reizen. Es erging ihm darin, ob er wollte oder nicht, wie Herrn Aarenhold, der die Kunst übte, sich eigentlich an nicht zu gewöhnen . . .

Er liebte zu lesen, trachtete nach dem Wort und dem Geist als nach einem Rüstzeug, auf das ein tiefer Trieb ihn verwies. Aber niemals hatte er sich an ein Buch hingegeben und verloren, wie es geschieht, wenn einem dies eine Buch als das wichtigste, einzige gilt, als die kleine Welt, über die man nicht hinausblickt, in die man sich verschließt und versenkt, um Nahrung noch aus der letzten Silbe zu saugen. Die Bücher und Zeitschriften strömten herzu, er konnte sie alle kaufen, sie häuften sich um ihn, und während er lesen wollte, beunruhigte ihn die Menge des noch zu Lesenden. Aber die Bücher wurden gebunden. In gepreßtem Leder, mit Siegmund Aarenholds schönem Zeichen versehen, prachtvoll und selbstgenügsam standen sie da und beschwerten sein Leben wie ein Besitz, den sich zu unterwerfen ihm nicht gelang.

Der Tag war sein, war frei, war ihm geschenkt mit allen seinen Stunden von Sonnen-Aufgang bis -Untergang; und dennoch fand Siegmund in seinem Innern keine Zeit zu einem Wollen, geschweige zu einem Vollbringen. Er war kein Held, er gebot nicht über Riesenkräfte. Die Vorkehrungen, die luxuriösen Zurüstungen zu dem, was das Eigentliche und Ernste sein mochte, verbrauchten, was er einzusetzen hatte. Wieviel Umsicht und Geisteskraft ging nicht auf bei einer gründlichen und vollkommenen Toilette, wieviel Aufmerksamkeit in der Überwachung seiner Garderobe, seines Bestandes an Zigaretten, Seifen, Parfums, wieviel Entschlußfähigkeit in jenem zwei- oder dreimal täglich wiederkehrenden Augenblick, da es galt, die Krawatte zu wählen! Und es galt. Es lag daran. Mochten die blonden Bürger des Landes unbekümmert in Zugstiefeletten und Klappkrägen gehen. Er gerade, er mußte unangreifbar und ohne Tadel an seinem Äußeren sein vom Kopf bis zu Füßen . . .

Am Ende, niemand erwartete von ihm als dies. Zuweilen, in Augenblicken, wenn seine Unruhe um das, was das ›Eigentliche‹ sein mochte, sich schwach in ihm regte, empfand er, wie dieser Mangel an fremder Erwartung sie wieder lähmte und löste . . .

Die Zeiteinteilung im Hause war unter dem Gesichtspunkte getroffen, daß der Tag schnell und ohne fühlbare Stundenleere verstreichen möge. Stets rückte rasch die nächste Mahlzeit heran. Man dinierte vor sieben; der Abend, die Zeit des Müßigganges mit gutem Gewissen, war lang. Die Tage entschwanden, und so hurtig kamen und gingen die Jahreszeiten. Man verbrachte zwei Sommermonate in dem Schlößchen am See, dem weiten und prangenden Garten mit den Tennis-Plätzen, den kühlen Parkwegen und den Bronzestatuen auf dem geschorenen Rasen, — den dritten am Meere, im Hochgebirg, in Gasthöfen, die den Hausstand daheim an Aufwand zu überbieten suchten . . . An einigen Wintertagen hatte er sich vor kurzem noch zur Hochschule fahren lassen, um ein zu bequemer Stunde stattfindendes Kolleg über Kunstgeschichte zu hören; er besuchte es nicht mehr, da die Herren, die außer ihm daran teilnahmen, dem Urteil seiner Geruchsnerven nach bei weitem nicht genug badeten . . .

Statt dessen ging er mit Sieglinde spazieren. Sie war an seiner Seite gewesen seit fernstem Anbeginn, sie hing ihm an, seit beide die ersten Laute gelallt, die ersten Schritte getan, und er hatte keinen Freund, nie einen gehabt, als sie, die mit ihm geboren, sein kostbar geschmücktes, dunkel liebliches Ebenbild, dessen schmale und feuchte Hand er hielt, während die reich behangenen Tage mit leeren Augen an ihnen vorüberglitten. Sie nahmen frische Blumen auf ihre Spaziergänge mit, ein Veilchen-, ein Maiglocken-Sträußchen, daran sie abwechselnd rochen, zuweilen auch beide zugleich. Sie atmeten im Gehen den holden Duft mit wollüstiger und fahrlässiger Hingabe, pflegten sich damit wie egoistische Kranke, berauschten sich wie Hoffnungslose, wiesen mit einer inneren Gebärde die übelriechende Welt von sich weg und liebten einander um ihrer erlesenen Nutzlosigkeit willen. Aber was sie sprachen, war scharf und funkelnd gefügt; es traf die Menschen, die ihnen begegneten, die Dinge, die sie gesehen, gehört, gelesen hatten und die von anderen gemacht waren, von jenen, die dazu da waren, dem Wort, der Bezeichnung, dem witzigen Widerspruch ein Werk auszusetzen . . .

Dann war von Beckerath gekommen, im Ministerium tätig und von Familie. Er hatte um Sieglind geworben und dabei die wohlwollende Neutralität Herrn Aarenholds, die Fürsprache Frau Aarenholds, die eifernde Unterstützung Kunzens, des Husaren, auf seiner Seite gehabt. Er war geduldig, beflissen und von unendlicher Artigkeit gewesen. Und endlich, nachdem sie ihm oft genug gesagt, daß sie ihn nicht liebe, hatte Sieglind begonnen, ihn prüfend, erwartungsvoll, stumm zu betrachten, mit einem glänzend ernsten Blick, der begrifflos redete wie der eines Tieres — und hatte Ja gesagt. Und Siegmund selbst, dem sie untertan war, hatte an diesem Ausgang teil, er verachtete sich, aber er war dem nicht entgegen gewesen, weil von Beckerath im Ministerium tätig und von Familie war . . . Zuweilen, während er an seiner Toilette arbeitete, bildeten seine zusammengewachsenen Brauen über der Nasenwurzel zwei schwarze Falten ...

Er stand auf dem Eisbärfell, das vor dem Bette seine Tatzen ausstreckte und in dem seine Füße verschwanden, und nahm das gefältete Frackhemd, nachdem er sich gänzlich mit einem aromatischen Wasser gewaschen. Sein gelblicher Oberkörper, über den das gestärkte und schimmernde Leinen glitt, war mager wie der eines Knaben und dabei zottig von schwarzem Haar. Er bekleidete sich weiter mit schwarzseidenen Unterhosen, Socken von schwarzer Seite und schwarzen Strumpfbändern mit silbernen Schnallen, legte die gebügelten Beinkleider an, deren schwarzes Tuch seidig schimmerte, befestigte weißseidene Hosenträger über seinen schmalen Schultern und fing an, den Fuß auf einen Schemel gestellt, die Knöpfe seiner Lackstiefel zu schließen. — Es klopfte.

»Darf ich kommen, Gigi?« fragte Sieglinde draußen ...

»Ja, komm«, antwortete er.

Sie trat ein, schon fertig. Sie trug ein Kleid aus seegrüner, glänzender Seide, dessen eckiger Halsausschnitt von einer breiten Ekrü-Stickerei umgeben war. Zwei gestickte Pfauen, einander zugewandt, hielten oberhalb des Gürtels in ihren Schnäbeln eine Girlande. Sieglindens tiefdunkles Haar war nun ohne Schmuck; aber an einer dünnen Perlenkette lag ein großer, eiförmiger Edelstein auf ihrem bloßen Halse, dessen Haut die Farbe angerauchten Meerschaums hatte. Über ihrem Arm hing ein schwer mit Silber durchwirktes Tuch.

»Ich verhehle dir nicht«, sagte sie, »daß der Wagen wartet.«

»Ich stehe nicht an, zu behaupten, daß er sich noch zwei Minuten gedulden wird«, sagte er, Schlag auf Schlag. Es wurden zehn Minuten. Sie saß auf der weißsamtnen Chaiselongue und sah ihm zu, der eifriger arbeitete.

Er wählte aus einem Farbenwust von Krawatten ein weißes Piquéband und begann, es vorm Spiegel zur Schleife zu schlingen.

»Beckerath«, sagte sie, »trägt auch die farbigen Krawatten immer noch quer gebunden, wie es voriges Jahr Mode war.«

»Beckerath«, sagte er, »ist die trivialste Existenz, in die ich Einblick gewonnen habe.« Dann fügte er, sich nach ihr umwendend, hinzu und verzerrte dabei sein Gesicht wie jemand, den die Sonne blendet:

»Übrigens möchte ich dich bitten, dieses Germanen im Laufe des heutigen Abends nicht mehr Erwähnung zu tun.«

Sie lachte kurz auf und antwortete:

»Du kannst dich versichert halten, daß mir das unschwer gelingen wird.«

Er legte die tief ausgeschnittene Piqué-Weste an und zog darüber den Frack, den fünfmal probierten Frack, dessen weichseidenes Futter den Händen schmeichelte, während sie durch die Ärmel glitten.

»Laß sehen, welche Knopfgarnitur du genommen hast«, sagte Sieglind und trat zu ihm hin. Es war die Amethystgarnitur. Die Knöpfe des Hemdeinsatzes, der Manschetten, der weißen Weste waren von gleicher Art.

Sie betrachtete ihn mit Bewunderung, mit Stolz, mit Andacht, — eine tiefe, dunkle Zärtlichkeit in ihren blanken Augen. Da ihre Lippen so weich aufeinander ruhten, küßte er sie darauf. Sie setzten sich auf die Chaiselongue, um noch einen Augenblick zu kosen, wie sie es liebten.

»Ganz, ganz weich bist du wieder«, sagte sie und streichelte seine rasierten Wangen.

»Wie Atlas fühlen sich deine Ärmchen an«, sagte er und ließ seine Hand über ihren zarten Unterarm gleiten, während er zugleich den Veilchenhauch ihres Haares atmete.

Sie küßte ihn auf seine geschlossenen Augen; er küßte sie auf den Hals, zur Seite des Edelsteins. Sie küßten einander die Hände. Mit einer süßen Sinnlichkeit liebte jedes das andere um seiner verwöhnten und köstlichen Gepflegtheit und seines guten Duftes willen. Schließlich spielten sie wie kleine Hunde, die sich mit den Lippen beißen. Dann stand er auf.

»Wir wollen heut' nicht zu spät kommen«, sagte er. Er drückte noch den Mund des Parfumfläschchens auf sein Taschentuch, verrieb einen Tropfen in seinen schmalen und roten Händen, nahm die Handschuhe und erklärte, fertig zu sein.

Er löschte das Licht und sie gingen: den rötlich erhellten Korridor entlang, wo dunkle, alte Gemälde hingen, und vorbei an der Orgel die Treppen hinunter. In der Vorhalle des Erdgeschosses stand Wendelin, riesengroß in seinem langen, gelben Paletot, und wartete mit den Mänteln. Sie ließen sie sich anlegen. Sieglindens dunkles Köpfchen verschwand zur Hälfte in dem Silberfuchskragen des ihren. Sie gingen, gefolgt von dem Diener, durch den steinernen Flur und traten hinaus.

Es war mild und schneite etwas, im weißlichen Licht, in großen, fetzenartigen Flocken. Das Coupé hielt dicht am Hause. Der Kutscher, die Hand am Rosettenhut, hielt sich ein wenig vom Bocke geneigt, indes Wendelin das Einsteigen der Geschwister überwachte. Dann klappte der Schlag, Wendelin schwang sich zum Kutscher, und der Wagen, sofort in schneller Gangart, knirschte über den Kies des Vorgartens, glitt durch die hohe und weit geöffnete Gatterpforte, bog in geschmeidiger Kurve rechtsum und rollte dahin . . .

Der kleine, weiche Raum, darin sie saßen, war sanft durchwärmt.

»Soll ich schließen?« fragte Siegmund ... Und da sie zustimmte, zog er die braunseidenen Vorhänge vor die geschliffenen Scheiben.

Sie waren im Herzen der Stadt. Lichter stoben hinter den Gardinen vorbei. Rings um den taktfest hurtigen Hufschlag ihrer Pferde, um die lautlose Geschwindigkeit ihres Wagens, der sie federnd über Unebenheiten des Bodens trug, brauste, gellte und dröhnte das Triebwerk des großen Lebens. Und abgeschlossen davon, weichlich bewahrt davor, saßen sie still in den gesteppten, braunseidenen Polstern, — Hand in Hand.

Der Wagen fuhr vor und stand. Wendelin war am Schlage, um ihnen beim Aussteigen dienlich zu sein. In der Helligkeit der Bogenlampen sahen graue, frierende Leute ihrer Ankunft zu. Sie gingen zwischen ihren forschenden und gehässigen Blicken hindurch, gefolgt von dem Diener, durch das Vestibül. Es war schon spät, schon still. Sie stiegen die Freitreppe empor, warfen ihre Überkleider auf Wendelins Arm, verweilten eine Sekunde nebeneinander vor einem hohen Spiegel und traten durch die kleine Logentür in den Rang. Das Klappen der Sessel, das letzte Aufbrausen des Gesprächs vor der Stille empfing sie. In dem Augenblick, da der Theaterdiener die Samt-Lehnsessel unter sie schob, hüllte der Saal sich in Dunkelheit, und mit einem wilden Akzent setzte drunten das Vorspiel ein.

Sturm, Sturm ... Auf leichte und schwebend begünstigte Art hieher gelangt, unzerstreut, unabgenutzt von Hindernissen, von kleinen verstimmenden Widrigkeiten, waren Siegmund und Sieglind sofort bei der Sache. Sturm und Gewitterbrunst, Wetterwüten im Walde. Der rauhe Befehl des Gottes erschallte, wiederholte sich, verzerrt vor Zorn, und gehorsam krachte der Donner darein. Der Vorhang flog auf, wie vom Sturm auseinandergeweht. Der heidnische Saal war da, mit der Glut des Herdes im Dunklen, dem ragenden Umriß des Eschenstammes in der Mitte. Siegmund, ein rosiger Mann mit brotfarbenem Bart, erschien in der hölzernen Tür und lehnte sich verletzt und erschöpft gegen den Pfosten. Dann trugen seine starken, mit Fell und Riemen umwickelten Beine ihn in tragisch schleppenden Schritten nach vorn. Seine blauen Augen unter den blonden Brauen, dem blonden Stirngelock seiner Perücke, waren gebrochenen Blicks, wie bittend, auf den Kapellmeister gerichtet; und endlich wich die Musik zurück, setzte aus, um seine Stimme hören zu lassen, die hell und ehern klang, obgleich er sie keuchend dämpfte. Er sang kurz, daß er rasten müsse, wem immer der Herd gehöre; und beim letzten Wort ließ er sich schwer auf das Bärenfell fallen und blieb liegen, das Haupt auf den fleischigen Arm gebettet. Seine Brust arbeitete im Schlummer.

Eine Minute verging, ausgefüllt von dem singenden, sagenden, kündenden Fluß der Musik, die zu den Füßen der Ereignisse ihre Flut dahinwälzte ... Dann kam Sieglinde von links. Sie hatte einen alabasternen Busen, der wunderbar in dem Ausschnitt ihres mit Fell behangenen Musselinkleides wogte. Mit Staunen gewahrte sie den fremden Mann; und so drückte sie das Kinn auf die Brust, daß es sich faltete, stellte formend die Lippen ein und gab ihm Ausdruck, diesem Erstaunen, in Tönen, die weich und warm aus ihrem weißen Kehlkopf emporstiegen und die sie mit der Zunge, dem beweglichen Munde gestaltete ...

Sie pflegte ihn. Zu ihm gebeugt, daß ihre Brust aus dem wilden Fell ihm entgegenblühte, reichte sie ihm mit beiden Händen das Horn. Er trank. Rührend sprach die Musik von Labsal und kühler Wohltat. Dann betrachteten sie einander mit einem ersten Entzücken, einem ersten, dunklen Erkennen, schweigend dem Augenblick hingegeben, der unten als tiefer, ziehender Sang ertönte ...

Sie brachte ihm Met, berührte zuerst das Horn mit den Lippen und sah dann zu, wie er lange trank. Und wieder sanken ihre Blicke ineinander, wieder zog und sehnte sich drunten die tiefe Melodie ... Dann brach er auf, verdüstert, in schmerzlicher Abwehr, ging, indem er seine nackten Arme hängen ließ, zur Tür, um sein Leid, seine Einsamkeit, sein verfolgtes, verhaßtes Dasein von ihr fort, zurück in die Wildnis zu tragen. Sie rief ihn, und da er nicht hörte, ließ sie sich rücksichtslos, mit erhobenen Händen, das Geständnis ihres eignen Unheils entfahren. Er stand. Sie senkte die Augen. Zu ihren Füßen sprach es dunkel erzählend von Leid, das beide verband. Er blieb. Mit gekreuzten Armen stand er vor dem Herd, des Schicksals gewärtig.

Hunding kam, bauchig und x-beinig wie eine Kuh. Sein Bart war schwarz, mit braunen Zotten durchsetzt. Sein geharnischtes Motiv kündigte ihn an, und er stand da, finster und plump auf seinen Speer gelehnt, und blickte mit Büffelaugen auf den Gast, dessen Gegenwart er dann, aus einer Art wilder Gesittung, gut und willkommen hieß. Sein Baß war rostig und kolossal.

Sieglinde rüstete den Abendtisch; und während sie schaffte, ging Hundings langsamer und mißtrauischer Blick hin und her zwischen ihr und dem Fremden. Dieser Tölpel sah sehr wohl, daß sie einander glichen, von ein und derselben Art waren, jener ungebundenen, widerspenstigen und außerordentlichen Art, die er haßte und der er sich nicht gewachsen fühlte ...

Dann saßen sie nieder, und Hunding stellte sich vor, erklärte einfach und mit zwei Worten seine einfache, ordnungsgemäße und in der allgemeinen Achtung ruhende Existenz. Er zwang aber Siegmund so, sich ebenfalls bekannt zu geben, was ungleich schwieriger war. Doch Siegmund sang — sang hell und wunderschön von seinem Leben und Leiden und wie zu Zwei er zur Welt gekommen, eine Zwillingsschwester und er ... legte sich, nach der Art von Leuten, die ein wenig vorsichtig sein müssen, einen falschen Namen bei und kündete ausgezeichnet von dem Haß, der Scheelsucht, womit man seinen fremdartigen Vater und ihn verfolgt, von dem Brand ihres Saales, dem Entschwinden der Schwester, von dem vogelfreien, gehetzten, verrufenen Dasein des Alten und Jungen im Walde und wie er zuletzt auch des Vaters geheimnisvollerweise verlustig geworden sei ... Und dann sang Siegmund das Schmerzlichste: seinen Drang zu den Menschen, seine Sehnsucht und seine unendliche Einsamkeit. Um Männer und Frauen, sang er, um Freundschaft und Liebe habe er geworben und sei doch immer zurückgestoßen worden. Ein Fluch habe auf ihm gelegen, das Brandmal seiner seltsamen Herkunft ihn immer gezeichnet. Seine Sprache sei nicht die der anderen gewesen und ihre nicht seine. Was ihm gut geschienen, habe die Mehrzahl gereizt, was jenen in alten Ehren gestanden, habe ihm Galle gemacht. In Streit und Empörung habe er gelegen, immer und überall, Verachtung und Haß und Schmähung sei ihm im Nacken gewesen, weil er von fremder, von hoffnungslos anderer Art als die andern ...

Es war so überaus kennzeichnend für Hunding, wie er sich zu all dem verhielt. Nichts von Teilnahme und nichts von Verstehen sprach aus dem, was er antwortete: nur Widerwillen und finsteres Mißtrauen gegen Siegmunds fragwürdige, abenteuerliche und unregelmäßige Art von Dasein. Und als er nun gar begriff, daß er den Geächteten, zu dessen Verfolgung er aufgerufen und ausgezogen war, im eignen Hause habe, da benahm er sich ganz, wie man es von seiner vierschrötigen Pedanterie zu gewärtigen hatte. Mit jener Gesittung, die ihn fürchterlich kleidete, erklärte er wieder, daß sein Haus heilig sei und den Flüchtling für heute schütze, daß er aber morgen die Ehre haben werde, Siegmund im Kampfe zu fällen. Hierauf bedeutete er Sieglinden rauh, ihm drinnen den Nachttrunk zu würzen und im Bette auf ihn zu warten, stieß noch zwei oder drei Drohungen aus und ging dann fort, indem er alle seine Waffen mit sich nahm und Siegmund in der verzweifeltsten Lage allein ließ.

Siegmund, aus seinem Fauteuil über die Samtbrüstung gebeugt, stützte den dunklen Knabenkopf in die schmale und rote Hand. Seine Brauen bildeten zwei schwarze Falten, und der eine seiner Füße, nur auf dem Absatz des Lackstiefels stehend, war in einer fortwährenden nervösen, rastlos drehenden und nickenden Bewegung. Er tat dem Einhalt, als er neben sich ein Flüstern hörte: »Gigi ...«

Und wie er den Kopf wandte, hatte sein Mund einen frechen Zug.

Sieglind bot ihm eine perlmutterne Dose mit Kognak-Kirschen dar.

»Die Maraschino-Bohnen liegen unten«, flüsterte sie. Aber er nahm nur eine Kirsche, und während er die Hülse aus Seidenpapier löste, beugte sie sich nochmals zu seinem Ohr und sagte: »Sie kommt gleich wieder zurück zu ihm.«

»Das ist mir nicht vollständig unbekannt«, sagte er so laut, daß mehrere Köpfe sich gehässig gegen sie kehrten ... Der große Siegmund sang unten für sich allein im Dunkeln. Als tiefster Brust rief er nach dem Schwert, der blanken Handhabe, die er schwingen könnte, wenn eines Tages in hellem Aufruhr hervorbräche, was jetzt sein Herz noch zornig verschlossen hielt; sein Haß und seine Sehnsucht ... Er sah den Schwertgriff am Baume leuchten, sah Glanz und Herdfeuer verlöschen, sank zurück zu verzweifeltem Schlummer — und stützte sich köstlich entsetzt auf die Hände, da Sieglind im Dunkeln zu ihm schlich.

Hunding schlief wie ein Stein, betäubt, betrunken gemacht. Sie freuten sich miteinander, daß der schwere Dummkopf überlistet war, — und ihre Augen hatten dieselbe Art, sich lächelnd zu verkleinern ... Aber dann sah Sieglind verstohlen den Kapellmeister an und erhielt ihren Einsatz, stellte formend die Lippen ein und sang ausführlich, wie alles stand und lag, — sang herzzerreißend, wie man die Einsame, fremd und wild Erwachsene ungefragt dem finstern und plumpen Manne geschenkt und noch verlangt habe, daß sie sich glücklich preise ob der achtbaren Ehe, geeignet, ihre dunkle Herkunft vergessen zu machen ... sang tief und tröstlich von dem Alten im Hut und wie er das Schwert in den Stamm der Esche gestoßen — für den Einen, der einzig berufen sei, es aus der Haft zu lösen; sang außer sich, daß er es sein möge, den sie meine und kenne und gramvoll ersehne, der Freund, der mehr als ihr Freund, der Tröster ihrer Not, der Rächer ihrer Schmach, er, den sie einst verloren und den sie in Schanden beweint, der Bruder im Leid, der Retter, der Befreier ...

Da aber warf Siegmund seine beiden rosigen, fleischigen Arme um sie, drückte ihre Wange gegen das Fell auf seiner Brust und sang über ihren Kopf hinaus mit entfesselter und silbern schmetternder Stimme seinen Jubel in alle Lüfte. Seine Brust war heiß von dem Schwur, der ihn mit ihr, der holden Genossin, verband. Alle Sehnsucht seines verrufenen Lebens war gestillt in ihr, und alles, was sich ihm kränkend versagt, wenn er sich zu Männern und Frauen gedrängt, wenn er mit jener Frechheit, welche Scheu und das Bewußtsein seines Brandmals war, um Freundschaft und Liebe geworben hatte, — es war gefunden in ihr. In Schmach lag sie wie er im Leide, entehrt war sie wie er in Acht, und Rache — Rache sollte nun ihre geschwisterliche Liebe sein!

Ein Windstoß fauchte, die große, gezimmerte Tür sprang auf, eine Flut von weißem elektrischen Licht ergoß sich breit in den Saal, und plötzlich entblößt von der Dunkelheit standen sie da und sangen das Lied von dem Lenz und seiner Schwester, der Liebe.

Sie kauerten auf dem Bärenfell, sie sahen sich an im Licht und sangen sich süße Dinge. Ihre nackten Arme berührten sich, sie hielten einander bei den Schläfen, blickten sich in die Augen und ihre Münder waren sich nahe beim Singen. Ihre Augen und Schläfen, Stirnen und Stimmen, sie verglichen sie miteinander und fanden sie gleich. Das drängende, wachsende Wiedererkennen entriß ihm den Namen des Vaters, sie rief ihn bei seinem: Siegmund! Siegmund! er schwang das befreite Schwert überm Haupt, beseligt sang sie ihm zu, wer sie sei: seine Zwillingsschwester, Sieglinde ... er streckte trunken die Arme nach ihr, seiner Braut, sie sank ihm ans Herz, der Vorhang rauschte zusammen, die Musik drehte sich in einem tosenden, brausenden, schäumenden Wirbel reißender Leidenschaft, drehte sich, drehte sich und stand mit gewaltigem Schlage still!

Lebhafter Beifall. Das Licht ging auf. Tausend Leute erhoben sich, reckten sich unvermerkt und applaudierten, den Körper schon zum Ausgange, den Kopf noch zur Bühne gewandt, den Sängern, die dort nebeneinander vorm Vorhang erschienen, wie Masken vor einer Jahrmarktsbude. Auch Hunding kam heraus und lächelte artig, trotz allem, was geschehen ...

Siegmund schob seinen Sessel zurück und stand auf. Es war ihm heiß; auf seinen Wangenknochen, unter den fahlen und mageren rasierten Wangen, glomm eine Röte.

»Soweit ich in Frage komme«, sagte er, »so suche ich nun, bessere Luft zu gewinnen. Übrigens war der Siegmund nahezu schwach.«

»Auch fühlte«, sagte Sieglinde, »das Orchester sich bewogen, bei dem Frühlingslied schrecklich zu schleppen.«

»Sentimental«, sagte Siegmund und zuckte im Frack seine schmalen Schultern. »Kommst du?«

Sie zögerte noch einen Augenblick, saß noch aufgestützt und blickte zur Bühne hinüber. Er sah sie an, als sie aufstand und das Silbertuch nahm, um mit ihm zu gehen. Ihre voll und weich aufeinander ruhenden Lippen zuckten ...

Sie gingen ins Foyer, bewegten sich in der langsamen Menge, grüßten Bekannte, taten einen Gang über die Treppen, zuweilen Hand in Hand.

»Ich möchte Eis nehmen«, sagte sie, »wenn es nicht höchstwahrscheinlich so minderwertig wäre.«

»Unmöglich!« sagte er. Und so aßen sie von den Süßigkeiten aus ihrer Dose, Kognak-Kirschen und bohnenförmige Schokolade-Bonbons, die mit Maraschino gefüllt waren.

Als es schellte, sahen sie abseits mit einer Art von Verachtung zu, wie die Menge von Eile ergriffen wurde und sich staute, warteten ab, bis es still auf den Wandelgängen geworden war, und traten im letzten Augenblick in ihre Loge, als das Licht schon entwich, die Dunkelheit sich stillend und löschend auf die wirre Regsamkeit des Saales senkte... Es läutete leise, der Dirigent reckte die Arme, und der erhabene Lärm, dem er befahl, erfüllte wieder die Ohren, die ein wenig geruht hatten.

Siegmund sah ins Orchester. Der vertiefte Raum war hell gegen das lauschende Haus und von Arbeit erfüllt, von fingernden Händen, fiedelnden Armen, blasend geblähten Backen, von schlichten und eifrigen Leuten, die dienend das Werk einer großen, leidenden Kraft vollzogen, — dies Werk, das dort oben in kindlich hohen Gesichten erschien... Ein Werk! Wie tat man ein Werk? Ein Schmerz war in Siegmunds Brust, ein Brennen oder Zehren, irgend etwas wie eine süße Drangsal — wohin? wonach? Es war so dunkel, so schimpflich unklar. Er fühlte zwei Worte: Schöpfertum... Leidenschaft. Und während die Hitze in seinen Schläfen pochte, war es wie ein sehnsüchtiger Einblick, daß das Schöpfertum aus der Leidenschaft kam und wieder die Gestalt der Leidenschaft annahm. Er sah das weiße, erschöpfte Weib auf dem Schoße des flüchtigen Mannes hängen, dem es sich hingegeben, sah ihre Liebe und Not und fühlte, daß so das Leben sein müsse, um schöpferisch zu sein. Er sah sein eigenes Leben an, dies Leben, das sich aus Weichheit und Witz, aus Verwöhnung und Verneinung, Luxus und Widerspruch, Üppigkeit und Verstandeshelle, reicher Sicherheit und tändelndem Haß zusammensetzte, dies Leben, in dem es kein Erlebnis, nur logisches Spiel, keine Empfindung, nur tötendes Bezeichnen gab, — und ein Brennen oder Zehren war in seiner Brust, irgend etwas wie eine süße Drangsal — wohin? wonach? Nach dem Werk? Dem Erlebnis? Der Leidenschaft?

Vorhangrauschen und großer Schluß! Licht, Beifall und Aufbruch nach allen Türen. Siegmund und Sieglind verbrachten die Pause wie die vorige. Sie sprachen fast nichts, gingen langsam über Gänge und Treppen, zuweilen Hand in Hand. Sie bot ihm Kognak-Kirschen, aber er nahm nicht mehr. Sie sah ihn an, und als er den Blick auf sie richtete, zog sie den ihren zurück, ging still und in etwas gespannter Haltung an seiner Seite und ließ es geschehen, daß er sie betrachtete. Ihre kindlichen Schultern, unter dem Silbergewirk, waren ein wenig zu hoch und waagerecht, wie man es an ägyptischen Statuen sieht. Auf ihren Wangenknochen lag dieselbe Hitze, die er auf seinen spürte.

Sie warteten wieder, bis die große Menge sich verlaufen hatte, und nahmen im letzten Augenblick ihre Armstühle ein. Sturmwind und Wolkenritt und heidnisch verzerrtes Jauchzen. Acht

Damen, ein wenig untergeordnet von Erscheinung, stellten auf der felsigen Bühne eine jungfräuliche und lachende Wildheit dar. Schreckhaft brach Brünnhildens Angst in ihre Lustigkeit. Wotans Zorn, fürchterlich herannahend, fegte die Schwestern hinweg, stürzte sich allein auf Brünnhilde, machte sie fast zunichte, tobte sich aus und besänftigte sich langsam, langsam zu Milde und Wehmut. Es ging zu Ende. Ein großer Fernblick, eine erhabene Absicht tat sich auf. Epische Weihe war alles. Brünnhilde schlief; der Gott stieg über die Felsen. Dickleibige Flammen, auffliegend und verwehend, lohten rings um die Bretterstätte. In Funken und rotem Rauch, umtänzelt, umzüngelt, umzaubert von dem berauschenden Klingklang und Schlummerlied des Feuers, lag unter Brünne und Schild auf ihrem Mooslager die Walküre ausgestreckt. Jedoch im Schoße des Weibes, das zu erretten sie Zeit gehabt, keimte es zähe fort, das verhaßte, respektlose und gotterwählte Geschlecht, aus welchem ein Zwillingspaar seine Not und sein Leid zu so freier Wonne vereint . . .

Als Siegmund und Sieglind aus ihrer Loge traten, stand Wendelin draußen, riesengroß in seinem gelben Paletot, und hielt ihre Überkleider bereit. Hinter den beiden zierlichen und warm vermummten, dunklen, seltsamen Geschöpfen stieg er, ein ragender Sklave, die Treppe hinab.

Der Wagen stand bereit. Die beiden Pferde, hoch, vornehm und einander vollkommen gleich, verharrten auf ihren schlanken Beinen still und blank im Nebel der Winternacht und warfen nur hie und da auf stolze Art ihre Köpfe. Der kleine, gewärmte, seidengepolsterte Aufenthalt umfing die Zwillinge. Hinter ihnen schloß sich der Schlag. Einen Augenblick, eine kleine Sekunde noch stand das Coupé, leise erschüttert von dem geübten Schwung, mit dem Wendelin sich zum Kutscher emporbegab. Ein weiches und rasches Vorwärts-Entgleiten dann, und das Portal des Theaters blieb dahinten.

Und wieder diese lautlos rollende Geschwindigkeit zum hurtig taktfesten Hufschlag der Pferde, dies sanfte, federnde Getragenwerden über Unebenheiten des Bodens, dies zärtliche Bewahrtsein vor dem schrillen Leben ringsum. Sie schwiegen, abgeschlossen vom Alltag, noch ganz wie auf ihren Sammetstühlen gegenüber der Bühne und gleichsam noch in derselben Atmosphäre. Nichts konnte an sie, was sie der wilden, brünstigen und überschwenglichen Welt hätte abwendig machen können, die mit Zaubermitteln auf sie gewirkt, sie zu sich und in sich gezogen . . . Sie begriffen nicht gleich, warum der Wagen stand; sie glaubten, ein Hindernis sei im Wege. Aber sie hielten schon vor dem elterlichen Hause, und Wendelin erschien am Schlage.

Der Hausmeister war aus seiner Wohnung gekommen, um ihnen das Tor zu öffnen.

»Sind Herr und Frau Aarenhold schon zurück?« fragte Siegmund
ihn, indem er über des Hausmeisters Kopf hinwegsah und das
Gesicht verzerrte, wie jemand, den die Sonne blendet . . .

Sie waren noch nicht zurück vom Diner bei Erlangers. Auch Kunz
war nicht zu Hause. Was Märit betraf, so war sie ebenfalls abwesend; niemand wußte wo, da sie durchaus ihre eigenen Wege
ging.

Sie ließen sich in der Halle des Erdgeschosses die Überkleider
abnehmen und gingen die Treppe hinauf, durch den Vorsaal des
ersten Stockes und ins Speisezimmer. Es lag, ungeheuer, in halb-
dunkler Pracht. Nur über dem gedeckten Tisch am jenseitigen
Ende brannte ein Lüster, und dort wartete Florian. Sie schritten
rasch und lautlos über die teppichbelegte Weite. Florian schob die
Stühle unter sie, als sie sich setzten. Dann bedeutete ihm ein
Wink von Siegmunds Seite, er sei entbehrlich.

Eine Platte mit Sandwiches, ein Aufsatz mit Früchten, eine Ka-
raffe Rotwein standen auf dem Tische. Auf einem gewaltigen
silbernen Teebrett summte, umgeben von Zubehör, der elektrisch
geheizte Teekessel.

Siegmund aß ein Kaviarbrötchen und trank in hastigem Zuge
von dem Wein, der dunkel im zarten Glase glühte. Dann klagte
er mit gereizter Stimme, daß Kaviar und Rotwein eine kultur-
widrige Zusammenstellung sei. Mit kurzen Bewegungen nahm er
eine Zigarette aus seinem silbernen Etui und begann, zurückgelehnt, die Hände in den Hosentaschen, zu rauchen, indem er die
Zigarette mit verzerrter Miene von einem Mundwinkel in den
anderen gleiten ließ. Seine Wangen, unter den hervortretenden
Knochen, fingen schon wieder an, sich dunkler zu färben vom
Bartwuchs. Seine Brauen bildeten an der Nasenwurzel zwei
schwarze Falten.

Sieglinde hatte sich Tee bereitet und einen Schluck Burgunder
hinzugetan. Ihre Lippen umfaßten voll und weich den dünnen
Rand der Tasse, und während sie trank, blickten ihre großen,
feuchtschwarzen Augen zu Siegmund hinüber.

Sie setzte die Tasse nieder und stützte den dunklen, süßen, exotischen Kopf in die schmale und rötliche Hand. Ihre Augen blieben auf ihn gerichtet, so sprechend, mit einer so eindringlichen
und fließenden Beredsamkeit, daß das, was sie wirklich sagte, wie
weniger als nichts dagegen erschien.

»Willst du denn nichts mehr essen, Gigi?«

»Da ich rauche«, antwortete er, »ist wohl nicht anzunehmen, daß
ich beabsichtige, noch etwas zu essen.«

»Aber du hast seit dem Tee nichts genommen, außer Bonbons.
Wenigstens einen Pfirsich . . .«

Er zuckte die Schultern, rollte sie wie ein eigensinniges Kind im
Frack hin und her.

»Nun, das ist langweilig. Ich gehe hinauf. Guten Abend.«

Er trank den Rest seines Rotweins aus, warf die Serviette fort, stand auf und verschwand, die Zigarette im Munde, die Hände in den Hosentaschen, mit verdrießlich schlendernden Bewegungen in der Dämmerung des Saales.

Er ging in sein Schlafzimmer und machte Licht, — nicht viel, nur zwei oder drei der Lampen, die an der Decke einen weiten Kreis bildeten, ließ er erglühen und stand dann still, im Zweifel, was zu beginnen sei. Der Abschied von Sieglind war nicht von endgültiger Art gewesen. So pflegten sie einander nicht gute Nacht zu sagen. Sie würde noch kommen, das war sicher. Er warf den Frack ab, legte die mit Pelz besetzte Hausjacke an und nahm eine neue Zigarette. Dann streckte er sich auf die Chaiselongue, setzte sich auf, versuchte die Seitenlage, die Wange im seidenen Kissen, warf sich wieder auf den Rücken und blieb, die Hände unter dem Kopf, eine Weile so liegen.

Der feine und herbe Duft des Tabaks vermischte sich mit dem der Kosmetiken, der Seife, der aromatischen Wasser. Siegmund atmete diese Wohlgerüche, die in der laulich erwärmten Luft des Zimmers schwammen; er war sich ihrer bewußt und fand sie süßer als sonst. Die Augen schließend, gab er sich ihnen hin wie jemand, der schmerzlich ein wenig Wonne und zartes Glück der Sinne genießt in der Strenge und Außergewöhnlichkeit seines Schicksals . . .

Plötzlich erhob er sich, warf die Zigarette fort und trat vor den weißen Schrank, in dessen drei Teile enorme Spiegel eingelassen waren. Er stand vor dem Mittelstück, ganz dicht, Aug in Aug mit sich selbst, und betrachtete sein Gesicht. Sorgfältig und neugierig prüfte er jeden Zug, öffnete die beiden Flügel des Schrankes und sah sich, zwischen drei Spiegeln stehend, auch im Profil. Lange stand er und prüfte die Abzeichen seines Blutes, die ein wenig niedergedrückte Nase, die voll und weich aufeinander ruhenden Lippen, die hervorspringenden Wangenknochen, sein dichtes, schwarz gelocktes, gewaltsam auf der Seite gescheiteltes Haar, das ihm weit in die Schläfen wuchs, und seine Augen selbst unter den starken, zusammengewachsenen Brauen, — diese großen, schwarzen und feuchtblanken Augen, die er klagevoll blicken ließ und in müdem Leide.

Hinter sich gewahrte er im Spiegel das Eisbärfell, das vor dem Bette seine Tatzen ausstreckte. Er wandte sich, ging mit tragisch schleppenden Schritten hinüber, und nach einem Augenblick des Zögerns ließ er sich der Länge nach auf das Fell sinken, den Kopf auf den Arm gebettet.

Eine Weile lag er ganz still; dann stemmte er den Ellbogen auf, stützte die Wange in seine schmale und rötliche Hand und blieb so, versunken in den Anblick seines Spiegelbildes dort drüben im Schranke. Es pochte. Er schrak zusammen, errötete, wollte sich aufmachen. Aber dann sank er zurück, ließ wieder den Kopf ganz hinab auf den ausgestreckten Arm fallen und schwieg.

Sieglind trat ein. Ihre Augen suchten nach ihm im Zimmer, ohne ihn gleich zu finden. Schließlich gewahrte sie ihn auf dem Bärenfell und entsetzte sich.

»Gigi ... was tust du? ... Bist du krank?« Sie lief zu ihm, beugte sich über ihn, und mit der Hand über seine Stirn und sein Haar streichend, wiederholte sie: »Du bist doch nicht krank?«

Er schüttelte den Kopf und sah sie an, von unten, auf seinem Arm liegend, von ihr gestreichelt.

Sie war, halb fertig für die Nacht, auf Pantöffelchen aus ihrem Schlafzimmer gekommen, das dem seinen am Korridor gegenüberlag. Ihr aufgelöstes Haar fiel hinab auf ihren offenen, weißen Frisiermantel. Unter den Spitzen ihres Mieders sah Siegmund ihre kleinen Brüste, deren Hautfarbe wie angerauchter Meerschaum war.

»Du warst so bös«, sagte sie; »du gingst so häßlich weg. Ich wollte gar nicht mehr kommen. Aber dann bin ich doch gekommen, weil das keine gute Nacht war, vorhin ...«

»Ich habe auf dich gewartet«, sagte er.

Noch immer im Stehen gebückt, verzog sie vor Schmerz das Gesicht, wodurch die physiognomischen Eigentümlichkeiten ihrer Art außerordentlich hervortraten.

»Was nicht hindert«, sagte sie in dem gewohnten Ton, »daß meine gegenwärtige Haltung mir ein ziemlich nennenswertes Unbehagen im Rücken verursacht.«

Er warf sich abwehrend hin und her.

»Laß das, laß das ... Nicht so, nicht so ... So muß es nicht sein, Sieglind, verstehst du ...« Er sprach seltsam, er hörte es selbst. Sein Kopf stand in trockener Glut und seine Glieder waren feucht und kalt. Sie kniete nun bei ihm auf dem Fell, ihre Hand in seinem Haar. Er hielt, halb aufgerichtet, einen Arm um ihren Nakken geschlungen und sah sie an, betrachtete sie, wie er vorhin sich selbst betrachtete, ihre Augen und Schläfen, Stirne und Wangen.

»Du bist ganz wie ich«, sagte er mit lahmen Lippen und schluckte hinunter, weil seine Kehle verdorrt war ... »Alles ist ... wie mit mir ... und für das ... mit dem Erlebnis ... bei mir, ist bei dir das mit Beckerath ... das hält sich die Waage ... Sieglind ... und im ganzen ist es .. dasselbe, besonders, was das betrifft ... sich zu rächen, Sieglind ...«

Es trachtete, sich in Logik zu kleiden, was er sagte, und kam doch gewagt und wunderlich, wie aus wirrem Traum.

Ihr klang es nicht fremd, nicht sonderbar. Sie schämte sich nicht, ihn so Ungefeiltes, so Trübe-Verworrenes reden zu hören. Seine

Worte legten sich wie ein Nebel um ihren Sinn, zogen sie hinab, dorthin, woher sie kamen, in ein tiefes Reich, wohin sie noch nie gelangt, zu dessen Grenzen aber, seit sie verlobt war, zuweilen erwartungsvolle Träume sie getragen.

Sie küßte ihn auf seine geschlossenen Augen; er küßte sie auf den Hals unter den Spitzen des Mieders. Sie küßten einander die Hände. Mit einer süßen Sinnlichkeit liebte jedes das andere um seiner verwöhnten und köstlichen Gepflegtheit und seines guten Duftes willen. Sie atmeten diesen Duft mit einer wollüstigen und fahrlässigen Hingabe, pflegten sich damit wie egoistische Kranke, berauschten sich wie Hoffnungslose, verloren sich in Liebkosungen, die übergriffen und ein hastiges Getümmel wurden und zuletzt nur ein Schluchzen waren — —

Sie saß noch auf dem Fell, mit offenen Lippen, auf eine Hand gestützt, und strich sich das Haar von den Augen. Er lehnte, die Hände auf dem Rücken, an der weißen Kommode, wiegte sich in den Hüften hin und her und sah in die Luft.

»Aber Beckerath . . .«, sagte sie und suchte ihre Gedanken zu ordnen. »Beckerath, Gigi . . . was ist nun mit ihm? . . .«

»Nun«, sagte er, und einen Augenblick traten die Merkzeichen seiner Art sehr scharf auf seinem Gesichte hervor, »dankbar soll er uns sein. Er wird ein minder triviales Dasein führen, von nun an.«

Anekdote

Wir hatten, ein Kreis von Freunden, miteinander zu Abend gegessen und saßen noch spät in dem Arbeitszimmer des Gastgebers. Wir rauchten, und unser Gespräch war beschaulich und ein wenig gefühlvoll. Wir sprachen vom Schleier der Maja und seinem schillernden Blendwerk, von dem, was Buddha »das Dürsten« nennt, von der Süßigkeit der Sehnsucht und von der Bitterkeit der Erkenntnis, von der großen Verführung und dem großen Betrug. Das Wort von der »Blamage der Sehnsucht« war gefallen; der philosophische Satz war aufgestellt, das Ziel aller Sehnsucht sei die Überwindung der Welt. Und angeregt durch diese Betrachtungen, erzählte jemand die folgende Anekdote, die sich nach seiner Versicherung buchstäblich so, wie er sie wiedergab, in der eleganten Gesellschaft seiner Vaterstadt ereignet haben sollte.

»Hättet ihr Angela gekannt, Direktor Beckers Frau, die himmlische kleine Angela Becker, — hättet ihr ihre blauen, lächelnden Augen, ihren süßen Mund, das köstliche Grübchen in ihrer Wange, das blonde Gelock an ihren Schläfen gesehen, wäret ihr einmal der hinreißenden Lieblichkeit ihres Wesens teilhaftig geworden, ihr wäret vernarrt in sie gewesen wie ich und alle! Was ist ein Ideal? Ist es vor allem eine *belebende* Macht, eine Glücksverheißung, eine Quelle der Begeisterung und der Kraft, folglich — ein Stachel und Anreiz aller seelischen Energien von seiten des Lebens selbst? Dann war Angela Becker das Ideal unserer Gesellschaft, ihr Stern, ihr Wunschbild. Wenigstens glaube ich, daß niemand, zu dessen Welt sie gehörte, sie wegdenken, niemand sich ihren Verlust vorstellen konnte, ohne zugleich eine Einbuße an Daseinslust und Willen zum Leben, eine unmittelbare dynamische Beeinträchtigung zu empfinden. Auf mein Wort, so war es!

Ernst Becker hatte sie von auswärts mitgebracht, — ein stiller, höflicher und übrigens nicht bedeutender Mann mit braunem Vollbart. Gott wußte, wie er Angela gewonnen hatte; kurzum, sie war die Seine. Ursprünglich Jurist und Staatsbeamter, war er mit dreißig Jahren ins Bankfach übergetreten, — offenbar um dem Mädchen, das er heimzuführen wünschte, Wohlleben und reichen Hausstand bieten zu können, denn gleich danach hatte er geheiratet.

Als Mitdirektor der Hypothekenbank bezog er ein Einkommen von dreißig- oder fünfunddreißigtausend Mark, und Beckers, die übrigens kinderlos waren, nahmen lebhaften Anteil an dem gesellschaftlichen Leben der Stadt. Angela war die Königin der Saison, die Siegerin des Kotillons, der Mittelpunkt der Abendgesellschaften. Ihre Theaterloge war in den Pausen gefüllt von Aufwartenden, Lächelnden, Entzückten. Ihre Bude bei den Wohltätigkeitsbasaren war umlagert von Käufern, die sich drängten, ihre Börsen zu erleichtern, um dafür Angela's kleine Hand küssen zu dürfen, ein Lächeln ihrer holden Lippen dafür zu gewinnen. Was hülfe es, sie glänzend und wonnevoll zu nennen? Nur durch die Wirkungen, die er hervorbrachte, ist der süße Reiz ihrer Person zu schildern. Sie hatte alt und jung in Liebesbande geschlagen. Frauen und Mädchen beteten sie an. Jünglinge schickten ihr Verse und Blumen. Ein Leutnant schoß einen Regierungsrat im Duell durch die Schulter anläßlich eines Streites, den die beiden auf einem Ballfest eines Walzers mit Angela wegen gehabt. Später wurden sie unzertrennliche Freunde, zusammengeschlossen durch die Verehrung für sie. Alte Herren umringten sie nach den Diners, um sich an ihrem holdseligen Geplauder, ihrem göttlich schalkhaften Mienenspiel zu erlaben; das Blut kehrte in die Wangen der Greise zurück, sie hingen am Leben, sie waren glücklich. Einmal hatte ein General — natürlich im Scherz, aber doch nicht ohne den vollen Ausdruck des Gefühls — im Salon vor ihr auf den Kien gelegen.

Dabei konnte eigentlich niemand, weder Mann noch Frau, sich rühmen, ihr wirklich vertraut oder befreundet zu sein, ausgenommen Ernst Becker natürlich, und der war zu still und bescheiden, zu ausdruckslos auch wohl, um von seinem Glücke ein Rühmens zu machen. Zwischen uns und ihr blieb immer eine schöne Entfernung, wozu der Umstand beitragen mochte, daß man ihrer außerhalb des Salons, des Ballsaales nur selten ansichtig wurde; ja, besann man sich recht, so fand man, daß man dies festliche Wesen kaum jemals bei nüchternem Tage, sondern immer erst abends zur Zeit des künstlichen Lichts und der geselligen Erwärmung erblickt hatte. Sie hatte uns alle zu Anbetern, aber weder Freund noch Freundin: und so war es recht, denn was wäre ein Ideal, mit dem man auf dem Duzfuß steht?

Ihre Tage widmete Angela offenbar der Betreuung ihres Hausstandes — dem wohligen Glanze nach zu urteilen, der ihre eigenen Abendgesellschaften auszeichnete. Diese waren berühmt und in der Tat der Höhepunkt des Winters: ein Verdienst der Wirtin, wie man hinzufügen muß, denn Becker war nur ein höflicher, kein unterhaltender Gastgeber. Angela übertraf an diesen Abenden sich selbst. Nach dem Essen setzte sie sich an ihre Harfe und sang zum Rauschen der Saiten mit ihrer Silberstimme. Man vergißt das nicht. Der Geschmack, die Anmut, die lebendige Geistesgegenwart, mit der sie den Abend gestaltete, waren bezaubernd; ihre gleichmäßige, überall hinstrahlende Liebenswürdigkeit gewann jedes Herz; und die innig aufmerksame, auch wohl verstohlen zärtliche Art, mit der sie ihrem Gatten begegnete, zeigte uns das Glück, die Möglichkeit des Glücks, erfüllte uns mit einem erquickenden und sehnsüchtigen Glauben an das Gute, wie etwa die Vervollkommnung des Lebens durch die Kunst ihn zu schenken vermag.

Das war Ernst Beckers Frau, und hoffentlich wußte er ihren Besitz zu würdigen. Gab es einen Menschen in der Stadt, der beneidet wurde, so war es dieser, und man kann sich denken, daß er es oft zu hören bekam, was für ein begnadeter Mann er sei. Jeder sagte es ihm, und er nahm alle diese Huldigungen des Neides mit freundlicher Zustimmung entgegen. Zehn Jahre waren Beckers verheiratet; der Direktor war vierzig und Angela ungefähr dreißig Jahre alt. Da kam folgendes:

Beckers gaben Gesellschaft, einen ihrer vorbildlichen Abende, ein Souper zu etwa zwanzig Gedecken. Das Menu ist vortrefflich, die Stimmung die angeregteste. Als zum Gefrorenen der Champagner geschenkt wird, erhebt sich ein Herr, ein Junggeselle gesetzten Alters, und toastet. Er feiert die Wirte, feiert ihre Gastlichkeit, jene wahre und reiche Gastlichkeit, die aus einem Überfluß an Glück hervorgehe und aus dem Wunsche, viele daran teilnehmen zu lassen. Er spricht von Angela, er preist sie aus voller Brust. »Ja, liebe, herrliche, gnädige Frau«, sagt er, mit dem Glas in der Hand zu ihr gewendet, »wenn ich als Hagestolz mein Leben verbringe, so geschieht es, weil ich die Frau nicht fand, die gewesen wäre wie Sie, und wenn ich mich jemals verheiraten sollte, — das eine steht fest: meine Frau müßte aufs Haar Ihnen gleichen!« Dann wendet er sich zu Ernst Becker und bittet um die Erlaubnis, ihm nochmals zu sagen, was er so oft schon vernommen: wie sehr wir alle ihn beneideten, beglückwünschten, seligpriesen. Dann fordert er die Anwesenden auf, einzustimmen in sein Lebehoch auf unsere gottgesegneten Gastgeber, Herrn und Frau Becker.

Das Hoch erschallt, man verläßt die Sitze, man will sich zum Anstoßen mit dem gefeierten Paare drängen. Da plötzlich wird es still, denn Becker steht auf, Direktor Becker, und er ist totenbleich.

Er ist bleich, und nur seine Augen sind rot. Mit bebender Feierlichkeit beginnt er zu sprechen.

Einmal — stößt er aus ringender Brust hervor — einmal müsse er es sagen! Einmal sich von der Wahrheit entlasten, die er solange allein getragen! Einmal endlich uns Verblendeten, Betörten die Augen öffnen über das Idol, um dessen Besitz wir ihn so sehr beneideten! Und während die Gäste, teils sitzend, teils stehend, erstarrt, gelähmt, ohne ihren Ohren zu trauen, mit erweiterten Augen die geschmückte Tafel umgeben, entwirft dieser Mensch in furchtbarem Ausbruch das Bild seiner Ehe, — seiner *Hölle* von einer Ehe . . .

Diese Frau — *die* dort —, wie falsch, verlogen und tierisch grausam sie sei. Wie liebeleer und widrig verödet. Wie sie den ganzen Tag in verkommener und liederlicher Schlaffheit verliege, um erst abends, bei künstlichem Licht, zu einem gleisnerischen Leben zu erwachen. Wie es tagüber ihre einzige Tätigkeit sei, ihre Katze auf greulich erfinderische Art zu martern. Wie bis aufs Blut sie ihn selbst durch ihre boshaften Launen quäle. Wie sie ihn schamlos betrogen, ihn mit Dienern, mit Handwerksgehilfen, mit Bettlern, die an ihre Tür gekommen, zum Hahnrei gemacht habe. Wie sie vordem ihn selbst in den Schlund ihrer Verderbtheit hinabgezogen, ihn erniedrigt, befleckt, vergiftet habe. Wie er das alles getragen, getragen habe um der Liebe willen, die er ehemals für die Gauklerin gehegt, und weil sie zuletzt nur elend und unendlich erbarmenswert sei. Wie er aber endlich des Neides, der Beglückwünschungen, der Lebehochs müde geworden sei und es einmal, — einmal habe sagen müssen.

»Warum«, ruft er, »sie wäscht sich ja nicht einmal! Sie ist zu träge dazu! Sie ist schmutzig unter ihrer Spitzenwäsche!«

Zwei Herren führten ihn hinaus. Die Gesellschaft zerstreute sich.

Einige Tage später begab sich Becker, offenbar einer Vereinbarung mit seiner Gattin gemäß, in eine Nervenheilanstalt. Er war aber vollkommen gesund und lediglich zum Äußersten gebracht.

Später verzogen Beckers in eine andere Stadt.«

Das Eisenbahnunglück

Etwas erzählen? Aber ich weiß nichts. Gut, also ich werde etwas erzählen.

Einmal, es ist schon zwei Jahre her, habe ich ein Eisenbahnunglück mitgemacht, — alle Einzelheiten stehen mir klar vor Augen. Es war keines vom ersten Range, keine allgemeine Harmonika mit »unkenntlichen Massen« und so weiter, das nicht. Aber es war doch ein ganz richtiges Eisenbahnunglück mit Zubehör und obendrein zu nächtlicher Stunde. Nicht jeder hat das erlebt, und darum will ich es zum besten geben.

Ich fuhr damals nach Dresden, eingeladen von Förderern der Literatur. Eine Kunst- und Virtuosenfahrt also, wie ich sie von Zeit zu Zeit nicht ungern unternehme. Man repräsentiert, man tritt auf, man zeigt sich der jauchzenden Menge; man ist nicht umsonst ein Untertan Wilhelm II. Auch ist Dresden ja schön (besonders der Zwinger), und nachher wollte ich auf zehn, vierzehn Tage zum ›Weißen Hirsch‹ hinauf, um mich ein wenig zu pflegen und, wenn, vermöge der ›Applikationen‹, der Geist über mich käme, auch wohl zu arbeiten. Zu diesem Behufe hatte ich mein Manuskript zuunterst in meinen Koffer gelegt, zusammen mit dem Notizenmaterial, ein stattliches Konvolut, in braunes Packpapier geschlagen und mit starkem Spagat in den bayrischen Farben umwunden.

Ich reise gern mit Komfort, besonders, wenn man es mir bezahlt. Ich benützte also den Schlafwagen, hatte mir tags zuvor ein Abteil erster Klasse gesichert und war geborgen. Trotzdem hatte ich Fieber, wie immer bei solchen Gelegenheiten, denn eine Abreise bleibt ein Abenteuer, und nie werde ich in Verkehrsdingen die rechte Abgebrühtheit gewinnen. Ich weiß ganz gut, daß der Nachtzug nach Dresden gewohnheitsmäßig jeden Abend vom Münchener Hauptbahnhof abfährt und jeden Morgen in Dresden ist. Aber wenn ich selber mitfahre und mein bedeutsames Schicksal mit dem seinen verbinde, so ist das eben doch eine große Sache. Ich kann mich dann der Vorstellung nicht entschlagen, als führe er einzig heute und meinetwegen, und dieser unvernünftige Irrtum hat natürlich eine stille, tiefe Erregung zur Folge, die mich nicht eher verläßt, als bis ich alle Umständlichkeiten der Abreise, das Kofferpacken, die Fahrt mit der belasteten Droschke zum Bahnhof, die Ankunft dortselbst, die Aufgabe des Gepäcks hinter mir habe und mich endgültig untergebracht und in Sicherheit weiß. Dann freilich tritt eine wohlige Abspannung ein, der Geist wendet sich neuen Dingen zu, die große Fremde eröffnet sich dort hinter dem Bogen des Glasgewölbes, und freudige Erwartung beschäftigt das Gemüt.

So war es auch diesmal. Ich hatte den Träger meines Handgepäcks reich belohnt, so daß er die Mütze gezogen und mir angenehme Reise gewünscht hatte, und stand mit meiner Abendzigarre an einem Gangfenster des Schlafwagens, um das Treiben auf dem Perron zu betrachten. Da war Zischen und Rollen, Hasten, Abschiednehmen und das singende Ausrufen der Zeitungs- und Erfrischungsverkäufer, und über allem glühten die großen elektrischen Monde im Nebel des Oktoberabends. Zwei rüstige Männer zogen einen Handkarren mit großem Gepäck den Zug entlang nach vorn zum Gepäckwagen. Ich erkannte wohl, an gewissen vertrauten Merkmalen, meinen eigenen Koffer. Da lag er, ein Stück unter vielen, und auf seinem Grunde ruhte das kostbare Konvolut. Nun, dachte ich, keine Besorgnis, es ist in guten Händen! Sieh diesen Schaffner an mit dem Lederbandelier, dem gewaltigen Wachtmeisterschnauzbart und dem unwirsch wachsamen Blick. Sieh, wie er die alte Frau in der fadenscheinigen schwarzen Mantille anherrscht, weil sie um ein Haar in die zweite Klasse gestiegen wäre. Das ist der Staat, unser Vater, die Autorität und die Sicherheit. Man verkehrt nicht gern mit ihm, er ist streng, er ist wohl gar rauh, aber Verlaß, Verlaß ist auf ihn, und dein Koffer ist aufgehoben wie in Abrahams Schoß.

Ein Herr lustwandelt auf dem Perron, in Gamaschen und gelbem Herbstpaletot, einen Hund an der Leine führend. Nie sah ich ein hübscheres Hündchen. Es ist eine gedrungene Dogge, blank, muskulös, schwarz gefleckt und so gepflegt und drollig wie die Hündchen, die man zuweilen im Zirkus sieht und die das Publikum belustigen, indem sie aus allen Kräften ihres kleinen Leibes um die Manege rennen. Der Hund trägt ein silbernes Halsband, und die Schnur, daran er geführt wird, ist aus farbig geflochtenem Leder. Aber das alles kann nicht wundernehmen angesichts seines Herrn, des Herrn in Gamaschen, der sicher von edelster Abkunft ist. Er trägt ein Glas im Auge, was seine Miene verschärft, ohne sie zu verzerren, und sein Schnurrbart ist trotzig aufgesetzt, wodurch seine Mundwinkel wie sein Kinn einen verachtungsvollen und willensstarken Ausdruck gewinnen. Er richtet eine Frage an den martialischen Schaffner, und der schlichte Mann, der deutlich fühlt, mit wem er es zu tun hat, antwortet ihm, die Hand an der Mütze. Da wandelt der Herr weiter, zufrieden mit der Wirkung seiner Person. Er wandelt sicher in seinen Gamaschen, sein Antlitz ist kalt, scharf faßt er Menschen und Dinge ins Auge. Er ist weit entfernt vom Reisefieber, das sieht man klar, für ihn ist etwas so Gewöhnliches wie eine Abreise kein Abenteuer. Er ist zu Hause im Leben und ohne Scheu vor seinen Einrichtungen und Gewalten, er selbst gehört zu diesen Gewalten, mit einem Worte: ein Herr. Ich kann mich nicht satt an ihm sehen.

Als es ihn an der Zeit dünkt, steigt er ein (der Schaffner wandte gerade den Rücken). Er geht im Korridor hinter mir vorbei, und obgleich er mich anstößt, sagt er nicht »Pardon!«. Was für ein Herr! Aber das ist nichts gegen das Weitere, was nun folgt: Der Herr nimmt, ohne mit der Wimper zu zucken, seinen Hund mit sich in sein Schlafkabinett hinein! Das ist zweifellos verboten. Wie würde ich mich vermessen, einen Hund mit in den Schlafwagen zu nehmen. Er aber tut es kraft seines Herrenrechtes im Leben und zieht die Tür hinter sich zu.

Es pfiff, die Lokomotive antwortete, der Zug setzte sich sanft in Bewegung. Ich blieb noch ein wenig am Fenster stehen, sah die zurückbleibenden winkenden Menschen, sah die eiserne Brücke, sah Lichter schweben und wandern . . . Dann zog ich mich ins Innere des Wagens zurück.

Der Schlafwagen war nicht übermäßig besetzt; ein Abteil neben dem meinen war leer, war nicht zum Schlafen eingerichtet, und ich beschloß, es mir auf eine friedliche Lesestunde darin bequem zu machen. Ich holte also mein Buch und richtete mich ein. Das Sofa ist mit seidigem lachsfarbenen Stoff überzogen, auf dem Klapptischchen steht der Aschenbecher, das Gas brennt hell. Und rauchend las ich.

Der Schlafwagenkondukteur kommt dienstlich herein, er ersucht mich um mein Fahrscheinheft für die Nacht, und ich übergebe es seinen schwärzlichen Händen. Er redet höflich, aber rein amtlich, er spart sich den »Gute-Nacht!«-Gruß von Mensch zu Mensch und geht, um an das anstoßende Kabinett zu klopfen. Aber das hätte er lassen sollen, denn dort wohnte der Herr mit den Gamaschen, und sei es nun, daß der Herr seinen Hund nicht sehen lassen wollte oder daß er bereits zu Bette gegangen war, kurz, er wurde furchtbar zornig, weil man es unternahm, ihn zu stören, ja, trotz dem Rollen des Zuges vernahm ich durch die dünne Wand den unmittelbaren und elementaren Ausbruch seines Grimmes. »Was ist denn?!« schrie er. »Lassen Sie mich in Ruhe — Affenschwanz!!« Er gebrauchte den Ausdruck »Affenschwanz«, — ein Herrenausdruck, ein Reiter- und Kavaliersausdruck, herzstärkend anzuhören. Aber der Schlafwagenkondukteur legte sich aufs Unterhandeln, denn er mußte den Fahrschein des Herrn wohl wirklich haben, und da ich auf den Gang trat, um alles genau zu verfolgen, so sah ich mit an, wie schließlich die Tür des Herrn mit kurzem Ruck ein wenig geöffnet wurde und das Fahrscheinheft dem Konduktör ins Gesicht flog, hart und heftig gerade ins Gesicht. Er fing es mit beiden Armen auf, und obgleich er die eine Ecke ins Auge bekommen hatte, so daß es tränte, zog er die Beine zusammen und dankte, die Hand an der Mütze. Erschüttert kehrte ich zu meinem Buch zurück.

Ich erwäge, was etwa dagegen sprechen könnte, noch eine Zigarre zu rauchen, und finde, daß es so gut wie nichts ist. Ich rauche also noch eine im Rollen und Lesen und fühle mich wohl und gedankenreich. Die Zeit vergeht, es wird zehn Uhr, halb elf Uhr oder mehr, die Insassen des Schlafwagens sind alle zur Ruhe gegangen, und schließlich komme ich mit mir überein, ein Gleiches zu tun.

Ich erhebe mich also und gehe in mein Schlafkabinett. Ein richtiges, luxuriöses Schlafzimmerchen, mit gepreßter Ledertapete, mit Kleiderhaken und vernickeltem Waschbecken. Das untere Bett ist schneeig bereitet, die Decke einladend zurückgeschlagen. O große Neuzeit! denke ich. Man legt sich in dieses Bett wie zu Hause, es bebt ein wenig die Nacht hindurch, und das hat zur Folge, daß man am Morgen in Dresden ist. Ich nahm meine Handtasche aus dem Netz, um etwas Toilette zu machen. Mit ausgestreckten Armen hielt ich sie über meinem Kopfe.

In diesem Augenblick geschieht das Eisenbahnunglück. Ich weiß es wie heute.

Es gab einen Stoß, — aber mit ›Stoß‹ ist wenig gesagt. Es war ein Stoß, der sich sofort als unbedingt bösartig kennzeichnete, ein in sich abscheulich krachender Stoß und von solcher Gewalt, daß die Handtasche, ich weiß nicht, wohin, aus den Händen flog und ich selbst mit der Schulter schmerzhaft gegen die Wand geschleudert wurde. Dabei war keine Zeit zur Besinnung. Aber was folgte, war ein entsetzliches Schlenkern des Wagens, und während seiner Dauer hatte man Muße, sich zu ängstigen. Ein Eisenbahnwagen schlenkert wohl, bei Weichen, bei scharfen Kurven, das kennt man. Aber dies war ein Schlenkern, daß man nicht stehen konnte, daß man von einer Wand zur andern geworfen wurde und dem Kentern des Wagens entgegensah. Ich dachte etwas sehr Einfaches, aber ich dachte es konzentriert und ausschließlich. Ich dachte: ›Das geht nicht gut, das geht nicht gut, das geht keinesfalls gut.‹ Wörtlich so. Außerdem dachte ich: ›Halt! Halt! Halt!‹ Denn ich wußte, daß, wenn der Zug erst stünde, sehr viel gewonnen sein würde. Und siehe, auf dieses mein stilles und inbrünstiges Kommando stand der Zug.

Bisher hatte Totenstille im Schlafwagen geherrscht. Nun kam der Schrecken zum Ausbruch. Schrille Damenschreie mischen sich mit den dumpfen Bestürzungsrufen von Männern. Neben mir höre ich »Hilfe!« rufen, und kein Zweifel, es ist die Stimme, die sich vorhin des Ausdrucks »Affenschwanz« bediente, die Stimme des Herrn in Gamaschen, seine von Angst entstellte Stimme. »Hilfe!« ruft er, und in dem Augenblick, wo ich den Gang betrete, auf dem die Fahrgäste zusammenlaufen, bricht er in seidenem Schlafanzug aus seinem Abteil hervor und steht da mit irren Blicken. »Großer Gott!« sagt er, »Allmächtiger Gott!« Und um sich gänzlich zu demütigen und so vielleicht seine Vernichtung abzuwenden, sagt er auch noch in bittendem Tone: »Lieber Gott . . .«

Aber plötzlich besinnt er sich eines andern und greift zur Selbsthilfe. Er wirft sich auf das Wandschränkchen, in welchem für alle Fälle ein Beil und eine Säge hängen, schlägt mit der Faust die Glasscheibe entzwei, läßt aber, da er nicht gleich dazu gelangen kann, das Werkzeug in Ruh', bahnt sich mit wilden Püffen einen Weg durch die versammelten Fahrgäste, so daß die halbnackten Damen aufs neue kreischen, und springt ins Freie.

Das war das Werk eines Augenblicks. Ich spürte erst jetzt meinen Schrecken: eine gewisse Schwäche im Rücken, eine vorübergehende Unfähigkeit, hinunterzuschlucken. Alles umdrängte den schwarzhändigen Schlafwagenbeamten, der mit roten Augen ebenfalls herbeigekommen war; die Damen, mit bloßen Armen und Schultern, rangen die Hände.

Das sei eine Entgleisung, erklärte der Mann, wir seien entgleist. Was nicht zutraf, wie sich später erwies. Aber siehe, der Mann war gesprächig unter diesen Umständen, er ließ seine amtliche Sachlichkeit dahinfahren, die großen Ereignisse lösten seine Zunge, und er sprach intim von seiner Frau. »Ich hab' noch zu meiner Frau gesagt: Frau, sag' ich, mir ist ganz, als ob heut' was passieren müßt'!« Na, und ob nun vielleicht nichts passiert sei. Ja, darin gaben alle ihm recht. Rauch entwickelte sich im Wagen, dichter Qualm, man wußte nicht, woher, und nun zogen wir alle es vor, uns in die Nacht hinauszubegeben.

Das war nur mittelst eines ziemlich hohen Sprunges vom Trittbrett auf den Bahnkörper möglich, denn es war kein Perron vorhanden, und zudem stand unser Schlafwagen bemerkbar schief, auf die andere Seite geneigt. Aber die Damen, die eilig ihre Blößen bedeckt hatten, sprangen verzweifelt, und bald standen wir alle zwischen den Schienensträngen.

Es war fast finster, aber man sah doch, daß bei uns hinten den Wagen eigentlich nichts fehlte, obgleich sie schief standen. Aber vorn — fünfzehn oder zwanzig Schritte weiter vorn! Nicht umsonst hatte der Stoß in sich so abscheulich gekracht. Dort war eine Trümmerwüste, — man sah ihre Ränder, wenn man sich näherte, und die kleinen Laternen der Schaffner irrten darüber hin.

Nachrichten kamen von dort, aufgeregte Leute, die Meldungen über die Lage brachten. Wir befanden uns dicht bei einer kleinen Station, nicht weit hinter Regensburg, und durch Schuld einer defekten Weiche war unser Schnellzug auf ein falsches Geleise geraten und in voller Fahrt einem Güterzug, der dort hielt, in den Rücken gefahren, hatte ihn aus der Station hinausgeworfen, seinen hinteren Teil zermalmt und selbst schwer gelitten. Die große Schnellzugsmaschine von Maffei in München war hin und entzwei. Preis siebzigtausend Mark. Und in den vorderen Wagen, die beinahe auf der Seite lagen, waren zum Teil die Bänke ineinandergeschoben. Nein, Menschenverluste waren, gottlob, wohl nicht zu beklagen. Man sprach von einer alten Frau, die »herausgezogen« worden sei, aber niemand hatte sie gesehen. Jedenfalls waren die Leute durcheinandergeworfen worden, Kinder hatten unter Gepäck vergraben gelegen, und das Entsetzen war groß. Der Gepäckwagen zertrümmert. Wie war das mit dem Gepäckwagen? Er war zertrümmert.

Da stand ich . . .

Ein Beamter läuft ohne Mütze den Zug entlang, es ist der Stationschef, und wild und weinerlich erteilt er Befehle an die Passagiere, um sie in Zucht zu halten und von den Geleisen in die Wagen zu schicken. Aber niemand achtet sein, da er ohne Mütze und Haltung ist. Beklagenswerter Mann! Ihn traf wohl die Verantwortung. Vielleicht war seine Laufbahn zu Ende, sein Leben zerstört. Es wäre nicht taktvoll gewesen, ihn nach dem großen Gepäck zu fragen.

Ein anderer Beamter kommt daher, — er *hinkt* daher, und ich erkenne ihn an seinem Wachtmeisterschnauzbart. Es ist der Schaffner, der unwirsch wachsame Schaffner von heute abend, der Staat, unser Vater. Er hinkt gebückt, die eine Hand auf sein Knie gestützt, und kümmert sich um nichts als um dieses sein Knie. »Ach, ach!« sagt er. »Ach!« — »Nun, nun, was ist denn?« — »Ach, mein Herr, ich steckte ja dazwischen, es ging mir ja gegen die Brust, ich bin ja über das Dach entkommen, ach, ach!« — Dieses »über das Dach entkommen« schmeckte nach Zeitungsbericht, der Mann brauchte bestimmt in der Regel nicht das Wort »entkommen«, er hatte nicht sowohl sein Unglück, als vielmehr einen Zeitungsbericht über sein Unglück erlebt, aber was half mir das? Er war nicht in dem Zustande, mir Auskunft über mein Manuskript zu geben. Und ich fragte einen jungen Menschen, der frisch, wichtig und angeregt von der Trümmerwüste kam, nach dem großen Gepäck.

»Ja, mein Herr, das weiß niemand nicht, wie es da ausschaut!« Und sein Ton bedeutete mir, daß ich froh sein solle, mit heilen Gliedern davongekommen zu sein. »Da liegt alles durcheinander. Damenschuhe . . .«, sagte er mit einer wilden Vernichtungsgebärde und zog die Nase kraus. »Die Räumungsarbeiten müssen es zeigen. Damenschuhe . . .«

Da stand ich. Ganz für mich allein stand ich in der Nacht zwischen den Schienensträngen und prüfte mein Herz. Räumungsarbeiten. Es sollten Räumungsarbeiten mit meinem Manuskript vorgenommen werden. Zerstört also, zerfetzt, zerquetscht wahrscheinlich. Mein Bienenstock, mein Kunstgespinst, mein kluger Fuchsbau, mein Stolz und Mühsal, das Beste von mir. Was würde ich tun, wenn es sich so verhielt? Ich hatte keine Abschrift von dem, was schon dastand, schon fertig gefügt und geschmiedet war, schon lebte und klang, — zu schweigen von meinen Notizen und Studien, meinem ganzen in Jahren zusammengetragenen, erworbenen, erhorchten, erschlichenen, erlittenen Hamsterschatz von Material. Was würde ich also tun? Ich prüfte mich genau, und ich erkannte, daß ich von vorn beginnen würde. Ja, mit tierischer Geduld, mit der Zähigkeit eines tiefstehenden Lebewesens, dem man das wunderliche und komplizierte Werk seines kleinen Scharfsinnes und Fleißes zerstört hat, würde ich nach einem Augenblick der Verwirrung und Ratlosigkeit das Ganze wieder von vorn beginnen, und vielleicht würde es diesmal ein wenig leichter gehen . . .

Aber unterdessen war Feuerwehr eingetroffen, mit Fackeln, die rotes Licht über die Trümmerwüste warfen, und als ich nach vorn ging, um nach dem Gepäckwagen zu sehen, da zeigte es sich, daß er fast heil war und daß den Koffern nichts fehlte. Die Dinge und Waren, die dort verstreut lagen, stammten aus dem Güterzuge, eine unzählige Menge Spagatknäuel zumal, ein Meer von Spagatknäueln, das weithin den Boden bedeckte.

Da ward mir leicht, und ich mischte mich unter die Leute, die standen und schwatzten und sich anfreundeten gelegentlich ihres Mißgeschickes und aufschnitten und sich wichtig machten. Soviel schien sicher, daß der Zugführer sich brav benommen und großem Unglück vorgebeugt hatte, indem er im letzten Augenblick die Notbremse gezogen. Sonst, sagte man, hätte es unweigerlich eine allgemeine Harmonika gegeben, und der Zug wäre wohl auch die ziemlich hohe Böschung zur Linken hinabgestürzt. Preiswürd'ger Zugführer! Er war nicht sichtbar, niemand hatte ihn gesehen. Aber sein Ruhm verbreitete sich den ganzen Zug entlang, und wir alle lobten ihn in seiner Abwesenheit. »Der Mann«, sagte ein Herr und wies mit der ausgestreckten Hand irgendwohin in die Nacht, »der Mann hat uns alle gerettet.« Und jeder nickte dazu.

Aber unser Zug stand auf einem Geleise, das ihm nicht zukam, und darum galt es, ihn nach hinten zu sichern, damit ihm kein anderer in den Rücken fahre. So stellten sich Feuerwehrleute mit Pechfackeln am letzten Wagen auf, und auch der angeregte junge Mann, der mich so sehr mit seinen Damenstiefeln geängstigt, hatte eine Fackel ergriffen und schwenkte sie signalisierend, obgleich in aller Weite kein Zug zu sehen war.

Und mehr und mehr kam etwas wie Ordnung in die Sache, und der Staat, unser Vater, gewann wieder Haltung und Ansehen. Man hatte telegraphiert und alle Schritte getan, ein Hilfszug aus Regensburg dampfte behutsam in die Station, und große Gasleuchtapparate mit Reflektoren wurden an der Trümmerstätte aufgestellt. Wir Passagiere wurden nun ausquartiert und angewiesen, im Stationshäuschen unserer Weiterbeförderung zu harren. Beladen mit unserem Handgepäck und zum Teil mit verbundenen Köpfen zogen wir durch ein Spalier von neugierigen Eingeborenen in das Warteräumchen ein, wo wir uns, wie es gehen wollte, zusammenpferchten. Und abermals nach einer Stunde war alles aufs Geratewohl in einem Extrazuge verstaut.

Ich hatte einen Fahrschein erster Klasse (weil man mir die Reise bezahlte), aber das half mir gar nichts, denn jedermann gab der ersten Klasse den Vorzug, und diese Abteile waren noch voller als die anderen. Jedoch, wie ich eben mein Plätzchen gefunden, wen gewahre ich mir schräg gegenüber, in eine Ecke gedrängt? Den Herrn mit den Gamaschen und den Reiterausdrücken, meinen Helden. Er hat sein Hündchen nicht bei sich, man hat es ihm genommen, es sitzt, allen Herrenrechten zuwider, in einem finsteren Verlies gleich hinter der Lokomotive und heult. Der Herr hat auch einen gelben Fahrschein, der ihm nichts nützt, und er murrt, er macht einen Versuch, sich aufzulehnen gegen den Kommunismus, gegen den großen Ausgleich vor der Majestät des Unglücks. Aber ein Mann antwortet ihm mit biederer Stimme: »San S' froh, daß Sie sitzen!« Und sauer lächelnd ergibt sich der Herr in die tolle Lage.

Wer kommt herein, gestützt auf zwei Feuerwehrmänner? Eine kleine Alte, ein Mütterchen in zerschlissener Mantille, dasselbe, das in München um ein Haar in die zweite Klasse gestiegen wäre. »Ist dies die erste Klasse?« fragt sie immer wieder. »Ist dies auch wirklich die erste Klasse?« Und als man es ihr versichert und ihr Platz macht, sinkt sie mit einem »Gottlob!« auf das Plüschkissen nieder, als ob sie erst jetzt gerettet sei.

In Hof war es fünf Uhr und hell. Dort gab es Frühstück, und dort nahm ein Schnellzug mich auf, der mich und das Meine mit dreistündiger Verspätung nach Dresden brachte.

Ja, das war das Eisenbahnunglück, das ich erlebte. Einmal mußte es ja wohl sein. Und obgleich die Logiker Einwände machen, glaube ich nun doch gute Chancen zu haben, daß mir sobald nicht wieder dergleichen begegnet.

Wie Jappe und Do Escobar sich prügelten

Ich war sehr erschüttert, als Johnny Bishop mir sagte, daß Jappe und Do Escobar sich hauen wollten und daß wir hingehen wollten, um zuzusehen.

Es war in den Sommerferien, in Travemünde, an einem brutheißen Tage mit mattem Landwind und flacher, weit zurückgetretener See. Wir waren wohl drei Viertelstunden lang im Wasser gewesen und lagen unter dem Balken- und Bretterwerk der Badeanstalt auf dem festen Sande, zusammen mit Jürgen Brattström, dem Sohn des Reeders. Johnny und Brattström lagen vollständig nackt auf dem Rücken, während es mir angenehmer war, mein Badetuch um die Hüften gewickelt zu haben. Brattström fragte mich, warum ich das täte, und da ich nichts Rechtes darauf zu antworten wußte, so sagte Johnny mit seinem gewinnenden, lieblichen Lächeln: ich wäre wohl schon etwas zu groß, um nakkend zu liegen. Wirklich war ich größer und entwickelter als er und Brattström, auch wohl ein wenig älter als sie, ungefähr dreizehn. So nahm ich Johnny's Erklärung stillschweigend an, obgleich sie eine gewisse Kränkung für mich enthielt. Denn in Johnny's Gesellschaft geriet man leicht in ein etwas komisches Licht, wenn man weniger klein, fein und körperlich kindlich war als er, der das alles in so hohem Grade war. Er konnte dann mit seinen hübschen blauen, zugleich freundlich und spöttisch lächelnden Mädchenaugen an einem hinaufsehen, mit einem Ausdruck, als wollte er sagen: ›Was bist du schon für ein langer Flegel!‹ Das Ideal der Männlichkeit und der langen Hosen kam abhanden in seiner Nähe, und das zu einer Zeit, nicht lange nach dem Kriege, als Kraft, Mut und jederlei rauhe Tugend unter uns Jungen sehr hoch im Preise stand und alles mögliche für weichlich galt. Aber Johnny, als Ausländer oder halber Ausländer, war unbeeinflußt von dieser Stimmung und hatte im Gegenteil etwas von einer Frau, die sich konserviert und über andere lustig macht, die es weniger tun. Auch war er bei weitem der erste Knabe der Stadt, der elegant und ausgesprochen herrschaftlich gekleidet wurde, nämlich in echte englische Matrosenanzüge mit blauem Leinwandkragen, Schifferknoten, Schnüren, einer silbernen Pfeife in der Brusttasche und einem Anker auf dem bauschigen, am Handgelenk eng zulaufenden Ärmel. Dergleichen wäre bei jedem anderen als geckenhaft verhöhnt und bestraft worden. Ihm aber, da er es mit Anmut und Selbstverständlichkeit trug, schadete es gar nicht, und hatte er im geringsten darunter zu leiden gehabt.

Er sah aus wie ein kleiner magerer Amor, wie er da lag, mit erhobenen Armen, seinen hübschen, blond- und weichlockigen, länglichen, englischen Kopf in die schmalen Hände gebettet. Sein Papa war ein deutscher Kaufmann gewesen, der sich in England hatte naturalisieren lassen und vor Jahren gestorben war. Aber seine Mutter war Engländerin von Geblüt, eine Dame von mildem, ruhigem Wesen und mit langem Gesicht, die sich mit ihren Kindern, Johnny und einem ebenso hübschen, etwas tückischen kleinen Mädchen, in unserer Stadt niedergelassen hatte. Sie ging immer noch ausschließlich schwarz, in beständiger Trauer um ihren Mann, und sie ehrte wohl seinen letzten Willen, wenn sie die Kinder in Deutschland aufwachsen ließ. Offenbar befand sie sich in angenehmen Verhältnissen. Sie besaß ein geräumiges Haus vor der Stadt und eine Villa an der See, und von Zeit zu Zeit reiste sie mit Johnny und Sissie in ferne Bäder. Zur Gesellschaft gehörte sie nicht, obgleich sie ihr offengestanden hätte. Vielmehr lebte sie, sei es um ihrer Trauer willen, sei es, weil der Horizont unserer herrschenden Familien ihr zu eng war, persönlich in der größten Zurückgezogenheit, sorgte aber durch Einladungen und die Anordnung gemeinsamer Spiele, durch Johnny's und Sissie's Teilnahme am Tanz- und Anstandskursus und so weiter für den geselligen Verkehr ihrer Kinder, den sie, wenn nicht selber bestimmte, so doch mit ruhiger Sorgfalt überwachte, und zwar so, daß Johnny und Sissie es ausschließlich nur mit Kindern aus vermögenden Häusern hielten, — selbstverständlich nicht zufolge eines ausgesprochenen Prinzips, aber doch der einfachen Tatsache nach. Frau Bishop trug insofern von weitem zu meiner Erziehung bei, als sie mich lehrte, daß, um von anderen geachtet zu werden, nichts weiter nötig ist, als selber auf sich zu halten. Des männlichen Oberhauptes beraubt, zeigte die kleine Familie keines der Merkmale von Verwahrlosung und Niedergang, die sonst in diesem Falle so oft das bürgerliche Mißtrauen erwecken. Ohne weiteren Verwandtschaftsanhang, ohne Titel, Überlieferung, Einfluß und öffentliche Stellung war ihr Dasein zugleich separiert und anspruchsvoll: und zwar dermaßen sicher und abwägend anspruchsvoll, daß man ihr stillschweigend und unbedenklich jedes Zugeständnis machte und die Freundschaft der Kinder bei Jungen und Mädchen sehr hoch bewertet wurde. — Was nebenbei Jürgen Brattström betraf, so war erst sein Vater zu Reichtum und öffentlichen Ämtern aufgerückt und hatte sich und den Seinen das rote Sandsteinhaus am Burgfelde gebaut, das dem der Frau Bishop benachbart war. Jürgen war also, unter Frau Bishops ruhiger Genehmigung, Johnny's Gartengespiele und Schulweggefährte — ein phlegmatisch zutunlicher, kurzgliedriger Knabe ohne hervorstechende Charaktereigenschaften, der unterderhand schon einen kleinen Lakritzenhandel betrieb.

Wie gesagt, war ich äußerst erschrocken über Johnny's Mitteilung von Jappe's und Do Escobars bevorstehendem Zweikampf, der heute um zwölf Uhr in bitterem Ernst auf dem Leuchtenfeld ausgefochten werden sollte. Das konnte furchtbar werden, denn Jappe und Escobar waren starke, kühne Gesellen mit Ritterehre, deren feindliches Zusammentreffen wohl Bangigkeit erregen konnte. In der Erinnerung erscheinen sie mir noch immer so groß und männerhaft wie damals, obwohl sie nicht älter als fünfzehnjährig gewesen sein können. Jappe entstammte dem Mittelstande der Stadt; er war wenig beaufsichtigt und eigentlich beinahe schon das, was wir damals einen »Butcher« (will sagen Stromer) nannten, jedoch mit der Nuance des Lebemännischen. Do Escobar war frei von Natur, ein exotischer Fremdling, der nicht einmal regelmäßig zur Schule ging, sondern nur hospitierte und zuhörte (ein unordentliches, aber paradiesisches Dasein!), — der bei irgendwelchen Bürgersleuten Pension bezahlte und sich vollständiger Selbständigkeit erfreute. Beide waren sie Leute, die spät zu Bett gingen, Wirtshäuser besuchten, abends in der Breiten Straße bummelten, den Mädchen nachstiegen, wagehalsig turnten, kurz: Kavaliere. Obwohl sie in Travemünde nicht im Kurhotel — wohin sie auch nicht gehört hätten —, sondern irgendwo im Städtchen logierten, waren sie draußen im Kurgarten als Weltleute zu Hause, und ich wußte, daß sie abends, namentlich sonntags, wenn ich längst in einem der Schweizerhäuser in meinem Bette lag und unter den Klängen des Kurkonzerts friedlich entschlummert war, nebst anderen Mitgliedern der jugendlichen Lebewelt unternehmend im Strome der Badegäste und Ausflügler vor dem langen Zeltdach der Konditorei hin und her flanierten und erwachsene Unterhaltung suchten und fanden. Hierbei waren sie aneinandergeraten, — Gott wußte, wie und warum. Möglich, daß sie einander nur im Vorbeischlendern mit den Schultern gestoßen und in ihrer Ehrenhaftigkeit einen Kriegsfall daraus gemacht hatten. Johnny, der natürlich ebenfalls längst geschlafen hatte und auch nur durch Hörensagen von dem Handel unterrichtet war, äußerte mit seiner so angenehmen, ein wenig verschleierten Kinderstimme, daß es sich wohl um eine »Deern« gehandelt haben werde, und das war unschwer zu denken bei Jappe's und Do Escobars verwegener Fortgeschrittenheit. Kurz, sie hatten unter den Leuten kein Aufhebens gemacht, sondern, vor Zeugen, mit knappen und verbissenen Worten Ort und Stunde zum Austrag der Ehrensache verabredet. Morgen um zwölf Rendezvous da und da auf dem Leuchtenfelde. Guten Abend! Auch Ballettmeister Knaak von Hamburg, Maître de plaisir und Leiter der Reunions im Kurhause, war zugegen gewesen und hatte sein Erscheinen am Walplatze zugesagt.

Johnny freute sich rückhaltlos auf den Kampf, ohne daß er oder Brattström die Beklemmung geteilt hätten, die ich empfand. Wiederholt versicherte er, indem er nach seiner reizenden Art das r weit vorne am Gaumen bildete, daß die beiden sich in vollem Ernst und als Feinde hauen würden; und dann erwog er mit vergnügter und etwas spöttischer Sachlichkeit die Siegeschancen. Jappe und Do Escobar waren beide schrecklich stark, hö, beide schon gewaltige Flegel. Es war amüsant, daß sie es einmal so ernstlich ausmachen würden, welcher von beiden der gewaltigste Flegel sei. Jappe, meinte Johnny, habe eine breite Brust und vorzügliche Arm- und Beinmuskeln, wie man täglich beim Baden beobachten könne. Aber Do Escobar sei außerordentlich sehnig und wild, so daß es schwer sei, vorherzusagen, wer die Oberhand behalten werde. Es war sonderbar, Johnny so souverän über Jappe's und Do Escobars Qualitäten sich äußern zu hören und dabei seine eigenen schwachen Kinderarme zu sehen, mit denen er nie einen Schlag weder zu geben noch abzuwehren vermocht hätte. Was mich selbst betraf, so war ich zwar weit entfernt, mich vom Besuche der Schlägerei auszuschließen. Das wäre lächerlich gewesen, und außerdem zog das Bevorstehende mich mächtig an. Unbedingt mußte ich hingehen und alles mitansehen, da ich einmal davon erfahren hatte, — dies war eine Art Pflichtgefühl, das aber in hartem Kampfe mit widerstrebenden Empfindungen lag: mit einer großen Scheu und Scham, unkriegerisch und wenig beherzt wie ich war, mich auf den Schauplatz mannhafter Taten zu wagen; einer nervösen Furcht vor den Erschütterungen, die der Anblick eines erbitterten Kampfes, im Ernst und sozusagen auf Leben und Tod, in mir hervorbringen würde und die ich im voraus empfand; einer einfachen feigen Besorgnis auch wohl, daß ich dort, mitgefangen und mitgehangen, für meine eigene Person Anforderungen möchte ausgesetzt sein, die meiner innersten Natur zuwiderliefen, — der Besorgnis, herangezogen und genötigt zu werden, mich auch meinerseits als ein schneidiger Bursche zu erweisen, ein Erweis, den ich wie nichts zweites verabscheute. Anderseits aber konnte ich nicht umhin, mich in Jappe's und Do Escobars Lage zu versetzen und die verzehrenden Empfindungen, die ich bei ihnen voraussetzte, innerlich nachzufühlen. Ich stellte mir die Beleidigung und Herausforderung im Kurgarten vor, ich unterdrückte mit ihnen, eleganter Rücksichten halber, den Drang, sofort mit den Fäusten übereinander herzufallen. Ich erprobte ihre empörte Rechtsleidenschaft, den Gram, den flackernden, hirnzerreißenden Haß, die Anfälle von rasender Ungeduld und Rache, unter denen sie die Nacht verbracht haben mußten. Zum Äußersten gebracht, über alle Furchtsamkeit hinausgerissen, schlug ich mich im Geiste blind und blutig mit einem ebenso entmenschten Gegner herum, trieb ihm mit allen Kräften meines Wesens die Faust ins verhaßte Maul, daß sämtliche Zähne zerbrachen, empfing dafür einen brutalen Tritt in den Unterleib und ging unter in roten Wogen, worauf ich mit gestillten Nerven und Eisumschlägen unter den sanften Vorwürfen der Meinen in meinem Bette erwachte... Kurz, als es halb zwölf war und wir aufstanden, um uns anzuziehen, war ich halb erschöpft vor Aufregung, und in der Kabine sowohl wie nachher, als wir fertig angekleidet die Badeanstalt verließen, pochte das Herz mir genau, als sei ich es selbst, der sich hauen sollte, mit Jappe oder Do Escobar, öffentlich und unter schweren Bedingungen.

Ich weiß noch genau, wie wir zu dritt die schwanke Holzbrücke hinabgingen, die vom Strande schräg zur Badeanstalt anstieg. Selbstverständlich hüpften wir, um die Brücke tunlichst ins Schwingen zu versetzen und uns emporschnellen zu lassen wie vom Trampolin. Aber unten angelangt, verfolgten wir nicht den Brettersteg, der zwischen Pavillonen und Sitzkörben hin den Strand entlangführte, sondern hielten den Kurs landeinwärts, ungefähr auf das Kurhaus zu, eher mehr links. Auf den Dünen brütete die Sonne und entlockte dem spärlich und dürr bewachsenen Boden, den Stranddisteln, den Binsen, die uns in die Beine stachen, seinen trockenen und hitzigen Duft. Nichts war zu hören als das ununterbrochene Summen der metallblauen Fliegen, die scheinbar unbeweglich in der schweren Wärme standen, plötzlich den Platz wechselten und an anderer Stelle ihren scharfen und monotonen Gesang wieder aufnahmen. Die kühlende Wirkung des Bades war längst verbraucht. Brattström und ich lüfteten abwechselnd unsere Kopfbedeckungen — er seine schwedische Schifferkappe mit vorspringendem Wachstuchschirm, ich meine runde Helgoländer Wollmütze, eine sogenannte Tam-o-shanter —, um uns den Schweiß zu trocknen. Johnny litt wenig unter der Hitze, dank seiner Magerkeit und besonders wohl auch, weil seine Kleidung dem Sommertag eleganter angepaßt war als die unsere. In seinem leichten und komfortablen Matrosenanzug aus gestreiftem Waschstoff, der Hals und Waden frei ließ, die blaue, kurzbebänderte Mütze mit englischer Inschrift auf dem schönen Köpfchen, die langen und schmalen Füße in feinen, fast absatzlosen Halbschuhen aus weißem Leder, ging er mit ausgreifenden, steigenden Schritten und etwas krummen Knien zwischen Brattström und mir und sang mit seinem anmutigen Akzent das Gassenlied ›Fischerin, du Kleine‹, das damals im Schwange war; sang es mit einer unanständigen Variante, die von der frühreifen Jugend dafür erfunden worden. Denn so war er: In aller Kindlichkeit wußte er schon mancherlei und war gar nicht zu zimperlich, es im Munde zu führen. Dann aber setzte er eine kleine scheinheilige Miene auf, sagte: »Pfui, wer wird wohl so böse Lieder singen!« und tat ganz, als seien wir es gewesen, die die kleine Fischerin so schlüpfrig apostrophiert hatten.

Mir war überhaupt nicht nach Singen zumute, so nahe wie wir dem Treffpunkte und Schicksalsplatze schon waren. Das scharfe Dünengras war in sandiges Moos, in mageren Wiesengrund übergegangen, es war das Leuchtenfeld, wo wir schritten, so genannt nach dem gelben und runden Leuchtturm, der links in großer Entfernung emporragte, — und unversehens kamen wir an und waren am Ziel.

Es war ein warmer, friedlicher Ort, von Menschen fast nie begangen, den Blicken durch Weidengesträuch verborgen. Und auf dem freien Platze, innerhalb des Gebüsches, hatte wie eine lebendige Schranke ein Kreis junger Leute sich gesetzt und gelagert, fast alle älter als wir und aus verschiedenen Gesellschaftsschichten. Offenbar waren wir die letzten Zuschauer, die eintrafen. Nur auf Ballettmeister Knaak, der als Schiedsrichter und Unparteiischer dem Kampfe anwohnen sollte, wurde noch gewartet. Aber sowohl Jappe wie Do Escobar waren zur Stelle, — ich erblickte sie sofort. Sie saßen weit voneinander entfernt im Kreise und taten, als sähen sie einander nicht. Nachdem wir durch stummes Kopfnicken einige Bekannte begrüßt hatten, ließen auch wir uns mit eingezogenen Schenkeln auf dem warmen Erdboden nieder.

Es wurde geraucht. Auch Jappe und Do Escobar hielten Zigaretten in den Mundwinkeln, wobei sie, vor dem Rauch blinzelnd, jeder ein Auge schlossen, und man sah wohl, daß sie nicht ohne Gefühl für die Großartigkeit waren, die darin lag, so dazusitzen und in aller Nachlässigkeit eine Zigarette zu rauchen, bevor man sich haute. Beide waren schon herrenmäßig gekleidet, aber Do Escobar bedeutend weltmännischer als Jappe. Er trug sehr spitzige gelbe Schuhe zu seinem hellgrauen Sommeranzug, ein rosafarbenes Manschettenhemd, buntseidene Krawatte und einen runden, schmalrandigen Strohhut, nach hinten auf den Wirbel gerückt, so daß der dichte und feste, schwarzblank pomadisierte Hügel, zu dem er sein gescheiteltes Haar seitlich über der Stirn emporfrisiert hatte, darunter zum Vorschein kam. Zuweilen hob und schüttelte er die rechte Hand, um das silberne Armband, das er trug, in die Manschette zurückzuwerfen. Jappe sah wesentlich unscheinbarer aus. Seine Beine staken in enganliegenden Hosen, die, heller als Rock und Weste, unter seinen schwarzen Wichsstiefeln mit Stegen befestigt waren, und die karierte Sportmütze, die sein blondes lockiges Haar bedeckte, hatte er im Gegensatz zu Do Escobar tief in die Stirn gezogen. Er hielt in hockender Stellung seine Knie mit den Armen umschlungen, und dabei bemerkte man erstens, daß er lose Manschetten über den Hemdärmeln trug, und zweitens, daß die Nägel seiner verschränkten Finger entweder viel zu kurz beschnitten waren oder daß er dem Laster frönte, sie abzunagen. Übrigens war trotz der flotten und selbständigen Attitüde des Rauchens die Stimmung im Kreise ernst, ja befangen und vorwiegend schweigsam. Wer sich dagegen auflehnte, war eigentlich nur Do Escobar, der unaufhörlich laut, heiser und mit wirbelndem Zungen-r zu seiner Umgebung sprach, indem er den Rauch durch die Nase strömen ließ. Sein Gerassel stieß mich ab, und trotz seiner allzu kurzen Nägel fühlte ich mich geneigt, es mit Jappe zu halten, der kaum dann und wann über die Schulter hinweg ein Wort an seine Nachbarn richtete und im übrigen scheinbar vollkommen ruhig dem Rauch seiner Zigarette nachblickte.

Dann kam Herr Knaak, — noch sehe ich ihn in seinem Morgenanzug aus bläulich gestreiftem Flanell beschwingten Schrittes aus der Richtung des Kurhauses daherkommen und, den Strohhut lüftend, außerhalb unseres Kreises stehenbleiben. Daß er gern kam, glaube ich nicht, bin vielmehr überzeugt, daß er in einen sauren Apfel biß, indem er einer Prügelei seine Gegenwart schenkte; aber seine Stellung, sein schwieriges Verhältnis zu der streitbaren und ausgesprochen männlich gesinnten Jugend nötigte ihn wohl dazu. Braun, schön und fett (fett namentlich in der Hüftengegend), erteilte er zur Winterszeit Tanz- und Anstandsunterricht sowohl in einem geschlossenen Familienzirkel wie auch öffentlich im Kasino und versah im Sommer den Posten eines Festarrangeurs und Badekommissärs im Kurhause zu Travemünde. Mit seinen eitlen Augen, seinem wogenden, wiegenden Gang, bei dem er die sehr auswärtsgerichteten Fußspitzen sorgfältig zuerst auf den Boden setzte und den übrigen Teil des Fußes nachfallen ließ, seiner selbstgefälligen und studierten Sprechweise, der bühnenmäßigen Sicherheit seines Auftretens, der unerhörten, demonstrativen Gewähltheit seiner Manieren war er das Entzücken des weiblichen Geschlechts, während die Männerwelt, und namentlich die kritische halbwüchsige, ihn bezweifelte. Ich habe oft über die Stellung François Knaaks im Leben nachgedacht und sie immer sonderbar und phantastisch gefunden. Kleiner Leute Kind, wie er war, schwebte er mit seiner Pflege der höchsten Lebensart schlechthin in der Luft, und ohne zur Gesellschaft zu gehören, wurde er von ihr als Hüter und Lehrmeister ihres Sittenideals bezahlt. Auch Jappe und Do Escobar waren seine Schüler; nicht im Privatkursus wie Johnny, Brattström und ich, sondern beim öffentlichen Unterricht im Kasino; und hier war es, wo das Sein und Wesen Herrn Knaaks der schärfsten Abschätzung von seiten der jungen Leute unterlag (denn wir im Privatkursus waren sanfter). Ein Kerl, der den zierlichen Umgang mit kleinen Mädchen lehrte, ein Kerl, über den das unwiderlegte Gerücht im Umlauf war, daß er ein Korsett trage, der mit den Fingerspitzen den Saum seines Gehrockes erfaßte, knickste, Kapriolen schnitt und unversehens in die Lüfte sprang, um dort oben mit den Füßen zu trillern und federnd auf das Parkett zurückzuplumpsen: war das überhaupt ein Kerl? Dies der Verdacht, der auf Herrn Knaaks Person und Dasein lastete; und gerade seine übermäßige Sicherheit und Überlegenheit reizte dazu. Sein Vorsprung an Jahren war bedeutend, und es hieß, daß er (eine komische Vorstellung!) in Hamburg Frau und Kinder besitze. Diese seine Eigenschaft als Erwachsener und der Umstand, daß man ihm immer nur im Tanzsaal begegnete, schützte ihn davor, überführt und entlarvt zu werden. Konnte er turnen? Hatte er es jemals gekonnt? Hatte er Mut? Hatte er Kräfte? Kurz, war er als honorig zu betrachten? Er kam nicht in die Lage, sich über die solideren Eigenschaften auszuweisen, die seinen Salonkünsten hätten die Waage halten müssen, um ihn respektabel zu machen. Aber es gab Jungen, die umhergingen und ihn geradeheraus einen Affen und Feigling nannten. Wahrscheinlich wußte er das, und darum war er heute gekommen, um sein Interesse an einer ordentlichen Prügelei zu bekunden und es als Kamerad mit den jungen Leuten zu halten, obgleich er doch eigentlich als Badekommissär den ungesetzlichen Ehrenhandel nicht hätte dulden dürfen. Aber nach meiner Überzeugung fühlte er sich nicht wohl bei der Sache und war sich deutlich bewußt, auf Glatteis geraten zu sein. Manche prüften ihn kalt mit den Augen, und er selbst sah sich unruhig um, ob auch Leute kämen.

Höflich entschuldigte er sein verspätetes Eintreffen. Eine Unterredung mit der Kurhausdirektion in betreff der Reunion am Sonnabend, sagte er, habe ihn aufgehalten. »Sind die Kombattanten zur Stelle?« fragte er hierauf in strammem Ton. »Dann können wir anfangen.« Auf seinen Stock gestützt und die Füße gekreuzt, stand er außerhalb unseres Kreises, erfaßte seinen weichen braunen Schnurrbart mit der Unterlippe und machte finstere Kenneraugen.

Jappe und Do Escobar standen auf, warfen ihre Zigaretten fort und begannen, sich zum Kampfe bereitzumachen. Do Escobar tat es im Fluge, mit eindrucksvoller Geschwindigkeit. Er warf seinen Hut, seine Jacke und Weste zu Boden, knüpfte auch Krawatte, Halskragen und Tragbänder ab und warf sie zum übrigen. Dann zog er sogar sein rosafarbenes Manschettenhemd aus der Hose hervor, entwand sich behende den Ärmeln und stand da im weiß- und rotgestreiften Trikotunterjäckchen, das seine gelblichen, schon schwarzbehaarten Arme von der Mitte der Oberarme an bloß ließ. »Darf ich bitten, mein Herr?« sagte er mit rasselndem r, indem er rasch in die Mitte des Platzes trat und mit gestraffter Brust seine Schultern in den Gelenken zurechtrückte ... Sein silbernes Armband hatte er anbehalten.

Jappe, der noch nicht fertig war, wandte den Kopf nach ihm, und die Brauen emporgezogen, sah er ihm einen Augenblick mit beinahe geschlossenen Lidern auf die Füße, als wollte er sagen:

›Warte gefälligst. Ich komme auch ohne deinen gespreizten Schnack.‹ Obgleich er breiter in den Schultern war, erschien er bei weitem nicht so athletisch und kampfgemäß wie Do Escobar, als er sich ihm entgegenstellte. Seine Beine in den prallen Steghosen neigten zur X-Form, und sein weiches, schon etwas gelbliches Hemd mit den weiten, an den Handgelenken mit Knöpfen geschlossenen Ärmeln und den grauen Gummihosenträgern darüber sah nach gar nichts aus, während Do Escobars gestreiftes Trikot und namentlich die schwarzen Haare auf seinen Armen außerordentlich streitbar und gefährlich wirkten. Beide waren bleich, aber bei Jappe sah man es deutlicher, weil er gewöhnlich rotbackig war. Er hatte das Gesicht eines munteren und etwas brutalen Blondins mit Stülpnase und einem Sattel von Sommersprossen darüber. Do Escobars Nase dagegen war kurz, gerade und abfallend, und über seinen aufgeworfenen Lippen sah man einen schwarzen Anflug von Schnurrbart.

Sie standen mit hängenden Armen fast Brust an Brust und blickten mit finsterer, verächtlicher Miene der eine dem anderen in die Magengegend. Ersichtlich wußten sie nicht recht, was sie miteinander anfangen sollten, und das entsprach ganz meinem eigenen Empfinden. Seit ihrem Zusammentreffen war die ganze Nacht und der halbe Tag verflossen, und ihre Lust, aufeinander loszuschlagen, die gestern abend so lebhaft gewesen und nur von ihrer Ritterlichkeit gezügelt worden war, hatte Zeit gehabt, sich abzukühlen. Nun sollten sie zu festgesetzter Stunde, mit nüchternem Blut und vor versammeltem Publikum auf Kommando tun, was sie gestern so gern aus lebendigem Antriebe getan hätten. Aber schließlich waren sie gesittete Jungen und keine Gladiatoren des Altertums. Man trägt bei ruhigem Verstande doch eine menschliche Scheu, jemandem mit den Fäusten den gesunden Leib zu zerschlagen. So dachte ich es mir, und so war es wohl auch.

Da aber ehrenhalber etwas geschehen mußte, fingen sie an, einander mit den fünf Fingerspitzen vor die Brust zu stoßen, als glaubten sie in gegenseitiger Geringschätzung, den Gegner so leichthin zu Boden strecken zu können, und zu dem deutlichen Zweck, einander zu reizen. In dem Augenblick aber, als Jappe's Miene anfing, sich zu verzerren, brach Do Escobar das Vorgefecht ab.

»Pardon, mein Herr!« sagte er, indem er zwei Schritte zurücktrat und sich abwandte. Er tat es, um seine Hosenschnalle im Rücken fester anzuziehen; denn er hatte ja seine Tragbänder abgelegt, und da er schmal in den Hüften war, so fing seine Hose wohl an zu rutschen. Als er fertig und frisch gegürtet war, sagte er etwas Rasselndes, Gaumiges, Spanisches, das niemand verstand und das wohl heißen sollte, daß er nun erst richtig bereit sei, warf aufs neue die Schultern zurück und trat wieder vor. Offenbar war er maßlos eitel.

Das plänkelnde Puffen mit Schultern und flachen Händen begann von vorn. Auf einmal aber, ganz unerwartet, entstand ein kurzes, blindes, rasendes Handgemenge, ein wirbelndes Durcheinander ihrer Fäuste, das drei Sekunden dauerte und dann ebenso plötzlich wieder abbrach.

»Jetzt sind sie in Stimmung«, sagte Johnny, der neben mir saß und einen dürren Grashalm im Munde hatte. »Ich wette mit euch, daß Jappe ihn unterkriegt. Do Escobar ist zu machig. Seht mal, er schielt immer zu den anderen hin! Jappe ist fest bei der Sache. Wetten, daß er ihn mächtig verhauen wird?«

Sie waren voneinander abgeprallt und standen mit arbeitender Brust, die Fäuste an den Hüften. Zweifellos hatten beide Empfindliches abbekommen, denn ihre Gesichter waren böse, und beide schoben mit einem entrüsteten Ausdruck ihre Lippen vor, als wollten sie sagen: ›Was fällt dir ein, mir so weh zu tun!‹ Jappe hatte rote Augen, und Do Escobar zeigte seine weißen Zähne, als sie wieder losgingen.

Sie schlugen einander nun mit aller Kraft, abwechselnd und mit kurzen Pausen auf die Schultern, die Unterarme und vor die Brust. »Das ist nichts«, sagte Johnny mit seinem lieblichen Akzent. »So wird keiner fertiggemacht. Unters Kinn müssen sie hauen, so von unten her in den Kinnbacken. Das gibt aus.« Aber unterdessen hatte es sich so gemacht, daß Do Escobar mit seinem linken Arm Jappe's beide Arme gefangen hatte, sie wie in einem Schraubstock fest gegen seine Brust gepreßt hielt und mit der rechten Faust unaufhörlich Jappe's Flanke bearbeitete.

Eine große Bewegung entstand. »Nicht festhalten!« riefen viele und sprangen auf. Herr Knaak eilte erschrocken ins Zentrum. »Nicht festhalten!« rief auch er. »Sie halten ihn ja fest, lieber Freund! Das widerspricht jedem Komment.« Er trennte sie und belehrte Do Escobar nochmals, daß Festhalten völlig verboten sei. Dann zog er sich wieder hinter die Peripherie zurück.

Jappe war wütend, das sah man deutlich. Sehr blaß massierte er sich die Seite, indem er Do Escobar mit einem langsamen und Unheil verkündenden Kopfnicken betrachtete. Und als er den nächsten Gang begann, da zeugte seine Miene von solcher Entschlossenheit, daß jeder sich entscheidender Taten von ihm versah.

Und wirklich, sobald das neue Treffen sich eingeleitet hatte, vollführte Jappe einen Coup — bediente er sich einer Finte, die er wahrscheinlich im voraus ersonnen hatte. Ein Scheinstoß mit der Linken nach oben veranlaßte Do Escobar, sein Gesicht zu decken; aber indem er es tat, traf Jappe's Rechte ihn so hart in den Magen, daß Do Escobar sich vorwärts krümmte und sein Gesicht das Aussehen gelben Wachses gewann.

»Das saß«, sagte Johnny. »Da tut es weh. Nun kann es sein, daß er sich aufnimmt und Ernst macht, um sich zu rächen.« Aber der Magenstoß hatte zu derb getroffen, und Do Escobars Nervensystem war sichtlich erschüttert. Man konnte sehen, daß er gar keine ordentlichen Fäuste mehr machen konnte, um zu schlagen, und seine Augen hatten einen Ausdruck, als sei er nicht mehr recht bei Bewußtsein. Da er aber fühlte, daß seine Muskeln versagten, so beredete seine Eitelkeit ihn, sich folgendermaßen zu benehmen: Er fing an, den leichtbeweglichen Südländer zu spielen, der den deutschen Bären durch seine Behendigkeit neckt und zur Verzweiflung bringt. Mit kurzen Schritten und unter allerlei nutzlosen Wendungen tänzelte er in kleinen Kreisen um Jappe herum, und dazu versuchte er, übermütig zu lächeln, was bei seinem reduzierten Zustande einen heldenhaften Eindruck auf mich machte. Aber Jappe geriet durchaus nicht in Verzweiflung, sondern drehte sich einfach auf dem Absatz mit und versetzte ihm manchen schweren Schlag, während er mit dem linken Arm Do Escobars schwach tändelnde Angriffe abwehrte. Was jedoch Do Escobars Schicksal besiegelte, war der Umstand, daß seine Hose beständig rutschte, so daß auch sein Trikothemdchen daraus hervor und in die Höhe glitt und ein Stück seines bloßen, gelblichen Körpers sehen ließ, worüber einige lachten. Warum hatte er auch seine Tragbänder abgelegt! Schönheitsgründe hätte er außer acht lassen sollen. Denn nun störte ihn die Hose, hatte ihn während des ganzen Kampfes gestört. Immer wollte er daran ziehen und das Jäckchen hineinstopfen, denn trotz seiner üblen Verfassung ertrug er nicht das Gefühl, einen derangierten und komischen Anblick zu bieten. Und so geschah es schließlich, daß Jappe ihm, als er nur mit einer Hand focht und mit der anderen an seiner Toilette zu bessern suchte, einen solchen Schlag auf die Nase verabfolgte, daß ich noch heute nicht verstehe, wieso sie nicht ganz in die Brüche ging.

Aber das Blut stürzte hervor, und Do Escobar wandte sich ab und ging fort von Jappe, suchte mit der rechten Hand die Blutung zu hemmen und gab mit der Linken ein vielsagendes Zeichen nach hinten. Jappe stand noch, die X-Beine gespreizt und mit eingelegten Fäusten, und wartete, daß Do Escobar wiederkäme. Aber Do Escobar tat nicht mehr mit. Verstand ich ihn recht, so war er der Gesittetere von beiden und fand, daß es hohe Zeit sei, der Sache ein Ende zu machen. Jappe würde ohne Zweifel mit blutender Nase weitergekämpft haben; aber fast ebenso sicher hätte Do Escobar auch in diesem Falle seine weitere Mitwirkung verweigert, und um so entschiedener tat er das jetzt, da er selber es war, der blutete. Man hatte ihm das Blut aus der Nase getrieben, zum Teufel, so weit hätte es nach seiner Ansicht niemals kommen dürfen. Das Blut lief ihm zwischen den Fingern hindurch auf die Kleider, besudelte sein helles Beinkleid und tropfte hinab auf seine gelben Schuhe. Das war eine Schweinerei, nichts weiter, und unter diesen Umständen lehnte er es als unmenschlich ab, sich weiter zu schlagen.

Übrigens war seine Auffassung diejenige der Mehrheit. Herr Knaak kam in den Kreis und erklärte den Kampf für beendet. »Der Ehre ist Genüge geschehen«, sagte er. »Beide haben sich vorzüglich gehalten.« Man sah ihm an, wie erleichtert er sich fühlte, weil die Sache so glimpflich abgelaufen war. »Aber es ist ja keiner gefallen«, sagte Johnny erstaunt und enttäuscht. Doch auch Jappe war durchaus damit einverstanden, den Fall als erledigt zu betrachten, und ging aufatmend zu seinen Kleidern. Herrn Knaaks so zarte Fiktion, daß der Zweikampf unentschieden geblieben sei, wurde allgemein angenommen. Jappe ward nur verstohlen beglückwünscht; andere liehen Do Escobar ihre Taschentücher, da sein eigenes rasch von Blut übersättigt war. »Weiter!« hieß es hierauf. »Nun sollen ein paar andere sich hauen.«

Das war der Versammlung aus der Seele gesprochen. Jappe's und Do Escobars Handel hatte so kurz gewährt, nur gute zehn Minuten, kaum länger. Man war einmal da, man hatte noch Zeit, man mußte doch etwas vornehmen! Zwei andere also, und in die Arena, wer ebenfalls zeigen wollte, daß er ein Junge zu heißen verdiene!

Niemand meldete sich. Warum aber begann bei diesem Aufruf mein Herz wie eine kleine Pauke zu schlagen? Was ich gefürchtet hatte, war eingetreten: die Anforderungen griffen auf die Zuschauer über. Aber warum war mir nun fast, als hätte ich mich auf diesen großen Augenblick die ganze Zeit mit Schrecken gefreut, und warum fand ich mich, sowie er eintrat, in einen Strudel widerstrebender Empfindungen gestürzt? Ich sah Johnny an: Vollkommen gelassen und unbeteiligt saß er neben mir, drehte seinen Strohhalm im Munde herum und blickte mit offener, neugieriger Miene im Kreise umher, ob noch ein paar starke Flegel sich fänden, die sich zu seinem Privatvergnügen die Nasen entzweischlagen wollten. Warum mußte ich mich persönlich getroffen und aufgefordert — in furchtbarer Erregung mir selbst gegenüber verpflichtet fühlen, meine Scheu mit gewaltiger und traumhafter Anstrengung zu überwinden und die Aufmerksamkeit aller auf mich zu lenken, indem ich als Held in die Schranken trat? Tatsächlich, sei es aus Dünkel oder übergroßer Schüchternheit, war ich im Begriff, meine Hand zu erheben und mich zum Kampf zu melden, als irgendwo im Kreise eine dreiste Stimme sich hören ließ:

»Jetzt soll Herr Knaak sich mal hauen!«

Alle Augen richteten sich scharf auf Herrn Knaak. Sagte ich es nicht, daß er sich auf Glatteis begeben, sich der Gefahr einer

Prüfung auf Herz und Nieren ausgesetzt hatte? Aber er antwortete:

»Danke, ich habe in meiner Jugend genug Prügel bekommen.«

Er war gerettet. Aalglatt hatte er sich aus der Schlinge gezogen, hatte auf seine Jahre hingewiesen, zu verstehen gegeben, daß er früher einer ehrlichen Prügelei keineswegs ausgewichen sei, und dabei nicht einmal geprahlt, sondern seinen Worten das Gepräge der Wahrheit zu geben gewußt, indem er mit sympathischer Selbstverspottung eingestand, daß er verhauen worden sei. Man ließ ab von ihm. Man sah ein, daß es schwer, wenn nicht unmöglich war, ihn zu Fall zu bringen.

»Dann soll gerungen werden!« verlangte jemand. Dieser Vorschlag fand wenig Beifall. Aber mitten hinein in die Beratungen darüber ließ Do Escobar (und ich vergesse nie den peinlichen Eindruck, den es machte) hinter seinem blutigen Schnupftuch hervor seine heisere spanische Stimme vernehmen: »Ringen ist feige. Ringen tun die Deutschen!« — Eine unerhörte Taktlosigkeit von seiner Seite, die denn auch sofort die gebührende Abfertigung fand. Denn hier war es, wo Herr Knaak ihm die ausgezeichnete Antwort erteilte: »Möglich. Aber es scheint auch, daß die Deutschen den Spaniern zuweilen tüchtige Prügel geben.« Beifälliges Gelächter lohnte ihm; seine Stellung war sehr gefestigt seit dieser Entgegnung, und Do Escobar war für heute nun endgültig abgetan.

Aber daß Ringen mehr oder weniger langweilig sei, war doch die vorherrschende Meinung, und so ging man denn dazu über, sich mit allerlei Turnerstückchen: Bockspringen über des Nächsten Rücken, Kopfstehen, Handgehen und dergleichen mehr, die Zeit zu vertreiben. — »Kommt, nun gehen wir«, sagte Johnny zu Brattström und mir und stand auf. Das war ganz Johnny Bishop. Er war hergekommen, weil ihm etwas Reelles mit blutigem Ausgang geboten werden sollte. Da die Sache in Spielerei verlief, so ging er.

Er vermittelte mir die ersten Eindrücke von der eigentümlichen Überlegenheit des englischen Nationalcharakters, den ich später so sehr bewundern lernte.

Der Tod in Venedig

Erstes Kapitel

Gustav Aschenbach oder von Aschenbach, wie seit seinem fünfzigsten Geburtstag amtlich sein Name lautete, hatte an einem Frühlingsnachmittag des Jahres 19.., das unserem Kontinent monatelang eine so gefahrdrohende Miene zeigte, von seiner Wohnung in der Prinzregentenstraße zu München aus allein einen weiteren Spaziergang unternommen. Überreizt von der schwierigen und gefährlichen, eben jetzt eine höchste Behutsamkeit, Umsicht, Eindringlichkeit und Genauigkeit des Willens erfordernden Arbeit der Vormittagsstunden, hatte der Schriftsteller dem Fortschwingen des produzierenden Triebwerkes in seinem Innern, jenem »motus animi continuus«, worin nach Cicero das Wesen der Beredsamkeit besteht, auch nach der Mittagsmahlzeit nicht Einhalt zu tun vermocht und den entlastenden Schlummer nicht gefunden, der ihm, bei zunehmender Abnutzbarkeit seiner Kräfte, einmal untertags so nötig war. So hatte er bald nach dem Tee das Freie gesucht, in der Hoffnung, daß Luft und Bewegung ihn wiederherstellen und ihm zu einem ersprießlichen Abend verhelfen würden.

Es war Anfang Mai und, nach naßkalten Wochen, ein falscher Hochsommer eingefallen. Der Englische Garten, obgleich nur erst zart belaubt, war dumpfig wie im August und in der Nähe der Stadt voller Wagen und Spaziergänger gewesen. Beim Aumeister, wohin stillere und stillere Wege ihn geführt, hatte Aschenbach eine kleine Weile den volkstümlich belebten Wirtsgarten überblickt, an dessen Rand einige Droschken und Equipagen hielten, hatte von dort bei sinkender Sonne seinen Heimweg außerhalb des Parks über die offene Flur genommen und erwartete, da er sich müde fühlte und über Föhring Gewitter drohte, am Nördlichen Friedhof die Tram, die ihn in gerader Linie zur Stadt zurückbringen sollte.

Zufällig fand er den Halteplatz und seine Umgebung von Menschen leer. Weder auf der gepflasterten Ungererstraße, deren Schienengleise sich einsam gleißend gegen Schwabing erstreckten, noch auf der Föhringer Chaussee war ein Fuhrwerk zu sehen; hinter den Zäunen der Steinmetzereien, wo zu Kauf stehende Kreuze, Gedächtnistafeln und Monumente ein zweites, unbehaustes Gräberfeld bilden, regte sich nichts, und das byzantinische Bauwerk der Aussegnungshalle gegenüber lag schweigend im Abglanz des scheidenden Tages. Ihre Stirnseite, mit griechischen Kreuzen und hieratischen Schildereien in lichten Farben geschmückt, weist überdies symmetrisch angeordnete Inschriften in Goldlettern auf, ausgewählte, das jenseitige Leben betreffende Schriftworte, wie etwa: »Sie gehen ein in die Wohnung Gottes« oder: »Das ewige Licht leuchte ihnen«; und der Wartende hatte während einiger Minuten eine ernste Zerstreuung darin gefunden, die Formeln abzulesen und sein geistiges Auge in ihrer durchscheinenden Mystik sich verlieren zu lassen, als er, aus seinen Träumereien zurückkehrend, im Portikus, oberhalb der beiden apokalyptischen Tiere, welche die Freitreppe bewachen, einen Mann bemerkte, dessen nicht ganz gewöhnliche Erscheinung seinen Gedanken eine völlig andere Richtung gab.

Ob er nun aus dem Innern der Halle durch das bronzene Tor hervorgetreten oder von außen unversehens heran und hinauf gelangt war, blieb ungewiß. Aschenbach, ohne sich sonderlich in die Frage zu vertiefen, neigte zur ersteren Annahme. Mäßig hochgewachsen, mager, bartlos und auffallend stumpfnäsig, gehörte der Mann zum rothaarigen Typ und besaß dessen milchige und sommersprossige Haut. Offenbar war er durchaus nicht bajuwarischen Schlages: wie denn wenigstens der breit und gerade gerandete Basthut, der ihm den Kopf bedeckte, seinem Aussehen ein Gepräge des Fremdländischen und Weitherkommenden verlieh. Freilich trug er dazu den landesüblichen Rucksack um die Schultern geschnallt, einen gelblichen Gurtanzug aus Lodenstoff, wie es schien, einen grauen Wetterkragen über dem linken Unterarm, den er in die Weiche gestützt hielt, und in der Rechten einen mit eiserner Spitze versehenen Stock, welchen er schräg gegen den Boden stemmte und auf dessen Krücke er, bei gekreuzten Füßen, die Hüfte lehnte. Erhobenen Hauptes, so daß an seinem hager dem losen Sporthemd entwachsenden Halse der Adamsapfel stark und nackt hervortrat, blickte er mit farblosen, rotbewimperten Augen, zwischen denen, sonderbar genug zu seiner kurz aufgeworfenen Nase passend, zwei senkrechte, energische Furchen standen, scharf spähend ins Weite. So — und vielleicht trug sein erhöhter und erhöhender Standort zu diesem Eindruck bei — hatte seine Haltung etwas herrisch Überschauendes, Kühnes oder selbst Wildes; denn sei es, daß er, geblendet, gegen die untergehende Sonne grimassierte oder daß es sich um eine dauernde physiognomische Entstellung handelte: seine Lippen schienen zu kurz, sie waren völlig von den Zähnen zurückgezogen, dergestalt, daß diese, bis zum Zahnfleisch bloßgelegt, weiß und lang dazwischen hervorblickten.

Wohl möglich, daß Aschenbach es bei seiner halb zerstreuten, halb inquisitiven Musterung des Fremden an Rücksicht hatte fehlen lassen, denn plötzlich ward er gewahr, daß jener seinen Blick erwiderte, und zwar so kriegerisch, so gerade ins Auge hinein, so offenkundig gesonnen, die Sache aufs Äußerste zu treiben und den Blick des andern zum Abzug zu zwingen, daß Aschenbach, peinlich berührt, sich abwandte und einen Gang die Zäune entlang begann, mit dem beiläufigen Entschluß, des Menschen nicht weiter achtzuhaben. Er hatte ihn in der nächsten Minute vergessen. Mochte nun aber das Wandererhafte in der Erscheinung des Fremden auf seine Einbildungskraft gewirkt haben oder sonst irgendein physischer oder seelischer Einfluß im Spiele sein: eine seltsame Ausweitung seines Innern ward ihm ganz überraschend bewußt, eine Art schweifender Unruhe, ein jugendlich durstiges Verlangen in die Ferne, ein Gefühl, so lebhaft, so neu oder doch so längst entwöhnt und verlernt, daß er, die Hände auf dem Rücken und den Blick am Boden, gefesselt stehenblieb, um die Empfindung auf Wesen und Ziel zu prüfen.

Es war Reiselust, nichts weiter; aber wahrhaft als Anfall auftretend und ins Leidenschaftliche, ja bis zur Sinnestäuschung gesteigert. Seine Begierde ward sehend, seine Einbildungskraft, noch nicht zur Ruhe gekommen seit den Stunden der Arbeit, schuf sich ein Beispiel für alle Wunder und Schrecken der mannigfaltigen Erde, die sie auf einmal sich vorzustellen bestrebt war: er sah, sah eine Landschaft, ein tropisches Sumpfgebiet unter dickdunstigem Himmel, feucht, üppig und ungeheuer, eine Art Urweltwildnis aus Inseln, Morästen und Schlamm führenden Wasserarmen, — sah aus geilem Farrengewucher, aus Gründen von fettem, gequollenem und abenteuerlich blühendem Pflanzenwerk haarige Palmenschäfte nah und ferne emporstreben, sah wunderlich ungestalte Bäume ihre Wurzeln durch die Luft in den Boden, in stockende, grünschattig spiegelnde Fluten versenken, wo zwischen schwimmenden Blumen, die milchweiß und groß wie Schüsseln waren, Vögel von fremder Art, hochschultrig, mit unförmigen Schnäbeln, im Seichten standen und unbeweglich zur Seite blickten, sah zwischen den knotigen Rohrstämmen des Bambusdickichts die Lichter eines kauernden Tigers funkeln — und fühlte sein Herz pochen vor Entsetzen und rätselhaftem Verlangen. Dann wich das Gesicht; und mit einem Kopfschütteln nahm Aschenbach seine Promenade an den Zäunen der Grabsteinmetzereien wieder auf.

Er hatte, zum mindesten seit ihm die Mittel zu Gebote gewesen waren, die Vorteile des Weltverkehrs beliebig zu genießen, das Reisen nicht anders denn als eine hygienische Maßregel betrachtet, die gegen Sinn und Neigung dann und wann hatte getroffen werden müssen. Zu beschäftigt mit den Aufgaben, welche sein Ich und die europäische Seele ihm stellten, zu belastet von der Verpflichtung zur Produktion, der Zerstreuung zu abgeneigt, um zum Liebhaber der bunten Außenwelt zu taugen, hatte er sich durchaus mit der Anschauung begnügt, die jedermann, ohne sich weit aus seinem Kreise zu rühren, von der Oberfläche der Erde gewinnen kann, und war niemals auch nur versucht gewesen,

Europa zu verlassen. Zumal seit sein Leben sich langsam neigte, seit seine Künstlerfurcht, nicht fertig zu werden — diese Besorgnis, die Uhr möchte abgelaufen sein, bevor er das Seine getan und völlig sich selbst gegeben —, nicht mehr als bloße Grille von der Hand zu weisen war, hatte sein äußeres Dasein sich fast ausschließlich auf die schöne Stadt, die ihm zur Heimat geworden, und auf den rauhen Landsitz beschränkt, den er sich im Gebirge errichtet und wo er die regnerischen Sommer verbrachte.

Auch wurde denn, was ihn da eben so spät und plötzlich angewandelt, sehr bald durch Vernunft und von jung auf geübte Selbstzucht gemäßigt und richtiggestellt. Er hatte beabsichtigt, das Werk, für welches er lebte, bis zu einem gewissen Punkte zu fördern, bevor er aufs Land übersiedelte, und der Gedanke einer Weltbummelei, die ihn auf Monate seiner Arbeit entführen würde, schien allzu locker und planwidrig, er durfte nicht ernstlich in Frage kommen. Und doch wußte er nur zu wohl, aus welchem Grunde die Anfechtung so unversehens hervorgegangen war. Fluchtdrang war sie, daß er es sich eingestand, diese Sehnsucht ins Ferne und Neue, diese Begierde nach Befreiung, Entbürdung und Vergessen, — der Drang hinweg vom Werke, von der Alltagsstätte eines starren, kalten und leidenschaftlichen Dienstes. Zwar liebte er ihn und liebte auch fast schon den entnervenden, sich täglich erneuernden Kampf zwischen seinem zähen und stolzen, so oft erprobten Willen und dieser wachsenden Müdigkeit, von der niemand wissen und die das Produkt auf keine Weise, durch kein Anzeichen des Versagens und der Laßheit verraten durfte. Aber verständig schien es, den Bogen nicht zu überspannen und ein so lebhaft ausbrechendes Bedürfnis nicht eigensinnig zu ersticken. Er dachte an seine Arbeit, dachte an die Stelle, an der er sie auch heute wieder, wie gestern schon, hatte verlassen müssen und die weder geduldiger Pflege noch einem raschen Handstreich sich fügen zu wollen schien. Er prüfte sie aufs neue, versuchte die Hemmung zu durchbrechen oder aufzulösen und ließ mit einem Schauder des Widerwillens vom Angriff ab. Hier bot sich keine außerordentliche Schwierigkeit, sondern was ihn lähmte, waren die Skrupel der Unlust, die sich als eine durch nichts mehr zu befriedigende Ungenügsamkeit darstellte. Ungenügsamkeit freilich hatte schon dem Jüngling als Wesen und innerste Natur des Talentes gegolten, und um ihretwillen hatte er das Gefühl gezügelt und erkältet, weil er wußte, daß es geneigt ist, sich mit einem fröhlichen Ungefähr und mit einer halben Vollkommenheit zu begnügen. Rächte sich nun also die geknechtete Empfindung, indem sie ihn verließ, indem sie seine Kunst fürder zu tragen und zu beflügeln sich weigerte und alle Lust, alles Entzücken an der Form und am Ausdruck mit sich hinwegnahm? Nicht, daß er Schlechtes herstellte: dies wenigstens war der Vorteil seiner Jahre, daß er sich seiner Meisterschaft jeden Augenblick in Gelassenheit sicher fühlte. Aber er selbst, während die Nation sie ehrte, er ward ihrer nicht froh, und es schien ihm, als ermangle sein Werk jener Merkmale feurig spielender Laune, die, ein Erzeugnis der Freude, mehr als irgendein innerer Gehalt, ein gewichtigerer Vorzug, die Freude der genießenden Welt bildeten. Er fürchtete sich vor dem Sommer auf dem Lande, allein in dem kleinen Hause mit der Magd, die ihm das Essen bereitete, und dem Diener, der es ihm auftrug; fürchtete sich vor den vertrauten Angesichten der Berggipfel und -wände, die wiederum seine unzufriedene Langsamkeit umstehen würden. Und so tat denn eine Einschaltung not, etwas Stegreifdasein, Tagedieberei, Fernluft und Zufuhr neuen Blutes, damit der Sommer erträglich und ergiebig werde. Reisen also, — er war es zufrieden. Nicht gar weit, nicht gerade bis zu den Tigern. Eine Nacht im Schlafwagen und eine Siesta von drei, vier Wochen an irgendeinem Allerweltsferienplatze im liebenswürdigen Süden . . .

So dachte er, während der Lärm der elektrischen Tram die Ungererstraße daher sich näherte, und einsteigend beschloß er, diesen Abend dem Studium von Karte und Kursbuch zu widmen. Auf der Plattform fiel ihm ein, nach dem Manne im Basthut, dem Genossen dieses immerhin folgereichen Aufenthaltes, Umschau zu halten. Doch wurde ihm dessen Verbleib nicht deutlich, da er weder an seinem vorherigen Standort noch auf dem weiteren Halteplatz, noch auch im Wagen ausfindig zu machen war.

Zweites Kapitel

Der Autor der klaren und mächtigen Prosa-Epopöe vom Leben Friedrichs von Preußen; der geduldige Künstler, der in langem Fleiß den figurenreichen, so vielerlei Menschenschicksal im Schatten einer Idee versammelnden Romanteppich, ›Maja‹ mit Namen, wob; der Schöpfer jener starken Erzählung, die ›Ein Elender‹ überschrieben ist und einer ganzen dankbaren Jugend die Möglichkeit sittlicher Entschlossenheit jenseits der tiefsten Erkenntnis zeigte; der Verfasser endlich (und damit sind die Werke seiner Reifezeit kurz bezeichnet) der leidenschaftlichen Abhandlung über ›Geist und Kunst‹, deren ordnende Kraft und antithetische Beredsamkeit ernste Beurteiler vermochte, sie unmittelbar neben Schillers Raisonnement über naive und sentimentalische Dichtung zu stellen: Gustav Aschenbach also war zu L., einer Kreisstadt der Provinz Schlesien, als Sohn eines höheren Justizbeamten geboren. Seine Vorfahren waren Offiziere, Richter, Verwaltungsfunktionäre gewesen, Männer, die im Dienste des Königs, des Staates ihr straffes, anständig karges Leben geführt hatten. Innigere Geistigkeit hatte sich einmal, in der Person eines Predigers, unter ihnen verkörpert; rasches, sinnlicheres Blut war der Familie in der vorigen Generation durch die Mutter des Dichters, Tochter eines böhmischen Kapellmeisters, zugekommen. Von ihr stammten die Merkmale fremder Rasse in seinem Äußern. Die Vermählung dienstlich nüchterner Gewissenhaftigkeit mit dunkleren, feurigeren Impulsen ließ einen Künstler und diesen besonderen Künstler erstehen.

Da sein ganzes Wesen auf Ruhm gestellt war, zeigte er sich, wenn nicht eigentlich frühreif, so doch, dank der Entschiedenheit und persönlichen Prägnanz seines Tonfalls, früh für die Öffentlichkeit reif und geschickt. Beinahe noch Gymnasiast, besaß er einen Namen. Zehn Jahre später hatte er gelernt, von seinem Schreibtische aus zu repräsentieren, seinen Ruhm zu verwalten, in einem Briefsatz, der kurz sein mußte (denn viele Ansprüche dringen auf den Erfolgreichen, den Vertrauenswürdigen ein), gütig und bedeutend zu sein. Der Vierziger hatte, ermattet von den Strapazen und Wechselfällen der eigentlichen Arbeit, alltäglich eine Post zu bewältigen, die Wertzeichen aus aller Herren Ländern trug.

Ebenso weit entfernt vom Banalen wie vom Exzentrischen, war sein Talent geschaffen, den Glauben des breiten Publikums und die bewundernde, fordernde Teilnahme der Wählerischen zugleich zu gewinnen. So, schon als Jüngling von allen Seiten auf die Leistung—und zwar die außerordentliche—verpflichtet, hatte er niemals den Müßiggang, niemals die sorglose Fahrlässigkeit der Jugend gekannt. Als er um sein fünfunddreißigstes Jahr in Wien erkrankte, äußerte ein feiner Beobachter über ihn in Gesellschaft: »Sehen Sie, Aschenbach hat von jeher nur *so* gelebt« — und der Sprecher schloß die Finger seiner Linken fest zur Faust —; »niemals *so*« — und er ließ die geöffnete Hand bequem von der Lehne des Sessels hängen. Das traf zu; und das Tapfer-Sittliche daran war, daß seine Natur von nichts weniger als robuster Verfassung und zur ständigen Anspannung nur berufen, nicht eigentlich geboren war.

Ärztliche Fürsorge hatte den Knaben vom Schulbesuch ausgeschlossen und auf häuslichen Unterricht gedrungen. Einzeln, ohne Kameradschaft war er aufgewachsen und hatte doch zeitig erkennen müssen, daß er einem Geschlecht angehörte, in dem nicht das Talent, wohl aber die physische Basis eine Seltenheit war, deren das Talent zu seiner Erfüllung bedarf, — einem Geschlechte, das früh sein Bestes zu geben pflegt und in dem das Können es selten zu Jahren bringt. Aber sein Lieblingswort war »Durchhalten«, — er sah in seinem Friedrich-Roman nichts anderes als die Apotheose dieses Befehlswortes, das ihm als der Inbegriff leidendtätiger Tugend erschien. Auch wünschte er sehnlichst, alt zu werden, denn er hatte von jeher dafür gehalten, daß wahrhaft groß, umfassend, ja wahrhaft ehrenwert nur das Künstlertum zu nennen sei, dem es beschieden war, auf allen Stufen des Menschlichen charakteristisch fruchtbar zu sein.

Da er also die Aufgaben, mit denen sein Talent ihn belud, auf zarten Schultern tragen und weit gehen wollte, so bedurfte er höchlich der Zucht, — und Zucht war ja zum Glücke sein eingeborenes Erbteil von väterlicher Seite. Mit vierzig, mit fünfzig Jahren, wie schon in einem Alter, wo andere verschwenden, schwärmen, die Ausführung großer Pläne getrost verschieben, begann er seinen Tag beizeiten mit Stürzen kalten Wassers über Brust und Rücken und brachte dann, ein Paar hoher Wachskerzen in silbernen Leuchtern zu Häupten des Manuskripts, die Kräfte, die er im Schlaf gesammelt, in zwei oder drei inbrünstig gewissenhaften Morgenstunden der Kunst zum Opfer dar. Es war verzeihlich, ja, es bedeutete recht eigentlich den Sieg seiner Moralität, wenn Unkundige die Maja-Welt oder die epischen Massen, in denen sich Friedrichs Heldenleben entrollte, für das Erzeugnis gedrungener Kraft und eines langen Atems hielten, während sie vielmehr in kleinen Tagewerken aus aberhundert Einzelinspirationen zur Größe emporgeschichtet und nur darum so durchaus und an jedem Punkte vortrefflich waren, weil ihr Schöpfer mit einer Willensdauer und Zähigkeit, derjenigen ähnlich, die seine Heimatprovinz eroberte, jahrelang unter der Spannung eines und desselben Werkes ausgehalten und an die eigentliche Herstellung ausschließlich seine stärksten und würdigsten Stunden gewandt hatte.

Damit ein bedeutendes Geistesprodukt auf der Stelle eine breite und tiefe Wirkung zu üben vermöge, muß eine geheime Verwandtschaft, ja Übereinstimmung zwischen dem persönlichen Schicksal seines Urhebers und dem allgemeinen des mitlebenden Geschlechtes bestehen. Die Menschen wissen nicht, warum sie einem Kunstwerke Ruhm bereiten. Weit entfernt von Kennerschaft, glauben sie hundert Vorzüge daran zu entdecken, um so viel Teilnahme zu rechtfertigen; aber der eigentliche Grund ihres Beifalls ist ein Unwägbares, ist Sympathie. Aschenbach hatte es einmal an wenig sichtbarer Stelle unmittelbar ausgesprochen, daß beinahe alles Große, was dastehe, als ein Trotzdem dastehe, trotz Kummer und Qual, Armut, Verlassenheit, Körperschwäche, Laster, Leidenschaft und tausend Hemmnissen zustande gekommen sei. Aber das war mehr als eine Bemerkung, es war eine Erfahrung, war geradezu die Formel seines Lebens und Ruhmes, der Schlüssel zu seinem Werk; und was Wunder also, wenn es auch der sittliche Charakter, die äußere Gebärde seiner eigentümlichsten Figuren war?

Über den neuen, in mannigfach individuellen Erscheinungen wiederkehrenden Heldentyp, den dieser Schriftsteller bevorzugte, hatte schon frühzeitig ein kluger Zergliederer geschrieben: daß er die Konzeption »einer intellektuellen und jünglinghaften Männlichkeit« sei, »die in stolzer Scham die Zähne aufeinanderbeißt und ruhig dasteht, während ihr die Schwerter und Speere durch den Leib gehen«. Das war schön, geistreich und exakt, trotz seiner scheinbar allzu passivischen Prägung. Denn Haltung im Schicksal, Anmut in der Qual bedeutet nicht nur ein Dulden; sie ist eine aktive Leistung, ein positiver Triumph, und die Sebastian-Gestalt ist das schönste Sinnbild, wenn nicht der Kunst überhaupt, so doch gewiß der in Rede stehenden Kunst. Blickte man hinein in diese erzählte Welt, sah man: die elegante Selbstbeherrschung, die bis zum letzten Augenblick eine innere Unterhöhlung, den biologischen Verfall vor den Augen der Welt verbirgt; die gelbe, sinnlich benachteiligte Häßlichkeit, die es vermag, ihre schwelende Brunst zur reinen Flamme zu entfachen, ja, sich zur Herrschaft im Reiche der Schönheit aufzuschwingen; die bleiche Ohnmacht, welche aus den glühenden Tiefen des Geistes die Kraft holt, ein ganzes übermütiges Volk zu Füßen des Kreuzes, zu *ihren* Füßen niederzuwerfen; die liebenswürdige Haltung im leeren und strengen Dienste der Form; das falsche, gefährliche Leben, die rasch entnervende Sehnsucht und Kunst des geborenen Betrügers: betrachtete man all dies Schicksal und wieviel Gleichartiges noch, so konnte man zweifeln, ob es überhaupt einen anderen Heroismus gäbe als denjenigen der Schwäche. Welches Heldentum aber jedenfalls wäre zeitgemäßer als dieses? Gustav Aschenbach war der Dichter all derer, die am Rande der Erschöpfung arbeiten, der Überbürdeten, schon Aufgeriebenen, sich noch Aufrechthaltenden, all dieser Moralisten der Leistung, die, schmächtig von Wuchs und spröde von Mitteln, durch Willensverzückung und kluge Verwaltung sich wenigstens eine Zeitlang die Wirkungen der Größe abgewinnen. Ihrer sind viele, sie sind die Helden des Zeitalters. Und sie alle erkannten sich wieder in seinem Werk, sie fanden sich bestätigt, erhoben, besungen darin, sie wußten ihm Dank, sie verkündeten seinen Namen.

Er war jung und roh gewesen mit der Zeit, und, schlecht beraten von ihr, war er öffentlich gestrauchelt, hatte Mißgriffe getan, sich bloßgestellt, Verstöße gegen Takt und Besonnenheit begangen in Wort und Werk. Aber er hatte die Würde gewonnen, nach welcher, wie er behauptete, jedem großen Talente ein natürlicher Drang und Stachel eingeboren ist, ja, man kann sagen, daß seine ganze Entwicklung ein bewußter und trotziger, alle Hemmungen des Zweifels und der Ironie zurücklassender Aufstieg zur Würde gewesen war.

Lebendige, geistig unverbindliche Greifbarkeit der Gestaltung bildet das Ergötzen der bürgerlichen Massen, aber leidenschaftlich unbedingte Jugend wird nur durch das Problematische gefesselt: und Aschenbach war problematisch, war unbedingt gewesen wie nur irgendein Jüngling. Er hatte dem Geiste gefrönt, mit der Erkenntnis Raubbau getrieben, Saatfrucht vermahlen, Geheimnisse preisgegeben, das Talent verdächtigt, die Kunst verraten, — ja, während seine Bildwerke die gläubig Genießenden unterhielten, erhoben, belebten, hatte er, der jugendliche Künstler, die Zwanzigjährigen durch seine Zynismen über das fragwürdige Wesen der Kunst, des Künstlertums selbst in Atem gehalten.

Aber es scheint, daß gegen nichts ein edler und tüchtiger Geist sich rascher, sich gründlicher abstumpft als gegen den scharfen und bitteren Reiz der Erkenntnis; und gewiß ist, daß die schwermütig gewissenhafteste Gründlichkeit des Jünglings Seichtheit bedeutet im Vergleich mit dem tiefen Entschlusse des Meister gewordenen Mannes, das Wissen zu leugnen, es abzulehnen, erhobenen Hauptes darüber hinwegzugehen, sofern es den Willen, die Tat, das Gefühl und selbst die Leidenschaft im geringsten zu lähmen, zu entmutigen, zu entwürdigen geeignet ist. Wie wäre die berühmte Erzählung vom ›Elenden‹ wohl anders zu deuten denn als Ausbruch des Ekels gegen den unanständigen Psychologismus der Zeit, verkörpert in der Figur jenes weichen und albernen Halbschurken, der sich ein Schicksal erschleicht, indem er sein Weib, aus Ohnmacht, aus Lasterhaftigkeit, aus ethischer Velleität, in die Arme eines Unbärtigen treibt und aus Tiefe Nichtswürdigkeiten begehen zu dürfen glaubt. Die Wucht des Wortes, mit welcher hier das Verworfene verworfen wurde, verkündete die Abkehr von allem moralischen Zweifelsinn, von jeder Sympathie mit dem Abgrund, die Absage an die Laxheit des Mitleidssatzes, daß alles verstehen alles verzeihen heiße, und was sich hier vorbereitete, ja schon vollzog, war jenes »Wunder der wiedergeborenen Unbefangenheit«, auf welches ein wenig später in einem der Dialoge des Autors ausdrücklich und nicht ohne geheimnisvolle Betonung die Rede kam. Seltsame Zusammenhänge! War es eine geistige Folge dieser »Wiedergeburt«, dieser neuen Würde und Strenge, daß man um dieselbe Zeit ein fast übermäßiges Erstarken seines Schönheitssinnes beobachtete, jene adelige Reinheit, Einfachheit und Ebenmäßigkeit der Formgebung, welche seinen Produkten fortan ein so sinnfälliges, ja gewolltes Gepräge der Meisterlichkeit und Klassizität verlieh? Aber moralische Entschlossenheit jenseits des Wissens, der auflösenden und hemmenden Erkenntnis, — bedeutet sie nicht wiederum eine Vereinfachung, eine sittliche Vereinfältigung der Welt und der Seele und also auch ein Erstarken zum Bösen, Verbotenen, zum sittlich Unmöglichen? Und hat Form nicht zweierlei Gesicht? Ist sie nicht sittlich und unsittlich zugleich, — sittlich als Ergebnis und Ausdruck der Zucht, unsittlich aber und selbst widersittlich, sofern sie von Natur eine moralische Gleichgültigkeit in sich schließt, ja wesentlich bestrebt ist, das Moralische unter ihr stolzes und unumschränktes Szepter zu beugen?

Wie dem auch sei! Eine Entwicklung ist ein Schicksal; und wie sollte nicht diejenige anders verlaufen, die von der Teilnahme, dem Massenzutrauen einer weiten Öffentlichkeit begleitet wird, als jene, die sich ohne den Glanz und die Verbindlichkeiten des Ruhmes vollzieht? Nur ewiges Zigeunertum findet es langweilig und ist zu spotten geneigt, wenn ein großes Talent dem libertinischen Puppenstande entwächst, die Würde des Geistes ausdrucksvoll wahrzunehmen sich gewöhnt und die Hofsitten einer Einsamkeit annimmt, die voll unberatener, hart selbständiger Leiden und Kämpfe war und es zu Macht und Ehren unter den Menschen brachte. Wieviel Spiel, Trotz, Genuß ist übrigens in der Selbstgestaltung des Talentes! Etwas Amtlich-Erzieherisches trat mit der Zeit in Gustav Aschenbachs Vorführungen ein, sein Stil entriet in späteren Jahren der unmittelbaren Kühnheiten, der subtilen und neuen Abschattungen, er wandelte sich ins Mustergültig-Feststehende, Geschliffen-Herkömmliche, Erhaltende, Formelle, selbst Formelhafte, und wie die Überlieferung es von Ludwig XIV. wissen will, so verbannte der Alternde aus seiner Sprachweise jedes gemeine Wort. Damals geschah es, daß die Unterrichtsbehörde ausgewählte Seiten von ihm in die vorgeschriebenen Schul-Lesebücher übernahm. Es war ihm innerlich gemäß, und er lehnte nicht ab, als ein deutscher Fürst, soeben zum Throne gelangt, dem Dichter des ›Friedrich‹ zu seinem fünfzigsten Geburtstag den persönlichen Adel verlieh.

Nach einigen Jahren der Unruhe, einigen Versuchsaufenthalten da und dort, wählte er frühzeitig München zum dauernden Wohnsitz und lebte dort in bürgerlichem Ehrenstande, wie er dem Geiste in besonderen Einzelfällen zuteil wird. Die Ehe, die er in noch jugendlichem Alter mit einem Mädchen aus gelehrter Familie eingegangen, wurde nach kurzer Glücksfrist durch den Tod getrennt. Eine Tochter, schon Gattin, war ihm geblieben. Einen Sohn hatte er nie besessen.

Gustav von Aschenbach war etwas unter Mittelgröße, brünett, rasiert. Sein Kopf erschien ein wenig zu groß im Verhältnis zu der fast zierlichen Gestalt. Sein rückwärts gebürstetes Haar, am Scheitel gelichtet, an den Schläfen sehr voll und stark ergraut, umrahmte eine hohe, zerklüftete und gleichsam narbige Stirn. Der Bügel einer Goldbrille mit randlosen Gläsern schnitt in die Wurzel der gedrungenen, edel gebogenen Nase ein. Der Mund war groß, oft schlaff, oft plötzlich schmal und gespannt; die Wangenpartie mager und gefurcht, das wohlausgebildete Kinn weich gespalten. Bedeutende Schicksale schienen über dies meist leidend seitwärts geneigte Haupt hinweggegangen zu sein, und doch war die Kunst es gewesen, die hier jene physiognomische Durchbildung übernommen hatte, welche sonst das Werk eines schweren, bewegten Lebens ist. Hinter dieser Stirn waren die blitzenden Repliken des Gesprächs zwischen Voltaire und dem Könige über den Krieg geboren; diese Augen, müde und tief durch die Gläser blickend, hatten das blutige Inferno der Lazarette des Siebenjährigen Krieges gesehen. Auch persönlich genommen ist ja die Kunst ein erhöhtes Leben. Sie beglückt tiefer, sie verzehrt rascher. Sie gräbt in das Antlitz ihres Dieners die Spuren imaginärer und geistiger Abenteuer, und sie erzeugt, selbst bei klösterlicher Stille des äußeren Daseins, auf die Dauer eine Verwöhntheit, Überfeinerung, Müdigkeit und Neugier der Nerven, wie ein Leben voll ausschweifender Leidenschaften und Genüsse sie kaum hervorzubringen vermag.

Drittes Kapitel

Mehrere Geschäfte weltlicher und literarischer Natur hielten den Reiselustigen noch etwa zwei Wochen nach jenem Spaziergang in München zurück. Er gab endlich Auftrag, sein Landhaus binnen vier Wochen zum Einzuge instand zu setzen, und reiste an einem Tage zwischen Mitte und Ende des Mai mit dem Nachtzuge nach Triest, wo er nur vierundzwanzig Stunden verweilte und sich am nächstfolgenden Morgen nach Pola einschiffte.

Was er suchte, war das Fremdartige und Bezuglose, welches jedoch rasch zu erreichen wäre, und so nahm er Aufenthalt auf einer seit einigen Jahren gerühmten Insel der Adria, unfern der istrischen Küste gelegen, mit farbig zerlumptem, in wildfremden Lauten redendem Landvolk und schön zerrissenen Klippenpartien dort, wo das Meer offen war. Allein Regen und schwere Luft, eine kleinweltliche, geschlossen österreichische Hotelgesellschaft und der Mangel jenes ruhevoll innigen Verhältnisses zum Meere, das nur ein sanfter, sandiger Strand gewährt, verdrossen ihn, ließen ihn nicht das Bewußtsein gewinnen, den Ort seiner Bestimmung getroffen zu haben; ein Zug seines Innern, ihm war noch nicht deutlich, wohin, beunruhigte ihn, er studierte Schiffsverbindungen, er blickte suchend umher, und auf einmal, zugleich überraschend und selbstverständlich, stand ihm sein Ziel vor Augen. Wenn man über Nacht das Unvergleichliche, das märchenhaft Abweichende zu erreichen wünschte, wohin ging man? Aber das war klar. Was sollte er hier? Er war fehlgegangen. Dorthin hatte er reisen wollen. Er säumte nicht, den irrigen Aufenthalt zu kündigen. Anderthalb Wochen nach seiner Ankunft auf der Insel trug ein geschwindes Motorboot ihn und sein Gepäck in dunstiger Frühe über die Wasser in den Kriegshafen zurück, und er ging dort nur an Land, um sogleich über einen Brettersteg das feuchte Verdeck eines Schiffes zu beschreiten, das unter Dampf zur Fahrt nach Venedig lag.

Es war ein betagtes Fahrzeug italienischer Nationalität, veraltet, rußig und düster. In einer höhlenartigen, künstlich erleuchteten Koje des inneren Raumes, wohin Aschenbach sofort nach Betreten des Schiffes von einem buckligen und unreinlichen Matrosen mit grinsender Höflichkeit genötigt wurde, saß hinter einem Tische, den Hut schief in der Stirn und einen Zigarettenstummel im Mundwinkel, ein ziegenbärtiger Mann von der Physiognomie eines altmodischen Zirkusdirektors, der mit grimassenhaft leichtem Geschäftsgebaren die Personalien der Reisenden aufnahm und ihnen die Fahrscheine ausstellte. »Nach Venedig!« wiederholte er Aschenbachs Ansuchen, indem er den Arm reckte und die Feder in den breiigen Restinhalt eines schräg geneigten Tintenfasses stieß. »Nach Venedig erster Klasse! Sie sind bedient, mein Herr.« Und er schrieb große Krähenfüße, streute aus einer Büchse blauen Sand auf die Schrift, ließ ihn in eine tönerne Schale ablaufen, faltete das Papier mit gelben und knochigen Fingern und schrieb aufs neue. »Ein glücklich gewähltes Reiseziel!« schwatzte er unterdessen. »Ah, Venedig! Eine herrliche Stadt! Eine Stadt von unwiderstehlicher Anziehungskraft für den Gebildeten, ihrer Geschichte sowohl wie ihrer gegenwärtigen Reize wegen!« Die glatte Raschheit seiner Bewegungen und das leere Gerede, womit er sie begleitete, hatten etwas Betäubendes und Ablenkendes, etwa als besorge er, der Reisende möchte in seinem Entschluß, nach Venedig zu fahren, noch wankend werden. Er kassierte eilig und ließ mit Croupiergewandtheit den Differenzbetrag auf den fleckigen Tuchbezug des Tisches fallen. »Gute Unterhaltung, mein Herr!« sagte er mit schauspielerischer Verbeugung. »Es ist mir eine Ehre, Sie zu befördern . . . Meine Herren!« rief er sogleich mit erhobenem Arm und tat, als sei das Geschäft im flottesten Gange, obgleich niemand mehr da war, der nach Abfertigung verlangt hätte. Aschenbach kehrte auf das Verdeck zurück.

Einen Arm auf die Brüstung gelehnt, betrachtete er das müßige Volk, das, der Abfahrt des Schiffes beizuwohnen, am Quai lungerte, und die Passagiere am Bord. Diejenigen der zweiten Klasse kauerten, Männer und Weiber, auf dem Vorderdeck, indem sie Kisten und Bündel als Sitze benutzten. Eine Gruppe junger Leute bildete die Reisegesellschaft des ersten Verdecks, Polesaner Handelsgehilfen, wie es schien, die sich in angeregter Laune zu einem Ausfluge nach Italien vereinigt hatten. Sie machten nicht wenig Aufhebens von sich und ihrem Unternehmen, schwatzten, lachten, genossen selbstgefällig das eigene Gebärdenspiel und riefen den Kameraden, die, Portefeuilles unterm Arm, in Geschäften die Hafenstraße entlanggingen und den Feiernden mit dem Stöckchen

drohten, über das Geländer gebeugt, zungengeläufige Spottreden
nach. Einer, in hellgelbem, übermodisch geschnittenem Sommeranzug, roter Krawatte und kühn aufgebogenem Panama, tat sich
mit krähender Stimme an Aufgeräumtheit vor allen andern hervor. Kaum aber hatte Aschenbach ihn ein wenig genauer ins
Auge gefaßt, als er mit einer Art von Entsetzen erkannte, daß der
Jüngling falsch war. Er war alt, man konnte nicht zweifeln. Runzeln umgaben ihm Augen und Mund. Das matte Karmesin der
Wangen war Schminke, das braune Haar unter dem farbig um-
wundenen Strohhut Perücke, sein Hals verfallen und sehnig, sein
aufgesetztes Schnurrbärtchen und die Fliege am Kinn gefärbt,
sein gelbes und vollzähliges Gebiß, das er lachend zeigte, ein
billiger Ersatz, und seine Hände, mit Siegelringen an beiden
Zeigefingern, waren die eines Greises. Schauerlich angemutet sah
Aschenbach ihm und seiner Gemeinschaft mit den Freunden zu.
Wußten, bemerkten sie nicht, daß er alt war, daß er zu Unrecht
ihre stutzerhafte und bunte Kleidung trug, zu Unrecht einen der
Ihren spielte? Selbstverständlich und gewohnheitsmäßig, wie es
schien, duldeten sie ihn in ihrer Mitte, behandelten ihn als ihresgleichen, erwiderten ohne Widerwillen seine neckischen Rippen-
stöße. Wie ging das zu? Aschenbach bedeckte seine Stirn mit der
Hand und schloß die Augen, die heiß waren, da er zuwenig geschlafen hatte. Ihm war, als lasse nicht alles sich ganz gewöhnlich
an, als beginne eine träumerische Entfremdung, eine Entstellung
der Welt ins Sonderbare um sich zu greifen, der vielleicht Einhalt
zu tun wäre, wenn er sein Gesicht ein wenig verdunkelte und
aufs neue um sich schaute. In diesem Augenblick jedoch berührte
ihn das Gefühl des Schwimmens, und mit unvernünftigem Erschrecken aufsehend, gewahrte er, daß der schwere und düstere
Körper des Schiffes sich langsam vom gemauerten Ufer löste.
Zollweise, unter dem Vorwärts- und Rückwärtsarbeiten der Maschine, verbreiterte sich der Streifen schmutzig schillernden Wassers zwischen Quai und Schiffswand, und nach schwerfälligen
Manövern kehrte der Dampfer seinen Bugspriet dem offenen
Meere zu. Aschenbach ging nach der Steuerbordseite hinüber, wo
der Bucklige ihm einen Liegestuhl aufgeschlagen hatte und ein
Steward in fleckigem Frack nach seinen Befehlen fragte.
Der Himmel war grau, der Wind feucht. Hafen und Inseln waren
zurückgeblieben, und rasch verlor sich aus dem dunstigen Ge-
sichtskreise alles Land. Flocken von Kohlenstaub gingen, gedun-
sen von Nässe, auf das gewaschene Deck nieder, das nicht trocknen wollte. Schon nach einer Stunde spannte man ein Segeldach
aus, da es zu regnen begann.
In seinen Mantel geschlossen, ein Buch im Schoße, ruhte der Reisende, und die Stunden verrannen ihm unversehens. Es hatte zu
regnen aufgehört; man entfernte das leinene Dach. Der Horizont

war vollkommen. Unter der trüben Kuppel des Himmels dehnte sich rings die ungeheure Scheibe des öden Meeres. Aber im leeren, im ungegliederten Raume fehlt unserem Sinn auch das Maß der Zeit, und wir dämmern im Ungemessenen. Schattenhaft sonderbare Gestalten, der greise Geck, der Ziegenbart aus dem Schiffsinnern, gingen mit unbestimmten Gebärden, mit verwirrten Traumworten durch den Geist des Ruhenden, und er schlief ein.

Um Mittag nötigte man ihn zur Kollation in den korridorartigen Speisesaal hinab, auf den die Türen der Schlafkojen mündeten und wo am Ende des langen Tisches, zu dessen Häupten er speiste, die Handelsgehilfen, einschließlich des Alten, seit zehn Uhr mit dem munteren Kapitän pokulierten. Die Mahlzeit war armselig, und er beendete sie rasch. Es trieb ihn ins Freie, nach dem Himmel zu sehen: ob er denn nicht über Venedig sich erhellen wollte.

Er hatte nicht anders gedacht, als daß dies geschehen müsse, denn stets hatte die Stadt ihn im Glanze empfangen. Aber Himmel und Meer blieben trüb und bleiern, zeitweilig ging neblichter Regen nieder, und er fand sich darin, auf dem Wasserwege ein anderes Venedig zu erreichen, als er, zu Lande sich nähernd, je angetroffen hatte. Er stand am Fockmast, den Blick im Weiten, das Land erwartend. Er gedachte des schwermütig-enthusiastischen Dichters, dem vormals die Kuppeln und Glockentürme seines Traumes aus diesen Fluten gestiegen waren, er wiederholte im stillen einiges von dem, was damals an Ehrfurcht, Glück und Trauer zu maßvollem Gesange geworden, und von schon gestalteter Empfindung mühelos bewegt, prüfte er sein ernstes und müdes Herz, ob eine neue Begeisterung und Verwirrung, ein spätes Abenteuer des Gefühles dem fahrenden Müßiggänger vielleicht noch vorbehalten sein könne.

Da tauchte zur Rechten die flache Küste auf, Fischerboote belebten das Meer, die Bäderinsel erschien, der Dampfer ließ sie zur Linken, glitt verlangsamten Ganges durch den schmalen Port, der nach ihr benannt ist, und auf der Lagune, angesichts bunt armseliger Behausungen, hielt er ganz, da die Barke des Sanitätsdienstes erwartet werden mußte.

Eine Stunde verging, bis sie erschien. Man war angekommen und war es nicht; man hatte keine Eile und fühlte sich doch von Ungeduld getrieben. Die jungen Polesaner, patriotisch angezogen auch wohl von den militärischen Hornsignalen, die aus der Gegend der öffentlichen Gärten her über das Wasser klangen, waren auf Deck gekommen, und, vom Asti begeistert, brachten sie Lebehochs auf die drüben exerzierenden Bersaglieri aus. Aber widerlich war es zu sehen, in welchen Zustand den aufgestutzten Greisen seine falsche Gemeinschaft mit der Jugend gebracht hatte. Sein altes Hirn hatte dem Weine nicht wie die jugendlich rüstigen standzuhalten vermocht, er war kläglich betrunken. Verblödeten Blicks, eine Zigarette zwischen den zitternden Fingern, schwankte er, mühsam das Gleichgewicht haltend, auf der Stelle, vom Rausche vorwärts und rückwärts gezogen. Da er beim ersten Schritte gefallen wäre, getraute er sich nicht vom Fleck, doch zeigte er einen jammervollen Übermut, hielt jeden, der sich ihm näherte, am Knopfe fest, lallte, zwinkerte, kicherte, hob seinen beringten, runzeligen Zeigefinger zu alberner Neckerei und leckte auf abscheulich zweideutige Art mit der Zungenspitze die Mundwinkel. Aschenbach sah ihm mit finsteren Brauen zu, und wiederum kam ein Gefühl von Benommenheit ihn an, als zeige die Welt eine leichte, doch nicht zu hemmende Neigung, sich ins Sonderbare und Fratzenhafte zu entstellen: ein Gefühl, dem nachzuhängen freilich die Umstände ihn abhielten, da eben die stampfende Tätigkeit der Maschine aufs neue begann und das Schiff seine so nah dem Ziel unterbrochene Fahrt durch den Kanal von San Marco wieder aufnahm.

So sah er ihn denn wieder, den erstaunlichsten Landungsplatz, jene blendende Komposition phantastischen Bauwerks, welche die Republik den ehrfürchtigen Blicken nahender Seefahrer entgegenstellte: die leichte Herrlichkeit des Palastes und die Seufzerbrücke, die Säulen mit Löw' und Heiligem am Ufer, die prunkend vortretende Flanke des Märchentempels, den Durchblick auf Torweg und Riesenuhr, und anschauend bedachte er, daß zu Lande, auf dem Bahnhof in Venedig anlangen einen Palast durch eine Hintertür betreten heiße, und daß man nicht anders, als wie nun er, als zu Schiffe, als über das hohe Meer die unwahrscheinlichste der Städte erreichen sollte.

Die Maschine stoppte, Gondeln drängten herzu, die Fallreepstreppe ward hinabgelassen, Zollbeamte stiegen an Bord und walteten obenhin ihres Amtes; die Ausschiffung konnte beginnen. Aschenbach gab zu verstehen, daß er eine Gondel wünsche, die ihn und sein Gepäck zur Station jener kleinen Dampfer bringen solle, welche zwischen der Stadt und dem Lido verkehren; denn er gedachte am Meere Wohnung zu nehmen. Man billigt sein Vorhaben, man schreit seinen Wunsch zur Wasserfläche hinab, wo die Gondelführer im Dialekt miteinander zanken. Er ist noch gehindert, hinabzusteigen, sein Koffer hindert ihn, der eben 'mit Mühsal die leiterartige Treppe hinuntergezerrt und geschleppt wird. So sieht er sich minutenlang außerstande, den Zudringlichkeiten des schauderhaften Alten zu entkommen, den die Trunkenheit dunkel antreibt, dem Fremden Abschiedshonneurs zu machen. »Wir wünschen den glücklichsten Aufenthalt«, meckert er unter Kratzfüßen. »Man empfiehlt sich geneigter Erinnerung! Au revoir, excusez und bon jour, Euer Exzellenz!« Sein Mund wässert, er drückt die Augen zu, er leckt die Mundwinkel, und die gefärbte Bartfliege an seiner Greisenlippe sträubt sich empor. »Unsere Komplimente«, lallt er, zwei Fingerspitzen am Munde, »unsere Komplimente dem Liebchen, dem allerliebsten, dem schönsten Liebchen ...« Und plötzlich fällt ihm das falsche Obergebiß vom Kiefer auf die Unterlippe. Aschenbach konnte entweichen. »Dem Liebchen, dem feinen Liebchen«, hörte er in girrenden, hohlen und behinderten Lauten in seinem Rücken, während er, am Strickgeländer sich haltend, die Fallreepstreppe hinabklomm.

Wer hätte nicht einen flüchtigen Schauder, eine geheime Scheu und Beklommenheit zu bekämpfen gehabt, wenn es zum ersten Male oder nach langer Entwöhnung galt, eine venezianische Gondel zu besteigen? Das seltsame Fahrzeug, aus balladesken Zeiten ganz unverändert überkommen und so eigentümlich schwarz, wie sonst unter allen Dingen nur Särge es sind, — es erinnert an lautlose und verbrecherische Abenteuer in plätschernder Nacht, es erinnert noch mehr an den Tod selbst, an Bahre und düsteres Begängnis und letzte, schweigsame Fahrt. Und hat man bemerkt, daß der Sitz einer solchen Barke, dieser sargschwarz lackierte, mattschwarz gepolsterte Armstuhl, der weichste, üppigste, der erschlaffendste Sitz von der Welt ist? Aschenbach ward es gewahr, als er zu Füßen des Gondoliers, seinem Gepäck gegenüber, das am Schnabel reinlich beisammen lag, sich niedergelassen hatte. Die Ruderer zankten immer noch; rauh, unverständlich, mit drohenden Gebärden. Aber die besondere Stille der Wasserstadt schien ihre Stimmen sanft aufzunehmen, zu entkörpern, über der Flut zu zerstreuen. Es war warm hier im Hafen. Lau angerührt vom Hauch des Scirocco, auf dem nachgiebigen Element in Kissen gelehnt, schloß der Reisende die Augen im Genusse einer so ungewohnten als süßen Lässigkeit. Die Fahrt wird kurz sein, dachte er; möchte sie immer währen! In leisem Schwanken fühlte er sich dem Gedränge, dem Stimmengewirr entgleiten.

Wie still und stiller es um ihn wurde! Nichts war zu vernehmen als das Plätschern des Ruders, das hohle Aufschlagen der Wellen gegen den Schnabel der Barke, der steil, schwarz und an der Spitze hellebardenartig bewehrt über dem Wasser stand, und noch ein drittes, ein Reden, ein Raunen, — das Flüstern des Gondoliers, der zwischen den Zähnen, stoßweise, in Lauten, die von der Arbeit seiner Arme gepreßt waren, zu sich selber sprach. Aschenbach blickte auf, und mit leichter Befremdung gewahrte er, daß um ihn her die Lagune sich weitete und seine Fahrt gegen das offene Meer gerichtet war. Es schien folglich, daß er nicht allzu sehr ruhen dürfe, sondern auf den Vollzug seines Willens ein wenig bedacht sein müsse.

»Zur Dampferstation also«, sagte er mit einer halben Wendung rückwärts. Das Raunen verstummte. Er erhielt keine Antwort.

»Zur Dampferstation also!« wiederholte er, indem er sich vollends umwandte und in das Gesicht des Gondoliers emporblickte, der hinter ihm, auf erhöhtem Borde stehend, vor dem fahlen Himmel aufragte. Es war ein Mann von ungefälliger, ja brutaler Physiognomie, seemännisch blau gekleidet, mit einer gelben Schärpe gegürtet und einen formlosen Strohhut, dessen Geflecht sich aufzulösen begann, verwegen schief auf dem Kopfe. Seine Gesichtsbildung, sein blonder, lockiger Schnurrbart unter der kurz aufgeworfenen Nase ließen ihn durchaus nicht italienischen Schlages erscheinen. Obgleich eher schmächtig von Leibesbeschaffenheit, so daß man ihn für seinen Beruf nicht sonderlich geschickt geglaubt hätte, führte er das Ruder, bei jedem Schlage den ganzen Körper einsetzend, mit großer Energie. Ein paarmal zog er vor Anstrengung die Lippen zurück und entblößte seine weißen Zähne. Die rötlichen Brauen gerunzelt, blickte er über den Gast hinweg, indem er bestimmten, fast groben Tones erwiderte:

»Sie fahren zum Lido.«

Aschenbach entgegnete:

»Allerdings. Aber ich habe die Gondel nur genommen, um mich nach San Marco übersetzen zu lassen. Ich wünsche den Vaporetto zu benutzen.«

»Sie können den Vaporetto nicht benutzen, mein Herr.«

»Und warum nicht?«

»Weil der Vaporetto kein Gepäck befördert.«

Das war richtig; Aschenbach erinnerte sich. Er schwieg. Aber die schroffe, überhebliche, einem Fremden gegenüber so wenig landesübliche Art des Menschen schien unleidlich. Er sagte:

»Das ist meine Sache. Vielleicht will ich mein Gepäck in Verwahrung geben. Sie werden umkehren.«

Es blieb still. Das Ruder plätscherte, das Wasser schlug dumpf an den Bug. Und das Reden und Raunen begann wieder: der Gondolier sprach zwischen den Zähnen mit sich selbst.

Was war zu tun? Allein auf der Flut mit dem sonderbar unbotmäßigen, unheimlich entschlossenen Menschen, sah der Reisende kein Mittel, seinen Willen durchzusetzen. Wie weich er übrigens ruhen durfte, wenn er sich nicht empörte! Hatte er nicht gewünscht, daß die Fahrt lange, daß sie immer dauern möge? Es was das klügste, den Dingen ihren Lauf zu lassen, und es war hauptsächlich höchst angenehm. Ein Bann der Trägheit schien auszugehen von seinem Sitz, von diesem niedrigen, schwarzgepolsterten Armstuhl, so sanft gewiegt von den Ruderschlägen des eigenmächtigen Gondoliers in seinem Rücken. Die Vorstellung, einem Verbrecher in die Hände gefallen zu sein, streifte träumerisch Aschenbachs Sinne, — unvermögend, seine Gedanken zu tätiger Abwehr aufzurufen. Verdrießlicher schien die Möglichkeit, daß alles auf simple Geldschneiderei angelegt sei. Eine Art von Pflichtgefühl oder Stolz, die Erinnerung gleichsam, daß man dem vorbeugen müsse, vermochte ihn, sich noch einmal aufzuraffen. Er fragte:

»Was fordern Sie für die Fahrt?«

Und über ihn hinsehend, antwortete der Gondolier:

»Sie werden bezahlen.«

Es stand fest, was hierauf zurückzugeben war. Aschenbach sagte mechanisch:

»Ich werde nichts bezahlen, durchaus nichts, wenn Sie mich fahren, wohin ich nicht will.«

»Sie wollen zum Lido.«

»Aber nicht mit Ihnen.«

»Ich fahre Sie gut.«

Das ist wahr, dachte Aschenbach und spannte sich ab. Das ist wahr, du fährst mich gut. Selbst wenn du es auf meine Barschaft abgesehen hast und mich hinterrücks mit einem Ruderschlage ins Haus des Aides schickst, wirst du mich gut gefahren haben.

Allein nichts dergleichen geschah. Sogar Gesellschaft stellte sich ein, ein Boot mit musikalischen Wegelagerern, Männern und Weibern, die zur Gitarre, zur Mandoline sangen, aufdringlich Bord an Bord mit der Gondel fuhren und die Stille über den Wassern mit ihrer gewinnsüchtigen Fremdenpoesie erfüllten. Aschenbach warf Geld in den hingehaltenen Hut. Sie schwiegen dann und fuhren davon. Und das Flüstern des Gondoliers ward wieder vernehmbar, der stoßweise und abgerissen mit sich selber sprach.

So kam man denn an, geschaukelt vom Kielwasser eines zur Stadt fahrenden Dampfers. Zwei Munizipalbeamte, die Hände auf dem Rücken, die Gesichter der Lagune zugewandt, gingen am Ufer auf und ab. Aschenbach verließ am Stege die Gondel, unterstützt von jenem Alten, der an jedem Landungsplatze Venedigs mit seinem Enterhaken zur Stelle ist; und da es ihm an kleinerem Gelde fehlte, ging er hinüber in das der Dampferbrücke benachbarte Hotel, um dort zu wechseln und den Ruderer nach Gutdünken abzulohnen. Er wird in der Halle bedient, er kehrt zurück, er findet sein Reisegut auf einem Karren am Quai, und Gondel und Gondolier sind verschwunden.

»Er hat sich fortgemacht«, sagte der Alte mit dem Enterhaken. »Ein schlechter Mann, ein Mann ohne Konzession, gnädiger Herr. Er ist der einzige Gondolier, der keine Konzession besitzt. Die anderen haben hierher telephoniert. Er sah, daß er erwartet wurde. Da hat er sich fortgemacht.«

Aschenbach zuckte die Achseln.

»Der Herr ist umsonst gefahren«, sagte der Alte und hielt den Hut hin. Aschenbach warf Münze hinein. Er gab Weisung, sein

Gepäck ins Bäder-Hotel zu bringen und folgte dem Karren durch die Allee, die weißblühende Allee, welche, Tavernen, Basare, Pensionen zu beiden Seiten, quer über die Insel zum Strande läuft.

Er betrat das weitläufige Hotel von hinten, von der Gartenterrasse aus, und begab sich durch die große Halle und die Vorhalle ins Office. Da er angemeldet war, wurde er mit dienstfertigem Einverständnis empfangen. Ein Manager, ein kleiner, leiser, schmeichelnd höflicher Mann mit schwarzem Schnurrbart und in französisch geschnittenem Gehrock, begleitete ihn im Lift zum zweiten Stockwerk hinauf und wies ihm sein Zimmer an, einen angenehmen, in Kirschholz möblierten Raum, den man mit stark duftenden Blumen geschmückt hatte und dessen hohe Fenster die Aussicht aufs offene Meer gewährten. Er trat an eins davon, nachdem der Angestellte sich zurückgezogen, und während man hinter ihm sein Gepäck hereinschaffte und im Zimmer unterbrachte, blickte er hinaus auf den nachmittäglich menschenarmen Strand und die unbesonnte See, die Flutzeit hatte und niedrige, gestreckte Wellen in ruhigem Gleichtakt gegen das Ufer sandte.

Die Beobachtungen und Begegnisse des Einsam-Stummen sind zugleich verschwommener und eindringlicher als die des Geselligen, seine Gedanken schwerer, wunderlicher und nie ohne einen Anflug von Traurigkeit. Bilder und Wahrnehmungen, die mit einem Blick, einem Lachen, einem Urteilsaustausch leichthin abzutun wären, beschäftigen ihn über Gebühr, vertiefen sich im Schweigen, werden bedeutsam, Erlebnis, Abenteuer, Gefühl. Einsamkeit zeitigt das Originale, das gewagt und befremdend Schöne, das Gedicht. Einsamkeit zeitigt aber auch das Verkehrte, das Unverhältnismäßige, das Absurde und Unerlaubte. — So beunruhigten die Erscheinungen der Herreise, der gräßliche alte Stutzer mit seinem Gefasel vom Liebchen, der verpönte, um seinen Lohn geprellte Gondolier, noch jetzt das Gemüt des Reisenden. Ohne der Vernunft Schwierigkeiten zu bieten, ohne eigentlich Stoff zum Nachdenken zu geben, waren sie dennoch grundsonderbar von Natur, wie es ihm schien, und beunruhigend wohl eben durch diesen Widerspruch. Dazwischen grüßte er das Meer mit den Augen und empfand Freude, Venedig in so leicht erreichbarer Nähe zu wissen. Er wandte sich endlich, badete sein Gesicht, traf gegen das Zimmermädchen einige Anordnungen zur Vervollständigung seiner Bequemlichkeit und ließ sich von dem grüngekleideten Schweizer, der den Lift bediente, ins Erdgeschoß hinunterfahren.

Er nahm seinen Tee auf der Terrasse der Seeseite, stieg dann hinab und verfolgte den Promenadenquai eine gute Strecke in der Richtung auf das Hotel Excelsior. Als er zurückkehrte, schien es schon an der Zeit, sich zur Abendmahlzeit umzukleiden. Er tat es langsam und genau, nach seiner Art, da er bei der Toilette zu arbeiten gewöhnt war, und fand sich trotzdem ein wenig verfrüht in der Halle ein, wo er einen großen Teil der Hotelgäste, fremd untereinander und in gespielter gegenseitiger Teilnahmslosigkeit, aber in der gemeinsamen Erwartung des Essens, versammelt fand. Er nahm eine Zeitung vom Tische, ließ sich in einen Ledersessel nieder und betrachtete die Gesellschaft, die sich von derjenigen seines ersten Aufenthaltes in einer ihm angenehmen Weise unterschied.

Ein weiter, duldsam vieles umfassender Horizont tat sich auf. Gedämpft vermischten sich die Laute der großen Sprachen. Der weltgültige Abendanzug, eine Uniform der Gesittung, faßte äußerlich die Spielarten des Menschlichen zu anständiger Einheit zusammen. Man sah die trockene und lange Miene des Amerikaners, die vielgliedrige russische Familie, englische Damen, deutsche Kinder mit französischen Bonnen. Der slawische Bestandteil schien vorzuherrschen. Gleich in der Nähe ward polnisch gesprochen.

Es war eine Gruppe halb und kaum Erwachsener, unter der Obhut einer Erzieherin oder Gesellschafterin um ein Rohrtischchen versammelt: drei junge Mädchen, fünfzehn- bis siebzehnjährig, wie es schien, und ein langhaariger Knabe von vielleicht vierzehn Jahren. Mit Erstaunen bemerkte Aschenbach, daß der Knabe vollkommen schön war. Sein Antlitz, bleich und anmutig verschlossen, von honigfarbenem Haar umringelt, mit der gerade abfallenden Nase, dem lieblichen Munde, dem Ausdruck von holdem und göttlichem Ernst, erinnerte an griechische Bildwerke aus edelster Zeit, und bei reinster Vollendung der Form war es von so einmalig persönlichem Reiz, daß der Schauende weder in Natur noch bildender Kunst etwas ähnlich Geglücktes angetroffen zu haben glaubte. Was ferner auffiel, war ein offenbar grundsätzlicher Kontrast zwischen den erzieherischen Gesichtspunkten, nach denen die Geschwister gekleidet und allgemein gehalten schienen. Die Herrichtung der drei Mädchen, von denen die älteste für erwachsen gelten konnte, war bis zum Entstellenden herb und keusch. Eine gleichmäßig klösterliche Tracht, schieferfarben, halblang, nüchtern und gewollt unkleidsam von Schnitt, mit weißen Fallkrägen als einziger Aufhellung, unterdrückte und verhinderte jede Gefälligkeit der Gestalt. Das glatt und fest an den Kopf geklebte Haar ließ die Gesichter nonnenhaft leer und nichtssagend erscheinen. Gewiß, es war eine Mutter, die hier waltete, und sie dachte nicht einmal daran, auch auf den Knaben die pädagogische Strenge anzuwenden, die ihr den Mädchen gegenüber geboten schien. Weichheit und Zärtlichkeit bestimmten ersichtlich seine Existenz. Man hatte sich gehütet, die Schere an sein schönes Haar zu legen; wie beim ›Dornauszieher‹ lockte es sich in die Stirn, über die Ohren und tiefer noch in den Nacken. Das englische Matrosenkostüm, dessen bauschige Ärmel sich nach unten verengerten und die feinen Gelenke seiner noch kindlichen, aber schmalen Hände knapp umspannten, verlieh mit seinen Schnüren, Maschen und Stickereien der zarten Gestalt etwas Reiches und Verwöhntes. Er saß, im Halbprofil gegen den Betrachtenden, einen Fuß im schwarzen Lackschuh vor den andern gestellt, einen Ellenbogen auf die Armlehne seines Korbsessels gestützt, die Wange an die geschlossene Hand geschmiegt, in einer Haltung von lässigem Anstand und ganz ohne die fast untergeordnete Steifheit, an die seine weiblichen Geschwister gewöhnt schienen. War er leidend? Denn die Haut seines Gesichtes stach weiß wie Elfenbein gegen das goldige Dunkel der umrahmenden Locken ab. Oder war er einfach ein verzärteltes Vorzugskind, von parteilicher und launischer Liebe getragen? Aschenbach war geneigt, dies zu glauben. Fast jedem Künstlernaturell ist ein üppiger und verräterischer Hang eingeboren, Schönheit schaffende Ungerechtigkeit anzuerkennen und aristokratischer Bevorzugung Teilnahme und Huldigung entgegenzubringen.

Ein Kellner ging umher und meldete auf englisch, daß die Mahlzeit bereit sei. Allmählich verlor sich die Gesellschaft durch die Glastür in den Speisesaal. Nachzügler, vom Vestibül, von den Lifts kommend, gingen vorüber. Man hatte drinnen zu servieren begonnen, aber die jungen Polen verharrten noch um ihr Rohrtischchen, und Aschenbach, in tiefem Sessel behaglich aufgehoben und übrigens das Schöne vor Augen, wartete mit ihnen.

Die Gouvernante, eine kleine und korpulente Halbdame mit rotem Gesicht, gab endlich das Zeichen, sich zu erheben. Mit hochgezogenen Brauen schob sie ihren Stuhl zurück und verneigte sich, als eine große Frau, grauweiß gekleidet und sehr reich mit Perlen geschmückt, die Halle betrat. Die Haltung dieser Frau war kühl und gemessen, die Anordnung ihres leicht gepuderten Haares sowohl wie die Machart ihres Kleides von jener Einfachheit, die überall da den Geschmack bestimmt, wo Frömmigkeit als Bestandteil der Vornehmheit gilt. Sie hätte die Frau eines hohen deutschen Beamten sein können. Etwas phantastisch Luxuriöses kam in ihre Erscheinung einzig durch ihren Schmuck, der in der Tat kaum schätzbar war und aus Ohrgehängen sowie einer dreifachen, sehr langen Kette kirschengroßer, mild schimmernder Perlen bestand.

Die Geschwister waren rasch aufgestanden. Sie beugten sich zum Kuß über die Hand ihrer Mutter, die mit einem zurückhaltenden Lächeln ihres gepflegten, doch etwas müden und spitznäsigen Gesichtes über ihre Köpfe hinwegblickte und einige Worte in französischer Sprache an die Erzieherin richtete. Dann schritt sie zur Glastür. Die Geschwister folgten ihr: die Mädchen in der Reihenfolge ihres Alters, nach ihnen die Gouvernante, zuletzt der Knabe. Aus irgendeinem Grunde wandte er sich um, bevor er die Schwelle überschritt, und da niemand sonst mehr in der Halle sich aufhielt, begegneten seine eigentümlich dämmergrauen Augen denen Aschenbachs, der, seine Zeitung auf den Knien, in Anschauung versunken, der Gruppe nachblickte.

Was er gesehen, war gewiß in keiner Einzelheit auffallend gewesen. Man war nicht vor der Mutter zu Tische gegangen, man hatte sie erwartet, sie ehrerbietig begrüßt und beim Eintritt in den Saal gebräuchliche Formen beobachtet. Allein das alles hatte sich so ausdrücklich, mit einem solchen Akzent von Zucht, Verpflichtung und Selbstachtung dargestellt, daß Aschenbach sich sonderbar ergriffen fühlte. Er zögerte noch einige Augenblicke, ging dann auch seinerseits in den Speisesaal hinüber und ließ sich sein Tischchen anweisen, das, wie er mit einer kurzen Regung des Bedauerns feststellte, sehr weit von dem der polnischen Familie entfernt war.

Müde und dennoch geistig bewegt, unterhielt er sich während der langwierigen Mahlzeit mit abstrakten, ja transzendenten Dingen, sann nach über die geheimnisvolle Verbindung, welche das Gesetzmäßige mit dem Individuellen eingehen müsse, damit menschliche Schönheit entstehe, kam von da aus auf allgemeine Probleme der Form und der Kunst und fand am Ende, daß seine Gedanken und Funde gewissen scheinbar glücklichen Einflüsterungen des Traumes glichen, die sich bei ernüchtertem Sinn als vollständig schal und untauglich erweisen. Er hielt sich nach Tische rauchend, sitzend, umherwandelnd in dem abendlich duftenden Parke auf, ging zeitig zur Ruhe und verbrachte die Nacht in anhaltend tiefem, aber von Traumbildern verschiedentlich belebtem Schlaf.

Das Wetter ließ sich am folgenden Tage nicht günstiger an. Landwind ging. Unter fahl bedecktem Himmel lag das Meer in stumpfer Ruhe, verschrumpft gleichsam, mit nüchtern nahem Horizont und so weit vom Strande zurückgetreten, daß es mehrere Reihen langer Sandbänke frei ließ. Als Aschenbach sein Fenster öffnete, glaubte er den fauligen Geruch der Lagune zu spüren.

Verstimmung befiel ihn. Schon in diesem Augenblick dachte er an Abreise. Einmal, vor Jahren, hatte nach heiteren Frühlingswochen hier dies Wetter ihn heimgesucht und sein Befinden so schwer geschädigt, daß er Venedig wie ein Fliehender hatte verlassen müssen. Stellte nicht schon wieder die fiebrige Unlust von damals, der Druck in den Schläfen, die Schwere der Augenlider sich ein? Noch einmal den Aufenthalt zu wechseln, würde lästig sein; wenn aber der Wind nicht umschlug, so war seines Bleibens hier nicht. Er packte zur Sicherheit nicht völlig aus. Um neun Uhr frühstückte er in dem hierfür vorbehaltenen Büffetzimmer zwischen Halle und Speisesaal.

In dem Raum herrschte die feierliche Stille, die zum Ehrgeiz der großen Hotels gehört. Die bedienenden Kellner gingen auf leisen Sohlen umher. Ein Klappern des Teegerätes, ein halbgeflüstertes Wort war alles, was man vernahm. In einem Winkel, schräg gegenüber der Tür und zwei Tische von seinem entfernt, bemerkte Aschenbach die polnischen Mädchen mit ihrer Erzieherin. Sehr aufrecht, das aschblonde Haar neu geglättet und mit geröteten Augen, in steifen blauleinenen Kleidern mit kleinen weißen Fallkrägen und Manschetten saßen sie da und reichten einander ein Glas mit Eingemachtem. Sie waren mit ihrem Frühstück fast fertig. Der Knabe fehlte.

Aschenbach lächelte. Nun, kleiner Phäake! dachte er. Du scheinst vor diesen das Vorrecht beliebigen Ausschlafens zu genießen. Und plötzlich aufgeheitert, rezitierte er bei sich selbst den Vers: »Oft veränderten Schmuck und warme Bäder und Ruhe.«

Er frühstückte ohne Eile, empfing aus der Hand des Portiers, der mit gezogener Tressenmütze in den Saal kam, einige nachgesandte Post und öffnete, eine Zigarette rauchend, ein paar Briefe. So geschah es, daß er dem Eintritt des Langschläfers noch beiwohnte, den man dort drüben erwartete.

Er kam durch die Glastür und ging in der Stille schräg durch den Raum zum Tisch seiner Schwestern. Sein Gehen war sowohl in der Haltung des Oberkörpers wie in der Bewegung der Knie, dem Aufsetzen des weiß beschuhten Fußes von außerordentlicher Anmut, sehr leicht, zugleich zart und stolz und verschönt noch durch die kindliche Verschämtheit, in welcher er zweimal unterwegs, mit einer Kopfwendung in den Saal, die Augen aufschlug und senkte. Lächelnd, mit einem halblauten Wort in seiner weich verschwommenen Sprache, nahm er seinen Platz ein, und jetzt zumal, da er dem Schauenden sein genaues Profil zuwandte, erstaunte dieser aufs neue, ja erschrak über die wahrhaft gottähnliche Schönheit des Menschenkindes. Der Knabe trug heute einen leichten Blusenanzug aus blau und weiß gestreiftem Waschstoff mit rotseidener Masche auf der Brust und am Halse von einem einfachen weißen Stehkragen abgeschlossen. Auf diesem Kragen aber, der nicht einmal sonderlich elegant zum Charakter des Anzugs passen wollte, ruhte die Blüte des Hauptes in unvergleichlichem Liebreiz, — das Haupt des Eros, vom gelblichen Schmelze parischen Marmors, mit feinen und ernsten Brauen, Schläfen und Ohr vom rechtwinklig einspringenden Geringel des Haares dunkel und weich bedeckt.

Gut, gut! dachte Aschenbach mit jener fachmännisch kühlen Billigung, in welche Künstler zuweilen einem Meisterwerk gegenüber ihr Entzücken, ihre Hingerissenheit kleiden. Und weiter dachte er: Wahrhaftig, erwarteten mich nicht Meer und Strand, ich bliebe hier, solange du bleibst! So aber ging er denn, ging unter den Aufmerksamkeiten des Personals durch die Halle, die große Terrasse hinab und geradeaus über den Brettersteg zum abgesperrten Strand der Hotelgäste. Er ließ sich von dem barfüßigen Alten, der sich in Leinwandhose, Matrosenbluse und Strohhut dort unten als Bademeister tätig zeigte, die gemietete Strandhütte zuweisen, ließ Tisch und Sessel hinaus auf die sandig bretterne Plattform stellen und machte es sich bequem in dem Liegestuhl, den er weiter zum Meere hin in den wachsgelben Sand gezogen hatte.

Das Strandbild, dieser Anblick sorglos sinnlich genießender Kultur am Rande des Elementes, unterhielt und erfreute ihn wie nur je. Schon war die graue und flache See belebt von watenden Kindern, Schwimmern, bunten Gestalten, welche, die Arme unter dem Kopf verschränkt, auf den Sandbänken lagen. Andere ruderten in kleinen rot und blau gestrichenen Booten ohne Kiel und kenterten lachend. Vor der gedehnten Zeile der Capannen, auf deren Plattformen man wie auf kleinen Veranden saß, gab es spielende Bewegung und träg hingestreckte Ruhe, Besuche und Geplauder, sorgfältige Morgeneleganz neben der Nacktheit, die keck-behaglich die Freiheiten des Ortes genoß. Vorn auf dem feuchten und festen Sande lustwandelten einzelne in weißen Bademänteln, in weiten, starkfarbigen Hemdgewändern. Eine vielfältige Sandburg zur Rechten, von Kindern hergestellt, war rings mit kleinen Flaggen in den Farben aller Länder besteckt. Verkäufer von Muscheln, Kuchen und Früchten breiteten kniend ihre Waren aus. Links, vor einer der Hütten, die quer zu den übrigen und zum Meere standen und auf dieser Seite einen Abschluß des Strandes bildeten, kampierte eine russische Familie: Männer mit Bärten und großen Zähnen, mürbe und träge Frauen, ein baltisches Fräulein, das an einer Staffelei sitzend unter Ausrufen der Verzweiflung das Meer malte, zwei gutmütig-häßliche Kinder, eine alte Magd im Kopftuch und mit zärtlich unterwürfigen Sklavenmanieren. Dankbar genießend lebten sie dort, riefen unermüdlich die Namen der unfolgsam sich tummelnden Kinder, scherzten vermittelst weniger italienischer Worte lange mit dem humoristischen Alten, von dem sie Zuckerwerk kauften, küßten einander auf die Wangen und kümmerten sich um keinen Beobachter ihrer menschlichen Gemeinschaft.

Ich will also bleiben, dachte Aschenbach. Wo wäre es besser? Und die Hände im Schoß gefaltet, ließ er seine Augen sich in den Weiten des Meeres verlieren, seinen Blick entgleiten, verschwimmen, sich brechen im eintönigen Dunst der Raumeswüste. Er liebte das Meer aus tiefen Gründen: aus dem Ruheverlangen des schwer arbeitenden Künstlers, der vor der anspruchsvollen Vielgestalt der Erscheinungen an der Brust des Einfachen, Ungeheueren sich zu bergen begehrt; aus einem verbotenen, seiner Aufgabe gerade entgegengesetzten und ebendarum verführerischen Hange zum Ungegliederten, Maßlosen, Ewigen, zum Nichts. Am Vollkommenen zu ruhen, ist die Sehnsucht dessen, der sich um das Vortreffliche müht; und ist nicht das Nichts eine Form des Vollkommenen? Wie er nun aber so tief ins Leere träumte, ward plötzlich die Horizontale des Ufersaumes von einer menschlichen Gestalt überschnitten, und als er seinen Blick aus dem Unbegrenzten einholte und sammelte, da war es der schöne Knabe, der, von links kommend, vor ihm im Sande vorüberging. Er ging barfuß, zum Waten bereit, die schlanken Beine bis über die Knie entblößt, langsam, aber so leicht und stolz, als sei er ohne Schuhwerk sich zu bewegen ganz gewöhnt, und schaute sich nach den querstehenden Hütten um. Kaum aber hatte er die russische Familie bemerkt, die dort in dankbarer Eintracht ihr Wesen trieb, als ein Unwetter zorniger Verachtung sein Gesicht überzog. Seine Stirn verfinsterte sich, sein Mund ward emporgehoben, von den Lippen nach einer Seite ging ein erbittertes Zerren, das die Wange zerriß, und seine Brauen waren so schwer gerunzelt, daß unter ihrem Druck die Augen eingesunken schienen und böse und dunkel darunter hervor die Sprache des Hasses führten. Er blickte zu Boden, blickte noch einmal drohend zurück, tat dann mit der Schulter eine heftig wegwerfende, sich abwendende Bewegung und ließ die Feinde im Rücken.

Eine Art Zartgefühl oder Erschrockenheit, etwas wie Achtung und Scham, veranlaßte Aschenbach, sich abzuwenden, als ob er nichts gesehen hätte; denn dem ernsten Zufallsbeobachter der Leidenschaft widerstrebt es, von seinen Wahrnehmungen auch nur vor sich selber Gebrauch zu machen. Er war aber erheitert und erschüttert zugleich, das heißt: beglückt. Dieser kindische Fanatismus, gerichtet gegen das gutmütigste Stück Leben, — er stellte das Göttlich-Nichtssagende in menschliche Beziehungen, er ließ ein kostbares Bildwerk der Natur, das nur zur Augenweide getaugt hatte, einer tieferen Teilnahme wert erscheinen; und er verlieh der ohnehin durch Schönheit bedeutenden Gestalt des Halbwüchsigen eine Folie, die gestattete, ihn über seine Jahre ernst zu nehmen.

Noch abgewandt, lauschte Aschenbach auf die Stimme des Knaben, seine helle, ein wenig schwache Stimme, mit der er sich von weitem schon den um die Sandburg beschäftigten Gespielen grüßend anzukündigen suchte. Man antwortete ihm, indem man ihm seinen Namen oder eine Koseform seines Namens mehrfach entgegenrief, und Aschenbach horchte mit einer gewissen Neugier darauf, ohne Genaueres erfassen zu können als zwei melodische Silben wie »Adgio« oder öfter noch »Adgiu«, mit rufend gedehntem u-Laut am Ende. Er freute sich des Klanges, er fand ihn in seinem Wohllaut dem Gegenstande angemessen, wiederholte ihn im stillen und wandte sich befriedigt seinen Briefen und Papieren zu.

Seine kleine Reiseschreibmappe auf den Knien, begann er, mit dem Füllfederhalter diese und jene Korrespondenz zu erledigen. Aber nach einer Viertelstunde schon fand er es schade, die Situation, die genießenswerteste, die er kannte, so im Geist zu verlassen und durch gleichgültige Tätigkeit zu versäumen. Er warf das Schreibzeug beiseite, er kehrte zum Meere zurück; und nicht lange, so wandte er, abgelenkt von den Stimmen der Jugend am Sandbau, den Kopf bequem an der Lehne des Stuhles nach rechts, um sich nach dem Treiben und Bleiben des trefflichen Adgio wieder umzutun.

Der erste Blick fand ihn; die rote Masche auf seiner Brust war nicht zu verfehlen. Mit anderen beschäftigt, eine alte Planke als Brücke über den feuchten Graben der Sandburg zu legen, gab er rufend und mit dem Kopfe winkend seine Anweisungen zu diesem Werk. Es waren da mit ihm ungefähr zehn Genossen, Knaben und Mädchen, von seinem Alter und einige jünger, die in Zungen, polnisch, französisch und auch in Balkan-Idiomen durcheinander schwatzten. Aber sein Name war es, der am öftesten erklang. Offenbar war er begehrt, umworben, bewundert. Einer namentlich, Pole gleich ihm, ein stämmiger Bursche, der ähnlich wie »Jaschu« gerufen wurde, mit schwarzem pomadisiertem Haar und leinenem Gürtelanzug, schien sein nächster Vasall und Freund. Sie gingen, als für diesmal die Arbeit am Sandbau beendigt war, umschlungen den Strand entlang, und der, welcher »Jaschu« gerufen wurde, küßte den Schönen.

Aschenbach war versucht, ihm mit dem Finger zu drohen. ›Dir aber rat' ich, Kritobulos‹, dachte er lächelnd, ›geh ein Jahr auf Reisen! Denn soviel brauchst du mindestens Zeit zur Genesung.‹ Und dann frühstückte er große, vollreife Erdbeeren, die er von einem Händler erstand. Es war sehr warm geworden, obgleich die Sonne die Dunstschicht des Himmels nicht zu durchdringen vermochte. Trägheit fesselte den Geist, indes die Sinne die ungeheure und betäubende Unterhaltung der Meeresstille genossen. Zu erraten, zu erforschen, welcher Name es sei, der ungefähr »Adgio« lautete, schien dem ernsten Mann eine angemessene, vollkommen ausfüllende Aufgabe und Beschäftigung. Und mit Hilfe einiger polnischer Erinnerungen stellte er fest, daß »Tadzio« gemeint sein müsse, die Abkürzung von »Tadeusz« und im Anrufe »Tadziu« lautend.

Tadzio badete. Aschenbach, der ihn aus den Augen verloren hatte, entdeckte seinen Kopf, seinen Arm, mit dem er rudernd ausholte, weit draußen im Meer; denn das Meer mochte flach sein bis weit hinaus. Aber schon schien man besorgt um ihn, schon riefen Frauenstimmen nach ihm von den Hütten, stießen wiederum diesen Namen aus, der den Strand beinahe wie eine Losung beherrschte und, mit seinen weichen Mitlauten, seinem gezogenen u-Ruf am Ende, etwas zugleich Süßes und Wildes hatte: »Tadziu! Tadziu!« Er kehrte zurück, er lief, das widerstrebende Wasser mit den Beinen zu Schaum schlagend, hintübergeworfenen Kopfes durch die Flut; und zu sehen, wie die lebendige Gestalt, vormännlich hold und herb, mit triefenden Locken und schön wie ein zarter Gott, herkommend aus den Tiefen von Himmel und Meer, dem Elemente entstieg und entrann: dieser Anblick gab mythische Vorstellungen ein, er war wie Dichterkunde von anfänglichen Zeiten, vom Ursprung der Form und von der Geburt der Götter. Aschenbach lauschte mit geschlossenen Augen auf diesen in seinem Innern antönenden Gesang, und abermals dachte er, daß es hier gut sei und daß er bleiben wolle.

Später lag Tadzio, vom Bade ausruhend, im Sande, gehüllt in sein weißes Laken, das unter der rechten Schulter durchgezogen war, den Kopf auf den bloßen Arm gebettet; und auch wenn Aschenbach ihn nicht betrachtete, sondern einige Seiten in seinem Buche las, vergaß er fast niemals, daß jener dort lag und daß es ihn nur eine leichte Wendung des Kopfes nach rechts kostete, um das Bewunderungswürdige zu erblicken. Beinahe schien es ihm, als säße er hier, um den Ruhenden zu behüten, — mit eigenen Angelegenheiten beschäftigt und dabei doch in beständiger Wachsamkeit für das edle Menschenbild dort zur Rechten, nicht weit von ihm. Und eine väterliche Huld, die gerührte Hinneigung dessen, der sich opfernd im Geiste das Schöne zeugt, zu dem, der die Schönheit hat, erfüllte und bewegte sein Herz.

Nach Mittag verließ er den Strand, kehrte ins Hotel zurück und ließ sich hinauf vor sein Zimmer fahren. Er verweilte dort drinnen längere Zeit vor dem Spiegel und betrachtete sein graues Haar, sein müdes und scharfes Gesicht. In diesem Augenblick dachte er an seinen Ruhm und daran, daß viele ihn auf den Straßen kannten und ehrerbietig betrachteten, um seines sicher treffenden und mit Anmut gekrönten Wortes willen, — rief alle äußeren Erfolge seines Talentes auf, die ihm irgend einfallen wollten, und gedachte sogar seiner Nobilitierung. Er begab sich dann zum Lunch hinab in den Saal und speiste an seinem Tischchen. Als er nach beendeter Mahlzeit den Lift bestieg, drängte junges Volk, das gleichfalls vom Frühstück kam, ihm nach in das schwebende Kämmerchen, und auch Tadzio trat ein. Er stand ganz nahe bei Aschenbach, zum ersten Male so nah, daß dieser ihn nicht in bildmäßigem Abstand, sondern genau, mit den Einzelheiten seiner Menschlichkeit wahrnahm und erkannte. Der Knabe ward angeredet von irgend jemandem, und während er mit unbeschreiblich lieblichem Lächeln antwortete, trat er schon wieder aus, im ersten Stockwerk, rückwärts, mit niedergeschlagenen

Augen. Schönheit macht schamhaft, dachte Aschenbach und bedachte sehr eindringlich, warum. Er hatte jedoch bemerkt, daß Tadzio's Zähne nicht recht erfreulich waren: etwas zackig und blaß, ohne den Schmelz der Gesundheit und von eigentümlich spröder Durchsichtigkeit, wie zuweilen bei Bleichsüchtigen. ›Er ist sehr zart, er ist kränklich‹, dachte Aschenbach. ›Er wird wahrscheinlich nicht alt werden.‹ Und er verzichtete darauf, sich Rechenschaft von einem Gefühl der Genugtuung oder Beruhigung zu geben, das diesen Gedanken begleitete.

Er verbrachte zwei Stunden auf seinem Zimmer und fuhr am Nachmittag mit dem Vaporetto über die faul riechende Lagune nach Venedig. Er stieg aus bei San Marco, nahm den Tee auf dem Platze und trat dann, seiner hiesigen Tagesordnung gemäß, einen Spaziergang durch die Straßen an. Es war jedoch dieser Gang, der einen völligen Umschwung seiner Stimmung, seiner Entschlüsse herbeiführte.

Eine widerliche Schwüle lag in den Gassen; die Luft war so dick, daß die Gerüche, die aus Wohnungen, Läden, Garküchen quollen, Öldunst, Wolken von Parfum und viele andere in Schwaden standen, ohne sich zu zerstreuen. Zigarettenrauch hing an seinem Orte und entwich nur langsam. Das Menschengeschiebe in der Enge belästigte den Spaziergänger, statt ihn zu unterhalten. Je länger er ging, desto quälender bemächtigte sich seiner der abscheuliche Zustand, den die Seeluft zusammen mit dem Scirocco hervorbringen kann, und der zugleich Erregung und Erschlaffung ist. Peinlicher Schweiß brach ihm aus. Die Augen versagten den Dienst, die Brust war beklommen, er fieberte, das Blut pochte im Kopf. Er floh aus den drangvollen Geschäftsgassen über Brücken in die Gänge der Armen. Dort behelligten ihn Bettler, und die üblen Ausdünstungen der Kanäle verleideten das Atmen. Auf stillem Platz, einer jener vergessen und verwunschen anmutenden Örtlichkeiten, die sich im Innern Venedigs finden, am Rande eines Brunnens rastend, trocknete er die Stirn und sah ein, daß er reisen müsse.

Zum zweitenmal und nun endgültig war es erwiesen, daß diese Stadt bei dieser Witterung ihm höchst schädlich war. Eigensinniges Ausharren erschien vernunftwidrig, die Aussicht auf ein Umschlagen des Windes ganz ungewiß. Es galt rasche Entscheidung. Schon jetzt nach Hause zurückzukehren, verbot sich. Weder Sommer- noch Winterquartier war bereit, ihn aufzunehmen. Aber nicht nur hier gab es Meer und Strand, und anderwärts fanden sie sich ohne die böse Zutat der Lagune und ihres Fieberdunstes. Er erinnerte sich eines kleinen Seebades nicht weit von Triest, das man ihm rühmlich genannt hatte. Warum nicht dorthin? Und zwar ohne Verzug, damit der abermalige Aufenthaltswechsel sich noch lohne. Er erklärte sich für entschlossen und stand auf. Am nächsten Gondel-Halteplatz nahm er ein Fahrzeug und ließ sich durch das trübe Labyrinth der Kanäle, unter zierlichen Marmorbalkonen hin, die von Löwenbildern flankiert waren, um glitschige Mauerecken, vorbei an trauernden Palastfassaden, die große Firmenschilder im Abfall schaukelnden Wasser spiegelten, nach San Marco leiten. Er hatte Mühe, dorthin zu gelangen, denn der Gondolier, der mit Spitzenfabriken und Glasbläsereien im Bunde stand, versuchte überall, ihn zu Besichtigung und Einkauf abzusetzen, und wenn die bizarre Fahrt durch Venedig ihren Zauber zu üben begann, so tat der beutelschneiderische Geschäftsgeist der gesunkenen Königin das Seine, den Sinn wieder verdrießlich zu ernüchtern.

Ins Hotel zurückgekehrt, gab er noch vor dem Diner im Bureau die Erklärung ab, daß unvorhergesehene Umstände ihn nötigten, morgen früh abzureisen. Man bedauerte, man quittierte seine Rechnung. Er speiste und verbrachte den lauen Abend Journale lesend in einem Schaukelstuhl auf der rückwärtigen Terrasse. Bevor er zur Ruhe ging, machte er sein Gepäck vollkommen zur Abreise fertig.

Er schlief nicht zum besten, da der bevorstehende Wiederaufbruch ihn beunruhigte. Als er am Morgen die Fenster öffnete, war der Himmel bezogen nach wie vor, aber die Luft schien frischer, und — es begann auch schon seine Reue. War diese Kündigung nicht überstürzt und irrtümlich, die Handlung eines kranken und unmaßgeblichen Zustandes gewesen? Hätte er sie ein wenig zurückbehalten, hätte er es, ohne so rasch zu verzagen, auf den Versuch einer Anpassung an die venezianische Luft oder auf Besserung des Wetters ankommen lassen, so stand ihm jetzt, statt Hast und Last, ein Vormittag am Strande gleich dem gestrigen bevor. Zu spät. Nun mußte er fortfahren, zu wollen, was er gestern gewollt hatte. Er kleidete sich an und fuhr um acht Uhr zum Frühstück ins Erdgeschoß hinab.

Der Büffetraum war, als er eintrat, noch leer von Gästen. Einzelne kamen, während er saß und das Bestellte erwartete. Die Teetasse am Munde, sah er die polnischen Mädchen nebst ihrer Begleiterin sich einfinden: streng und morgenfrisch, mit geröteten Augen, schritten sie zu ihrem Tisch in der Fensterecke. Gleich darauf näherte sich ihm der Portier mit gezogener Mütze und mahnte zum Aufbruch. Das Automobil stehe bereit, ihn und andere Reisende nach dem Hotel Excelsior zu bringen, von wo das Motorboot die Herrschaften durch den Privatkanal der Gesellschaft zum Bahnhof befördern werde. Die Zeit dränge. — Aschenbach fand, daß sie das keineswegs tue. Mehr als eine Stunde blieb bis zur Abfahrt seines Zuges. Er ärgerte sich an der Gasthofssitte, den Abreisenden vorzeitig aus dem Hause zu schaffen, und bedeutete den Portier, daß er in Ruhe zu frühstücken wünsche. Der Mann zog sich zögernd zurück, um nach fünf Minuten wieder aufzutreten. Unmöglich, daß der Wagen länger warte. Dann möge er fahren und seinen Koffer mitnehmen, entgegnete Aschenbach gereizt. Er selbst wolle zur gegebenen Zeit das öffentliche Dampfboot benutzen und bitte, die Sorge um sein Fortkommen ihm selber zu überlassen. Der Angestellte verbeugte sich. Aschenbach, froh, die lästigen Mahnungen abgewehrt zu haben, beendete seinen Imbiß ohne Eile, ja, ließ sich sogar noch vom Kellner eine Zeitung reichen. Die Zeit war recht knapp geworden, als er sich endlich erhob. Es fügte sich, daß im selben Augenblick Tadzio durch die Glastür hereinkam.

Er kreuzte, zum Tische der Seinen gehend, den Weg des Aufbrechenden, schlug vor dem grauhaarigen, hochgestirnten Mann bescheiden die Augen nieder, um sie nach seiner lieblichen Art sogleich wieder weich und voll zu ihm aufzuschlagen, und war vorüber. Adieu, Tadzio! dachte Aschenbach. Ich sah dich kurz. Und indem er gegen seine Gewohnheit das Gedachte wirklich mit den Lippen ausbildete und vor sich hinsprach, fügte er hinzu: »Sei gesegnet!« — Er hielt dann Abreise, verteilte Trinkgelder, ward von dem kleinen, leisen Manager im französischen Gehrock verabschiedet und verließ das Hotel zu Fuß, wie er gekommen, um sich, gefolgt von dem Handgepäck tragenden Hausdiener, durch die weiß blühende Allee quer über die Insel zur Dampferbrücke zu begeben. Er erreicht sie, er nimmt Platz, — und was folgte, war eine Leidensfahrt, kummervoll, durch alle Tiefen der Reue.

Es war die vertraute Fahrt über die Lagune, an San Marco vorbei, den Großen Kanal hinauf. Aschenbach saß auf der Rundbank am Buge, den Arm aufs Geländer gestützt, mit der Hand die Augen beschattend. Die öffentlichen Gärten blieben zurück, die Piazzetta eröffnete sich noch einmal in fürstlicher Anmut und ward verlassen, es kam die große Flucht der Paläste, und als die Wasserstraße sich wendete, erschien des Rialto prächtig gespannter Marmorbogen. Der Reisende schaute, und seine Brust war zerrissen. Die Atmosphäre der Stadt, diesen leis fauligen Geruch von Meer und Sumpf, den zu fliehen es ihn so sehr gedrängt hatte, — er atmete ihn jetzt in tiefen, zärtlich schmerzlichen Zügen. War es möglich, daß er nicht gewußt, nicht bedacht hatte, wie sehr sein Herz an dem allen hing? Was heute morgen ein halbes Bedauern, ein leiser Zweifel an der Richtigkeit seines Tuns gewesen war, das wurde jetzt zum Harm, zum wirklichen Weh, zu einer Seelennot, so bitter, daß sie ihm mehrmals Tränen in die Augen trieb, und von der er sich sagte, daß er sie unmöglich habe vorhersehen können. Was er als so schwer erträglich, ja zuweilen als völlig unleidlich empfand, war offenbar der Gedanke, daß er Venedig nie wiedersehen solle, daß dies ein Abschied für immer sei. Denn da sich zum zweiten Male gezeigt hatte, daß die Stadt ihn krank mache, da er sie zum zweiten Male Hals über Kopf zu verlassen gezwungen war, so hatte er sie ja fortan als einen ihm unmöglichen und verbotenen Aufenthalt zu betrachten, dem er nicht gewachsen war und den wieder aufzusuchen sinnlos gewesen wäre. Ja, er empfand, daß, wenn er jetzt abreise, Scham und Trotz ihn hindern müßten, die geliebte Stadt je wiederzusehen, vor der er zweimal körperlich versagt hatte; und dieser Streitfall zwischen seelischer Neigung und körperlichem Vermögen schien dem Alternden auf einmal so schwer und wichtig, die physische Niederlage so schmählich, so um jeden Preis hintanzuhalten, daß er die leichtfertige Ergebung nicht begriff, mit welcher er gestern, ohne ernstlichen Kampf, sie zu tragen und anzuerkennen beschlossen hatte.

Unterdessen nähert sich das Dampfboot dem Bahnhof, und Schmerz und Ratlosigkeit steigen bis zur Verwirrung. Die Abreise dünkt den Gequälten unmöglich, die Umkehr nicht minder. So ganz zerrissen betritt er die Station. Es ist sehr spät, er hat keinen Augenblick zu verlieren, wenn er den Zug erreichen will. Er will es und will es nicht. Aber die Zeit drängt, sie geißelt ihn vorwärts; er eilt, sich sein Billett zu verschaffen, und sieht sich im Tumult der Halle nach dem hier stationierten Beamten der Hotelgesellschaft um. Der Mensch zeigt sich und meldet, der große Koffer sei aufgegeben. Schon aufgegeben? Ja, bestens, — nach Como. Nach Como? Und aus hastigem Hin und Her, aus zornigen Fragen und betretenen Antworten kommt zutage, daß der Koffer, schon im Gepäckbeförderungsamt des Hotels Excelsior, zusammen mit anderer, fremder Bagage, in völlig falsche Richtung geleitet wurde.

Aschenbach hatte Mühe, die Miene zu bewahren, die unter diesen Umständen einzig begreiflich war. Eine abenteuerliche Freude, eine unglaubliche Heiterkeit erschütterte von innen fast krampfhaft seine Brust. Der Angestellte stürzte davon, um möglicherweise den Koffer noch anzuhalten, und kehrte, wie zu erwarten gewesen, unverrichteter Dinge zurück. Da erklärte denn Aschenbach, daß er ohne sein Gepäck nicht zu reisen wünsche, sondern umzukehren und das Wiedereintreffen des Stückes im Bäder-Hotel zu erwarten entschlossen sei. Ob das Motorboot der Gesellschaft am Bahnhof liege. Der Mann beteuerte, es liege vor der Tür. Er bestimmte in italienischer Suade den Schalterbeamten, den gelösten Fahrschein zurückzunehmen, er schwor, daß depeschiert werden, daß nichts gespart und versäumt werden solle, um den Koffer in Bälde zurückzugewinnen, und — so fand das Seltsame statt, daß der Reisende, zwanzig Minuten nach seiner Ankunft am Bahnhof, sich wieder im Großen Kanal auf dem Rückweg zum Lido sah.

Wunderlich unglaubhaftes, beschämendes, komisch-traumartiges Abenteuer: Stätten, von denen man eben in tiefster Wehmut Abschied auf immer genommen, vom Schicksal umgewandt und zurückverschlagen in derselben Stunde noch wiederzusehen! Schaum vor dem Buge, drollig behend zwischen Gondeln und Dampfern lavierend, schoß das kleine eilfertige Fahrzeug seinem Ziele zu, indes sein einziger Passagier unter der Maske ärgerlicher Resignation die ängstlich-übermütige Erregung eines entlaufenen Knaben verbarg. Noch immer, von Zeit zu Zeit, ward seine Brust bewegt von Lachen über dies Mißgeschick, das, wie er sich sagte, ein Sonntagskind nicht gefälliger hätte heimsuchen können. Es waren Erklärungen zu geben, erstaunte Gesichter zu bestehen, — dann war, so sagte er sich, alles wieder gut, dann war ein Unglück verhütet, ein schwerer Irrtum richtiggestellt, und alles, was er im Rücken zu lassen geglaubt hatte, eröffnete sich ihm wieder, war auf beliebige Zeit wieder sein . . . Täuschte ihn übrigens die rasche Fahrt oder kam wirklich zum Überfluß der Wind nun dennoch vom Meere her?

Die Wellen schlugen gegen die betonierten Wände des schmalen Kanals, der durch die Insel zum Hotel Excelsior gelegt ist. Ein automobiler Omnibus erwartete dort den Wiederkehrenden und führte ihn oberhalb des gekräuselten Meeres auf geradem Wege zum Bäder-Hotel. Der kleine, schnurrbärtige Manager in geschweiftem Gehrock kam zur Begrüßung die Freitreppe herab.

Leise schmeichelnd bedauerte er den Zwischenfall, nannte ihn äußerst peinlich für ihn und das Institut, billigte aber mit Überzeugung Aschenbachs Entschluß, das Gepäckstück hier zu erwarten. Freilich sei sein Zimmer vergeben, ein anderes jedoch, nicht schlechter, sogleich zur Verfügung. »Pas de chance, monsieur«, sagte der schweizerische Liftführer lächelnd, als man hinaufglitt. Und so wurde der Flüchtling wieder einquartiert, in einem Zimmer, das dem vorigen nach Lage und Einrichtung fast vollkommen glich.

Ermüdet, betäubt von dem Wirbel dieses seltsamen Vormittags, ließ er sich, nachdem er den Inhalt seiner Handtasche im Zimmer verteilt, in einem Lehnstuhl am offenen Fenster nieder. Das Meer hatte eine blaßgrüne Färbung angenommen, die Luft schien dünner und reiner, der Strand mit seinen Hütten und Booten farbiger, obgleich der Himmel noch grau war. Aschenbach blickte hinaus, die Hände im Schoß gefaltet, zufrieden, wieder hier zu sein, kopfschüttelnd unzufrieden über seinen Wankelmut, seine Unkenntnis der eigenen Wünsche. So saß er wohl eine Stunde, ruhend und gedankenlos träumend. Um Mittag erblickte er Tadzio, der in gestreiftem Leinenanzug mit roter Masche, vom Meere her, durch die Strandsperre und die Bretterwege entlang zum

Hotel zurückkehrte. Aschenbach erkannte ihn aus seiner Höhe sofort, bevor er ihn eigentlich ins Auge gefaßt, und wollte etwas denken, wie: Sieh, Tadzio, da bist ja auch du wieder! Aber im gleichen Augenblick fühlte er, wie der lässige Gruß vor der Wahrheit seines Herzens hinsank und verstummte, — fühlte die Begeisterung seines Blutes, die Freude, den Schmerz seiner Seele und erkannte, daß ihm um Tadzio's willen der Abschied so schwer geworden war.

Er saß ganz still, ganz ungesehen an seinem hohen Platze und blickte in sich hinein. Seine Züge waren erwacht, seine Brauen stiegen, ein aufmerksames, neugierig geistreiches Lächeln spannte seinen Mund. Dann hob er den Kopf und beschrieb mit beiden schlaff über die Lehne des Sessels hinabhängenden Armen eine langsam drehende und hebende Bewegung, die Handflächen vorwärtskehrend, so, als deute er ein Öffnen und Ausbreiten der Arme an. Es war eine bereitwillig willkommen heißende, gelassen aufnehmende Gebärde.

Viertes Kapitel

Nun lenkte Tag für Tag der Gott mit den hitzigen Wangen nackend sein gluthauchendes Viergespann durch die Räume des Himmels, und sein gelbes Gelock flatterte im zugleich ausstürmenden Ostwind. Weißlich seidiger Glanz lag auf den Weiten des träge wallenden Pontos. Der Sand glühte. Unter der silbrig flirrenden Bläue des Äthers waren rostfarbene Segeltücher vor den Strandhütten ausgespannt, und auf dem scharf umgrenzten Schattenfleck, den sie boten, verbrachte man die Vormittagsstunden. Aber köstlich war auch der Abend, wenn die Pflanzen des Parks balsamisch dufteten, die Gestirne droben ihren Reigen schritten und das Murmeln des umnachteten Meeres, leise heraufdringend, die Seele besprach. Solch ein Abend trug in sich die freudige Gewähr eines neuen Sonnentages von leicht geordneter Muße und geschmückt mit zahllosen, dicht beieinanderliegenden Möglichkeiten lieblichen Zufalls.

Der Gast, den ein so gefügiges Mißgeschick hier festgehalten, war weit entfernt, in der Rückgewinnung seiner Habe einen Grund zu erneutem Aufbruch zu sehen. Er hatte zwei Tage lang einige Entbehrung dulden und zu den Mahlzeiten im großen Speisesaal im Reiseanzug erscheinen müssen. Dann, als man endlich die verirrte Last wieder in seinem Zimmer niedersetzte, packte er gründlich aus und füllte Schrank und Schubfächer mit dem Seinen, entschlossen zu vorläufig unabsehbarem Verweilen, vergnügt, die Stunden des Strandes in seidenem Anzug verbringen und beim Diner sich wieder in schicklicher Abendtracht an seinem Tischchen zeigen zu können.

Der wohlige Gleichtakt dieses Daseins hatte ihn schon in seinen Bann gezogen, die weiche und glänzende Milde dieser Lebensführung ihn rasch berückt. Welch ein Aufenthalt in der Tat, der die Reize eines gepflegten Badelebens an südlichem Strande mit der traulich bereiten Nähe der wunderlich-wundersamen Stadt verbindet! Aschenbach liebte nicht den Genuß. Wann immer und wo es galt, zu feiern, der Ruhe zu pflegen, sich gute Tage zu machen, verlangte ihn bald — und namentlich in jüngeren Jahren war dies so gewesen — mit Unruhe und Widerwillen zurück in die hohe Mühsal, den heilig-nüchternen Dienst seines Alltags. Nur dieser Ort verzauberte ihn, entspannte sein Wollen, machte ihn glücklich. Manchmal vormittags, unter dem Schattentuch seiner Hütte, hinträumend über die Bläue des Südmeers, oder bei lauer Nacht auch wohl, gelehnt in die Kissen der Gondel, die ihn vom Markusplatz, wo er sich lange verweilt, unter dem groß gestirnten Himmel heimwärts zum Lido führte — und die bunten Lichter, die schmelzenden Klänge der Serenade blieben zurück —, erinnerte er sich seines Landsitzes in den Bergen, der Stätte seines sommerlichen Ringens, wo die Wolken tief durch den Garten zogen, fürchterliche Gewitter am Abend das Licht des Hauses löschten und die Raben, die er fütterte, sich in den Wipfeln der Fichten schwangen. Dann schien es ihm wohl, als sei er entrückt ins elysische Land, an die Grenzen der Erde, wo leichtestes Leben den Menschen beschert ist, wo nicht Schnee ist und Winter, noch Sturm und strömender Regen, sondern immer sanft kühlenden Anhauch Okeanos aufsteigen läßt und in seliger Muße die Tage verrinnen, mühelos, kampflos und ganz nur der Sonne und ihren Festen geweiht.

Viel, fast beständig sah Aschenbach den Knaben Tadzio; ein beschränkter Raum, eine jedem gegebene Lebensordnung brachten es mit sich, daß der Schöne ihm tagüber mit kurzen Unterbrechungen nahe war. Er sah, er traf ihn überall: in den unteren Räumen des Hotels, auf den kühlenden Wasserfahrten zur Stadt und von dort zurück, im Gepränge des Platzes selbst und oft noch zwischenein auf Wegen und Stegen, wenn der Zufall ein übriges tat. Hauptsächlich aber und mit der glücklichsten Regelmäßigkeit bot ihm der Vormittag am Strande ausgedehnte Gelegenheit, der holden Erscheinung Andacht und Studium zu widmen. Ja, diese Gebundenheit des Glückes, diese täglich gleichmäßig wieder anbrechende Gunst der Umstände war es so recht, was ihn mit Zufriedenheit und Lebensfreude erfüllte, was ihm den Aufenthalt teuer machte und einen Sonnentag so gefällig hinhaltend sich an den anderen reihen ließ.

Er war früh auf, wie sonst wohl bei pochendem Arbeitsdrange, und vor den meisten am Strand, wenn die Sonne noch milde war und das Meer weiß blendend in Morgenträumen lag. Er grüßte menschenfreundlich den Wächter der Sperre, grüßte auch vertraulich den barfüßigen Weißbart, der ihm die Stätte bereitet, das braune Schattentuch ausgespannt, die Möbel der Hütte hinaus auf die Plattform gerückt hatte, und ließ sich nieder. Drei Stunden oder vier waren dann sein, in denen die Sonne zur Höhe stieg und furchtbare Macht gewann, in denen das Meer tiefer und tiefer blaute und in denen er Tadzio sehen durfte.

Er sah ihn kommen, von links, am Rande des Meeres daher, sah ihn von rückwärts zwischen den Hütten hervortreten oder fand auch wohl plötzlich, und nicht ohne ein frohes Erschrecken, daß er sein Kommen versäumt und daß er schon da war, schon in dem blau und weißen Badeanzug, der jetzt am Strand seine einzige Kleidung war, sein gewohntes Treiben in Sonne und Sand wieder aufgenommen hatte, — dies lieblich nichtige, müßig unstete Leben, das Spiel war und Ruhe, ein Schlendern, Waten, Graben, Haschen, Lagern und Schwimmen, bewacht, berufen von den Frauen auf der Plattform, die mit Kopfstimmen seinen Namen ertönen ließen: »Tadziu! Tadziu!« und zu denen er mit eifrigem Gebärdenspiel gelaufen kam, ihnen zu erzählen, was er erlebt, ihnen zu zeigen, was er gefunden, gefangen: Muscheln, Seepferdchen, Quallen und seitlich laufende Krebse. Aschenbach verstand nicht ein Wort von dem, was er sagte, und mochte es das Alltäglichste sein, es war verschwommener Wohllaut in seinem Ohr. So erhob Fremdheit des Knaben Rede zur Musik, eine übermütige Sonne goß verschwenderischen Glanz über ihn aus, und die erhabene Tiefsicht des Meeres war immer seiner Erscheinung Folie und Hintergrund.

Bald kannte der Betrachtende jede Linie und Pose dieses so gehobenen, so frei sich darstellenden Körpers, begrüßte freudig jede schon vertraute Schönheit aufs neue und fand der Bewunderung, der zarten Sinneslust kein Ende. Man rief den Knaben, einen Gast zu begrüßen, der den Frauen bei der Hütte aufwartete; er lief herbei, lief naß vielleicht aus der Flut, er warf die Locken, und indem er die Hand reichte, auf einem Beine ruhend, den anderen Fuß auf die Zehenspitzen gestellt, hatte er eine reizende Drehung und Wendung des Körpers, anmutig spannungsvoll, verschämt aus Liebenswürdigkeit, gefallsüchtig aus adeliger Pflicht. Er lag ausgestreckt, das Badetuch um die Brust geschlungen, den zart gemeißelten Arm in den Sand gestützt, das Kinn in der hohlen Hand; der, welcher »Jaschu« gerufen wurde, saß kauernd bei ihm und tat ihm schön, und nichts konnte bezaubernder sein als das Lächeln der Augen und Lippen, mit dem der Ausgezeichnete zu dem Geringeren, Dienenden aufblickte. Er stand am Rande der See, allein, abseits von den Seinen, ganz nahe bei Aschenbach, aufrecht, die Hände im Nacken verschlungen, langsam sich auf den Fußballen schaukelnd, und träumte ins Blaue, während kleine Wellen, die anliefen, seine Zehen badeten. Sein honigfarbenes Haar schmiegte sich in Ringeln an die Schläfen und in den Nacken, die Sonne erleuchtete den Flaum des oberen Rückgrats, die feine Zeichnung der Rippen, das Gleichmaß der Brust traten durch die knappe Umhüllung des Rumpfes hervor, seine Achselhöhlen waren noch glatt wie bei einer Statue, seine Kniekehlen glänzten, und ihr bläuliches Geäder ließ seinen Körper wie aus klarerem Stoffe gebildet erscheinen. Welch eine Zucht, welche Präzision des Gedankens war ausgedrückt in diesem gestreckten und jugendlich vollkommenen Leibe! Der strenge und reine Wille jedoch, der, dunkel tätig, dies göttliche Bildwerk ans Licht zu treiben vermocht hatte, — war er nicht ihm, dem Künstler, bekannt und vertraut? Wirkte er nicht auch in ihm, wenn er, nüchterner Leidenschaft voll, aus der Marmormasse der Sprache die schlanke Form befreite, die er im Geiste geschaut und die er als Standbild und Spiegel geistiger Schönheit den Menschen darstellte?

Standbild und Spiegel! Seine Augen umfaßten die edle Gestalt dort am Rande des Blauen, und in aufschwärmendem Entzücken glaubte er mit diesem Blick das Schöne selbst zu begreifen, die Form als Gottesgedanken, die eine und reine Vollkommenheit, die im Geiste lebt und von der ein menschliches Abbild und Gleichnis hier leicht und hold zur Anbetung aufgerichtet war. Das war der Rausch; und unbedenklich, ja gierig hieß der alternde Künstler ihn willkommen. Sein Geist kreißte, seine Bildung geriet ins Wallen, sein Gedächtnis warf uralte, seiner Jugend überlieferte und bis dahin niemals von eigenem Feuer belebte Gedanken auf. Stand nicht geschrieben, daß die Sonne unsere Aufmerksamkeit von den intellektuellen auf die sinnlichen Dinge wendet? Sie betäube und bezaubere, hieß es, Verstand und Gedächtnis dergestalt, daß die Seele vor Vergnügen ihres eigentlichen Zustandes ganz vergesse und mit staunender Bewunderung an dem schönsten der besonnten Gegenstände hangen bleibe: ja, nur mit Hilfe eines Körpers vermöge sie dann noch zu höherer Betrachtung sich zu erheben. Amor fürwahr tat es den Mathematikern gleich, die unfähigen Kindern greifbare Bilder der reinen Formen vorzeigen: So auch bediente der Gott sich, um uns das Geistige sichtbar zu machen, gern der Gestalt und Farbe menschlicher Jugend, die er zum Werkzeug der Erinnerung mit allem Abglanz der Schönheit schmückte und bei deren Anblick wir dann wohl in Schmerz und Hoffnung entbrannten.

So dachte der Enthusiasmierte; so vermochte er zu empfinden. Und aus Meerrausch und Sonnenglast spann sich ihm ein reizendes Bild. Es war die alte Platane unfern den Mauern Athens,

— war jener heilig-schattige, vom Dufte der Keuschbaumblüten erfüllte Ort, den Weihbilder und fromme Gaben schmückten zu Ehren der Nymphen und des Acheloos. Ganz klar fiel der Bach zu Füßen des breitgeästeten Baums über glatte Kiesel; die Grillen geigten. Auf dem Rasen aber, der sanft abfiel, so, daß man im Liegen den Kopf hochhalten konnte, lagerten zwei, geborgen hier vor der Glut des Tages: ein Ältlicher und ein Junger, ein Häßlicher und ein Schöner, der Weise beim Liebenswürdigen. Und unter Artigkeiten und geistreich werbenden Scherzen belehrte Sokrates den Phaidros über Sehnsucht und Tugend. Er sprach ihm von dem heißen Erschrecken, das der Fühlende leidet, wenn sein Auge ein Gleichnis der ewigen Schönheit erblickt; sprach ihm von den Begierden des Weihelosen und Schlechten, der die Schönheit nicht denken kann, wenn er ihr Abbild sieht und der Ehrfurcht nicht fähig ist; sprach von der heiligen Angst, die den Edlen befällt, wenn ein gottgleiches Antlitz, ein vollkommener Leib ihm erscheint, — wie er dann aufbebt und außer sich ist und hinzusehen sich kaum getraut und den verehrt, der die Schönheit hat, ja, ihm opfern würde wie einer Bildsäule, wenn er nicht fürchten müßte, den Menschen närrisch zu scheinen. Denn die Schönheit, mein Phaidros, nur sie, ist liebenswürdig und sichtbar zugleich: sie ist, merke das wohl! die einzige Form des Geistigen, welche wir sinnlich empfangen, sinnlich ertragen können. Oder was würde aus uns, wenn das Göttliche sonst, wenn Vernunft und Tugend und Wahrheit uns sinnlich erscheinen wollten? Würden wir nicht vergehen und verbrennen vor Liebe, wie Semele einstmals vor Zeus? So ist die Schönheit der Weg des Fühlenden zum Geiste, — nur der Weg, ein Mittel nur, kleiner Phaidros ... Und dann sprach er das Feinste aus, der verschlagene Hofmacher: dies, daß der Liebende göttlicher sei als der Geliebte, weil in jenem der Gott sei, nicht aber im andern, — diesen zärtlichsten, spöttischsten Gedanken vielleicht, der jemals gedacht ward und dem alle Schalkheit und heimlichste Wollust der Sehnsucht entspringt.

Glück des Schriftstellers ist der Gedanke, der ganz Gefühl, ist das Gefühl, das ganz Gedanke zu werden vermag. Solch ein pulsender Gedanke, solch genaues Gefühl gehörte und gehorchte dem Einsamen damals: nämlich, daß die Natur vor Wonne erschaure, wenn der Geist sich huldigend vor der Schönheit neige. Er wünschte plötzlich, zu schreiben. Zwar liebt Eros, heißt es, den Müßiggang, und für solchen nur ist er geschaffen. Aber an diesem Punkte der Krisis war die Erregung des Heimgesuchten auf Produktion gerichtet. Fast gleichgültig der Anlaß. Eine Frage, eine Anregung, über ein gewisses großes und brennendes Problem der Kultur und des Geschmackes sich bekennend vernehmen zu lassen, war in die geistige Welt ergangen und bei dem Verreisten eingelaufen. Der Gegenstand war ihm geläufig, war ihm Erlebnis; sein Gelüst, ihn im Licht seines Wortes erglänzen zu lassen, auf einmal unwiderstehlich. Und zwar ging sein Verlangen dahin, in Tadzio's Gegenwart zu arbeiten, beim Schreiben den Wuchs des Knaben zum Muster zu nehmen, seinen Stil den Linien dieses Körpers folgen zu lassen, der ihm göttlich schien, und seine Schönheit ins Geistige zu tragen, wie der Adler einst den troischen Hirten zum Äther trug. Nie hatte er die Lust des Wortes süßer empfunden, nie so gewußt, daß Eros im Worte sei, wie während der gefährlich köstlichen Stunden, in denen er, an seinem rohen Tische unter dem Schattentuch, im Angesicht des Idols und die Musik seiner Stimme im Ohr, nach Tadzio's Schönheit seine kleine Abhandlung, — jene anderthalb Seiten erlesener Prosa formte, deren Lauterkeit, Adel und schwingende Gefühlsspannung binnen kurzem die Bewunderung vieler erregen sollte. Es ist sicher gut, daß die Welt nur das schöne Werk, nicht auch seine Ursprünge, nicht seine Entstehungsbedingungen kennt; denn die Kenntnis der Quellen, aus denen dem Künstler Eingebung floß, würde sie oftmals verwirren, abschrecken und so die Wirkungen des Vortrefflichen aufheben. Sonderbare Stunden! Sonderbar entnervende Mühe! Seltsam zeugender Verkehr des Geistes mit einem Körper! Als Aschenbach seine Arbeit verwahrte und vom Strande aufbrach, fühlte er sich erschöpft, ja zerrüttet, und ihm war, als ob sein Gewissen wie nach einer Ausschweifung Klage führe.

Es war am folgenden Morgen, daß er, im Begriff das Hotel zu verlassen, von der Freitreppe aus gewahrte, wie Tadzio, schon unterwegs zum Meere — und zwar allein —, sich eben der Strandsperre näherte. Der Wunsch, der einfache Gedanke, die Gelegenheit zu nutzen und mit dem, der ihm unwissentlich so viel Erhebung und Bewegung bereitet, leichte, heitere Bekanntschaft zu machen, ihn anzureden, sich seiner Antwort, seines Blickes zu erfreuen, lag nahe und drängte sich auf. Der Schöne ging schlendernd, er war einzuholen, und Aschenbach beschleunigte seine Schritte. Er erreicht ihn auf dem Brettersteig hinter den Hütten, er will ihm die Hand aufs Haupt, auf die Schulter legen, und irgendein Wort, eine freundliche französische Phrase schwebt ihm auf den Lippen: da fühlt er, daß sein Herz, vielleicht auch vom schnellen Gang, wie ein Hammer schlägt, daß er, so knapp bei Atem, nur gepreßt und bebend wird sprechen können; er zögert, er sucht sich zu beherrschen, er fürchtet plötzlich, schon zu lange dicht hinter dem Schönen zu gehen, fürchtet sein Aufmerksamwerden, sein fragendes Umschauen, nimmt noch einen Anlauf, versagt, verzichtet und geht gesenkten Hauptes vorüber.

Zu spät! dachte er in diesem Augenblick. Zu spät! Jedoch war es zu spät? Dieser Schritt, den zu tun er versäumte, er hätte sehr möglicherweise zum Guten, Leichten und Frohen, zu heilsamer Ernüchterung geführt. Allein es war wohl an dem, daß der Alternde die Ernüchterung nicht wollte, daß der Rausch ihm zu teuer war. Wer enträtselt Wesen und Gepräge des Künstlertums! Wer begreift die tiefe Instinktverschmelzung von Zucht und Zügellosigkeit, worin es beruht! Denn heilsame Ernüchterung nicht wollen zu können, ist Zügellosigkeit. Aschenbach war zur Selbstkritik nicht mehr aufgelegt; der Geschmack, die geistige Verfassung seiner Jahre, Selbstachtung, Reife und späte Einfachheit machten ihn nicht geneigt, Beweggründe zu zergliedern und zu entscheiden, ob er aus Gewissen, ob aus Liederlichkeit und Schwäche sein Vorhaben nicht ausgeführt habe. Er war verwirrt, er fürchtete, daß irgend jemand, wenn auch der Strandwächter nur, seinen Lauf, seine Niederlage beobachtet haben möchte, fürchtete sehr die Lächerlichkeit. Im übrigen scherzte er bei sich selbst über seine komisch-heilige Angst. ›Bestürzt‹, dachte er, ›bestürzt wie ein Hahn, der angstvoll seine Flügel im Kampfe hängen läßt. Das ist wahrlich der Gott, der beim Anblick des Liebenswürdigen so unseren Mut bricht und unseren stolzen Sinn so gänzlich zu Boden drückt...‹ Er spielte, schwärmte und war viel zu hochmütig, um ein Gefühl zu fürchten.

Schon überwachte er nicht mehr den Ablauf der Mußezeit, die er sich selber gewährt; der Gedanke an Heimkehr berührte ihn nicht einmal. Er hatte sich reichlich Geld verschrieben. Seine Besorgnis galt einzig der möglichen Abreise der polnischen Familie; doch hatte er unterderhand, durch beiläufige Erkundigung beim Coiffeur des Hotels erfahren, daß diese Herrschaften ganz kurz vor seiner eigenen Ankunft hier abgestiegen seien. Die Sonne bräunte ihm Antlitz und Hände, der erregende Salzhauch stärkte ihn zum Gefühl, und wie er sonst jede Erquickung, die Schlaf, Nahrung oder Natur ihm gespendet, sogleich an ein Werk zu verausgaben gewohnt gewesen war, so ließ er nun alles, was Sonne, Muße und Meerluft ihm an täglicher Kräftigung zuführten, hochherzig-unwirtschaftlich aufgehen in Rausch und Empfindung.

Sein Schlaf war flüchtig; die köstlich einförmigen Tage waren getrennt durch kurze Nächte voll glücklicher Unruhe. Zwar zog er sich zeitig zurück, denn um neun Uhr, wenn Tadzio vom Schauplatz verschwunden war, schien der Tag ihm beendet. Aber ums erste Morgengrauen weckte ihn ein zart durchdringendes Erschrecken, sein Herz erinnerte sich seines Abenteuers, es litt ihn nicht mehr in den Kissen, er erhob sich, und leicht eingehüllt gegen die Schauer der Frühe setzte er sich ans offene Fenster, den Aufgang der Sonne zu erwarten. Das wundervolle Ereignis erfüllte seine vom Schlafe geweihte Seele mit Andacht. Noch lagen Himmel, Erde und Meer in geisterhaft glasiger Dämmerblässe; noch schwamm ein vergehender Stern im Wesenlosen. Aber ein Wehen kam, eine beschwingte Kunde von unnahbaren Wohnplätzen, daß Eos sich von der Seite des Gatten erhebe, und jenes erste, süße Erröten der fernsten Himmels- und Meeresstriche geschah, durch welches das Sinnlichwerden der Schöpfung sich anzeigt. Die Göttin nahte, die Jünglingsentführerin, die den Kleitos, den Kephalos raubte und dem Neide aller Olympischen trotzend die Liebe des schönen Orion genoß. Ein Rosenstreuen begann da am Rande der Welt, ein unsäglich holdes Scheinen und Blühen, kindliche Wolken, verklärt, durchleuchtet, schwebten gleich dienenden Amoretten im rosigen, bläulichen Duft, Purpur fiel auf das Meer, das ihn wallend vorwärts zu schwemmen schien, goldene Speere zuckten von unten zur Höhe des Himmels hinauf, der Glanz ward zum Brande, lautlos, mit göttlicher Übergewalt wälzten sich Glut und Brunst und lodernde Flammen herauf, und mit raffenden Hufen stiegen des Bruders heilige Renner über den Erdkreis empor. Angestrahlt von der Pracht des Gottes saß der Einsam-Wache, er schloß die Augen und ließ von der Glorie seine Lider küssen. Ehemalige Gefühle, frühe, köstliche Drangsale des Herzens, die im strengen Dienst seines Lebens erstorben waren und nun so sonderbar gewandelt zurückkehrten, — er erkannte sie mit verwirrtem, verwundertem Lächeln. Er sann, er träumte, langsam bildeten seine Lippen einen Namen, und noch immer lächelnd, mit aufwärts gekehrtem Antlitz, die Hände im Schoß gefaltet, entschlummerte er in seinem Sessel noch einmal.

Aber der Tag, der so feurig-festlich begann, war im ganzen seltsam gehoben und mythisch verwandelt. Woher kam und stammte der Hauch, der auf einmal so sanft und bedeutend, höherer Einflüsterung gleich, Schläfe und Ohr umspielte? Weiße Federwölkchen standen in verbreiteten Scharen am Himmel gleich weidenden Herden der Götter. Stärkerer Wind erhob sich, und die Rosse Poseidons liefen, sich bäumend, daher, Stiere auch wohl, dem Bläulichgelockten gehörig, welche mit Brüllen anrennend die Hörner senkten. Zwischen dem Felsengeröll des entfernteren Strandes jedoch hüpften die Wellen empor als springende Ziegen. Eine heilig entstellte Welt voll panischen Lebens schloß den Berückten ein, und sein Herz träumte zarte Fabeln. Mehrmals, wenn hinter Venedig die Sonne sank, saß er auf einer Bank im Park, um Tadzio zuzuschauen, der sich, weiß gekleidet und farbig gegürtet, auf dem gewalzten Kiesplatz mit Ballspiel vergnügte, und Hyakinthos war es, den er zu sehen glaubte und der sterben mußte, weil zwei Götter ihn liebten. Ja, er empfand Zephyrs schmerzenden Neid auf den Nebenbuhler, der des Orakels, des Bogens und der Kithara vergaß, um immer mit dem Schönen zu spielen; er sah die Wurfscheibe, von grausamer Eifersucht gelenkt, das liebliche Haupt treffen, er empfing, erblassend auch er, den geknickten Leib, und die Blume, dem süßen Blute entsprossen, trug die Inschrift seiner unendlichen Klage . . .

Seltsamer, heikler ist nichts als das Verhältnis von Menschen, die sich nur mit den Augen kennen, — die täglich, ja stündlich einander begegnen, beobachten und dabei den Schein gleichgültiger Fremdheit grußlos und wortlos aufrechtzuhalten durch Sittenzwang oder eigene Grille genötigt sind. Zwischen ihnen ist Unruhe und überreizte Neugier, die Hysterie eines unbefriedigten, unnatürlich unterdrückten Erkenntnis- und Austauschbedürfnisses und namentlich auch eine Art von gespannter Achtung. Denn der Mensch liebt und ehrt den Menschen, solange er ihn nicht zu beurteilen vermag, und die Sehnsucht ist ein Erzeugnis mangelhafter Erkenntnis.

Irgendeine Beziehung und Bekanntschaft mußte sich notwendig ausbilden zwischen Aschenbach und dem jungen Tadzio, und mit durchdringender Freude konnte der Ältere feststellen, daß Teilnahme und Aufmerksamkeit nicht völlig unerwidert blieben. Was bewog zum Beispiel den Schönen, niemals mehr, wenn er morgens am Strande erschien, den Brettersteg an der Rückseite der Hütten zu benutzen, sondern nur noch auf dem vorderen Wege, durch den Sand, an Aschenbachs Wohnplatz vorbei und manchmal unnötig dicht an ihm vorbei, seinen Tisch, seinen Stuhl fast streifend, zur Hütte der Seinen zu schlendern? Wirkte so die Anziehung, die Faszination eines überlegenen Gefühls auf seinen zarten und gedankenlosen Gegenstand? Aschenbach erwartete täglich Tadzio's Auftreten, und zuweilen tat er, als sei er beschäftigt, wenn es sich vollzog, und ließ den Schönen scheinbar unbeachtet vorübergehen. Zuweilen aber auch blickte er auf, und ihre Blicke trafen sich. Sie waren beide tiefernst, wenn das geschah. In der gebildeten und würdevollen Miene des Älteren verriet nichts eine innere Bewegung; aber in Tadzio's Augen war ein Forschen, ein nachdenkliches Fragen, in seinen Gang kam ein Zögern, er blickte zu Boden, er blickte lieblich wieder auf, und wenn er vorüber war, so schien ein Etwas in seiner Haltung auszudrücken, daß nur Erziehung ihn hinderte, sich umzuwenden.

Einmal jedoch, eines Abends, begab es sich anders. Die polnischen Geschwister hatten nebst ihrer Gouvernante bei der Hauptmahlzeit im großen Saale gefehlt, — mit Besorgnis hatte Aschenbach es wahrgenommen. Er erging sich nach Tische, sehr unruhig über ihren Verbleib, in Abendanzug und Strohhut vor dem Hotel, zu Füßen der Terrasse, als er plötzlich die nonnenähnlichen Schwestern mit der Erzieherin und vier Schritte hinter ihnen Tadzio im Lichte der Bogenlampen auftauchen sah. Offenbar kamen sie von der Dampferbrücke, nachdem sie aus irgendeinem Grunde in der Stadt gespeist. Auf dem Wasser war es wohl kühl gewesen; Tadzio trug eine dunkelblaue Semannsüberjacke mit goldenen Knöpfen und auf dem Kopf eine zugehörige Mütze. Sonne und Seeluft verbrannten ihn nicht, seine Haut war marmorhaft gelblich geblieben wie zu Beginn; doch schien er blässer heute als sonst, sei es infolge der Kühle oder durch den bleichenden Mondschein der Lampen. Seine ebenmäßigen Brauen zeichneten sich schärfer ab, seine Augen dunkelten tief. Er war schöner, als es sich sagen läßt, und Aschenbach empfand wie schon oftmals mit Schmerzen, daß das Wort die sinnliche Schönheit nur zu preisen, nicht wiederzugeben vermag.

Er war der teuren Erscheinung nicht gewärtig gewesen, sie kam unverhofft, er hatte nicht Zeit gehabt, seine Miene zu Ruhe und Würde zu befestigen. Freude, Überraschung, Bewunderung mochten sich offen darin malen, als sein Blick dem des Vermißten begegnete, — und in dieser Sekunde geschah es, daß Tadzio lächelte: ihn anlächelte, sprechend, vertraut, liebreizend und unverhohlen, mit Lippen, die sich im Lächeln erst langsam öffneten. Es war das Lächeln des Narziß, der sich über das spiegelnde Wasser neigt, jenes tiefe, bezauberte, hingezogene Lächeln, mit dem er nach dem Widerscheine der eigenen Schönheit die Arme streckt, — ein ganz wenig verzerrtes Lächeln, verzerrt von der Aussichtslosigkeit seines Trachtens, die holden Lippen seines Schattens zu küssen, kokett, neugierig und leise gequält, betört und betörend.

Der, welcher dies Lächeln empfangen, enteilte damit wie mit einem verhängnisvollen Geschenk. Er war so sehr erschüttert, daß er das Licht der Terrasse, des Vorgartens zu fliehen gezwungen war und mit hastigen Schritten das Dunkel des rückwärtigen Parkes suchte. Sonderbar entrüstete und zärtliche Vermahnungen entrangen sich ihm: »Du darfst so nicht lächeln! Höre, man darf so niemandem lächeln!« Er warf sich auf eine Bank, er atmete außer sich den nächtlichen Duft der Pflanzen. Und zurückgelehnt, mit hängenden Armen, überwältigt und mehrfach von Schauern überlaufen, flüsterte er die stehende Formel der Sehnsucht, — unmöglich hier, absurd, verworfen, lächerlich und heilig doch, ehrwürdig auch hier noch: »Ich liebe dich!«

Fünftes Kapitel

In der vierten Woche seines Aufenthalts auf dem Lido machte Gustav von Aschenbach einige die Außenwelt betreffende unheimliche Wahrnehmungen. Erstens schien es ihm, als ob bei steigender Jahreszeit die Frequenz seines Gasthofes eher ab- als zunähme, und insbesondere, als ob die deutsche Sprache um ihn her versiege und verstumme, so daß bei Tisch und am Strand endlich nur noch fremde Laute sein Ohr trafen. Eines Tages dann fing er beim Coiffeur, den er jetzt häufig besuchte, im Gespräche ein Wort auf, das ihn stutzig machte. Der Mann hatte einer deutschen Familie erwähnt, die soeben nach kurzem Verweilen abgereist war, und setzte plaudernd und schmeichelnd hinzu: »Sie bleiben, mein Herr; Sie haben keine Furcht vor dem Übel.« Aschenbach sah ihn an. »Dem Übel?« wiederholte er. Der Schwätzer verstummte, tat beschäftigt, überhörte die Frage. Und als sie dringlicher gestellt ward, erklärte er, er wisse von nichts, und suchte mit verlegener Beredsamkeit abzulenken.

Das war um Mittag. Nachmittags fuhr Aschenbach bei Windstille und schwerem Sonnenbrand nach Venedig; denn ihn trieb die Manie, den polnischen Geschwistern zu folgen, die er mit ihrer Begleiterin den Weg zur Dampferbrücke hatte einschlagen sehen. Er fand den Abgott nicht bei San Marco. Aber beim Tee, an seinem eisernen Rundtischchen auf der Schattenseite des Platzes sitzend, witterte er plötzlich in der Luft ein eigentümliches Arom, von dem ihm jetzt schien, als habe es schon seit Tagen, ohne ihm ins Bewußtsein zu dringen, seinen Sinn berührt, — einen süßlich-offizinellen Geruch, der an Elend und Wunden und verdächtige Reinlichkeit erinnerte. Er prüfte und erkannte ihn nachdenklich, beendete seinen Imbiß und verließ den Platz auf der dem Tempel gegenüberliegenden Seite. In der Enge verstärkte sich der Geruch. An den Straßenecken hafteten gedruckte Anschläge, durch welche die Bevölkerung wegen gewisser Erkrankungen des gastrischen Systems, die bei dieser Witterung an der Tagesordnung seien, vor dem Genusse von Austern und Muscheln, auch vor dem Wasser der Kanäle stadtväterlich gewarnt wurde. Die beschönigende Natur des Erlasses war deutlich. Volksgruppen standen schweigsam auf Brücken und Plätzen beisammen; und der Fremde stand spürend und grübelnd unter ihnen.

Einen Ladeninhaber, der zwischen Korallenschnüren und falschen Amethystgeschmeiden in der Tür seines Gewölbes lehnte, bat er um Auskunft über den fatalen Geruch. Der Mann maß ihn mit schweren Augen und ermunterte sich hastig. »Eine vorbeugende Maßregel, mein Herr!« antwortete er mit Gebärdenspiel. »Eine Verfügung der Polizei, die man billigen muß. Diese Witterung drückt, der Scirocco ist der Gesundheit nicht zuträglich. Kurz, Sie verstehen, — eine vielleicht übertriebene Vorsicht . . .« Aschenbach dankte ihm und ging weiter. Auch auf dem Dampfer, der ihn zum Lido zurücktrug, spürte er jetzt den Geruch des keimbekämpfenden Mittels.

Ins Hotel zurückgekehrt, begab er sich sogleich in die Halle zum

Zeitungstisch und hielt in den Blättern Umschau. Er fand in den fremdsprachigen nichts. Die heimatlichen verzeichneten Gerüchte, führten schwankende Ziffern an, gaben amtliche Ableugnungen wieder und bezweifelten deren Wahrhaftigkeit. So erklärte sich der Abzug des deutschen und österreichischen Elementes. Die Angehörigen der anderen Nationen wußten offenbar nichts, ahnten nichts, waren noch nicht beunruhigt. ›Man soll schweigen!‹ dachte Aschenbach erregt, indem er die Journale auf den Tisch zurückwarf. ›Man soll das verschweigen!‹ Aber zugleich füllte sein Herz sich mit Genugtuung über das Abenteuer, in welches die Außenwelt geraten wollte. Denn der Leidenschaft ist, wie dem Verbrechen, die gesicherte Ordnung und Wohlfahrt des Alltags nicht gemäß, und jede Lockerung des bürgerlichen Gefüges, jede Verwirrung und Heimsuchung der Welt muß ihr willkommen sein, weil sie ihren Vorteil dabei zu finden unbestimmt hoffen kann. So empfand Aschenbach eine dunkle Zufriedenheit über die obrigkeitlich bemäntelten Vorgänge in den schmutzigen Gäßchen Venedigs, — dieses schlimme Geheimnis der Stadt, das mit seinem eigensten Geheimnis verschmolz, und an dessen Bewahrung auch ihm so sehr gelegen war. Denn der Verliebte besorgte nichts, als daß Tadzio abreisen könnte, und erkannte nicht ohne Entsetzen, daß er nicht mehr zu leben wissen werde, wenn das geschähe.

Neuerdings begnügte er sich nicht, Nähe und Anblick des Schönen der Tagesregel und dem Glücke zu danken; er verfolgte ihn, er stellte ihm nach. Sonntags zum Beispiel erschienen die Polen niemals am Strande; er erriet, daß sie die Messe in San Marco besuchten, er eilte dorthin, und aus der Glut des Platzes in die goldene Dämmerung des Heiligtums eintretend, fand er den Entbehrten, über ein Betpult gebeugt, beim Gottesdienst. Dann stand er im Hintergrunde, auf zerklüftetem Mosaikboden, inmitten knienden, murmelnden, kreuzschlagenden Volkes, und die gedrungene Pracht des morgenländischen Tempels lastete üppig auf seinen Sinnen. Vorn wandelte, hantierte und sang der schwergeschmückte Priester, Weihrauch quoll auf, er umnebelte die kraftlosen Flämmchen der Altarkerzen, und in den dumpfsüßen Opferduft schien sich leise ein anderer zu mischen: der Geruch der erkrankten Stadt. Aber durch Dunst und Gefunkel sah Aschenbach, wie der Schöne dort vorn den Kopf wandte, ihn suchte und ihn erblickte.

Wenn dann die Menge durch die geöffneten Portale hinausströmte auf den leuchtenden, von Tauben wimmelnden Platz, verbarg sich der Betörte in der Vorhalle, er versteckte sich, er legte sich auf die Lauer. Er sah die Polen die Kirche verlassen, sah, wie die Geschwister sich auf zeremoniöse Art von der Mutter verabschiedeten und wie diese sich heimkehrend zur Piazzetta wandte; er stellte fest, daß der Schöne, die klösterlichen Schwestern und die Gouvernante den Weg zur Rechten durch das Tor des Uhrturmes und in die Merceria einschlugen, und, nachdem er sie einigen Vorsprung hatte gewinnen lassen, folgte er ihnen, folgte ihnen verstohlen auf ihrem Spaziergang durch Venedig. Er mußte stehenbleiben, wenn sie sich verweilten, mußte in Garküchen und Höfe flüchten, um die Umkehrenden vorüberzulassen; er verlor sie, suchte erhitzt und erschöpft nach ihnen über Brücken und in schmutzigen Sackgassen und erduldete Minuten tödlicher Pein, wenn er sie plötzlich in enger Passage, wo kein Ausweichen möglich war, sich entgegenkommen sah. Dennoch kann man nicht sagen, daß er litt. Haupt und Herz waren ihm trunken, und seine Schritte folgten den Weisungen des Dämons, dem es Lust ist, des Menschen Vernunft und Würde unter seine Füße zu treten.

Irgendwo nahmen Tadzio und die Seinen dann wohl eine Gondel, und Aschenbach, den, während sie einstiegen, ein Vorbau, ein Brunnen verborgen gehalten hatte, tat, kurz nachdem sie am Ufer abgestoßen, ein Gleiches. Er sprach hastig und gedämpft, wenn er den Ruderer, unter dem Versprechen eines reichlichen Trinkgeldes, anwies, jener Gondel, die eben dort um die Ecke biege, unauffällig in einigem Abstand zu folgen; und es überrieselte ihn, wenn der Mensch, mit der spitzbübischen Erbötigkeit eines Gelegenheitsmachers, ihm in demselben Tone versicherte, daß er bedient, daß er gewissenhaft bedient werden solle.

So glitt und schwankte er denn, in weiche schwarze Kissen gelehnt, der anderen schwarzen, geschnabelten Barke nach, an deren Spur die Passion ihn fesselte. Zuweilen entschwand sie ihm: dann fühlte er Kummer und Unruhe. Aber sein Führer, als sei er in solchen Aufträgen wohl geübt, wußte ihm stets durch schlaue Manöver, durch rasche Querfahrten und Abkürzungen das Begehrte wieder vor Augen zu bringen. Die Luft war still und riechend, schwer brannte die Sonne durch den Dunst, der den Himmel schieferig färbte. Wasser schlug glucksend gegen Holz und Stein. Der Ruf des Gondoliers, halb Warnung, halb Gruß, ward fernher aus der Stille des Labyrinths nach sonderbarer Übereinkunft beantwortet. Aus kleinen, hochliegenden Gärten hingen Blütendolden, weiß und purpurn, nach Mandeln duftend, über morsches Gemäuer. Arabische Fensterumrahmungen bildeten sich im Trüben ab. Die Marmorstufen einer Kirche stiegen in die Flut; ein Bettler, darauf kauernd, sein Elend beteuernd, hielt seinen Hut hin und zeigte das Weiße der Augen, als sei er blind; ein Altertumshändler, vor seiner Spelunke, lud den Vorüberziehenden mit kriechenden Gebärden zum Aufenthalt ein, in der Hoffnung, ihn zu betrügen. Das war Venedig,

die schmeichlerische und verdächtige Schöne, — diese Stadt, halb
Märchen, halb Fremdenfalle, in deren fauliger Luft die Kunst
einst schwelgerisch aufwucherte und welche den Musikern
Klänge eingab, die wiegen und buhlerisch einlullen. Dem Abenteuernden war es, als tränke sein Auge dergleichen Üppigkeit,
als würde sein Ohr von solchen Melodien umworben; er erinnerte sich auch, daß die Stadt krank sei und es aus Gewinn-
sucht verheimliche, und er spähte ungezügelter aus nach der vor-
anschwebenden Gondel.

So wußte und wollte denn der Verwirrte nichts anderes mehr, als
den Gegenstand, der ihn entzündete, ohne Unterlaß zu verfolgen, von ihm zu träumen, wenn er abwesend war, und nach der
Weise der Liebenden seinem bloßen Schattenbild zärtliche Worte
zu geben. Einsamkeit, Fremde und das Glück eines späten und
tiefen Rausches ermutigten und überredeten ihn, sich auch das
Befremdlichste ohne Scheu und Erröten durchgehen zu lassen,
wie es denn vorgekommen war, daß er, spätabends von Venedig
heimkehrend, im ersten Stock des Hotels an des Schönen Zimmertür haltgemacht, seine Stirn in völliger Trunkenheit an die
Angel der Tür gelehnt und sich lange von dort nicht zu trennen
vermocht hatte, auf die Gefahr, in einer so wahnsinnigen Lage
ertappt und betroffen zu werden.

Dennoch fehlte es nicht an Augenblicken des Innehaltens und der
halben Besinnung. Auf welchen Wegen! dachte er dann mit Be-
stürzung. Auf welchen Wegen! Wie jeder Mann, dem natürliche
Verdienste ein aristokratisches Interesse für seine Abstammung
einflößen, war er gewohnt, bei den Leistungen und Erfolgen seines Lebens der Vorfahren zu gedenken, sich ihrer Zustimmung,
ihrer Genugtuung, ihrer notgedrungen Achtung im Geist zu
versichern. Er dachte ihrer auch jetzt und hier, verstrickt in ein
so unstatthaftes Erlebnis, begriffen in so exotischen Ausschweifungen des Gefühls, gedachte der haltungsvollen Strenge, der
anständigen Männlichkeit ihres Wesens und lächelte schwermütig. Was würden sie sagen? Aber freilich, was hätten sie zu
seinem ganzen Leben gesagt, das von dem ihren so bis zur Ent-
artung abgewichen war, zu diesem Leben im Banne der Kunst,
über das er selbst einst, im Bürgersinne der Väter, so spöttische
Jünglingserkenntnisse hatte verlauten lassen und das dem ihren
im Grunde so ähnlich gewesen war! Auch er hatte gedient, auch
er war Soldat und Kriegsmann gewesen, gleich manchem von
ihnen, — denn die Kunst war ein Krieg, ein aufreibender Kampf,
für welchen man heute nicht lange taugte. Ein Leben der Selbstüberwindung und des Trotzdem, ein herbes, standhaftes und ent-
haltsames Leben, das er zum Sinnbild für einen zarten und zeit-
gemäßen Heroismus gestaltet hatte, — wohl durfte er es männlich, durfte es tapfer nennen, und es wollte ihm scheinen, als sei

der Eros, der sich seiner bemeistert, einem solchen Leben auf irgendeine Weise besonders gemäß und geneigt. Hatte er nicht bei den tapfersten Völkern vorzüglich in Ansehen gestanden, ja, hieß es nicht, daß er durch Tapferkeit in ihren Städten geblüht habe? Zahlreiche Kriegshelden der Vorzeit hatten willig sein Joch getragen, denn gar keine Erniedrigung galt, die der Gott verhängte, und Taten, die als Merkmale der Feigheit wären gescholten worden, wenn sie um anderer Zwecke willen geschehen wären: Fußfälle, Schwüre, inständige Bitten und sklavisches Wesen, solche gereichten dem Liebenden nicht zur Schande, sondern er erntete vielmehr noch Lob dafür.

So war des Betörten Denkweise bestimmt, so suchte er sich zu stützen, seine Würde zu wahren. Aber zugleich wandte er beständig eine spürende und eigensinnige Aufmerksamkeit den unsauberen Vorgängen im Inneren Venedigs zu, jenem Abenteuer der Außenwelt, das mit dem seines Herzens dunkel zusammenfloß und seine Leidenschaft mit unbestimmten, gesetzlosen Hoffnungen nährte. Versessen darauf, Neues und Sicheres über Stand und Fortschritt des Übels zu erfahren, durchstöberte er in den Kaffeehäusern der Stadt die heimatlichen Blätter, da sie vom Lesetisch der Hotelhalle seit mehreren Tagen verschwunden waren. Behauptungen und Widerrufe wechselten darin. Die Zahl der Erkrankungs-, der Todesfälle sollte sich auf zwanzig, auf vierzig, ja hundert und mehr belaufen, und gleich darauf wurde jedes Auftreten der Seuche, wenn nicht rundweg in Abrede gestellt, so doch auf völlig vereinzelte, von außen eingeschleppte Fälle zurückgeführt. Warnende Bedenken, Proteste gegen das gefährliche Spiel der welschen Behörden waren eingestreut. Gewißheit war nicht zu erlangen.

Dennoch war sich der Einsame eines besonderen Anrechtes bewußt, an dem Geheimnis teilzuhaben, und gleichwohl ausgeschlossen, fand er eine bizarre Genugtuung darin, die Wissenden mit verfänglichen Fragen anzugehen und sie, die zum Schweigen verbündet waren, zur ausdrücklichen Lüge zu nötigen. Eines Tages beim Frühstück im großen Speisesaal stellte er so den Geschäftsführer zur Rede, jenen kleinen, leise auftretenden Menschen im französischen Gehrock, der sich grüßend und beaufsichtigend zwischen den Speisenden bewegte und auch an Aschenbachs Tischchen zu einigen Plauderworten haltmachte. Warum man denn eigentlich, fragte der Gast in lässiger und beiläufiger Weise, warum in aller Welt man seit einiger Zeit Venedig desinfiziere? — »Es handelt sich«, antwortete der Schleicher, »um eine Maßnahme der Polizei, bestimmt, allerlei Unzuträglichkeiten oder Störungen der öffentlichen Gesundheit, welche durch die brütende und ausnehmend warme Witterung erzeugt werden möchten, pflichtgemäß und beizeiten hintanzuhalten.« — »Die Polizei ist zu loben«, erwiderte Aschenbach; und nach Austausch einiger meteorologischer Bemerkungen empfahl sich der Manager.

Selbigen Tages noch, abends, nach dem Diner, geschah es, daß eine kleine Bande von Straßensängern aus der Stadt sich im Vorgarten des Gasthofes hören ließ. Sie standen, zwei Männer und zwei Weiber, an dem eisernen Mast einer Bogenlampe und wandten ihre weißbeschienenen Gesichter zur großen Terrasse empor, wo die Kurgesellschaft sich bei Kaffee und kühlenden Getränken die volkstümliche Darbietung gefallen ließ. Das Hotel-Personal, Liftboys, Kellner und Angestellte des Office, zeigte sich lauschend an den Türen zur Halle. Die russische Familie, eifrig und genau im Genuß, hatte sich Rohrstühle in den Garten hinabstellen lassen, um den Ausübenden näher zu sein, und saß dort dankbar im Halbkreise. Hinter der Herrschaft, in turbanartigem Kopftuch, stand ihre alte Sklavin.

Mandoline, Gitarre, Harmonika und eine quinkelierende Geige waren unter den Händen der Bettelvirtuosen in Tätigkeit. Mit instrumentalen Durchführungen wechselten Gesangsnummern, wie denn das jüngere der Weiber, scharf und quäkend von Stimme, sich mit dem süß falsettierenden Tenor zu einem verlangenden Liebesduett zusammentat. Aber als das eigentliche Talent und Haupt der Vereinigung zeigte sich unzweideutig der andere der Männer, Inhaber der Gitarre und im Charakter eine Art Bariton-Buffo, fast ohne Stimme dabei, aber mimisch begabt und von bemerkenswerter komischer Energie. Oftmals löste er sich, sein großes Instrument im Arm, von der Gruppe der anderen los und drang agierend gegen die Rampe vor, wo man seine Eulenspiegeleien mit aufmunterndem Lachen belohnte. Namentlich die Russen, in ihrem Parterre, zeigten sich entzückt über soviel südliche Beweglichkeit und ermutigten ihn durch Beifall und Zurufe, immer kecker und sicherer aus sich herauszugehen.

Aschenbach saß an der Balustrade und kühlte zuweilen die Lippen mit dem Gemisch aus Granatapfelsaft und Soda, das vor ihm rubinrot im Glase funkelte. Seine Nerven nahmen die dudelnden Klänge, die vulgären und schmachtenden Melodien begierig auf, denn die Leidenschaft lähmt den wählerischen Sinn und läßt sich allen Ernstes mit Reizen ein, welche die Nüchternheit humoristisch aufnehmen oder unwillig ablehnen würde. Seine Züge waren durch die Sprünge des Gauklers zu einem fix gewordenen und schon schmerzenden Lächeln verrenkt. Er saß lässig da, während eine äußerste Aufmerksamkeit sein Inneres spannte; denn sechs Schritte von ihm lehnte Tadzio am Steingeländer.

Er stand dort in dem weißen Gürtelanzug, den er zuweilen zur

Hauptmahlzeit anlegte, in unvermeidlicher und anerschaffener Grazie, den linken Unterarm auf der Brüstung, die Füße gekreuzt, die rechte Hand in der tragenden Hüfte, und blickte mit einem Ausdruck, der kaum ein Lächeln, nur eine entfernte Neugier, ein höfliches Entgegennehmen war, zu den Bänkelsängern hinab. Manchmal richtete er sich gerade auf und zog, indem er die Brust dehnte, mit einer schönen Bewegung beider Arme den weißen Kittel durch den Ledergürtel hinunter. Manchmal aber auch, und der Alternde gewahrte es mit Triumph, mit einem Taumeln seiner Vernunft und auch mit Entsetzen, wandte er zögernd und behutsam oder auch rasch und plötzlich, als gelte es eine Überrumpelung, den Kopf über die linke Schulter gegen den Platz seines Liebhabers. Er fand nicht dessen Augen, denn eine schmähliche Besorgnis zwang den Verirrten, seine Blicke ängstlich im Zaum zu halten. Im Hintergrund der Terrasse saßen die Frauen, die Tadzio behüteten, und es war dahin gekommen, daß der Verliebte fürchten mußte, auffällig geworden und beargwöhnt zu sein. Ja, mit einer Art von Erstarrung hatte er mehrmals, am Strande, in der Hotelhalle und auf Piazza San Marco, zu bemerken gehabt, daß man Tadzio aus seiner Nähe zurückrief, ihn von ihm fernzuhalten bedacht war — und eine furchtbare Beleidigung daraus entnehmen müssen, unter der sein Stolz sich in ungekannten Qualen wand und welche von sich zu weisen sein Gewissen ihn hinderte.

Unterdessen hatte der Gitarrist zu eigener Begleitung ein Solo begonnen, einen mehrstrophigen, eben in ganz Italien florierenden Gassenhauer, in dessen Kehrreim seine Gesellschaft jedesmal mit Gesang und sämtlichem Musikzeug einfiel und den er auf eine plastisch-dramatische Art zum Vortrag zu bringen wußte. Schmächtig gebaut und auch von Antlitz mager und ausgemergelt, stand er, abgetrennt von den Seinen, den schäbigen Filz im Nacken, so daß ein Wulst seines roten Haars unter der Krempe hervorquoll, in einer Haltung von frecher Bravour auf dem Kies und schleuderte zum Schollern der Saiten in eindringlichem Sprechgesang seine Späße zur Terrasse empor, indes vor produzierender Anstrengung die Adern auf seiner Stirne schwollen. Er schien nicht venezianischen Schlages, vielmehr von der Rasse der neapolitanischen Komiker, halb Zuhälter, halb Komödiant, brutal und verwegen, gefährlich und unterhaltend. Sein Lied, lediglich albern dem Wortlaute nach, gewann in seinem Munde, durch sein Mienenspiel, seine Körperbewegungen, seine Art, andeutend zu blinzeln und die Zunge schlüpfrig im Mundwinkel spielen zu lassen, etwas Zweideutiges, unbestimmt Anstößiges. Dem weichen Kragen des Sporthemdes, das er zu übrigens städtischer Kleidung trug, entwuchs sein hagerer Hals mit auffallend groß und nackt wirkendem Adamsapfel. Sein bleiches, stumpfnäsiges Gesicht, aus dessen bartlosen Zügen schwer auf sein Alter zu schließen war, schien durchpflügt von Grimassen und Laster, und sonderbar wollten zum Grinsen seines beweglichen Mundes die beiden Furchen passen, die trotzig, herrisch, fast wild zwischen seinen rötlichen Brauen standen. Was jedoch des Einsamen tiefe Achtsamkeit eigentlich auf ihn lenkte, war die Bemerkung, daß die verdächtige Figur auch ihre eigene verdächtige Atmosphäre mit sich zu führen schien. Jedesmal nämlich, wenn der Refrain wieder einsetzte, unternahm der Sänger unter Faxen und grüßendem Handschütteln einen grotesken Rundmarsch, der ihn unmittelbar unter Aschenbachs Platz vorüberführte, und jedesmal, wenn das geschah, wehte, von seinen Kleidern, seinem Körper ausgehend, ein Schwaden starken Karbolgeruchs zur Terrasse empor.

Nach geendigtem Couplet begann er, Geld einzuziehen. Er fing bei den Russen an, die man bereitwillig spenden sah, und kam dann die Stufen herauf. So frech er sich bei der Produktion benommen, so demütig zeigte er sich hier oben. Katzbuckelnd, unter Kratzfüßen schlich er zwischen den Tischen umher, und ein Lächeln tückischer Unterwürfigkeit entblößte seine starken Zähne, während doch immer noch die beiden Furchen drohend zwischen seinen roten Brauen standen. Man musterte das fremdartige, seinen Unterhalt einsammelnde Wesen mit Neugier und einigem Abscheu, man warf mit spitzen Fingern Münzen in seinen Filz und hütete sich, ihn zu berühren. Die Aufhebung der physischen Distanz zwischen dem Komödianten und den Anständigen erzeugt, und war das Vergnügen noch so groß, stets eine gewisse Verlegenheit. Er fühlte sie und suchte, sich durch Kriecherei zu entschuldigen. Er kam zu Aschenbach und mit ihm der Geruch, über den niemand ringsum sich Gedanken zu machen schien.

»Höre!« sagte der Einsame gedämpft und fast mechanisch. »Man desinfiziert Venedig. Warum?« — Der Spaßmacher antwortete heiser: »Von wegen der Polizei! Das ist Vorschrift, mein Herr, bei solcher Hitze und bei Scirocco. Der Scirocco drückt. Er ist der Gesundheit nicht zuträglich ...« Er sprach wie verwundert darüber, daß man dergleichen fragen könne, und demonstrierte mit der flachen Hand, wie sehr der Scirocco drücke. — »Es ist also kein Übel in Venedig?« fragte Aschenbach sehr leise und zwischen den Zähnen. — Die muskulösen Züge des Possenreißers fielen in eine Grimasse komischer Ratlosigkeit. »Ein Übel? Aber was für ein Übel? Ist der Scirocco ein Übel? Ist vielleicht unsere Polizei ein Übel? Sie belieben zu scherzen! Ein Übel! Warum nicht gar! Eine vorbeugende Maßregel, verstehen Sie doch! Eine polizeiliche Anordnung gegen die Wirkungen der drückenden Witterung ...« Er gestikulierte. — »Es ist gut«, sagte Aschenbach wiederum kurz und leise und ließ rasch ein ungebührlich bedeutendes Geldstück in den Hut fallen. Dann winkte er dem Menschen mit den Augen, zu gehen. Er gehorchte grinsend, unter Bücklingen. Aber er hatte noch nicht die Treppe erreicht, als zwei Hotel-Angestellte sich auf ihn warfen und ihn, ihre Gesichter dicht an dem seinen, in ein geflüstertes Kreuzverhör nahmen. Er zuckte die Achseln, er gab Beteuerungen, er schwor, verschwiegen gewesen zu sein; man sah es. Entlassen, kehrte er in den Garten zurück, und nach einer kurzen Verabredung mit den Seinen unter der Bogenlampe trat er zu einem Dank- und Abschiedsliede noch einmal vor.

Es war ein Lied, das jemals gehört zu haben der Einsame sich nicht erinnerte; ein dreister Schlager in unverständlichem Dialekt und ausgestattet mit einem Lach-Refrain, in den die Bande regelmäßig aus vollem Halse einfiel. Es hörten hierbei sowohl die Worte wie auch die Begleitung der Instrumente auf, und nichts blieb übrig als ein rhythmisch irgendwie geordnetes, aber sehr natürlich behandeltes Lachen, das namentlich der Solist mit großem Talent zu täuschendster Lebendigkeit zu gestalten wußte. Er hatte bei wiederhergestelltem künstlerischen Abstand zwischen ihm und den Herrschaften seine ganze Frechheit wiedergefunden, und sein Kunstlachen, unverschämt zur Terrasse emporgesandt, war Hohngelächter. Schon gegen das Ende des artikulierten Teiles der Strophe schien er mit einem unwiderstehlichen Kitzel zu kämpfen. Er schluchzte, seine Stimme schwankte, er preßte die Hand gegen den Mund, er verzog die Schultern, und im gegebenen Augenblick brach, heulte und platzte das unbändige Lachen aus ihm hervor, mit solcher Wahrheit, daß es ansteckend wirkte und sich den Zuhörern mitteilte, daß auch auf der Terrasse eine gegenstandlose und nur von sich selbst lebende Heiterkeit um sich griff. Dies aber eben schien des Sängers Ausgelassenheit zu verdoppeln. Er beugte die Knie, er schlug die Schenkel, er hielt sich die Seiten, er wollte sich ausschütten, er lachte nicht mehr, er schrie; er wies mit dem Finger hinauf, als gäbe es nichts Komischeres als die lachende Gesellschaft dort oben, und endlich lachte denn alles im Garten und auf der Veranda, bis zu den Kellnern, Liftboys und Hausdienern in den Türen.

Aschenbach ruhte nicht mehr im Stuhl, er saß aufgerichtet wie zum Versuche der Abwehr oder Flucht. Aber das Gelächter, der heraufwehende Hospitalgeruch und die Nähe des Schönen verwoben sich ihm zu einem Traumbann, der unzerreißbar und unentrinnbar sein Haupt, seinen Sinn umfangen hielt. In der allgemeinen Bewegung und Zerstreuung wagte er es, zu Tadzio hinüberzublicken, und indem er es tat, durfte er bemerken, daß der Schöne, in Erwiderung seines Blickes, ebenfalls ernst blieb, ganz so, als richte er Verhalten und Miene nach der des anderen und als vermöge die allgemeine Stimmung nichts über ihn, da jener sich ihr entzog. Diese kindliche und beziehungsvolle Folgsamkeit hatte etwas so Entwaffnendes, Überwältigendes, daß der Grauhaarige sich mit Mühe enthielt, sein Gesicht in den Händen zu verbergen. Auch hatte es ihm geschienen, als bedeute Tadzio's gelegentliches Sichaufrichten und Aufatmen ein Seufzen, eine Beklemmung der Brust. ›Er ist kränklich, er wird wahrscheinlich nicht alt werden‹, dachte er wiederum mit jener Sachlichkeit, zu welcher Rausch und Sehnsucht bisweilen sich sonderbar emanzipieren; und reine Fürsorge zugleich mit einer ausschweifenden Genugtuung erfüllte sein Herz.

Die Venezianer unterdessen hatten geendigt und zogen ab. Beifall begleitete sie, und ihr Anführer versäumte nicht, noch seinen Abgang mit Späßen auszuschmücken. Seine Kratzfüße, seine Kußhände wurden belacht, und er verdoppelte sie daher. Als die Seinen schon draußen waren, tat er noch, als renne er rückwärts empfindlich gegen einen Lampenmast, und schlich scheinbar krumm vor Schmerzen zur Pforte. Dort endlich warf er auf einmal die Maske des komischen Pechvogels ab, richtete sich, ja schnellte elastisch auf, bleckte den Gästen auf der Terrasse frech die Zunge heraus und schlüpfte ins Dunkel. Die Badegesellschaft verlor sich; Tadzio stand längst nicht mehr an der Balustrade. Aber der Einsame saß noch lange, zum Befremden der Kellner, bei dem Rest seines Granatapfel-Getränks an seinem Tischchen. Die Nacht schritt vor, die Zeit zerfiel. Im Hause seiner Eltern, vor vielen Jahren, hatte es eine Sanduhr gegeben, — er sah das gebrechliche und bedeutende Gerätchen auf einmal wieder, als stünde es vor ihm. Lautlos und fein rann der rostrot gefärbte Sand durch die gläserne Enge, und da er in der oberen Höhlung zur Neige ging, hatte sich dort ein kleiner, reißender Strudel gebildet.

Schon am folgenden Tage, nachmittags, tat der Starrsinnige einen neuen Schritt zur Versuchung der Außenwelt, und diesmal mit allem möglichen Erfolge. Er trat nämlich vom Markusplatz in das dort gelegene englische Reisebureau, und nachdem er an der Kasse einiges Geld gewechselt, richtete er mit der Miene des mißtrauischen Fremden an den ihn bedienenden Clerk seine fatale Frage. Es war ein wollig gekleideter Brite, noch jung, mit in der Mitte geteiltem Haar, nahe beieinanderliegenden Augen und von jener gesetzten Loyalität des Wesens, die im spitzbübisch behenden Süden so fremd, so merkwürdig anmutet. Er fing an: »Kein Grund zur Besorgnis, Sir. Eine Maßregel ohne ernste Bedeutung. Solche Anordnungen werden häufig getroffen, um gesundheitsschädlichen Wirkungen der Hitze und des Scirocco vorzubeugen ...« Aber seine blauen Augen aufschlagend, begegnete er dem Blicke des Fremden, einem müden und etwas traurigen Blick, der mit leichter Verachtung auf seine Lippen gerichtet war. Da errötete der Engländer. »Dies ist«, fuhr er halblaut und in einiger Bewegung fort, »die amtliche Erklärung, auf der zu bestehen man hier für gut befindet. Ich werde Ihnen sagen, daß noch etwas anderes dahintersteckt.« Und dann sagte er in seiner redlichen und bequemen Sprache die Wahrheit.

Seit mehreren Jahren schon hatte die indische Cholera eine verstärkte Neigung zur Ausbreitung und Wanderung an den Tag gelegt. Erzeugt aus den warmen Morästen des Ganges-Deltas, aufgestiegen mit dem mephitischen Odem jener üppig-untauglichen, von Menschen gemiedenen Urwelt- und Inselwildnis, in deren Bambusdickichten der Tiger kauert, hatte die Seuche in ganz Hindustan andauernd und ungewöhnlich heftig gewütet, hatte östlich nach China, westlich nach Afghanistan und Persien übergegriffen und, den Hauptstraßen des Karawanenverkehrs folgend, ihre Schrecken bis Astrachan, ja selbst bis Moskau getragen. Aber während Europa zitterte, das Gespenst möchte von dort aus und zu Lande seinen Einzug halten, war es, von syrischen Kauffahrern übers Meer verschleppt, fast gleichzeitig in mehreren Mittelmeerhäfen aufgetaucht, hatte in Toulon und Malaga sein Haupt erhoben, in Palermo und Neapel mehrfach seine Maske gezeigt und schien aus ganz Kalabrien und Apulien nicht mehr weichen zu wollen. Der Norden der Halbinsel war verschont geblieben. Jedoch Mitte Mai dieses Jahres fand man zu Venedig an ein und demselben Tage die furchtbaren Vibrionen in den ausgemergelten, schwärzlichen Leichnamen eines Schifferknechtes und einer Grünwarenhändlerin. Die Fälle wurden verheimlicht. Aber nach einer Woche waren es deren zehn, waren es zwanzig, dreißig, und zwar in verschiedenen Quartieren. Ein Mann aus der österreichischen Provinz, der sich zu seinem Vergnügen einige Tage in Venedig aufgehalten, starb, in sein Heimatstädtchen zurückgekehrt, unter unzweideutigen Anzeichen, und so kam es, daß die ersten Gerüchte von der Heimsuchung der Lagunenstadt in deutsche Tagesblätter gelangten. Venedigs Obrigkeit ließ antworten, daß die Gesundheitsverhältnisse der Stadt nie besser gewesen seien, und traf die notwendigsten Maßregeln zur Bekämpfung. Aber wahrscheinlich waren Nahrungsmittel infiziert worden, Gemüse, Fleisch oder Milch, denn geleugnet und vertuscht fraß das Sterben in der Enge der Gäßchen um sich, und die vorzeitig eingefallene Sommerhitze, welche das Wasser der Kanäle laulich erwärmte, war der Verbreitung besonders günstig. Ja, es schien, als ob die Seuche eine Neubelebung ihrer Kräfte erfahren, als ob die Tenazität und Fruchtbarkeit ihrer Erreger sich verdoppelt hätte. Fälle der Genesung waren selten; achtzig vom Hundert der Befallenen starben, und zwar auf entsetzliche Weise, denn das Übel trat mit äußerster Wildheit auf und zeigte häufig jene gefährlichste Form, welche »die trockene« benannt ist. Hierbei vermochte der Körper das aus den Blutgefäßen massenhaft abgesonderte Wasser nicht einmal auszutreiben. Binnen wenigen Stunden verdorrte der Kranke und erstickte am pechartig zäh gewordenen Blut unter Krämpfen und heiseren Klagen. Wohl ihm, wenn, was zuweilen geschah, der Ausbruch nach leichtem Übelbefinden in Gestalt einer tiefen Ohnmacht erfolgte, aus der er nicht mehr oder kaum noch erwachte. Anfang Juni füllten sich in der Stille die Isolierbaracken des Ospedale civico, in den beiden Waisenhäusern begann es an Platz zu mangeln, und ein schauerlich reger Verkehr herrschte zwischen dem Quai der neuen Fundamente und San Michele, der Friedhofsinsel. Aber die Furcht vor allgemeiner Schädigung, die Rücksicht auf die kürzlich eröffnete Gemäldeausstellung in den öffentlichen Gärten, auf die gewaltigen Ausfälle, von denen im Falle der Panik und des Verrufes die Hotels, die Geschäfte, das ganze vielfältige Fremdengewerbe bedroht waren, zeigten sich mächtiger in der Stadt als Wahrheitsliebe und Achtung vor internationalen Abmachungen; sie vermochte die Behörde, ihre Politik des Verschweigens und des Ableugnens hartnäckig aufrechtzuerhalten. Der oberste Medizinalbeamte Venedigs, ein verdienter Mann, war entrüstet von seinem Posten zurückgetreten und unterderhand durch eine gefügigere Persönlichkeit ersetzt worden. Das Volk wußte das; und die Korruption der Oberen zusammen mit der herrschenden Unsicherheit, dem Ausnahmezustand, in welchen der umgehende Tod die Stadt versetzte, brachte eine gewisse Entsittlichung der unteren Schichten hervor, eine Ermutigung lichtscheuer und antisozialer Triebe, die sich in Unmäßigkeit, Schamlosigkeit und wachsender Kriminalität bekundete. Gegen die Regel bemerkte man abends viele Betrunkene; bösartiges Gesindel machte, so hieß es, nachts die Straßen unsicher; räuberische Anfälle und selbst Mordtaten wiederholten sich, denn schon zweimal hatte sich erwiesen, daß angeblich der Seuche zum Opfer gefallene Personen vielmehr von ihren eigenen Anverwandten mit Gift aus dem Leben geräumt worden waren; und die gewerbsmäßige Liederlichkeit nahm aufdringliche und ausschweifende Formen an, wie sie sonst hier nicht bekannt und nur im Süden des Landes und im Orient zu Hause gewesen waren.

Von diesen Dingen sprach der Engländer das Entscheidende aus. »Sie täten gut«, schloß er, »lieber heute als morgen zu reisen. Länger als ein paar Tage noch kann die Verhängung der Sperre kaum auf sich warten lassen.« — »Danke Ihnen«, sagte Aschenbach und verließ das Amt.

Der Platz lag in sonnenloser Schwüle. Unwissende Fremde saßen vor den Cafés oder standen, ganz von Tauben bedeckt, vor der Kirche und sahen zu, wie die Tiere, wimmelnd, flügelschlagend, einander verdrängend, nach den in hohlen Händen dargebotenen Maiskörnern pickten. In fiebriger Erregung, triumphierend im Besitze der Wahrheit, einen Geschmack von Ekel dabei auf der Zunge und ein phantastisches Grauen im Herzen, schritt der Einsame die Fliesen des Prachthofes auf und nieder. Er erwog eine reinigende und anständige Handlung. Er konnte heute abend nach dem Diner der perlengeschmückten Frau sich nähern und zu ihr sprechen, was er wörtlich entwarf: ›Gestatten Sie dem Fremden, Madame, Ihnen mit einem Rat, einer Warnung zu dienen, die der Eigennutz Ihnen vorenthält. Reisen Sie ab, sogleich, mit Tadzio und Ihren Töchtern! Venedig ist verseucht.‹ Er konnte dann dem Werkzeug einer höhnischen Gottheit zum Abschied die Hand aufs Haupt legen, sich wegwenden und diesem Sumpfe entfliehen. Aber er fühlte zugleich, daß er unendlich weit entfernt war, einen solchen Schritt im Ernste zu wollen. Er würde ihn zurückführen, würde ihn sich selber wiedergeben; aber wer außer sich ist, verabscheut nichts mehr, als wieder in sich zu gehen. Er erinnerte sich eines weißen Bauwerks, geschmückt mit abendlich gleißenden Inschriften, in deren durchscheinender Mystik das Auge seines Geistes sich verloren hatte; jener seltsamen Wanderergestalt sodann, die dem Alternden schweifende Jünglingssehnsucht ins Weite und Fremde erweckt hatte; und der Gedanke an Heimkehr, an Besonnenheit, Nüchternheit, Mühsal und Meisterschaft widerte ihn in solchem Maße, daß sein Gesicht sich zum Ausdruck physischer Übelkeit verzerrte. »Man soll schweigen!« flüsterte er heftig. Und: »Ich werde schweigen!« Das Bewußtsein seiner Mitwisserschaft, seiner Mitschuld berauschte ihn, wie geringe Mengen Weines ein müdes Hirn berauschen. Das Bild der heimgesuchten und verwahrlosten Stadt, wüst seinem Geiste vorschwebend, entzündete in ihm Hoffnungen, unfaßbar, die Vernunft überschreitend und von ungeheuerlicher Süßigkeit. Was war ihm das zarte Glück, von dem er vorhin einen Augenblick geträumt, verglichen mit diesen Erwartungen? Was galt ihm noch Kunst und Tugend gegenüber den Vorteilen des Chaos? Er schwieg und blieb.

In dieser Nacht hatte er einen furchtbaren Traum, — wenn man als Traum ein körperhaft-geistiges Erlebnis bezeichnen kann, das ihm zwar im tiefsten Schlaf und in völligster Unabhängigkeit und sinnlicher Gegenwart widerfuhr, aber ohne daß er sich außer den Geschehnissen im Raume wandelnd und anwesend sah; sondern ihr Schauplatz war vielmehr seine Seele selbst, und sie brachen von außen herein, seinen Widerstand — einen tiefen und geistigen Widerstand — gewalttätig niederwerfend, gingen hindurch und ließen seine Existenz, ließen die Kultur seines Lebens verheert, vernichtet zurück.

Angst war der Anfang, Angst und Lust und eine entsetzte Neugier nach dem, was kommen wollte. Nacht herrschte, und seine Sinne lauschten; denn von weither näherte sich Getümmel, Getöse, ein Gemisch von Lärm: Rasseln, Schmettern und dumpfes Donnern, schrilles Jauchzen dazu und ein bestimmtes Geheul im gezogenen u-Laut, — alles durchsetzt und grauenhaft süß übertönt von tief girrendem, ruchlos beharrlichem Flötenspiel, welches auf schamlos zudringende Art die Eingeweide bezauberte. Aber er wußte ein Wort, dunkel, doch das benennend, was kam: »*Der fremde Gott!*« Qualmige Glut glomm auf: da erkannte er Bergland, ähnlich dem um sein Sommerhaus. Und in zerrissenem Licht, von bewaldeter Höhe, zwischen Stämmen und moosigen Felstrümmern wälzte es sich und stürzte wirbelnd herab: Menschen, Tiere, ein Schwarm, eine tobende Rotte, — und überschwemmte die Halde mit Leibern, Flammen, Tumult und taumelndem Rundtanz. Weiber, strauchelnd über zu lange Fellgewänder, die ihnen vom Gürtel hingen, schüttelten Schellentrommeln über ihren stöhnend zurückgeworfenen Häuptern, schwangen stiebende Fackelbrände und nackte Dolche, hielten züngelnde Schlangen in der Mitte des Leibes erfaßt oder trugen schreiend ihre Brüste in beiden Händen. Männer, Hörner über den Stirnen, mit Pelzwerk geschürzt und zottig von Haut, beugten die Nacken und hoben Arme und Schenkel, ließen eherne Becken erdröhnen und schlugen wütend auf Pauken, während glatte Knaben mit umlaubten Stäben Böcke stachelten, an deren Hörner sie sich klammerten und von deren Sprüngen sie sich jauchzend schleifen ließen. Und die Begeisterten heulten den Ruf aus weichen Mitlauten und gezogenem u-Ruf am Ende, süß und wild zugleich wie kein jemals erhörter: — hier klang er auf, in die Lüfte geröhrt wie von Hirschen, und dort gab man ihn wieder, vielstimmig, in wüstem Triumph, hetzte einander damit zum Tanz und Schleudern der Glieder und ließ ihn niemals verstummen. Aber alles durchdrang und beherrschte der tiefe, lockende Flötenton. Lockte er nicht auch ihn, den widerstrebend Erlebenden, schamlos beharrlich zum Fest und Unmaß des äußersten Opfers? Groß war sein Abscheu, groß seine Furcht, redlich sein Wille, bis zuletzt das Seine zu schützen gegen den Fremden, den Feind des gefaßten und würdigen Geistes. Aber der Lärm, das Geheul, vervielfacht von hallender Bergwand, wuchs, nahm überhand, schwoll zu hinreißendem Wahnsinn. Dünste bedrängten den Sinn, der beizende Ruch der Böcke, Witterung keuchender Leiber und ein Hauch wie von faulenden Wassern, dazu ein anderer noch, vertraut: nach Wunden und umlaufender Krankheit. Mit den Paukenschlägen dröhnte sein Herz, sein Gehirn kreiste, Wut ergriff ihn,

Verblendung, betäubende Wollust, und seine Seele begehrte, sich anzuschließen dem Reigen des Gottes. Das obszöne Symbol, riesig, aus Holz, ward enthüllt und erhöht: da heulten sie zügelloser die Losung. Schaum vor den Lippen, tobten sie, reizten einander mit geilen Gebärden und buhlenden Händen, lachend und ächzend, stießen die Stachelstäbe einander ins Fleisch und leckten das Blut von den Gliedern. Aber mit ihnen, in ihnen war der Träumende nun und dem fremden Gotte gehörig. Ja, sie waren er selbst, als sie reißend und mordend sich auf die Tiere hinwarfen und dampfende Fetzen verschlangen, als auf zerwühltem Moosgrund grenzenlose Vermischung begann, dem Gotte zum Opfer. Und seine Seele kostete Unzucht und Raserei des Unterganges.

Aus diesem Traum erwachte der Heimgesuchte entnervt, zerrüttet und kraftlos dem Dämon verfallen. Er scheute nicht mehr die beobachtenden Blicke der Menschen; ob er sich ihrem Verdacht aussetze, kümmerte ihn nicht. Auch flohen sie ja, reisten ab; zahlreiche Strandhütten standen leer, die Besetzung des Speisesaals wies größere Lücken auf, und in der Stadt sah man selten noch einen Fremden. Die Wahrheit schien durchgesickert, die Panik, trotz zähen Zusammenhaltens der Interessenten, nicht länger hintanzuhalten. Aber die Frau im Perlenschmuck blieb mit den Ihren, sei es, weil die Gerüchte nicht zu ihr drangen, oder weil sie zu stolz und furchtlos war, um ihnen zu weichen: Tadzio blieb; und jenem, in seiner Umfangenheit, war es zuweilen, als könne Flucht und Tod alles störende Leben in der Runde entfernen und er allein mit dem Schönen auf dieser Insel zurückbleiben, — ja, wenn vormittags am Meere sein Blick schwer, unverantwortlich, unverwandt auf dem Begehrten ruhte, wenn er bei sinkendem Tage durch Gassen, in denen verheimlichterweise das ekle Sterben umging, ihm unwürdig nachfolgte, so schien das Ungeheuerliche ihm aussichtsreich und hinfällig das Sittengesetz.

Wie irgendein Liebender wünschte er, zu gefallen, und empfand bittere Angst, daß es nicht möglich sein möchte. Er fügte seinem Anzuge jugendlich aufheiternde Einzelheiten hinzu, er legte Edelsteine an und benutzte Parfums, er brauchte mehrmals am Tage viel Zeit für seine Toilette und kam geschmückt, erregt und gespannt zu Tische. Angesichts der süßen Jugend, die es ihm angetan, ekelte ihn sein alternder Leib; der Anblick seines grauen Haares, seiner scharfen Gesichtszüge stürzte ihn in Scham und Hoffnungslosigkeit. Es trieb ihn, sich körperlich zu erquicken und wiederherzustellen; er besuchte häufig den Coiffeur des Hauses.

Im Frisiermantel, unter den pflegenden Händen des Schwätzers im Stuhle zurückgelehnt, betrachtete er gequälten Blickes sein Spiegelbild.

»Grau«, sagte er mit verzerrtem Munde.

»Ein wenig«, antwortete der Mensch. »Nämlich durch Schuld einer kleinen Vernachlässigung, einer Indifferenz in äußerlichen Dingen, die bei bedeutenden Personen begreiflich ist, die man aber doch nicht unbedingt loben kann, und zwar um so weniger, als gerade solchen Personen Vorurteile in Sachen des Natürlichen oder Künstlichen wenig angemessen sind. Würde sich die Sittenstrenge gewisser Leute gegenüber der kosmetischen Kunst logischerweise auch auf ihre Zähne erstrecken, so würden sie nicht wenig Anstoß erregen. Schließlich sind wir so alt, wie unser Geist, unser Herz sich fühlen, und graues Haar bedeutet unter Umständen eine wirklichere Unwahrheit, als die verschmähte Korrektur bedeuten würde. In Ihrem Falle, mein Herr, hat man ein Recht auf seine natürliche Haarfarbe. Sie erlauben mir, Ihnen die Ihrige einfach zurückzugeben?«

»Wie das?« fragte Aschenbach.

Da wusch der Beredte das Haar des Gastes mit zweierlei Wasser, einem klaren und einem dunklen, und es war schwarz wie in jungen Jahren. Er bog es hierauf mit der Brennschere in weiche Lagen, trat rückwärts und musterte das behandelte Haupt.

»Es wäre nun nur noch«, sagte er, »die Gesichtshaut ein wenig aufzufrischen.«

Und wie jemand, der nicht enden, sich nicht genugtun kann, ging er mit immer neu belebter Geschäftigkeit von einer Hantierung zur anderen über. Aschenbach, bequem ruhend, der Abwehr nicht fähig, hoffnungsvoll erregt vielmehr von dem, was geschah, sah im Glase seine Brauen sich entschiedener und ebenmäßiger wölben, den Schnitt seiner Augen sich verlängern, ihren Glanz durch eine leichte Untermalung des Lides sich heben, sah weiter unten, wo die Haut bräunlich-ledern gewesen, weich aufgetragen, ein zartes Karmin erwachen, seine Lippen, blutarm soeben noch, himbeerfarben schwellen, die Furchen der Wangen, des Mundes, die Runzeln der Augen unter Creme und Jugendhauch verschwinden, — erblickte mit Herzklopfen einen blühenden Jüngling. Der Kosmetiker gab sich endlich zufrieden, indem er nach Art solcher Leute dem, den er bedient hatte, mit kriechender Höflichkeit dankte. »Eine unbedeutende Nachhilfe«, sagte er, indem er eine letzte Hand an Aschenbachs Äußeres legte. »Nun kann der Herr sich unbedenklich verlieben.« Der Berückte ging, traumglücklich, verwirrt und furchtsam. Seine Krawatte war rot, sein breitschattender Strohhut mit einem mehrfarbigen Bande umwunden.

Lauwarmer Sturmwind war aufgekommen; es regnete selten und spärlich, aber die Luft war feucht, dick und von Fäulnisdünsten erfüllt. Flattern, Klatschen und Sausen umgab das Gehör, und dem unter der Schminke Fiebernden schienen Windgeister üblen Geschlechts im Raume ihr Wesen zu treiben, unholdes Gevögel des Meers, das des Verurteilten Mahl zerwühlt, zernagt und mit

Unrat schändet. Denn die Schwüle wehrte der Eßlust, und die Vorstellung drängte sich auf, daß die Speisen mit Ansteckungsstoffen vergiftet seien.

Auf den Spuren des Schönen hatte Aschenbach sich eines Nachmittags in das innere Gewirr der kranken Stadt vertieft. Mit versagendem Ortssinn, da die Gäßchen, Gewässer, Brücken und Plätzchen des Labyrinthes zu sehr einander gleichen, auch der Himmelsgegenden nicht mehr sicher, war er durchaus darauf bedacht, das sehnlich verfolgte Bild nicht aus den Augen zu verlieren, und, zu schmählicher Behutsamkeit genötigt, an Mauern gedrückt, hinter dem Rücken Vorangehender Schutz suchend, ward er sich lange nicht der Müdigkeit, der Erschöpfung bewußt, welche Gefühl und immerwährende Spannung seinem Körper, seinem Geiste zugefügt hatten. Tadzio ging hinter den Seinen, er ließ der Pflegerin und den nonnenähnlichen Schwestern in der Enge gewöhnlich den Vortritt, und einzeln schlendernd wandte er zuweilen das Haupt, um sich über die Schulter hinweg der Gefolgschaft seines Liebhabers mit einem Blick seiner eigentümlich dämmergrauen Augen zu versichern. Er sah ihn, und er verriet ihn nicht. Berauscht von dieser Erkenntnis, von diesen Augen vorwärts gelockt, am Narrenseile geleitet von der Passion, stahl der Verliebte sich seiner unziemlichen Hoffnung nach — und sah sich schließlich dennoch um ihren Anblick betrogen. Die Polen hatten eine kurz gewölbte Brücke überschritten, die Höhe des Bogens verbarg sie dem Nachfolgenden, und seinerseits hinaufgelangt, entdeckte er sie nicht mehr. Er forschte nach ihnen in drei Richtungen, geradeaus und nach beiden Seiten den schmalen und schmutzigen Quai entlang, vergebens. Entnervung, Hinfälligkeit nötigten ihn endlich, vom Suchen abzulassen.

Sein Kopf brannte, sein Körper war mit klebrigem Schweiß bedeckt, sein Genick zitterte, ein nicht mehr erträglicher Durst peinigte ihn, er sah sich nach irgendwelcher, nach augenblicklicher Labung um. Vor einem kleinen Gemüseladen kaufte er einige Früchte, Erdbeeren, überreife und weiche Ware, und aß im Gehen davon. Ein kleiner Platz, verlassen, verwunschen anmutend, öffnete sich vor ihm, er erkannte ihn, es war hier gewesen, wo er vor Wochen den vereitelten Fluchtplan gefaßt hatte. Auf den Stufen der Zisterne, inmitten des Ortes, ließ er sich niedersinken und lehnte den Kopf an das steinerne Rund. Es war still, Gras wuchs zwischen dem Pflaster, Abfälle lagen umher. Unter den verwitterten, unregelmäßig hohen Häusern in der Runde erschien eines palastartig, mit Spitzbogenfenstern, hinter denen die Leere wohnte, und kleinen Löwenbalkonen. Im Erdgeschoß eines anderen befand sich eine Apotheke. Warme Windstöße brachten zuweilen Karbolgeruch.

Er saß dort, der Meister, der würdig gewordene Künstler, der

Autor des ›Elenden‹, der in so vorbildlich reiner Form dem Zigeunertum und der trüben Tiefe abgesagt, dem Abgrunde die Sympathie gekündigt und das Verworfene verworfen hatte, der Hochgestiegene, der, Überwinder seines Wissens und aller Ironie entwachsen, in die Verbindlichkeiten des Massenzutrauens sich gewöhnt hatte, er, dessen Ruhm amtlich, dessen Name geadelt war und an dessen Stil die Knaben sich zu bilden angehalten wurden, — er saß dort, seine Lider waren geschlossen, nur zuweilen glitt, rasch sich wieder verbergend, ein spöttischer und betretener Blick seitlich darunter hervor, und seine schlaffen Lippen, kosmetisch aufgehöht, bildeten einzelne Worte aus von dem, was sein halb schlummerndes Hirn an seltsamer Traumlogik hervorbrachte.

»Denn die Schönheit, Phaidros, merke das wohl, nur die Schönheit ist göttlich und sichtbar zugleich, und so ist sie denn also des Sinnlichen Weg, ist, kleiner Phaidros, der Weg des Künstlers zum Geiste. Glaubst du nun aber, mein Lieber, daß derjenige jemals Weisheit und wahre Manneswürde gewinnen könne, für den der Weg zum Geistigen durch die Sinne führt? Oder glaubst du vielmehr (ich stelle dir die Entscheidung frei), daß dies ein gefährlich-lieblicher Weg sei, wahrhaft ein Irr- und Sündenweg, der mit Notwendigkeit in die Irre leitet? Denn du mußt wissen, daß wir Dichter den Weg der Schönheit nicht gehen können, ohne daß Eros sich zugesellt und sich zum Führer aufwirft; ja mögen wir auch Helden auf unsere Art und züchtige Kriegsleute sein, so sind wir wie Weiber, denn Leidenschaft ist unsere Erhebung, und unsere Sehnsucht muß Liebe bleiben, — das ist unsere Lust und unsere Schande. Siehst du nun wohl, daß wir Dichter nicht weise noch würdig sein können? Daß wir notwendig in die Irre gehen, notwendig liederlich und Abenteurer des Gefühles bleiben? Die Meisterhaltung unseres Stiles ist Lüge und Narrentum, unser Ruhm und Ehrenstand eine Posse, das Vertrauen der Menge zu uns höchst lächerlich, Volks- und Jugenderziehung durch die Kunst ein gewagtes, zu verbietendes Unternehmen. Denn wie sollte wohl der zum Erzieher taugen, dem eine unverbesserliche und natürliche Richtung zum Abgrunde eingeboren ist? Wir möchten ihn wohl verleugnen und Würde gewinnen, aber wie wir uns wenden mögen, er zieht uns an. So sagen wir etwa der auflösenden Erkenntnis ab, denn die Erkenntnis, Phaidros, hat keine Würde und Strenge; sie ist wissend, verstehend, verzeihend, ohne Haltung und Form; sie hat Sympathie mit dem Abgrund, sie *ist* der Abgrund. Diese also verwerfen wir mit Entschlossenheit, und fortan gilt unser Trachten einzig der Schönheit, das will sagen der Einfachheit, Größe und neuen Strenge, der zweiten Unbefangenheit und der Form. Aber Form und Unbefangenheit, Phaidros, führen zum Rausch und zur Begierde, führen den Edlen vielleicht zu grauenhaftem Gefühlsfrevel, den seine eigene schöne Strenge als infam verwirft, führen zum Abgrund, zum Abgrund auch sie. Uns Dichter, sage ich, führen sie dahin, denn wir vermögen nicht, uns aufzuschwingen, wir vermögen nur, auszuschweifen. Und nun gehe ich, Phaidros, bleibe du hier; und erst wenn du mich nicht mehr siehst, so gehe auch du.«

Einige Tage später verließ Gustav von Aschenbach, da er sich leidend fühlte, das Bäderhotel zu späterer Morgenstunde als gewöhnlich. Er hatte mit gewissen, nur halb körperlichen Schwindelanfällen zu kämpfen, die von einer heftig aufsteigenden Angst begleitet waren, einem Gefühl der Ausweg- und Aussichtslosigkeit, von dem nicht klar wurde, ob es sich auf die äußere Welt oder auf seine eigene Existenz bezog. In der Halle bemerkte er eine große Menge zum Transport bereitliegenden Gepäcks, fragte einen Türhüter, wer es sei, der reise, und erhielt zur Antwort den polnischen Adelsnamen, dessen er insgeheim gewärtig gewesen war. Er empfing ihn, ohne daß seine verfallenen Gesichtszüge sich verändert hätten, mit jener kurzen Hebung des Kopfes, mit der man etwas, was man nicht zu wissen brauchte, beiläufig zur Kenntnis nimmt, und fragte noch: »Wann?« Man antwortete ihm: »Nach dem Lunch.« Er nickte und ging zum Meere.
Es war unwirtlich dort. Über das weite, flache Gewässer, das den Strand von der ersten gestreckten Sandbank trennte, liefen kräuselnde Schauer von vorn nach hinten. Herbstlichkeit, Überlebtheit schien über dem einst so farbig belebten, nun fast verlassenen Lustorte zu liegen, dessen Sand nicht mehr reinlich gehalten wurde. Ein photographischer Apparat, scheinbar herrenlos, stand auf seinem dreibeinigen Stativ am Rande der See, und ein schwarzes Tuch, darübergebreitet, flatterte klatschend im kälteren Winde.
Tadzio, mit drei oder vier Gespielen, die ihm geblieben waren, bewegte sich zur Rechten vor der Hütte der Seinen, und, eine Decke über den Knien, etwa in der Mitte zwischen dem Meer und der Reihe der Strandhütten in seinem Liegestuhl ruhend, sah Aschenbach ihm noch einmal zu. Das Spiel, das unbeaufsichtigt war, denn die Frauen mochten mit Reisevorbereitungen beschäftigt sein, schien regellos und artete aus. Jener Stämmige, im Gürtelanzug und mit schwarzem, pomadisiertem Haar, der »Jaschu« gerufen wurde, durch einen Sandwurf ins Gesicht gereizt und geblendet, zwang Tadzio zum Ringkampf, der rasch mit dem Fall des schwächeren Schönen endete. Aber als ob in der Abschiedsstunde das dienende Gefühl des Geringeren sich in grausame Roheit verkehre und für eine lange Sklaverei Rache zu nehmen trachte, ließ der Sieger auch dann noch nicht von dem Unter-

legenen ab, sondern drückte, auf seinem Rücken kniend, dessen Gesicht so anhaltend in den Sand, daß Tadzio, ohnedies vom Kampf außer Atem, zu ersticken drohte. Seine Versuche, den Lastenden abzuschütteln, waren krampfhaft, sie unterblieben auf Augenblicke ganz und wiederholten sich nur noch als ein Zukken. Entsetzt wollte Aschenbach zur Rettung aufspringen, als der Gewalttätige endlich sein Opfer freigab. Tadzio, sehr bleich, richtete sich zur Hälfte auf und saß, auf einen Arm gestützt, mehrere Minuten lang unbeweglich, mit verwirrtem Haar und dunkelnden Augen. Dann stand er vollends auf und entfernte sich langsam. Man rief ihn, anfänglich munter, dann bänglich und bittend; er hörte nicht. Der Schwarze, den Reue über seine Ausschreitung sogleich erfaßt haben mochte, holte ihn ein und suchte ihn zu versöhnen. Eine Schulterbewegung wies ihn zurück. Tadzio ging schräg hinunter zum Wasser. Er war barfuß und trug seinen gestreiften Leinenanzug mit roter Schleife.

Am Rande der Flut verweilte er sich, gesenkten Hauptes, mit einer Fußspitze Figuren im feuchten Sande zeichnend, und ging dann in die seichte Vorsee, die an ihrer tiefsten Stelle noch nicht seine Knie benetzte, durchschritt sie, lässig vordringend, und gelangte zur Sandbank. Dort stand er einen Augenblick, das Gesicht der Weite zugekehrt, und begann hierauf, die lange und schmale Strecke entblößten Grundes nach links hin langsam abzuschreiten. Vom Festlande geschieden durch breite Wasser, geschieden von den Genossen durch stolze Laune, wandelte er, eine höchst abgesonderte und verbindungslose Erscheinung, mit flatterndem Haar dort draußen im Meere, im Winde, vorm Nebelhaft-Grenzenlosen. Abermals blieb er zur Ausschau stehen. Und plötzlich, wie unter einer Erinnerung, einem Impuls, wandte er den Oberkörper, eine Hand in der Hüfte, in schöner Drehung aus seiner Grundpositur und blickte über die Schulter zum Ufer. Der Schauende dort saß, wie er einst gesessen, als zuerst, von jener Schwelle zurückgesandt, dieser dämmergraue Blick dem seinen begegnet war. Sein Haupt war an der Lehne des Stuhles langsam der Bewegung des draußen Schreitenden gefolgt; nun hob es sich, gleichsam dem Blicke entgegen, und sank auf die Brust, so daß seine Augen von unten sahen, indes sein Antlitz den schlaffen, innig versunkenen Ausdruck tiefen Schlummers zeigte. Ihm war aber, als ob der bleiche und liebliche Psychagog dort draußen ihm lächle, ihm winke; als ob er, die Hand aus der Hüfte lösend, hinausdeute, voranschwebe ins Verheißungsvoll-Ungeheure. Und, wie so oft, machte er sich auf, ihm zu folgen.

Minuten vergingen, bis man dem seitlich im Stuhle hinabgesunkenen zu Hilfe eilte. Man brachte ihn auf sein Zimmer. Und noch desselben Tages empfing eine respektvoll erschütterte Welt die Nachricht von seinem Tode.

Inhalt

FISCHER
TASCHENBÜCHER

ISBN 3-596-21591-9